Von Colin Forbes
sind als Heyne-Taschenbücher erschienen:

Target 5 · Band 01/5314
Tafak · Band 01/5360
Nullzeit · Band 01/5519
Lawinenexpreß · Band 01/5631
Focus · Band 01/6443
Endspurt · Band 01/6644
Das Double · Band 01/6719
Die Höhen von Zervos · Band 01/6773
Gehetzt · Band 01/6889
Fangjagd · Band 01/7614
Hinterhalt · Band 01/7788
Cossack · Band 41/9

COLIN FORBES

DER ÜBERLÄUFER

Roman

Deutsch
von Franz Schrapfeneder

WILHELM HEYNE VERLAG
MÜNCHEN

HEYNE ALLGEMEINE REIHE
Nr. 01/7862

Für Marjory

Titel der englischen Originalausgabe
COVER STORY

Copyright © 1989
by Wilhelm Heyne Verlag GmbH & Co. KG, München
Copyright © der deutschen Ausgabe 1989
by Wilhelm Heyne Verlag GmbH & Co. KG, München
Eine Hardcover-Ausgabe ist im
Hoffmann und Campe Verlag, Hamburg, erschienen
Printed in Germany 1989
Umschlagfoto: Bildagentur Mauritius/Bach, Mittenwald
Umschlaggestaltung: Atelier Ingrid Schütz, München
Gesamtherstellung: Elsnerdruck, Berlin

ISBN 3-453-03286-1

ERSTER TEIL

London:
Adam Procane?

PROLOG

»Reicht es nicht endlich?« fragte Howard in die Dunkelheit des privaten Vorführraumes. »Eine scheußliche Geschichte – und wir sehen sie schon zum dritten Mal...«
»Halten Sie bitte den Mund. Schließlich ist sie meine Frau...«
Newman saß wie erstarrt, während der Mann am Projektor den Film von neuem anlaufen ließ. Sein Gesicht war ausdruckslos, wie gebannt starrte er auf die Leinwand.
Der Mann, der die Szene gefilmt hatte, war ein Profi gewesen. Die erste Einstellung zeigte Alexis, die im Mondlicht auf der unbekannten Straße stand. Sie warf die Arme hoch, als das Licht der Scheinwerfer sie traf. Hinter ihr ragten undeutlich die Konturen eines unheimlichen Schlosses empor. Der Wagen, der mit hoher Geschwindigkeit heranraste, erfaßte sie zum ersten Mal, schleuderte den schmalen Körper wie eine Stoffpuppe in die Höhe und überrollte ihn.
Newmans Bauchmuskeln spannten sich. Er glaubte zu spüren, wie die Räder den Körper zermalmten, Knochen splitterten, die Hirnschale zertrümmerten. Der Wagen kam mit einem Ruck zum Stehen. Hinter seinem Heck lag Alexis reglos auf der Fahrbahn. Newman hörte förmlich, wie der Fahrer den Rückwärtsgang einlegte. Der Film lief ohne Ton, nur das Rattern des Vorführapparates war zu hören. Die Zigarette, die er zwischen den Fingern hielt, war erloschen. Sein Blick wanderte von der verkrümmten Gestalt auf den Boden zu dem hoch aufragenden Schloß, einer dunklen Silhouette, wie die Illustration eines Andersen-Märchens. Und da begann es wieder.
Der Wagen fuhr an, rückwärts jetzt. Der Fahrer hatte das Lenkrad keinen Millimeter bewegt. Er überfuhr den auf der Straße liegenden Körper. Newman hörte weitere Knochen krachen. Ihr schönes Gesicht mußte jetzt zu Brei zerquetscht sein. Der Wagen blieb

wenige Meter von Alexis entfernt stehen, fuhr noch einmal vorwärts.
Das Bild geriet ins Flackern, Lichter tanzten vor Newmans Augen. Dann nur noch weiße Leinwand. Er stand auf, trat in den Mittelgang und verließ den kleinen, beengenden Vorführraum. Howard eilte ihm nach, holte ihn draußen in der Halle ein und ergriff seinen Arm. Newman schüttelte die Hand ab, als ekle ihn vor jeder menschlichen Berührung.
»Es war also Ihre Frau?« fragte Howard.
»Ich sagte es Ihnen schon. Es war Alexis.«
Er sprach von ihr bereits in der Vergangenheit. Wie ein Roboter marschierte er den öden Korridor hinunter. Den Blick geradeaus, immer einen Fuß vor den anderen setzend, links, rechts, links.
»Es tut mir sehr leid«, begann Howard wieder. »War sie hinter einer Sache her...«
»Ich sagte, Sie sollen den Mund halten. Ich habe sie identifiziert. Und damit genug.«
»Der Film wurde in einem Blechbehälter aufgegeben. Von einem Postamt ganz in der Nähe Ihrer Wohnung. Auf dem Poststempel steht ›London SW5‹...«
Newman ging weiter, zwischen den Fingern immer noch die erloschene Zigarette. Erloschen wie Alexis. Sein Gesicht zeigte keinerlei Regung. Er ging mit ausgreifenden Schritten. Howard mußte laufen, um mit ihm auf gleicher Höhe zu bleiben. Er versuchte es mit einer anderen Taktik.
»Da war eine Nachricht in plumpen Blockbuchstaben. ›An alle: Laßt die Finger von Procane.‹ Die Tat geschah...« Howard zögerte. Newman begann ihm unheimlich zu werden. »Wir glauben, sie geschah zur Abschreckung. Kommen Sie doch auf ein paar Minuten in mein Büro. Trinken Sie einen Kaffee. Oder vielleicht etwas Stärkeres? Wir haben einige unserer Leute den Film ansehen lassen und versucht, das Land zu bestimmen. Dieses Schloß...«
»Ich habe es schon irgendwo gesehen«, sagte Newman mit derselben tonlosen Stimme.
»Wo?«
Er merkte sogleich, daß er zu hastig gefragt hatte. Newman wandte sich schon zur Eingangstür. Im Gehen gab er Antwort.
»Auf einem Bild. Ich weiß nicht, wo. Wird Tweed mit der Sache beauftragt? Und wer ist Procane?«

»Wir haben nicht die leiseste Ahnung.«
»Meinetwegen, lügen Sie nur.«
Die kurze Pause vor Howards Antwort war Newman nicht entgangen. Er erreichte jetzt das Empfangspult, und der Beamte in Zivil erhob sich, um ihm den Passierschein abzuverlangen. Howard schüttelte den Kopf, und der Wächter setzte sich wieder, während Newman die Tür öffnete und die Stufen zum Park Crescent hinunterstieg, ohne etwas zu sagen oder sich umzuwenden.

Dies war das erste Ereignis, das die Menschenjagd des Jahres 1984 in Gang brachte – und zwar nur, weil am 7. November in den USA die Präsidentenwahl stattfinden sollte. Doch an jenem kühlen Morgen, noch vor dem Einsetzen der flimmernden Hitze einer zwei Monate andauernden Schönwetterperiode, als Newman ein Taxi aufhielt, um zu seiner Wohnung zurückzufahren, war erst Donnerstag, der 30. August.

1

Das zweite Ereignis folgte zwanzig Minuten später und war reiner Zufall. Als Newman im Taxi saß, das sich eben seiner Wohnung in der Beresforde Road in South Kensington näherte, wurde ihm klar, daß er es jetzt nicht schaffen würde, sich selber ein Frühstück zu machen.

Er sagte dem Fahrer, er solle an der Grünfläche, die die St. Mark's Church umgab, anhalten. Dann stieg er aus, bezahlte und ging zum Forum-Hotel hinüber. Deshalb sah er auch den blauen Cortina nicht, der gegenüber von Chasemore House, wo er wohnte, im Parkverbot stand. Zwei Männer saßen auf den Vordersitzen. Später sagte ein Zeuge, sie hätten dunkle Anzüge angehabt, wie sie von Geschäftsleuten getragen werden, konnte aber sonst keine nähere Beschreibung liefern.

Dafür traf Newman auf dem Gehsteig den Briefträger, der einen Stoß auszutragender Briefe durchsah. Der Mann blickte auf und grinste. »Morgen, Mr. Newman. Schöner Tag wieder. Glauben Sie, die Hitze hält bis Weihnachten?«

»Wenn wir Glück haben.«

Newman antwortete mit derselben monotonen Stimme, die Howard so irritiert hatte. Der Briefträger zog drei Briefe aus dem Stapel und sah Newman wieder an. Der Mann, den er betrachtete, war um die Vierzig, gut aussehend, glattrasiert, mit buschigem rotblondem Haar, und schaute zumeist so drein, als fände er das ganze Leben spaßig. Diesmal jedoch war sein Gesicht wie aus Stein. Ein weiterer Umstand, der der Polizei später berichtet wurde.

»Drei für Sie heute«, sagte der Briefträger. »Und nur einer aus dem Ausland. Keine großen Geschäfte.«

»Danke.« Newman ignorierte den Hinweis auf seine berufliche Tätigkeit als Auslandskorrespondent und ging zum Forum-Hotel hinüber, einem sechzehn Stockwerke hohen Betonturm, der diesen Teil Londons überragt. Zwei Rechnungen in den üblichen braunen Umschlägen. Als er einen Blick auf den dritten Umschlag warf, blieb er wie angewurzelt stehen.

Er erkannte ihre langen, krakeligen Schriftzüge. Ein Schauer überlief ihn. Der Brief einer Toten. Ein blauer Aufkleber, hastig in schiefem Winkel angebracht, trug die Aufschrift: *Par Avion – Lentoposti – Flygpost*. Französisch, Finnisch, Schwedisch. Der

Stempel war klar erkennbar. Im roten Kreis »Helsinki«, dann »25. 8. 84«, dann »Helsingfors«, der schwedische Name für Helsinki.
Eigenartiges Gefühl. Heute war Donnerstag. Alexis war am vergangenen Samstag, als sie diesen Brief per Luftpost aufgegeben hatte, noch am Leben gewesen. Trotz der Betäubung aller seiner Lebensgeister begann sein Auslandskorrespondentengehirn zu arbeiten.
Der Blechbehälter mit dem schrecklichen Film, den Howard ihm vorgeführt hatte, mußte nach England gebracht und hier von jemandem aufgegeben worden sein, der eigens deswegen von Helsinki nach Heathrow geflogen war. All das war während der letzten vier oder fünf Tage geschehen.
Nur von seinem inneren Sinn gelenkt, ging er zum *Forum* weiter, den ungeöffneten Brief in der Tasche. Er stieg die Treppe zur Cafeteria hoch, setzte sich an einen Tisch abseits der anderen Gäste, bestellte Kaffee und Toast. Er trank zwei Tassen schwarzen Kaffee und starrte dabei auf den Umschlag, der in blauer Schrift in der linken oberen Ecke Name und Anschrift eines Hotels trug. *Hotelli Kalastajatorppa, Kalastajatorpantie 1, 00 33 00, Helsinki 33.* Er war einmal beruflich in Helsinki gewesen, hatte damals aber im *Marski* im Stadtzentrum gewohnt. Ein Hotel dieses Namens war ihm unbekannt. Mit Entschlossenheit strich er Butter auf den Toast, nahm Marmelade und zwang sich zu essen, während er den Umschlag öffnete.
Er enthielt ein Blatt mit dem Hotelaufdruck. Seine blauen Augen überflogen die kurze Nachricht in der so charakteristischen Handschrift, die ihn immer an die Wogen des Meeres erinnerte, ohne dabei auch den Inhalt des Geschriebenen aufzunehmen. Er begann ein zweites Mal.
»*Lieber Bob, in höchster Eile, um das Schiff zu erreichen – es fährt um 10.30 ab. Adam Procane muß aufgehalten werden. Mein heißer Tip ist der Archipel. Fahre jetzt los. Werde den Brief auf dem Weg zum Hafen aufgeben. Alexis.*«
Nur »Alexis«. Nicht »In Liebe, Alexis«. Also hatte sich nichts geändert. Der Bruch zwischen ihnen war ein vollständiger und bleibender gewesen. Das hier war eine rein berufliche Mitteilung. Doch einen letzten, bitteren Trost hatte sie ihm zukommen lassen. Einerlei welch dringender Fall es gewesen sein mochte, den sie für »*Le Monde*« recherchierte, sie hatte fest daran geglaubt, daß er der

Mann war, der weitermachen konnte, falls das Ärgste passierte. Und dieses Ärgste war passiert.
Procane.
Howard hatte den Namen erwähnt, dann aber mit wenig Überzeugungskraft geleugnet, etwas über Procane zu wissen. Newman goß sich schwarzen Kaffee nach, zündete sich eine Zigarette an und ging durch, was er wußte. Verdammt wenig.
Adam Procane, wer immer das war. Ein Schiff, das von irgendwo – wahrscheinlich vom Hafen von Helsinki – um 10.30 Uhr abfuhr. Das bedeutete 10.30 Uhr morgens. Alexis hätte sonst »22.30« geschrieben. Ein Schiff mit welchem Ziel? Doch um Gottes willen nicht Leningrad.
Archipel. Welcher? Es gab den Schwedischen Archipel, also die Inselkette, die sich von Stockholm bis zum Archipel von Abo – oder Turku, wie die Finnen Abo nannten – erstreckte. Und dieser Archipel von Turku war der zweitgrößte der Welt, ein Labyrinth von Inseln und Inselchen, manche wenig mehr als ein aus dem Meer herausragender Felsen. Warum war ein Archipel so wichtig? Und welchen hatte sie gemeint?
Und schließlich waren da noch zwei Dinge. Der Name eines Hotels in Helsinki, wo Alexis gewohnt haben mußte. Und dieses unheimliche Schloß im Hintergrund, als dieses Schwein von einem Fahrer sie überfuhr. Es würde ihm wieder einfallen, wo er dieses eigenartige Bauwerk gesehen hatte, an erhöhter Stelle über einer Stadt.
Er beglich seine Rechnung und ging zu seiner Wohnung zurück. Inzwischen war es 8.30 Uhr, und London rüstete sich zu einem neuen Tag voll Plage, Streit und Hader. Etliche Fußgänger strebten eiligst irgendwelchen Zielen zu. Daß etwas passiert war, ahnte er sofort, als er den Wagen mit dem Blaulicht auf dem Dach vor Chasemore House stehen sah.

Tweed war selten wütender als jetzt. Etwas später als sonst in der Zentrale des SIS – des Secret Intelligence Service – eingelangt, war er von Howard soeben über Newmans Besuch am frühen Morgen informiert worden. Jetzt stand der etwas füllige Mann mittleren Alters hinter dem Schreibtisch seines Büros in der ersten Etage, von dem aus man den Park Crescent überblicken konnte. Die beiden Männer waren allein im Zimmer.
»Ich fand, er hätte ein Recht darauf, den Film zu sehen«, sagte Howard zu seinem Stellvertreter. »Falls Sie es vergessen haben«,

fügte er mit einem Anflug von Sarkasmus hinzu, »Alexis war seine Frau.«
Tweed nahm seine Hornbrille ab und begann, die Brillengläser mit dem Zipfel seines Taschentuches sauberzureiben. Dabei starrte er Howard an, der, ihn mit seinen 1,85 Metern weit überragend, vor ihm stand, wie immer tadellos gekleidet, in einem dunkelblauen Chester-Barrie-Anzug. Howard, bartlos und glattrasiert, wurde unter dem Blick seines Gegenübers nervös und begann mit dem Kleingeld in der Hosentasche zu klimpern. Mit betonter Sorgfalt hakte Tweed die Bügel seiner Brille hinter den Ohren ein. Dann zog er einen Briefumschlag aus der verknüllten Jackettasche und legte ihn langsam auf den Schreibtisch.
»Ich weiß, daß Alexis seine Frau war«, begann er. »Und ich halte es für einen Akt äußerster Brutalität, daß man ihm den Film zeigte.«
»Ich habe hier die Entscheidungen zu fällen«, entgegnete Howard steif.
»Nicht im Falle Procane«, korrigierte ihn Tweed, immer noch in gewohnt sanftem Ton. »Ich wurde heute morgen zur Premierministerin beordert. Sie lesen am besten einmal den Brief in diesem Umschlag hier.«
»Nicht schon wieder so eine verdammte Weisung, Sie hätten uneingeschränkte Befugnis, hoffe ich«, schnarrte Howard.
Er riß das gefaltete Blatt aus dem Umschlag, las es schnell und warf es auf den Tisch zurück. »Das ist schon die zweite. Ich werde Protest einlegen.«
»Sie kennen den Beschwerdeweg.«
Das klang so unbekümmert und interessenlos, daß Howard Tweed genauer ins Auge faßte. Er fuhr sich mit seiner manikürten Hand durchs Haar, das silbrige Strähnen aufwies. Dann ging er zu einer Landkarte hinüber, die Monica, Tweeds Assistentin, am Morgen an der Wand befestigt hatte. Die Karte zeigte Skandinavien von der Westküste Dänemarks bis Finnland mit seiner Grenze gegen die Sowjetunion im Osten.
»Wofür ist das?« wollte er wissen.
»Das ist wahrscheinlich das Schlachtfeld.«
»Schlachtfeld?«
Howard schwang auf den Absätzen herum, fuhr mit der rechten Hand in die Jackentasche, wobei der Daumen herausragte und nach vorn gerichtet war. Es war eine seiner charakteristischen

Posen. Ein zweites Mal hatte Tweed ihn überrascht. Er bediente sich kaum je solch dramatischer Phrasen. Tweed stand noch immer mit verschränkten Armen da und wartete. Genau diesen Augenblick wählte Monica, eine Frau von angenehmem Äußeren, mit dunkelbraunen Haaren und lebhaften Augen, um durch die Tür hereinzuschlüpfen. Sie blieb stehen, bis Tweed ihr durch ein Nicken zu verstehen gab, es sei in Ordnung, woraufhin sie unauffällig hinter ihrem Schreibtisch Platz nahm.
»Gerüchten, die nach und nach aus Europa hereinkommen«, erklärte Tweed, »ist zu entnehmen, daß der amerikanische Staatsbürger Adam Procane möglicherweise auf dem Weg über Skandinavien überlaufen wird...«
»Und wer zum Teufel ist dieser Procane?«
»Ich habe keine Ahnung. Die Gerüchte sprechen von einer hochrangigen Person im amerikanischen Sicherheitsbereich, die im Begriff ist, zu den Russen überzulaufen. Sie können sich vorstellen, welche Folgen es in den Staaten hätte, wenn da einer in Moskau ankäme, der ein größeres Tier ist als seinerzeit Kim Philby – um so mehr, als Reagan am 7. November zur Wiederwahl antritt.«
»O mein Gott!« Howard ließ sich in den einzigen ledernen Armsessel sinken, der im Raum stand. Tweed bot ihn gewöhnlich Besuchern an, die sich darin wohlfühlen und dabei alle Vorsicht fallenlassen sollten. »Ich dachte mir, daß es um so etwas geht, aber ich wußte nicht, daß es sich um einen so großen Fisch handelt.«
»Groß wie ein Hai.«
Das war schon wieder nicht Tweeds normale Ausdrucksweise. Monica war überrascht und hob den Blick, um Tweed prüfend anzusehen. Sein Gesichtsausdruck verriet nichts, und sie nahm an, er hoffte, Howard würde bald den Raum verlassen.
»Und warum Skandinavien«, fragte Howard schließlich.
»Es ist der einfachste Weg nach Rußland. Procane wird kaum beim Checkpoint Charlie in Berlin auftauchen. Und jetzt möchte ich wissen, warum Sie Newman den Film gezeigt haben.«
»Nachdem er ihn gesehen hatte, habe ich so nebenbei den Namen Procane fallenlassen...«
Tweed kniff die Augen zusammen. »Sie schicken ihn ins Feuer, weil Sie hoffen, daß er, mit seiner riesigen Erfahrung als Auslandskorrespondent, Sie zu Procane führen wird. Das war's doch, oder?«

»Eine Feder, die wir uns an den Hut stecken könnten ...« Howard machte eine resignierende Geste. »... falls wir den Amerikanern helfen, ihre Haut zu retten. Ein bißchen Ansehen und Glaubwürdigkeit in Washington könnte uns nicht schaden.«
»Und wie wollten Sie das bewerkstelligen – wenn wir jetzt einmal den gefühlsrohen Aspekt dessen, was Sie soeben getan haben, beiseite lassen?«
»Leadbury folgte ihm, als er das Gebäude verließ ...«
»Leadbury!« Tweed gab sich keine Mühe, seine Verachtung und seinen Abscheu zu verbergen. »Und Sie glauben wirklich, Newman wird ihn nicht spätestens nach einer Stunde entdecken? Wahrscheinlich hat er ihn bereits entdeckt.« Beide Hände weit voneinander entfernt auf die Schreibtischplatte legend, beugte er sich zu Howard vor. »Sie wissen, was Sie gemacht haben? Sie haben das falsche Ding am falschen Ort plaziert. Er wird nur ein einziges Ziel haben: den Mörder seiner Frau zu finden ...«
»Sie kamen gar nicht gut aus miteinander«, warf Howard ein. »Alexis war Auslandskorrespondentin für ›Le Monde‹. Sie und Newman gerieten sich dauernd in die Haare, weil sie denselben Beruf hatten. Ihre Ehe trieb schon nach einem halben Jahr dem Untergang zu.«
»Und Sie denken, das macht für Newman einen Unterschied? Wir haben es mit einem wildgewordenen Einzelgänger zu tun. Von jetzt an, Howard«, Tweed tippte mit dem Finger auf das Schreiben der Premierministerin, »gehe ich allein vor. Dieses Dokument will es nach seinem Wortlaut so. Ich glaube nicht, daß es für uns noch etwas zu besprechen gibt.«
Eine halbe Stunde später erhielt Tweed den ersten Bericht über den Vorfall im Chasemore House.

Als Newman den vor dem Hauseingang geparkten Polizeiwagen sah, überquerte er nicht sogleich die Beresforde Road. Statt dessen schlenderte er durch die Grünanlage rund um St. Mark's Church. Er blieb vor der Kirche stehen, um sich eine Zigarette anzuzünden, und hörte den dringlichen Heulton eines weiteren Wagens. Eine Ambulanz näherte sich auf der Fulham Road und blieb neben dem Polizeiwagen stehen. Zwei Krankenpfleger stiegen aus, gingen zum Wagenheck, öffneten die hinteren Türen, stiegen dann mit einer Tragbahre die Stufen zum Chasemore House hoch und gingen hinein.

Newman blieb, wo er war, und rauchte. Er wußte, daß er jetzt niemandem mehr auffiel. Auch bloß einer von den Aasfressern, die immer zur Stelle sind, wo es Anzeichen für ein Unglück gibt. Einige Minuten darauf erschienen die beiden Ambulanzhelfer mit einem Mann auf ihrer Bahre. Sein Kopf war einbandagiert, aber Newman erkannte den Briefträger, der ihm vorhin auf seinem Weg zur Cafeteria des *Forum* die Post ausgehändigt hatte. Er wartete, bis der Ambulanzwagen abfuhr, warf dann die Zigarette weg und ging über die Straße.

Die Tür zur Eingangshalle war offen, und ein Mann in Zivil, dem man den Polizisten von Kopf bis Fuß ansah, hielt ihn auf. Er war kaum älter als dreißig, höflich, aber bestimmt.

»Sie wohnen hier, Sir?«
»Ja. Was geht hier vor?«
»Darf ich die Nummer ihrer Wohnung wissen?«
»Warum?«
»Ist es diese?«

Der Polizist trat zur Seite und deutete durch die Halle. Eine Wohnungstür hing windschief in den Angeln. Auf dem Teppichboden am gegenüberliegenden Ende der Halle war ein dunkler Fleck, der von Blut herrühren konnte.

»Himmel! Das hat mir noch gefehlt. Ein Einbruch...«
»Können Sie sich ausweisen, Sir?«

Newman gab ihm seinen Presseausweis und warf einen Blick auf die Straße hinaus. Exakt an der Stelle vor der Kirche, wo er gewartet hatte, stand ein Mann mit zerknülltem Schlapphut und verschmutztem Regenmantel und blickte interessiert zum Himmel hinauf. Leadbury. Aber kein Jumbo-Jet war dort oben im Azurblau zu sehen.

»Danke, Sir. Ich bin Sergeant Peacock.«
»Zeigen Sie mir Ihren Dienstausweis.«
»Sehr weise, Sir. Nicht viele Leute denken daran, danach zu fragen. Sind Sie Robert Newman, der Auslandskorrespondent, der...«
»Ja! Kann ich mir jetzt die Schweinerei ansehen? Und ist das dort auf dem Teppich Blut?«
»Ich fürchte, ja, Sir. Man hat den Briefträger überfallen. Sie sind ihm gefolgt, wie wir glauben, und haben wahrscheinlich so getan, als wohnten sie hier. Darf ich mit Ihnen hineinkommen? Danke. Haben Sie wichtige oder wertvolle Post erwartet?«

Newman trat durchs Vorzimmer in den großen Wohnraum mit den auf die Beresforde Road hinausgehenden Erkerfenstern. Er antwortete über die Schulter hinweg.
»Nein. Warum fragen Sie?«
Alle Schubladen der Regency-Kommode an der Wand waren herausgezogen, ihr Inhalt auf dem Fußboden verstreut. Newman stieg die zwei Stufen hoch, die in die offene Einbauküche führten. Er füllte Wasser in die elektrische Kanne und drückte auf den Schaltknopf. Er drehte die Deckenleuchten an und sah sich im Raum um. Dabei fiel sein Blick auf die große, silbergerahmte Fotografie von Alexis, die immer noch auf der Anrichte stand.
Es war ein Brustbild. Das lange schwarze Haar fiel ihr bis über die Schultern herab, das spitze Kinn war leicht geneigt, genau die Trotz und Herausforderung signalisierende Haltung, die er so gut an ihr kannte. Sein Mund wurde trocken. Peacock, schmalgesichtig, mit stechenden Augen, war seinem Blick gefolgt.
»Gut, daß die Dame nicht da war, als es geschah.«
»Ja. Dort drüben die Postmappe, die Briefe. Haben Sie mich nicht etwas gefragt, als wir hereinkamen?«
»Erwarten Sie wichtige oder wertvolle Post?« Peacock wiederholte seine Frage im ruhigen Ton des Beamten, der einen angesehenen Bürger zu verhören hat. »Sie sagten ›Nein‹ und wollten hierauf wissen, warum ich diese Frage stellte.«
»Also, warum zum Teufel stellten Sie sie?«
Newman drehte Peacock den Rücken zu und löffelte Pulverkaffee in eine braune Schale. Das Hauptproblem war jetzt, Peacock loszuwerden. Er hatte wenig Zeit und eine Menge zu tun.
»Weil die Rekonstruktion des Geschehens in diese Richtung führt, Sir. Zuerst wird dem Briefträger eins über den Schädel gegeben, wahrscheinlich mit einem ledernen Totschläger. Man durchsucht schnell seine Poststücke, findet nicht, was man sucht. Daraufhin bricht man bei Ihnen ein und durchsucht die Wohnung... Ich fürchte, im Schlafzimmer ist es noch ärger. Laken von den Betten gerissen und so weiter.«
»Wie geht es dem Briefträger?«
»Der kommt in Ordnung, Sir. Als wir von hier anriefen, erwischten wir zum Glück einen Ambulanzwagen auf dem Weg zum St.-Thomas-Hospital. Eine Nacht im Krankenhaus und arge Kopfschmerzen werden so ziemlich das Schlimmste sein, worüber er sich zu beklagen haben wird. Aber ich erkläre Ihnen gerade...«

»Und ich habe Ihre Frage beantwortet. Jetzt aber, Sergeant Peacock, möchte ich nicht unhöflich wirken, aber ich habe eine dringende Sache zu bearbeiten, muß einen Zug erreichen, den Koffer packen...«
Newman wußte, wie entnervend Schweigen sein konnte. Er machte den Kaffee fertig und begann ihn zu schlürfen. Er mußte diesen verdammten Bullen aus dem Raum hinausbringen, damit er telefonieren konnte. Er schaute überall hin, nur nicht auf die Fotografie. Alexis wirkte so lebendig.
»Die Leute von der Spurensicherung werden gleich da sein, Sir.«
»Ich hätte gern ein paar Minuten für mich allein. Falls es Ihnen nichts ausmacht, Sergeant Peacock...«
»Selbstverständlich, Sir. Solche Dinge sind immer ein Schock.«
Sobald Peacock den Raum verlassen hatte, bewegte Newman den Holzriegel, der die schwere Tür offen hielt, und schloß die Tür. Er zündete sich eine Zigarette an und ging zum Telefon, das auf einem kleinen Tischchen neben der Couch stand.
Er suchte sich aus dem Vorwahlverzeichnis die Nummer für Finnland. 010 358. Für Helsinki war 0 anzufügen. Die Nummer der Fernsprechauskunft von Helsinki war 155. Als nächstes suchte er sich aus dem Londoner Telefonbuch die Nummer des Büros der British Airways in der Cromwell Road, gleich neben dem Geschäft der Sainsbury-Ladenkette.
Auf der gegenüberliegenden Straßenseite stand Leadbury immer noch da und betrachtete mit großem Interesse die Fingernägel seiner linken Hand. Er war das geringste aller Probleme. Newman wählte 155, gab Namen und Adresse des *Hotelli Kalastajatorppa* an, wie es auf dem Umschlag stand, der Alexis' Brief erhielt, den letzten, den er von ihr bekommen würde. Das Mädchen gab ihm die Nummer. Er rief an.
Der Empfangschef des Hotels sprach ausgezeichnet Englisch. Es tue ihm leid, aber für die nächsten drei Tage habe man nur eine Suite zu vergeben. Preis eintausend Markka für die Nacht. Dann folgte noch etwas von einem Länderspiel Finnland gegen Schweden. Newman sagte, er nehme die Suite.
Er wählte eben die Nummer des British-Airways-Büros, als er das Taxi sah, das wenige Meter von Leadbury entfernt anhielt. Das Taxi wartete, während die füllige Frau mittleren Alters auf Leadbury zuging, dabei in ihrer Handtasche nach etwas suchend. New-

man erstarrte. Monica, Tweeds Assistentin. Sie war eine Gefahr.
Er beobachtete weiterhin die Szene durch die schweren Netzvorhänge. Sie blieb bei Leadbury stehen und begann zu sprechen. Er griff in die Hosentasche, während sie ihm eine Banknote hinhielt. O ja, sie war eine Gefahr! Tat so, als brauche sie Kleingeld. Hätte Newman nicht durchs Fenster geschaut, wäre ihm das wartende Taxi entgangen.
Nach etwa vierzig Sekunden Gespräch mit Leadbury überquerte sie die Straße und begann eine Unterhaltung mit Sergeant Peacock, der am oberen Stufenabsatz stand. Dabei schaute sie kein einziges Mal zu den Fenstern von Newmans Parterrewohnung hinauf. Sie lächelte wieder, wie zum Dank für Peacocks Ausführungen. Ging zum Taxi zurück, stieg ein und fuhr davon. Newman hinter seinem Vorhang fluchte. Wenn Tweed hinter ihm her war, blieb ihm weniger Zeit, als er gehofft hatte. Tweeds Spürhunden war weit schwerer zu entkommen als Leadbury.
Newman wählte die Nummer der British Airways, und eine junge Dame meldete sich. Ja, sie könne ihm weiterhelfen. Es gäbe den Flug BA 668, nonstop nach Helsinki, Abflug 11.15 Uhr, Landung 16.10 Uhr Ortszeit.
»Sie sind uns dort jetzt zwei Stunden voraus«, fuhr sie fort.
»Geben Sie mir Club-Klasse, wenn's geht. Von mir ist es zu Fuß zehn Minuten bis zu Ihnen. Was kostet es? Ich zahle bar.«
Er sah sie vor sich, wie sie von ihrem Computer alle Daten über Flug BA 668 abrief. Er schaute auf die Uhr. Er mußte sich schleunigst in Bewegung setzen – um Tweed zu entkommen und das verdammte Flugzeug zu erwischen. Sie meldete sich wieder.
»Sie haben ihre Buchung, Sir.«
Er nannte ihr seinen Namen, sagte, er werde in dreißig Minuten bei ihr sein, und legte auf.
Um ins Ausland zu reisen, braucht man viererlei Dinge: Erstens einen Paß. Zweitens eine Flugkarte. Drittens ein Hotelzimmer, das auf einen wartet – es ist erstaunlich, wie viele Hauptstädte ausgebucht sein können wegen einer Modemesse, einer Industrieausstellung oder einem Fußballspiel. Und viertens Geld.
Als Korrespondent trug Newman stets seinen Paß bei sich. Er hatte sein Flugticket gebucht, ein Hotelzimmer reservieren lassen. Und er war eine lebende Bank. In seiner Brieftasche hatte er Schweizer Franken in großen Scheinen, D-Mark, Travellerschecks

und Dollars. Die drei Hartwährungen dieser Welt im August 1984. Er hatte französische Francs, die ihm von seiner letzten Paris-Reise übriggeblieben waren. Und er hatte sogar etwas englisches Geld.
Leise öffnete er die Wohnzimmertür. Das Vorzimmer war leer. Peacock hielt vermutlich an der Treppe Wache und wartete auf die Spurensicherung. Das Schlafzimmer im hinteren Teil der Wohnung war ebenfalls leer – und ein Chaos.
Newman hielt für plötzlich nötige Reisen stets einen gepackten Koffer bereit. Er packte ihn jeden Abend neu, um den Inhalt frisch und in unzerknittertem Zustand zu halten. Der Koffer lag mit geöffnetem Deckel auf dem Ankleidetisch. Sein Inhalt war nicht berührt worden. Die Eindringlinge mußten gestört worden und zur Flucht gezwungen gewesen sein, bevor sie Zeit gehabt hatten, den Koffer zu untersuchen. Er drückte die Schließen zu, versperrte sie, trug den Koffer hinaus und ans Ende der Eingangshalle und rannte hinunter zu einer Wohnungstür im Tiefparterre.
Julia, eine dreißigjährige Frau mit dichtem blonden Haar, die in der Unterhaltungsbranche arbeitete, erkannte sein Klopfzeichen und öffnete die Tür.
»Ich muß Sie um einen Gefallen bitten«, begann Newman. »Ich bin in höllischer Eile, damit ich meinen Zug nach dem Norden erreiche...«
»Ich habe von der Sache mit Ihrer Wohnung gehört.«
»Deshalb brauche ich Ihre Hilfe.« Sie hatte ihn hereingebeten und die Tür zugemacht. Er zog eine Karte aus der Tasche. »Sie kennen diesen Menschen. Wilde heißt er und ist so ziemlich alles, vom Tischler bis zum Schlosser. Würden Sie ihn anrufen und ihm sagen, er soll die Wohnung in Ordnung bringen und Ihnen die neuen Schlüssel geben? Und Sie heben sie dann auf, bis ich wiederkomme.«
»Mit Vergnügen. Eine Tasse Kaffee? Nein? Alexis wird zurückkommen, während Sie weg sind, nehme ich an? Weiß Sie...«
Sein Gesicht wurde zur Maske, dann zwang er sich zu einem Lächeln. Sie schob sich ihren Haarvorhang auf beiden Seiten aus dem Gesicht und sah ihn genauer an. Männliche Reaktionen wußte sie auf der Stelle zu deuten.
»Läuft was schief, Bob? Einen Augenblick lang sah es so aus, als ob...«
»Natürlich läuft was schief! Ich komme vom Frühstück nach

Hause und finde diesen Saustall vor – gerade dann, wenn ich schnellstens weg muß.«
»Tut mir leid. Ich bin ziemlich schwer von Begriff, damit fängt's schon an.«
»Sie sind's nicht. Alexis wird nicht vor mir zurück sein, sie hat im Ausland zu tun.«
»Hören Sie, Bob, Sie machen sich jetzt auf die Socken. Ich erledige alles. Kann ich in Ihre Wohnung gehen und ein wenig aufräumen?«
»Hat Ihnen schon einmal jemand gesagt, daß Sie ein Engel sind?«
»Natürlich. Dutzende von Männern. Aber damit verbinden sie dann immer einen Vorschlag, für den Engel normalerweise nicht zuständig sind. Machen Sie, daß Sie wegkommen. Julia schafft alles.«
Während er die Stufen zur Halle hochrannte, konzentrierte sich Newman auf das nächste Problem. Leadbury. Ehemaliger Streifenpolizist, dessen einziger Vorzug seine absolute Treue zu Howard war, dem er jeden Bürotratsch hinterbrachte, wozu auch gehörte, länger im Büro zu bleiben und die Nase in anderer Leute Schreibtische zu stecken, stets in der Hoffnung, einen Zipfel Information für den Chef zu fassen zu kriegen. Solche Typen gibt es in jeder Firma.
Peacock, der breitbeinig am Ende der Halle stand, die Hände in den Taschen seines Jacketts vergraben, war auch keine Hilfe. Er drehte sich um, starrte auf Newmans Koffer und machte eine beißende Bemerkung.
»Großer Koffer für 'nen kleinen Trip nach dem Norden.«
»Haben Sie schon einmal von dem Mann gehört, der dreimal am Tag die Hemden wechselt?«
»Wo können wir Sie erreichen? Und was ist mit der Tür dort?«
»Das blonde Mädchen eine Treppe tiefer bringt das in Ordnung. Sie hat Zutritt zur Wohnung, bis die Arbeit fertig ist.«
»Nicht bevor unser Fingerabdruck-Fred hier ist. Und wir brauchen Ihre Abdrücke – zum Aussortieren, Sie verstehen?«
»Ich lasse mir meine Fingerabdrücke unter keinen Umständen abnehmen – und Sie haben dazu auch keinerlei Handhabe. Außerdem können Sie mich nicht erreichen – ich muß mir erst ein Hotel suchen. Morgen bin ich zurück und werde dann die zuständige Polizeidienststelle anrufen.«

»Finde ich nicht ganz befriedigend, Sir.«
»So geht's mir auch oft. Das blonde Mädchen heißt Julia. Und jetzt, wenn Sie nichts dagegen haben, habe ich einen Zug zu versäumen.«
Während er die drei abgetretenen Steinstufen zur Straße hinunterstieg, fragte er sich, wie er es fertigbrachte, so normal zu erscheinen und in so beiläufiger Weise zu reden. Er schob den Gedanken an das Schreckliche, der sich im hintersten Winkel seines Gehirns eingenistet hatte, von sich und wandte seine Aufmerksamkeit Leadbury zu und dem Problem, ihn so rasch wie möglich loszuwerden.
Newman rief einem Taxi zu, das aus Richtung Fulham Road über die Kreuzung fuhr, und stellte verärgert fest, daß ein anderes, ebenfalls freies Taxi dem ersten folgte. Die große Gelegenheit, seine Absicht erfolgreich in die Tat umzusetzen, schien bereits versäumt. Er winkte dem ersten Taxi, dabei darauf bedacht, nicht auf die andere Straßenseite zu blicken, wo Leadbury alles beobachtete.
»Zu Harrod's, bitte«, sagte er dem Fahrer.
Er schaute durchs Rückfenster, während der Wagen anfuhr und seinen Weg durch die Beresforde Road nahm. Leadbury stieg soeben ins andere Taxi, das sich in Bewegung setzte und Newmans Wagen folgte. Zufrieden darüber, daß seine Strategie funktionierte, lehnte sich Newman im Sitz zurück und zog eine Banknote aus der Brieftasche.
Bei der Kreuzung an der Cromwell Road zeigte die Ampel Rot, und das Taxi hielt an. Newman blickte wieder zurück. Zwischen seinem und Leadburys Taxi befanden sich zwei Wagen. Er beugte sich vor, schob die Trennscheibe zur Seite und hielt dem Fahrer die Banknote hin.
»Da haben Sie einen Fünfer. Meine Frau läßt mich von einem Privatdetektiv verfolgen. Er sitzt im Taxi hinter uns. Sobald wir in einem Stau sind, steige ich aus. Das Restgeld können Sie behalten, okay?«
»Okay, Sir.«
Der Fahrer fixierte Newman im Rückspiegel und blinzelte ihm zu. Solche Situationen kannte er. Die Ampel wechselte auf Grün, und er bog in die stark befahrene Cromwell Road ein. Sie fuhren mäßig schnell, bis sie nahe bei Harrod's waren. Newman schaute ein drittes Mal zurück. Das andere Taxi war noch immer zwei Wagen

hinter ihnen. Der Wagen kam in einem Gewirr von Autos zum Stehen. Newman öffnete die Wagentür, stieg geduckt aus, schlug die Tür zu, wand sich zwischen den haltenden Fahrzeugen hindurch und ging rasch den Beauchamp Place hinunter.
Vor ihm ließ ein Taxifahrer eine Frau aussteigen, die offenbar vorhatte, bei Harrod's auf Einkaufstour zu gehen. Er wartete, während sie bezahlte, und warf einen Blick zurück. Von Leadbury keine Spur. Der überlegte jetzt wahrscheinlich seinen nächsten Schritt.
»Wohin wollen Sie, Sir?« fragte der Taxifahrer.
»Sainsbury's in der Cromwell Road. Fahren Sie durch die Walton Street und dann an der Station South Kensington vorbei. Ich hab's eilig.«
»Das sagen alle.«
Doch dabei beließ er es, als Newman ihm im Wagen eine Fünfpfundnote in die Hand drückte. Ohne weitere Worte setzte sich der Wagen in Bewegung. Hinter Ihnen, auf dem Beauchamp Place: nichts von einem Taxi, nichts von Leadbury zu sehen.
Die Route, die Newman gewählt hatte, führte ihn annähernd im Kreisbogen dorthin zurück, wo er gestartet war. Das war das Allerletzte, was dieser Wirrkopf von Verfolger von ihm erwarten mochte. Mit Tweed auf Newmans Fersen wäre die Sache ganz anders ausgegangen. Und alles, was danach geschah, hätte sich wahrscheinlich nie ereignet.

2

Tweed legte den Hörer in die Gabel und schaute Monica mit grimmigem Gesicht an. Er stand hinter seinem Schreibtisch auf, ging quer durch den Raum zum Schrank, in dem er seinen Regenmantel hängen hatte, nahm ihn vom Haken, faltete ihn über dem Arm zusammen und sagte:
»Das war Howards Sekretärin. Howard tobt, und daher reden wir zwei jetzt am besten nicht miteinander, denke ich. Es ist natürlich wegen dieser neuen Direktive vom Premier.«
»Wenn Sie das jetzt schaffen« – Monikas graue Augen begannen bei diesem Gedanken zu glitzern –, »dann ist Ihnen Howards Sessel sicher. Das ist das zweite Mal, daß die Premierministerin ihn übergeht und Ihnen ihr volles Vertrauen schenkt.«

»Den Sessel will ich gar nicht«, antwortete Tweed und blinzelte nervös hinter seinen Brillengläsern. »Und ich bin ganz und gar nicht selig über diesen Auftrag. Aber ich habe ihn nun mal. Leadbury hat Newman aus den Augen verloren. Natürlich. – Taxiwechsel – in der Nähe von Harrod's. Berichten Sie mir jetzt noch einmal von dem Polizeisergeanten, den Sie vor Newmans Wohnung auf den Arm genommen haben.«
»Er erzählte mir, man habe den dortigen Briefträger überfallen. Ich gab mich als die Schwester des Briefträgers aus, woraufhin ich ihm entlocken konnte, daß man den Briefträger ins St.-Thomas-Krankenhaus gebracht habe. Mit einer leichten Kopfverletzung. Gehen Sie in Newmans Wohnung?«
»Nein. Ins St.-Thomas-Krankenhaus. Der Briefträger ist unser einziger Anhaltspunkt. Ich mache mir große Sorgen um Newman. Leadbury hat gesehen, daß er Chasemore House mit einem Koffer verlassen hat. Ich wette, er fährt außer Landes. Die Frage ist: wohin? Gott weiß, in welche Gefahren Howard ihn da hineingehetzt hat.«
Ihre Blicke trafen sich, und Tweed wußte, daß sie dasselbe dachte wie er. Das geschah oft. Sie waren so lange zusammen, daß ihre Denkprozesse in denselben Bahnen verliefen.
»Heathrow?« fragte Monica.
»Es ist unsere einzige Hoffnung. Setzen Sie sich mit der Flughafenpolizei in Verbindung. Sie sollen alle Flüge durchchecken.«
»Das wird dauern«, warnte Monica. »Es ist noch immer Urlaubszeit...«
»Zeit ist genau das, was wir nicht haben. Wir können es nur versuchen. Ich muß jetzt schnell hinüber ins St. Thomas.«
»Können Sie mir einen Hinweis geben, in wessen Dienst wir uns mit dieser Procane-Sache befassen?«
»Tut mir leid, nein.«

Im St.-Thomas-Krankenhaus zeigte Tweed seinen Dienstausweis einem Oberarzt, der ihm hierauf sofort die Abteilung nannte, auf die man den Postbeamten, einen gewissen George Young, gebracht hatte.
»Könnte man ihn in ein Einzelzimmer verlegen, damit ich ihn ungestört befragen kann?« erkundigte sich Tweed. »Es wäre dringend – wir fürchten, dieser Fall steht in Zusammenhang mit einer weit größeren Sache.«

Fünf Minuten später nahm Tweed neben Youngs Bett in einem Zimmer für Privatpatienten Platz. Der Mann war bleich, verstört und hatte Schmerzen. Man hatte ihn geröntgt und keine Schädelfraktur festgestellt. Er war dünn und knochig. Tweed ging sehr vorsichtig zu Werke.

»Wie fühlen Sie sich? Das war ein schlimmes Erlebnis, nehme ich an?«

»Als ob mir das Haus auf den Kopf fiele. Ein Glück, daß es nicht das Empire State Building war. Wer sind Sie?«

»Ich gehöre zu einer Sondereinheit. Können Sie mir einige Fragen beantworten?«

»Schießen Sie los, Mann. Sondereinheit? Was läuft da wirklich?«

»Es besteht die Möglichkeit – nichts als die Möglichkeit –, daß die Leute, die Sie überfallen haben, in Verbindung mit einer Terroristengruppe stehen, hinter der wir her sind. Im Chasemore House wurde in eine Wohnung eingebrochen.«

»Mr. Robert Newmans Wohnung. In dieser Wohnung erwachte ich und sah die beiden Sanitäter über mich gebeugt dastehen. Ein echter Schatz, dieser Newman. Schenkt mir jedes Jahr was zu Weihnachten. Tun heutzutage nicht viele. Wohnte früher mal gleich um die Ecke. Ein Gentleman. Und komisch, ich traf ihn, nur eine Minute, bevor diese Saukerle mich vermöbelten.«

»Sie haben die Angreifer gesehen?«

»Nein, aber der Polizist hat mir gesagt, eine Reinemachefrau hat beobachtet, wie zwei Männer aus einem Wagen stiegen und mir über die Straße nachgingen. Konnte sie natürlich nicht beschreiben. Ich könnte sie beschreiben, wenn sie nicht von hinten über mich hergefallen wären. Die Tür war nicht ordentlich versperrt, deshalb schafften sie mich rein. Die Leute sind so unvorsichtig. Heutzutage muß man sich vorsehen...«

Er geriet ins Schwatzen. Der Schock klang ab, nahm Tweed an. Er unterbrach ihn sanft, ließ seine Frage harmlos klingen.

»Sie sagten, Sie hätten Mr. Newman auf der Straße getroffen. Auf dem Weg nach Hause?«

»Nein. Er ging weg, zum Forum-Hotel hinüber. Ich gab ihm seine Post.«

»Das haben Sie also getan?« Tweed unterdrückte seine Erregung.

»Briefträger haben ein gutes Gedächtnis. Erinnern Sie sich vielleicht an die Post, die sie ihm gaben?«

»Drei Briefumschläge«, sagte Young sofort.
»Und können Sie mir etwas über diese Briefumschläge sagen?«
»Glaube nicht. Briefe halt. Zwei in braunen Umschlägen, die wie Rechnungen aussahen. Warten Sie.« Unter dem Verband legte Young seine Stirn in Falten. »Das dritte war ein länglicher weißer Umschlag, aus dem Ausland, mit einem blauen Luftpost-Aufkleber. Und sie hatte die Adresse in Eile geschrieben, meine ich.«
»Warum meinen Sie das?«
Tweed lehnte sich zurück und verschränkte die Hände im Schoß, äußerlich die Ruhe in Person; dabei saß er in ängstlicher Anspannung, den Zauber ja nicht zu brechen. Aus seiner Erfahrung mit Verunglückten wußte er, daß Young jeden Augenblick müde werden, den Erzählfaden verlieren konnte.
»Die Art, wie sie's geschrieben hatte, ein richtiges Gekritzel.«
»Sie sagen immer ›sie‹.«
»Die Schrift lief schräg nach hinten. Ich habe viele Frauen gesehen, die so schreiben. Die Männer schreiben zumeist schräg nach vorne.«
»Stimmt genau. Die ausländischen Briefmarken haben Ihnen wahrscheinlich gesagt, von welchem Land der Brief abgeschickt worden war?«
Stelle eine Frage immer so, als erwartest du eine positive Antwort. Stellst du eine verneinende Frage, kriegst du eine verneinende Antwort.
»Da waren keine Briefmarken. Der Brief war freigestempelt. Das weiß ich genau. Und in der linken oberen Ecke stand der Name eines Hotels.«
»War der Freistempel – der ja den Namen des Aufgabeorts zeigt – leserlich?«
»Ja. Fragen Sie mich nicht nach dem Namen. Wissen Sie, wie viele Briefe ich täglich zustelle?«
»Viele, da bin ich sicher.« Tweed beugte sich vor. »Sie haben ein ganz außerordentliches Gedächtnis. Sie würden einen wunderbaren Zeugen abgeben. Einen aus einer Million. Also, der Freistempel war leserlich. Ich nenne Ihnen jetzt die Namen einiger Städte – hören Sie zu, ob einer paßt. Fangen wir mit irgendeinem an: Kopenhagen?«
»Nein, er war kürzer – wenigstens der obere.«
»Der obere?«
»Da waren zwei Namen im Stempelkreis, einer oben, einer unten,

dazwischen das Aufgabedatum. Aber nach dem dürfen Sie mich nicht fragen – ich bin kein Superhirn.«
»Helsinki?«
»Ja!« Die Farbe kehrte in Youngs Gesicht zurück. Die Dinge des Lebens begannen ihn wieder zu interessieren. »Es war Helsinki.«
»Und der Name unten war Helsingfors.« Laut für Laut sprach Tweed es aus. »Wissen Sie, zehn Prozent der Bevölkerung Finnlands sprechen Schwedisch – also erweist man Ihnen den Gefallen und bringt Namen zuerst auf finnisch, dann auf schwedisch.«
»Etwas in der Art war's, aber ich kann mich nicht genau erinnern.«
»Gut. Und jetzt probieren wir noch was. Der Name des Hotels stand in der linken oberen Ecke. Können Sie sich erinnern?«
»Überhaupt nicht.« Young änderte seine Lage im Bett. Es war seit Tweeds Eintreten die erste Bewegung, die er machte. »Ich weiß, es war ein langer Name«, fuhr er fort, dabei die Augen halb schließend, als versuche er, sich den Briefumschlag vorzustellen. »Ich sag Ihnen was ... ich bin ziemlich sicher, daß er mit K anfing. Es war so ein richtiger Zungenbrecher, soviel weiß ich.«
»Ich glaube, ich habe Sie lange genug in Beschlag genommen.« Tweed erhob sich. »Sie haben mir sehr geholfen, und ich bin Ihnen dankbar. Ich hoffe, Sie kommen bald wieder auf die Beine und diese lästige Sache bleibt eine Erinnerung, die sich in Luft auflöst. Nach dem, was der Arzt mir gesagt hat, wird das der Fall sein.«
»Sie haben nicht zufällig eine Zigarette bei sich?«
»Der Doktor bringt mich um.« Tweed griff in die Tasche und zog eine Packung Silk Cut heraus. Er war Nichtraucher, trug aber stets eine Packung bei sich – sie konnte während eines Verhörs zu einer wirksamen Überredungswaffe werden. Er gab Young die Zigaretten, zündete eine mit einem Streichholz an und ließ das Streichholzheft auf dem Bett liegen. »Sie können die Untertasse auf dem Nachttisch als Aschbecher benützen. Und die Zigaretten haben *Sie* hierher mitgebracht!«
»Ist sogar meine Marke. Hoffentlich erwischen Sie die verdammten Terroristen. Sollten alle gehängt werden.«
»Wenn Sie dafür sorgen, daß dieses Gespräch völlig unter uns bleibt, dann erhöhen Sie meine Chancen, sie aufzustöbern, um hundert Prozent«, versicherte ihm Tweed. »Und jetzt muß ich dringend telefonieren.«

Der Oberarzt überließ ihm sein Zimmer und entfernte sich diskret, damit er allein telefonieren konnte. Während er die Lochscheibe drehte, um Monica anzurufen, ging er im Geist durch, was Young ihm gesagt hatte. Ein Hotel mit dem Anfangsbuchstaben K. Das ergab einen Sinn. Und der Hinweis auf den »Zungenbrecher« unterstrich nur noch, daß es sich um Finnland handelte, wo der Brief aufgegeben worden war.
»Monica«, begann er, »ich spreche auf offener Leitung direkt vom St. Thomas. Haben wir Glück mit Heathrow?«
»Sie haben gerade angerufen. Die betreffende Person nimmt den Flug BA 668 nach Sibeliusland.«
»Können wir ihn aufhalten, wegen irgendeiner technischen Panne den Abflug verschieben lassen?«
»Die Maschine startet um elf Uhr fünfzehn.«
Tweed, der nicht mehr wußte, wie spät es war, schaute auf die Uhr und fluchte innerlich. Verdammtes Pech. Es war 11.25 Uhr, Newman bereits in den Wolken. Monica meldete sich wieder.
»Ich habe gerade auf die Uhr gesehen.«
»Ich weiß. Er ist weg. Wo machen sie Zwischenlandung, bevor sie ihr Ziel erreichen?«
»Sie machen keine. Es ist ein Nonstopflug. Landung um sechzehn Uhr zehn Ortszeit. Das ist gegenwärtig zwei Stunden unserer Zeit voraus.«
»Warten Sie einen Augenblick. Lassen Sie mich nachdenken.«
Tweed war entsetzt. Das falsche Ding am falschen Ort, wie er Howard gesagt hatte. »Monica, nach meiner Rechnung habe ich weniger als drei Stunden, bis er landet?«
»Das ist richtig.«
»Ich komme auf geradem Weg ins Büro. Suchen Sie die Nummer dieses Mädchens in Sibeliusstadt heraus, das uns vor ein paar Jahren geholfen hat. Sehen Sie zu, daß Sie sie haben, bis ich zurück bin. Nein, das werde ich selber erledigen. Es ist meine einzige Chance, diesen Menschen im Flugzeug vor Gott weiß was zu bewahren.«

3

Die Maschine hatte die Reiseflughöhe von 10 000 Metern und die Reisegeschwindigkeit von 700 Stundenkilometern erreicht und befand sich über der Nordsee mit Kurs auf das Baltikum. In der Club-Klasse wurden Drinks serviert, aber Newman bat nur um ein Glas Orangensaft und ein Glas Wasser. Er trank nie Alkohol, wenn er flog – es beschleunigte den Dehydrierprozeß, der in den großen Höhen, in denen moderne Düsenflugzeuge sich bewegten, trotz der Druckkabine in Gang kam.

Er hatte einen Fensterplatz auf der Steuerbordseite, nahm jedoch nicht wahr, daß die Boeing Super 737 über einen Ozean aus Wolken dahinflog, der es einem unmöglich machte, einen Blick auf das Meer tief unten zu werfen. Seit er an Bord gegangen war, hatte er nicht aus dem Fenster gesehen. Als die Stewardess betonte, alkoholische Getränke wären frei, hatte es ihm einen Stich versetzt. Deswegen hatte es immer Streit mit Alexis gegeben.

»Alkohol entzieht Flüssigkeit ...«

»So, und was macht das schon?« brauste sie dann auf. »Du mußt doch sicherlich inzwischen begriffen haben, daß ich Angst vorm Fliegen habe. Nur ein Drink kann diese Angst halbwegs dämpfen.«

»Tu, was du willst.«

»Das habe ich auch vor! Weil wir verheiratet sind, glaubst du wohl, ich gehöre dir? *Comprené?*«

»Ja, *comprené*«, antwortete er dann.

»Also trinke und trinke und trinke ich, bis ich schwebe wie dieses verdammte Flugzeug. Und wenn wir dann landen – falls wir landen –, trägst du mich wie einen Vuitton-Koffer davon. Ist das okay?«

»Trink, soviel du willst.«

»Das tue ich. Ich trinke, soviel ich will, *chéri!*«

Sie war sehr französisch, er sehr englisch. Feuer und Wasser, nicht gerade die beste Kombination. Hatten sie in einem Anfall böser Leidenschaft geheiratet? Fing es mit den meisten Ehen so an? Außerdem war sie vom Wettbewerbseifer besessen. Noch dazu wetteiferten sie auf demselben Gebiet. Sie war Auslandskorrespondentin von *Le Monde*. Aber ihr Name stand in kleineren Lettern unter ihren Beiträgen als seiner unter den seinen. Das war eine ewig schwärende Wunde.

Eine schnelle Bewegung jenseits des Mittelganges zog seine Aufmerksamkeit auf sich. Ein dunkelhaariges Mädchen stürzte seinen Drink in einem Zug hinunter. Wieder ein Erinnerungsbild. Alexis, die nach der Auseinandersetzung wild ihre schwarze Mähne schüttelte und mit herausfordernder Geste ihr Glas in einem Zug leerte. Ein Segen – der Sitz neben ihm war leer. Auf dieser Reise konnte er gut ohne Gesellschaft auskommen.
Er griff nach der Aktentasche, die er stets mit an Bord nahm, die Aktentasche mit den wenigen Dingen, die er nicht verlieren wollte. Eine handlich gebaute Voigtländer-Kamera. Ersatzfilme. Sein Notizbuch. Sein Adressenverzeichnis. Einem großen Umschlag mit Papprücken entnahm er das Foto von Alexis, das er aus dem Rahmen auf der Anrichte in der Wohnung gezogen hatte. Ihr Gesicht war ihm direkt zugewendet.
Er würde das Bild zur Identifizierung brauchen, wenn er ihre letzten Schritte in Helsinki zurückzuverfolgen versuchte. Dazu auch ihren Mädchennamen. Alexis Bouvet. Er schob das Foto in den Umschlag zurück, den Umschlag wieder in die Tasche. Er schaute auf die Uhr. Noch zwei Stunden, dann landeten sie auf dem Flughafen Vantaa im Norden Helsinkis. Hatte die Stadt sich seit seinem letzten Besuch vor zwei Jahren verändert? Er bezweifelte es. Nervös rutschte er auf seinem Sitz vor und zurück, als sie mit dem Essen kamen. Er schaute noch immer nicht aus dem Fenster.

»Das Mädchen in Helsinki heißt Laila Sarin«, sagte Monica und nahm Tweed den Mantel ab und hängte ihn über den Kleiderbügel. Die Hitze trieb ihm den Schweiß aus den Poren. Schon jetzt waren es 28 Grad. Der einzige Grund, warum er den Burberry-Trenchcoat mitnahm, war der, sein Äußeres verändern zu können, wenn es es wollte. Wenn er ihn zusammengefaltet trug, ließ er damit auch das auffällige Muster des Mantelfutters sehen; zog er ihn an, verwandelte er sich in einen Dutzendmenschen in abgetragenem blauem Regenmantel.
»Ja, ich kann mich gut an sie erinnern. Ich brauche nur ihre Telefonnummer, anrufen kann ich sie selber.«
»Steht auf dem Zettel auf Ihrem Schreibtisch. Dazu der Name der Zeitung, für die sie arbeitet – für mich unaussprechbar.«
Tweed setzte sich hinter seinen Schreibtisch, blickte auf die Notiz und griff nach dem Hörer. Daß er selbst die Nummer wählen

wollte, war für Monica ein Zeichen, daß er unter nervlicher Anspannung stand. Der Name der Zeitung war »*Iltalehti*«.
»Wieviel Zeit haben wir?« fragte Tweed.
»Newman landet in zwei Stunden. Ist der Flughafen weit draußen?«
»Nur zwanzig Minuten Fahrt vom Stadtzentrum.«
Er wählte die lange Nummer. Als sich die Vermittlung meldete, gab er die Klappennummer bekannt und verlangte Laila Sarin zu sprechen. Sie würde natürlich mit einem Auftrag unterwegs sein. Nervös trommelten die Finger seiner Linken auf die Tischplatte und hielten plötzlich still. Die Verbindung war ausgezeichnet, und er erkannte ihre weiche, unverwechselbare Stimme.
»Laila, hier Tweed aus London. Könnten Sie mir jetzt gleich einen Riesengefallen erweisen?«
»Wie schön, von Ihnen zu hören. Mein Notizblock liegt bereit. Was kann ich tun?«
Er faßte sich so kurz wie möglich. Sie sagte immer nur: »Ja, verstehe. Kein Problem.«
Er beschrieb ihr Newman, nannte ihr die Daten des Fluges, warnte sie vor Newmans Schläue, und daß er einen Verfolger sehr bald entdecken würde. Sie machte einen ungewöhnlichen Vorschlag.
»Könnte ich mich ihm nicht vorstellen, indem ich Ihren Namen dabei indirekt ins Gspräch bringe? Arbeitet er gern allein – oder wäre ihm unter den gegebenen Umständen nicht jede Hilfe willkommen? Er muß doch durch den Tod seiner Frau unter der Einwirkung eines Schocks stehen. Wir haben die Story in unserer heutigen Ausgabe.«
»So?« Tweeds Hand krampfte sich um den Hörer. »Darf ich wissen, woher Sie die Information haben?«
»Ein Foto wurde in unserer Redaktion abgegeben. Wir haben genug Fotos von Alexis Bouvet gesehen, so daß wir sie gleich erkannten. Und es war auch noch ein Text dabei. Also: kann ich Newman ansprechen, wenn er aus dem Flugzeug steigt?«
»Können Sie rechtzeitig in Vantaa sein?«
»Kein Problem. Ich brauche meinem Chefredakteur gegenüber bloß den Namen Robert Newman zu erwähnen, und er wittert sofort eine gute Story.«
»Newman jagt Sie vielleicht zum Teufel«, warnte Tweed.
»Oh, darauf bin ich vorbereitet. Ich kenne da einen netten Taxi-

fahrer, der draußen wartet und ihm folgen wird, falls das passieren sollte.«
»Laila, ich glaube, ich überlasse alles am besten Ihnen.«
»Ich bin beim Flugzeug, Mr. Tweed. Sie können sich auf mich verlassen. Wie erreiche ich Sie?«
Tweed gab ihr eine Nummer, nicht seine eigene, sondern eine, die laut Telefonbuch zu einer im Hause befindlichen Versicherungsgesellschaft gehörte. Er dankte ihr, legte den Hörer auf und schaute zu Monica hinüber.
»Ihr Englisch ist also gut?« fragte Monica.
»Viele Finnen sprechen ausgezeichnetes Englisch. Ein Volk von Realisten. Wer auf der Welt versteht schon ihre Sprache? Eine Form des Finno-Ugrischen, mit dem Ungarischen verwandt. Keiner weiß wirklich, woher diese beiden Völker kommen. Da gibt's eine Menge Theorien. Nun, mein nächster Weg führt mich in Newmans Wohnung. Da muß doch irgendwas zu finden sein.«
»Ich habe Ihnen Flugkarten nach Paris, Frankfurt, Genf und Brüssel besorgt. Viel Zeit bleibt Ihnen nicht, um die Nachmittagsmaschine nach Paris zu erreichen.«
»Die Procane-Sache läßt mir für nichts mehr Zeit . . .«

Als er Newmans Wohnung betrat, reparierte ein Mann gerade die Wohnungstür. Tweed ging weiter bis zum Eingang ins Wohnzimmer und verhielt den Schritt. Howard stand in der Mitte des Raumes, schlürfte Kaffee und schaute eher planlos um sich. Er hob grüßend die Tasse.
»Das Mädchen im Tiefparterre hat das für mich bewerkstelligt. Sehr nettes Ding.«
In Tweeds Gesicht regte sich kein Muskel. Howards Public-School-Akzent, dessen er sich gewöhnlich befleißigte, hatte fast schmachtende Weichheit angenommen. Es war allgemein bekannt, daß er mit der reichen Adligen, die er geheiratet hatte, keine allzu gute Ehe führte.
»Warum sind Sie hergekommen?« fragte Tweed. »Da Sie nun aber schon einmal da sind: haben Sie etwas gefunden?«
»Nichts zu finden. Newman ist ein geriebener Hund. Nicht ein Notizbuch oder Stück Papier in der ganzen Wohnung, das einen Hinweis liefern würde. Und daß ich hier bin – was das betrifft?« – der Akzent der Oberschicht brach sich mit Vehemenz Bahn –, »Newman hat Leadbury abgehängt.«

»Damit war zu rechnen.« Tweed ging langsam durch das große Zimmer, nichts berührend, alles in sich aufnehmend. »Warum steht der Kerl in Zivil noch immer beim Eingang herum?«
»Peacock? Nicht besonders helle, wie so viele. Die Leute von der Spurensicherung müssen noch kommen. Offenbar gab's letzte Nacht eine ganze Serie von Einbrüchen. Haben Sie irgendwas bemerkt?«
»Ich sehe mich bloß um.«
Tweed starrte auf die Deckplatte der Regency-Kommode an der Wand. Sie war von einer dünnen Staubschicht bedeckt. Hausfrauenarbeit war nie Alexis' Stärke gewesen. Zwei Linien, eine hinter der anderen, zogen sich klar durch den Staub. Tweed öffnete die Lade in Höhe der Linien, dabei den metallenen Handgriff anfassend, der Fingerabdrücke nicht annahm.
»Da drin werden Sie nichts finden«, versicherte Howard. »Ich habe alles durchgesehen.«
Tweed starrte den leeren Silberrahmen an, der noch vor kurzem auf der Kommode gestanden haben mußte. Er schloß die Lade, ging durch den Raum und stieg die zwei Stufen zur Kochnische hoch. Er sah sich um, verließ den Raum und ging nach hinten ins Schlafzimmer. Den kleinen Raum, in dem man vorn vom Vorzimmer aus gelangte, benützte Newman als Arbeitszimmer. Dort würde nichts zu finden sein.
Er durchsuchte das Schlafzimmer genau, schaute sogar unter die beiden Betten. Verdammt heiß war es hier drin. Er tupfte sich die Stirn ab und fragte sich, welch phantastische Höhen die Quecksilbersäule inzwischen erklommen haben mochte. Würde diese Hitzewelle ewig dauern? Tweed haßte Hitze. Tagtäglich richtig beißende Kälte, welch belebende Wirkung hätte das auf ihn!
»Nichts?« fragte Howard von der Türöffnung aus.
»Nichts.« Komisch, aber es war die Wahrheit. »Ich gehe jetzt am besten«, entschloß er sich. »Ich muß eine Maschine erreichen.«
»Nach Paris? Sie glauben, ›Le Monde‹ kann Ihnen etwas über Alexis sagen?«
»Kaum. Ich muß mich beeilen. Entschuldigen Sie mich.«
»Und Sie sagen mir nichts über diesen Procane?«
»Ich wünschte, ich hätte etwas zu sagen. Es ist bloß ein Name. In Washington gibt es niemanden in einer Schlüsselposition, der so heißt. Seltsam, nicht?«

»Ihr Koffer steht im Kleiderschrank, Flugtickets, Reiseschecks plus etwa hundert Pfund in französischer Währung stecken im Briefumschlag auf ihrem Schreibtisch«, kündigte Monica an, als Tweed das Büro betrat. »Haben Sie Ihren Paß?«
»Hören Sie um Gottes willen auf, die Pferde scheu zu machen. Sie wissen, daß ich meinen Paß immer bei mir habe.«
Tweed bedauerte seinen Ausbruch, kaum daß er hinterm Schreibtisch saß. Monica schien gekränkt, öffnete eine Akte und beugte sich darüber. Er atmete tief durch, legte beide Hände auf die Tischplatte und preßte den Rücken gegen die Lehne seines Drehsessels.
»Es tut mir unendlich leid. Das war unverzeihlich. Ich sollte dankbar dafür sein, wie Sie sich ständig um mich kümmern.«
»Irgendwas an diesem Auftrag macht Ihnen Sorgen?«
»Mir mißfällt dieser ganze Auftrag. Aber er muß erledigt werden.«
»Haben Sie etwas in Newmans Wohnung gefunden?«
»Ja, Howard, der wie Gottvater dastand. Er hatte dort nichts zu suchen, aber ich hielt den Mund.«
»Gut für Sie. Und was haben Sie gefunden?«
»Das, was ich nicht mehr fand, ist so beunruhigend. Zwei Dinge fehlten. Howard hatte es ebenfalls nicht bemerkt. Die Leute sehen nie etwas, das *fehlt*.«
»Was fehlte?«
»Ein Foto von Alexis. Ich fand den leeren Rahmen in einer Kommodenschublade. Newman hat das Foto mitgenommen, um es Leuten in Finnland zu zeigen. Er versucht ihre letzten Schritte zurückzuverfolgen. Und der Koffer, den er für rasche Abreisen ständig gepackt bereithält, war weg. Es gibt keinen Zweifel mehr – er ist abgereist, um die Mörder seiner Frau aufzuspüren.«
»Und das könnte gefährlich werden?«
»Sehr. Finnland ist ein faszinierendes Land, aber es liegt im Schatten der Sowjetunion. Die Finnen spielen das politische Spiel mit außerordentlichem Geschick – einerseits gut Freund mit dem Kreml, anderseits entschlossen, sich ihre Unabhängigkeit zu erhalten. Ein wahrer Drahtseilakt. Dafür bewundere ich sie. Aber ich fürchte, Newman unterschätzt in seiner Trauer und seinem Zorn, wohin er sich da begibt.«
»Und das wäre?«
»Das große Niemandsland Westeuropas.«

4

Das große Niemandsland Westeuropas.
Flug BA 668 verlor rasch an Höhe, schwenkte in einen Kreisbogen ein. Zum ersten Mal schaute Newman aus dem Fenster, riß sich aus der Betäubung, in die ihn das monotone Dröhnen der Triebwerke versetzt hatte. Plötzlich stieß das Flugzeug durch die dicke Wolkendecke, und da lag es unter ihm. Finnland!
Offenes Land, eine Handvoll netter Häuser mit roten Dächern inmitten großer Inseln dichten, dunklen Waldes. Während der langen Winter konnte man in diesen einsamen Behausungen wohl Platzangst bekommen. Viele lebten so, isoliert inmitten von Kiefern und Föhren, mit nichts als einem schmalen Karrenweg, der sie mit der nächsten Straße verband. Kleine, metallisch glitzernde Seen waren über die Ebene verstreut.
Dann landeten sie. Der undurchdringliche Kiefernwald wischte am Fenster vorüber. Mit einem sanften Ruck setzten die Räder auf der Landepiste auf. Dann das plötzliche Langsamerwerden, als die Landeklappen nach unten fielen und die Triebwerke mit Gegenschub arbeiteten. Sie glitten nur noch dahin, mit jeder Sekunde an Geschwindigkeit verlierend. Was er durchs Fenster sah, erinnerte Newman an Arlanda, den wesentlich größeren Flughafen von Stockholm, der ebenfalls von dichtem Kiefernwald umgeben war.
Als die Maschine zum Stehen kam, löste er den Sicherheitsgurt, dankte der Stewardess, die ihm den Mantel reichte, zwängte sich hinein, trat in den Mittelgang, seine Aktentasche umklammernd. Die gleiche pulsierende Nervosität hatte er auch bei seinem ersten Besuch Finnlands empfunden. Hier war er weit im Osten, so weit im Osten, als es möglich war, ohne russischen Boden zu betreten.
In seiner Ungeduld erreichte er als erster den Ausgang. Keine gedeckte Fluggastbrücke, nur eine bewegliche Treppe, die man herangefahren hatte und auf die er hinaustrat. Das Flughafengebäude war gleich vor ihnen, klein und deswegen anheimelnd wirkend; in schmucken Lettern trug es die Aufschrift: HELSINKI – VANTAA.
Während er die kurze Distanz zwischen Flugzeug und Flughafengebäude zurücklegte, atmete er die kalte, frische Luft ein. In London hatte er eine Hitzewelle hinter sich gelassen; jetzt

befand er sich in einer anderen Welt. Eigenartigerweise war er dankbar und zugleich erleichtert, weg zu sein von allem Vertrauten. Eine dunkle Wolkendecke bedeckte den Himmel, schien aber da und dort in Auflösung begriffen. Die Sonne kam durch, eine verschwommene, neblige Scheibe, nicht größer als eine 5-Markkaa-Münze. Und überall diese Ks, dachte er mit schiefem Lächeln, während er das Gebäude betrat. Davon würde er noch etliche zu sehen bekommen.
Vantaa ähnelt Cointrin in Genf und Kastrup in Kopenhagen. Klein, behaglich. Welten enfernt von der Ausgedehntheit und dem Getöse von Heathrow. Und noch ein Unterschied – Newman merkte ihn gleich wieder, nachdem er die Paßkontrolle hinter sich hatte und beim Gepäckkarussell auf seinen Koffer wartete. In Vantaa gibt es nicht die endlosen Flächen von Kunststoffbelag, die anderen Flughafengebäuden einen so unpersönlichen Charakter verleihen. In Vantaa ist der Boden mit Brettern belegt. Holz gibt es genug in Finnland.
Das Mädchen trat auf ihn zu, als er die Ankunftshalle durchquerte, um zum Taxistand zu gelangen. Das flachsblonde Haar, das ihm hier wieder oft begegnen würde. Schlank, einsfünfundsiebzig groß, saubere blaue Jeans, die in kniehohen Stiefeln steckten. Der Oberkörper in einer weißen Strickjacke mit Rhombenmuster. Später erfuhr er, daß das neueste Mode war. Sie hielt sich sehr aufrecht und blickte ihn durch ihre Brillengläser direkt an.
»Mr. Robert Newman?«
Sofort wurde er wachsam und feindselig. Verdammt, er wollte in Ruhe gelassen werden. Er ging ohne Antwort weiter, beschloß jedoch, als er fast an ihr vorüber war, es wäre besser, zu erfahren, was sie wollte.
»Ich kenne Sie nicht«, sagte er kurz, »und ich bin in Eile. Reden Sie öfter fremde Männer an?«
»Nur wenn Sie Anzüge aus Tweed tragen.« Ihre rechte Hand befingerte kurz unter dem offenen Mantel das Revers seines blauen Anzuges. Sie hatte das Wort *Tweed* betont. Er zögerte, überlegte rasch. Wie zum Teufel hatte Tweed ihn so schnell aufgespürt? Er mußte sichergehen.
»Nur daß ich einen solchen Anzug nicht anhabe.«
»Ich weiß. Aber Tweed stimmt doch, oder?«
»Wer sind Sie also? Ich bin müde und habe wenig Zeit.«
»Laila Sarin. Ich bin Reporterin der Zeitung *Iltalehti*.«

»Verschwinden Sie.«
»Ich bitte um Verzeihung. Tut mir leid.«
Er zögerte noch immer. Was war nur los mit ihm? Er konnte nicht einmal eine einfache Entscheidung treffen. Dabei war das, was er tun mußte, klar: er hatte herauszubekommen, was das Mädchen vorhatte. Danach konnte er sie besser mattsetzen – oder sie loswerden.
»Das war grob von mir«, sagte er. »Ich entschuldige mich. Ich muß in dieses Hotel.« Er zeigte ihr den Umschlag von Alexis' Brief. »Ich wollte es dem Taxifahrer zeigen. Ich kann das Wort nicht aussprechen. Kommen Sie mit.«
»Ich sag es ihm.« Sie schlug sich den langen Riemen ihrer großen Tasche fester um die Schulter. Ihre Enttäuschung war ihr so deutlich vom Gesicht abzulesen gewesen, daß er Mitleid mit ihr gehabt hatte. Er muße in Hinkunft besser achtgeben. Vielleicht wußte sie besser mit Männern umzugehen, als er annahm.
Sie traten aus dem Eingang, und sie redete finnisch mit dem Fahrer, der Newmans Koffer im Kofferraum verstaute, während sie hinten einstiegen. Er merkte, daß sie ihn aus dem Augenwinkel beobachtete, als der Wagen anfuhr.
»Lassen Sie mich nur eines sagen«, bemerkte sie. »Es ist ein wirklich schönes Hotel, das Sie sich ausgesucht haben. Etwas außerhalb gelegen, sehr ruhig und erholsam. Guter Platz zum Nachdenken und Entspannen.«
Dabei beließ sie es, als sie mit hoher Geschwindigkeit auf einer vierbahnigen Schnellstraße dahinfuhren, zwischen Kieferngehölz und hier und da einem aus dem Boden ragenden verwitterten Granitblock. Keinerlei Anzeichen einer Stadt. Jetzt fiel ihm ein – Granit, die Seele von Helsinki. Harte Burschen, diese Finnen. Hatten ihre Hauptstadt buchstäblich aus dem Granit gehauen.
Es war noch Tag, aber alle aus der Gegenrichtung kommenden Wagen hatten die Scheinwerfer eingeschaltet. Ein weiterer interessanter Aspekt Finnlands, wie ihm wieder einfiel. Es war gesetzlich vorgeschrieben, stets mit eingeschalteten Scheinwerfern zu fahren, außer man befand sich im Stadtgebiet, wo es dem Gutdünken des Fahrers überlassen blieb. Dadurch entstand der geisterhafte Eindruck, es sei, egal zu welcher Tageszeit, kurz vor Einbruch der Dunkelheit.
»Sie sollten einen Blick darauf werfen«, sagte sie und drückte ihm etwas in die Hand.

Es war ihr Presseausweis. Sie legte ihre Identität offen, in einem weiteren Versuch, ihn zu beruhigen. Er hätte ihn ihr natürlich schon auf dem Flughafen abverlangen sollen. Himmel, er brauchte jetzt ein paar Tage zum Nachdenken und Entspannen. War das nicht genau das, was auch sie gesagt hatte? Schien sehr intuitiv zu sein, dieses Mädchen. Wußte sie von Alexis und hatte es sorgfältig vermieden, darüber zu reden?
»Wir fahren nicht in die Stadt, sondern gleich in Ihr Hotel«, sagte sie, aus dem Fenster starrend und ohne ihn anzusehen. »Hoffentlich haben Sie ein nettes Zimmer mit Blick übers Meer.«
»Sie hatten nur noch eine Suite, also nahm ich die. Das Hotel ist an der Küste?«
»Ja, aber Sie werden gar nicht den Eindruck haben, es wäre so. Dieser Teil des Meeres wirkt mehr wie einer unserer finnischen Seen. Von einer Suite aus werden Sie auch guten Ausblick haben. Ich möchte gerne mit Ihnen reden, Mr. Newman. Wäre es möglich, daß wir heute abend zusammen essen?«
»Ich weiß es nicht. Vielleicht möchte ich gleich zu Bett gehen.«
»Daran hätte ich denken sollen – Sie haben einen langen, ermüdenden Flug hinter sich. Entschuldigen Sie.«
»Sie müssen sich nicht entschuldigen.« Er stockte. »Wir werden sehen, wie's mir geht, wenn wir da sind. Ich meine . . .«
»Verstehe«, antwortete sie ruhig und ohne Ungeduld zu zeigen. Newman erkannte, daß er sie seine Gereiztheit fühlen ließ und nicht sehr freundlich zu ihr war. Er warf ihr einen Blick zu. Laila Sarin schaute immer noch aus dem Fenster. Sie mochte siebenundzwanzig sein, schätzte er. Kein Ring am linken Ringfinger. Sie war in keiner Weise attraktiv nach den üblichen Kriterien, aber ihr Wesen hatte eine besänftigende Wirkung auf ihn, trotz seiner üblen Laune.
Sie wandte sich langsam um, und hinter den Brillengläsern fixierten ihn ihre blauen Augen. Er erwiderte den Blick ohne besonderen Gesichtsausdruck und wandte sich dann wieder seinem Fenster zu. Sie erreichten die Peripherie der Stadt. Unpersönliche Wohnblöcke standen da, so als ob man erst vor ein paar Monaten mit der Erbauung Helsinkis fertig geworden wäre.
Dann fuhren sie durch Parklandschaft. Da und dort erhob sich inmitten der Bäume eine fremdartige Plastik. Der Wagen fuhr um eine Kurve, Laila legte sich den Tragriemen ihrer Tasche um die Schulter.

»Wir sind da.«
Mit den Hotels im Zentrum von Helsinki durchaus vertraut, nahm Newman das *Kalastajatorppa* mit schockartigem Erstaunen zur Kenntnis. Auf der Kuppe eines Hügels errichtet, der vom Meerufer anstieg, bestand der Hotelkomplex aus einer Reihe von drei- und vierstöckigen Betonblöcken von bemerkenswerten Ausmaßen, deren einer sich in langem Bogen dehnte. Die Dächer waren flach.
Bewegungslos starrte Newman aus dem Fenster. Die finnischen Architekten sind fähig, wenn nicht genial. Dieser hier hatte den Beton mit dem Granit des gewaltigen Massivs förmlich verschmolzen, so daß es aussah, als wüchse er aus dem Granit in die Höhe.
Das Hotel lag zu beiden Seiten der Fahrstraße, die durch das Kiefernwäldchen führte. Zur Rechten sah er das ruhige, bleifarbene Grau des Meeres und dahinter, in einiger Entfernung, wonach man in Finnland nie lange zu suchen braucht: das dunkle, endlos scheinende Band des Waldes, das die Bucht wie mit riesigen Polypenarmen umschlang.
»Ist es anders? Ja?« wollte das Mädchen wissen.
»Es ist ganz ungewöhnlich«, pflichtete Newman ihr bei.
Er entlohnte den Taxifahrer, und sie gingen in die weiträumige Empfangshalle. In Finnland machte sich keiner Gedanken über die Wirkung kubischer Räume. Es war ruhig hier; nur eine Handvoll Leute saß in bequemen Sesseln vor dem Empfangspult.
Newman trug sich ein, und ein Träger fuhr mit ihnen im Lift hinauf zur Suite in der zweiten Etage. Es schien ganz natürlich, daß Laila ihn begleitete. Die Suite bestand aus einem großen Schlafzimmer mit zwei Betten, dem Bad und einer Tür, die ins angrenzende Wohnzimmer führte. Als sie allein waren, ließ Newman sich auf eines der Betten fallen. Er war unsagbar müde.
Von dem Moment an, als er mit Howard in dem Vorführraum auf dem Park Crescent den Schreckensfilm von Alexis' Ermordung gesehen hatte, hatte er sich weiter und weiter getrieben. Wie lange war das her? Himmel! Es war am Morgen dieses heutigen Tages gewesen. Und jetzt war er im weitentfernten Finnland. Laila Sarin lief zum Panoramafenster und rief in fast kindlichem Entzücken:
»Mr. Newman! Sie haben die Aussicht! Kommen Sie und sehen Sie sich das an!«

»Okay, ich komme.«

Etwas in seiner Stimme ließ sie herumfahren, als er kam und sich neben sie stellte. Sie fragte ihn, ob er Kaffee wolle, und er nickte. Er stand da und blickte über das Flachdach der vorspringenden Empfangshalle hinweg, während sie den Zimmerservice anrief und etwas in schnellem Finnisch sagte.

Ja, sie hatte recht: das war Finnland. Dadurch, daß sein Blickpunkt über dem Niveau der Gebäude jenseits der Straße lag, hatte er eine großartige Rundsicht auf die Bucht, die wie ein See aussah. Ein Wind kräuselte das Meer, das mit einer ganzen Armee von kleinen Wellen auf die einsame Küste zukroch.

In Finnland wird einem stets die Weite des Himmels bewußt, eines Himmels, wie man ihn nirgendwo in Europa in solcher Klarheit und Größe erleben kann, eines Himmels, der ohne Ende ist. Gleich einem trüben Suchscheinwerfer brach das Sonnenlicht durch und beleuchtete einen winzigen Flecken Meer. Der Wind legte sich, die Wasseroberfläche kam zur Ruhe.

Er stand und betrachtete dieses Bild der Stille, menschenlos, so weit das Auge reichte. Nur Meer, dunkelnder Himmel und Wald. Seine Beine wurden gallertig weich. Doch das Bild hielt ihn fest, bis Laila zurückkam und sich neben ihn stellte. Er legte den Arm um ihre Schultern und spürte, wie sich ihr Körper entspannt gegen seinen lehnte.

»Der Kaffee kommt gleich«, sagte sie, während sie im Halbdunkel standen. »Und Sie können Laila zu mir sagen, wenn Sie wollen.«

»Ich heiße Bob. Ab jetzt können Sie sich das Mr. Newman schenken. Laila, ich falle um.«

»Legen Sie sich hin, bis der Kaffee kommt. Es dauert nicht mehr lange.«

Er ging zum Bett gleich neben der Tür, sank darauf, zog die Schuhe aus, schwang die Beine hoch und ließ sich zurückfallen. Sie schob ihm ein Kissen unter den Kopf, öffnete ihm Krawatte und Hemdkragen. Er schlief sofort ein.

Sie weckte ihn nicht, als der Kaffee kam. Sie schenkte sich selber eine Tasse ein, stellte sich einen Stuhl zum Fenster, setzte sich darauf und beobachtete das Hereinbrechen der Nacht, während sie Schluck um Schluck ihren Kaffee trank. Nach einer Stunde war die Kaffeekanne leer, und Newman schlief noch immer. Sein Atem ging ruhig. Sie schaltete auf der anderen Seite die Nachttischlam-

pe ein, stellte das Kissen hoch, zog die Stiefel aus und streckte ihre langen, schlanken Beine auf dem zweiten Bett aus.
Durch ihre Gläser beobachtete sie den Fremden von jenseits des Meeres, diesen Engländer, der sie, als sie ihn am Flugplatz zum erstenmal sah, sofort an eine einsame, verirrte Seele erinnert hatte.

5

Kurz nach 17.30 Uhr verließ Tweed die Halle des Flughafens Charles de Gaulle, ein Bauwerk im Stil des einundzwanzigsten Jahrhunderts. Nachdem er aus der Air-France-Maschine ausgestiegen war, brauchte er keine Zeit mit dem Warten beim Gepäckskarussell zu verschwenden. Er reiste mit leichtem Gepäck, nahm das, was er hatte, eine kleine Reisetasche, stets als Handgepäck mit ins Flugzeug.
Dadurch war er in großem Vorteil. Jeder, der ihm folgte, blieb zurück, weil er auf sein Gepäck warten mußte. Auf französisch instruierte er den Taxifahrer.
»Hotel ›Bristol‹, bitte.«
Häufig wird die Meinung vertreten, daß es, wenn man unbeobachtet Paris besuchen will, am besten sei, in einem obskuren Hotel am linken Seineufer abzusteigen. Das ist ein Fehler, den selbst erfahrene Reisende begehen.
Die Concierge in solch kleinen, meist schäbigen Etablissements hat es sich zur Gewohnheit werden lassen, ihre Gäste zu bespitzeln. Für eine vergleichsweise bescheidene Summe ist sie bereit, die Anwesenheit eines Fremden jedem zu melden, der daran Interesse zeigt. Eine weitere Gefahr stellt das unterirdische Netzwerk von Kontakten dar, das alle diese Conciergen untereinander unterhalten.
Ganz anders sieht die Sache in den großen Hotels am rechten Ufer der Seine aus, zu denen auch das *Bristol* gehört. Hier verdient der Chefportier nicht wenig Geld damit, den Launen seiner betuchten Klientel dienlich zu sein – darunter an oberster Stelle den Amerikanern, was hieß, daß 1984, angesichts des hohen Dollarkurses, die »Yankees« für ein Butterbrot alles haben konnten.
Kein Chefconcierge eines Luxushotels hätte im Traum daran gdacht, dieses lukrative Geschäft dadurch zu gefährden, daß er

Informationen über seine Gäste verhökerte, wie hoch die Bestechungssumme auch sein mochte. Tweed war mit diesen Realitäten des Lebens nur zu wohl vertraut.
In der Rue du Faubourg St.-Honoré entlohnte er den Taxifahrer, ließ den Träger die Reisetasche aufnehmen und betrat das *Bristol*, das nur einen Steinwurf vom Elysée-Palast und vom Ministerium des Inneren auf der Place Beauvau entfernt ist.
Jeder, der Tweed folgte – und das war noch keinem gelungen, ohne daß Tweed es bemerkt hätte –, wäre über Tweeds Wahl des Ortes für ein Abendessen an diesem 30. August überrascht gewesen. Während sechzehnhundert Kilometer entfernt Newman, von Laila Sarin behütet, in Helsinki in tiefem Schlaf lag, packte Tweed eilig seine Reisetasche aus. Er wusch sich und trat, nachdem er ein Ortsgespräch geführt hatte, auf den Hotelkorridor hinaus.
An die Türklinke hängte er das Schild »Bitte nicht stören« und nahm den Zimmerschlüssel in der Hosentasche mit. Es war schwül und stickig, als er auf der Rue du Faubourg St.-Honoré dahinschlenderte. Er überquerte die Place Beauvau, ging am Ministerium des Inneren vorbei, wo Polizisten mit Pistolen im Halfter vor den geschlossenen Gittertoren Wache standen, und setzte seinen Weg vorbei am Elysée-Palast fort.
Paris hatte sich seit seinem letzten Besuch verändert – und nicht zu seinem Vorteil. Selbst vor dem Präsidentenpalast war das Gehsteigpflaster nach allen Seiten schief, und alles sah nach Verfall und Vernachlässigung aus. Von den Mauern blätterte der Verputz, die Stadt wirkte schäbig und ungepflegt.
Gelegentlich stehenbleibend und einen Blick in ein Schaufenster werfend, nahm er sich erst ein Taxi, als er sicher war, daß keine Spürhunde ihn begleiteten. Er wies den Fahrer an, ihn in die Rue des Pyramides zu fahren, eine Querstraße der Rue St.-Honoré, die diese mit der Rue de Rivoli verbindet. Es war nur eine kurze Fahrstrecke, und er entschädigte den Fahrer durch ein großzügiges Trinkgeld, das dieser wortlos einsteckte.
Mit schwerfälligen Schritten bewegte er sich auf der Straße fort, blieb wieder stehen, aber nichts deutete darauf hin, daß ein Fußgänger oder ein Fahrzeug ihm folgten. Er ging ins Restaurant *Aux Pyramides* hinein, bestellte sich am Tresen einen Pernod und bat, telefonieren zu dürfen. Es war sein zweiter Anruf in Paris, es war dieselbe Nummer, und diesmal traf er eine Verabredung, nachdem er auf seine Uhr geschaut hatte. Pro forma nippte

er an seinem Pernod und ging, das Glas nahezu voll zurücklassend.
Vom zweiten Taxifahrer ließ er sich vor der Métrostation »Bastille« absetzen. Er ging nun wieder zu Fuß, ein kleiner, ganz gewöhnlich aussehender Herr ohne Hut, mit raschen Schritten die Rue St.-Antoine hinunter und dann rechts durch eine Seitenstraße zur berühmten, einstmals eleganten Place des Vosges. Der Platz, noch vor wenigen Jahren Wohnviertel der Superreichen, versetzte ihm einen Schock.
Die Fenster der Luxusappartements über den Arkaden waren mit Rolläden verschlossen, dahinter schien niemand zu wohnen. Die Reichen sind mobil. Sie hatten vor Mitterand die Flucht ergriffen und wohnten jetzt in New York oder in der Schweiz. Die Tresore der Banken in Basel waren bis obenhin voll mit Billionen französischer Francs, von jenen übervorsichtigen noch am Abend desselben Tages außer Landes gebracht, an dem bei der Präsidentenwahl Giscard von Mitterand geschlagen worden war.
Ihre Abwesenheit merkte man sogar im *La Chope*, dem Restaurant, zu dem Tweed seine Schritte lenkte. Immer noch standen die Tische vor dem Restaurant auf dem Gehsteig in der Nordostecke des großen Platzes, aber der Kundenkreis war ein anderer. Tweed nahm es mit einem Blick in sich auf.
Die schickgekleideten Frauen, Kundinnen der führenden Couturiers von Paris, ihre Freunde, die riesige Vermögen geerbt hatten, der Neureiche und seine Frau, die normalerweise kein Wort miteinander redeten – wo waren sie alle? Fort.
Die Leute, die jetzt hier aßen und tranken, gehörten der unteren Mittelklasse oder der gehobenen Unterschicht an (Tweed hätte nicht zu sagen gewußt, wo die eine endete und die andere anfing).
Er schaute auf die Uhr. Es war genau 19.30 Uhr. An einem Tisch für zwei Personen in der Ecke saß ein Mann mit Hängebauch, etwa fünfzig Jahre alt. Mit enttäuschter Miene blickte Tweed im Kreis auf die vollbesetzten Tische.
»Entschuldigen Sie«, sagte er auf französisch, »darf ich mich hierhersetzen? Scheint nicht viel Platz zu sein heute abend.«
»Nehmen Sie nur Platz«, lud André Moutet ihn ein.
Die Sonne warf ihre Strahlen schräg über die Dächer auf der gegenüberliegenden Seite des Platzes. Tweed beschattete seine Augen gegen das grelle Licht und drehte seinen Stuhl näher dem Mann zu, als der Kellner ihm die Speisekarte offerierte.

»Sie haben noch Rindfleisch?« wollte Tweed wissen.
»Natürlich, Monsieur. Etwas zu trinken?«
Tweed bestellte eine Karaffe Wein, Hausmarke, und sie waren wieder allein. Moutet hatte noch mehr Gewicht zugelegt. Als Tweed ihm zusah, wie er Kartoffeln in seine riesige Mundhöhle schaufelte, wußte er warum. Ein braver Esser, dieser André Moutet. Sie begannen sich in leisem Ton zu unterhalten. Nicht daß Tweed Sorge gehabt hätte, man könnte ihnen zuhören – die anderen Esser waren ganz mit sich selbst und dem, was auf ihren Tellern und in ihren Flaschen war, beschäftigt.
André Moutet war Schwergewicht in jeder Region seiner ausladenden Anatomie. Das schwarze Haar auf seinem riesigen Schädel trug er im Bürstenschnitt, vom Unterkiefer hing ein mächtiges Doppelkinn, und die vollen Lippen waren täuschend weich und schlaff. Offiziell war seine Profession die des Buchmachers, eine Beschäftigung, die es ihm erlaubte, sich unentdeckt in den niedersten Regionen des Großstadtdschungels zu bewegen. Nur vereinzelt ergab sich die Gelegenheit, mit Leuten, die gut bei Kasse waren und riesige Summen in Longchamps verwetteten, kurz ins Gespräch zu kommen. Zu seinen Kundschaften zählte er auch gewisse *Comtes*, um nicht zu sagen *Comtessen*.
»Comtessen«, hatte er einmal Tweed anvertraut, »sind überhaupt die Ärgsten. Wenn sie aus ihren Ehemännern nichts mehr rausholen, dann verdienen sie sich die Scheine, die sie brauchen – natürlich nur, weil sie ihre riesigen Verluste wettmachen müssen –, dadurch, daß sie sich an etwas exklusivere Salons verdingen. Sie wissen, was ich meine.« Und er hatte Tweed zugezwinkert.
Und Tweed wußte, was er meinte.
Aber das war nur die Oberfläche des Monsieur Moutet. Seine eigentliche Einkommensquelle lag ganz woanders – auch wenn es dabei ebenfalls um die Annahme und Weitergabe von Informationen ging.
Moutet war gut Freund mit den Portiers und Reinemachefrauen aller ausländischen Botschaften in Paris. Es war erstaunlich, was man von so niederer Quelle für vergleichsweise wenig Geld an Informationen höchsten Geheimhaltungsgrades beziehen konnte. Seine Gewinnspanne beim Verkauf solcher Informationen an interessierte Kunden lag bei zehntausend Prozent. In bar natürlich. Wovon die Steuer keinen Sou zu sehen bekam.
Während Tweed sein Rindsschnitzel verzehrte, hörte er Moutet

zu. Danach hörte Moutet ihm zu. Beim Kaffee holte Tweed aus seiner Jackentasche ein Exemplar von *Le Monde* heraus, das er von einem der Tische im Restaurant *Aux Pyramides* genommen hatte, wo es von jemandem liegengelassen worden war. Tweed zeigte Moutet auf der noch immer gefalteten Zeitung einen Abschnitt, den der Franzose in Augenschein nahm, dann nickte und die Zeitung in die eigene Tasche steckte, als habe er vor, die Stelle später genauer zu lesen. Der Umschlag, zweitausend Francs enthaltend, war in der gefalteten Zeitung verborgen. Moutet beugte sich vor und flüsterte etwas, während er sich einen Zahnstocher nahm.

»Die Bars. Das sind die besten Kanäle. Barkeeper mögen's gern ein wenig schmutzig für ihre Kunden. Sie können mitunter sehr nützlich sein. Ich bin die ganze nächste Woche für Sie tätig. Aber vielleicht wollen Sie noch heute abend anfangen. Welchen Weg nehmen Sie nach Hause?«

»Richtung Elysée«, antwortete Tweed vorsichtig.

»Könnte besser nicht sein. Die höheren Gesellschaftsschichten, wollen wir's so nennen? Ich gebe Ihnen ein kleine Liste. Einverstanden? Gut. Dann begebe ich mich mal runter in die Gosse.« Der Anflug eines grimmigen Lächelns huschte über das Gesicht des Dicken. »Wohl kaum Ihr Milieu? Obwohl – mißverstehen Sie mich jetzt nicht – Sie sich da ganz gut zurechtfinden würden, wenn Sie müßten. Ein Chamäleon wie Sie!«

Das Chamäleon nickte zustimmend, blinzelte einmal und warf einen Blick auf den Tisch zu seiner Linken. Ein neues Pärchen war eben gekommen, das Mädchen um die Zwanzig, der Mann in den Vierzigern. Sie sah Tweed an, während sie und der Mann einander umarmten, nahm mit einer Hand die vom Kellner hingehaltenen Speisekarten in Empfang und schloß dabei ein Auge. Tweed lächelte zurück. Ein Abend voller Augenzwinkern. Mußte an der Luft liegen – sie war weich und richtig erholsam.

Moutet kritzelte die Namen von Bars und deren Adressen auf ein Papier. Tweed fing den Kellner ab und bezahlte für beide. Solche freiwilligen Sozialleistungen wußte Moutet zu schätzen. Der Dicke faltete den fettigen Papierfetzen zusammen und reichte ihn Tweed. Dabei starrte er die Karaffe mit Wein an, die noch fast voll war.

»Sie lassen das übrig?« fragte er mit gallischer Verwunderung.

»Sie wissen, ich trinke nicht viel. Schenken Sie sich ein. Und jetzt

gehe ich. Vielleicht wird es nötig, daß Sie in ein oder zwei Wochen auf einen Tag zu mir kommen. Ich werde es Sie wissen lassen.«
»Stets zu Ihren Diensten.«
Moutet hob das Glas, das er aus Tweeds Karaffe neu gefüllt hatte. Tweed schaute wieder nach links, als er sich von seinem Stuhl erhob. Er schien das Paar am Nebentisch anzusehen, das sich noch immer umarmte. Tatsächlich aber schaute er auf einen braunhäutigen Typ, der einen Stumpen rauchte und seit Tweed gekommen war, an einem Tisch an der Wand saß. Moutet hatte also noch denselben Leibwächter, den Mann, den er »den Korsen« nannte.

Tweed verbrachte nach dem Verlassen der Place des Vosges einen arbeitsreichen Abend, ein richtiges Strafkommando. Er besuchte jede der Bars auf Moutets Liste. Die meisten befanden sich in Seitenstraßen der Rue du Faubourg St.-Honoré, einige auf der Hauptstraße selbst.
Der Vorgang war immer der gleiche. Er kam herein, blieb beim Eingang stehen, klopfte auf seine Jackettasche, als suche er etwas, dabei die Leute im Raum musternd. Dann ging er an die plastikverkleidete Bartheke – die verzinkten von einst, denen die Pariser Nachtlokale ihren speziellen Charakter verdankten, hatten lange schon dem wissenschaftlichen Fortschritt und ökonomischen Prinzipien weichen müssen.
»Einen Pernod«, sagte er zum Barkeeper und lehnte sich gegen die Theke.
Hierauf plauderte er ein paar Minuten lang, hörte sich dann irgendeine Geschichte von Hoffnungslosigkeit und baldigem Untergang an – »La belle France ist nicht mehr belle«, wie es ein Barkeeper ausdrückte.
Dann begann Tweed wieder drauflozuschwatzen, und es dauerte nicht lange, bis der Barkeeper beim Polieren der Theke oder der Gläser innehielt und mit großem Interesse zuhörte. Trotz seines flüssigen Französisch war zweifelhaft, ob es Tweed gelang, für einen Einheimischen gehalten zu werden. Gelegentlich tat er daher so, als spiele seine Zunge ihm einen Streich, und ließ in seine Rede ein spanisches Wort einfließen.
Es war nah an Mitternacht, als er ins *Bristol* zurückkehrte, wo er sofort in sein Zimmer hinaufging. Er entkleidete sich rasch, legte sich für den Morgen frische Wäsche zurecht, stellte seinen Wecker auf sechs Uhr und schlüpfte unter die Decke.

Am folgenden Tag stand Frankfurt auf seinem Programm.

Frankfurt ist der ideale Ort, die deutsche Industriemaschinerie auf höchsten Touren zu sehen. Der Kontrast gegenüber dem der Verwahrlosung anheimgegebenen Frankreich war bestürzend. Statt müder Gesichter, herabhängender Schultern und der Neigung, der Vergangenheit nachzutrauern, sah man hier forsch dahinschreitende Deutsche, die in Gegenwart und Zukunft ihr festes Vertrauen setzten. Außerdem kann man in jeder Straße dieses Machtzentrums dahinwandern, ohne wie Tweed in der Rue du Faubourg St.-Honoré in Gefahr zu kommen, sich auf dem schiefen Gehsteinpflaster den Knöchel zu brechen.
Das Taxi setzte ihn, vom Flughafen kommend, gerade rechtzeitig zum Lunch vor dem *Intercontinental* ab. Ähnlich dem *Kalastajatorppa* im fernen Helsinki hat das Frankfurter *Intercontinental* getrennte Gebäudekomplexe zu beiden Seiten der Straße. Doch mit den unterirdischen Tunnels, die die Häuser hier wie dort miteinander verbinden, enden die Gemeinsamkeiten.
Das *Intercontinental* besteht aus zwei Wolkenkratzern. Tweed wurde mit dem Schnellift zu Zimmer 1467 hinaufgeleitet. Nachdem er dem Träger, der darauf bestanden hatte, die kleine Reisetasche zu tragen, ein Trinkgeld gegeben hatte, verbrachte Tweed einige Minuten damit, die Sicht aus dem riesigen Fenster zu genießen, das die gesamte Zimmerwand einnahm.
Der Blick erinnerte an Los Angeles. Es war Mittag, und die Stadt lag in grauen Dunst gehüllt. Aus dem Dunst traten die Konturen weiterer Wolkenkratzer hervor, und er konnte gerade noch den pfostenartigen Turm ausnehmen, der, das wußte er von einem seiner früheren Aufenthalte, unterhalb seiner Spitze ein drehbares Restaurant trug – eines der ersten dieser Art in Europa.
Er ließ sich Zeit mit dem Auspacken und den Verrichtungen im Bad, verwandte einige Mühe auf sein Äußeres, bürstete sorgfältig sein dunkles Haar, um vor seinem Mittagsgast in präsentabler Form erscheinen zu können. Er hatte die Dame vor der Abreise aus Paris vom *Bristol* aus angerufen, und sie hatte sofort mit Begeisterung einem Treffen zugestimmt.
»Es ist für mich die ruhigste Zeit des Tages, wie Sie wissen«, hatte sie erklärt. »Dinner ist immer schwierig – am Abend hat das Geschäft Vorrang.«
»Natürlich«, stimmte Tweed taktvoll bei.

Um 12.45 Uhr, fünfzehn Minuten vor der vereinbarten Zeit, machte Tweed sich auf den Weg zu jenem Untergeschoß, von dem aus ein Tunnel zum Hauptgebäude führt. Während er auf den Aufzug wartete, schaute er aus dem Fenster. Zwischen zwei Gebäuden konnte man ein Stück vom träge dahinfließenden Main sehen und Leute, die an den Ufern entlangspazierten.
Unten angekommen, trottete er durch den Tunnel und fuhr mit der Rolltreppe zur riesigen Empfangshalle hinauf. Sie war voll Leben. Ankommende Gäste, andere, ihr teures Gepäck auf Wägelchen gestapelt, die abreisten.
Er ging durch zur »Rotisserie« und prüfte beim Oberkellner nach, ob man ihm den Ecktisch gegeben hatte, den er bei seiner Ankunft hatte reservieren lassen. Der Tisch war ganz nach Wunsch. Natürlich! Er ging zurück in die Halle, um zu warten.
Pünktlich um eins erschien Lisa Brandt, sah Tweed, flog förmlich durch die Halle und schlang die Arme um ihn. Niemand hätte Tweed als hochgewachsen bezeichnet, doch selbst er überragte Lisa, die nur einen Meter dreiundsechzig maß. Sie war Anfang der Vierzig, schlank, lebhaft, braunäugig, mit ätzendem Humor. Ihr kastanienbraunes Haar war tadellos frisiert – Tweed mutmaßte, sie käme direkt vom Friseur. Sie begrüßten einander auf deutsch.
»Liebster! Es ist eine Ewigkeit her!« Sie schob mit echt empfundener Zärtlichkeit ihren Arm unter den seinen. »Du hast doch Zeit für ein bißchen Vergnügen in Frankfurt?« schlug sie vor. »Machen wir uns doch einen Tag, den man nicht so leicht wieder vergißt.«
»Aber, aber«, sagte er tadelnd. »Du weißt doch, daß ich mich den Genüssen, die du anzubieten hast, nie hingebe.«
»Aber Tweed!« Sie tat beleidigt. »Ich spreche von mir!« Sie strich ihm über die Wange. »Es gab einmal eine Zeit, da... Oder hast du es schon vergessen?«
»Unser Lunch wartet.« Er führte sie an den Tisch, und sie blieb plötzlich stehen.
»Champagner! Du weißt, ich liebe ihn so!«
Der Oberkellner, der sich diskret im Hintergrund gehalten hatte, trat vor. Er rückte ihr den Stuhl zurecht, verbeugte sich, behandelte sie wie eine Hoheit. Er ahnte nicht, daß die Dame eines der exklusivsten Bordelle Frankfurts führte.

»Am späten Nachmittag muß ich ein anderes Flugzeug mit neuem Bestimmungsort besteigen«, berichtete Tweed, als sie mit den Gläsern anstießen. »Es tut mir leid, wirklich. Ich muß dich um einen Gefallen bitten.«

»Alles, was ich tu', tu' ich dir zu Gefallen«, sagte sie schelmisch.

Tweed verwöhnte sie, behandelte sie mit spielerischer Heiterkeit, wie sie es so sehr an ihm mochte. Wäre Howard, der sich brüstete, etwas von einem Verführer an sich zu haben, Zeuge dieses Lunchs gewesen, er hätte sich gewundert. Das hier war ein Tweed, wie man ihn selten sah. Er sparte nicht mit Komplimenten, und sie genoß jedes bis zum letzten Tropfen, dabei wissend, was er tat.

Ebenso wie bei seinem Treffen mit André Moutet hörte Tweed ihr zu, dann sie ihm, während sie einen ganz exzellenten Lachs verspeisten. »Direkt von Schottland eingeflogen«, teilte ihnen der Kellner mit.

»Ich bin sicher, daß ich dir helfen kann, Tweed«, sagte Lisa an einem bestimmten Punkt seiner Ausführungen; dabei hielt sie das Glas in ihrer schmalen kleinen Hand und beobachtete, wie die Kohlensäureperlen nach oben stiegen. »Ich habe sehr einflußreiche Klienten – Minister, Bundestagsabgeordnete und sogar Leute vom Bundesnachrichtendienst. Das bleibt aber unter uns.«

Tweed nickte bei der Nennung so erhabener Kundschaft, die ihrem Etablissement die Ehre gab, zustimmend. Und dann, wie bei Moutet, erörterte er beim Kaffee dasselbe Thema.

»In ein, zwei Wochen brauche ich dich vielleicht in London, zu dem Zweck, den ich vorher erwähnt habe. Du kannst an einem Tag hinüber- und wieder zurückfliegen.«

»Natürlich – du brauchst mich nur anzurufen.« Sie starrte in ihre Tasse, während sie umrührte. »Wie geht es deiner Frau?«

»Ich habe keine Ahnung, wo sie ist...«

»...oder bei wem?«

»Das interessiert mich nicht. Es ist vorüber. Lisa, bist du jemals durch die Straßen eines noblen Vororts gegangen, irgendeines Vorortes, es paßt für jeden? Wenn ja, hast du dir je die Frage gestellt, wie viele Männer und Frauen hinter diesen vorgezogenen Vorhängen sich Tag für Tag gegenseitig langsam umbringen?«

»Und warum glaubst du wohl, bin ich immer noch allein, du dummer Mensch?« fragte sie und schaute ihn an. »Weiß Gott, es hat genug Anträge gegeben. In meinem Geschäft – hast du eine Vorstellung, was die Mädchen mir über die Gespräche berichten,

die sie mit den Klienten führen? Die Heirat ist eine Tölpelfalle, Tweed, ein Minenfeld, das du täglich zu durchqueren hast. Für den Mann, für die Frau. Wenn ich nach London komme, willst du dann, daß ich über Nacht bleibe?«
»Nein! Das mag jetzt grausam klingen – aber bei der Sache, mit der ich befaßt bin, brauche ich jedes Quentchen Energie und Konzentration. Ich würde es nicht jedem gegenüber eingestehen – aber ich bin nicht sicher, ob ich es schaffe.«
»Es klingt gefährlich. Sieh dich vor, mein lieber Tweed.«
»Genau die Art von Tätigkeit, in der ich genug Erfahrungen habe sammeln können.«

In Frankfurt war es Freitag, der 31. August gewesen. Am Samstag, dem 1. September, fand Tweed sich in Genf ein. Er übernachtete im *Richmond*, einem der exklusivsten Hotels der Stadt. Bevor er sich von Lisa Brandt trennte, hatte er sich des finanziellen Teils der Sache mit äußerstem Takt entledigt. Ganz offen händigte er ihr einen Briefumschlag aus, der Deutsche Mark in großen Scheinen enthielt. Vorher hatte er in seinem Zimmer leserlich ihren Namen und ihre Adresse auf den Umschlag geschrieben. Die Briefmarken, die in der rechten oberen Ecke klebten, hatte er sich beim Hotelportier besorgt. Jeder, der die Transaktion sah, würde annehmen, er habe ihr den Brief mit der Bitte überreicht, ihn aufzugeben.
In Genf, um vier Uhr nachmittags an einem Ecktisch in der Brasserie Hollandaise auf der Place Bel-Air sitzend, war er viel direkter. Sein Gefährte war diesmal ein schmalgesichtiger Mann in den Vierzigern. Alain Charvet war ehemaliger Polizist, der aus dem Polizeidienst ausgetreten war, weil ein eifersüchtiger Vorgesetzter ihn bei einer Beförderung übergangen hatte. Charvet hatte sich sofort eine Privatauskunftei eingerichtet.
»Da ist das Geld«, sagte Tweed auf französisch und schob einen Umschlag über den Tisch. »Tausend Schweizer Franken.«
Charvet ließ den Umschlag mit einer raschen Bewegung in seine Jackentasche gleiten und verschränkte seine langen, knochigen Finger über der Tischplatte. Tweed erklärte, was er wünschte, Charvet nickte und nippte an seinem Kaffee. Ihr Gespräch dauerte nicht länger als zehn Minuten, dann erhob sich Tweed und blickte sich im Raum um, diesem merkwürdigen Relikt aus früheren Zeiten.

Sehr holländisch war dieses Café, so gar nicht nach Genf passend. Längs der Wände Bänke aus dunkelbraunem Leder, mit Arm- und Rückenstützen aus Messing, als Beleuchtungskörper Milchglaskugeln auf Messingständern.
Tweed trat hinaus auf den Platz, der Himmel war trübe, und überquerte eine der Rhône-Brücken.
Charvets Haupteinnahmequelle war ungewöhnlich. Er »vertrat« ausländische Agenten, von denen man erwartete, daß sie alle Schritte und gesellschaftlichen Kontaktnahmen bestimmter Personen überwachten. Da das eine ungemein langweilige Aufgabe war, durfte es nicht überraschen, wenn einige dieser Agenten es vorzogen, die Zeit mit ihrer Geliebten zu verbringen.
Also »übertrugen« sie ihre Pflichten an Alain Charvet, der die Stadt ohnedies besser kannte, als sie sie je kennen würden. Charvet spannte dann gewöhnlich mit behandschuhten Händen ein Blatt Papier in eine alte Olivetti Lettera 22, die er allein zu diesem Zweck benützte. Hierauf tippte er einen detaillierten Bericht über die Schritte und Kontakte der Person, die er zu überwachen gehabt hatte. Für solche Dienste zahlte man ihm erstaunlicherweise hohe Geldsummen. Handschuhe benützte er, um sicherzugehen, daß auf den Blättern, die er übergab, niemals seine Fingerabdrücke zurückblieben.
Charvet war ein überaus vorsichtiger Mann. Da er wußte, daß einige dieser Aufträge sich als gefährlich erweisen konnten, traf er sogar die Vorkehrung, seine Reiseschreibmaschine in einem Bankschließfach aufzubewahren.
Er arbeitete nicht nur für sowjetische und amerikanische Agenten. Das war eine weitere Vorsichtsmaßnahme. Gelegentlich, wenn seine Erfahrung als Polizist ihm sagte, eine Information sei für die Sicherheit der Schweiz von Bedeutung, spannte er noch ein Blatt in die Maschine. Dieses gab er an den Schweizer Abwehrdienst weiter – honorarfrei.
Theoretisch war er also nach allen Seiten abgesichert. Für Tweed hingegen war er wegen seiner Kontakte zu ausländischen Agenten eine wahre Fundgrube. Der Tag darauf war ein Sonntag, der 2. September. Noch vor dem Mittag war Tweed in sein Zimmer im Brüsseler *Hilton* auf dem Boulevard Waterloo eingezogen.

»Sie verstehen, wie Sie vorgehen sollen, Julius?« fragte Tweed, um sicherzugehen, und sah sich dabei im Büffet des Brüsseler Nordbahnhofs um.
»Alles völlig klar«, antwortete Julius Ravenstein auf englisch. »Und ich halte mich für einen eintägigen Besuch Londons zur Verfügung, wenn Sie mich anrufen.«
»Gut. Dann denke ich, daß ich Sie nicht mehr länger aufhalten werde.«
Während er seinen Stuhl zurückschob, betrachtete er den wohlbeleibten, zweiundfünfzig Jahre alten Belgier. Ravenstein hatte ganz das gepflegte, gutgenährte Äußere des Mannes, der zu Wohlstand gekommen ist. Er hatte sich zu den besten Diamantenschleifern der Welt zählen dürfen, bis er das Pech hatte, sich eine besonders arge Arthritis zuzuziehen. Damit war die einträgliche Zeit als Diamantenschleifer zu Ende.
Wenn ein Mann in einer verzweifelten Lage ist, macht sein Gehirn Überstunden. Julius brütete eine Idee aus, die seinen Brotgebern in Antwerpen gefiel. Er schlug vor, sich in der Unterwelt als Berater für Hehlergeschäfte niederzulassen, wodurch sich die Möglichkeit ergab, an Kriminelle heranzukommen, die einen Diamantenraub planten – das also, wovor man sich in Antwerpener Diamantenkreisen ständig fürchtete.
Sein Deckmantel wurde sehr sorgfältig aufgebaut. Seine Schwester, die in einem Brüsseler Nachtklub sang, beklagte sich jedem gegenüber, der ihr Gehör schenkte, daß man von seiten der Diamantenbranche ihren Bruder recht dreckig behandelt habe. »Diese Schweine haben ihn auf den Müllhaufen geworfen«, lautete ihr ständiger Kehrreim. »Und das, nachdem er ein Leben lang alles über Diamanten, deren Käufer und Verkäufer studiert hat – *und dazu* alle verwendeten Sicherheitsmaßnahmen ...«
Die letzten Worte folgten als Nachsatz – und es dauerte nicht lange, bis sich interessierte Leute fanden, die auf den ausgelegten Köder der im Nachsatz schlummernden Möglichkeiten anbissen. Julius wurde von Menschen verschiedenster Nationalität aufgesucht, die er nie im Leben zuvor gesehen hatte. Er hörte ihnen zu und sagte dann: »Danke, aber ich bin nicht interessiert. In so etwas sehe ich keine Zukunft.«
Es dauerte nicht lange, bis ein Holländer aus Amsterdam Julius die Zukunft in den profitabelsten Farben schilderte. Die Hehler, die den Banden gestohlene Diamanten abnahmen, zahlten Preise für

die »Ware«, die weit von deren wahrem Wert entfernt waren. Es war unter den Antwerpener Händlern kein Geheimnis, wer die Hehler waren, aber etwas zu wissen und es der Polizei auch beweisen zu können, das sind zwei verschiedene Dinge.
Julius Ravenstein jedenfalls, der eine Frau und deren betagte Verwandte zu erhalten hatte, stieg in einer Doppelfunktion ins Geschäft ein. Einerseits gab er unbekannten Personen, die ihn *vor* einem Raubüberfall aufsuchten, Ratschläge bezüglich des günstigsten Hehlers im Falle einer ganz bestimmten »Ware«.
Hierauf schlug er unverzüglich in Antwerpen Alarm, daß irgendwo ein Überfall geplant sei. Die Sicherheitsmaßnahmen in den Erzeugungsstätten wurden vervielfacht. Manchmal erwischte man die Räuber und lochte sie für lange Zeit ein. Manchmal entkamen sie.
Der Ausgang blieb ohne Einfluß auf Julius. Er verdiente mehr, als er je zuvor in seinem Leben in bar vor sich gesehen hatte. Die Räuber zahlten ihm für seinen Rat, an welchen Hehler man sich am besten wenden könne, ein hübsches Sümmchen – stets bar und im vorhinein. Und zu dieser dicken »Creme« aufs Brot kam noch der regelmäßige Brotverdienst, den die Diamantenhändler dem »Weißen Stern« – das war sein Code-Name – zahlten. Er war die beste Versicherung, die sie je abgeschlossen hatten.
Ravenstein war Tweeds letzter Kunde, mit dem er konferierte, bevor er in das Brüsseler *Hilton* zurückkehrte, um anschließend die Maschine zum Rückflug nach London zu besteigen. Er ließ sich vom Zimmerservice den Lunch bringen und aß allein, während er überschlagsmäßig feststellte, was er erreicht hatte. Seit Jahren hatte er sich nicht mehr in solch wilde Aktivitäten gestürzt.
Bei jedem dieser Gespräche war der Name Adam Procane mehrmals gefallen. Während er seine Seezunge *meunière* verspeiste – Tweed liebte Fisch über alles –, kam er zu dem Schluß, daß Lisa Brandt in Frankfurt sein bestes Pferd im Stall war. Ravenstein war eine reine Spekulation. In außergewöhnlichen Fällen bezahlten sowohl amerikanische als auch sowjetische Agenten hochrangige Informanten mit gestohlenen Diamanten, die dann das auf unrechte Weise Erworbene in Bankschließfächern aufbewahrten. Auf diese Weise tauchten auf ihren Konten niemals Einzahlungen höherer Beträge auf.
Die einzige Figur auf dem Spielbrett, die in diesem riesigen Spiel Anlaß zur Sorge gab, war Bob Newman, der in die empfindlichste

Region geflogen war – nach Finnland. Er konnte sich als Joker im Kartenpaket erweisen – und Tweed war echt besorgt um Newmans Sicherheit.
Er schenkte sich Perier-Wasser nach und ging im Geist seine vier Informanten durch. Ironischerweise schenkte Tweed jenem der vier am wenigsten Beachtung, der das meiste Geschick in der Sache zeigte. Als Ergebnis der Bemühungen André Moutets machten in Paris Gerüchte die Runde. Gerüchte, die, während Tweed seinen Lunch beendete, dem Militärattaché an der Sowjetbotschaft in Paris bereits zu Ohren gekommen waren.
Aber noch hatte niemand eine Ahnung von dem, was Tweed hier auf raffinierte Weise gelungen war. Er hatte eine Zündschnur in Brand gesetzt. Sie führte zu zwei Pulverfässern, die nun drauf und dran waren, in die Luft zu fliegen.

6

»Die Information kommt aus Paris«, teilte General Wassili Lysenko seinem Untergebenen mit. »Wenn dieser Adam Procane noch vor den amerikanischen Präsidentenwahlen im November zu uns überläuft, können Sie sich den Effekt vorstellen, den das hätte? Es könnte verhindern, daß dieser sture Reagan ein zweites Mal an die Macht kommt. Sehen Sie also, warum das zum Ereignis des Jahrhunderts werden kann?«
Lysenko war soeben mit dem Flugzeug von Moskau nach Tallinn gekommen, um sicherzugehen, daß Oberst Karlow die Bedeutung der Nachricht richtig begriff.
Tallinn ist ein Ort, dessen genaue Lage wohl nur wenige Menschen im Westen angeben könnten. Als einstige Hauptstadt der Republik Estland liegt es am Finnischen Meerbusen, nur etwa sechzig Kilometer gegenüber von Helsinki. Für Moskau ist diese kleine baltische Sowjetrepublik eine Art Pulverfaß. Die Esten mögen die Russen nicht und betrachten sie als eine Art Besatzungsmacht.
Das Fernsehen vermag dem nicht abzuhelfen. Die Esten wohnen nahe genug den Finnen, um deren Fernsehprogramm zu empfangen. Und das Leben, das auf den finnischen Bildschirmen erscheint, ist ein völlig anderes, reicheres, freieres.
Diese Tatsache hatte im laufenden Jahr 1984, während der Olym-

pischen Spiele in Los Angeles, ironischerweise zur Folge, daß sich in Tallinn massenweise Leute vom KGB und aus hohen Parteigremien aufhielten, weil sie von da aus die Spiele im finnischen Fernsehen mitverfolgen konnten. Aus diesem Grund und aus anderen, naheliegenderen und gefährlicheren Anlässen war Oberst Karlow von der militärischen Abwehr (GRU) von seinem Chef General Lysenko schon einige Zeit vorher nach Tallinn beordert worden.

Der General ähnelte in der Statur dem während des Zweiten Weltkrieges berühmt gewordenen Marschall Shukow. Er war klein und gedrungen. Auch die brutale Selbstsicherheit, die er an den Tag legte, ebenso wie der plumpe Sinn für Humor, den er oft auf Kosten seiner Untergebenen einsetzte, waren Eigenschaften, die man Shukow nachgesagt hatte. Er war siebenundsechzig Jahre alt.

Da war der erst zweiundvierzig Jahre alte Andrei Karlow ein Mann von ganz anderem Kaliber – ein Mann der neuen Generation, der insgeheim die Alten als Fossilien betrachtete.

Karlows Erscheinung war ebenfalls eine völlig andere. Groß und schlank, mit einem langen, schmalen, glattrasierten Gesicht, in dem ein vortretendes Kinn und wachsame Fuchsaugen auffielen. Wenn Lysenko seinen Untergebenen ärgern wollte, dann nahm er auf diese Augen Bezug und nannte ihn »Fuchs«.

Beide Männer gehörten dem GRU – auf russisch *Glawnoje Radswedjwatelnoje Uprawlenije* – an, also dem obersten Direktorium der militärischen Abwehr des Sowjetischen Generalstabes. In England wären sie die Chefs der militärischen Abwehr gewesen.

Die beiden starrten einander über den Tisch des Büros hinweg an, das Karlow bei seiner Ankunft vor mehreren Monaten im ersten Stock eines Gebäudes in der Pikk-Straße mit Beschlag genommen hatte. Beide trugen aus Sicherheitsgründen anstelle der GRU-Uniform Zivilkleidung.

Lysenko gab sich arrogant, wenn nicht überheblich. Demgegenüber wahrte Karlow äußerlich seine respektvolle Haltung, sehr darauf bedacht, seinem Vorgesetzten keinen Anlaß zur Rüge zu geben. Innerlich kochte er vor Wut. Zuneigung gab es in der Beziehung der beiden Männer, die gerade in einer aufkommenden Krise ein harmonisches Gespann hätten bilden sollen, nicht. Es war Lysenko, der schließlich wieder das Wort ergriff.

»Ich habe Ihnen eine Frage gestellt, Genosse.«

»Ich ging gerade alle Zusammenhänge durch – um eine korrekte Antwort zu geben. Als ich an der Botschaft in London war, erhielt ich – aus unbekannter Quelle – eine Reihe von Informationen, das amerikanische MX-Programm – auch »Star-Wars«-Programm genannt – betreffend. Von diesem Mann, der sich Adam Procane nennt. Ich gab alle diese Informationen an Moskau weiter, wo sie, soviel ich weiß, als wertvoll eingestuft wurden. Solche Informationen konnten nur von jemandem kommen, der an sehr hoher Stelle im Nationalen Sicherheitsrat oder in der CIA saß.«
»Und dennoch«, wandte Lysenko ein, »haben wir, nachdem wir das gesamte Personal nicht nur des Nationalen Sicherheitsrates und der CIA, sondern auch des Pentagon durchleuchtet haben, herausgefunden, daß eine Person dieses Namens nicht existiert.«
»Procane ist daher, das ist klar, ein Code-Name«, bemerkte Karlow. »Mich würde diese letzte Nachricht interessieren, die Sie aus Paris erhalten haben.«
»Nichts als ein Gerücht – aber ein starkes Gerücht. Adam Procane trifft Vorbereitungen, zusammen mit einer ganzen Wagenladung von Material über die neuesten amerikanischen militärischen Projekte zu uns überzulaufen.« Der stämmige Lysenko stützte die kurzen, dicken Arme auf den Tisch und breitete die haarigen Hände aus. »Man hat beschlossen, daß Sie die Operation leiten, um sicherzustellen, daß Procane sicher herüberkommt.«
»Und warum ich, um Gottes willen?«
»Um der *Partei* willen – Gott ist uns längst abhanden gekommen!« Lysenko ließ über seinen Scherz ein tiefes, dröhnendes Lachen hören. »Ihnen ist jetzt das letzte Restchen Farbe verlorengegangen, Genosse. Es ist eine Ehre, die man Ihnen damit erwiesen hat.«
»Noch einmal, bitte: warum ich?« ließ Karlow nicht locker.
»Liegt auf der Hand, würde ich meinen. Sie hatten den ersten Kontakt mit diesem Procane, wer immer das ist. Wenn er hier eintrifft, wird es in Moskau eine große Pressekonferenz geben – für die gesamte imperialistische Presse. Stellen Sie sich die Aufregung in Washington vor! Ein Überläufer bläst Reagan vom Podest...«
»Ich kehre also nach Moskau zurück?«
»Nein!« Lysenko schlug mit seiner Faust auf den Tisch. »Sie bleiben hier und erfüllen Ihre Pflichten wie bisher.«

»Darf ich noch einmal fragen, warum?«
»Der Bericht aus Paris enthielt auch eine Andeutung über die Route, die Procane nehmen will – über Skandinavien! Also werden Sie ihn hier erwarten. An der Türschwelle!«
»Das hier ist nicht Skandinavien«, betonte Karlow.
»Aber es ist nah genug.« Lysenko wechselte das Thema, eine seiner beliebten Methoden, seine Untergebenen aus der Balance zu werfen. »Sehen Sie noch diesen Mann von der Spionageabwehr der Finnen in Helsinki? Ihrer sogenannten Schutzpolizei?«
»Wir halten Kontakt«, antwortete Karlow vorsichtig. »Wir haben eine freundschaftliche Beziehung zueinander. Aber Sie kennen die Finnen. Sie bleiben immer auf Distanz.«
»Sein Name?« Lysenko schnippte mit den Fingern, als rufe er einen Kellner herbei.
»Mauno Sarin. Chef der Schutzpolizei – ein äußerst gerissener Kerl. Wir müssen vorsichtig sein...«
»Wie und wo treffen Sie sich mit ihm?« unterbrach Lysenko.
»Touristenschiffe überqueren den Meerbusen...«
»Das weiß ich! Die Passagierlisten landen auf meinem Schreibtisch.«
»Ich wollte eben erklären«, fuhr Karlow geduldig fort, »daß er anonym als Tourist von Helsinki herüberkommt. Er stiehlt sich vor der geführten Stadtrundfahrt – die zwei Stunden dauert – heimlich davon, und für etwa eine Stunde unterhalten wir uns hier. Dann stößt er, auf dem Rückweg, unauffällig wieder zur Gruppe.«
»Sagen Sie ihm nichts von Procane! Es könnte der Moment kommen, daß Sie ihm einen Gegenbesuch machen müssen. Aber finden Sie heraus, was sich jetzt in dem Spionagenest auf der anderen Seite des Meerbusens tut.«
»Verstanden.« Karlow schwieg, genoß im voraus den Augenblick, da er seine Bombe fallen lassen würde. »Ein weiterer Mord an einem GRU-Offizier ist verübt worden. Ich war eben dabei, Ihnen Meldung zu machen, als ich erfuhr, Sie seien auf dem Weg hierher.«
»Noch einer! Das sind jetzt zwei Majore und ein Hauptmann.«
»Zwei Majore und zwei Hauptleute«, korrigierte Karlow.
»Mein Gott, dieser Ort gerät außer Kontrolle! Warum ist es immer GRU-Personal? Warum niemand vom KGB? Verdammt nochmal, deswegen sind Sie in erster Linie hierherbeordert. Der

erste Mord geschah, während Sie in Urlaub waren. Wie starb der Mann?«

»Dieselbe Zeit – Mitternacht, nach Aussage des Arztes. Dieselbe Tötungsart – garottiert, von hinten mit einem Draht«, fügte Karlow düster hinzu. »Diesmal war der Hals fast ganz durchgeschnitten.«

»Und er war betrunken, nehme ich an?« forschte Lysenko grimmig weiter.

»Er stank nach Wodka.« Karlow zögerte. »Die Autopsie ergab, daß eine kleine Menge davon kurz vor dem Mord konsumiert worden war. Aber die kriminalpolizeiliche Untersuchungsgruppe, die von Moskau zu meiner Unterstützung anreiste, ist zu der Überzeugung gelangt, daß er nicht betrunken war. Sie sagen, man hat ihm nach seinem Tod Wodka in den Mund und über die Uniform gegossen.«

»Wirklich?« Lysenko sprang auf und ging zum Fenster, wo er, die Hände auf dem Rücken verschränkt, auf die alte Straße hinunterstarrte. »Daran erscheint mir etwas höchst bemerkenswert – ich kann, verdammt, den Finger nicht daraufleben. Später wird es mir wieder einfallen. Die Leute nehmen also nach wie vor an, die Morde seien das Werk irgendeines estnischen Banditen – aus der sogenannten Protestbewegung?«

»Ich glaube nicht, daß sie wissen, wo sie mit ihren Ermittlungen stehen.« Karlow ging zu einem anderen Thema über. »Diese sogenannte Exekutierung der französischen Journalistin Alexis Bouvet, die Hauptmann Poluschkin ausführte, war eine verdammte Dummheit.«

»Aber er ist doch Ihr Stellvertreter, Ihr Untergebener!« Lysenko trat vom Fenster weg und legte Karlow die Hand auf die rechte Schulter, eine Geste, die diesem sehr zuwider war. Sie bedeutete alles andere als Freundschaft. »Sollte es da unangenehme Folgen geben, fällt das in Ihre Verantwortung.«

Er nahm die Hand von der Schulter und steckte sich eine Zigarette mit Pappfilter zwischen die wulstigen Lippen. Er setzte sich wieder auf seinen Stuhl, faßte seinen Untergebenen ins Auge und wartete auf dessen Reaktion – die auch kam, wenn auch in überraschender Weise.

»Das stimmt einfach nicht, General, und Sie wissen das nicht nur genau, sondern die Fakten sind auch zu Protokoll genommen. Poluschkin handelte, ohne mich zu fragen. Er hat den ganzen

makabren Unfall ohne mein Wissen inszeniert. Und er hätte mit der Einheit, die den Mord gefilmt hat, ohne besondere Rückendeckung von seiten des Politbüros gar nicht ausfliegen können. Mein Bericht, der sich von diesem Akt gröbster Insubordination distanziert, ist bei den Akten. Es war Wahnsinn – der noch dadurch eine Steigerung erfuhr, daß man eine Kopie nach London schickte.«
»Sie stellen die Entscheidung des Politbüros in Frage?« fragte Lysenko leise.
»Ich zähle bloß die Fakten auf. Welchen Vorteil darf man sich durch eine solche Greueltat erwarten?«
»Daß sie abschreckend wirkt, Genosse. Glauben Sie wirklich, wir wollen, daß Reporter ihre Nase in unseren Hinterhof stecken? Es kann kein Zweifel darüber bestehen, daß die Gerüchte von der Ermordung von GRU-Offizieren dieser französischen Kuh zu Ohren gekommen waren. Sie kam auf einem Touristenschiff von Helsinki herüber, um der Sache auf den Grund zu gehen.«
»Hätte Poluschkin mich von ihrer Anwesenheit informiert, dann hätte ich sie unter Eskorte zum Schiff zurückbringen lassen.« Karlow blieb hartnäckig auf seinem Standpunkt. »Wir hätten sie durchsucht, hätten irgendein belastendes Dokument bei ihr gefunden – das man ihr vorher untergeschoben hätte. Das wäre wohl Abschreckung genug gewesen.«
»Ich muß jetzt gehen.« Lysenko erhob sich und redete mit der Zigarette im Mundwinkel weiter. »An dem, was Sie eben gesagt haben, mag Wahres sein. Wie werden Sie Ihre Bemühungen fortsetzen, den oder die Banditen, die unsere Leute bisher ungestraft umbringen, auszuforschen?«
»Indem ich ihnen in der Nacht Fallen stelle.« Karlow hatte sich ebenfalls erhoben. »Jede Nacht dient uns ein GRU-Offizier als Köder – auf einer vorher vereinbarten Route. Er geht durch Tallinn, tut, als wäre er betrunken. In bestimmten Abständen habe ich schwerbewaffnete Beamte in Zivil postiert, als Einheimische verkleidet. Bis jetzt ist noch keine der angebundenen Ziegen angegriffen worden. Ich mache weiter. Bald müssen wir Erfolg haben.«
»Je früher, desto besser.« Lysenko zog ein gefaltetes Blatt aus der Jackentasche und warf es auf den Tisch. »Hier ist Ihre Direktive, von mir unterzeichnet, die Ihnen bis auf weiteres die Leitung der Operation mit dem Ziel, Adam Procane sicher und lebend herüberzubringen, überträgt.«

»Ich habe keine Ahnung, wer dieser Amerikaner ist.«
»Bleiben Sie mit Mauno Sarin in Helsinki in Verbindung. Er weiß alles, was in Skandinavien vorgeht. Der Mann, der mit höchster Wahrscheinlichkeit hören wird, wann Procane auf dem Weg ist. Der Fuchs wird den großen Coup gewinnen!«
Mit diesem abschließenden Seitenhieb verließ Lysenko den Raum, und Karlow knirschte mit den Zähnen. Als man ihn aus dem Westen nach Moskau zurückberief, hatte er sich eine direkte Beförderung steil nach oben erwartet – hinauf auf den Stuhl in Moskau, auf dem jetzt dieser politische Antichambreur Lysenko saß.
Und Karlow hatte guten Grund, eine solche Beförderung zu erwarten. Als brillanter Mathematiker verstand er sich hervorragend auf militärische Analyse und war wahrscheinlich einer der besten strategischen Geister der Roten Armee, der auch intime Kenntnis des letzten technischen Fortschritts besaß. Statt dessen durfte Lysenko jetzt seinen einstigen Rivalen mit dem Etikett »Fuchs« verunglimpfen.
Karlow ein fähiger Mann? Natürlich. Ja sogar in höchstem Maße. Vertrauenswürdig? Loyal der Partei gegenüber? Das war eine andere Frage. Also hatte man Lysenko den Lorbeerkranz aufs Haupt gesetzt. Ein Grund für Karlow, den Mann bis ins Innerste zu verabscheuen.

Lysenko kletterte in den Fond der Limousine, und der Mann in Chauffeursuniform, ein Leutnant vom GRU, rannte um die Motorhaube herum und setzte sich ans Lenkrad. Mit hoher Geschwindigkeit fuhr er zum Flughafen.
Der Chauffeur war höchst amüsiert über die ganze Maskerade. In Moskau hatte Lysenko die Maschine in voller Uniform bestiegen und erst Zivilkleidung angezogen, als die Maschine gestartet war. Der Chauffeur wußte, daß sein wichtiger Passagier wegen der Mordserie in Estland komplett die Hosen voll hatte, weil er der Überzeugung war, daß ein Mensch im Generalsrang für die unbekannten Attentäter ein vorrangiges Ziel darstellte.
Kaum würde die Maschine vom Boden abgehoben haben, auf ihrem Flug zurück nach Moskau, würde Lysenko in die Uniform zurückschlüpfen. Aber es hatte keinen Sinn, dem Politbüro zu stecken, daß ein GRU-General nicht den Mut hatte, in Uniform durch Tallinn zu spazieren.

Lysenko auf dem Rücksitz des Wagens tätschelte befriedigt seinen Bauch. Er hatte die ganze Procane-Affäre Karlow in den Schoß fallen lassen. Des schließlich erfolgreichen Ausgangs der Sache gewiß, war er doch vorsichtig genug, seinen Untergebenen die ersten Schritte tun zu lassen. Und er war ebenfalls überzeugt davon, daß Karlow die Falle, die in die Direktive eingebaut war, nicht bemerkt hatte. Doch hierin irrte General Lysenko gewaltig.

»... die Ihnen bis auf weiteres die Leitung der Operation mit dem Ziel, Adam Procane sicher und lebend herüberzubringen, überträgt.«
Karlow saß an seinem Tisch und las diesen Abschnitt von Punkt acht der Direktive, die Lysenko ihm übergeben hatte. Das genau waren die Worte gewesen, die Lysenko im Gespräch so nebenbei verwendet hatte. Dieses Schwein!
Karlow stieß den Stuhl zurück und kräuselte die Lippen. Sein kalter, analytischer Verstand hatte sich sofort auf diesen Satz konzentriert. Er war die Schlüsselstelle des Dokuments. Die Formulierung, auf die es dabei ankam, war »bis auf weiteres«. Sie, das war Karlow nur zu klar, würde es Lysenko ermöglichen, in letzter Minute – vermutlich dann, wenn Procane sicher in die Sowjetunion herübergewechselt war – die Leitung der Operation zu übernehmen und alle Lorbeeren für den gewaltigen Coup einzuheimsen. Nun, Genosse, die Sache geht vielleicht anders aus, als du es erwartest. Als ersten Schritt nahm Karlow sich vor, zum frühestmöglichen Zeitpunkt mit Mauno Sarin, dem Chef der Schutzpolizei in Helsinki, in Verbindung zu treten.
In der Zwischenzeit konnte ein Bericht, in dem er seine Zweifel über den Wert der Informationen, die Procane bisher geliefert hatte, neuerlich zum Ausdruck brachte, nicht schaden. Er ging zum Schrank, holte seine Schreibmaschine heraus und setzte sich damit an den Schreibtisch. Seine früheren Berichte, nach denselben Grundsätzen abgefaßt, hatten denen in Moskau nur den Mund wäßrig gemacht. Er zweifelte nicht daran, daß der neue Bericht die gleiche Reaktion hervorrufen würde.

7

Während Tweed durch Westeuropa reiste und seinen Informanten Fragen stellte und Instruktionen erteilte, verbrachte Bob Newman im Hotel *Kalastajatorppa* am Stadtrand von Helsinki drei geruhsame Tage mit Laila Sarin. Am ersten Morgen, als Laila zurückkam, um mit ihm gemeinsam zu frühstücken, hatte er eine böse Überraschung erlebt.

Er trat aus dem Fahrstuhl und sein Blick fiel auf eine finnische Zeitung, die jemand auf einem der Glastische liegengelassen hatte. Ein Exemplar des Blattes *Iltalehti*. Von der Titelseite starrte Alexis ihn an.

Er nahm die Zeitung auf, immer noch stumpf und gefühllos, blickte auf das Bild und stutzte. Es stammte aus dem scheußlichen Film, den Howard ihm im Kellerraum am Park Crescent vorgeführt hatte. Aber dieses Bild hier war beschnitten worden, es zeigte nur Alexis, die die Hand zum Schutz gegen das blendende Licht der Autoscheinwerfer hochhielt. Keinerlei Hintergrund, nichts von einer Burg auf hohem Hügel. Er suchte das Ende des Artikels, der mit der Schlagzeile überschrieben war: »Bekannte französische Journalistin bei Autounfall getötet?«

Da er des Finnischen nicht mächtig war, konnte er die Schlagzeile nicht lesen, sehr wohl aber den Namen des Reporters, der den Artikel verfaßt hatte: Laila Sarin.

»Guten Morgen, Mr. Newman. Wie fühlen Sie sich?«

Er blickte auf und sah Laila Sarin vor sich stehen. Trotz seiner Müdigkeit hatte er bemerkt, wie lautlos sie sich bewegte. Man hörte sie nie kommen. Mit grimmigem Gesichtsausdruck hielt er ihr die Zeitung hin.

»Ja, es tut mir leid«, fuhr sie leise fort, »aber gestern abend dachte ich, Sie würden das nicht sehen wollen. Ich ließ den Buchhändler auf dem Vantaa-Flughafen sogar alle Exemplare des Blattes forträumen, bis wir in sicherer Entfernung waren.«

»Ich muß Ihnen beim Frühstück einige Fragen stellen«, sagte er und schwieg dann, bis sie im Restaurant saßen und man ihnen Kaffee und Gebäck serviert hatte.

»Haben Sie gut geschlafen?« wagte sie schließlich zu fragen. »Daß ich Sie nach dem Abendessen verließ, hat mir Kopfzerbrechen bereitet.«

Er nickte. Es brachte nichts, wenn er ihr jetzt sagte, er sei mitten in

der Nacht mit einem Schrei aufgewacht. Im Traum hatte er wieder jenen Film gesehen, hatte Alexis' Schreie gehört, gefolgt vom dumpfen Anprall des Wagens, der ihren auf dem Boden liegenden Körper überrollte. In knappem Ton stellte er seine Frage.
»Von wo bekamen Sie das Material für Ihren Artikel? Und wie kamen Sie in den Besitz des Bildes? Was bedeutet die Schlagzeile?«
Sie übersetzte ihm den Wortlaut und erklärte hierzu: »Ein Bote gab den an mich adressierten Umschlag in der Redaktion ab. Er enthielt diese eine Fotografie.«
»Haben Sie sie beschnitten, bevor Sie sie in Druck gaben?«
»Nein. Genau diese Hochglanzkopie war im Briefumschlag. Warum fragen Sie?«
»Nur, weil das oft geschieht. Fahren Sie fort.«
»Da war auch ein Blatt mit einer kurzen Darstellung der Story, wie ich sie dann berichtet habe.«
»Dieser Text - war er mit Maschine oder mit der Hand geschrieben?«
»Mit Maschine – aber von jemandem, der nicht gewohnt ist, mit Maschine zu schreiben, glaube ich. Es gab eine Menge Tippfehler. Und die Maschine muß recht alt gewesen sein.«
»In welcher Sprache?«
»Finnisch. Jetzt essen Sie Ihr Frühstück und hören Sie mir zu. Ich will Ihnen folgendes sagen: Ihre Frau trat in einer einsamen Straße außerhalb Helsinki vom Gehsteigrand. Der Fahrer konnte nicht mehr bremsen, und sie wurde überfahren. Das muß sehr schmerzlich für Sie sein.«
»Kümmern Sie sich nicht darum. Berichten Sie weiter.«
»Das war alles, was der Text sagte. Mein Bericht bringt eine Darstellung des Unfalls, die sich genau an diesen Text hält. Natürlich habe ich die Sache ein wenig ausgewalzt – mein Chefredakteur wollte es als Aufmacher haben. Aber es war die einzige Information; auf die mußte ich mich stützen. Hören Sie, Alexis Bouvet suchte mich auf, als sie vor einer Woche hier ankam.«
»Hat man die Leiche gefunden? Sie erwähnen eine einsame Straße außerhalb von Helsinki.«
»Nein, man hat nicht, und das bereitet der Polizei Kopfzerbrechen. Man nimmt an, der Autorowdy habe sie von der Fahrbahn geschleift und im Wald liegengelassen.« Sie machte eine Pause. »Es kann Monate dauern, bis man sie findet.«

»Und bei so fadenscheinigem Beweisstand – keine Leiche, kein feststellbarer Tatort – bringen Sie das als Aufmacher? Ist das die Art Journalismus, wie man ihn in Finnland betreibt?«
Sie errötete, bezwang aber den aufsteigenden Ärger. Newman stand unter enormem psychischem Druck, sagte sie sich. Sie betupfte die Lippen mit der Serviette, bevor sie antwortete, im Ton ruhig und distanziert.
»Erstens: am Ende der Schlagzeile steht ein Fragezeichen. Es wird also eine Frage gestellt, kein Statement abgegeben. Zweitens: wenn Sie den Text lesen könnten, würden Sie merken, daß ich die Sache als mysteriösen Vorfall darstelle. Ich nehme es nicht als gegeben hin, daß ihre Frau tot ist. Drittens: außer dem Foto und dem getippten Bericht war noch etwas in dem Briefumschlag.«
Sie griff in ihre Schultertasche und nahm etwas heraus, das sie vorerst in ihrer Hand verbarg. Newman setzte die Tasse an den Mund, und Laila beobachtete ihn mitfühlend.
»Bevor ich es Ihnen zeige, bereiten Sie sich auf einen Schock vor.«
»Ich bin vorbereitet. Machen Sie weiter.«
Sie öffnete die Hand und hielt ihm etwas hin, Modeschmuck, eine Brosche in der Form des Lothringer Kreuzes. Newman griff zu und starrte das Ding auf seiner Handfläche mit ausdruckslosem Gesicht an. Ein stechender Schmerz überfiel ihn.
»Sie sagen, das sei in dem Umschlag gewesen, der die Redaktion erreichte? Was beweist es?«
»Als Alexis Bouvet mich aufsuchte, trug sie diese Brosche. Ich habe sie in meinem Artikel absichtlich nicht erwähnt. Erkennen Sie die Brosche?«
»Ja«, gab Newman zu. »Sie war überzeugte Gaullistin. Sie bewunderte Jacques Chirac. Es ist wohl Sitte in Finnland, daß Autorowdys ihr Verbrechen den Zeitungen berichten? Es gilt doch als Verbrechen in Finnland, nehme ich an?«
»Sie sind ein unmöglicher Mensch!« Jetzt hatte er ihren Geduldsfaden zum Reißen gebracht. Sie ließ die angebissene Semmel auf den Teller fallen und griff nach ihrer Tasche, um zu gehen.
Newman beugte sich über den Tisch und ergriff ihre Hand. Außer dem Brief von Alexis hatte er nur dieses Mädchen, das ihm weiterhelfen konnte. Er lächelte und entschuldigte sich in wohlgesetzten Worten.
»Es tut mir leid. Sie sind so nett zu mir, seit ich hier bin. Sie haben sogar im Schlafzimmer meinen Schlaf bewacht, bis ich aufwachte

und wir zum Dinner herunterkamen. Aber als Journalist weiß ich, daß Sie genug Erfahrung haben, um alles, was man Ihnen sagt, mit Skepsis aufzunehmen...«
»Jetzt schmeichelt er mir auch noch!«
»Bitte! Hören Sie mich zu Ende an! Sie sagten doch, Sie wollten mir helfen. Ich glaube, daß Sie das vielleicht tun – aber ich weiß nichts über Sie.«
»Ich sagte Ihnen doch, daß mich Tweed, der Versicherungsfachmann aus London, angerufen hat.«
»Ja, das haben Sie.«
Newman schwieg und überlegte, was er als nächstes sagen sollte. Es war doch interessant, daß sie Tweed für den Chef einer exklusiven Versicherungsgesellschaft hielt, die sich für hohe Prämien und mit Hilfe eines entsprechenden Sicherheitsapparates um Männer und Frauen kümmerte, die als Opfer von Kidnappern in Frage kamen. Ein überzeugender Deckmantel. Unter anderem erklärte das, warum er so weitreichende internationale Beziehungen hatte und warum er gelegentlich im Ausland herumreiste. Und schließlich, warum seine Tätigkeit im geheimen und unter Geheimhaltung vor sich ging.
»Wenn ich Ihnen vertrauen soll, möchte ich gerne etwas mehr über Sie wissen«, sagte er sanft, immer noch ihre Hand haltend.
»Sie glauben, ich möchte Ihnen nur die Story stehlen, an der Sie arbeiten?« sagte sie herausfordernd. »Sie sind der große Bob Newman, der berühmte Auslandskorrespondent, der den internationalen Bestseller ›Kruger: Der Computer, der irrte‹ geschrieben hat. Glauben Sie das von mir?«
»Wenn bei euch finnischen Mädchen einmal die Sicherung durchbrennt, dann geht ihr gleich durchs Dach, nicht wahr?«
»Durchs Dach?«
»Ihr explodiert! Wie eine Bombe. Krach!«
Er grinste, und ihre Hand wurde in seinem Griff schlaff und weich. Er lachte. Sie entspannte sich in ihrem Stuhl, streifte mit ihrer freien Hand die Tasche ab. Hinter den Brillengläsern musterten ihn ihre tiefblauen Augen.
»Darf ich meine Hand wiederhaben, damit ich zu Ende frühstücken kann? Ich habe nur zwei. Und Sie haben recht. Was die Finnen betrifft, meine ich. Gilt für Männer ebenso wie für Frauen. Es braucht einiges, um uns zornig zu machen – aber wenn wir zornig sind – dann krach!«

Newman ließ ihre Hand los und nahm einen Schluck Orangensaft. Er hatte schon gedacht, er habe sie verloren – und wußte, das wäre dumm von ihm gewesen. Er fühlte, daß sie langsam zu einem Entschluß kam, und blieb still und frühstückte weiter, bis sie plötzlich den Blick direkt auf ihn richtete.
»Ich verstehe schon, daß Sie mehr über mich wissen sollten. Und ich bin sicher, Sie würden es selber herausbekommen, mit Ihren Fähigkeiten. Ich bin die Tochter eines Mannes, der einen hohen Rang in der Schutzpolizei einnimmt.«
»Wie hoch?«
»Er ist Chef dieser Einheit. Mauno Sarin.«

»Mein Chefredakteur sagte mir, ich könne mehrere Tage mit Ihnen zusammen verbringen – er hofft, ich würde Ihnen eine Geschichte entlocken«, sagte Laila mit boshaftem Lächeln.
»Das hoffen alle Chefredakteure«, erwiderte Newman gedankenabwesend.
Sie hatten Regenmäntel angezogen, und Laila war mit ihm über die leere Straße zum anderen Gebäude des *Kalastajatorppa* gegangen. Wieder war Newman gefesselt von den riesigen Betonblöcken, die aus den Granitklippen herauszuwachsen schienen. Sie betraten das Gebäude, und es war verlassen.
Newman folgte ihr auf gewundenen Wegen hinunter in einen kreisrunden, schwach erleuchteten Raum. »Der Nachtklub«, erklärte Laila. Über eine Wendeltreppe erreichten sie das Bodenniveau, und sie öffnete eine Tür, die auf ein parkähnliches Grundstück hinausführte, das zum Wasserrand hin abfiel.
Über eine breite Treppe aus niedrigen Steinstufen stiegen sie den Park, der ebenfalls verlassen war, hinab. Ein feiner Nieselregen, gleich einem feuchten Nebel über dem Meer, näßte ihre Gesichter. Die graue, bleifarbene Wasserfläche, die sich zu einem fernen Ufer hin erstreckte, wirkte wie die eines der typischen finnischen Binnengewässer, und Newman mußte sich erst bewußt machen, das das vor ihm ein Meerbusen war.
»Als Alexis Sie in Ihrem Büro aufsuchte«, begann er, »hatten Sie da eine Idee, was sie hier suchte?«
»Das wollte ich Ihnen sagen. Sie suchte einen Amerikaner, einen Mann namens Adam Procane. Sie hatte die US-Botschaft besucht und irgendwie herausgefunden, daß es unter ihrem zahlreichen Personal niemanden dieses Namens gab.«

»Warum zahlreich?«
»Weil wir hier in Finnland sind. Auch die Russen haben eine große Botschaft. Das ist das Spiel, das sie spielen. Bedenken Sie: die russische Grenze befindet sich nur zweihundert Kilometer östlich von Helsinki.«
»Dieser Amerikaner – wie heißt er, sagen Sie?«
»Adam Procane. Nach den Worten von Alexis ist er ein sehr wichtiger Mann – hoch oben. Sie sagte es nicht direkt, aber ich hatte den Eindruck, daß er nicht dem Botschaftspersonal angehört, sondern jemand ist, der in Bälde nach Helsinki kommen wird.«
»Ich glaube mich von meinem letzten Besuch zu erinnern, daß es eine Menge großer Passagierschiffe gibt, die von Helsinki auslaufen.«
»Das ist so. Sie fahren nach vielen Orten. Stockholm, Leningrad. Alles finnische Schiffe. Dann gibt es die estnische Schiffahrtslinie, die für Touristen regelmäßig Fahrten nach Tallinn unternimmt.«
»Wenn Sie das Wort Archipel hören, woran denken Sie zuerst?«
»An zwei Inselgruppen«, antwortete Laila prompt. »Zuerst den von Turku – das ist der Hafen westlich von Helsinki, wo die Küste nordwärts in den Bottnischen Meerbusen einschwenkt. Es ist der zweitgrößte Archipel der Welt. Der größte ist die griechische Inselwelt. Geographie war eines meiner besseren Fächer in der Schule«, fügte sie bescheiden hinzu.
»Und der andere? Sie sagten *zwei*.«
»Der schwedische Archipel, der sich von Stockholm aus ins Meer erstreckt – wie ein großer Arm greift er nach Osten, um dem Archipel von Turku die Hand zu reichen; aber es bleibt ein Streifen Meer dazwischen, der die beiden voneinander trennt.«
»Wie ist es im Archipel von Turku? Sind Sie je dort gewesen?«
»O ja. Ein Freund von mir war ganz verrückt nach Segeln. Etwas Ähnliches habe ich nie erlebt, Tausende von Inseln, manche ziemlich groß. Auf einer liegt die Hauptstadt des Archipels – Maarianhamina. Genau gesagt ist es die Hauptstadt der Ahvenanmaa-Inseln – auf schwedisch die Åland-Inseln.«
»Ich finde das Schwedische leichter – aber ich beherrsche es auch nicht.«
»Daher sprechen wir englisch und verstehen einander! Hier ist die Stelle, wo die Helikopter – Hubschrauber, ja? – landen.«
Sie waren auf einem breiten Pfad bis zu zwei Landeplattformen

hinuntergewandert, von denen die eine, ein aus Holzplanken errichtetes Gerüst, in die andere, eine schwimmende Plattform, überging. Newman betrat sie. Sie schlingerte leicht. Links war ein Gewirr aus Schilfrohr, das hier gleich einem Dschungel wuchs.
Der feine Regen war abgetrieben. Er stand auf den Planken, spürte an ihrem Schwanken den Wellengang und starrte auf die Wasserfläche hinaus, wo sich in der Ferne etwas Weißes rasch vorbeibewegte, einen Streifen weißen Sogs hinter sich zurücklassend. Ein großes Motorboot fuhr Richtung Süd.
»Setzen wir uns hierher«, schlug Laila vor, die hinter ihn getreten war.
Als sie sich gesetzt hatten, brachte sie aus ihrer Tasche eine dicke, zusammengefaltete Landkarte zum Vorschein und breitete sie über ihrem Schoß aus.
»Ich dachte, das könnte nützlich sein. Wie Sie sehen, ist es ein Stadtplan von Helsinki. Sie können ihn behalten, Bob.«
»Danke.« Newman studierte die Karte mit Interesse. »Helsinki ist eine der merkwürdigsten Städte Europas.«
»Ich mag es! Ich bin hier geboren.«
»Seien Sie nicht so empfindlich. Ich meinte es im Sinne von faszinierend. Seine Topographie – Sie sagten doch, Geographie sei ihre Stärke...«
»Also, warum ist es merkwürdig – faszinierend?«
»Nun, einmal deswegen, weil es auf einer langen Halbinsel erbaut ist – was bedeutet, daß es auf drei Seiten von Wasser umgeben ist. Zum anderen, weil es mehr als einen Hafen hat – Nord-Hafen, Süd-Hafen...«
»Vom Süd-Hafen fahren die Schiffe ab, von denen ich gesprochen habe. Je nach Bestimmungsort von einem anderen Pier...«
»Dieses hier, Laila?«
»Die Estnische Schiffahrtslinie.«
»Wenn ich also zum Hafen gehe, kann ich sämtliche Auslaufzeiten in Erfahrung bringen? Eine Frage, die sich von selbst ergibt.«
»Ich könnte das für Sie erledigen. Ich glaube, Sie sind recht müde – warum bleiben Sie nicht einige Tage weg von Helsinki und ruhen sich aus? Es ist sehr friedlich hier.«
Es war sehr friedlich. Das einzige Geräusch war das leise Plätschern winziger Wellen, die gegen vereinzelte Zungen schmutziggrauen Landes schlugen, das in den See – nein, das Meer –

hineinragte. Da und dort waren weitere Anlegestege ins Wasser gebaut. An eine davon war ein Ruderboot mit hellrotem Innenverbau angebunden, das leicht auf den Wellen schaukelte.

»Hat Alexis außer von diesem Adam Procane noch von etwas geredet?« fragte er.

»Ja.« Laila dachte konzentriert nach, dabei verdrehte sie die Augen hinter den Brillengläsern. »Das Gespräch war komisch, sie sprang vor und zurück, sagte, sie habe Gerüchte gehört, daß einige russische Offiziere vom militärischen Abwehrdienst ermordet worden wären – erwürgt, jenseits des Wassers.«

»Was meinte sie damit?«

»Das sagte sie nicht – bloß: jenseits des Wassers. Das wäre dann Estland. Wir haben auch diese Gerüchte gehört. Ich versuchte der Sache nachzugehen, witterte eine Story. Ich versuchte jemanden von der Mannschaft eines estnischen Schiffes auszufragen, aber er wurde ängstlich und wollte nichts darüber sagen.«

»Militärische Abwehr? Sie meinen den GRU?«

»Richtig. Dann änderte Alexis wieder das Thema und stellte mir über die Inseln fast dieselben Fragen, die Sie mir gestellt haben.«

»Sie sagen, es seien Tausende von Inseln.«

»Ja. Viele davon sind kaum mehr als abgeflachte runde Felsen, die aus dem Wasser ragen. Das Segeln durch die Meerengen kann gefährlich werden, und man kann sich leicht verirren, wenn man nicht einen Fischer mithat, der den Weg um die Felseneilande kennt.«

»Sie kennen einen solchen Mann?«

»Ja. Ein guter Freund. Warum?«

»Sie könnten ihn mir vorstellen, falls ich ihm ein paar Fragen stellen möchte?«

»Kein Problem. Aber ich glaube immer noch, Sie sollten sich ein ruhiges Wochenende gönnen. Sie sehen erschöpft aus.«

»Ich glaube, dem muß ich beistimmen. Eine letzte Frage noch. Man nimmt an, daß Alexis auf einer einsamen Straße außerhalb Helsinkis von einem Wagen überfahren worden ist. Kennen sie eine Art Geisterburg oder Geisterschloß, sehr alt, mit Türmen, hoch auf einem Hügel stehend – irgendwo außerhalb von Helsinki?«

»Eine Burg? Sie meinen, in der Art wie eure englischen Burgen und Schlösser? Ich war einmal in England und habe Windsor

Castle und Warwick Castle gesehen. Wunderbar – aber so etwas haben wir nicht in Finnland. Ich glaube, Sie würden lachen, wenn Sie wüßten, was wir Schloß nennen.« Sie drehte sich auf ihrem Sitz um, und ihre Schulter preßte sich gegen die von Newman. »Eigenartig – aber dieses Gespräch erinnert mich so sehr an das mit Alexis Bouvet.«
»Weil wir natürlich in ähnlicher Weise miteinander reden«, sagte er leichthin, um weitere Fragen abzuwehren.
Er dachte an einen Satz von Laila – »... sie sprang vor und zurück«. Er glaubte mit ziemlicher Sicherheit zu wissen, was Alexis da inszeniert hatte. Sie hatte mit Themen um sich geworfen, so daß Laila nicht durchschauen konnte, hinter welcher Sache sie wirklich her war. Er schaute aufs Meer hinaus und versuchte die Bruchstücke zusammenzusetzen.
Morde an GRU-Offizieren in Estland. Die Erwähnung von Adam Procane. Die Fragen nach den Inseln. Nichts davon schien zusammenzugehören. Jedes ein Thema für sich, zufällig zur Sprache gebracht, mit nichts zu verbinden.
»Es wird gleich stark regnen«, bemerkte Laila. »Vielleicht gehen wir besser zum Hotel zurück.«
»Von mir aus. Wieso wissen Sie das?«
»Schauen Sie über die Bucht – man sieht es kommen.«
»Das Wetter ändert sich hier schnell.«
»Das ist Finnland. Wir haben starken Regen, aber wenn er aufhört, wird es wieder schön.«
Die niederen Wolkenbänke in einiger Entfernung, schwarz wie die Pinienwälder, die die Bucht wallartig umgaben, bewegten sich rasch auf Helsinki und das Hotel zu. Ein dunkler, seidiger Vorhang vor der jenseitigen Küste zeigte bereits den Regen an. Sie eilten auf dem breiten Pfad unter Pinien dahin, und Laila deutete auf ein eigenartiges, vieleckiges Gebäude mit pagodenartigem Runddach.
»Das ist das Runde Restaurant. Wäre nett für Sie, heute abend hier das Dinner einzunehmen.«
»Nur wenn Sie mit mir essen.«
»Würde ich gerne. Ich glaube, ich nehme jetzt die Tram Nummer vier nach Helsinki hinein und erkundige mich nach den Auslaufzeiten. Sie bleiben hier und ruhen sich aus?« fragte sie besorgt.
»Ich tu alles, was Sie sagen.«
»Sie sehen das Gebäude hinter dem Runden Restaurant?«

Sie zeigte auf ein altes, einstöckiges Bauwerk, das Newman an eine riesige Hütte erinnerte. Es war der älteste Teil des Hotels.
»Das ist das alte Fischerhaus«, erklärte Laila. »Es stand hier lange vor dem Hotel. Der Architekt war so vernünftig, es stehenzulassen – er hat es einfach innen modernisiert.«
Sie liefen die breite Stiege hoch, die zum Hotel führte, als die ersten dicken Tropfen fielen. Drinnen zeigte Laila Newman den Weg zum Tunnel, der die beiden Hotelgebäude miteinander verband, und sie trennten sich.
Der unterirdische Tunnel, der unter der Straße hindurchführte, war zu beiden Seiten mit gerundetem, täuschend nachgemachtem Kalkstein ausgekleidet, so daß der eigenartige Eindruck entstand, man gehe in einem Gletscher. Im Hauptgebäude holte er aus seinem Zimmer das Foto von Alexis und ging zur Hotelrezeption zurück.
»Eine Verwandte von mir hat hier kürzlich gewohnt«, erklärte er dem Mann hinter dem Pult. »Ihr Name ist Alexis Bouvet. Hat sie eine neue Adresse hinterlassen?«
Der Gesichtsausdruck des Mannes wurde steif. Er war in keiner Weise begeistert darüber, Informationen über Gäste preisgeben zu sollen. Er schaute im Register nach, erinnerte sich möglicherweise daran, daß Newman eine ganze Suite belegte, und schüttelte dann den Kopf.
»Unter diesem Namen ist hier niemand vermerkt, Sir.«
Jetzt konnte Newman nur noch mit der Wahrheit herausrücken. Er zog Lailas Zeitung heraus und legte sie mit der Titelseite nach oben aufs Pult. Daneben legte er das Foto aus dem Silberrahmen in seiner Londoner Wohnung.
»Ich spreche von meiner Frau«, sagte er ruhig.
»Tut mir leid, Mr. Newman.« Der Mann schaute kurz auf das Bild. »Ja, diese Dame wohnte hier in der Woche, bevor Sie ankamen. Ich erinnere mich gut an sie – eine sehr gutaussehende Frau, wenn ich so sagen darf. Sie bezahlte für eine Woche im voraus und kehrte eines Abends nicht mehr zurück – zwei Tage vor Ablauf ihrer Reservierung. Sie ließ einige Gegenstände in ihrem Zimmer zurück.«
»Darf ich sie sehen? Es handelt sich um meine Frau.«
»Das ist mir bewußt, Sir. Ich habe den Namen nicht erkannt, den Sie mir zuerst nannten. Sehen Sie, sie trug sich als Mrs. Alexis Newman ein.«

»Und diese Habseligkeiten?«
Der Hotelangestellte wurde verlegen. »Sie wurden einige Stunden vor Ihrer Ankunft von zwei Amtspersonen abgeholt.«
»Polizei? Vom Präsidium in Pasila?«
»Nein, Sir.« Die Verlegenheit des Mannes wurde größer. »Es waren zwei Beamte, die eine schriftliche Vollmacht vorlegten, wonach sie berechtigt waren, Mrs. Newmans Besitztümer mitzunehmen.«
Jetzt erriet Newman, was der Mann meinte, ohne es beim Wort nennen zu wollen. Zwei Beamte. Von der Geheimpolizei, der Schutzpolizei. Natürlich. In Ratakatu. Er ließ das Thema fallen und forschte in anderer Richtung weiter.
»Hat sie irgend etwas Besonderes getan oder unternommen, während sie hier wohnte? Etwas, was ein wenig aus dem Rahmen fiel?«
»Eines Morgens, bald nach ihrem Eintreffen, machte sie Gebrauch von dem Hubschrauber-Transportunternehmen. Es gibt einen Hubschrauber, der bei der Anlegestelle am Meer, auf der anderen Seite des Hotels, startet.«
»Ja, ich weiß. Ist das der Laden dort drüben?«
Newman deutete auf einen geschlossenen, kojenartigen Schalter in der Empfangshalle. Der Hotelangestellte nickte, und Newman nahm Zeitung und Foto und ging hinüber. Ein dunkelhaariges Mädchen blickte von ihrem Pult hoch, als er durch den offenen Türrahmen trat. Er legte Zeitung und Foto vor sie auf das Pult und redete in bestimmtem Ton, eher mit Behauptungen als mit Fragen operierend.
»Der Mann am Empfang sagt mir eben, daß Alexis Newman, meine Frau, einen ihrer Hubschrauber gemietet hat. Ich muß wissen, wohin der Pilot sie geflogen hat.«
»Ja, das ist richtig, Mr. Newman. Aber sie wollte keinen der üblichen Rundflüge unternehmen. Sie mietete den Hubschrauber für eine ganz bestimmte Route. Es war diese Maschine.«
Sie reichte ihm das Farbfoto einer Hughes 500 D, eines sehr kleinen Typs. Das Innere wirkte beengt, und das Bild zeigte den Hubschrauber nach dem Abheben, während der Pilot mit einer Kamera hantierte.
»Wohin flog sie?« fragte Newman.
»Ich weiß es nicht. Ich buchte den Flug, sie leistete eine Anzahlung, der Rest sollte nach der Rückkehr ausbezahlt werden.«

»Könnte ich dieselbe Maschine buchen – mit demselben Piloten?«
»Kein Problem, Sir. Aber er steht erst am Montag wieder zur Verfügung.«
Newman zahlte einen Betrag im voraus, und sie schrieb ihre Telefonnummer auf den Prospekt. 72 72 57. Als er hinausging, drehte er sich im Türrahmen noch einmal um und fragte, ob sie eine Ahnung habe, was das Flugziel gewesen sei.
»Sie sagte etwas vom Süd-Hafen, Sir.«

Laila stieg an der Endstelle der Linie 4 in die Straßenbahn. Vom *Kalastajatorppa* waren es 5 Minuten flotten Fußmarsches bis dorthin. Sie war der einzige Passagier. Die Strecke führte durch ein vornehmes Wohnviertel, bestehend aus kleinen Wohnblocks, die man vor vielen Jahren in die Baumgruppen gesetzt hatte.
Sie fuhr bis zur Mannerheimintie, der in die Innenstadt führenden Hauptstraße, und stieg in der Nähe des Hotels *Hesperia* aus, einem gekurvten, vielstöckigen Bau, dessen Front einer modernen Metallskulptur zugewendet war, deren Einzelteile sich im Wind wie ein riesiges Glockenspiel bewegten.
Bergauf gehend, drang sie in das Gewirr von Hinterstraßen ein, wo es alte, weniger exklusive Miethäuser gab, betrat ihre im ersten Stock gelegene Wohnung und hob den Telefonhörer ab, kaum daß sie ihre Hängetasche von der Schulter gestreift hatte.
Sie rief die Nummer an, die Tweed ihr von der »London and Cumbria Versicherungsges. Co.« gegeben hatte.
»Leider ist er heute nicht erreichbar«, teilte Monica ihr mit. »Wessen Anruf kann ich ihm melden?«
»Ich bin nur eine Bekannte«, antwortete Laila und legte auf.
Sie verließ ihre Wohnung wieder, ging weiter in Richtung Zentrum, vorbei an den beiden aus Stein gehauenen Platten, die an den Präsidenten Kekkonen erinnern sollen. Im Ageba-Reisebüro ließ sie sich eine Liste der Auslaufzeiten aller Schiffe nach Leningrad, Tallinn, Stockholm und – der Gedanke kam ihr zuletzt noch – Turku geben.
Dann setzte sie sich im nahegelegenen Hotel *Marski* in die Bar und trank eine Schale schwarzen Kaffee. Sie machte sich Sorgen. Irgendwie hatte sie das Gefühl, sie müsse Bob Newman so lange aus dem Verkehr ziehen, bis sie mit Tweed gesprochen hatte. Der Jammer war, daß anhand der Fragen, die er ihr gestellt hatte,

bereits feststand, daß der energische Engländer schon mitten dabei war, über den Tod seiner Frau und des oder der daran Schuldigen Nachforschungen anzustellen.

8

Wie ein Tiger in seinem Käfig wanderte Newman im Wohnzimmer seiner Hotelsuite auf und ab. Der Raum ähnelte eher einem Konferenzzimmer. Ein rechteckiger Tisch mit Stühlen rundum stand in der Mitte. Wieder die Form des Rechtecks, das die finnischen Innenarchitekten ebenso wie ihre Architekturkollegen so sehr liebten. Die Schränke im Schlafzimmer waren ebenfalls rechteckig. Und dieses Formprinzip wiederholte sich hier im Wohnzimmer. Auf dem Tisch lag sein Notizblock, darauf sein Kugelschreiber.
Das finnische Wetter hatte sich schon wieder geändert. Er blieb einen Augenblick lang stehen und starrte auf das flache Vordach hinunter, auf dem noch kleine Regenpfützen standen. Die Wolken hatten sich offenbar in Nichts aufgelöst. Der weite blaue Himmel war klar, die Bucht zeigte sich als ein glattes Laken ohne die kleinsten Falten. Er trat wieder an den Tisch und starrte auf den Block, auf den er die Fakten gekritzelt hatte, die von ihm zusammengetragen worden waren.
Ein Schiff, das von irgendwo um 10.30 Uhr abfuhr. Süd-Hafen? Ein Amerikaner namens Procane – der offenbar gar nicht existierte, aber »aufgehalten werden« mußte. Inwiefern aufgehalten? Nur Alexis hatte das gewußt. Eine Art Märchenschloß hoch auf einem Berg. Und Alexis, die, wie es hieß, auf einer einsamen Straße außerhalb von Helsinki zu Tode gekommen war.
»Ein Schloß ... aber so etwas haben wir nicht in Finnland ...« So oder ähnlich hatte Laila gesagt. Sie mußte es wissen. Newman betrachtete seine Skizze des Schlosses, die er aus der Erinnerung an jenen scheußlichen Film angefertigt hatte. Die Skizze hatte er ebenso wie die anderen Hinweise mit dem Stift eingekreist.
Er suchte nach dem Muster des Ganzen – nach einer Möglichkeit, von einem der Kreise eine Verbindungslinie zu einem anderen ziehen zu können. Doch es gab keinerlei Verbindungsglied. Er zündete sich eine Zigarette an. In einem Kreis hatte er notiert: »Morde an GRU-Offizieren in Estland?« Konnte sich um ein

reines Gerücht handeln. Weiß Gott, Finnland war voll von Gerüchten, oft vom Personal der amerikanischen und sowjetischen Botschaft in Umlauf gesetzt. Soviel wußte er von seinem letzten Aufenthalt.
»Schutzpolizei.« In einem anderen Kreis auf dem Notizblatt. Ein ganz neues Faktum. Warum waren die so interessiert an Alexis? Newman hegte den starken Verdacht, daß sie die Dinge, die Alexis im Hotelzimmer zurückgelassen hatte, abgeholt hatten, um alle Spuren ihres Aufenthaltes in Helsinki zu beseitigen. Wenn das der Fall war, dann hatten sie Pfuscharbeit geleistet – selbst wenn nicht vorauszusehen gewesen war, daß er so schnell im Hotel auftauchen würde, in dem sie gewohnt hatte.
Die Finnen waren – international gesehen – in einer schwierigen Position. Auf ihre Ostgrenze fiel riesenhaft und drohend der Schatten Rußlands. Die Sowjets versorgten die Finnen mit dem nötigen Öl, im Austausch für finnische Industriegüter. Theoretisch konnte der Kreml Helsinki in den Würgegriff nehmen.
Aber die Finnen vollführten ihren Seiltanz zwischen Ost und West mit größtem Geschick. Sie bewahrten sich ihre labile Unabhängigkeit, indem sie es einerseits ablehnten, zu einem Satelliten der Sowjets zu werden, und andererseits durch den Handel mit dem Westen ein Gegengewicht zum Bären im Osten schafften.
Newman setzte sich an den Tisch und nahm zwei weitere Kreise auf dem Blatt in Augenschein. »Ratakatu«. Das Hauptquartier der Schutzpolizei, in einem ganz anderen Stadtteil Helsinkis gelegen als das Polizeipräsidium in Pasila.
Dieser Punkt beunruhigte ihn. Laila hatte ihm eingestanden, daß ihr Vater Chef dieser Polizeieinheit war. Berichtete sie ihm vielleicht in diesem Augenblick von ihren Gesprächen mit Newman? Doch etwas sprach dagegen. Laila hatte den Artikel über Alexis' tödlichen Unfall geschrieben. Mauno Sarin war bestimmt nicht besonders erbaut darüber. Womit auszuschließen war, daß Mauno seine Tochter an der Kandare hatte.
»Hubschrauber«. Ein neues Faktum, über das Newman gestolpert war. Wohin hatte sie sich mit der Hughes 500 D fliegen lassen? Er mußte alle Einzelheiten dieses Fluges in Erfahrung bringen. Newman war überzeugt, daß jedes neue Wissen über Alexis' letzten Schritte ihn der Wahrheit näher brachte. Geduld. Sie war bei allem, was Auslandskorrespondenten anstellten, um eine Story auszugraben, der Schlüssel zum Erfolg.

»Hier ist eine Liste aller aus Helsinki auslaufenden Schiffe und ihrer Abfahrtszeiten«, sagte Laila und reichte Newman ein Blatt Papier über den Tisch.
Sie saßen im Obergeschoß des Runden Restaurants, das man über eine Wendeltreppe erreichte, und aßen zu Abend. Sie hatten einen Tisch an der Innenbrüstung und konnten auf die Tische im Erdgeschoß hinunterblicken. Newman nahm das Blatt und überflog die in säuberlicher Schrift notierten Auslaufzeiten.
»Sie vergeuden Ihre Zeit nie, oder?« kommentierte er.
»In meinem Beruf muß man sofort die Dinge weiterzubringen suchen.« Sie errötete, als ihr ihre Worte bewußt wurden. »Aber natürlich wissen Sie das seit Jahren.«
»Ich gratuliere Ihnen.«
»Ist was darunter, was Ihnen weiterhilft?« fragte sie, bevor sie weiteraß.
»Sogar eine negative Information kann nützlich sein«, erwiderte er.
»Also ist das, was Sie gesucht haben, nicht dabei?«
»Schauen Sie, Laila, Sie wissen ebensogut wie ich, die Eliminierung von Anhaltspunkten lenkt die Aufmerksamkeit auf jene Anhaltspunkte, denen man nachgehen soll.«
Newman schenkte Chablis nach, um seine Erregung zu verbergen. Unter den zahlreichen angeführten Schiffen war nur eines, die *Georg Ots*, die um 10.30 Uhr auslief. Nach Tallinn, Estland.
Es sah ganz nach Ausflugsschiff für Touristen aus: Ankunft in Tallinn um 15 Uhr, Abfahrt von Tallinn um 19.30 Uhr, Rückkehr nach Helsinki um 22.30 Uhr. Was Newman verwirrte, war, daß Laila den Namen der Linie mit »Oy Saimaa Lines Ltd.« angegeben hatte – was ermutigend finnisch klang. In Klammern aber hatte sie »Estnische Schiffahrtslinie« hinzugefügt, was bedeutete, daß die *Georg Ots* wahrscheinlich ein sowjetischer Kahn war.
»Wo haben Sie sich diese Liste beschafft?« wollte er wissen.
»Im Ageba-Reisebüro. Sie haben nahe beim Hotel ›Marski‹ eine Filiale – das ist nur wenige Meter die Hauptstraße hinunter.«
Sie griff nach dem Blatt und schrieb etwas an den Rand. Er las das Hinzugefügte: »Ageba Travel Service, Pohjoisranta 4.« Gott sei Dank, wieder einmal etwas in Englisch.
»Brauchen Sie noch irgendeine Information?« fragte sie.
»Ich glaube nicht.« Er schaute sie über den Tisch hinweg an. Sie hatte sich offensichtlich für dieses Abendessen mit besonderer

Sorgfalt angezogen. Sie trug ein enganliegendes schwarzes Kleid mit goldenem Drachenmuster. Der Mandarinkragen betonte das feste, wohlgeformte Kinn.
»Sie sind wirklich eine hübsche junge Dame«, sagte er.
»Danke, Bob.« Sie schien erfreut und zugleich befangen.
»Haben Sie in letzter Zeit Ihren Vater gesehen? Oder Kontakt mit ihm gehabt?«
»Warum fragen Sie das?«
Sie ließ Messer und Gabel auf den Teller fallen, ihr Gesicht wurde zu Stein. Freude und Wohlbefinden waren Ärger und Abscheu gewichen, und der Stimmungsumschwung war schon aus der Art, wie sie ihre Frage stellte, erkennbar.
»Ich nehme einfach an, daß Sie regelmäßig Kontakt mit Ihrem Vater haben.«
»Mit ihm in seiner Eigenschaft als Chef der Schutzpolizei?«
Sie beugte sich über den Tisch und hatte die Stimme gesenkt, der Ton war kalt wie das Eis in den Gläsern des Paares am Nebentisch. Newman erkannte, daß eine weitere finnische Explosion bevorstand. Ihr Gesichtsausdruck spiegelte wider, was ihre Stimme hören ließ.
»Nur in seiner Eigenschaft als Vater einer Tochter«, erwiderte er.
»Das glaube ich nicht! Sie meinen, ich berichte ihm alles, was wir miteinander reden! Sie glauben, das allein war der Grund, warum ich Sie auf dem Flughafen Vantaa traf, als Sie aus Ihrem Flugzeug stiegen? Nun, Mr. Newman, ich habe Neuigkeiten für Sie. Ich komme mit meinem Vater nicht allzu gut aus. Ich wurde Journalistin gegen seinen Willen. Ich habe ihn seit mehr als zwei Monaten weder gesehen noch gesprochen. Und – mir ist der Hunger vergangen. Nur noch Kaffee, wenn ich bitten dürfte – dann gehe ich!«
Newman machte keinen Versuch, Laila umzustimmen. Er war selbst in grimmiger Laune, doch sein Verstand gewann die Oberhand über seine Gefühle. Entweder log sie – dann hatte sie den Beruf der Schauspielerin verfehlt –, oder sie war echt aufgebracht.
Er mußte sichergehen, daß das letztere der Fall war. War es der Fall, dann würde sie jetzt gehen. Sie tranken schweigend den Kaffee, er unterschrieb die Rechnung, und Laila stand auf und schlüpfte in ihren Mantel, bevor er ihr helfen konnte.

Die Paare an den anderen Tischen waren jetzt in heiterster Laune, schwatzten angeregt und tranken große Mengen Alkohol. Er begleitete sie hinaus, wo mehrere Taxis warteten. Bei einem leuchtete das Zeichen »Taksi«, also Finnisch, die anderen Schilder zeigten einfach die Aufschrift »Taxi«.
Sie dankte ihm höflich, jedoch förmlich für das Abendessen, sagte gute Nacht und fuhr davon. Newman hob bedauernd die Schultern, überquerte langsam die Straße und kehrte in sein Zimmer zurück. Er war schon von Natur ein Einzelgänger, um so mehr in der Ausübung seines Berufes. Und das hier war der bitterste Job seines bisherigen Lebens. Besser allein.

Am Samstag, dem 1. September – es war der Tag, an dem Tweed sich in Genf mit Alain Charvet traf, dem Expolizisten, der jetzt eine Privatauskunftei führte –, flog General Lysenko von Moskau nach Leningrad, das er immer seine »vorgeschobene Basis« nannte.
Lysenko liebte es, seine Reden mit militärischen Fachausdrücken zu verbrämen. Leningrad schien ihm die ideale Basis für die »Operation Procane«, wie er sie nun nannte. Zusammen mit ihm reiste sein Stabsoffizier, Hauptmann Valentin Rebet, in Moskauer Kreisen »Lysenkos Schatten« genannt.
Rebet war fünfunddreißig, groß, dunkelhaarig, mit Kurzhaarschnitt und einem enzyklopädischen Gedächtnis. Er war außerdem ein erstklassiger Administrator und bildete damit eine großartige Ergänzung zu seinem Chef, der als lärmender Tatmensch Schreibtischarbeit verabscheute.
Sobald sie in seinem Büro waren, das sich im zweiten Stock eines grauen Blocks über der Newa am Arsenal-Kai befand, stellte Lysenko Rebet auch schon die Frage.
»Also, Rebet, was haben wir?«
Rebet schob sich die randlose Brille den langen Nasenrücken bis zur Nasenwurzel hoch und öffnete den Ordner.
Lysenko war eine ausgesprochen physische Natur, am glücklichsten, wenn er zu einem neuen Bestimmungsort unterwegs war und seine Untergebenen mit Fragen bombardieren konnte. Er trank riesige Mengen von Wodka und Lakka, dem Likör, den die Finnen aus Schellbeeren machten. Ebenso groß war sein Appetit auf Frauen. Rebet hatte diesbezüglich einem Kollegen gegenüber geäußert: »Wenn du seine Frau siehst, dann weißt du, warum.«

Valentin Rebet war der Verstandesmensch in diesem Duo, ein Mann, der nächtelang am Schreibtisch sitzen und Akten und Agentenberichte studieren konnte. Wenn jemand unzusammenhängende Fakten in logischen Zusammenhang bringen konnte, dann war er es.
»Erstens haben wir die mysteriöse Mordserie an GRU-Offizieren in Tallinn«, begann er, »Morde, die, oberflächlich besehen, kein Motiv erkennen lassen.«
»Sie sind ganz offensichtlich das Werk der estnischen Widerstandsbewegung.«
Lysenko sprang auf und stampfte mit seinen dicken Beinen quer durchs Zimmer, um aus dem Fenster zu starren. Rebet hob den Blick und verengte die Augen, bevor er weiterredete.
»Es gibt keinen Beweis für eine solche Annahme. Diese scheußlichen Morde haben doch etwas Merkwürdiges an sich. Vier Männer werden mit der Garotte erdrosselt, und alle vier sind GRU-Offiziere. Warum vom GRU? Und jetzt sitzt der hervorragende Oberst Andrei Karlow in Tallinn und hat sich mit zwei Problemen herumzuschlagen.«
»Hervorragend?« Lysenko brüllte fast. »Ein Speichellecker ist er, der auf dem Bauch zu seinen Vorgesetzten gekrochen kam in der Hoffnung auf Beförderung.«
»Karlow ist einer der hervorragendsten Militäranalytiker in der Roten Armee«, beharrte Rebet auf seiner Meinung. »Haben Sie seinen letzten Bericht gelesen, er ist eben erst hereingekommen, in dem er Zweifel am Wert der Informationen äußert, die uns der geheimnisvolle Procane geliefert hat?«
»Er sichert sich ab – denn er war derjenige in London, der diese Informationen weitergegeben hat. Moskau ist davon überzeugt, daß Procane der bedeutendste Fang werden könnte, den wir seit dem Ende des Zweiten Weltkrieges gemacht haben.«
»Ich glaube, es war ein Fehler, ihn mit der Nachforschung im Falle der Mordanschläge zu betrauen. Er sollte sich besser ganz darauf konzentrieren, dem unbekannten Adam Procane beim Überlaufen behilflich zu sein. Übrigens ist auch schon ein zweiter Bericht unseres Militärattachés in Paris eingetroffen – des Inhalts, daß Procane bereits unterwegs ist.«
»Was ist also unser nächster Schritt, Genosse?« schoß Lysenko die nächste Frage ab.
»Wir geben an alle unsere Botschaften in Westeuropa – und

natürlich an alle inoffiziellen Kontaktpersonen – die Weisung aus, uns unverzüglich vom Eintreffen jedes höheren amerikanischen Diplomaten, Abwehrmannes oder Armeeangehörigen in Kenntnis zu setzen. Procane muß sich einen überzeugenden Grund ausdenken, weswegen er den Atlantik überquert – die erste Etappe auf seinem Weg hierher. Die erste Zwischenstation, die er macht, könnte uns Aufschluß darüber geben, welche Route er quer durch Europa zu nehmen gedenkt.«
»Ich werde sofort den Bereitschaftsbefehl hinausgehen lassen«, stimmte Lysenko zu. Er zündete sich eine seiner Zigaretten mit Pappfilter an, was hieß, daß die Idee ihm gefiel. Aktion! Das war seine Stärke.
»Inzwischen gibt es einen dritten Faktor – den ich schon erwähnt habe. Die Ermordung der französischen Journalistin Alexis Bouvet durch diesen irren Sadisten Poluschkin. Dazu der nächste Irrsinn, einen Film der Ermordung nach London und ein Foto mit Bericht an eine Zeitung in Helsinki zu schicken. Ein Irrsinn nach dem anderen.«
»Überlassen Sie die hohe Politik denen, die was davon verstehen. Noch etwas? Wenn nicht, dann müssen wir wegen dieses Amerikaners allgemeinen Alarm schlagen. Eine gute Idee, Genosse.«
Lysenko war sich sehr wohl bewußt, daß Rebet für ihn unentbehrlich war, daß er die Ideen hatte. Er war der einzige Untergebene, dem er gelegentlich auf die Schulter klopfte. Nicht zu oft, Gott bewahre! – es führte zu nichts, wenn man einen Menschen seine Unentbehrlichkeit fühlen ließ.
»Diese ganze Serie von Vorfällen in Estland macht mir Sorgen«, wiederholte Rebet. »Denn ich kann sie nicht miteinander in Zusammenhang bringen.«
»Und ein Zusammenhang muß sein?« fragte Lysenko schroff.
»Ich glaube nun einmal nicht an Zufälle«, sagte Rebet.

Das war am Samstag. Am Sonntag flog Tweed nach seinem Treffen mit Julius Ravenstein, dem Mann mit dem Codenamen »Weißer Stern«, den ihm Antwerpener Diamantenhändler gegeben hatten, von Brüssel nach London zurück.
Am Montag, dem 3. September, traf er am späten Vormittag am Park Crescent ein und spürte, kaum daß er das Gebäude betreten hatte, daß etwas passiert sein mußte. Monica saß ungeduldig hinter ihrem Schreibtisch und sah ihm zu, wie er seinen Burberry

auszog. Die zwei Monate dauernde Hitzewelle war gebrochen, es regnete leicht, und die Temperatur war erheblich zurückgegangen.
»Dringende Anrufe für Sie aus Paris, Frankfurt und Genf«, berichtete sie.
»Das Wasser im Teekessel beginnt zu sieden.«
»Was für ein Teekessel? Was geht hier vor?«
»Ich kann es Ihnen nicht sagen. Tut mir leid. Ab jetzt werden Sie, ich muß es bedauerlicherweise sagen, völlig im Dunkeln arbeiten.«
»Fein. Ist eben eine neue Erfahrung für mich«, sagte sie herb.
»Es ist wegen dieser Direktive«, tröstete er sie. »Ich muß in dieser Sache ganz auf mich allein gestellt arbeiten. Am Ende werden Sie verstehen warum.«
»Ich kann's kaum erwarten.«
Sie tat so, als müsse sie intensiv eine Akte studieren. Tweed fluchte innerlich. In all den Jahren hatte sie immer jedes Detail seiner Unternehmungen gekannt, ungeachtet der damit verbundenen Gefahren. Er begann diesen Fall Procane noch mehr zu hassen. Monica sprach hastig, ohne dabei ihren Chef anzusehen.
»Alle Daten bezüglich der Anrufe liegen auf Ihrem Tisch. Der Anrufer aus Frankfurt war eine Frau, die beiden anderen waren Männer. Sie erbaten dringend Ihren Rückruf.«
»Ich erledige das jetzt gleich.«
»Soll ich hinausgehen?«
Er warf ihr über den Rand der Brille einen Blick zu und schüttelte dann den Kopf. Es brach neuerlich aus ihr heraus.
»Ich hasse es, wenn Sie mich so ansehen.«
Er rief Frankfurt zuerst an. Nachdem er die Nummer gewählt hatte, folgte eine kurze Pause, dann war Lisa Brandts Stimme zu hören. Sie mußte neben dem Telefon auf den Anruf gewartet haben.
»Ich nehme das Gespräch auf Band auf«, warnte er sie und drückte auf einen Knopf, wodurch der in der dritten Lade seines Schreibtisches verborgene Kassettenrecorder in Gang gesetzt wurde.
Es war ein sehr einseitiges Gespräch. Lisa redete, und Tweed hörte zu. Gelegentlich stellte er eine kurze Frage. Ihr Bericht war knapp und geschäftsmäßig – ganz anders als ihr wortreiches Schwatzen

beim Lunch im *Intercontinental*. Er bedankte sich und legte den Hörer auf.
»Wer schreibt das Aufgenommene?« fragte Monica, jetzt etwas ruhiger geworden.
»Das mache ich«, sagte Tweed und beließ es dabei.
Die Prozedur wiederholte sich mit André Moutet in Paris und mit Alain Charvet in Genf. Auch diese beiden hatten auf den Anruf gewartet. Als die Gespräche beendet waren, holte er seine alte Remington aus dem Schrank, spannte ein Blatt ein, nahm die Kopfhörer des Bandgerätes und tippte ein Protokoll aller drei Gespräche. Ohne Durchschlag. Die drei Blätter, die er als Unterlage verwendet hatte, zerriß er, dabei wohl gewahrend, daß Monica absichtlich nicht herschaute.
Danach steckte er jedes Blatt in eine verschließbare Mappe, legte die drei sauber übereinander auf den Tisch, nahm die Brille ab und begann sie zu putzen. Das war das Signal für Monica, die ihren Aktenordner schloß und wartete. Er räusperte sich und begann zu sprechen.
»Ich halte Sie aus dieser Sache raus, weil es die delikateste Angelegenheit ist, mit der ich zu tun hatte, seit ich hier bin. Wenn sie nach hinten losgeht, möchte ich nicht, daß Sie darin verwickelt sind.«
»Nach hinten losgeht?«
Monicas Ärger und Enttäuschung lösten sich in Nichts auf. Statt dessen zeigte sie Angst und echte Besorgnis. Sie starrte ihren Chef an.
»Sie könnte sehr leicht nach hinten losgehen«, sagte Tweed.
»Wenn das Ding mir ins Gesicht krepiert, will ich nicht, daß die Trümmer auch Ihnen um die Ohren fliegen. Howard mag Sie nicht allzu sehr – aber er ist fair.«
»Aber ich habe erwartet – erhofft –, das hier könnte zu Ihrer Beförderung führen...«
»Ich wandle auf dem Drahtseil über einem Abgrund. Das sollte man besser nicht vergessen...«
Ihre Angst wuchs. In diesem Augenblick kam Howard ins Zimmer und sagte genau das Falsche. Sein glattes Gesicht war gerötet, er schien aufgeregt und in einer seiner wichtigtuerischen Phasen.
»Ich möchte mit Ihnen allein reden.« Er warf einen Blick zu Monica. »Ich sagte allein.«
»Wenn Sie sie nett darum bitten, wird sie dem entsprechen.

Vergessen Sie bitte nicht, daß sie ein vertrauenswürdiges Mitglied unseres Mitarbeiterstabes ist«, sagte Tweed giftig.

»Das war vielleicht ein bißchen hart formuliert.« Es war das Äußerste an Entschuldigung, wozu Howard sich hergab. »Etwas Ernstes – sehr Ernstes – ist passiert. Ich muß Tweeds Rat zu dem Stand der Dinge einholen. Danke, Monica.«

»... Tweeds Rat einholen.« Innerlich sträubte sich alles bei Tweed, wenn er diese für Howard typische Rede hörte. Das klang, als konsultierte er seinen verdammten Arzt. Er saß bewegungslos da, während Howard loslegte.

»Über Geheimtelefon habe ich mit einer Person geredet, von der ich zu allerletzt etwas hören möchte. Er muß mitten in der Nacht aufgestanden sein, um mich anzurufen. Manchmal glaube ich, er geht überhaupt nie zu Bett. Da ist wirklich die sprichwörtliche Katze mitten unter die Tauben geraten. Wenn man ihm zuhört, könnte man glauben, der Dritte Weltkrieg sei ausgebrochen...«

»Von wem reden Sie eigentlich«, unterbrach Tweed.

»Von Cord Dillon. Höchstpersönlich. Er fliegt tatsächlich heute herüber. Sie werden ihn natürlich in Heathrow abholen. Ich gebe Ihnen die genauen Flugdaten.«

»Nein«, sagte Tweed.

»Wie bitte?«

»Ich hole ihn nicht in Heathrow ab.«

»Jemand muß es tun.« Howard war offensichtlich tief bestürzt. Er ließ sich in Tweeds bequemen ledernen Armsessel fallen und fuhr sich mit den Händen durchs Haar. »Warum wollen Sie ihm nicht die Ehre erweisen?«

»Schlechte Taktik.«

Cord Dillon. Vizedirektor der CIA. Howard haßte den Mann – aus tiefster Seele, nach Tweeds Ansicht, weil er mit dem hitzigen Amerikaner nicht zurechtkam. Er erinnerte sich an eine Auseinandersetzung, die beide in seiner Gegenwart gehabt hatten.

»Ihr Briten solltet wieder einmal euren Arsch vom Sitz kriegen und Wellen machen. Wir können nicht den ganzen verdammten Kram allein erledigen – aber ich schätze, so wie die Dinge hier laufen, werden wir nicht anders können. Warum könnt ihr keine Wellen machen?«

»Weil wir kein Ruderverein sind«, war Howards steife Entgegnung gewesen.

»Und ich habe geglaubt, dieser Mensch ist dazu da, keine Wellen reinkommen zu lassen«, hatte Dillon zurückgefaucht.
Das war also der Amerikaner, der den Atlantik überquerte, um sie mit seiner höchst unwillkommenen Gegenwart zu beglücken. Neuerlich fragte Howard, ob Tweed Dillon abholen werde, und wieder lehnte Tweed ab. Etwas an Tweeds Verhalten nährte in Howard den Verdacht, daß Tweed insgeheim über den Gang der Dinge erbaut war.
»Was«, frage Tweed, »verschafft uns denn die Ehre?«
»Er hat Berichte aus Paris erhalten, wonach ein Amerikaner namens Adam Procane zu den Sowjets überlaufen will. Sie wissen, wie er ist. Ich bin kaum zu Wort gekommen.« Howard stand auf, zog sein Jackett glatt. »Dann werde ich ihn wohl selber abholen müssen.«
»Liegt ganz bei Ihnen.«
»*Sie* sind mit dem Procane-Fall betraut«, klagte Howard irgendwie verdrießlich.
»Weshalb ich auch für Dillon keinen roten Teppich ausrolle.«
»Und es gibt nichts, was Sie mir über das, was vorgeht, mitteilen wollen? Wie ich höre, laufen die Drähte heiß, über die Nachrichten vom Kontinent hier ankommen.«
»Wollen Sie sich der Mühe unterziehen, diese Berichte zu lesen.«
Tweed reichte seinem Chef die drei Mappen und lehnte sich zurück, während Howard im Stehen las. Sein Ausdruck von Düsterkeit und Ärger verstärkte sich, als er die Blätter studierte und hernach auf den Tisch fallen ließ.
»Herrgott, Tweed: Paris, Frankfurt und Genf melden alle dasselbe – Procane wird auf seinem Weg nach Rußland in Europa erwartet.« Er ließ sich wieder in den Armsessel fallen und hob mit verzweifelter Geste die Hände. »Sie sehen die Implikationen dahinter? Angesichts Reagans Kandidatur im November? Können Sie sich die Folgen vorstellen, die ein großer Spionageskandal hätte? So etwas kann ihn die Wahl kosten! Sieht ganz so aus, als hätten die Amerikaner ein faules Ei, das viel größer ist als Philby.«
»Genau. Ich bin soeben aus allen diesen Städten zurückgekehrt, auch von Brüssel. Ich habe meine Hauptinformanten aufgesucht, die jetzt allen Gerüchten in Sachen Procane nachgehen. Das Ergebnis – viel schneller, als erwartet, wie ich zugeben muß – liegt in Form dieser Berichte vor.«

»Wer sind aber A, B und C?«
»Meine Informanten. Sie müssen total abgeschirmt bleiben. Wenn die Russen Wind von der Sache bekommen – und das werden sie –, dann könnten sie versuchen, einen oder mehrere meiner Leute zu kidnappen, um ihnen Informationen abzupressen. Von D erwarte ich noch einen Bericht. Dieser Informant sitzt in Brüssel.«
»Und das Ziel des Ganzen?«
Tweed drückte einen Knopf seiner internen Telefonanlage. »Monica, Sie können jetzt wieder kommen. Keinerlei Gefahr mehr.«
Er wartete, bis Monica hereingekommen war und hinter ihrem Schreibtisch Platz genommen hatte. Howard runzelte die Stirn, sagte aber nichts. Da Tweed erwartete, wieder außer Landes gehen zu müssen, hatte er beschlossen, sie doch in groben Umrissen von den Vorgängen zu informieren. Und Howard sollte jetzt sicher sein, daß sie nur gewisse Aspekte des Unternehmens kannte.
»Ziel des Ganzen«, erklärte Tweed, »ist – und die Hoffnung, daß das eintritt, ist sehr gering –, daß wir Procane aufhalten können, bevor er nach Moskau aufbricht. Gelingt uns das, stellen Sie sich vor, wieviel Anerkennung und Vertrauen wir uns damit in Washington schaffen! Die glauben doch immer, wir verpfuschen alles. Es ist höchste Zeit, daß wir uns ein großes Gegengewicht an Anerkennung verschaffen.«
»Aber wir haben nicht den lausigsten Hinweis, wer Procane ist«, wandte Howard ein. »Oder haben wir einen?«
»Nicht die leiseste Idee. Ich sagte ja, die Hoffnung ist gering, wir können es nur versuchen.«
»Und darf ich so kühn sein, die Frage aufzuwerfen, wie wir dabei vorgehen wollen?«
»Meinen ersten Schachzug habe ich vorhin erläutert. Der nächste Schritt ist, eine generelle Weisung an unser gesamtes Agentennetz in Europa auszugeben, wonach alle wahrscheinlichen Routen, auf denen Procane nach der Sowjetunion gelangen könnte, zu überwachen sind. Eine auf der Hand liegende Möglichkeit ist Antwerpen – ich weiß zufällig, daß dort der sowjetische Frachter ›Taganrog‹ seit kurzem wegen angeblich nötiger Reparaturen im Dock liegt. Auf diese Weise sind Burgess und MacLean rausgekommen.«
»Ein bißchen zu sehr auf der Hand liegend, wie Sie sagen.«

»Die denken vielleicht, wir lassen das auf der Hand liegende außer acht.«
»Und wie halten wir einen Amerikaner auf, der sich den Docks in Antwerpen nähert?«
»Die Leute von der belgischen Abwehr würden ihn unter irgendeinem Vorwand verhaften. Papiere nicht in Ordnung, etwas in der Richtung. Tritt eine echte Notsituation ein, können wir den Verräter auch kidnappen und zum Verhör hierherbringen lassen.«
»Das ist ziemlich starker Tobak.«
»Sie glauben, Cord Dillon würde etwas dagegen haben?«
»Nein, das nehme ich nicht an. Der ist bisher immer voll im Wind gesegelt. Sie schlagen nicht vor, ihm das da zu zeigen...«
Howard deutete auf die Mappen auf Tweeds Schreibtisch, als handle es sich um Plastiksprengstoff. Tweed nahm sie fort und schob sie in eine Lade, die er zuschloß, bevor er Antwort gab.
»Ich werde ihm höchstwahrscheinlich diese Papiere zeigen. Kooperation ist etwas, was die Amerikaner schätzen.«
»Der wird in die Luft gehen.«
»Ich werd's aushalten, denke ich. Was ich weit weniger aushalte, ist der Joker, den *Sie* ins Spiel gemischt haben.«
»Wovon zum Teufel reden Sie?« wollte Howard wissen.
»Bob Newman. Sie haben ihm den Film gezeigt, und jetzt ist er nach Finnland abgedampft. Sie wissen genau, wenn Newman einmal gereizt ist, ist er nicht leicht zu kontrollieren. Und Sie haben ihm gegenüber den Namen Procane erwähnt. Ich muß sagen, das war ein schwerer Fehler, der die Gefahr in sich birgt, daß er unsere ganze Arbeit behindert. Ganz zu schweigen von der Gefahr, in die Newman da geraten mag.«
»Ich glaube«, sagte Howard, »ich werfe besser noch schnell einen Blick auf meinen Schreibtisch, bevor ich zum Flughafen rase, um Dillon abzuholen.«
»Wann kommt er an?«
»Achtzehn Uhr zehn heute abend. Er fliegt mit der Concorde, Flug BA 192. Ich bringe ihn auf direktem Weg hierher und setze ihn Ihnen auf den Schoß.«
»Das letztere bitte nicht – er gehört zum falschen Geschlecht.«
Zeitweise befleißigte sich Tweed eines geradezu verschrobenen Humors, der nie seine überraschende Wirkung auf seine Freunde verfehlte. Aber Howard schien keinen Gefallen an Tweeds Antwort gefunden zu haben.

»Kann ich was tun?« fragte Monica, als sie allein waren.
»Ja. Und ich werde Sie den ganzen Tag in Trab halten. Alarmieren Sie unser ganzes Agentennetz wegen eines hohen amerikanischen Beamten – CIA, NSA, Pentagon etcetera. Jeder, der versucht, einen Reiseweg einzuschlagen, der ihn in die UdSSR führen könnte, kommt in Frage. Mein Tip sind alle Häfen, von denen Schiffe aus dem Ostblock auslaufen, und alle Flughäfen.«
»Was ist mit den Zügen?«
»Ich denke nicht, daß er sie benützt. Er will schnell raus, braucht ein Transportmittel, das ihn rasch hinter den Eisernen Vorhang bringt.«
»Gibt es ein bestimmtes Gebiet, auf das man sich konzentrieren sollte?«
»Ja. Skandinavien.«
Der Anruf von Laila Sarin kam etwa eine Stunde später.

»Mr. Tweed? Hier ist Laila.«
Ihre Stimme klang nervös und außer Fassung. Tweed umklammerte den Hörer fester. Er stellte sich sofort darauf ein, sie zu beruhigen, wie ein lieber Onkel mit ihr zu reden.
»Laila, ich freue mich, so schnell von ihnen zu hören. Ich fürchte, ich habe Ihnen diesmal keine leichte Aufgabe gestellt. Aber warum sage ich so etwas? Alles, was Sie bisher für mich zu tun hatten, war schwierig...«
»Ich habe Sie schon früher zu erreichen versucht. Vor dem Wochenende. Eine Dame nahm das Gespräch an und sagte, Sie wären nicht da.«
»Was stimmte. Nun, wie steht die Sache?«
»Sehr schlecht. Ich habe Sie warten lassen. Es tut mir leid. Ich traf den Engländer, wie erwartet – am Flughafen. Ich überredete ihn, sich von mir zu seinem Hotel, dem ›Kalastajatorppa‹, bringen zu lassen.« Sie buchstabierte, und er kritzelte den Namen auf seinen Notizblock. »Ich verbrachte viel Zeit mit ihm und erzählte ihm, daß seine Frau mich vor zehn Tagen aufgesucht habe. Er stellte eine Menge Fragen nach dem, was sie mit mir geredet hatte.«
Sie gab knappe, genaue Angaben, und Tweed kritzelte wie wild auf seinen Block. Alles, was Alexis erwähnt oder gefragt hatte. Bis ins Detail Lailas Gespräche mit Newman. Er kritzelte weiter. Er hätte das Gespräch auf Band aufnehmen können, aber sie sollte nicht wissen, daß er über eine solche Möglichkeit verfügte. Zudem

erschien es ihm unfair, eine Bandaufnahme zu machen, ohne es ihr vorher zu sagen. Tweed hatte eine Schwäche für dieses finnische Mädchen. Dann kam der springende Punkt.
»Mr. Tweed, ich ging heute früh wieder in sein Hotel, um mich mit ihm zu versöhnen, aber er war nicht mehr da. Er ist mit einem Hubschrauber abgeflogen, von einer Privatlinie. Er hat seine Hotelrechnung bezahlt und sein Gepäck mitgenommen. Ich habe keine Ahnung, wo er ist.«
»Von wo rufen Sie an?«
»Von meiner Wohnung. Ich wartete, bis der Hubschrauber zurückkam, aber der Pilot saß allein drin. Ich konnte ihn nicht dazu bringen, mir zu sagen, was geschehen war. Ich glaube, Bob – Mr. Newman – hat ihm genug Geld gegeben, damit er den Mund hält. Es tut mir wirklich leid. Ich habe Sie noch nie hängenlassen, aber diesmal ist mir elend zumute.«
»Sie haben Ihre Sache viel besser gemacht, als Sie denken. Ich werde Ihnen Geld anweisen lassen. Dieselbe Bank wie früher?«
»Mr. Tweed!« Ihre Stimme schwoll um etliche Dezibel an. »Ich habe gerade erst angefangen! Sie glauben doch nicht, ich lasse mir Mr. Newman so einfach durch die Maschen gehen? Ich nehme ganz Helsinki auseinander, bis ich ihn gefunden habe – das hier ist *meine* Stadt!«
Tweed war über ihre Heftigkeit und ihre Entschlossenheit, weiterzumachen, verblüfft. Er hatte die Zähigkeit und Charakterfestigkeit dieses Mädchens arg unterschätzt. Er blinzelte Monica zu, die ihn beobachtete.
»Ich schicke Ihnen trotzdem Geld – vielleicht etwas mehr, als ich beabsichtigte. Sie werden Kapital brauchen.«
»Wie immer bekommen Sie von mir eine genaue Spesenabrechnung«, sagte sie steif. »Ich rufe an, sobald ich ihn habe. Auf Wiedersehen inzwischen.«
Tweed legte den Hörer auf und hatte endlich Zeit, sich zu wundern. Wie wild begann er, seine Brillengläser zu polieren. War das ein Fall, bei dem die Amateure den Profis den Rang abliefen? So etwas war schon vorgekommen.
»Etwas nicht in Ordnung?« fragte Monica zögernd.
»Meine ärgsten Befürchtungen haben sich bestätigt. Newman ist uns abhanden gekommen.«

9

In Leningrad war es der Morgen des 3. September, Montag. General Lysenko kam in voller Uniform in sein Büro und warf seinen Mantel auf die schäbige Ledercouch. Hauptmann Valentin Rebet saß bereits hinter seinem Schreibtisch und studierte einige Blätter, die mit dem Stempel »Höchst geheim!« versehen waren.
»Die Dinge haben sich entwickelt«, informierte ihn Rebet. »Nicht unkritisch.«
»Und so geht das dann weiter, eine Krise nach der anderen...«
Lysenko blickte sich im Raum um und zündete sich eine Zigarette an, die dritte heute. Die Wände waren mit grauen Aktenschränken verstellt, von derselben Farbe wie die Fliesen auf dem nüchternen Gang draußen. Lysenko war ein Feind jeden Komforts. Die Aktenschränke gehörten Rebet. Der General wußte wenig von ihrem Inhalt – und er hatte nur einen schwachen Schimmer davon, wie Rebets Ablagesystem funktionierte.
»Sagen Sie mir das Unangenehmste zuerst«, brummte er.
»Es scheint so zu sein, daß Oberst Karlows Zweifel an Adam Procane nicht berechtigt sind. Ich habe drei voneinander unabhängige Berichte, die übers Wochenende hereingekommen sind – und alle drei sprechen davon, daß Procane auf dem Weg ist. Die Berichte stammen aus verläßlichen Quellen.«
»Welche Quellen sind das?«
Lysenko hatte die übliche Stellung am Fenster eingenommen. Jenseits des Flusses kämpften sich die Menschen auf ihrem Weg in die Arbeit mühsam durch den Regen, der aus dem Baltikum hereintrieb. Es war ein trostloser Morgen, genau zu Lysenkos Montagmorgenstimmung passend.
»Unsere Botschaft in Paris, die Konsulate in Frankfurt und Genf«, berichtete Rebet in seiner knappen Art. »Der Militärattaché beruft sich auf eine unanzweifelbare Quelle. Seine Geschichte gleicht der aus Deutschland und der Schweiz.«
»Informieren Sie Moskau.«
»Habe ich bereits getan. In Ihrem Namen«, fügte Rebet hinzu.
»Gut, gut. Irgendein Hinweis auf seine wahre Identität?«
»Nichts dergleichen.«
»Der Mann ist vorsichtig. Auch das ist gut. Gibt es irgendein Anzeichen, welche Route er nehmen wird? Vielleicht sollten wir uns einen Plan dazu einfallen lassen?« schlug Lysenko vor.

»Wie können wir das bei dem Stand der Dinge? Wir haben es mit einem Mann aus Glas zu tun.«
»Wir könnten jede Botschaft und jedes Konsulat alarmieren, vorbereitende Schritte für jeden Fall zu unternehmen.«
»Könnte sich als unklug erweisen. Bedenken Sie, wie viele Leute dann von Procane wüßten. Irgendeiner läßt ein unbedachtes Wort fallen, und schon ginge es nach Washington. Ich schlage vor, wir warten noch eine Weile. Wir könnten uns mit Karlow beraten. Er war der erste Kontaktmann dieses Mannes aus Glas.«
»Sie meinen, wir rufen Tallinn an?«
»Auch das wäre, mit Respekt, unklug, General. Wir wissen noch immer nicht, wie weit die amerikanischen Nachrichtensatelliten in unser Telefonsystem eingedrungen sind. Es wäre besser, ich fliege nach Tallinn und rede mit Karlow persönlich.«
»Einverstanden. Mit Vorbehalt. Im Moment überlasse ich Ihnen alle Entscheidungen bezüglich Procane. Während Sie weg sind, werde ich die Sache schriftlich niederlegen. Oder, noch besser, ich diktiere die Weisung, und Sie können sie gleich mitnehmen.« Lysenkos Ton wurde breit und herzlich, er schlug Rebet mehrmals auf die Schulter. »Das gibt Ihnen mehr Autorität, wenn Sie mit Karlow zusammen sind.«
»Danke.«
Rebets Gesichtsausdruck zeigte keinerlei Regung. Das waren wieder Lysenkos alte Tricks. Schriftlich niederlegen, daß ein Untergebener die Leitung eines Unternehmens hat, das schiefgehen kann. Lysenko wußte nur zu gut, daß jedes Unternehmen fehlschlagen konnte. Das war dann der Moment, den anderen in den Dreck fallen zu lassen. Lysenko verstand es, andere ins Feuer zu schikken. Halt dir stets den Rücken frei! Wie wird man sonst General?

Der Hubschrauberpilot hieß Jorma Takala. Er kam am Montag um neun Uhr morgens ins *Kalastajatorppa*, und Newman, der seine Hotelrechnung bereits beglichen hatte, lud ihn auf eine Tasse Kaffee in den Frühstücksraum ein. Sein Gepäck neben sich abstellend, fühlte Newman sich erleichtert, weil er feststellte, daß Takala, wie viele Finnen, ausgezeichnet Englisch sprach.
»Das ist die Dame, von der ich spreche«, erklärte Newman und zeigte Takala das Foto von Alexis. »Erkennen Sie sie wieder?«
»Ich kann mich gut an sie erinnern – eine schöne Frau, die genau wußte, was sie wollte. Ihre Freundin?« fragte er vorsichtig.

»Meine Frau. Sie hat wahrscheinlich ihren Mädchennamen angegeben, Alexis Bouvet.«
»Ja, das hat sie getan.«
Der Pilot zögerte, schaute Newman prüfend an. Er mußte etwa um die Dreißig sein, schätzte Newman, ein großer, blondhaariger Mensch in Overall und Turnschuhen. Takala nahm einige Schlucke Kaffee, bevor er weiterredete.
»Ich habe den Zeitungsartikel gelesen. Es tut mir leid, daß Ihre Reise nach Finnland aus so traurigem Anlaß erfolgen muß.«
»Danke. Also machen wir weiter. Ich muß wissen, wohin Sie sie geflogen haben – ich will nicht nur genau dieselbe Route fliegen, sondern auch nach genau demselben Zeitplan. Schaffen Sie das?«
Takala nickte. »Komisch, daß Sie mich das fragen. Ihre Frau hat ebenfalls großen Wert auf Route und Zeitplan gelegt. Vielleicht zeige ich's Ihnen zuerst mal? Okay. Dann haben wir Zeit für viel Kaffee – wir starteten um exakt zehn Uhr vormittags. Meine Maschine steht auf der anderen Seite des Hotels.«
»Ich habe den Landeplatz gesehen. Noch etwas.« Newman zog ein Bündel Banknoten heraus. »Das bekommen Sie extra. Eine junge Journalistin wird Sie auszufragen versuchen – sie geht mir seit meiner Ankunft total auf die Nerven.«
»Nicht sehr taktvoll von ihr. Aber diese Reporter...« Takala machte eine wegwerfende Geste, als würde er alle Zeitungsleute am liebsten ins Meer werfen. Er schenkte sich Kaffee nach, und Newman fiel wieder ein, daß die Finnen das Zeug literweise tranken.
»Ich werde ihr nichts sagen«, fuhr Takala fort. »Nichts über Zeit und Flugroute. Und dieses Trinkgeld ist zu hoch...«
»Behalten Sie's. Erzählen Sie mir etwas über Ihren Beruf.«
Sie unterhielten sich, bis es Zeit wurde. Auf Newmans Vorschlag benutzten sie den Tunnel, um zum anderen Gebäude zu gelangen. Instinktiv fühlte er, daß Laila an diesem Morgen aufkreuzen würde. Er hatte keine Skrupel, sie auszutricksen. Er war jetzt, da er einer Spur folgte, voll eiskalter Berechnung.
Als sie das obere Ende der Treppe erreichten, sah die Hughes 500 D wie ein Spielzeug aus. Sie stand auf den Landekufen, und Takala hatte den Zugang zur Landeplattform mit einer Kette versperrt.
Neben dem Piloten sitzend, legte Newman das Sprechgerät an, das Kopfhörer und ein Mikrophon nah am Mund hatte. Wenn die

Rotoren sich brüllend drehten, war das die einzige Möglichkeit, sich mit Takala zu verständigen.
Der Finne war sehr genau, prüfte die Uhrzeit und wartete, bis der Sekundenzeiger genau zehn Uhr anzeigte. Er ließ den Motor an, ließ ihn warmlaufen und hob ab. Die Vibration war bemerkenswert stark, und man hätte meinen können, die Hughes werde jeden Augenblick in Stücke zerfallen.
Takala lenkte in die Bucht hinaus, und das tiefe Blau des Wassers zog unter ihnen weg. Die Sicht war perfekt – die Sonne schien aus azurblauem Himmel, und diese ungetrübte Klarheit der Atmosphäre hatte Newman nur hier in Finnland erlebt.
Er schaute zurück, und das *Kalastajatorppa* sah nur noch wie ein Architekturmodell aus, ein weit hinausgeschobener Bogen aus Beton. Sie gewannen an Höhe, und jetzt wurde Helsinki wie auf einem Plan sichtbar – ebenfalls an das Modell eines Stadtplaners erinnernd. Newman hatte Lailas Karte studiert, und jetzt, von oben, hatte er den faszinierenden Eindruck, er habe das alles schon einmal aus der Luft betrachtet.
Wie eine mißgebildete dreifingrige Hand reicht die Halbinsel, auf der Helsinki erbaut ist, in den finnischen Meerbusen hinein. Das Wasser der Bucht rundum ist übersät von Punkten, Inseln und Inselchen jeder Größe und Form. Helsinki war wirklich eine der bemerkenswertesten Städte, in denen er je gewesen war. Und der Archipel war so groß, wie Laila ihn beschrieben hatte. Takala begann zu erklären.
»An dem Gebiet, das wir jetzt überfliegen, war Ihre Frau nicht besonders interessiert. Sie schaute immer auf die Uhr. Und ich flog diese große Schleife nach Westen, damit wir genau zu dem von ihr gewünschten Zeitpunkt über dem Ziel ankämen.«
»An welchem Ziel?«
»Sie bekommen einen besseren Eindruck von dem Flug, den sie machte, wenn Sie ein paar Minuten warten.«
»Da ist ein großer Park an der Spitze der Halbinsel, dort, wo Helsinki ans Meer heranreicht. Was ist das?«
»Der Quellen-Park. Vor langer Zeit befand sich da eine Quelle, die die Einwohner zur Wasserversorgung heranzogen. Man hat dort einen Film gedreht, der eigentlich in Rußland spielte, mit Lee Marvin in der Hauptrolle.«
Sie befanden sich jetzt über dem Meer, und der Pilot schaute auf die Uhr, änderte den Kurs und ging tiefer, während sie in Nord-

richtung auf das Festland zuhielten. Unten gingen kleine Schiffchen ihrem legalen – oder illegalen – Geschäft nach. Newman entfaltete seine Karte und widmete sich dem Panorama.
»Da drüben am Horizont, das ist Estland«, erklärte Takala.
Fern im Süden, am anderen Ende des Finnischen Meerbusens, konnte Newman einen grauen Strich ausmachen. Estland. Die Sowjetunion.
»Da unten liegen die Werften«, ertönte weiter Takalas Stimme aus den Kopfhörern. »Wir sind jetzt nah am unserem Ziel. An dieser Stelle preßte Ihre Frau das Gesicht gegen die Scheibe und schaute die nächsten paar Minuten hinunter.«
Sie überflogen den Quellen-Park, niedrig genug, um das dichte Netzwerk von Pfaden ausmachen zu können, die sich zwischen den Föhren hindurchwanden. Etliche Fußgänger blieben stehen und schauten zu dem Hubschrauber hinauf. Sie überflogen genau mit Nordkurs den Saum des Festlands. Weitere Inseln, etliche davon wie tropfenförmige Perlen gestaltet. Takala ergriff mit seiner freien Hand Newmans Arm und zeigte auf seine Uhr. Es war genau 10.30 Uhr.
»Schauen Sie geradeaus«, wies ihn der Finne an. »Dort ist das Ziel – das Silja-Pier.«
»Was für eine Bedeutung hatte dabei die Zeit?«
»Schauen Sie hinunter auf jenes Schiff – es ist die ›Georg Ots‹, die soeben nach Tallinn in Estland ausläuft.«
Er reichte Newman ein Fernglas, mit dem Bemerken, er tue alles das, was Alexis Bouvet von ihm verlangt habe. Newman nahm das Glas und richtete es auf das Objekt, während Takala noch tiefer ging, so daß man einen ausgezeichneten Blick auf das Schiff hatte, das eben den Pier verließ.
Es war ein größeres Passagierschiff, als Newman erwartet hatte, fast schon ein kleiner Ozeanriese, mit glänzendweißem Rumpf und blauer Trimmlinie. Sehr modern, mit einem niedrigen Schornstein mittschiffs. Beim ersten Hinsehen konnte man es für ein finnisches Schiff halten, doch dann richtete er das Glas auf den roten Streifen, der um den viereckigen Schornstein herumführte. Der Streifen trug in Gelb das Hammer-und-Sichel-Zeichen. Ein Russe also.
Durch das Glas sah er einen Offizier an Deck, der ebenfalls ein Fernglas benützte, mit dem er den Hubschrauber beobachtete, der jetzt an einem Punkt in der Luft schwebte. Das Schiff fuhr eben

durch eine Enge zwischen dem Festland und einer Insel, auf welcher ein eigenartiges Haus stand, das Walt Disney entworfen haben könnte.
»Und wie heißt das da unten?« fragte er Takala.
»Süd-Hafen.«
Newmans Gesichtsausdruck gefror förmlich, als er jetzt beobachtete, wie das Schiff aus der Meerenge in die offene See hinaussteuerte und volle Fahrt gewann. Quälend wurde ihm der schicksalhafte Wortlaut von Alexis' Zeilen bewußt. ». . . in höchster Eile, um das Schiff zu erreichen – fährt um 10.30 ab . . . auf dem Weg zum Hafen . . .«
»Können Sie irgendwo landen?« fragte Newman. »Ich möchte nicht zum ›Kalastajatorppa‹ zurück.«
»Könnte problematisch werden«, erwiderte Takala zweifelnd.
»Ich möchte in ein anderes Hotel.«
»Da gibt es das ›Hesperia‹ auf der Mannerheimintie. Hubschrauber landen dort und nehmen Gäste für Rundflüge an Bord. Ich müßte sie anfunken.«
»Tun Sie das. Ich brauche eine Reservierung für fünf Tage. Ein Doppelzimmer, wenn's geht.«
»Ich brauche eine Minute. Da unten an der höchsten Stelle des Süd-Hafens steht die Kathedrale.«
Newman betrachtete weiterhin das Gebiet durchs Fernglas, während Takala sein Sendegerät bediente und etwas in schnellem Finnisch sagte. Newman verstand kein Wort. Dann nickte Takala und änderte den Kurs auf Nordwest.
»Wir können landen, Mr. Newman. Und Sie haben Ihr Doppelzimmer.«

In London war es Mittag, und es regnete. Monica legte den Hörer auf und strich einen Namen auf ihrem Block durch. Die Liste betraf Leute in fast ganz Westeuropa. Erleichtert aufatmend, legte sie ihren Stift nieder und schaute zu Tweed hinüber.
»Das war Pierre Loriot von der Direction de la Surveillance du Territoire . . .« Gemeint war die französische Spionageabwehr. »Er ist sehr kooperativ. Er wird sich auf die Flughäfen konzentrieren – sämtliche Flüge aus den Staaten. Außerdem überprüft er jeden Hafen von Marseille bis Dünkirchen, das betrifft jedes Schiff mit einem Bestimmungsort hinter dem Eisernen Vorhang. Alle diese Schiffe werden genau beobachtet. Monsieur Loriot war der letzte.

Europa ist hermetisch abgeschlossen – mit Ausnahme Finnlands, das Sie mich gebeten haben, wegzulassen. Warum? Ich hätte Mauno Sarin von der Schutzpolizei in Helsinki anrufen können. Oder ist das ein Staatsgeheimnis?« fügte sie nachdenklich hinzu.
»Aber, aber. Es ist kein Geheimnis. Aber die Finnen sind in einer schwierigen Position. Sie haben ein Arrangement mit den Russen, jeden Überläufer aus der Sowjetunion wieder an sie auszuliefern. Deshalb ist dort jeder Amerikaner, der nach Moskau überläuft und Helsinki erreicht, in Sicherheit. Die Finnen wären gezwungen, ihm auf dem letzten Abschnitt seiner Reise weiterzuhelfen. Weshalb ich mit Sarin selbst verhandeln muß.«
»SAPO in Stockholm.« Jetzt bezog sie sich auf die Geheimpolizei der Schweden. »Die waren sehr hilfsbereit.«
»Schweden ist eine andere Welt. Sowjetüberläufer, die schwedischen Boden erreichen, werden niemals ausgeliefert. Procane könnte auf der Polroute nach Stockholm wollen. Ist das der Fall, wird ihn auf dem Arlanda-Flughafen ein Empfangskomitee erwarten.«
»Also bin ich fertig? Oder gibt's noch etwas zu tun, bevor ich mich an den Mittagstisch begebe?«
»Eine Sache wäre da noch. Rufen Sie den leitenden Offizier vom Zoll in Harwich an. Ein Mann namens Willie Fairweather. Benützen Sie den Codenamen ›Brauner Seehund‹ – das bin ich. Sie dürfen jetzt lachen. Sagen Sie ihm, innerhalb der nächsten acht bis zehn Tage wird ein estnischer Trawler, die ›Saaremaa‹« – er buchstabierte den Namen – »wegen Maschinenschaden in Harwich einlaufen. Sobald er über Funk das Ersuchen, ins Dock gehen zu dürfen, hereinbekommt, soll er mich bitte anrufen.«
»Ist so gut wie erledigt.«
Tweed war dankbar, daß sie keine Fragen stellte. Nur wenige wissen, daß die Esten nicht nur in der Ostsee, sondern, und das gar nicht selten, auch in der Nordsee und im Atlantik fischen. Die Besatzungen dieser Schiffe werden von den Russen auf Herz und Nieren geprüft, aber die Esten sind ein gerissenes Volk und sehr geschickt darin, jene, die sie unter sich als die »sowjetischen Besatzer« bezeichnen, aufs Eis zu führen.
Tweed tat so, als sei er in eine Akte vertieft, aber er hörte zu, während Monica Fairweather anrief. Große Erleichterung überkam ihn, als sie ihre Aufgabe erledigt hatte. Der Trawler, der nach

einer der estnischen Küste vorgelagerten Insel benannt war, spielte in seinem gigantischen Unternehmen eine wichtige Rolle.

Es war wenige Stunden später am selben Tag. Der Trawler *Saaremaa* kämpfte sich dreißig Seemeilen östlich von Harwich durch schweren Seegang. Der Obermaschinist kam auf die Brücke und erstattete Kapitän Olaf Prii Bericht.
»Ernste Probleme mit einem der Kessel, Sir.«
»Und Sie können die Sache nicht selber reparieren?« fragte Prii, ein großer, magerer Mann von fünfundfünfzig Jahren mit stark hervortretenden Backenknochen.
»Nichts zu machen. Wir müssen einen Hafen anlaufen.«
»Sehr gut. Ich funke Harwich an. Den Hafen können Sie erreichen, nehme ich an?«
»Auf einem Fuß hinkend, aber wir schaffen es.«
Der Rudergänger stand mit dem Rücken zu den beiden Männern und sah daher nicht, wie Prii seinem Chefmaschinisten zuzwinkerte, bevor er mit gewohnt unzugänglicher Miene aus dem Ruderhaus trat.

10

Gleich einem Wirbelwind kam er hereingefegt. Cord Dillon wurde von Howard um halb acht Uhr abends in Tweeds Büro geführt. Howard murmelte etwas wie »die Herren kennen einander ja bereits«, verließ den Raum und schloß die Tür hinter sich. Gottlob, er gehört ganz Ihnen, sagte sein Gesichtsausdruck.
Der Vizedirektor der CIA war ein großer wohlgebauter Mann von fünfzig mit kantigem Gesicht. Unter einem Schopf braunen Haars saß im glattrasierten Gesicht eine kräftige Nase unter auffallend blauen, eiskalten Augen.
Eingefallene Wangen betonten die Backenknochen, der Mund war schmal, mit verkniffenen Lippen. Er hatte buschige Augenbrauen und bewegte sich für einen schweren Mann so, als habe er Federn in den Beinen. Ähnlich wie Lysenko strahlte er große physische Energie aus, doch war diese hier beherrscht durch Selbstkontrolle und Selbstdisziplin.
Er trug einen dunkelgrauen Anzug, ein weißes Hemd und eine einfarbige dunkelgraue Krawatte. Seine Kleidung war sauber,

tadellos gebügelt, doch war er schwerlich ein Mann von Eleganz. Er trug sich wie ein Mann, der Kleidung als notwendiges Beiwerk, nicht aber als wichtig empfand. Sein Auftreten war selbstsicher. Er ließ seine Tasche in den Armsessel fallen, und Tweed erkannte, daß er es nicht der Mühe wert gefunden hatte, ins Hotel zu gehen. Zuerst das Geschäft, hieß es bei Mr. Dillon.
»Wir müssen unter vier Augen miteinander reden«, sagte er zu Tweed und warf einen Blick auf Monica.
»Wenn ich nicht da bin, ist Monica Ihr Gesprächspartner«, sagte Tweed freundlich und erhob sich, um Dillon die Hand zu schütteln. »Monica, das ist Mr. Cord Dillon.«
»Hallo.« Dillon nickte, zog sich einen Stuhl näher an Tweeds Schreibtisch heran, setzte sich und zündete sich eine Zigarette an. »Howard sagte mir, Sie seien damit befaßt, diesen Adam Procane auszuforschen.«
»Da sagt Mr. Howard die Wahrheit.«
»Die erste gute Nachricht, seit ich Washington verlassen habe. Gibt's Fortschritte?«
»Ich schlage vor, Sie lesen diese vier vorläufigen Berichte, die heute aus Europa hereingekommen sind.«
Tweed reichte ihm die vier Mappen und wartete mit im Schoß verschränkten Händen, während Dillon die Texte überflog. Dillon war ein Schnelleser. Innerhalb weniger Minuten hatte er die Blätter in die Ordner geschoben und reichte sie zurück. Er starrte zur Decke, paffte am Rest seiner Zigarette, ehe er sie im Aschenbecher ausdrückte, den Monica vor ihn hingestellt hatte.
»Wer sind diese Leute, die Sie mit Initialen bezeichnen? Der übliche Typ von Informant auf Honorarbasis, der Sie mit wertlosem Mist beliefert, damit er seine Spesen rechtfertigt?«
»Ganz und gar nicht. Es sind Spitzenleute.«
»Wie definiert sich hier ein Spitzenmann?« wollte Dillon wissen.
»Der eine ist Inhaber eines erstklassigen Etablissements, das Politiker und – noch wichtiger – Mitglieder der Spionageabwehr des Landes zu seinen Kunden zählt.«
»Ein Bordell, Tweed?«
»Sie können es so nennen. Der andere hat eine Privatauskunftei, zu deren einträglichsten Klienten gewisse Agenten gehören, die sich ihrer bedienen, damit sie die Arbeit tut, die sie eigentlich selbst tun sollten...«

»Während sie den Weibern nachlaufen?«
»Genau. Der dritte hat Kontakt zu den diversen diplomatischen Vertretungen, die hier in Frage kommen. Man schmiert...«
»Geld ist unschlagbar – außer, Sie setzen Frauen ein«, stimmte Dillon bei.
»Der vierte hat durch die eigenartige Rolle, die er in einer weltweiten Industrie spielt, ebenfalls Kontakt mit Agenten. Ähnlich wie der Mann mit der Auskunftei. Mit sowjetischen Agenten.« Tweed öffnete die verschränkten Hände. »Aber auch mit amerikanischen.«
»Ich hätte gerne eine Liste dieser Gauner.«
»Völlig ausgeschlossen.«
»Hab ich mir gedacht. Okay. Die Sache liegt also ganz bei Ihnen. Was auch okay ist. Haben Sie was dagegen, mir zu sagen, um welche Länder es sich handelt?«
»Belgien, Deutschland, die Schweiz und Frankreich.«
»Paßt genau.«
»Ich kann Ihnen nicht ganz folgen«, warf Tweed ein.
»Warum ich hier wie ein Torpedo aufkreuze? Aus unserer Botschaft in Paris sind Berichte eingetroffen. Mein Hauptagent hat gehört, daß man Adam Procane in Europa erwartet. Ankunft unmittelbar bevorstehend. Der nächste Bericht kam aus Genf. Desselben Inhalts. Haben Sie eine Idee bezüglich der Identität dieses Adam Procane?«
»Ich hatte gehofft, Sie würden mir da helfen können. Schließlich«, Tweed hob die Stimme, »ist die Rede von einem Amerikaner, der in Regierung, Abwehr oder Pentagon auf höchster Ebene tätig ist.«
Dillon stützte die Ellenbogen auf den Tisch und legte seine großen Hände flach auf die Tischplatte. Er betrachtete sie, während er sprach.
»Ich möchte Ihnen nicht verhehlen, daß diese Procane-Geschichte uns in Washington den Schweiß aus den Poren treibt. Das einzige, was Reagan aufhalten könnte – abgesehen von einer Erdrutschwahl –, wäre das Überlaufen eines Amerikaners vom Format eines Philby nach Moskau.«
»Haben Sie Zeit gehabt, den Personenkreis nach möglichen Überläufern durchzugehen?«
»Das ist im Moment im Gang. Bis jetzt kein Anwärter. Es mag noch sehr früh sein – aber der November und die Präsidentenwahl

nähern sich mit Siebenmeilenstiefeln. Was für Material hat Procane bisher an Moskau weitergegeben? Oder wissen Sie das nicht?«
»Unbestätigte Berichte – wie sollten wir sie bestätigen? – sprechen von Material über das neue MX-Raketenabwehrsystem. Und vom sogenannten Star-Wars-Programm.«
»Paßt ebenfalls. Gruselig, nicht wahr? In Washington ist die Hölle los. Einige wenige Top-Leute haben das unter Verschluß und unterliegen höchster Schweigepflicht. Können Sie sich vorstellen, wie sich diese paar Leute jetzt schräg über die Schulter ansehen? Ist *er* der, welcher? Mißtrauen kann das gesamte Sicherheitssystem einer Nation kaputtmachen. Können wir hier am anderen Ende des Fadens etwas unternehmen?«
»Bereits geschehen«, sagte Tweed entschieden. »Eine allgemeine Anweisung ist nach ganz Westeuropa ausgegeben worden. Man konzentriert sich auf See- und Flughäfen. Was ich brauche, ist der glückliche Zufall einer undichten Stelle, die mir einen Anhaltspunkt bezüglich der Route gibt, die er – falls Procane ein Mann ist – einzuschlagen gedenkt, um schnell nach Moskau zu gelangen.«
»Sie glauben, Procane könnte auch eine Frau sein?«
»Ich bin versucht, in diese Richtung zu denken, weil der Vorname Adam so betont genannt wird, wann immer von Procane die Rede ist«, erwiderte Tweed und ließ es dabei bewenden.
»Über die Fluchtroute habe ich auf dem Flug herüber viel nachgedacht. Mein Tip wäre Wien. Niemand hat bisher diese Route gewählt.« Dillon machte eine Pause. »Nicht einmal jemand von euren Leuten.«
»Wir werden daran denken.«
»Noch etwas, bevor ich in mein Hotel gehe. Wenn diese Sache Kreise zieht, kann es ein, daß der Aasgeier auf Ihren Schultern landet. Der Präsident wird noch abwarten wollen, was sich ereignet. Gehört zu seiner normalen Methode.«
»Der Aasgeier?« fragte Tweed unschuldig.
»Sie wissen genau, wen ich meine. Der mächtigste Mann in Washington neben Reagan. Sein bevorzugter Sicherheitsberater. Stilmar.«
»Sie meinen, er könnte nach London fliegen?«
Stilmar. Der legendenumwobene Präsidentenberater. Der Mann, der stets nur mit seinem Zunamen erwähnt wurde. Tweed ver-

barg seine Überraschung über Dillons Ankündigung. Stilmar hatte in den vier Jahren von Reagans Präsidentschaft nie die Staaten verlassen.
»Sind Sie sicher, daß das geschehen könnte?« forschte Tweed.
»Bei der letzten Sitzung, an der ich teilnahm, bevor ich abflog, wurde es ernsthaft erwogen. Der Jammer ist, daß Stilmar brillant ist, sofern es um militärische Probleme geht. Er ist Hauptinitiator des Star-Wars-Projekts. In Sachen Spionageabwehr ist sein Wissen einfach lausig. Im Grunde ist er ein Naturwissenschaftler. Ich dachte bloß, ich warne Sie. Und ich habe vor, morgen nach Paris zu fliegen und persönlich der Information nachzugehen, die von der Botschaft kam. Ich fliege hin und gleich wieder zurück. Sehe Sie wieder, Tweed. Und – ich wohne im ›Berkeley‹.«
»Nicht im ›Hilton‹?«
»Zu augenfällig.«

»Was soll das alles?« fragte Monica, als sie allein waren. »Übrigens – was Manieren betrifft, kriegt er von mir nicht die besten Noten.«
»Unterschätzen Sie Dillon nicht«, warnte Tweed. »Er verliert nicht viel Worte – und er ist auch äußerst gerissen. Ich wünsche, daß er von den besten Leuten, die wir haben, beschattet wird. Den ganzen Weg bis Paris. Sobald die Beschatter wissen, welche Maschine er nimmt, haben sie unverzüglich anzurufen. Sie rufen dann Loriot in Paris an. Er übernimmt Dillon, bis er wieder ins Flugzeug nach London steigt.«
»Was beunruhigt Sie an diesem Gespräch?«
»Der Hinweis auf Wien. Kein Wort von Skandinavien. Wien ist der von Skandinavien am weitesten entfernte Punkt im Süden, von dem aus man leicht zum Sowjetblock überlaufen kann.«
»Sie denken, er will Ihre Aufmerksamkeit vom Norden ablenken?«
»Ich denke gar nichts. Ich nehme einfach nichts als gegeben hin.«
Eine halbe Stunde später, es war 8 Uhr 15 abends, kam der Anruf von Fairweather, dem leitenden Zolloffizier in Harwich. Der estnische Fischkutter *Saaremaa* war soeben wegen dringender Reparaturen im Maschinenraum ins Dock gegangen.
»Ich fahre nach Harwich«, sagte Tweed, als er den Hörer auflegte.

Nichts ist deprimierender als eine Bahnfahrt allein und am Abend. Tweed saß allein in seinem Erster-Klasse-Abteil, als der Zug sich Harwich näherte. Er starrte durchs Fenster hinaus und vertiefte sich dann wieder in die Notizen, die er sich während seines Telefonats mit Laila Sarin gemacht hatte.
Alexis: fragt in der Amerikanischen Botschaft nach Procane. Dort unbekannt. Morde an GRU-Offizieren – erwürgt. Estland? Die Archipel. Turku? Schweden?
Newman: Adam Procane. Hat nie was von ihm gehört (sagt er). Die Archipel (wieder). Estnische Schiffahrtslinie.
Tweed versuchte, das, was Alexis und Newman unabhängig voneinander gewußt hatten, als zusammenhängendes Muster zu sehen. Es gelang ihm nicht. Die erwähnten Umstände hatten zu sehr Zufallscharakter. Mit Ausnahme von zweien: die Inseln und Estland.
Er schob sein Notizbuch in die Tasche, lehnte den Kopf gegen das kleine Kissen, schloß die Augen und dachte daran, wie er Kapitän Olaf Prii von der *Saaremaa* zum erstenmal getroffen hatte.
Begonnen hatte es mit einer zufälligen Begegnung vor zwei Jahren in Helsinki. Im Finnischen Meerbusen hatte es einen ganz großen Sturm gegeben. Die *Saaremaa* hatte im Süd-Hafen von Helsinki Schutz gesucht. Und Prii hatte die einmalige Gelegenheit ergriffen.
Er ging an Land und suchte die Britische Botschaft auf. Er war vernünftig genug, nicht die Schutzpolizei um Hilfe zu bitten. Dort wäre man gezwungen gewesen, den Vorfall nach Moskau zu melden.
Die Leute in der Botschaft wußten nicht, was sie mit ihm anfangen sollten. Man hatte Tweed, der sich zufällig in der Botschaft aufhielt, um Rat und Hilfe gebeten. Tweed, der weder Finnisch noch Estnisch – zwei Sprachen, die einander ähnlich sind – beherrschte, entdeckte, daß er sich mit Prii leicht auf deutsch unterhalten konnte.
Die Esten sind, historisch gesehen, eher Balten als Slawen, und manche von ihnen sprechen Deutsch. Prii wußte ihren Standpunkt in sehr bestechender Weise klarzumachen.
»Während des Kriegs kam die deutsche Wehrmacht nach Estland und vertrieb die Sowjets, die uns 1940 besetzt hatten. Die Deutschen behandelten uns gut. Wenn sie hätten bleiben können, hätte uns das für sie gefreut. Dann kam die verdammte Rote Armee

wieder. Seither sind wir Gefangene. Ich werde den Engländern mit Informationen aushelfen, wann immer ich kann.«
»Wie können Sie mit uns in Verbindung treten?« fragte Tweed.
»Mit meinem Funkgerät natürlich! Wir fischen in der Nordsee. Wenn ich ein vereinbartes Signal gebe, wissen Sie, daß ich in der Nähe bin.«
»Und warum gehen Sie nicht bei uns an Land und bleiben da?«
Es war eine Testfrage. Tweed hatte immer noch den Verdacht, Prii könnte ein »stummer Agent« der Sowjets sein. Während Prii antwortete, beobachtete er ihn genau.
»Weil meine Frau und meine zwei Töchter nie mit mir ausfahren dürften. Man überwacht uns sehr genau, bevor wir in See stechen.«
Sie vereinbarten das Signal »Großer Elch«, welches Prii fünfmal in Drei-Minuten-Intervallen senden sollte. Als Tweed nach London zurückkehrte, hatte er mit dem Abhörzentrum in Cheltenham ausgemacht, man sollte ihn sofort verständigen, wenn man dieses Signal auffinge. Harwich sollte dann der Treffpunkt sein. Und dies war der erste Fall seit jenem Treffen, daß das Signal durchgegeben worden war.
Es schien ein eigenartiges Zusammentreffen von Umständen zu sein, überlegte Tweed, als der Zug sein Tempo verlangsamte und die ersten Lichter von Harwich draußen auftauchten. Stellte man jedoch einen Zusammenhang mit den Notizen her, die er soeben durchgesehen hatte, dann mochte es sich um keinen Zufall mehr handeln. Er würde mehr wissen, sobald er Prii befragt hatte.
Er holte seine kleine Tasche vom Gepäcknetz. Als der Zug in Harwich einfuhr, stand er bereits im Gang neben dem Ausstieg.

Fairweather, der leitende Offizier vom Zoll, ein gutmütiger, rotgesichtiger Mann von fünfundvierzig Jahren mit strahlendblauen Augen, hätte in Tweeds Team gute Figur gemacht. Er hatte sich der Aufgabe, Kapitän Prii von seiner Mannschaft zu trennen, diskret, jedoch mit Bestimmtheit entledigt.
Er suchte das Hotel *Cold Horse* an der Küste auf, wo man die Crew der *Saaremaa* für die Nacht untergebracht hatte, erklärte, als leitender Zolloffizier sei er nicht glücklich über das plötzliche Auftauchen des estnischen Trawlers, und er habe dem Kapitän, der ihn deshalb sofort begleiten müsse, einige Fragen zu stellen.
Als Tweed eintraf, wurde er in Fairweathers Büro geführt. Olaf

Prii saß am Tisch und schlürfte dampfendheißen Kaffee aus einer Schale. Er stand sofort auf, als Tweed eintrat, und seine Erleichterung war ihm nur zu gut anzusehen. Fairweather deutete für Tweed auf einen Stuhl, nachdem seine beiden Besucher einen Händedruck ausgetauscht hatten.
»Kaffee für Sie, Sir?« fragte er Tweed, ohne ihn beim Namen zu nennen.
»Nein, vielen Dank.«
»Dann lasse ich Sie beiden jetzt für einen netten Plausch allein. Wenn Sie fertig sind – mein Schlafraum ist die erste Tür rechts, wenn Sie von hier rausgehen. Ich werde Kapitän Prii zu seinem Hotel zurückbegleiten – bloß um den Schein zu wahren.«
Prii war größer, als Tweed ihn in Erinnerung hatte. Seine Haut war wie Leder, als Folge Gott weiß wie vieler Sturmnächte auf der Kommandobrücke seines Schiffes. Die Hakennase verriet Charakterfestigkeit, die Augen waren wachsam und lebhaft.
»Ich fuhr los, sobald ich konnte«, sagte Tweed auf deutsch. »Ich freue mich auch sehr, Sie zu sehen. Unser System funktioniert. Also, was haben Sie mir zu sagen?«
»Schlechte Nachrichten aus Estland, fürchte ich. Die Lage wird mit jedem Tag schlechter. Haben Sie gewußt, daß man sechzig Prozent aller Esten aus Tallinn weggebracht hat? Die Sowjets haben sie durch Fremde ersetzt, etwa durch Moldauer und andere Nationalitäten aus den verschiedensten Teilen der Sowjetunion.«
»Das tut mir sehr leid. Das Leben muß ziemlich schwierig sein.«
»Aber das ist nicht der Grund, warum ich mich zu einem Treffen entschloß. Drei Offiziere der militärischen Abwehr sind ermordet worden...«
»Das ist der GRU?«
»Ja. Der Mörder, das scheint klar zu sein, ist in allen drei Fällen ein und derselbe. Er mordet immer zur selben Zeit und auf dieselbe Weise. Immer nach Einbruch der Dunkelheit. Und er verwendet eine Art von Garotte. Der GRU stellt nun Fallen – man läßt einen GRU-Offizier durch die Straßen gehen und bewachen. Eine unausgegorene Operation. Es gibt sogar Kinder, die herumlungern und hinter den Bewachern herpfeifen und ihnen nachrufen: ›Wieviel Kopfgeld für einen Russen?‹ Sie haben einen Obersten namens Karlow mit den Nachforschungen betraut.«

»Wen?« fragte Tweed.
»Oberst Andrei Karlow. Er hat sein Hauptquartier in der Pikk-Straße aufgeschlagen, ein paar Häuser neben der St.-Olaf-Kirche. Sein Büro liegt über der Straße im ersten Stock. Sein Vorgesetzter, General Lysenko, kommt regelmäßig nach Tallinn, um nach dem Stand der Dinge zu sehen. Er tut das auf makaberste Art, es ist direkt komisch. Lysenko ist derart verängstigt, daß er in Zivil nach Tallinn fährt, in der Hoffnung, keiner erkennt ihn als Mann vom GRU. Er fliegt immer nach Tagesanbruch her und verläßt Tallinn lange vor der Abenddämmerung. In Tallinn herrscht eine gespannte Atmosphäre wegen dieser Morde – die nichts mit dem Untergrund zu tun haben. Wollen Sie einige Fotos sehen, die wir von diesen Männern aufgenommen haben?«
»Ja, bitte.«
»Sie entschuldigen, aber ich muß die Hose runterlassen.«
Tweed war verblüfft. Das war eine erstaunliche Menge an Information. Er zweifelte nicht daran, daß Prii dem estnischen Untergrund angehörte, hütete sich jedoch, es auszusprechen.
Prii kehrte ihm den Rücken zu, öffnete den Gürtel und schob die Hosen hinunter. Mit Leukoplast war über seinem Gesäß ein großer wasserdichter Beutel befestigt, den er losriß; dann brachte er seine Kleidung wieder in Ordnung. Er ließ den Beutel auf den Tisch fallen.
»Bitte, mein Freund, werfen Sie einen Blick darauf.«
Tweed schlug den Beutel, der eigentlich ein großer Briefumschlag war, auseinander. Er entnahm ihm mehrere Fotos und erkannte sofort, daß es sich um Polaroidbilder handelte. Wieder war er überrascht und konnte sich nicht enthalten, eine Frage zu stellen.
»Wo in aller Welt kriegen Sie eine solche Kamera her – und den Film? Sie haben doch nichts gegen diese Frage?«
»Natürlich von Helsinki hereingeschmuggelt. Auf einem Touristenschiff - das ist die Estnische Schiffahrtslinie. Die beiden ersten zeigen Oberst Karlow.«
Die Aufnahmen waren aus großer Nähe gemacht worden, und Tweed fragte sich, wie zum Teufel sie das fertiggebracht hatten. Auf beiden Bildern trug Karlow Zivilkleidung und blickte seitwärts direkt in die Kamera. Er war soeben aus der Toreinfahrt eines alten Hauses getreten – offenbar sein Büro in der Pikk-Straße.

»Ich bin voller Bewunderung«, äußerte sich Tweed. »Da hat jemand sein Leben aufs Spiel gesetzt, um diese Bilder zu kriegen.«
»Es ist leicht – wenn man vorsichtig ist.« Prii sprach in verächtlichem Ton. »Die sind nicht so clever. Als er aus dem Gebäude kam, wartete da ein Junge und beschimpfte ihn. Er blickte zur Seite, und ein Mann auf einem Fahrrad mit einer in einer Leinentasche vorborgenen Kamera machte die Aufnahmen. Sehen Sie sich das nächste Bild an.«
Tweed starrte auf das Bild und trug weiter äußerste Gelassenheit zur Schau. Wiederum war er verblüfft und hatte Mühe, es sich nicht anmerken zu lassen. Er schaute zu Prii hoch, der weiter erklärte.
»Das ist Mauno Sarin von der Sicherheitspolizei in Helsinki. Von Zeit zu Zeit fährt er auf einem Touristenschiff über den Meerbusen und besucht Karlow. Die Finnen müssen sehr umsichtig vorgehen.«
Ja, es war Mauno Sarin. Aufgenommen, als er offenbar dasselbe Gebäude betrat. Tweed hatte ihn sofort erkannt. Er wandte sich dem nächsten zu.
»Und das ist General Lysenko«, erklärte Prii. »Wie Sie sehen, nicht in Uniform. Was uns Esten höllisch beeindruckt. Ein General, und versteckt sich aus Angst vor Ermordung am hellen Tag. Das letzte Bild ist von einem Mann, der Kandidat ist, umgebracht zu werden. Hauptmann Oleg Poluschkin, auch vom GRU. Dieser Mann ist ein Tier, ein tollwütiges Tier. Er tötete eine französische Journalistin, die dumm genug war, nach Tallinn zu kommen. Sie stahl sich aus der Intourist-Reisegruppe davon und wurde geschnappt. Er ließ ihre Ermordung filmen.«
»Sieht ganz nach einem Psychopathen aus«, kommentierte Tweed in beiläufigem Ton. »Darf ich fragen, wie Sie das alles herausbekommen haben?«
»Der Untergrund ist überall. Ein Sechzehnjähriger hat den Vorfall hinter einer Hecke beobachtet. Poluschkin lenkte den Tschaika, der die arme Frau überfuhr. Sie stellten sie mitten auf die Straße wie vor ein Erschießungskommando. Wir haben gehört, daß Oberst Karlow wütend war, als er von dem Mord erfuhr – um so mehr, als Poluschkin nominell sein Untergebener ist.«
»Nominell?«
»Er ist Lysenkos persönlicher Schnüffler in Tallinn. So sind die

Russen – keiner traut dem anderen. Immer ist da einer, der den anderen überwacht.«

Tweed schaute auf das Polaroidfoto von Oleg Poluschkin. Kurz, feist, in GRU-Uniform, mit Doppelkinn. Man hatte das Gefühl, er werde jeden Augenblick aus den Nähten seines enggegürteten Uniformrocks platzen. Ein unangenehmer Zeitgenosse.

»Darf ich diese Bilder behalten?« bat Tweed.

»Deshalb habe ich sie mitgebracht. Den KGB gibt es auch in Tallinn, aber die Nachforschungen im Fall dieser geheimnisvollen Morde leitet Oberst Karlow – wahrscheinlich, weil GRU-Offiziere die Opfer sind. Der Haken bei der Sache ist, daß Moskau den Untergrund für die Morde verantwortlich macht, aber ich kann Ihnen versichern, daß er nichts damit zu tun hat. Es ist sehr mysteriös und zugleich gefährlich.«

»Haben Sie von den Gerüchten gehört, daß eine bedeutende Persönlichkeit in Estland eintreffen soll?« wollte Tweed wissen.

»Ja. Mauno Sarin von der finnischen Schutzpolizei. Wenn die Lage angespannt ist, versucht Sarin die Dinge zu beruhigen.«

»Kommt der GRU jemals nach Helsinki? Oberst Karlow etwa? Er scheint gegenwärtig in Tallinn das Kommando zu führen.«

»Sehr selten. Moskau muß dazu die Erlaubnis erteilen. Karlow dürfte ohne Lysenkos Einverständnis nicht nach Helsinki fahren. Ja, sogar Lysenko, vermute ich, würde für einen solchen Besuch nötig haben, daß Moskau ihn absegnet.«

»Und können Menschen aus dem Westen auf diesen Touristenschiffen Tallinn besuchen?«

»Es gibt nur ein Schiff – die ›Georg Ots‹. Ja, westliche Touristen sind willkommen, vorausgesetzt, sie haben ein Visum. Sehen Sie, die Russen wollen Estland als Modellrepublik präsentieren, als eine Art Schaustück, wenn Sie so wollen. Sie organisieren zweistündige Rundfahrten durch Tallinn – aber während dieser zwei Stunden weichen die Intourist-Führer den Besuchern keinen Schritt von der Seite. Sie denken doch hoffentlich nicht daran, Tallinn zu besuchen? Davon würde ich sehr abraten.«

Tweed lächelte kühl. »Sie werden mich wahrscheinlich in einer Tausend-Meilen-Zone rund um Finnland nicht zu Gesicht bekommen. Mein Geschäft hält mich in London fest.«

»Dann kennen also jetzt die Hauptfiguren des Gegners in Tallinn im Moment. Karlow, Lysenko und Poluschkin, Lysenkos Lakaien...«

Sie unterhielten sich eine weitere halbe Stunde, und dann war Tweed der Meinung, Prii sei lange genug von seiner Mannschaft weggewesen. Er verständigte Fairweather, dankte ihm für seine Mithilfe und bat ihn, Prii sicher ins *Cold Horse* zurückzugeleiten.
»Etwas müssen Sie ihm noch sagen«, sagte Fairweather rasch. »Vielleicht können Sie es ihm dolmetschen. Wenn er zurückkommt, schlage ich vor, daß er sich über die rigorose Befragung beschwert, der er ausgesetzt wurde. Ich hätte mich mit seiner Erklärung bezüglich des Maschinenschadens nicht zufriedengegeben. Auf dem Rückweg werden wir an Bord des Schiffes gehen, und ich werde mich im Maschinenraum umsehen. Dann erst gebe ich mich zufrieden, aber er muß zum frühestmöglichen Zeitpunkt auslaufen. Ich kann sagen, ich hätte da einen Freund von der Norwich-Universität gefunden, der ausgezeichnet Deutsch spricht und als Dolmetscher fungierte. Okay?«
»Sie haben Ihren Beruf verfehlt«, bemerkte Tweed und beeilte sich, Prii zu übersetzen, was Fairweather gesagt hatte.
Tweed blieb noch einige Minuten, nachdem die beiden Männer gegangen waren, und hielt stenografisch auf seinem Notizblock fest, was Prii ihm gesagt hatte. Er war überzeugt, daß Prii den Zweck gewisser Fragen nicht durchschaut hatte.
Das Gespräch hatte Tweed nicht beruhigt. Eher im Gegenteil. Er dachte an Newman, der sich auf sich allein gestellt im hohen Norden herumtrieb. Was in Lailas Berichten über ihre Gespräche mit Alexis und mit Newman als einzige Gemeinsamkeit – abgesehen von den Archipeln – ins Auge fiel, das war Estland.
Wenn Newman in seiner gegenwärtigen Gemütsverfassung an Bord der *Georg Ots* ging und nach Tallinn fuhr, dann hatte Tweed wenig Hoffnung, jemals wieder etwas von ihm zu hören.

11

Mauno Sarin stand steif und mit wachsamer Miene hinter seinem Schreibtisch, als seine Tochter in sein Büro kam. Der Chef der Sicherheitspolizei war Anfang der Vierzig, einsfünfundachtzig groß und braunhaarig. Sein schmaler Backenbart reichte bis zu den Koteletten. Normalerweise saß in den blauen Augen hinter den Brillengläsern der Schalk, doch als er jetzt für Laila einen

Stuhl hervorzog, schien ihm jeder Sinn für Humor abhandengekommen.
»Ist dir klar«, begann er, »daß du mit deinen Artikeln eine Menge Ärger machst? Nicht genug mit einem – es sind sogar zwei.«
»Ich tu nur meinen Job«, sagte Laila gepreßt. »Und ich finde es ärgerlich, wenn du mich zu Hause anrufst und wie eine Verbrecherin herzitierst.«
»Also, Laila, das ist Unsinn.« Sarin setzte sich hinter seinen Schreibtisch und bemühte sich, liebenswürdig und überzeugend zu reden. »Ich fragte dich, ob du nicht herkommen und mich sehen wolltest – es ist lange her, daß wir miteinander gesprochen haben.«
»Und das Gespräch wird im Handumdrehen ein Verhör. Im Speziellen: was habe ich getan, um das Mißfallen der Polizei zu erregen?«
»Du mußt am besten wissen, daß Finnland gegenüber den Russen in einer schwierigen Position ist. Erstens, du stutzt dir da einen Artikel über den Tod dieser unglücklichen französischen Journalistin zurecht...«
»Ich *stutze* nichts zurecht«, brach es aus ihr heraus. »Ich halte mich an die Fakten!«
»Du deutest an, daß Alexis Bouvet möglicherweise nicht auf einer einsamen Straße außerhalb von Helsinki gestorben ist. Und du machst viel Aufhebens wegen der fehlenden Leiche.«
»Nun, wo ist die Leiche?«
»Ich habe keine Ahnung«, gestand ihr Vater. »Weiß Gott, die Polizei hat danach gesucht. Aber du kennst unsere Wälder – sie nehmen kein Ende.«
»Und ebenso ohne Ende ist dein Mißfallen, meinen Beruf betreffend.«
»Laila, wir alle müssen Kompromisse schließen. Finnland gibt es als unabhängiges Land nur deshalb, weil die Finnen gelernt haben, sich mit Moskau zu arrangieren.«
»Ein Reporter arrangiert sich nicht mit den Fakten.«
»Was für Fakten?« Sein Ton war noch immer ruhig und freundlich. »Nehmen wir die zweite Geschichte – die über die Gerüchte eine Reihe von Morden an GRU-Offizieren in Estland betreffend. Gerüchte sind keine Fakten.«
»Und du hast nichts über diese Morde gehört?«
Sarin zögerte. Er war leger gekleidet, trug dunkelbraune Kordho-

sen und eine Windjacke, die er jetzt auszog und über die Stuhllehne hängte. Das verschaffte ihm Zeit zum Nachdenken.
»Hast du jetzt genug Zeit gewonnen, um dir eine Antwort auszudenken?« fragte Laila.
»Das war nicht nett, aber vergessen wir, was du gesagt hast. Ja, ich habe von den Gerüchten gehört. Wenn ich dir dazu einiges sage, versprichst du, es nicht zu schreiben?«
»Nein! Ich lasse mich nicht knebeln!«
»Immer alles nach deinem Willen.« Der Anflug eines Lächelns huschte über Maunos Gesicht. »Wie immer. Was durchaus in Ordnung ist. Wir sind zwei erwachsene Menschen, die sich auf gleicher Ebene unterhalten.«
»Was hast du jetzt vor?«
»Nichts. Laila! Wirst du nie imstande sein, meinen Beruf von meiner Beziehung zu dir zu trennen?«
»Ich bin sehr beschäftigt. Sag mir, warum du mich herzitiert – hergebeten hast, und dann gehe ich.«
»Ich muß wissen, aus welcher Quelle deine Information über die Gerüchte von den GRU-Morden stammt.«
»Ich gebe nie Informationsquellen preis.« Ihr Mund schloß sich krampfhaft.
»Die Regierung ist ernstlich besorgt.«
»Die Regierung kann mich!«
»Du kannst Schwierigkeiten bekommen, bei denen ich dir nicht mehr helfen kann.«
»Hat Moskau die Story dementiert?« fragte sie.
»Bis jetzt nicht«, gab er zu.
»Normalerweise dementieren sie innerhalb weniger Stunden, nachdem eine Geschichte gedruckt erschienen ist. Diesmal sind sie clever. Sie hoffen, die Sache geht unter, wenn sie sie ignorieren. Sie wollen die Leute nicht abschrecken, Ausflüge nach Estland zu unternehmen. Sie brauchen Devisen.«
Er saß da und beobachtete sie wortlos. Was sie sagte, entsprach genau dem, was er selbst dachte. Das Mädchen war blitzgescheit, Gott sei Dank – auch wenn das Probleme mit sich brachte.
»Der Jammer ist der, Laila«, sagte er ruhig, »daß du und ich einander sehr ähnlich sind. Dickschädelig, freiheitsliebend und eigensinnig...«
»Das erste, was du seit meinem Kommen sagst, dem ich voll und ganz zustimme. Kann ich jetzt gehen?«

»Ich habe eine Bitte.«
»Ich höre. Aber versprechen kann ich nichts.«
»Wenn du was hörst – auch gerüchtweise –, daß ein Amerikaner namens Adam Procane finnischen Boden betreten hat, könntest du mir eine Warnung zukommen lassen?«
Es war eine reine Ausflucht. Laila verspürte ein Gefühl der Rührung, doch sie bezwang sich. Ihr Gesicht zeigte keinerlei Regung, als sie antwortete.
»Ich werde es im Gedächtnis behalten. Mehr kann ich nicht tun.«
»Um mehr bitte ich dich auch nicht.«
Als sie gegangen war, erhob sich Mauno und marschierte, die Hände in den Hosentaschen, im Kreis im Zimmer herum. Manchmal haßte er seinen Beruf. Soeben hatte er seine eigene Tochter für seine Zwecke einzuspannen versucht – denn wenn Procane existierte und auf seinem Weg nach Rußland in Finnland auftauchte, dann blieb ihm nur eine Wahl. Er mußte Procane helfen, die Grenze zu überschreiten.

Es war neun Uhr, als Laila das Gebäude auf dem Ratakatu verließ und eine Tram nach dem Norden der Stadt nahm. Das vierte Hotel, in dem sie nach Bob Newman forschte, war das *Hesperia*. Einer Eingebung folgend, nahm sie, statt wieder an der Rezeption zu fragen, den Aufzug und fuhr zur ersten Etage hoch, wo die Gäste das Frühstück einnahmen.
Die Aufzugtür öffnete sich, und sie erblickte Newman, der sich eben am Frühstücksbuffet bediente. Sie nahm ein Tablett, stellte sich neben ihn und nahm sich Käse und Schinken.
»Also wieder auf gleicher Höhe mit mir«, sagte er über die Schulter hinweg.
»Nachdem ich in drei Hotels nachgeforscht habe. Für mich ein notwendiges Training. Sie haben mir einen Gefallen erwiesen. Versuchen Sie die braunen Brötchen – die sind besser. Außerdem schmecken sie gut.«
»Ihr zweiter Grund beeindruckt mich.«
Sie wählten einen ruhigen Tisch an der Wand und begannen wie ein Paar, das zusammengehörte, zu frühstücken. Laila wollte nichts sagen, was ihn provozieren könnte, also schwieg sie. Sollte er doch anfangen.
»Ich nehme an, Sie denken, ich habe Sie sehr schlecht behandelt«,

bemerkte er, als er sein Ei verzehrt hatte und sich über Brötchen und Marmelade hermachte.
»Nicht wirklich. Ich habe Sie nicht gepachtet.«
»So früh am Tag sind Sie aber in recht guter Laune. Haben Sie ein schönes Weekend gehabt?«
»Der heutige Morgen hat gar nicht gut begonnen. Ich komme gerade von meinem Vater. Vom Ratakatu. Er ist wütend auf mich – nicht, daß ich mir was daraus mache.«
»Die beiden Artikel in Ihrer Zeitung?«
»Um die Wahrheit zu sagen, ja. Er tat sehr gerissen, um mich zum Reden zu bringen. Kann ich etwas Marmelade haben? Danke. Ich vergaß ihm gegenüber zu erwähnen, daß Sie hier in Helsinki sind. Ich glaube nicht, daß er es schon weiß.«
»Also schulde ich Ihnen ...«
»Das entspricht nicht meiner Denkweise – Guthaben, Schulden. Er muß selber die Dinge ermitteln – wie ich auch. Ich kann Ihnen nicht sagen, worüber er mit mir gesprochen hat.«
»Das wollte ich auch gar nicht wissen.«
»Wenn wir so weitermachen, werden wir gut miteinander auskommen. Eine junge Engländerin sagte mir einmal, sie nenne das eine negative Beziehung. Kein Streit, kein Gespräch, Kommunikation gleich null.«
Newman verschluckte sich beinahe am Kaffee, die beiden sahen einander an und lachten. Newman brachte das Thema zur Sprache, nachdem er für sie beide Brötchen und Marmelade nachgefaßt hatte. Die Brötchen waren knusprig, und er hatte einen Bärenhunger.
»Haben Sie versucht, herauszubekommen, wohin ich gegangen war, nachdem ich das Hotel verlassen hatte?«
»Natürlich! Ich befragte den Hubschrauberpiloten. Ich ließ ihn sogar viel von meinen Beinen sehen. Ich konnte sehen, daß er in Versuchung kam, aber Sie müssen ihn mit einer hohen Summe bestochen haben.«
»Das habe ich. Alexis mietete diesen Hubschrauber. Und wollen Sie wissen, wohin sie flog?«
»Nur wenn Sie mir es sagen wollen. Werden Sie mich jetzt fragen, ob ich ein Geheimnis für mich behalten kann?« fragte sie.
»Nein. Ich denke nur, daß Sie es nicht drucken sollten.«
»Moralische Erpressung.«
»Um Himmels willen!«

»Entschuldigung! Entschuldigung! Seien wir wieder negativ. Es war ein Scherz – Sie wissen, was ein Scherz ist?«
»Meinen Sinn für Humor hab ich im Bad zurückgelassen. Alexis ließ sich von dem Piloten aufs Meer hinausfliegen und dann zurück zum Süd-Hafen. Sie bat den Piloten, den Flug zeitlich so abzustimmen, daß sie genau um zehn Uhr dreißig über dem Silja-Pier ankamen.«
»Das ist genau die Zeit, zu der die ›Georg Ots‹ nach Tallinn ausläuft.«
»Und das war auch Ziel des Fluges. Einige Tage darauf fuhr sie dann selbst, wie ich glaube, mit der ›George Ots‹ – und kehrte aus Estland nie mehr zurück.«
»Dann muß sie die Fahrt geplant haben, bevor sie hier ankam.«
»Wieso kommen Sie darauf?« fragte Newman.
»Weil alle Passagiere zwei Wochen vorher um ein Visum ansuchen müssen. Man schickt drei Fotos zusammen mit dem Ansuchen ein . . .«
»Was Moskau genug Zeit läßt, alle Passagiere nach Estland durch den Computer laufen zu lassen.«
»Genau, was ich auch glaube.« Sie sah ihn an. Er hielt ein Stück Brötchen in der Hand und starrte in eine unbekannte Ferne. Als sie jetzt wieder zu sprechen begann, klang echte Besorgnis in ihrer Stimme mit. »Bob, Sie denken doch hoffentlich nicht daran, selber nach Tallinn zu fahren?«
»Das wäre verrückt.«
»Aber mein Gefühl sagt mir, Sie sind ein bißchen verrückt – nicht normalerweise, aber bei der Aufgabe, die Sie sich gestellt haben, schon. Sie schauen immer so grimmig drein, wenn Sie über Alexis reden.«
»Wir waren nahe daran, uns zu trennen – die Ehe zu beenden.«
»Für einen Mann wie Sie ändert das nichts. Nicht, wenn Sie der Meinung sind, jemand habe ihre Frau ermordet.«
»Was ist mit Ihrem Frühstück, Mädchen?«
»Warum fangen Sie plötzlich an, mir Dinge zu erzählen – mir zu vertrauen?«
»Weil Sie Ihrem Vater nicht gesagt haben, daß ich in Helsinki bin.«
»Also glauben Sie mir – alles, was ich gesagt habe?«
»Es gehört zu meinem Beruf, zu wissen, wann Leute mir die Wahrheit sagen. Übrigens werde ich mich vielleicht entschließen,

mich mit Ihrem Vater wieder in Verbindung zu setzen. Ich lernte ihn kennen, als ich das letzte Mal hier war, und wir sind gut miteinander ausgekommen.«
»Sie würden ihm nicht sagen, daß wir einander kennen?«
»Natürlich nicht. Das bleibt ganz unter uns – was immer wir zusammen tun.«
»Das klingt so, als ob unsere Beziehung in eine interessante Phase treten könnte.«
»Laila, Ihre Beine sind mir aufgefallen, kaum daß wir einander auf dem Flughafen Vantaa kennengelernt haben. Verstehen Sie mich nicht falsch – aber Mädchen sind momentan das letzte, woran ich denke. Ich habe eine Sache zu erledigen – und ich werde sie erledigen.«

Nach dem Frühstück entschuldigte Laila sich, während Newman zu seinem Zimmer Nummer 817 hinaufging, von dem man die eigenartige Glockenspiel-Skulptur, die Mannerheimintie, offenes Grasland dahinter und einen Meeresarm überblicken konnte.
Laila eilte hinunter ins Erdgeschoß, fand einen freien Telefonapparat und rief die Nummer der Londoner General-and-Cumbria-Versicherung an. Man verband sie unverzüglich mit Tweed.
»Hier ist Laila. Ich habe Bob Newman wiedergefunden. Er ist ins Hotel ›Hesperia‹ umgezogen. Haben Sie das? Hören Sie zu. Er hat herausbekommen, daß Alexis mit dem Schiff den Meerbusen überquert hat. Verstehen Sie?«
»Ja«, sagte Tweed. »Sie klingen besorgt.«
»Ich habe Angst, daß Newman versuchen wird, an denselben Ort zu fahren. Ich bin nicht sicher, ob ich ihn aufhalten kann – er ist wie ein Polizeihund, der eine Fährte aufgenommen hat.«
»Wie dringend steht die geplante Fahrt bevor?« fragte Tweed kurz.
»Ich glaube nicht, daß er jetzt schon fährt. Es gibt Probleme mit dem Visum. Vielleicht findet er einen Ausweg. Ich lege jetzt besser auf. Er kann jeden Augenblick von seinem Zimmer herunterkommen. Ich mache mir wirklich Sorgen.«
»Überlassen Sie es mir. Und danke, Laila. Es war richtig, daß Sie mich warnten. Halten Sie Kontakt.«
»Oh, ich habe Ihnen zwei Kopien meiner Artikel per Eilboten geschickt. Sie müßten sie rasch erhalten. Sie sind natürlich in Finnisch.«

»Ich habe einen Freund, der die Sprache spricht. Nochmals danke – und halten Sie mich auf dem laufenden.«
Als Newman in der großen Empfangshalle ankam, saß Laila wartend da, die langen, in glatten schwarzen Trikothosen steckenden Beine gekreuzt.
»Fertig?« begrüßte Newman sie. »Wir gehen zum russischen Intourist-Büro auf der Esplanade. Wollen sehen, was sie uns an Information zu bieten haben. Verdammt viel, schätze ich.«

Nach dem Telefonat mit Laila Sarin blieb Tweed mit verschränkten Händen an seinem Schreibtisch sitzen und starrte fünf Minuten lang ins Leere. Monica hörte auf der Maschine zu tippen auf, tat so, als müssen sie eine Akte studieren, und verhielt sich still. Als Tweed sich räusperte, blickte sie auf.
»Laila Sarin«, begann Tweed, sich auf das Problem konzentrierend, während er es mit ihr besprach, »hat Angst, daß Bob Newman durchdreht. Paßt das wirklich zu ihm?«
»Nein. Er steht unter ungeheurem Streß – aber gerade da hat er seine besten Momente.«
»Seine Frau ist vor kurzem umgebracht worden«, rief Tweed ihr in Erinnerung.
»Ich bleibe bei dem, was ich sage.«
»Ich bin nicht so überzeugt. Er ist nach Helsinki abgefahren, als wäre der Teufel hinter ihm her. Ich würde es mir nie verzeihen, wenn ich keine Vorsichtsmaßnahmen ergriffe.«
»Und was sind das für Vorsichtsmaßnahmen, die Sie von hier aus ergreifen können.?«
»Mich mit Mauno Sarin in Verbindung setzen.«
»Newman wird schäumen vor Wut, wenn er das je erfährt...«
»Ich rufe Sarin an«, beschloß Tweed.
Er hob den Hörer auf, suchte aus seinem abgegriffenen, zerfetzten Adreßbüchlein die Nummer heraus und wählte selbst. Als er seinen Namen nannte, wurde er sofort mit Sarin verbunden.
»Tweed, mein lieber Freund, es ist lange her, seit wir uns gesehen haben. Zu lange. Was kann ich für Sie tun?« fragte Sarin.
»Mauno, es ist eine delikate Angelegenheit. Wenn die betreffende Person sie je erfährt, daß ich Sie angerufen habe, wird sie mir das nie verzeihen. Aber ich weiß, Sie werden die Sache diskret behandeln.«
»Wer ist die Person?«

»Robert Newman...«
»Er ist *hier!* In Helsinki?«
»Sie wissen, daß seine Frau vor kurzem zu Tode gekommen ist?« fragte Tweed und ging vorsichtig auf das Thema, seine Bitte betreffend, über.
»Ja. Und so ein Idiot von einem Reporter hat darüber eine Story in einer unserer führenden Zeitungen geschrieben.«
Tweed mußte innerlich lächeln. Das klang ganz so, als ob sich die Beziehungen zwischen Mauno und Laila nicht verbessert hatten. Eher umgekehrt. Er setzte achtsam den nächsten Schritt.
»Irgendwie ist Newman – berechtigt oder nicht – der Meinung, der Mord sei in Ihrer Region geschehen.«
»Mord? Sagten Sie Mord?« fragte Mauno zweifelnd.
»Glaubt zumindest Newman. Wie Sie wissen, ist er ungemein verläßlich, und in der Vergangenheit haben sich alle seine Annahmen als richtig erwiesen. Sie erinnern sich an die Kruger-Geschichte? Niemand glaubte, er sei auf der richtigen Spur, bis die Affäre ihren Höhepunkt erreichte.«
»Er wird in sehr affektivem Zustand sein«, erklärte Mauno, »was die Urteilskraft eines jeden Menschen beeinträchtigen kann.«
»Mit Ausnahme von Newman. Er wohnt im Hotel ›Hesperia‹. Könnten Sie mit ihm reden? Ohne ihn wissen zu lassen, daß wir miteinander gesprochen haben, natürlich.«
»Dieser verdammte Artikel! Aber vielleicht wird er mir am Ende nützlich sein. Weiß Gott, er hat mir bisher genug Ärger verursacht.«
»Er ist äußerst gerissen. Sie werden sich etwas ausdenken müssen, wieso Sie wissen, daß er im ›Hesperia‹ wohnt – um so mehr, als er erst kürzlich von einem anderen Hotel umgezogen ist.«
»Warum hat er das getan?«
»Ich habe keine Ahnung. Ich weiß aber, in der Vergangenheit hat er immer sehr viel davon gehalten, seinen Aufenthaltsort ständig zu verändern, um seine Anwesenheit geheimzuhalten.«
Tweed kam ein Gedanke. »Die Hotelregistrierung – das könnten Sie sich zunutze machen. Tun Sie, als ob Sie nach jemandem gesucht hätten und dabei über seinen Namen gestolpert wären.«
»Ich werde mir was ausdenken. Ich lasse von mir hören...«

»Ich glaube, ich gehe am besten allein zum ›Intourist‹«, sagte Newman, als er durch die große Frontscheibe an der von Bäumen gesäumte Esplanade ins Innere blickte. »Können wir uns irgendwo in etwa einer halben Stunde treffen?«
»Ich muß etwas einkaufen. Kennen Sie die Bar im ›Marski‹?«
»Ich habe sie bei meinem letzten Aufenthalt nur zu gut kennengelernt.«
»Dann treffen wir uns dort.«
Sie waren am Eingang des Intourist-Büros vorbeigegangen, und Newman blieb stehen, zündete sich eine Zigarette an und beobachtete Laila, wie sie die Straße überquerte. Er rauchte und schaute ihr nach. Sie verschwand in einem großen Kaufhaus – »Stockmann«. Ungefähr der einzige Name in Helsinki, den Newman aussprechen konnte.
Eine elegant gekleidete Brünette mit makellosem Make-up begrüßte ihn im großen Intourist-Büro. Er nahm an, daß sie Russin war, aber sie sprach gut Englisch. Niemand sonst war außer ihm da.
»Soviel ich weiß, kann man mit dem Schiff einen Tagesausflug nach Estland unternehmen«, begann er. »Haben Sie irgendwelche Prospekte?«
»Ja, Sir. Sie finden hierin alle Einzelheiten.«
Ihre dunklen Augen sahen ihn prüfend an, als versuche sie sich zu erinnern, wo sie ihn schon einmal gesehen habe. Sie reichte ihm einen Farbprospekt mit dem Bild der *Georg Ots* auf dem Titelblatt, einer Dreiviertelansicht von achtern aus.
Der Werbetext auf dem Titelblatt lautete in deutscher Sprache: »Herrliche Gelegenheit – günstiger Preis! Helsinki–Tallinn 210 Finnmark. Nützen Sie die Gelegenheit und verbinden Sie mit Ihrem Aufenthalt in Helsinki eine Tagesfahrt zur alten Hansestadt Tallinn.«
Er schlug den Prospekt auf und studierte den Fahrplan. Das Schiff fuhr um 10 Uhr 30 ab und kehrte um 22 Uhr 30 nach Helsinki zurück. Blieben ihm genau zwei Stunden an Land in Tallinn. Höchst generös. Er hob den Blick zu der jungen Dame, die das dunkle Kleid über ihren wohlgeformten Hüften glättete. Ihre Haltung änderte sich abrupt, als er seine nächste Frage stellte.
»Haben Sie einen Stadtplan von Tallinn?«
»Wir haben keine Stadtpläne. Keine Photos. Sie haben den Prospekt.«

Sie verhielt sich mit einem Mal neutral, fast feindselig. Newman begriff, was hier unmittelbar vor sich ging. Die Sowjets hatten, was Landkarten ihres Landes anging, einen regelrechten Verfolgungswahn. Sie dachte wahrscheinlich, er sein ein Spion. Und ebenso sicher war sie ein Mitglied des KGB. Wem sonst erlaubte man, in den Westen zu gehen? Sie würde auch einen perfekten Lockvogel abgeben.
»Vielen Dank«, sagte er. »Sie haben mir sehr geholfen.«
Den Prospekt in die Tasche steckend, ging er hinaus und wandte sich nach links, die Esplanade entlang in Richtung *Marski*. In der Gegenrichtung führte die Straße direkt zum Süd-Hafen. Das konnte warten. Drüben auf der anderen Straßenseite entdeckte er die lange Ladenfront von »Akateeminen«, der größten Buchhandlung in ganz Skandinavien.
Die moderne, geräumige Bar des *Marski* liegt im Untergeschoß, und man hat da das Gefühl, fern von allem Weltgetriebe zu sein. Während er an einem Tisch, von dem aus man zum Eingang sehen konnte, seinen Kaffee trank, dachte er über Laila Sarin nach.
Seit er in Heathrow die Maschine bestiegen hatte, waren Wachsamkeit und Mißtrauen seine ständigen Begleiter gewesen. Eine Einstellung, die alle Auslandskorrespondenten auszeichnet. Glaube nichts von dem, was man dir sagt, bevor du nicht unbeeinflußt die Fakten selbst geprüft hast.
Warum hatte Tweed, kaum daß er in Vantaa auftauchte, Laila auf ihn angesetzt? Tweed war nicht der Mann, aus Sympathie Personal zu verschwenden. Er mußte ein Problem zu bearbeiten haben, bei dem Helsinki eine Rolle spielte. Welches Problem? Ebenso wie Howard kannte sicherlich auch Tweed den grausigen Film über die Ermordung von Alexis. Bestand ein Zusammenhang zwischen Alexis' Reise nach Finnland und Tweeds Problem?
Newman war mit Absicht beim Frühstück Laila gegenüber freundlich und offensichtlich auch ehrlich gewesen. Damit Laila ihre Bewacherrolle aufgab, mußte er zeigen, daß er ihr nach seiner Flucht ganz offensichtlich Vertrauen schenkte. Sie in Sicherheit wiegen! O Gott! Im Augenblick traute er seinem eigenen Schatten nicht. An diesem Punkt seiner Überlegungen kam Laila; sie trug einen Plastikbeutel mit der Aufschrift »Stockmann«.
»Haben Sie bekommen, was Sie wollten?« fragte sie fröhlich. »Ja, Kaffee hätte ich gern. Nein, nichts zu essen – ich achte auf meine Figur.«

»Genau das tun viele Männer, nehme ich an.«
»Himmel, der Mann zeigt menschliche Regungen.«
»Intourist ist eine reiche Quelle von Informationen. Ein riesiges Büro, und ich bekomme das hier.«
Er gab ihr den einzelnen Prospekt und bestellte für sie Kaffee, während sie die Broschüre durchsah. Sie las alles genau durch und zupfte bei dieser konzentrierten Beschäftigung an ihren dicken Brauen.
»Sie sehen«, führte sie aus, »Sie brauchen tatsächlich ein Touristenvisum für Tallinn. Und sie müssen spätestens zwei Wochen, bevor Sie hinüberfahren wollen, darum ansuchen. Und man will eine Fotokopie Ihres Passes und drei Fotos haben. Man könnte meinen, Sie wollten nach Wladiwostok reisen!«
»Das ist das System«, erwiderte er gleichgültig. »Wenn wir den Kaffee getrunken haben, möchte ich zu ›Akateeminen‹ gehen. Sie können mitkommen, wenn Sie wollen.«
»Darf ich fragen, was Sie brauchen? Lesestoff?«
»Alles, was sie über Estland haben. Ich hoffe, sie haben illustrierte Bücher, stark illustrierte Bücher.«
»Nochmals Estland?« Sie starrte ihn durch ihre Brille ohne besonderen Ausdruck an. »Ich werde auch suchen. Ich kenne den Laden gut. Wenn wir nach Fräulein Slotte fragen, wird sie uns sicher helfen.«
Die Buchhandlung war riesig. Newman war schon von der Länge der Ladenfront beeindruckt gewesen. Sobald man drinnen war, erkannte man, daß der Laden sich noch viel weiter nach hinten erstreckte. Es gab eine Galerie in Höhe der ersten Etage, zu der Treppen hinaufführten und von wo aus man den Hauptgeschäftsraum unten überblicken konnte. Fräulein Slotte, ein hübsches blondhaariges Mädchen, rannte hierin und dorthin auf der Suche nach Büchern über Estland in englischer Sprache. Es war Lailas Idee, auch Kinderbücher durchzusehen. Sie brachte ihm eines, das Newman träge aufschlug. Dann erstarrte er.
Seite sechsunddreißig. Ein kleines Titelbild mit der Bildunterschrift »Tallinn. Die Altstadt«. Er hatte das Märchenschloß auf dem Berg im Bildhintergrund des Films, der die Ermordung von Alexis zeigte, gefunden. Ganz sicher war er nicht, daß dieses fremde alte Bauwerk ein und dasselbe war.
»Was ist los, Bob?« fragte Laila besorgt. »Sie sind ja plötzlich so blaß.«

»Kleine Übelkeit. Euer finnischer Kaffee ist ziemlich stark.«
»Wir könnten für Sie etwas aus der Apotheke besorgen.«
»Es geht schon wieder. Ich kaufe einige dieser Bücher.«
Er überflog schnell die Seite und blätterte weiter. Laila fand noch ein Buch für ihn. Insgesamt kaufte er fünf Bücher, alle über Rußland. Über Estland speziell gab es nichts.
»Es ist nur eine kleine Republik«, erklärte Fräulein Slotte.
Als sie aus dem Laden gingen, kostete es Newman eine ungeheure Anstrengung, ein normales Gespräch zu führen. Laila mußte in die Redaktion, also verabredeten sie sich zum Lunch, und Newman nahm eine Tram zurück zum *Hesperia*.
Man hatte sein großes, gemütliches Zimmer in Ordnung gebracht, und er ließ die Bücher aufs Bett fallen. Er zündete sich eine Zigarette an und starrte durchs Fenster auf den Meeresarm, der wie ein Haff aussah. Vom Hauptbahnhof überquerte eine Eisenbahnbrücke den Meerbusen, und er beobachtete, wie ein langer Zug über die Brücke kroch. Er würde jetzt einige Tage vergehen lassen, ehe er seinen nächsten Schritt festlegte, und inzwischen die Bücher durchstudieren.
Aus den Informationsbruchstücken in Alexis' letztem Brief ließ sich durch Verbindung von anscheinend nicht zusammengehörigen Teilchen ein Bild dessen zusammensetzen, was geschehen war.
»In höchster Eile, um das Schiff zu erreichen – fährt um 10.30 ab.«
Von seinem Flug mit Takala wußte er jetzt, daß »das Schiff« die nach Tallinn auslaufende *Georg Ots* war.
»Werde den Brief auf dem Weg zum Hafen aufgeben.«
Gemeint war der Süd-Hafen. Und wieder war es der Flug mit dem Hubschrauber, der den Beweis geliefert hatte.
Das Schloß im Hintergrund, als sie von dem Wagen wieder und wieder überrollt wurde. Das Bild in dem Kinderbuch auf dem Bett war ein Hinweis, daß das Verbrechen in Tallinn inszeniert worden war.
Später hatte dann jemand, der vorsichtiger war, das Bild, das man an Lailas Redaktion schickte, vorher beschnitten. War ihnen eingefallen, daß bei den Finnen, die Tallinn ja gut kannten, sehr bald einer auf die estnische Hauptstadt zeigen würde? Immer wieder Tallinn ...
Blieben zwei Dinge in der Schwebe, die Newman nicht in das

vorliegende Muster einfügen konnte. »Adam Procane muß aufgehalten werden.« Aber Alexis hatte Laila gesagt, sie habe in der Amerikanischen Botschaft nachgefragt und es gäbe dort niemanden mit diesem Namen. Warum sollte sie freiwillig einen solchen Hinweis geben, wenn er nicht auch der Wahrheit entsprach? Wer zum Teufel war dieser Procane? Das mußte er nachprüfen, noch bevor er Tallinn besuchte. Zeit also für einige Tage, etwas leise zu treten.
»Mein heißer Tip ist der Archipel.« Ergab ebenfalls keinen Sinn, paßte nicht ins Muster. Im hinteren Winkel seines Gehirns keimte eine Idee auf, war auch schon wieder weg. Vergessen wir's, es wird wieder kommen. Das Telefon läutete.
»Entschuldigen Sie, Sir«, meldete der Portier, »aber hier ist ein Herr, der Sie zu sehen wünscht. Ja, hier in der Rezeption. Er sagt, es sei dringend. Ein Mr. Mauno Sarin . . .«

12

Stilmar, einer der ersten Sicherheitsberater des amerikanischen Präsidenten, traf unangekündigt am Mittwoch, dem 5. September, am Park Crescent ein – am selben Tag, an dem Mauno Sarin Newman im Hotel *Hesperia* aufsuchte.
Wieder war es Howard, der ihn mit der Erklärung, sein Untergebener leite die Nachforschung in der Procane-Sache, zu Tweeds Büro geleitete. Dieser Mann stand Reagan so nahe, daß man ihm den Spitznamen »Reagans Ohr« gegeben hatte. Verglichen mit Cord Dillon war er ein völlig anderer Charakter.
»Ich freue mich sehr, Ihre Bekanntschaft zu machen, Mr. Tweed«, begann er, als Howard den Raum verlassen hatte. »In Washington hat man eine sehr hohe Meinung von Ihnen.«
»Bitte, nehmen Sie Platz«, sagte Tweed, nachdem sie einander die Hand geschüttelt hatten. »Eine Tasse Kaffee? Das ist Monica, meine rechte Hand. In meiner Abwesenheit können Sie mit ihr reden, als wäre ich Ihr Gesprächspartner.«
»Ah! Die Frau hinter dem Mann!« Stilmar stand auf und schüttelte Monica die Hand. »Und etwas Kaffee wäre schön.«
Stilmar war eine bemerkenswerte Erscheinung, ein Mann, der, wenn er einen Raum betrat, alle Gespräche zum Verstummen brachte. Einsfünfundachtzig groß, Mitte der Vierzig, das pech-

schwarze Haar sauber gekämmt, mit einer randlosen Goldbrille auf der Hakennase.
Die Augen hinter den Brillengläsern waren dunkel und lebhaft, schienen alles mit einem Blick wahrzunehmen. Das glattrasierte Gesicht war faltenlos und zeigte einen rosigen Schimmer, der Mund war entschlossen, mit einem Anflug von Humor, das Kinn wohlgeformt. Er trug einen teuren dunkelblauen Anzug mit Nadelstreifenmuster. Seine Stimme klang fest und tief.
»Darf ich gleich zum Thema kommen und fragen: was wissen Sie inzwischen über diesen geheimnisvollen Adam Procane? Wir bekommen bereits recht beunruhigende Gerüchte aus Paris, Frankfurt, Genf und Brüssel herein. Was uns fehlt, ist jede Art von Beschreibung des Mannes. Er ist wie ein Phantom, das von jemandem erfunden worden ist.«
»Wir haben vage Beschreibungen, die vom Kontinent hereinkommen«, sagte Tweed. »Das Problem ist, daß sie sich alle widersprechen.«
»Nicht vier Procanes, bitte!« Stilmar hob in gespielter Verzweiflung die schmalen Hände, es war eine graziöse Bewegung, wie die eines Zauberkünstlers. »Einer ist schon um einen zuviel!«
»Es ist noch sehr früh. Wir müssen warten, bis sich der Nebel, der den Mann umgibt, zu lichten beginnt – und das wird er. Sobald wir an den Punkt gelangen, im Besitz wirklich positiver Daten zu sein, werde ich meine Informanten nach London bitten. Mit jedem von ihnen werden wir eine Sitzung mit Freddie arrangieren.«
»Und wer ist Freddie?«
»Ein Zeichner, der genial ist, wenn es darum geht, Phantombilder anzufertigen. Wenn wir so weit sind, zeige ich Ihnen die Ergebnisse, und man wird dann sehen, ob die Zeichnungen Sie an jemanden erinnern.«
»Darf ich fragen, von wo die gegenwärtigen vagen Beschreibungen kommen?«
»Von Kontaktpersonen meiner Informanten – also aus dritter Hand. Ich finde das unbefriedigend. Aber bis November haben wir's.«
»Und der November rückt mit Düsengeschwindigkeit näher«, erwiderte der Amerikaner und verzog das Gesicht. »Welche Route wird Procane auf dem Weg nach Rußland nehmen, vorausgesetzt, daß er überhaupt existiert?«
»Man hat auf den Weg über Wien getippt.«

»Ich glaube das nicht.« Stilmars Augen glitzerten hinter den Brillengläsern. »Paris, Genf, Frankfurt und Brüssel sind bis jetzt nur Gerüchtelieferanten. Glauben Sie nicht, daß man mit Absicht unsere Aufmerksamkeit von einer ganz anderen Route ablenken will? Weiter im Norden vielleicht?«
»Wieviel weiter im Norden?« fragte Tweed ruhig.
»Skandinavien. Ist man einmal in Dänemark und fährt nach Osten, befindet man sich auch schon im neutralen Schweden. Und dahinter liegt Finnland.«
»Sie haben was gehört?« fragte Tweed.
»Eine bloße Bemerkung«, erwiderte Stilmar. »Was Sie außerdem wissen sollten: ich wohne unter dem Namen David Cameron im ›Dorchester‹. Das ist auch der Name, unter dem ich nach Paris, Genf, Frankfurt und Brüssel fahren werde, um selbst in Erfahrung zu bringen, was da wirklich los ist.«
»Man wird Sie bestimmt erkennen«, warf Tweed ein.
»Glauben Sie?«
Stilmar erhob sich, bat Monica um einen Spiegel und stellte den Handspiegel, den sie ihm aus ihrer Handtasche gab, auf ein Regal. Den Rücken ihnen zugewendet, begann er sein glattes schwarzes Haar mit einem Kamm zu bearbeiten. Dann ersetzte er die randlose Brille durch Gläser mit Hornfassung. Schließlich nahm er die Krawatte ab und band sich statt dessen eine gepunktete Fliege um, die er aus der Tasche zog. Als er sich umdrehte, mußte Monica ungläubig Luft holen.
Die Veränderung war ganz außergewöhnlich. Stilmars Gesicht wirkte jetzt durch den neuen Mittelscheitel, die Fliege und die Hornbrille feist und breit. Die Pressefotos, die einen eleganten, langgesichtigen Stilmar zeigten, schienen ohne jeden Bezug zu dem Mann vor ihnen, der Schultern und Beine durchhängen ließ.
»Bemerkenswert«, kommentierte Tweed mit Bestimmtheit.
»Als junger Mann war ich Mitglied einer Amateurbühne«, erklärte Stilmar. »Ich war nicht besonders gut – aber ich lernte einen Maskenbildner kennen, der mir beibrachte, daß man, um sein Aussehen zu verändern, keine Tonnen von Make-up, also gepuderte Wangen und all diesen Unsinn braucht. Ein paar einfache Hilfsmittel wirken Wunder.«
»Ich bezweifle, ob jemand Sie jetzt erkennen würde«, gab Tweed zu.

»So, damit hätten wir unser vorbereitendes Gespräch beendet. Ich bin sicher, das ist das erste einer ganzen Reihe gewesen. Jetzt muß ich mich verabschieden. Heute nachmittag fahre ich nach Europa. Ich brauche bloß eine Telefonnummer, falls ich Sie anrufen möchte, bitte ...«

Tweed kritzelte eine Nummer auf ein Blatt, riß es vom Block und reichte es dem Amerikaner. Dieser warf einen Blick darauf und gab Tweed das Blatt zurück. Kaum hatte er den Raum verlassen, wurde Tweed lebendig.

»Freddie«, sprach er rasch in den Hörer, »ein fettgesichtiger Mann mit Fliege und Hornbrille verläßt eben das Gebäude. Ich brauche Fotos von ihm – aber er darf nicht merken, daß Sie ihn fotografieren. Sie haben so gut wie keine Zeit mehr.«

Monica starrte Tweed an, als er auflegte. Tweed nahm seine Brille ab, legte sie auf den Schreibtisch und rieb sich die Augen. Er setzte sich gerade und blinzelte Monica zu.

»Wozu das alles?«

»Wenn Freddie seine Bilder geschossen hat, möchte ich, daß er fünf Kopien macht. Buchen Sie für ihn die nächstmöglichen Flüge nach Paris, Genf, Frankfurt und Brüssel. Ich schreibe die Adressen auf, bei denen er je eine Kopie abzuliefern hat – also muß er vier mitnehmen. Die fünfte möchte ich für meine Akten haben. Er wird natürlich die Negative aufbewahren.«

»Ich gehe am besten gleich hinunter und warte in seinem Büro. Ich kann seine Flüge von dort buchen.« Auf halbem Weg zur Tür hielt sie inne. »Sie wollen mir nicht sagen, was zum Kuckuck hier vorgeht?«

»Was halten Sie von Stilmar?«

»Sieht äußerlich mehr wie ein erfolgreicher Kaufmann aus als wie ein Wissenschaftler. Sehr clever. Grips im Hirn, schätze ich. Und er weiß es natürlich – ein gescheiter Mann weiß das immer. Was mich wundert, ist, daß er in Verkleidung hinausging. Er hätte sich doch leicht wieder in sein normales Äußeres zurückverwandeln können.«

»O Gott! Wo bleibt mein Verstand?« Tweed wurde lebendig. »Prüfen Sie sofort nach – gibt es einen Flug nach Paris, den er erreichen könnte, wenn er geradewegs nach Heathrow fährt?«

Monica eilte zu ihrem Schreibtisch zurück, öffnete eine Lade, überflog eine Liste, die sie sich von allen Flügen nach den europäischen Hauptstädten zusammengestellt hatte. Sie nickte.

»Ja. Eine Maschine startet in neunzig Minuten.«
»Deshalb hat er diese Vorstellung gegeben! Auf diese Weise konnte er in Verkleidung das Haus verlassen, in ein Taxi springen und nach Heathrow fahren. Ich wette, er hat auf dem Weg zu unserem Zimmer einen kleinen Koffer in einem der Spinde verstaut.« Er hob den Telefonhörer der internen Leitung ab und wählte eine Nummer. »Fergusson? Hier Tweed. Ein Mann verläßt eben das Haus, ist vielleicht schon draußen auf dem Crescent...«
Er gab Fergusson eine ebenso präzise Beschreibung durch wie zuvor Freddie. »Ich möchte, daß Sie ihm folgen. Er fährt wahrscheinlich nach Heathrow und nimmt die Maschine nach Paris. Sie haben Ihren Paß bei sich? Und Geld? Und bleiben Sie ihm auf den Fersen, quer durch Europa, wenn's sein muß. Melden Sie sich, wenn Sie können...«
Er legte auf und wischte sich mit dem Taschentuch die Stirn ab. Er schwitzte, nicht vor Anstrengung, sondern aus Besorgnis und Ärger über sich selbst.
»Danke, Monica«, sagte er. »Sie haben etwas gesehen, was ich selber hätte sehen müssen. Mit seiner sanften Tour wiegt dieser Stilmar einen in Sicherheit. Grips im Hirn, wie Sie gesagt haben. Um ein Haar hätte er mich aufs Kreuz gelegt.«
»Warum macht Stilmar Ihnen solche Kopfzerbrechen?«
»Weil er ein Amerikaner ist, einen hohen Rang bekleidet, in London angekommen und jetzt auf dem Weg zum Kontinent ist. Das macht ihn zum Kandidaten Numero zwei für Adam Procane.«

Jan Fergusson war ein trockener, zynischer, schmalgesichtiger Mann, dreiunddreißig Jahre alt, Schotte, der fließend Französisch, Deutsch und Italienisch sprach. Zur Not konnte er auch den Spanier spielen, wenn er so tat, als habe er ein paar Drinks intus.
Er war Tweeds Beschatter Nummer eins und hatte noch nie ein Ziel aus den Augen verloren. Auf seinem Schreibtisch lag stets eine gepackte Reisetasche, seinen Paß hatte er immer bei sich, und in seiner Geldbörse befand sich ein kleines Vermögen in Form von Dollar-Reiseschecks sowie in französischer, deutscher und Schweizer Währung. Dreißig Sekunden nach dem Anruf stand er vor dem Haus, den Regenmantel überm Arm, die Reisetasche in der Hand. Er blieb »Fettgesicht«, wie er Stilmar getauft hatte, dicht auf den Fersen. Der schritt die halbe Länge des Crescent ab,

Fergusson spürte, daß er nach einem Taxi Ausschau hielt. Deshalb sprintete er auf die andere Straßenseite hinüber und winkte das Taxi heran, dem auch Stilmar nacheilte, um es anzuhalten.
Während der Wagen am Gehsteigrand geparkt stand, gab er dem Fahrer genaue Anweisungen. Fettgesicht stand indessen einige Meter vor ihnen. Er drückte dem Fahrer eine Handvoll Pfundnoten in die Hand und lehnte sich entspannt zurück.
Stilmar fand ein Taxi und fuhr westwärts durch die Baker Street, also in die erwartete Richtung. Fergussons Fahrer schob sich einen Wagen hinter Stilmars Taxi, und Fergusson zündete sich eine Zigarette an. In letzter Zeit war es ziemlich ruhig gewesen. Er war froh, wieder auf Tour zu sein.

»Richtig komischer Vogel ist das, Fettgesicht, meine ich«, berichtete Fergusson von Heathrow aus übers Telefon.
»Ja?« sagte Tweed fragend.
»Zuerst nimmt er einen Koffer aus einem Spind, dann geht er für kleine Jungen und verschwindet in einem Abteil. Hören Sie mich? – Ich hab's nicht eilig. Und jetzt...«
»Er *hatte* einen Koffer im Spind«, informierte Tweed Monica und hielt dabei mit der Hand die Sprechmuschel zu. Dann nahm er sein Gespräch mit Fergusson wieder auf. »Weiter?«
»Kommt nach drei Minuten raus – ich hab's gestoppt. Wir haben es mit einem Verwandlungskünstler zu tun.«
»Erzählen Sie.«
»Ging hinein in einem marineblauen Geschäftsanzug – todschick. Kommt raus in einem schreiend karierten Sakko und mit Sporthose. Dazu auch ein Sporthemd. Dicke braune Wollkrawatte. Und das alles in drei Minuten. Fettgesicht ist Klasse.«
»Wohin fliegt er?«
»Paris. Nächster Flug. Startet in dreiundvierzig Minuten. Und er reist Touristenklasse. Da geht er in der Menge unter. Ich hab denselben Flug gebucht. Nein, gesehen hat er mich nicht. War diese Frage nötig? Kennen Sie Fergie nicht?«
»Entschuldigung«, sagte Tweed. »Auch dafür, daß ich Sie gleich nach Ihren zwei Wochen Urlaub fortschicke.«
»War schon steif vor Langeweile. Waren Sie je in Bognor am Strand? Ich muß gehen. Fettgesicht bewegt sich. Ich melde mich, wenn's geht...«
Tweed legte auf und fragte sich, wieviel Zeit seines Lebens er

telefonierend am Schreibtisch verbracht haben mochte. Er beneidete Fergusson. Seine letzte Reise nach Europa hatte ihn rastlos gemacht, er sehnte sich nach mehr Außendienst.
»Was Neues?« fragte Monica.
»Stilmar ist auf dem Weg nach Paris. Mit wem haben Sie geredet, während ich telefonierte?«
»Cord Dillon hat sich kurz gemeldet. Er ist wieder in London. Und er ist unterwegs zu uns.«
Tweed runzelte die Stirn. »Das paßt nicht zu ihm. Dillon ist ein Typ, der unangemeldet hereinschneit.« Er schaute hoch, als Freddie mit einem Packen Fotos in der Hand ins Zimmer kam. »Wie ging's, Freddie?«
»Ziemlich gut. Sehen Sie selbst.«
Freddie, ein kleiner, gnomenhafter Londoner Cockney, der sich nie durch etwas aus der Ruhe bringen ließ, legte die Bilder auf Tweeds Schreibtisch. Er hatte Stilmar exzellent mit Dreiviertelansicht erwischt. Die Fotos waren sehr scharf. Tweed schob eines in einen Ordner und gab Freddie die anderen zurück.
»Hier sind die Adressen in Paris, Genf, Frankfurt und Brüssel. Geben Sie diesen Leuten je ein Bild. Ich habe sie angerufen, sie wissen also, was sie bekommen. Monica hat Ihre Flugkarten. Es wird ein bißchen eine Hetzjagd – aber wir haben genug Zeit eingeplant, daß Sie vom Flughafen ein Taxi nehmen, die Bilder abliefern und zum Flugplatz zurückfahren, um die nächste Maschine zu erreichen.«
»Verstanden.« Freddie schaute auf die Liste. »Nur zur Sicherheit: ist einer dieser Flughäfen Meilen von der Innenstadt entfernt?«
»In Paris und Frankfurt – das wissen Sie selbst. Aber wir haben zusätzlich Zeit eingeplant. Genf und Brüssel sind nahe. Der Mann, den Sie fotografiert haben, wird vor Ihnen in Paris sein – er besteigt soeben in Heathrow die Maschine. Aber von da ab müßten Sie ihm stets voraus sein. Sie wissen, wo die Rue des Saussaies ist?«
»Nahe beim Elysée-Palast und praktisch neben dem Innenministerium. Ich laß das Taxi warten, während ich liefere, und fahre damit direkt zum Flughafen zurück. Nicht nötig, mich zu melden, nehm ich an?«
»Sie tun nur Ihren Job. Und danke.«
Monica wartete, bis sie allein waren, und stellte dann ihre Frage.
»Was haben Sie jetzt vor?«

»Fotos von diesem Theatermenschen Stilmar an Leute wie Loriot von der französischen Spionageabwehr schicken. Seine Leute überwachen bereits die Flughäfen, und innerhalb weniger Stunden wird er nach Stilmar Ausschau halten. Wenn der versucht, ein Flugzeug nach dem Osten zu besteigen, wird man ihn unter einem Vorwand aufhalten.«
»Mein Gott! Das wäre eine Sensation!«
»Keine Sensation«, erwiderte Tweed. »Er wird unter Bewachung nach London gebracht und hier in eine Maschine gesetzt, die in die Staaten zurückfliegt. Alles sehr leise und diskret.«
»Glauben Sie wirklich, er ist Procane?«
»Jeder kann Procane sein.«
Eine halbe Stunde später kam Cord Dillon an.
»Die Information stimmt«, sagte er zu Tweed, während er sich in den ledernen Armsessel niederließ, ein Bein über die Armlehne legte und sich eine Zigarette anzündete. »Ich habe in der Pariser Botschaft alle Nähte fest zugemacht. Nur zwei Menschen kennen überhaupt den Namen Procane: der Militärattaché und mein Hauptagent.«
»Welche Information?« fragte Tweed.
»Der Attaché hat Kontaktleute, die er in der Bar des ›Meurice‹ trifft. Einer von ihnen heißt André Moutet und ist Buchmacher. Sein wahres Einkommen macht er mit kleinen Fingerzeigen, die er vom Personal der Botschaften kriegt. Da wandert laut Attaché eine Menge Geld von einer Hand zur anderen. Die Sowjets erwarten, daß Procane überläuft. Aber wir sind auf der falschen Fährte. Wenn er hier ankommt, wird er über Skandinavien hinübergehen. Ich habe bereits Agenten nach Dänemark und Schweden transferiert. Wie Sie sicher wissen, unterhalten wir enge Beziehungen zur SAPO, der schwedischen Geheimpolizei.« Dillon nahm einen langen Zug aus seiner Zigarette. Für einen Vizedirektor war es eine lange Rede. »Ich glaube, mein Trip hat sich ausgezahlt«, schloß er.
»Scheint so – vorausgesetzt, dieser Mann – Moutet, sagten Sie? – ist verläßlich.«
»Der Attaché sagt, er ist Goldes wert.«
»Was ist also Ihr nächster Schritt?«
»Ich habe für die Abendmaschine nach Kopenhagen gebucht.«
»Und wo liegen die Grenzmarken im Osten?«
»Darf ich es auf der Karte an der Wand einzeichnen?«

Dillon stand auf, zog einen Kugelschreiber heraus und ging hinüber zur Wandkarte. Er zog entlang der Ostküste Schwedens am Bottnischen Meerbusen, gegenüber der finnischen Küste, eine Linie. Neben der Karte stehenbleibend, fuhr er fort.
»Bevor ich hierherkam, habe ich Washington angerufen. Das hier ist die Demarkationslinie, die von jetzt an kein US-Amerikaner mehr überschreiten darf.«
»Finnland?« fragte Tweed.
»Verbotenes Territorium – zu nahe an Rußland. Wir müssen Procane finden und aufhalten, bevor er Stockholm verläßt. Das wär's, Tweed.«

Im *Hesperia* in Helsinki hörte Newman das leise Klopfen an seiner Tür, er sperrte auf und öffnete. Mauno Sarin lächelte, schlüpfte durch den Türspalt und hielt ihm die Hand hin.
»Es muß zwei Jahre her sein, daß wir uns zuletzt gesehen haben, Bob.«
»Stimmt. Und welchem Umstand verdanke ich diesen Besuch? Sie haben nicht lange gebraucht, mich hier zu finden.«
Newman gab sich kalt und abweisend. Er blieb stehen, während Mauno sich im Schlafzimmer umsah. Der Finne hatte sich seit ihrer letzten Begegnung nicht verändert; und wenn, dann sah er um zehn Jahre jünger aus.
»Beim Durchsehen des Hotelregisters unten in der Halle bin ich über Ihren Namen gestolpert. Es gibt vier große Hotels in Helsinki: das ›Marski‹, wo ich zuerst suchte, dann das ›Intercontinental‹, dieses Hotel hier und das ›Kalastajatorppa‹. Ich versuche einen Amerikaner namens Adam Procane ausfindig zu machen.«
»Was hat er angestellt?« fragte Newman gelangweilt.
»Nichts. Bis jetzt.« Sarin war die Liebenswürdigkeit in Person. »Aber Sie kennen das Spiel, das wir hier spielen. Die Russen belauern die Amerikaner, die Amerikaner belauern die Russen – und wir versuchen, beiden bei dieser Tätigkeit auf die Finger zu schauen.«
»Sie sollten sich setzen.«
Newman ging zum großen Fenster voran und wählte den Stuhl im Schatten, Sarin zwingend, sich auf dem Stuhl gegenüber niederzulassen, der voll dem blendenden Licht der finnischen Sonne, das durchs Fenster strömte, ausgesetzt war. Newman zwang sich zur Lockerheit, aber er war wütend. Er glaubte Maunos geschickt

angebrachte Rechtfertigung nicht. Laila hatte ihn getäuscht; sie hatte ihrem Vater gesagt, wo er sich aufhielt.
»Mit Bedauern habe ich vom Tod Ihrer Frau erfahren. Sie war in der Tat eine bemerkenswerte Frau«, sagte Mauno mitfühlend.
Newman hob den Hörer ab. »Sie werden Kaffee haben wollen. Immer noch süchtig?«
»Vierundzwanzig Tassen am Tag! Ich habe mitgezählt. Mein Geschäft kann sehr anstrengend sein. Außerdem bin ich mit Lailas journalistischen Hervorbringungen im Moment nicht glücklich. Diese Story über Ihre Frau war ein Schmierartikel.«
»Dann müssen Sie über ihren nächsten, den sie über die GRU-Morde in Estland geschrieben hat, geradezu begeistert sein«, meinte Newman und legte den Hörer ab, nachdem er zwei Kaffee bestellt hatte.
»Wie haben Sie denn das erfahren? Sie sprechen doch kein Wort Finnisch.«
Newman ließ sich auf seinem Stuhl in die Lehne zurückfallen und kreuzte die Beine. Er mußte besser aufpassen. Im Festnageln war Mauno ein Meister.
»Ich sah ihren Namen unter dem Artikel und bat beim Frühstück die Kellnerin, ihn mir zu übersetzen«, log er ungeniert.
»Ja, ich war gar nicht erfreut darüber.«
»Aber stimmt, was drinsteht?« ließ Newman nicht locker. »Über die GRU-Offiziere in Tallinn, die man erwürgt hat – und immer nach Einbruch der Dunkelheit?«
»Was so täglich in Estland passiert, darüber sind wir nicht auf dem laufenden.«
»Ich fragte Sie nach nächtlichen Geschehnissen, Mauno.«
»Nun«, begann Sarin zögernd. »Ja, es halten sich Gerüchte, daß da ein Irrer frei herumrennt. Unbestätigte Gerüchte – das heißt, von Leuten wie zum Beispiel Besatzungsmitgliedern des Schiffes, das täglich mit Touristen an Bord zwischen hier und Tallinn verkehrt.«
Lügner, dachte Newman. Laila hatte versucht, einen Mann der Besatzung der *George Ots* über diesen Punkt auszufragen, und er hatte dichtgehalten. Dann fiel ihm ein, daß Mauno in dieser Beziehung seine eigenen Kontaktleute haben mochte.
»Aber wer könnte für diese Morde verantwortlich sein?« beharrte er. »Und wie viele Morde sind es bisher? In Moskau muß doch deswegen das reinste Affentheater im Gang sein.«

»Sie schreiben doch nichts darüber, Bob? Gut. Ich mußte Sie fragen – könnte ja sein, daß Sie deswegen hier sind. Es sind zwei oder drei Morde. So lautet zumindest meine unbestätigte Information. Und natürlich ist das ein Grund für einige Aufregung in Moskau. Derart, daß sie einen ihrer Top-Leute damit beauftragt haben, Nachforschungen in der ganzen Affäre zu betreiben. Einen Obersten Andrei Karlow. Das überrascht mich – er ist einer ihrer brillantesten Militäranalytiker. Ich hörte, daß er nach seiner Rückkehr von einem dienstlichen Turnus im Westen zur Aufnahme in das militärische Gremium vorgeschlagen war, das unserem Generalstab entspricht. Sie sehen, ich vertraue Ihnen, mein Freund.«
Er brach ab, als der Kellner mit dem Tablett kam. Während er Kaffee einschenkte, überlegte Newman, daß er unter normalen Umständen niemals soviel an Information aus Mauno hätte herausholen können. Diesmal hatte Mauno etwas anderes zu verbergen.
»Sie wenden meine Verhörmethoden an«, sagte Mauno und zog den Vorhang ein Stück vor, um sein Gesicht gegen das intensive Licht abzuschirmen. »Und danke. Meine sechste Tasse.« Er schaute auf die Uhr. »Bis jetzt gar nicht so schlecht. Warum sind Sie hier?«
»Weil ich will, daß Sie mir dabei helfen sollen, ohne den Visum-Unsinn über den Meerbusen zu kommen.«
Newman schleuderte ihm die Antwort ohne Warnung entgegen, und Mauno verschluckte sich. Er stellte die Tasse hastig ab und betupfte sich mit dem Taschentuch die Lippen, dabei Newman entgeistert anstarrend.
»Das ist ganz unmöglich. Sie haben doch um Gottes willen nichts derart Gefährliches im Sinn?«
»Ich wette, Sie halten Kontakt mit Tallinn und machen gelegentlich dienstliche Ausflüge dorthin. Ich möchte, daß Sie mich mitnehmen.«
»Ganz unmöglich«, wiederholte Mauno.
»Ich bin britischer Journalist – kein Amerikaner. Und wenn die da drüben alles archivieren, was über sie geschrieben wird – und ich weiß, daß sie es tun –, dann werden sie auf einen Artikel stoßen, den ich vor ein paar Monaten mit dem Titel ›Wer kreist wen ein?‹ geschrieben habe. Darin argumentiere ich, daß sie sehr wohl Grund hätten, besorgt zu sein, mit Europa im Westen, China im

Osten und US-Raumstationen, die in Bälde ihr Land kreuz und quer überfliegen werden.«

»Ich bin sicher, Sie hatten bei dem Artikel eine feste Absicht in der Hinterhand.«

»O ja. Ich wollte ein Visum für Leningrad bekommen, wo ich eine Kontaktperson hatte. Aber das ist jetzt unwichtig. Wichtig ist, daß der Artikel archiviert ist. Die Russen wollen vielleicht bald ihren harten Kurs gegenüber dem Westen mäßigen. Ein wohlwollender Bericht über ihre Modellrepublik Estland könnte ihnen da sehr nützlich sein.«

»Und warum wollen Sie nach Tallinn fahren?«

»Das sage ich Ihnen, wenn Sie die Fahrt arrangiert haben.«

»Was nie der Fall sein wird! Es tut mir leid, Bob, aber das kann ich nicht machen. Aber vielleicht gibt es eine andere Möglichkeit für mich, Ihnen behilflich zu sein. Inoffiziell, Sie verstehen? In einem solchen Fall rufen Sie mich sofort an. Die Nummer ist dieselbe wie bisher. Ich bin sicher, Sie haben Sie noch«, fügte er mit trockenem Lächeln hinzu.

»Ich werde es im Auge behalten.«

»Und essen wir bald einmal zusammen zu Mittag? Ich kann Sie hier erreichen? Und ich überwache Sie nicht«, log Mauno ebenso ungeniert wie Newman.

»Das ist eine feste Abmachung.«

General Lysenko, der gerade von seiner Leningrader Freundin kam, stürmte wütend in sein Büro. Die schweren Stiefel hämmerten auf den Fußboden, er riß sich den Uniformmantel vom Leibe und schleuderte ihn auf die Couch.

»Rebet! Was ist so dringend, daß Sie mich von einer wichtigen Verabredung wegholen müssen?«

»Gott sei Dank, daß Sie kommen«, erwiderte Rebet ruhig. »Man sagte mir, Sie wären zu erreichen. Unsere Londoner Beobachtungsposten melden von Heathrow die Ankunft nicht eines, sondern zweier hochrangiger Amerikaner. Cord Dillon, Vizedirektor des CIA, und der äußerst einflußreiche Sicherheitsberater Stilmar.«

»Sie kamen gemeinsam?«

»Nein, getrennt. Dillon kam Montag an, Stilmar heute. Bei Dillon ist die Meldung irgendwo im bürokratischen Dickicht hängengeblieben. Das Radiosignal aus der Botschaft in Kensington Palace

Gardens erreichte Moskau vor einer Stunde, und sie haben mir die Neuigkeit sofort telefonisch mitgeteilt.«
»So!« Lysenko stolzierte zu seinem Lieblingsplatz am Fenster und blieb dort stehen. »Ich hatte recht, die genaue Überwachung aller Flüge aus den Vereinigten Staaten anzuordnen. In diesem Geschäft, Genosse, muß man zuallererst lernen, schneller zu denken als der Gegner!«
»Ich habe die Information an Oberst Karlow in Tallinn durchgegeben«, informierte Rebet seinen Chef.
»Warum, zum Teufel, haben Sie das getan?«
»Weil Sie mir gesagt haben, Sie hätten Karlow mit den Nachforschungen in der Sache Procane betraut«, antwortete Rebet ruhig. »Einer dieser Männer – Dillon oder Stilmar – könnte Adam Procane sein. Karlow kann doch sicherlich seine Aufgabe nur erfüllen, wenn er im Besitz der neuesten Daten ist?«
»In Zukunft besprechen Sie sich vorher mit mir, wenn Sie Informationen nach Tallinn durchgeben wollen. Von London ist es ein weiter Weg bis Tallinn.«
»Nicht wirklich«, entgegnete Rebet. »Die British Airways haben einen direkten täglichen Nonstopflug nach Helsinki. Die finnische Hauptstadt ist nur eine Bootsfahrt von Tallinn entfernt. Sollten wir nicht auf einen englischen Namen ein Visum vorbereiten für den Fall, daß Procane in Helsinki eintrifft? Wir könnten den Platz für das Foto vorläufig frei lassen.«
»Ein ausgezeichneter Vorschlag. Lassen Sie das Visum sofort ausstellen und schicken Sie es auf dem Luftweg an die Botschaft in Helsinki. Wie reagierte Karlow auf Ihren Anruf?«
»Mit Skepsis. Er sagte, keiner der beiden Amerikaner habe London besucht, solange er dort an der Botschaft gewesen sei.«
»Karlow sichert sich schon wieder ab!« Lysenko verließ das Fenster und schlug mit seiner geballten Faust gegen die Handfläche. »Ich glaube mich zu erinnern, daß es Zwischenträger waren, die Karlow das Material lieferten – jedesmal ein anderer. Diese Mittelsmänner können zwischen den Staaten und Europa hin und her gereist sein, das Material beschafft und Karlow in den Schoß gelegt haben.« Seine Stimme triefte jetzt von Sarkasmus. »Und wie denkt mein so präzise kalkulierender Stabsoffizier darüber?«
»Auch ich bin mir nicht sicher. Ich habe Moskau gebeten, das ganze Material von Procane einem anderen Spitzenmann zwecks neuerlicher Analyse zu übergeben.«

»Ohne meine Zustimmung?«
»Um Ihnen den Rücken zu stärken...«
»Keiner von euch würde ohne mein Betreiben auch nur das Geringste erreichen! Denken Sie daran – wenn entweder Dillon oder Stilmar in Moskau auftaucht, wird das dieses aggressive Schwein Reagan vernichten!«

13

Mauno Sarin saß an seinem Schreibtisch und betrachtete den Briefumschlag, der an ihn persönlich addressiert war. Er schnitt ihn mit einem Messer vorsichtig auf und entnahm ihm das einmal gefaltete Blatt aus teurem Schreibmaschinenpapier. Er las die wenigen getippten Zeilen und fluchte laut.
»Es wäre nützlich, wenn wir uns in der nächsten oder übernächsten Woche hier treffen könnten. Vielleicht haben Sie Zeit zu einem Gedankenaustausch? Andre Karlow.«
Keine Unterschrift. Sogar der Name war mit Schreibmaschine geschrieben – und mit Absicht falsch: »Andre« statt »Andrei«. Er hielt das Blatt gegen das Licht und untersuchte das Wasserzeichen. Genau, wie er erwartet hatte – es war finnisches Papier, ebenso wie der dazu passende Umschlag.
Karlow war ein erfinderischer und vorsichtiger Mann. Niemand würde je beweisen können, daß die Kommunikation von Tallinn ausgegangen war. Die absichtlich falsche Schreibung des Namens deutete auf eine Fälschung hin, was, wie Sarin wußte, nicht der Fall war. So funktionierten die Dinge drüben eben – wenn man überleben wollte. Lege nie etwas schriftlich nieder, was später einmal gegen dich verwendet werden kann.
Der Umschlag trug den Poststempel von Helsinki. Sarin nahm an, daß er von einem verläßlichen Mitarbeiter Karlows aufgegeben worden war, der allein zu diesem Zweck auf der *Georg Ots* herübergefahren war. Die Frage war die, warum Karlow gerade diesen Zeitpunkt gewählt hatte, um ein Treffen vorzuschlagen.
Die GRU-Morde? Höchst unwahrscheinlich. Er würde sie eher vertuschen, als überall zu verbreiten, daß sie in ihrer »Modellrepublik« ihre eigenen Offiziere nicht schützen konnten. Adam Procane? Ebenso unwahrscheinlich. Blieben Lailas Artikel über den Tod von Alexis Bouvet und über die GRU-Morde.

Mauno griff in eine Lade und nahm ein Exemplar von *Le Monde* heraus, der Zeitung, für die Alexis gearbeitet hatte. Die Übersetzung eines seiner Mitarbeiter ins Finnische war mit dem Text zusammengeheftet. Sie hatten Lailas Geschichte übernommen und brachten sie unter einer über die ganze Breite des Blattes laufenden Schlagzeile.
»Französische Auslandskorrespondentin in Finnland umgebracht?« Die Story folgte im wesentlichen der von Laila – mit den üblichen gallischen Übertreibungen und dramatischen Einschüben. Ja, das konnte es sein, was Karlow störte. Die Russen bekamen allmählich im Ausland eine schlechte Presse. Mauno zweifelte nicht daran, daß die Deutschen und die Briten sehr bald die Geschichte mit weiterem Beiwerk bringen würden.
In dem sehr heiklen Geschäft, mit Moskau Umgang zu pflegen, zeigte sich Mauno als exzellenter Taktiker. Die beste Erwiderung für Karlow würde sein, ihn durch ein neues Thema aus dem Gleichgewicht zu bringen – mit einer Sache, die er nach Moskau melden mußte. Er verließ seinen Schreibtisch und eilte die Treppe hinunter ins Untergeschoß, wo die Telefon- und Sendezentrale untergebracht war. Er ging auf das kleine, gemütliche Zimmerchen zu, in dem der technische Betreuer der Radiotelefonanlage hauste.
»Pauli, versuch Oberst Karlow in Tallinn ans Telefon zu kriegen. Wenn du durchkommst, läßt du mich dann bitte allein? Das Gespräch ist vertraulich.«
Pauli brauchte drei Minuten, um Tallinn zu erreichen. Er überließ Mauno das Gerät, ging aus dem Raum und schloß die Tür.
»Andrei? Hier Mauno Sarin. Ich habe einen Vorschlag. Im Westen beginnen Berichte zu zirkulieren über eine angebliche Serie von Morden an GRU-Offizieren ins Estland. ›Le Monde‹, das Blatt, für das Alexis Bouvet arbeitete, nennt ihren Tod einen Meuchelmord.«
»Aber das geschah in Finnland«, erinnerte Karlow ihn kalt.
»Sie haben die Geschichte aufgegriffen. In derselben Zeitung erschien am nächsten Tag ein groß aufgemachter Artikel über die sogenannten GRU-Morde. Wie lange glauben Sie wohl, daß es dauern wird, bis sie das in Paris und Gott weiß wo noch drucken? Als nächstes in New York«, deutete Mauno die Vermutung an, um noch mehr Druck auf Karlow auszuüben. »Ich möchte versuchen, Ihnen zu helfen.«

»Ah! Und wie?«
»Ein sehr bekannter britischer Korrespondent, Robert Newman, ist soeben in Finnland eingetroffen.« Mauno vermied es, Helsinki zu sagen. »Wenn ich ihn für einen Tag hinüberbrächte, könnte er sich davon überzeugen, daß alles in Ordnung ist in Estland – *wenn* alles in Ordnung ist. Ein Artikel von ihm würde die unangenehmen Berichte aufwiegen.«
»Nein! Westliche Berichterstatter sind hier nicht erlaubt. Sie verbreiten nur Lügen und Provokationen.«
»Lassen Sie Newman durch den Computer laufen. Prüfen Sie seine Einstellung bezüglich Moskau anhand seiner Veröffentlichungen.«
Sie unterhielten sich auf englisch. Mauno sprach Russisch, aber er wußte, daß Karlow jede Gelegenheit begrüßte, sich im Englischen zu üben, um sich die fließende Beherrschung der Sprache zu erhalten, die er während seiner Tätigkeit an der Sowjetischen Botschaft in London perfektioniert hatte.
»Ich glaube keine Minute daran, daß sie zustimmen würden.«
»Sein Besuch wäre nur unter gewissen Bedingungen...«
»Keinerlei Vorbedingungen!«
»Die Bedingungen wären: eine Garantie für freies Geleit, von General Lysenko persönlich unterzeichnet«, fuhr Mauno beharrlich fort. »Wir würden außerdem nur einen Tag in Tallinn bleiben – kämen mit der ›Georg Ots‹ und kehrten am selben Tag zurück. Auch das müßte ich schriftlich haben.«
»Nichts davon ist annehmbar.«
»Eine weitere Bedingung. Sie müßten Newman unter Umgehung des Amtsweges raschestens ein Visum ausstellen.«
»Dieser Newman wäre bereit, nach Tallinn zu kommen?«
»Ich müßte ihn dazu überreden«, sagte Mauno schlau. »Wenn ich weiß, daß Sie ihn eingeladen haben – genau unter den Bedingungen, die ich vorhin genannt habe –, wird das meine Aufgabe, ihn zu überreden, erleichtern.«
»Ich glaube, die ganze Idee wird in Moskau schwerlich Anklang finden.«
Das war der Augenblick, da Mauno wußte, daß er den Fisch am Angelhaken hatte. Sie tauschten die üblichen Höflichkeitsfloskeln aus, und dann schaltete Mauno das Gerät ab. Einige Minuten lang blieb er sitzen und starrte gegen die Wand. Die Beengtheit des Raumes half ihm, konzentriert nachzudenken.

Die Angelleine war lang, aber er wußte, daß Karlow sich verpflichtet fühlen würde, seinen Vorschlag Lysenko vorzutragen. Er konnte es nicht riskieren, den Anruf einfach zu verschweigen.
Für Maunos Vorgehen gab es mehrere Gründe. Einerseits war er überzeugt – warum, wußte er nicht – daß Newman entschlossen war, nach Estland zu gehen. Er konnte den Versuch wagen, illegal den Meerbusen zu überqueren. Es gab Fischer, die für viel Geld bereit sein würden, ihn nach Einbruch der Dunkelheit hinüberzufahren und vor Tagesanbruch an Land abzusetzen.
Wenn die Russen ihn ergriffen, gab es zwei Möglichkeiten – beide unerfreulich. Newman würde einfach verschwinden. Oder, aus finnischer Sicht noch unangenehmer, man präsentierte ihn in Moskau der internationalen Presse als fremden Eindringling, als westlichen Spion, den man auf frischer Tat ertappt habe.
Dieser letztere Ausgang der Geschichte wäre auch hinsichtlich seiner dienstlichen Stellung eine Katastrophe. Moskau hätte eine Handhabe, Druck auf Finnland auszuüben. ». . . Stützpunkt von Agents provocateurs, mit dem Ziel, die Dissidenten aufzuhetzen und in unserem Mutterland Spionage zu treiben . . .« So oder ähnlich wäre dann die Linie ihres Vorgehens. Verständlich, von ihrem Gesichtspunkt aus.
Ein Vorgehen, wie Mauno es vorschlug, würde zwei Fliegen mit einem Schlag treffen. Newman würde seinen Plan, der nach Maunos Ansicht eine regelrechte Verranntheit war, aufgeben. Auch zweifelte Mauno nicht daran, daß Karlow bei ihrem Besuch derart Regie führen würde, daß Newman über Estland – einerlei, wie die Dinge sich dort wirklich verhielten – so schreiben konnte, daß die Republik mit reiner Weste dastünde. Jede Spannung, die Laila durch ihre Artikel erzeugt hatte, würde sich in Luft auflösen.
»Jetzt heißt es nur noch beten, daß es auch funktioniert«, sagte er und verließ den winzigen Raum. Er informierte Pauli, daß er fertig sei und dankte ihm. Als er die Treppe hinaufstieg, dachte er, daß er mit einem Fuß bereits auf dem Drahtseil stand.

»Tallinn qualmt bereits. Bald werden wir Feuer sehen.«
Lysenko machte die Bemerkung und rieb sich dabei zufrieden die groben Hände. Er starrte auf den Telefonhörer, den er gerade aufgelegt hatte. Aktion! Das war's, wonach er sich sehnte. Schlachtenlärm, das Donnern der Kanonen. Der Gedanke daran hatte ihm die Worte eingegeben.

»Neue Entwicklungen?« fragte Rebet und blickte von dem neuen Bericht über das von Procane gelieferte Material hoch, der eben aus Moskau eingetroffen war.
»Karlow. Hat soeben in Helsinki ein äußerst provokatives Gespräch mit Mauno Sarin geführt. Stellen Sie sich vor, was Sarin vorgeschlagen hat! Daß er einen westlichen Reporter nach Tallinn mitbringt, der einen Artikel über das friedliche Estland schreiben würde!«
»Welcher Reporter?«
»Ein Engländer. Heißt Robert Newman. Was glaubt er denn, was wir hier tun? Glaubt er, wir veranstalten Prominentenreisen nach Tallinn?«
»Soweit ich mich erinnere, ist dieser Newman sehr objektiv«, bewies Rebet seine Belesenheit. »Wir sollten ihn durch den Computer in Moskau überprüfen lassen.«
»Sie meinen also, er soll herkommen!«
»Schauen Sie sich noch einmal ›Le Monde‹ an und die Übersetzung, die auf Ihrem Schreibtisch liegt.«
»Aber da handelt es sich um den Tod von Alexis Bouvet.«
»Das haben sie offensichtlich aus dem Bericht einer Zeitung in Helsinki übernommen. Und am Tag darauf brachte dieselbe Zeitung in Helsinki die unbestätigten Berichte über die Morde an GRU-Offizieren in Tallinn! Was also wird der nächste große Aufmacher in ›Le Monde‹ sein?«
»Wir streiten alles ab. Wie immer.«
»Und wieviel Gewicht, glauben Sie, mißt man solchen Dementis im Westen noch bei?« Rebet verbarg seinen Ärger nicht. »Die Story eines angesehenen britischen Journalisten dagegen würde, sofern es machbar ist, die ganze Sache vernebeln.«
Rebet war ein ungewöhnlicher Mann. Als Administrator ein Fachmann ersten Ranges – ohne ihn wäre Lysenkos Abteilung das Chaos in Reinkultur gewesen –, hatte er zudem auch noch ein Fingerspitzengefühl für Propaganda. Es war doch weit besser, die westliche Presse so zu manipulieren, daß sie für einen die Arbeit tat, als immer wieder dieses ermüdende Gekeife loszulassen, wie es die *Prawda* praktizierte.
»Wir geben am besten den ganzen Fragenkomplex an Moskau weiter«, beschloß Lysenko. »Informieren Sie sie sofort und lassen Sie Newman vom Computer durchleuchten. Vor allem aber betonen Sie, daß die Idee von Oberst Karlow in Tallinn stammt...«

Womit alles, speziell deine eigene Position, abgesichert ist, dachte Rebet und griff zum Telefon.

Die Sache hatte auch noch einen faszinierenden Aspekt, der keinem der beiden in den Sinn kam: daß sie es waren, die manipuliert wurden. Mauno Sarin hatte drüben in Helsinki, auf Paulis Stuhl im Untergeschoß sitzend, den Plan nach jeder Richtung hin ausgearbeitet. Biete dem Bären einen genügend schmackhaften Brocken an, und die Chancen stehen gut, daß er ihn mit einem Biß herunterschluckt.

Manchmal lächelt einem das Glück. In Genf wurde Alain Charvet in seiner Privatauskunftei von einem Fremden angerufen, der französisch mit russischem Akzent sprach. Der Anrufer erklärte, er sei eben erst angekommen und habe hier die Aufgaben eines anderen übernommen. Dieser andere sei Klient von Charvet gewesen und »nach Hause« gefahren – worunter, wie Charvet annahm, wohl Moskau zu verstehen war. Sie vereinbarten, sich in einem kleinen Café in der Altstadt nahe dem Polizeipräsidium zu treffen.

Insgeheim war Charvet amüsiert, als er den Namen seines neuen Klienten erfuhr. Sein Englisch war exzellent, und am Telefon hatte er sich als Lew Schitow vorgestellt. Im Geist sah er Schitow bereits vor sich; doch als er das Café betrat, erwies sich die Realität als noch schlimmer als seine Vorstellung.

Ein Tölpel. Diese Bezeichnung war ihm zuerst eingefallen. Jetzt stellte sich heraus, daß das noch eine Untertreibung war. Schitow saß an einem Ecktisch, tat, als lese er das *Journal de Genève* und hatte vor sich mitten auf dem Tisch eine ungeöffnete Flasche Bier aufgepflanzt, wie Charvet ihn instruiert hatte. Er setzte sich dem Russen gegenüber.

Schitow war schon halb betrunken. Die Alkoholfahne wehte über den Tisch. Auch hatte Schitow Mühe, die Zeitung, die am einen Ende total zerknittert war, zusammenzufalten. Und die Zeitung war nicht das einzig Zerknitterte an ihm.

Lew Schitow war klein, dick und hatte fettiges, ungepflegtes schwarzes Haar. Charvet schätzte ihn auf Ende der Dreißig. Das Gesicht war ungeschlacht, die Augen traten aus den Höhlen, die Lippen waren schlaff und formlos. Er trug einen verknautschten Regenmantel, dessen mehrfach eingedrehter Gürtel so fest zugezogen war, daß Schitow darüber und darunter hervorquoll.

»Ich bin Charvet. Es ist zu früh für Schnee auf den Bergen.«
»Aber der Rhein fließt hier schnell.«
Er redete mit schwerer Zunge, und eigentlich hätte er »Rhône« statt »Rhein« sagen müssen. Er brachte ein fleckiges Fläschchen zum Vorschein, schraubte mit Mühe den Verschluß ab und nahm einen tüchtigen Schluck. Dann hielt er Charvet das Fläschchen hin.
»Wodka«, flüsterte er. »Nehmen Sie auch einen Schluck.«
»Danke, später.«
»Ich möchte, daß Sie einem UNESCO-Beamten folgen – Engländer. Heißt Peter Conway«, murmelte der Russe.
»Wohin er geht. Wen er besucht. Wie lange er bleibt. Mit wem er sich trifft. Fotos, wenn möglich. Frauen insbesondere?«
Charvet betete die Liste aller möglichen Dienstleistungen herunter. Er sah, daß Schitow bei diesem Gespräch Anregung und Hilfe brauchte. Mit der Erwähnung von Frauen hatte er auf den richtigen Knopf gedrückt. Schitow zwinkerte auffällig mit seinem rechten Auge und holte sich weiteren Beistand aus seinem Fläschchen.
»Frauen«, wiederholte er. »Der Mann, den ich ablöse, hat mir ein paar Adressen gegeben. Sagt, daß keiner Marie-Claire Passy versäumen darf. Hat Titten wie Kanonenkugeln. Ich hab eine Verabredung mit ihr. Hab sie gleich nach Ihnen angerufen. Sie wartet. Peter Conway wohnt in diesem Haus.«
Charvet kam aus dem Staunen nicht heraus. Dieser Narr vor ihm hatte Namen und Adresse zu Papier gebracht, auf einem schmierigen Zettel, den er jetzt ohne jeden Versuch, es verdeckt zu tun, über den Tisch schob. Charvets Hand schloß sich darüber. Schitow grinste albern und sah sich im Café um.
»Das hier ist besser als Tallinn. Besser als die Arbeit unter diesem Schwein von Karlow. Wenn wir Glück haben, wird er als nächster umgebracht, bevor er Procane aufstöbert. Ich mag diese Bar«, schwatzte er vor sich hin und schaute wieder um sich. »Haben Sie eine Ahnung, wie spät es ist?«
»Ein Viertel nach vier.«
»Du liebe Zeit, mein Rendevouz mit der Passy ist jetzt!«
»Ich zeige Ihnen, wie Sie hinkommen. Haben Sie Ihr Bier bezahlt? Kommen Sie.«
Charvet hatte einen raschen Entschluß gefaßt. Er bezweifelte, daß Lew Schitow sich in der Altstadt allein zurechtfinden würde.

Außerdem wurde er auf dem Weg möglicherweise von der Polizei aufgegriffen.
Er faßte Schitow am Arm und geleitete ihn aus dem Café und den steil bergauf führenden Gehsteig entlang, der sich hoch über der gewundenen, mit Kopfsteinen gepflasterten Straße befand. Charvet kannte Marie-Claire Passy noch aus seiner Dienstzeit bei der Polizei; er blieb vor einem winkeligen alten Gebäude stehen und drückte den Klingelknopf. Er schob Schitows Kopf nahe an die Gegensprechanlage, als die helle, scharfe Stimme eines Mädchens erklang.
»Wer ist da?«
»Lew. Ich hab angerufen...«
»Kommen Sie herauf. Erster Stock.«
Charvet drückte die Tür auf, als der Summton zu hören war, und schob Schitow ins Innere. Er folgte ihm einige Schritte nach, deutete die wackelige Treppe hoch und flüsterte: »Erster Stock.«
Als das automatische Türschloß eingeschnappt war, rannte Charvet die Straße hinunter zur nächsten Telefonzelle. Er suchte Marie-Claires Nummer heraus und wählte. Sie meldete sich mit ihrer hellen, scharfen Stimme.
»Hallo?«
»Hier ist Alain Charvet. Sie haben einen Kunden. Kann er mithören?«
»Sie machen Witze, Alain. Der hört nicht einmal den Donner des Jüngsten Gerichts. Außerdem ist er im Bad.«
»Eine Gefälligkeit. Bettgeflüster nach dem großen Erlebnis. Versuchen Sie ihn über Estland zum Reden zu bringen. Und über einen Mann namens Karlow.« Er buchstabierte den Namen. »Er hat unter ihm gearbeitet und haßt das Schwein – so seine Worte. Bringen Sie, wenn Sie können, heraus, was Karlow für Aufgaben hat. Schitow, Ihr Kunde, ist ein Neuer.«
»Wem sagen Sie das?«
»Ich rufe Sie wieder an.«
»Könnte es gefährlich werden?«
»Nicht, wenn Sie ihn unter Alkohol halten. Wodka. Er hat sein eigenes Fläschchen. Und außerdem wird er bald eindusein. Morgen wird er sich an nichts erinnern, was er Ihnen erzählt hat.«
»Überlassen Sie ihn mir.«
Als nächstes suchte Charvet im Telefonbuch die Nummer der

UNESCO-Abteilung, in der Peter Conway arbeitete. Er wählte, verlangte Conway zu sprechen, bereit, sofort einzuhängen, wenn der Engländer an den Apparat käme.
Eine Dame teilte ihm mit, Conway sei in einer Sitzung, die nicht vor sieben Uhr abends enden werde. Charvet sagte, er wolle keine Nachricht hinterlassen, und hängte auf. Damit hatte er genug Zeit, später beim UNESCO-Büro zu sein, um Conway zu folgen.
Schitow, der Neue. Charvet kannte den Typ. Sicherlich war er intensivem Training unterzogen worden, bevor er Rußland verließ. In einem der Spezialläger, die die Sowjets unterhielten, hatte man ihm nicht nur Französisch, sondern wahrscheinlich auch Deutsch beigebracht. Und, vor allem, hatte man ihm gezeigt, wie man sich kleidet, und ihn über Sitten und Gewohnheiten der Schweizer aufgeklärt.
Er war sicher vertraut mit dem Stadtbild Genfs – nicht nur von Landkarten, sondern auch von Modellen in großem Maßstab. Man hatte ihn in die zahllosen Tricks eingeführt, auf denen sein neues Gewerbe beruhte. Und – man hatte ihn vor den Versuchungen des dekadenten Westens gewarnt.
Doch gerade das war, wie Charvet nur zu gut wußte, das einzige, vor dem noch soviel Training nicht hundertprozentig zu schützen vermochte. Vor dieser Schockwirkung des in allen Formen erhältlichen westlichen Luxus, mit dem man sich über Nacht konfrontiert sieht, nachdem man sein nüchternes Heimatland verlassen hat.
Die Frauen! Die jungen Mädchen in den engen schwarzen Hosen, die ihre schönen Beine zur Geltung brachten. Gerade deshalb war Schitow über Bord gegangen – wahrscheinlich innerhalb weniger Tage nach seiner Ankunft. Er stieg einer Frau nach, deren Adresse ihm sein Vorgänger, der sich ebenfalls der reichen Möglichkeiten bedient hatte, hilfreich hinterlassen hatte.
Das lief nicht immer so. Viele Russen hatten Angst davor, es zu riskieren. In einigen Wochen würde Schitow möglicherweise vorsichtiger werden. Am Telefon hatte Charvet an Schitows Französisch Spuren eines russischen Akzents feststellen können, wohingegen im Café sein Französisch fließender, akzentfreier geklungen hatte. Im Augenblick jedoch waren Schitows männliche Instinkte stärker als alles andere. Sie machten ihn äußerst verwundbar.
Charvets eigene Reaktion jedoch, die Art, wie *er* dieser Situation

begegnete, war fast einmalig zu nennen. Daß Schitow der Name Procane entschlüpft war, ließ ihn zu dem Entschluß kommen, ganz gegen alle normalen Regeln zu handeln. Tweed hatte den Namen Procane bei seinem Genfer Besuch mehrmals erwähnt. Sollte Passy etwas herausbekommen, würde er Tweed unverzüglich informieren müssen.

Am folgenden Tag arrangierte Tweed ein Treffen mit Alain Charvet. Charvet hatte – typisch für ihn – vom Cointrin-Flughafen angerufen; zu einem Zeitpunkt, der ihm ermöglichte, eine vierzig Minuten später startende Maschine der Swissair nach London zu benutzen. Tweed hatte nach Anhören von Charvets verschlüsselter Nachricht der Reise zugestimmt. Treffpunkt sollte das *Penta*-Hotel in Heathrow sein.
Tweed wartete in Heathrow bei der Ausgangsbarriere, bis er Charvet auftauchen sah. Es entging ihm nicht, daß der Schweizer einen großen Koffer bei sich hatte, als habe er einen längeren Aufenthalt vor. Tweed wanderte langsam zum großen Bücherstand von W. H. Smith und blieb vor den Paperback-Regalen stehen.
Er wählte eine Stelle am einen Ende in sicherer Entfernung von den anderen Kunden. In der Hand hielt er einen Kugelschreiber verborgen. Er ließ den Blick über etliche Titel streifen, während Charvet herbeischlenderte, hinter ihm stehenblieb und ausdruckslos die endlosen Buchreihen anstarrte.
Tweed nahm irgendein Paperback mit einem fast nackten Mädchen auf dem Titelbild zur Hand. Er schlug es auf und schrieb in seiner säuberlichen Handschrift die Zahl 134 auf die letzte Seite. Dann stellte er das Buch in das Regal zurück und ging davon.
Charvet nahm zwei Bücher heraus, besah sie, stellte sie zurück und wählte dann das, das Tweed sich angesehen hatte. Als er ging, um es zu bezahlen, war Tweed verschwunden. Charvet durchquerte die Halle und benützte den Ausgang, vor dem die Taxis warteten.
»Penta-Hotel«, wies er den Fahrer an, nachdem er eingestiegen war.
Als das Taxi losfuhr, schlug er das Buch auf und tat so, als lese er darin. Beim Penta-Hotel entlohnte er den Fahrer, ging hinein, warf einen Blick zum Empfangspult, sah, daß dort alles beschäftigt war, und trat in einen wartenden Aufzug. Als er leise an die Tür

von 134 klopfte, öffnete Tweed und schloß die Tür sogleich wieder, als er eingetreten war.
»Schön, daß Sie kommen, Charvet. Was ist in Genf passiert?«
»Ein Neuer, Lew Schitow, ist angekommen«, berichtete der Schweizer. »Er war so betrunken, daß er gleich am Telefon seinen Namen nannte. Wir trafen uns in einem Café, und er gab mir einen Auftrag – der hier nicht von Bedeutung ist. Die Hauptsache dabei: er erwähnte Procane.«
»Könnte es eine Falle gewesen sein?«
»Nein. Ich erkenne genau, wenn ein Mann stockbesoffen ist. Wer weiß, daß ich für Sie in dieser Sache arbeite?«
»Nur ich«, gab Tweed zu. »Kommt von der nervösen Anspannung, in die ich langsam gerate, daß ich Sie gefragt habe. Kommen Sie, setzen Sie sich und erzählen Sie mir, was los ist.«
»Wie ich schon sagte, ein Neuer, eben erst in Genf angekommen. Verrückt nach einem Mädchen. Der Mann, den er abgelöst hat, gab ihm einen Namen und die Adresse – zum Glück kenne ich das Mädchen. Aus meiner Zeit bei der Polizei kenne ich immer noch die meisten von ihnen. Dieses Mädchen, nennen wir sie Celeste, brachte ihn in ihrer Wohnung tatsächlich zum Reden. Er hat vorher für Andrei Karlow gearbeitet, einen Obersten beim GRU in Tallinn in Estland. Haben Sie je von ihm gehört?«
»Ich werde nachsehen lassen, wenn ich zurück bin. Fahren Sie fort.«
»Ich wollte nicht übers Telefon reden – wir können nie sicher sein, ob Washington mit seinen Satelliten nicht schon so weit ist, daß sie Telefonnetze anzapfen. Aber Celeste hat aus Schitow herausbekommen, daß Karlow damit betraut ist, Adam Procane sicher nach Moskau hinüberzubringen.«
»Operiert dieser Karlow immer noch von Tallinn aus?«
»Laut Schitow ja. Er schnappte etwas auf, als er vor seiner Abreise in Moskau letzte Instruktionen erhielt. Manchmal überschätzen wir die sowjetische Spionageabwehr.«
»Bitte, weiter.«
»Karlow hat ein bißchen viel auf seinem Teller. Ein General Lysenko hat ihm die Leitung der Operation Procane übertragen – das hört sich an, als erwarteten sie, daß Procane via Skandinavien hinüberwechselt. Und so unglaublich es klingen mag – Karlow leitet auch die Nachforschungen bezüglich der Ermordung mehrerer GRU-Offiziere in Tallinn.«

»Darüber steht heute etwas in der Morgenausgabe der Pariser Tagseszeitung ›Le Monde‹. Die angebliche Ermordung von GRU-Offizieren«, merkte Tweed an. »Glauben Sie, daß es stimmt?«
»Im heutigen ›Journal de Genève‹ gibt es einen kurzen, unbestätigten Bericht zum selben Thema. In Estland gerät offenbar was ins Kochen. Ich erinnere mich, daß Anfang August Enn Tarto, ein führender estnischer Nationalist, zu einer langen Gefängnisstrafe verurteilt wurde. Mitte August flüchteten der estnische Justizminister und seine Frau nach Schweden. Dieser Oberst Karlow sitzt ziemlich in der Klemme, was sonderbar ist.«
»Warum sonderbar?«
»Weil er den Ruf hat, einer der glänzendsten Militäranalytiker zu sein – nach dem, was Schitow Celeste erzählt hat.«
»Fiel ein Wort darüber, wie Karlow mit seinem Chef, diesem Lysenko, auskommt?«
»Ah, das könnte der Grund sein! Schitow verabscheut Karlow. Er ließ fallen, daß Karlow ihn wegen Inkompetenz nach Moskau zurückschickte. Und was Lysenko betrifft, haßt Karlow ihn offenbar mehr, als Schitow Karlow haßt.«
»Schönes Familienleben.« Tweed seufzte und wünschte, er könnte jetzt Kaffee bestellen. Aber es ging nicht an, daß jemand, wenn auch nur der Kellner, ihn mit Charvet sprechen sah. »Warum«, fuhr Tweed fort, »meinen wir immer, daß es nur vor unserer eigenen Haustür Mist gibt? Ich frage mich, warum sie diesen Schitow aus Rußland rauslassen, wenn er so unfähig ist . . .«
»Wahrscheinlich kennt er die richtigen Leute, General Lysenko inbegriffen, der ihn für diesen Posten vorgeschlagen hat. Noch etwas: Karlow war offenbar der erste Kontaktmann von Procane, als er zur Sowjetischen Botschaft in London abkommandiert war. Das könnte die Erklärung dafür sein, daß er die Operation leitet – mit der Aufgabe, Procane sicher nach Rußland zu schleusen, wenn es soweit ist.«
»Sieht aus, als hätte Lew Schitow sich bei Ihrer Celeste um seinen Kopf geredet«, meinte Tweed und starrte dabei gegen die leere Wand, als wären seine Gedanken Meilen entfernt. »Ist das nicht eine mögliche Gefahr für die Zukunft? Gibt es eine Möglichkeit, ihn zum Schweigen zu bringen? Wird er nicht auch vor anderen darüber reden?«
»Ist das wahrscheinlich? Wenn er es seinen eigenen Leuten erzählt, werden die ihn geradewegs nach Moskau befördern.«

»Er trinkt viel«, erinnerte Tweed. »Er könnte der falschen Person vertrauen. Sie müssen ihm Angst machen. Gibt es keine Möglichkeit, ihm den Schrecken seines Lebens einzujagen?«
»Sie muten mir einiges zu.« Charvet lehnte sich in seinem Stuhl zurück und dachte angestrengt nach. »Ich hab's«, sagte er plötzlich.
»Etwas, womit man ihn wirklich erschreckt«, betonte Tweed.
»Ich werde ihm sagen, ich hätte soeben entdeckt, daß Celeste dem DST angehört. Der Gedanke, daß er der französischen Spionageabwehr etwas ausgeplaudert hat, wird seine Lippen für immer versiegeln.«
»Ausgezeichnet.« Tweed erhob sich. »Ihr Flug hat sich gelohnt. Jetzt habe ich einige weitere wichtige Teile für mein Zusammensetzspiel.« Er zog ein dickes Kuvert aus seiner Brusttasche und reichte es Charvet. »Schweizer Franken. Deckt Ihre Reisespesen und entschädigt sie für Ihre wertvollen Dienste. Sie nehmen das nächste Flugzeug zurück nach Genf.«
»Nicht das *nächste*«, korrigierte ihn Charvet. »Das könnte die Maschine sein, die mich hergeflogen hat. Ich werde auf dem Flughafen zu Mittag essen und die übernächste Maschine nehmen.«
Tweed nickte. Charvet ließ nie einen Trick aus. Es würde keinen Zeugen geben, der behaupten konnte, er habe die Schweiz jemals verlassen. Tweed nahm Charvets großen Koffer auf.
»Ich trage ihn, wenn ich das Zimmer bezahle. Wenn man *Sie* damit sieht, glaubt man vielleicht, Sie wollen abhauen, ohne Ihre Rechnung zu begleichen. Warten Sie beim Taxistand, ich bringe ihn Ihnen hinaus.«
»Ich werde weiter an der Procane-Sache arbeiten und Ihnen berichten, sobald eine neue Entwicklung eintritt.«
Nachdem er Charvet verabschiedet hatte, kehrte Tweed nicht sofort nach London zurück. Er nahm den Bus von Terminal 2 zu Terminal 3, wo die Transatlantikflüge abgefertigt wurden. Langsam schlenderte er zum Ausgang für US-Staatsangehörige, und er brauchte nur einige Minuten, um zu entdecken, was er suchte.
Da stand ein Mann in einem Regenmantel, dünn wie eine Bohnenstange, die Hände in den Taschen, mit einem flachen Filzhut auf dem Kopf, und kaute an einem Streichholz. Seine Kleidung war in England angefertigt, er sah unauffällig aus. Aber warum, fragte sich Tweed, trugen sowjetische Geheimdienstleute mit solcher

Vorliebe diese niederen Filzhüte? Sie überwachten immer noch alle Flüge aus den Staaten.
Auf dem Weg zum Park Crescent ging Tweed im Taxi alles durch, was Charvet berichtet hatte. Oberst Andrei Karlow überwachte vom fernen Tallinn aus die Vorbereitungen, die für den Empfang Adam Procanes getroffen wurden. Stilmars Kontaktleute waren also verläßlich. Denn er war es gewesen, der zuerst angedeutet hatte, der Grenzübergang werde nach Durchquerung Skandinaviens erfolgen. Die GRU-Morde waren eine Komplikation, mit der Tweed nichts anzufangen wußte.
Die estnische Untergrundbewegung konnte dafür verantwortlich sein. Aber Tweed glaubte das nicht. Er hatte nie an Zufälle geglaubt. Alle Richtungspfeile wiesen nach dem Baltikum. Er begann, sich wieder Sorgen um Newman zu machen.
Am nächsten Tag gab es noch etwas, worüber man sich Gedanken machen mußte. Eine dritte Person kam mit der Concorde aus den USA an. Und auch diese Person war ein ganz großer Fisch.

14

»Sie wissen doch, daß Helene Stilmar in London ist?« fragte Monica beiläufig, als Tweed ins Büro kam.
»Nein, ich weiß es nicht – und das wissen Sie auch. Haben Sie noch weitere Karten im Ärmel?«
»Merkt man das?«
»Ihr Mienenspiel sollte mir inzwischen bekannt sein.«
»Also: Helene wartet auf Sie. Howard ist heute außer Haus; ich habe sie in sein Büro geführt. Ich dachte mir, Sie würden vielleicht Kraft sammeln, Ihre Krawatte richten und Ihr Haar kämmen wollen – und was eben so dazugehört.«
»Sie ist wohl ein Wundertier?«
»Eine sehr schöne Frau. Gewohnt, ihren Willen durchzusetzen, und das auf die liebenswürdigste Weise. Klug im Umgang mit Männern. Sie werden Ihren ganzen Verstand einsetzen müssen«, fügte Monica etwas spitz hinzu. »Ihr Dossier liegt auf dem Schreibtisch. Sie gehört auch zu Reagans Beraterteam.«
Tweed trat hinter seinen Schreibtisch und überflog die Akte, während er geistesabwesend den Krawattenknoten prüfte. Helene, Stilmars Frau. Alter: Anfang Dreißig. Verheiratet seit sechs

Jahren. Aufgabengebiet: Europa, mit besonderer Berücksichtigung von Frauenfragen. Vorherige berufliche Tätigkeit: State Department.
Dort hatte sie wahrscheinlich Stilmar kennengelernt. Wichtig war: sie hatte einige Zeit im Personalkarussell Washingtons verbracht. War also vertraut mit dem Apparat und seiner Funktionsweise. Tweed schloß die Akte und ging in den Waschraum, um sich zurechtzumachen. Als er zurückkam, blickte Monica auf.
»Bereit zur Schlacht?«
»Rollen Sie sie herein, wie die Yankees angeblich sagen.«
Helene Stilmar war schlank, hielt sich sehr gerade, hatte lange, schöngeformte Beine in dünnen schwarzen Strümpfen und hochhackigen Schuhen. Ihr dichtes nußbraunes Haar gab den Blick auf den wunderbaren Nacken frei.
Sie hatte einen starken Knochenbau, eine zartgeformte Nase und ein Kinn, das Energie und Entschlossenheit verriet. Sie kam mit ausgestreckter Hand heran, ihre grauen Augen waren direkt auf Tweed gerichtet, und sie schenkte ihm ein Lächeln, das ihn unverzüglich in ihren Bann zog.
»Mr. Tweed, ich habe durch meinen Mann schon so viel über Sie gehört – und er ist nicht so leicht zu beeindrucken.«
»Man kann sehen, warum Sie ihn beeindruckt haben.«
Aus dem Augenwinkel konnte Tweed sehen, wie Monicas Kopf in blankem Staunen hochfuhr. Wieder eine Seite an ihrem Chef, die sich anderen nur selten offenbarte. Er blieb stehen, und seine nächste Bemerkung warf sie abermals um.
»Es ist fast Zeit zum Lunch. Ich kenne ein Lokal, das Ihnen gefallen wird. ›The Capital‹. In der Nähe von Harrods. Das Essen ist ganz ausgezeichnet, es hat intime Atmosphäre, der Wein ist gut. Sie schließen sich mir doch an, hoffe ich? Mit Ihnen als Begleiterin wird jeder zu meinem Tisch hersehen. Und das werde ich genießen.«
»Mr. Tweed ...«
»Tweed allein genügt.«
»Tweed. Ihr Name gefällt mir auch. Ja, ich denke, das ist eine wirklich hübsche Idee. Natürlich bin ich entzückt, Sie zu begleiten.« Sie lächelte wieder ihr warmes Lächeln. »Ich bin sicher, Sie und ich werden einander viel zu erzählen haben.«
»Lassen Sie Tisch sieben reservieren, bitte«, bat er Monica, ohne sie dabei anzusehen.

»Was haben Sie mit meinem Mann angestellt, Tweed? Er ist verschwunden.«
Während sie die Frage stellte, betrachtete sie ihren Lunchpartner über den Rand ihres mit trockenem Weißwein gefüllten Glases hinweg.
Tisch sieben im *Capital* stand am Ende des langen Raumes, nahe dem Fenster längs der Wand. Sie saßen nebeneinander auf der Wandbank, Helene jetzt zur Seite gewendet, um seine Reaktion zu beobachten.
»Ihr Mann macht auf mich den Eindruck, allein und selbständig handeln zu können.«
»Also«, ging sie sofort zur Gegenattacke über, »haben Sie ihn seit seiner Ankunft hier gesehen?«
»Nur kurz.«
»Wir haben keine Geheimnisse voreinander«, drängte sie.
»Eine schöne Beziehung.«
»Tweed, mit Ihnen zu reden ist so, als führte man ein Gespräch mit der Berliner Mauer.«
»Ich möchte lieber zuerst über Sie reden. Sie mögen die Arbeit bei der Regierung? Und was genau ist Ihre Tätigkeit da? Oder ist das ein Staatsgeheimnis, das Sie nur mit Ihrem Gatten teilen?«
»Touché!« Sie spielte mit dem Stiel ihres Glases. »Was ich mache? Nun, der Präsident glaubt, daß Frauen im Prozeß der Meinungsbildung eine immer bedeutendere Rolle spielen. Er glaubt, daß das auch in Europa der Fall ist. In dieser Hinsicht bin ich eine Amerikanerin der ersten Generation, Tweed. Der Präsident ist der Meinung, ich hätte bezüglich der Frauen Europas sehr viel Fingerspitzengefühl. Also berate ich ihn hinsichtlich deren Reaktion auf eine bestimmte Politik. So einfach ist das.«
Nicht so ganz einfach, dachte Tweed bei sich. Die Akte über Helene Stilmar enthielt auch die Information, daß sie schwedischer Abstammung war. Schwedische Mutter, amerikanischer Vater. Schon wieder Skandinavien.
»Und was haben Sie auf dieser Reise vor?« fragte er und schaute aus dem Fenster.
»Verschiedene europäische Hauptstädte zu besuchen, um die gegenwärtige Meinung zu erkunden.« Sie wandte ihm ihren Blick direkt zu und lächelte. Tweed spürte die Anziehungskraft, die diese lebensprühende Person auf ihn ausübte. Diese Frau ist gefährlich, dachte er und erwiderte ihren Blick.

»Es gibt mehr und mehr Gerede – und auch Besorgnis – in Washington über eine Person namens Adam Procane«, fuhr sie fort.
»Mann oder Frau?« fragte er schnell.
»Ein Mann, nehme ich doch an.« Sie zeigte sich überrascht über seine Frage. »Mit diesem Namen.«
»Hinter einem Code-Namen könnte sich eine Frau verbergen.«
»Sie glauben also, es ist ein Code-Name?«
»Kennen Sie jemand dieses Namens in Washington? Oder anderswo?«
»Man hat mir gesagt, daß Sie ein Vollprofi sind«, bemerkte sie und nahm sich etwas von dem geräucherten Huhn, das soeben serviert worden war. »Nein, ich kenne niemanden, der Procane heißt. Beunruhigend daran ist, daß auch sonst niemand einen Procane kennt.«
»Was darauf hindeutet, daß Procane ein Code-Name ist – falls Procane existiert. Aber ich wollte Sie fragen, welcher Teil Europas auf Ihrem Programm steht. Eine Frau wie Sie hat jede Stunde ihrer Reise verplant, bevor sie Washington verläßt.«
»Sie wissen mit Frauen umzugehen, nicht wahr? Das hat man mir nicht gesagt.«
»Und Sie haben meine Frage noch immer nicht beantwortet.«
»Sie haben doch wohl von den sowjetischen Klein-U-Booten gehört, die in den Schwedischen Archipel bis nahe an eine wichtige Flottenbasis eindrangen? Nach unserer Information legen die Schweden jetzt ihre Neutralität ein wenig ab – sie sind wütend auf die Russen. Ich habe eine Idee. Warum kommen Sie nicht mit?«
»Wohin?«
»Nach Stockholm. Ich fliege morgen.«

»Sind Sie ihrem Charme erlegen?« erkundigte sich Monica, als Tweed kurz vor fünf ins Büro zurückkehrte. »Sie blicken so verträumt.«
»Sie will, daß ich mit ihr morgen nach Stockholm fliege.«
»Oh, ich verstehe.«
Monica fand plötzlich unter ihren Papieren etwas, das sie angestrengt studierte. Tweed zog seinen feuchten Burberry aus – es hatte leicht zu regnen begonnen, ein nebelartiger Regen vom Meer, der einem das Gesicht näßte. Er setzte sich hinter seinen Schreibtisch.

»Nein, Sie verstehen gar nichts. Das bedeutet nur Mehrarbeit. Die Kompaßnadel zeigt wie verrückt in Richtung Skandinavien. Wir haben Cord Dillon, der auf dem Weg nach Kopenhagen ist. Beim Lunch erfahre ich von Helene Stilmar, daß sie nach Stockholm fliegt. Das sind zwei Kandidaten, die in Frage kommen, Procane zu sein und die Route nach Rußland über Skandinavien zu nehmen.«
»Procane kann doch sicher nicht eine Frau sein?«
»Können Sie sich vorstellen, wie viele Informationen Helene in ihrem hübschen Kopf mit sich herumträgt – wenn man zusätzlich bedenkt, wer ihr Gatte ist?«
»Stilmar wird über seinen Job nicht reden«, meinte Monica bestimmt.
»Da kann man nie sicher sein. Sie ist seine zweite Frau.«
»Was hat das damit zu tun?«
»Ich habe bemerkt, daß Männer mit größerer Wahrscheinlichkeit ihren zweiten Frauen vertrauen. Der neue Start, wie die Amerikaner das nennen. Und sie ist eine äußerst attraktive Person.«
»Sie sind ja richtig verknallt in sie.«
»Sie würden anders denken, wenn Sie unsere Unterhaltung beim Essen gehört hätten. Es war wie ein Degengefecht – und sie ist Expertin, wenn's zum Fechten kommt.«
»Sie legen sich schon wieder ins Zeug!«
»Ich bin noch nicht am Ende! Ich brauche dringend ein gutes Foto von Helene Stilmar – zum Zwecke weitester Verbreitung. Kopf und Schultern – man wird es sehr vergrößern müssen. Unser Fotograf wird ihr nicht so nahe kommen können, ohne daß sie es merken würde.«
»Ich sehe überhaupt nicht, wie und wo er in ihre Nähe kommen können wird.« Monica blickte von ihrem Notizblock hoch, auf den sie kurze Bemerkungen geschrieben hatte.
»Das ist leicht. Wir machen das mit der Zwei-Mann-Methode. Freddie ist noch mit den Stilmar-Bildern unterwegs. Ist Harry Butler greifbar?«
»Ja. Er war zufällig in der Halle, als sie eintraf und führte sie herauf. Also weiß er, wie sie aussieht.«
»Um so besser. Er kann gut mit einer Kamera umgehen. Also, sie wird im ›Dorchester‹ wohnen – Stilmar sagte, er wohne da. Ich glaube, ich werde ihr einen großen Blumenstrauß schicken.«
»Samt Billet doux? ›In Liebe‹?«
»Nicht ganz so. Auf dem Kärtchen wird nur stehen: ›Bon voyage.

Tweed.‹ Und ich will, daß dieses Kärtchen im Strauß versteckt wird, so daß sie danach suchen muß.«
»Was haben Sie vor?«
»Harry, der Mann mit der Kamera, nimmt sich einen zweiten mit. Am besten Adams. Adams fragt nach Helene Stilmar und besteht darauf, daß sie ins Foyer herunterkommt. Er hat nämlich seinen Wagen falsch geparkt und muß sich etwas einfallen lassen. Adams ist der Mann, der die Blumen liefert. Er präsentiert ihr den Strauß und sagt, er muß eine Empfangsbestätigung haben. Da ich Helene jetzt ein bißchen zu kennen glaube, nehme ich an, daß sie voller Neugierde sein wird, wer ihr die Blumen geschickt hat. Sie wären es auch. Sie wird im Strauß nach der Karte wühlen. Das gibt Harry genug Zeit, seine Bilder zu schießen, ohne daß sie es merkt.«
»Ich wußte nicht, daß wir diese Methode je angewendet hätten.«
»Haben wir auch nicht. Habe ich mir soeben ausgedacht.«

Der kurze Regenschauer ging vorüber, und die Sonne schien wieder. Newman stand im Süd-Hafen auf dem Gehsteig gegenüber dem Silja-Pier und machte mit seiner Voigtländer wie ein Tourist Aufnahmen. Es war ungefähr halb elf Uhr vormittags, und es sah ganz nach einem schönen Herbsttag aus.
Die *Georg Ots* war bereit zur Abfahrt. Laila stand am Pier und schwatzte mit einem jungen Matrosen, der eben das Halttau losmachte. In der rechten Hand trug sie eine große Botentasche. Sie sah sich um und zum Schiff hoch, bevor sie ein Päckchen herausnahm und es dem Matrosen zusteckte. Er verbarg es unter seiner schweren Windbluse, warf das Tau zu Boden und wandte sich zur Gangway, während Laila die Straße überquerte und am Wasser entlang stadtauswärts schlenderte. Newman ging langsam hinter ihr her und holte sie erst ein, als sie außer Sichtweite des Schiffes waren.
»Ich glaube wirklich nicht, daß es gelingen würde«, gab Laila zu. »Als ich damals versuchte, einen von ihnen auszufragen, wäre ich nicht auf die Idee gekommen, ihm so eine Art von Geschenk anzubieten.«
Auf Newmans Vorschlag hatte sie in ihrer Tasche eine Auswahl von Pop-Platten versteckt gehabt – sie waren in dem Päckchen gewesen, das sie dem Matrosen gegeben hatte. Für den Fall, daß der Mann älter gewesen wäre, enthielt ihre Tasche auch noch eine Kiste Havanna-Zigarren und mehrere Zigarettenpackungen.

»Was erfahren?«
»Ja. Zuerst wollte er überhaupt nichts sagen – bis ich ihm von den Platten erzählte. ABBA, Michael Jackson und so weiter. Dem Köder konnte er nicht widerstehen.«
»Und was hat er Ihnen gesagt.«
»Sie hatten recht. Sie wissen alles über die Passagiere, bevor die auch nur in die Nähe des Schiffes kommen. Sie prüfen die Visum-Ansuchen sehr genau. Wenigstens glaube ich, daß er das sagte – es ist nicht leicht, jedes estnische Wort zu verstehen.«
»Noch etwas?«
»Und auch damit hatten Sie recht. Bei jeder Überfahrt haben Sie einen GRU-Mann in Zivil an Bord, der die Passagiere beobachtet.
– Es wäre schön und außerdem still, wenn wir da hineingingen.«
Sie bogen von der Uferstraße ab und gingen in den großen, hügeligen Park, den Takala ihm vom Hubschrauber aus gezeigt hatte. Wie hieß er doch? Quellen-Park.
Ein Netzwerk von Wegen lief zwischen den Föhren bergauf und bergab. Junge Mädchen und Burschen joggten an ihnen vorbei. Laila führte ihn zum höchsten Punkt am äußersten Ende der Halbinsel, und sie blieben stehen, um das weite Hafenpanorama und die Sicht auf das von vielen Inseln betupfte Meer in sich aufzunehmen.
»Passen Sie auf, wo Sie hintreten«, warnte Laila.
Sie standen auf einer Granitkuppe, und die frische Brise fuhr durch ihr Haar. Newman machte einige vorsichtige Schritte vorwärts und sah den Grund für ihre Warnung. Sie standen am Rande des massiven Felsens, der hier in einem Steilabfall endete. Unter ihnen war nichts als freier Raum, da der Fels senkrecht etwa fünfundzwanzig Meter abfiel bis zu einem geteerten Weg, der sich zur Straße hinabwand, die die Halbinsel umsäumte. Es war still hier und entlegen, kein Mensch war in der Nähe.
»Sie sehen, was ich meine?« rief Laila. »Ein Schritt weiter und wir reden nie mehr miteinander. Es hat Unfälle gegeben, Betrunkene, die in der Nacht hier heraufkamen und in die Ewigkeit stolperten.«
An diese Worte Lailas sollte Newman sich später einmal erinnern.

15

»Die Aufnahmen von Ihrer Helene sind bereit zum Versand«, informierte Monica Tweed. »Und sie ist wirklich gut getroffen.«
»Senden Sie sie sofort mit Kurier ab, bitte«, sagte Tweed.
Eine Kopie hatte sie zurückbehalten, die er jetzt sorgfältig in ein mit Pappe verstärktes Kuvert schob, das er in eine Lade gleiten ließ. Monica verfolgte es mit kaum verhohlener Erheiterung.
»Soll ich es Ihnen rahmen lassen?« fragte sie. »Im Silberrahmen müßte es sich nett ausnehmen. Ich kenne einen . . .«
»Lassen Sie Ihre Possen und sehen Sie zu, daß diese Bilder fortkommen«, sagte Tweed brüsk. »Sie fliegt morgen nach Stockholm, also möchte ich, daß sie vor ihr da sind. Auf dem Flughafen Arlanda wird ein Bote sie unserem Kurier abnehmen. Parole ist ›Golden Girl‹. Ich habe bereits Stockholm angerufen. Geben Sie mir die Flugdaten; ich gebe sie telefonisch weiter.«
»Und welchem Zweck dienen die Fotos?«
»Sie werden an die Flughafenpolizei, an die Leute von der Küstenwache, an die Stockholmer Polizei verteilt. Und natürlich an die SAPO. Die lassen alle anderen wissen, wie die Dinge wirklich stehen.«
»Und wie stehen die Dinge wirklich?«
»Sie sehen die Linie, die Dillon mit seinem Kugelschreiber gezogen hat?« Er ging durch den Raum zu der Karte an der Wand, und sein Finger folgte der dunklen Linie entlang der Ostküste Schwedens.
»Ja. Und?«
»Wenn Helene versucht, diese Linie zu überschreiten, wird sie sofort festgenommen. Man wird sich irgendeine Beschuldigung aus den Fingern saugen. Verdacht des Rauschgifthandels, irgend etwas, das dem Zweck dienlich ist.«
»Sie sind wirklich ohne jeden Skrupel«, urteilte Monica empört.

Der estnische Trawler *Saaremaa* befand sich tief im Kattegat zwischen Schweden und Dänemark. Nach seiner Rückkehr aus der Nordsee hielt er jetzt südlichen Kurs auf den Öresund, die enge Meeresstraße, die Schweden von Dänemark trennt.
Einmal an Kopenhagen vorbei, würde die Ostsee offen vor ihnen liegen. Im Senderaum hatte der Funker soeben ein langes,

aus raschen Zeichen bestehendes Signal durchgegeben. In diesem Augenblick öffnete sich die Tür seiner Kabine und Käpitän Olaf Prii stand bewegungslos im Türrahmen. Der Funker blickte hoch.
»Ich habe gerade die verschlüsselte Nachricht gesendet, Sir«, berichtete er.
Prii nickte, schloß die Tür und kehrte auf die Brücke zurück. Ein Flugzeug mit dänischem Hoheitszeichen überflog das Schiff, und er schaute ihm nach, als es sich in Richtung Flughafen Kastrup entfernte. Er lächelte grimmig und gab Befehl, auf schnellere Fahrt zu gehen.
Trotz der raschen Zeichenübermittlung wurde das Signal in Cheltenham, dem modern eingerichteten Abhörzentrum in England, deutlich aufgefangen und aufgenommen. Nach einer Stunde lag ein Bericht darüber auf Tweeds Schreibtisch.
Fast zur gleichen Zeit kam ein weiterer Bericht herein, diesmal vom dänischen NATO-Geheimdienst. Er gab die genaue Position und ungefähre Geschwindigkeit der *Saaremaa* an. Tweed stand vom Schreibtisch auf, ging zur Wand und steckte eine Stecknadel in die Karte.
Er ging zum Tisch zurück und las nochmals den Bericht aus Cheltenham. »... nach ersten Hinweisen scheint es sich um Signal aus raschen Zeichen in sowjetischem Einmal-Code zu handeln...«
Was hieß, daß er praktisch nicht zu knacken war.
Position und Kurs der *Saaremaa* überraschten Tweed nicht. Was ihn vielleicht verwirrt hätte, wäre er imstande gewesen, die Nachricht zu lesen, das waren Bestimmungsort und Empfänger. Das Signal war nach Tallinn gesendet worden. An Oberst Andrei Karlow.

Eine Stunde später kehrte Monica von ihrer Mission im Hotel *Dorchester* zurück. Sie warf Tweed einen vielsagenden Blick zu, wickelte sich den feuchten Schal – es nieselte wieder – vom Kopf und zog mit aufreizender Langsamkeit den Regenmantel aus.
Tweed sah ihr dabei zu und hütete sich, etwas zu sagen. Ihrem Gesichtsausdruck war abzulesen, daß sie etwas entdeckt hatte und sich jetzt, um ihn zu ärgern, Zeit ließ. Das war ihre Art, sich dafür zu rächen, daß er sie nicht über Procane informierte.
»Helene Stilmar hat gelogen – durch Weglassung von Fakten«, verkündete sie, während sie es sich hinterm Schreibtisch bequem

machte. »Ich sagte in der Rezeption, ein Freund habe dringend mit ihr telefonisch sprechen wollen und sie deshalb mehrere Tage lang vergeblich zu erreichen versucht.«
»Kommen Sie zur Sache, Monica.«
»Ich glaube, Sie haben den Eindruck, Stilmar und seine Frau seien gemeinsam über den Atlantik gereist.«
»Natürlich sind sie das.«
»Sind sie nicht! Helene kam einen Tag vor ihrem Mann an. Stilmar folgte ihr am nächsten Tag nach.«
»*Folgte* ihr?«
»Das Wort hat zwei Bedeutungen – sich jemandem in beidseitigem Einverständnis später anschließen –«, sie machte eine Pause, »– oder jemandem folgen, um zu sehen, was er vorhat.«
»Mein Englisch ist recht flüssig.«
»Ich habe außerdem erfahren«, fuhr Monica fort, seine Bemerkung ignorierend, »daß Helene Stilmar mit einer direkten Maschine *heute* nach Stockholm fliegt. Ich bin mit dem Mann an der Rezeption gut zurechtgekommen. Er sagte mir, der Freund müsse sie bald anrufen, um sie noch zu erreichen.«
»Daß sie dorthin will, hat sie mir gesagt.«
»Frauen sagen einem Mann manchmal etwas, um ihm zugleich zu verbergen, was sie sonst noch vorhaben.«
»Sie machte sogar den Vorschlag, wir sollten gemeinsam fliegen«, sagte Tweed beharrlich.
»Da müssen Sie aber schnell laufen, um sie einzuholen. Ihre Maschine ist um elf Uhr fünfunddreißig von Heathrow gestartet. Sie ist jetzt bereits in den Wolken.«
»Wann landet die Maschine in Arlanda?«
Tweed schloß eine Lade auf und entnahm ihr ein kleines Adressenbüchlein. Monica beugte sich über einen Ordner, den sie gerade anlegte. Auf dem Deckblatt stand »Helene Stilmar«.
»Fünfzehn Uhr dreißig schwedischer Zeit«, sagte sie. »Vergessen Sie nicht, die Schweden sind eine Stunde vor unserer Zeit.«
»Dann komme ich vielleicht noch rechtzeitig«, meinte Tweed, griff nach dem Telefonhörer und begann die Scheibe zu drehen.

Die Universitätsstadt Uppsala liegt etwa sechs schwedische Meilen nördlich von Stockholm. Eine schwedische Meile entspricht sieben englischen – also ist Uppsala annähernd vierzig Meilen von der Hauptstadt entfernt.

Uppsala hat einen Dom und eine Einrichtung mit weit düstererem Zweck: das seismologische Institut, das von Zeit zu Zeit in der Presse der Welt Schlagzeilen macht, indem es Ort und Umfang von Atomtests bekanntgibt, die irgendwo stattgefunden haben.
Ingrid Melin wohnte in einer großen Erdgeschoßwohnung an der Peripherie. Sie war nur einssechzig groß, doch ihr überschwengliches Temperament ließ die Zweiunddreißigjährige größer erscheinen. Das dunkle Haar war vorne über der hohen Stirn kurz geschnitten und fiel hinten bis zu den Schultern hinab. Sie hatte eine gerade Nase und braune, wachsame Augen.
Nach zwei gescheiterten Ehen witzelte sie oft: »Dritte Ehe – wehe, wehe!« Zusammen mit einer Partnerin hatte sie ein Fotokopierstudio aufgemacht, das mit den Jahren expandierte und jetzt schöne Gewinne abwarf. Das war beachtlich, wenn man bedachte, daß sie mit einem gebrauchten Kopiergerät angefangen hatten.
Triefend rannte sie aus dem Bad zum Telefon im Wohnzimmer und hob nach dem sechsten Läutsignal den Hörer ab.
»Ingrid Melin.«
»Hier Tweed. Ich spreche aus London. Wie geht's?«
»Großartig! Endlich höre ich wieder von Ihnen. Haben Sie Arbeit für mich?«
»Sehr dringende Arbeit! Eine Maschine aus London – nonstop – landet in Arlanda um fünfzehn Uhr dreißig. An Bord ist eine Amerikanerin...« Tweed gab eine genaue Beschreibung von Helene Stilmar. Ingrid sagte sofort zu.
»Ich werde sie erkennen.«
»Können Sie rechtzeitig in Arlanda sein und ihr folgen?«
»Natürlich! Ich nehme von Uppsala ein Taxi direkt zum Flugplatz. Genug Zeit. Kein Problem!«
»Verwenden Sie einstweilen das Geld, das ich in Ihrer Bank deponiert habe.«
»Ich habe keine einzige Krone davon abgehoben.«
»Ich wußte, es würde so sein. Ich werde Ihnen wahrscheinlich mehr schicken. Die Frau heißt Helene Stilmar.« Er buchstabierte. »Ich muß wissen, wohin sie geht, mit wem sie sich trifft. Besonders wichtig, Ingrid: wenn sie eine Fahrkarte nach Finnland kauft, Flugzeug oder Schiff, dann rufen Sie mich sofort an. Wenn ich nicht da bin, sagen Sie es Monica.«
»Mach ich. Tweed! Sie kommen doch nach Stockholm! Sehen wir uns? Ja?«

»Ich weiß es nicht. Ich komme, wenn ich kann.«
»Bitte, kommen Sie! Wenn Sie können. Aber jetzt muß ich weg – Ihre Versicherung braucht mich. Ich muß mich anziehen und ein Taxi rufen.«
»Ingrid, geben Sie acht auf sich!«
»Werde ich. Auf Wiedersehen!«
Tweed legte auf und starrte in die Ferne. Er hatte sich in einfachen Sätzen ausgedrückt. Ingrid hatte selten Gelegenheit, mit jemandem Englisch zu sprechen.
Tweed hatte über Westeuropa ein Nachrichtennetz ausgeworfen – lauter Mädchen, über die er verfügen konnte. »Frauen sind loyaler als Männer, wenn sie Vertrauen zu einem haben«, hatte er einmal gesagt. Und in diesem Netz von Mädchen war Ingrid die vielleicht verläßlichste und ergiebigste Nachrichtenquelle. Ein Mädchen mit Sinn fürs Praktische, das eigenständig handelte. Weiterhin über ihren Ordner gebeugt, ließ Monica eine Bemerkung fallen.
»Sie hätten ihr andeuten können, daß Sie nach Stockholm fahren. Sie mag Sie sehr.«
»Sie wissen, daß ich nie im voraus bekanntgebe, wohin ich mich bewegen werde, wenn ich es vermeiden kann.«
»Sie weiß, was Geheimhaltung ist.«
»Sie ist sehr gut«, stimmte Tweed bei, immer noch vor sich hinstarrend. »Sie erwähnte sogar die Versicherung – für den Fall, daß jemand unser Gespräch abhörte. Ich glaube, sie ist die einzige, die ahnt, was mein wirklicher Beruf ist.«
»Ist es gefährlich für sie?« fragte Monica.
»Es ist immer gefährlich – vor allem dann, wenn man es am wenigsten erwartet.«
»Tweed, geben Sie auf das Mädchen acht. Wenn ihr etwas passierte, würde ich es Ihnen nie verzeihen.«
Er blickte sie erstaunt an. In all den Jahren ihrer Zusammenarbeit hatte Monica nie so zu ihm gesprochen. Die Bemerkung machte ihn schwankend. Sorge überkam ihn, und er faßte einen raschen Entschluß.
»Sorgen Sie dafür, daß ich an jedem der kommenden Tage nach kurzfristiger Voranmeldung jede beliebige Maschine nach Stockholm benutzen kann.«

Am darauffolgenden Vormittag traf eine Nachricht ein, die Tweeds Besorgnis noch verstärkte – wie Monica aus seinem Verhalten ablesen konnte. Es war natürlich Howard, der die gute Kunde überbrachte. Er kam ins Büro geschlendert, schloß die Tür, setzte sich auf die Ecke von Tweeds Schreibtisch und verschränkte die Arme. Er war die Freundlichkeit in Person, aber Tweed, der sich mit im Schoß gefalteten Händen in seinem Stuhl zurücklehnte, spürte die Feindseligkeit hinter dem liebenswürdigen Verhalten seines Vorgesetzten.

»Wenn ich recht informiert bin«, begann er, ». . . es sei denn, ich bin da völlig auf dem Holzweg, was sehr wohl sein kann. Und das erschwert die Sache für uns alle ein bißchen.«

Er betrachtete eingehend die Fingernägel seiner rechten Hand. Herrgott, dachte Tweed, komm schon heraus damit. Aber er blieb still.

»Wenn ich recht informiert bin«, begann Howard wieder, »sind Sie an jedem hochrangigen Amerikaner interessiert, der derzeit unser Eiland betritt.«

Tweed sah, wie Monica hinter Howards Rücken angesichts dieser aufgeblasenen Formulierung zusammenfuhr. Er nickte, um Howard zu veranlassen, endlich aufzuhören, um den Brei herumzureden.

»Es wird daher«, fuhr Howard fort, »in Ihrem Interesse liegen, zu erfahren, daß General Paul Dexter, Generalstabschef der US-Armee, heute morgen mit einer Sondermaschine in Lakenheath in East Anglia gelandet ist. Wichtig für Sie?«

Tweed erhob sich langsam und kam hinter seinem Schreibtisch hervor. Er stand mit dem Rücken zur Wandkarte. Sein Gesichtsausdruck verriet nichts von dem, was er dachte.

»Weiß man, warum er hier ist?« fragte er.

»Eine Inspektionsreise. Er wird mehrere NATO-Stützpunkte in Dänemark und Norwegen besichtigen. Zuerst aber will er mit Ihnen zusammenkommen. Im Verteidigungsministerium. In Lanyons Büro. Heute vormittag. Punkt elf.« Er ging zur Tür und blieb stehen, bevor er sie öffnete. »Er ist ein Pünktlichkeitsfanatiker, scheint mir.«

»Arroganter Kerl«, flüsterte Monica, als die Tür sich geschlossen hatte. »Er weiß, daß Sie immer pünktlich sind.«

»Und schlechter Laune ist er auch«, erklärte Tweed und starrte auf die Landkarte.

»Ihnen ist doch wohl klar, daß er wegen dieser Direktive der Premierministerin wild um sich schlägt und hofft, sie fallen dabei platt auf die Nase, und er wird sie dann los.«
»Davon ist mir nichts bekannt.«
»Aber mir. Was ist los? Sie sehen drein, als wäre gerade eine Bombe explodiert.«
»Schon wieder Skandinavien. Und noch ein hochrangiger Amerikaner.« Tweed starrte weiter auf die Karte und schien laut zu denken. »Langsam wird's brenzlich.«
»Sie wissen, wie spät es ist?«
»Ja. Howard hat mich absichtlich im letztmöglichen Augenblick verständigt, der es mir noch erlaubt, pünktlich im Verteidigungsministerium zu sein.«

Von einem Major in Uniform wurde Tweed bis zur Tür des Obersten Lanyon vom militärischen Abwehrdienst gebracht. Als Tweed eintrat, war von Lanyon nichts zu sehen. Ein Amerikaner, Anfang der Fünfzig, in Hemdsärmeln, erhob sich hinter Lanyons Schreibtisch, um ihn zu begrüßen.
»Schön von Ihnen, daß Sie kommen, Mr. Tweed.« Sie schüttelten einander die Hände, und General Dexter bot Tweed einen Armsessel an. Dann zog er seinen Stuhl hinterm Schreibtisch hervor und setzte sich neben Tweed.
»Man hat Ihnen eine abgezogene Handgranate in die Hand gedrückt, Tweed. Sie leiten die Operation, bei der Adam Procane gefunden werden soll, ehe es zu spät ist. Richtig?«
»So ist es. Ja.«
»Ich will Ihnen nicht vorenthalten, daß das Pentagon die Hosen voll hat, weil einer von unseren Leuten in der jetzigen Phase zu den Russen überlaufen will. In jeder Phase wäre es ein Unglück. In der gegenwärtigen – wo der Präsident im November zur Wiederwahl kandidiert – wäre es eine Katastrophe. Tweed, wer ist Procane? Haben Sie eine Idee? Dieses Gespräch bleibt ganz unter uns! Ich gebe Ihnen mein Wort.«
Tweed zögerte, sah den Amerikaner an. Dexter war ein von Kraft strotzender Mensch, physisch und geistig. Schütter werdendes braunes Haar mit grauen Strähnen ließ über der hohen Stirn die ersten kahlen Stellen sehen. Das Haar war kurz geschnitten. Über der kräftigen Nase erwiderten die dunklen Augen Tweeds Blick. Ein starker, entschlossener Mann.

»Ich bedaure, sagen zu müssen, ich habe bis jetzt keine Ahnung«, erwiderte Tweed.
»Ein Mann wie Sie muß sich doch Gedanken machen. Muß doch zumindest einen Verdacht haben. Ich weiß außerdem, daß Sie sehr aktiv sind – erst kürzlich waren Sie in Westeuropa. Wir wissen, Sie haben eine höchst ungewöhnliche Organisation von Agenten, die sich über ganz Europa erstreckt. Raus damit, Tweed!«
»Als Amerikaner«, begann Tweed langsam, »ist für ihn eines klar: Wer immer er ist, er muß auf seinem Weg in die Sowjetunion zuerst nach Europa. Und die Kompaßnadel zeigt jetzt mehr und mehr in Richtung Skandinavien.«
»Wohin auch ich will.« Dexter ließ ein tiefes, rollendes Kichern hören. »Damit stehe ich auf Ihrer Liste der Verdächtigen.«
»Ist das eine Frage oder eine Feststellung?«
»Eine Feststellung! Keine Hinhaltemanöver, bitte!«
»Gar nicht so wenige Top-Leute aus Washington haben sich diesen Zeitpunkt ausgesucht, in Europa aufzukreuzen.«
»Das weiß ich. Glaubt ihr Briten, wir in Washington wären naiv?«
»Ich habe nie geglaubt, die Amerikaner seien naiv – zum Unterschied von einigen meiner Kollegen«, gab Tweed zu. »Und ich habe nie den Fehler gemacht, unsere Freunde zu unterschätzen«, fügte er hinzu.
Dexter lachte wieder. »Kommen wir gleich zum Kern der Sache. Sie denken an Stilmar und Cord Dillon. Sie sind beide in gleicher Mission hier.«
»Sie haben Helene Stilmar ausgelassen.«
»Helene? Das ist doch eine Frau. Durch und durch Frau. Wußten Sie, daß sie als Verbindungsfrau zwischen State Department und Pentagon tätig war, ehe Reagan sie zu seiner Beraterin machte?«
»Wußte ich nicht.«
»Sie ist gut, sogar sehr gut. Verdammt fähig. Warum soll sie auf der Liste stehen? Procane ist ein Mann.«
»Woher wissen wir das?« fragte Tweed herausfordernd. »Es ist doch offensichtlich ein Code-Name. Welcher Deckmantel wäre für eine Frau geeigneter als ein männlicher Name?«
»Sie trauen niemandem, oder?«
»Ich streiche einen Posten erst durch, sobald ich weiß, daß ich das tun kann. General, wohin in Skandinavien fahren Sie?«

Es war jetzt an Dexter, zu zögern. Wieder sah er Tweed prüfend an, der still dasaß. Vertrauen konnte man nicht herbeizaubern. Dexter schloß seine sehnigen Hände zu Fäusten und seufzte.
»Besser, Sie wissen es – Sie würden es so oder so rausbekommen. Offiziell mache ich eine Inspektionsreise zu Stützpunkten in Dänemark und Norwegen. Hauptaufgabe für mich auf dieser Tour ist es, heimlich nach Schweden zu reisen, um mich mit einigen militärischen Befehlshabern zu beraten. Ich fliege in Zivil mit einem schwedischen Flugzeug an einen Ort namens Jakobsberg. Das liegt gleich außerhalb von Stockholm.«
»Ich kenne es. Die Schweden haben dort ihre Draken stationiert.«
»Hervorragendes Kampfflugzeug, der Draken. Sie kennen Europa, das muß man Ihnen lassen.«
»Ich bin überrascht, daß die Schweden dem zugestimmt haben – ja, es erstaunt mich. Wenn die Russen von Ihrem Besuch Wind bekommen, wird sich das schwer rächen.«
»Deshalb ist meine Reise sehr sorgfältig geplant worden. Ich habe einen Doppelgänger. Während ich mit den Schweden in Jakobsberg rede, wird mein Double in voller Uniform die Stützpunkte in Norwegen inspizieren. Moskau wird jede meiner Bewegungen belauern wie die Katze die Maus. Auf diese Weise streuen wir ihnen Sand in die Augen. Die Schweden sind ganz schön nervös wegen dieser sowjetischen Klein-U-Boote. Daß die ihre Seeabwehr im Archipel ausspionieren, ist ein Fehler...«
»Die Schweden werden nie der NATO beitreten«, bemerkte Tweed.
»Das wollen wir auch gar nicht. Sie sind ganz neutral – und das ist ihre Sache. Ich nehme einen U-Boot-Experten mit, der ihnen vielleicht einen Tip geben kann, wie man diese Dinger zum Auftauchen zwingt. Und vielleicht geben sie uns dafür den einen oder anderen Tip. Sie verstehen ihr Geschäft.«
»Wann fliegen Sie nach Jakobsberg?«
»Das ist noch nicht endgültig festgelegt.« Zum ersten Mal drückte Dexter sich vage aus. »Innerhalb der nächsten zwei Wochen, nehme ich an.« Er stand auf, und Tweed stemmte sich aus dem Armsessel in die Höhe. »Man kann gut mit Ihnen reden, Tweed. Mir ist ein bißchen weniger mulmig wegen dieser mysteriösen Procane-Sache, jetzt, da ich mit Ihnen geredet habe. Glauben Sie wirklich, daß er existiert?«

»Sie nicht?«
»Mehr und mehr Berichte über ihn kommen aus Europa herein. Aber keine Beschreibung. Nur formloser Quark.«
»Ich will es nicht versprechen«, sagte Tweed vorsichtig, »aber ich könnte in nicht zu ferner Zukunft im Besitz von so etwas wie einer Beschreibung sein.«
»Sie werden sie an unsere Leute weitergeben?«
»Sie werden darüber wissen, sobald ich es weiß.«
»Dann viel Glück, Tweed. Hoffe, Sie bald wieder zu treffen.«
Sie schüttelten einander die Hand. Als Tweed die Tür öffnete, um hinauszugehen, drehte er sich rasch um. Der Amerikaner lächelte. Paul Dexter war der Prototyp des amerikanischen Armeegenerals. Zum Unterschied von dem gütigen, weichen Eisenhower, wie Tweed ihn von Filmen kannte, war Dexter direkt und geradeheraus, ein Mann, der keine Zeit an Finessen vergeudete. Wahrscheinlich hatte er für die meisten Diplomaten und Politiker nur Verachtung übrig. Während Tweed zur Treppe ging, wo der Major ihn erwartete, machte er sich Gedanken über Dexter. Prototypen waren ihm nicht geheuer.

»Eben ist eine Warnung vom dänischen Abwehrdienst hereingekommen«, verkündete Monica, als Tweed in sein Büro zurückkehrte.
»Lassen Sie mich meinen Mantel ausziehen – bitte«, sagte er.
»Cord Dillon hat soeben Kopenhagen mit der Maschine nach Stockholm verlassen«, fuhr sie unbarmherzig fort. »Er reist unter dem Namen Alfred Mayer.«
»Setzen Sie Gunnar Hornberg von der SAPO in Kenntnis. Die übliche Routine. Geben Sie Gunnar eine Beschreibung durch. Hat er genug Zeit, jemanden nach Arlanda zu schicken, damit man sieht, wohin Dillon geht?«
»Ja. Wenn ich ihn jetzt gleich anrufe. Von Stockholm nach Arlanda sind es dreißig Minuten, nicht wahr?«
»Eher fünfundvierzig. In jedem Fall kann Gunnar sich der Flughafen-Sicherheitskräfte bedienen.« Tweed blickte automatisch auf die Karte. »Das Tempo nimmt zu. Alle Wege führen nach Stockholm.«
»Vielleicht«, stellte Monica die Vermutung an, »will Dillon sich mit Hornberg treffen. Man weiß, daß es zwischen der SAPO und der CIA diskrete Kontakte gibt.«

Stimmt, dachte Tweed hinter seinem Schreibtisch. Jahrelang hatte die SAPO enge Kontakte mit der Gegenadresse in Washington gehalten – trotz Schwedens überzeugtem Bekenntnis zur Neutralität.
»Sagen Sie Gunnar«, sagte er, nachdem sie die Nummer gewählt hatte, »daß er, sollte er feststellen, daß Dillon den Versuch macht, sich weiter nach Osten Richtung Finnland zu bewegen, ihn um jeden Preis aufhalten muß. Andernfalls wären politische Komplikationen zu befürchten – und so weiter. Sagen Sie, er soll alles im gegenwärtigen Zustand halten, bis ich in Stockholm bin.«
»Wann fliegen Sie? Ich bekomme keine Verbindung.«
»Heute. Wenn möglich.«
»Flug SK 528. Abflug Heathrow achtzehn Uhr dreißig. Ankunft Arlanda zwanzig Uhr vierzig«, sagte Monica prompt. »Ich buche für Sie einen Platz in dieser Maschine. Ein gepackter Koffer steht wie immer im Schrank.«
»Außerdem brauchen wir drei Beschatter für General Paul Dexter. Auch das ist dringend.«
»Was ist nicht dringend?« Sie wählte nochmals die Nummer der SAPO. »Übernehme ich hier alles, während Sie weg sind? Wenn ja, dann sagen Sie das am besten Howard.«
»So viele Dinge stehen an«, bemerkte Tweed und starrte immer noch auf die Wandkarte. »Und Bob Newman steht weiterhin draußen in der Wildnis – in mehr als einer Hinsicht.«
»Das war's, was ich Ihnen noch sagen wollte. Laila Sarin hat angerufen. Newman wohnt nach wie vor im Hotel ›Hesperia‹ auf der Mannerheimintie. Laila hat's nicht leicht gehabt, aber sie bleibt an Newman kleben wie Leim. Ihre Worte, nicht meine. Herrgott, Sie nützen diese Mädchen aus, Tweed. Laila in Helsinki, die arme Ingrid in Stockholm.«
»Ich weiß. Gelegentlich beunruhigt es mich. Wenigstens fahre ich jetzt zu ihnen.«
»Da sind Sie wieder einmal in Ihrem Element. Endlich wieder Außendienst.«
»Falls ich nicht meine alte Kraft eingebüßt habe.«
Monica schnaubte verächtlich und begann mit dem SAPO-Hauptquartier zu reden. Während sie telefonierte, ließ Tweed im Geiste das Tun aller beteiligten Personen Revue passieren. Alles deutete nun darauf hin, daß der Überläufer Procane Skandinavien durchqueren würde. Monica legte auf.

»Hornberg hat Alarm gegeben. Hätten Sie was dagegen, mir einmal genau mitzuteilen, was es mit dieser Procane-Angelegenheit für eine Bewandtnis hat? Wissen Sie etwas? Sie kommen mir vor wie ein Dirigent, der eine komplizierte Symphonie dirigiert.«
»Eine eigenartige Bemerkung. Und Sie haben hier die Oberaufsicht, solange ich weg bin. Ich werde es Howard sagen, bevor ich abfahre. Übrigens, ich traf ihn auf dem Weg hier herauf, als ich von Dexter zurückkam. Er sagte mir, Stilmar sei aus Europa zurück. Er ist im ›Dorchester‹. Lassen Sie auch ihn beschatten.«
»Ist Ihnen klar, daß wir bis an die Grenze ausgelastet sind? Ich werde etwas deichseln. Sie haben mir noch immer nichts über Procane gesagt«, erinnerte sie Tweed, der seinen Schreibtisch verlassen hatte, um sich den gepackten Koffer zu holen.
»Ich möchte Ihnen etwas in Erinnerung rufen, wenn Sie versprechen, deshalb nicht gleich in die Luft zu gehen.«
»Das bedeutet, daß es mir nicht gefallen wird.«
»Ein Geheimnis bleibt nur dann eines, wenn nur eine einzige Person es kennt.«

ZWEITER TEIL

Stockholm:
Das Vorfeld

16

Die Maschine verlor an Höhe, tauchte durch die Wolkendecke und begann die Rollbahn des Flughafens Arlanda anzufliegen. Helene Stilmar schaute aus dem Fenster. Schweden lag nur noch wenige hundert Fuß unter ihnen.

Über die Ebene verstreut riesige, wie Buschwerk wirkende Föhrenwälder. Da und dort vermittelten Gruppen riesiger Granitfindlinge den Eindruck, als befände man sich über Wüstengebiet. Gelegentlich eine Straße, auf der ein Wagen oder Laster langsam dahinkroch.

Der Erdboden hob sich der Maschine entgegen, die Betonpiste tauchte auf, und Helene stemmte sich ab. Die Räder der Maschine berührten sanft die Rollbahn. Ein dichter Wall aus Föhren raste am Fenster vorüber. Das Flugzeug verlor an Geschwindigkeit, schwenkte von der Rollbahn ab und kroch dann zu der Stelle, wo die ausziehbare Fluggastbrücke darauf wartete, mit der Ausstiegstür verbunden zu werden. Helene war in Schweden, dem Lande ihrer Väter.

In der Ankunftshalle stand Ingrid Melin und blickte zu der Stelle hin, wo diese Mrs. Stilmar auftauchen würde. Sie war ohne Hut und wirkte in ihrem marineblauen Hosenanzug sehr schlank und aufrecht. Um unauffällig zu bleiben, hatte sie sich hinter eine Familie gestellt, die auch auf jemandes Ankunft wartete. Und dann erblickte sie Helene Stilmar.

Groß, nußbraunes Haar, selbstbewußt einherschreitend, teures cremefarbenes Kostüm, das aussah, als stammte es von einem Haute-Couture-Salon. Ein Träger nahm ihr die drei großen Gepäckstücke ab, die sie auf einem Wägelchen vor sich hergeschoben hatte, und geleitete sie hinaus. Ingrid folgte, sah, daß sie ein Taxi nahm, und rannte zu dem Volvo, den sie gemietet hatte.

Die Straße, die Arlanda mit Stockholm verbindet, ist eine breite Schnellstraße mit sechs Fahrbahnen. Gut fünfzehn Minuten lang fährt man über offenes Land, ehe die Vorstädte auftauchen.

Es ist felsiges Land, und häufig passiert man Schluchten oder Stellen mit hohen Felsformationen. Ingrid lenkte ihren viersitzigen Volvo mit höchster Konzentration, achtete darauf, daß zwischen ihr und Helenes Taxi stets ein Fahrzeug war. Sie fuhr mit einem Geschick, um das so mancher Mann sie beneidet haben würde.

Auf dem Sitz neben ihr lag ein Koffer. Sie erwartete, daß die Stilmar in einem der ersten Hotels absteigen würde, doch das war nur eine Annahme. Den Wagen hatte sie gemietet, um beweglicher zu sein. Es war nicht sicher, daß Helene Stilmar nach Stockholm fuhr. Sie konnte ebensogut ein anderes Reiseziel haben.
Mit einem gewissen Gefühl der Erleichterung folgte Ingrid dem Taxi über Sergels Torg, den großen Platz im Zentrum von Stockholm mit der etwas kuriosen säulenartigen Skulptur aus glasartigem Material. Und vollends erleichtert war sie, als sie sah, daß das Taxi vor dem *Grand Hotel* anhielt.
Ingrid fuhr in die einzige verbleibende Parklücke vor dem Hotel. Ein anderer Wagen war offenbar soeben weggefahren. Sie schloß den Volvo ab, stellte die Parkuhr ein und ging noch vor Helene mit dem Koffer in der Hand die Stufen zum Hotel hinauf.
Dieses Manöver gelang nur, weil Helene drei Koffer hatte, die aus dem Taxi ausgeladen und von einem Träger hineingetragen werden mußten. Ingrid fragte sich, warum sie für einen kurzen Aufenthalt soviel Gepäck brauchte. Den Eindruck, daß es sich nur um eine Spritztour handle, hatte sie nach dem Gespräch mit Tweed gehabt.
Ingrid stand mit dem Koffer zu ihren Füßen in der Nähe des Empfangspults und tat, als warte sie auf jemanden. Helene trug sich ein. Sie hörte, wie der Mann an der Rezeption dem neuen Gast die Nummer eines in der sechsten Etage liegenden Zimmers mitteilte. Sie beobachtete, wie Helene in den ältesten der drei Aufzüge trat, eine Aufzugkabine mit Goldanstrich und roter Lederpolsterung. Als die Türen des Aufzuges sich schlossen, trat sie ans Empfangspult und redete den Bediensteten auf englisch an.
»Ich möchte ein Ferngespräch führen. Mit London. Hier ist die Nummer. Bitte, stellen Sie fest, wieviel es kostet. Ich zahle gleich nach dem Anruf.« Sie hielt inne. Hier war man eigentlich sehr der Öffentlichkeit ausgesetzt, wenn man mit Tweed telefonierte.
»Nein, ich habe es mir anders überlegt. Ich rufe von meinem Zimmer aus an.«
Den Koffer aufnehmend, ging sie die wenigen Schritte zum Zimmerbestellservice am hinteren Ende der Empfangshalle. Eine junge Dame kam herbei und fragte, ob sie helfen könne.
»Ich möchte ein Zimmer für drei Tage, bitte. Haben Sie etwas auf der sechsten Etage? Vorne hinaus. Ich liebe die Aussicht von dort...«

»Nur ein Doppelzimmer. Es kostet eintausend Kronen für die Nacht. Frühstück ist inbegriffen.«
»Ich nehme es.«
»Zimmer 634.« Die junge Frau schrieb Zimmernummer und Preis auf ein blaues Faltkärtchen, das auf seiner Vorderseite in Farbe die Vorderfront des Grand Hotels zeigte, eine Nachtaufnahme mit den Lichtreflexen der Straßenlampen, die wie scharfe Blitze auf ruhendem Wasser aussahen. Dann fügte sie noch das Datum von Ankunft und Abreise hinzu.
»Ein Träger wird...«
»Ich brauche keinen«, fiel ihr Ingrid ins Wort. »Ich kann meinen Koffer selber tragen. Ich hab's nicht eilig.«
Sie empfing den Zimmerschlüssel aus der Hand der jungen Frau und betrat denselben Lift, der auch Helene Stilmar zu ihrem Zimmer hinaufbefördert hatte. In der sechsten Etage angelangt, orientierte sie sich anhand der Wandschilder, die angaben, in welcher Richtung die einzelnen Zimmer lagen, durchquerte die menschenleere Halle, in der mehrere bequeme Sessel herumstanden, und steckte den Schlüssel ins Schloß von Zimmer 634.

»Tweed ist nicht hier, Ingrid«, sagte Monica am Telefon. Sie redete weiter, um die Schwedin zu beruhigen. »Er wußte, Sie würden anrufen, und bat mich, Ihre Nachricht entgegenzunehmen. Ich kann ihn nicht anrufen, aber er wird es tun. Er hat mir hier die Aufsicht überlassen, ich sitze an seinem Schreibtisch. Er wird wissen wollen, wie Sie zurechtkommen. Das sagte er mir, bevor er wegging.«
Wie Tweed bemühte Monica sich, sich einfach auszudrücken. Gott, dachte sie, wie furchtbar sind wir Briten doch, daß wir keine Fremdsprachen lernen. Wir überlassen es den Ausländern, unsere zu erlernen. Jetzt begann Ingrid zu sprechen, überlegte genau jeden Satz, den sie sagte, weil das Gespräch über eine Telefonzentrale lief.
»Unser Beobachtungsobjekt nahm ich auf dem Flugplatz in Empfang. Es hat sich im ›Grand Hotel‹ für sieben Tage ein Zimmer genommen. Zimmernummer 636. Hat viel Gepäck, drei große Koffer.«
»Von wo sprechen Sie, Ingrid?«
»Vom Zimmer im ›Grand Hotel‹, das ich mir genommen habe. Meine Zimmernummer ist 634. Wenn ich nicht hier bin, wenn Sie

anrufen, dann hinterlassen Sie bitte Nachricht an der Rezeption. Geben Sie meinen Namen und meine Zimmernummer an. Die Telefonnummer des Hotels ist 08 22 10 20.«
»Ich habe verstanden, Ingrid. Seien Sie vorsichtig.«
»Kommt er her?«
Angst und zugleich Hoffnung klangen aus ihrer Stimme. Monica überlegte rasch, ehe sie antwortete.
»Man kann nie sagen, wann er wo auftaucht.«
»Danke. Ich halte Sie auf dem laufenden.«
Monica legte auf, nahm ihren Drehbleistift zur Hand und drehte ihn zwischen den Fingern. Genaugenommen hätte sie die letzte, ermutigende Bemerkung nicht machen dürfen, aber auf eigene Faust draußen arbeiten zu müssen, konnte eine verdammt einsame Angelegenheit sein. Monica wurde auch den Gedanken nicht los, daß es außerdem gefährlich werden konnte. Was zum Teufel hatte Tweed vor?

»Irgendwelche Entwicklungen?« fragte General Lysenko forsch, als er sein Büro in Leningrad betrat.
»Ja«, antwortete Rebet. »Sehr eigenartige Entwicklungen. Die Amerikaner kommen in Schwärmen nach Europa. Zwei Meldungen sind eben hereingekommen. General Paul Dexter, US-Stabschef, ist gestern mit einer Militärmaschine von der Luftwaffenbasis Andrews abgeflogen.«
»Wieso wissen wir das?« stieß Lysenko hervor.
»Wir haben einen Mechaniker in Andrews, der uns für Geld Informationen liefert. Er half mit, die Maschine klarzumachen, und hörte, daß sie für einen Flug nach England bestimmt war. Später sah er Dexter an Bord gehen, woraufhin die Maschine sofort startete.«
»Und die zweite Meldung?«
»Unser Beobachter beim Britischen Verteidigungsministerium sah Dexter ins Gebäude hineingehen. Unsere Leute in Heathrow sind angewiesen worden, Ausschau nach ihm zu halten, für den Fall, daß er eine Maschine nach Europa nimmt.«
»Haben sie Dexter dort ankommen sehen?« drängte Lysenko.
»Nein. Aber er flog mit einer Militärmaschine. Das deutet darauf hin, daß sie auf einem der amerikanischen Militärflugplätze in East Anglia gelandet ist. Er wollte also unbemerkt da eintreffen.«

»Unmöglich, daß er Procane ist«, grübelte Lysenko laut.
»Er hätte Zugang zu allen Informationen, die Procane geliefert hat«, führte Rebet aus.
»Und der Kreml hat mir soeben mitgeteilt, daß man diese Informationen als echt ansieht«, ergänzte Lysenko triumphierend. »Ein Schlag für Oberst Karlow und diese verdammten skeptischen Berichte, mit denen er mich eindeckt. Procane existiert. Und Procane kommt. Sagen Sie das Karlow. Er soll so bald wie möglich ein Treffen mit Mauno Sarin in Tallinn arrangieren. Sarin wird es wissen, wenn einer dieser Amerikaner von Schweden auf finnisches Territorium hinüberwechselt. Er muß Sarin sagen, daß wir es als einen Akt der Feindseligkeit ansehen werden, wenn er uns nicht sofort davon informiert, sobald dieser Agent des Westens in Finnland eintrifft.«
»Agent des Westens? Procane? Ich verstehe nicht.«
»Weil Sie nicht die andere Seite des Hügels sehen – wie das der Herzog von Wellington immer getan hat.« Auf dem Gebiet der Militärgeschichte äußerst belesen, ließ Lysenko keine Chance aus, seine Gelehrsamkeit zu zeigen.
»Ich verstehe trotzdem nicht«, sagte Rebet beharrlich. »Procane ist doch unser Mann.«
»Aber das binden wir Mauno Sarin, diesem gerissenen Hund, nicht auf die Nase. Wir lassen ihn glauben, Procane sei ein amerikanischer Agent, der die Kühnheit hat, die finnische Neutralität in Mißkredit zu bringen. Er wird dann keine Sekunde zögern, ihn an uns auszuliefern.«
Rebet nickte. Lysenko war immer für eine Überraschung gut. Gelegentlich zeigte er außerordentliches Geschick, andere zu manipulieren. Das hier, mußte er zugeben, war ein raffinierter Schachzug.
»Aber wir wissen noch immer nicht, wer Procane ist«, brachte er seinem Chef in Erinnerung.
»Wir haben jetzt viele Kandidaten für die Rolle. Wir wissen, daß Cord Dillon nach Europa geflogen ist, daß kurz danach Stilmar aus Washington eintraf. Jetzt haben wir den hochberühmten Paul Dexter auf Besuch in Europa – wo er erst vor zwei Monaten gewesen ist. Warum dieser plötzliche zweite Besuch? Merken Sie sich meine Worte gut, Rebet. Einer von diesen dreien ist Procane. Und jetzt? Rufen Sie Oberst Karlow an.«
Von seinem Standpunkt aus gesehen, stimmte, was Lysenko über

den gegenwärtigen Stand der Dinge ausgesagt hatte. Doch hatte er einen weiteren Kandidaten übersehen. Helene Stilmar.

17

»Ich weiß, wo Alexis ermordet worden ist«, sagte Newman zu Laila.
Seine Stimme war ohne Klang, sein Gesicht hart und erstarrt. Sie saßen in seinem Doppelzimmer im *Hesperia* in Helsinki. Laila hatte es sich nahe bei ihm bequem gemacht, saß auf der Armlehne seines Sessels.
Sie waren einander nähergekommen, hatten sie doch nun etliche Tage gemeinsam verbracht, waren gemeinsam durch die Straßen der Stadt gewandert. Sie hatten nicht miteinander geschlafen – das Mädchen war ihm zu jung. Zumindest sagte er sich das. Die Wahrheit war, daß ihm nicht danach war, mit einer Frau intim zu werden. Er war hart und unzugänglich geworden, mit nur einem Ziel vor Augen – den Mann ausfindig zu machen, der Alexis getötet hatte, die Frau, die schon Wochen vor ihrer letzten Reise aufgehört hatte, ihn zu lieben.
»Wieso wissen Sie das?« fragte Laila.
»Aus dem neuen Buch über Rußland, das wir heute bei Akateeminen entdeckt haben.«
Es war ein Reiseführer durch die Sowjetunion mit vielen Illustrationen. Newman schlug das Kapitel über die Republik Estland auf, zeigte auf ein großes Bild, das die Altstadt von Tallinn zeigte, und reichte ihr das Buch. Er zündete sich eine Zigarette an.
»Ich verstehe nicht«, sagte Laila, das Foto ansehend.
»In London zeigte mir jemand einen Film von dem Mord, einen Film, den Moskau offensichtlich schickte, um jeden davor zu warnen, Alexis nachzufolgen. Irgend so ein Vieh schickte es zur Abschreckung. Normalerweise machen die Russen einen solchen Fehler nicht. Ich möchte wetten, daß der, der das getan hat, jetzt in Sibirien ist.«
»Ich verstehe noch immer nicht.«
»Dieses Schloß hoch oben auf dem Berg –«, er deutete auf das Bild, »– war im Hintergrund der Szene zu sehen, bei der ein Wagen Alexis überrollte. Ich wußte, ich hatte das verdammte Ding schon einmal gesehen. Wahrscheinlich in einem anderen Film. Ein

Auslandskorrespondent muß ein fotografisches Gedächtnis haben. Buchstäblich.«
»Ich kenne es. Ich bin dort gewesen. Es ist die Kleine Festung Toompea, sie hat drei große Türme, den Langen Hermann, den Pilsticker und die Landskrone. Sie steht in der Nähe des Doms, hoch über dem Lossi-Platz. Was gedenken Sie zu tun, Bob?«
»Irgend etwas werde ich tun.«
Ihre Stimme war voll Angst, als sie seinen Arm drückte, um seine Aufmerksamkeit auf sich zu lenken. Sein Gesichtsausdruck gefiel ihr nicht.
»Wenn Sie den Mann finden, der schuld ist am Tod Ihrer Frau, werden Sie ihn töten, nicht wahr?«
»Das habe ich nicht gesagt . . .« Newman riß sich von ihr los, stand auf und ging hinüber zu dem niederen Schrank, auf dem der Telefonapparat stand. Er öffnete eine Lade und nahm das Telefonbuch von Helsinki heraus.
»Ich möchte einen Wagen mieten. Nennen Sie mir die beste Firma.«
»Hertz wird am besten sein, stelle ich mir vor. Sie haben ein Büro im ›Intercontinental‹, nicht weit von hier.«
»Hab sie schon. 44 69 10.« Er kritzelte die Nummer auf den Hotelschreibblock. »Zeit fürs Mittagessen. Ich rufe an, nachdem wir gegessen haben.«
»Wohin fahren Sie, Bob? Kann ich mitkommen?«
»Zum Mittagessen ja. Mit mir im Wagen nein. Keine Diskussion«, fuhr er mit derselben tonlosen Stimme fort. »Heute nachmittag gehen Sie zurück in Ihre Redaktion.«
»Dort erwartet man mich nicht. Ich habe mir etwas Urlaub genommen, um mit Ihnen zusammen sein zu können, Bob.« Sie sagte es in flehendem Ton.
»Dann suchen Sie sich eine andere Betätigung. Also, sind Sie hungrig? Wenn ja, dann gehen wir hinunter und probieren das exzellente Buffet aus.«
Im großen, komfortablen Speisesaal in der ersten Etage, von wo man auf die Mannerheimintie hinuntersehen konnte, nahmen sie schweigend den Hauptgang ein. Laila aß ganz automatisch, schaute häufig über den Tisch zu Newman, der immer noch den starren Ausdruck im Gesicht hatte, der ihr solche Angst machte. Sie gingen zum langen Buffettisch zurück, um sich aus dem reichen Angebot an Desserts etwas auszusuchen, als sie etwas sagte.

»Bob, ich bin in einer Minute zurück. Ich muß mich ein wenig zurechtmachen.«
»Lassen Sie sich Zeit.«
Sie eilte hinaus, wo er sie nicht sehen konnte, rannte über die Treppe ins Erdgeschoß – er hätte sie möglicherweise gesehen, wenn sie den Aufzug betreten hätte. Sie rief bei der Schutzpolizei auf dem Ratakatu an und verlangte ihren Vater zu sprechen. Mauno war sogleich am Apparat.
»Was ist, Laila?« fragte er kurz angebunden.
»Ich rufe vom ›Hesperia‹ an. Ich mache mir schreckliche Sorgen um Bob Newman, der in Helsinki ist – hier in diesem Hotel. Er hat herausbekommen, wo seine Frau umgekommen ist. Auf der anderen Seite des Wassers. Nach dem Mittagessen will er einen Wagen mieten. Er will mir nicht sagen, wohin er fährt.«
»Newman ist hier? Wirklich? Wo mietet er den Wagen?«
»Bei Hertz. Im ›Intercontinental‹. Er will mich nicht mitfahren lassen. Kannst du etwas tun?«
»Ich glaube schon. Ist das alles? Gut. Danke, daß du mich angerufen hast – du hast richtig gehandelt. Sag ihm nicht, daß du es mir gesagt hast.«
»Natürlich nicht. Er würde denken, ich hätte ihn verraten. Was ich in gewisser Weise getan habe.«
»Du hast ihn damit vielleicht gerettet. Ich muß einen Anruf tätigen. Nochmals danke. Gib acht, daß er nicht Verdacht schöpft, du stündest mit mir in Verbindung. Vorläufig auf Wiedersehen.«
Laila legte auf und seufzte. Sie fühlte sich als Verräterin. Rasch ging sie in die Damentoilette, um etwas Puder und Schminke aufzutragen.
Auf dem Ratakatu telefonierte Mauno Sarin bereits mit dem Hertz-Büro. Er gab ihnen genaue Instruktionen, und sie versprachen, ihn zurückzurufen. Dann forderte er einen Wagen mit Sendeanlage an.

Porvoo ist eine kleine alte Stadt ungefähr fünfzig Kilometer östlich von Helsinki. Man erreicht sie auf einer modernen Straße, die dann weiter nach Osten führt, schließlich die finnisch-russische Grenze überquert und das einst finnische Vyborg erreicht, das seit dem Abkommen nach dem Ende des »Fortsetzungskrieges« 1945 mit dem umliegenden Gebiet zu Rußland gehört.

Newman steuerte den bei Hertz gemieteten Ford über die Brücke, die den südwärts in die nicht weit entfernte See mündenden Fluß überspannt. Er fand einen Parkplatz, fütterte die Parkuhr mit Münzen und begann loszuwandern wie ein Tourist, der die Stadt erkunden will.

Er ging eine enge, mit Kopfsteinen gepflasterte Straße hinauf – die Kopfsteine waren so uneben, daß man sich leicht den Knöchel brechen konnte – und erreichte den Rathausplatz. Das hier war das alte Porvoo, ein Ensemble aus einstöckigen Holzhäusern mit leuchtend rostrotem Anstrich.

Aber diese Häuser sind keine Museumsstücke wie in Turku westlich der Hauptstadt. Hier wohnten Menschen, so wie ihre Vorväter zur Zeit des Zaren gelebt hatten, als Porvoo Teil eines Großfürstentums war. Während er ging, blickte Newman ständig um und hinter sich, aber nichts deutete darauf hin, daß jemand ihm folgte.

Es war derselbe Weg, den er nun wieder ging, er folgte der Route, an die er sich von seinem letzten Besuch erinnerte, parallel zum Fluß, bis er jenen Uferteil erreichte, wo mehrere arg mitgenommene Fischerboote vertäut lagen.

Bevor er das *Hesperia* verließ – nachdem er Laila aus dem Hotelbereich hinausbegleitet hatte –, hatte er Reiseschecks von American Express zum großen Teil in finnisches Geld – meist große Scheine – umgewechselt.

Er bog in eine enge Seitenstraße ab, wenig mehr als ein Durchgang, und gelangte zu weiteren alten Häusern am Flußufer. Mehrere Fischer saßen auf Holztonnen und besserten ihre Netze aus.

Seine Nüstern fingen vielerlei Gerüche ein – faulenden Fisch, Dieselöl und den schwachen Duft des Salzwassers von dem von hier aus nicht sichtbaren Meer. Er schlenderte eine Zeitlang am Ufer entlang, studierte eingehend die Fischer, bis er einen Mann in mittleren Jahren, wie die anderen auch, fand, der aber abseits von den anderen saß.

»Sprechen Sie Englisch?« fragte er den Mann.
»Ein bißchen.«
»Ist das Ihr Boot?«

Es war ein ramponierter alter Kahn mit einem kleinen Steuerhaus, der aber durchaus seefest aussah. Und der Mann, den er angesprochen hatte, wirkte ganz wie einer, der wußte, was er wollte.

»Ja«, antwortete der Fischer. »Wollen Sie was?«
Newman legte eine Pause ein. Die Finnen waren ein robuster Menschenschlag mit geradliniger Denkweise. Nur ja kein mediterranes Gefeilsche hier, beschloß Newman. Sag ihm, was du willst, nenne ihm den Preis, und er wird ja oder nein sagen. Rede nicht um den Brei herum. Nicht hier in Finnland.
»Können Sie mich aufs Meer hinausfahren? Ich möchte nach Tallinn hinüber. Nach Einbruch der Dunkelheit. Können Sie mich an einer einsamen Stelle der estnischen Küste absetzen, wo es niemand sieht?«
»Die Russen setzen Patrouillenboote ein. Die haben Radar.«
»Ich weiß. Aber machen Sie es? Für siebentausend Finnmark?«
Newman zog ein Bündel gefalteter Banknoten heraus und zählte sie vor den Augen des Fischers ab, der noch immer das Netz in seinen verkrümmten Händen hielt. Er war eben mit dem Abzählen fertig, als sich eine Hand leicht auf seine Schulter legte. Er fuhr herum. Mauno Sarin bewegte sich lautlos wie eine Katze.
»Warten Sie hier auf mich, Bob. Mein Wagen ist der blaue Saab, der oben am Durchgang, durch den Sie heruntergekommen sind, geparkt steht. Und würden Sie mir bitte die Wagenschlüssel Ihres gemieteten Ford aushändigen? Einer von meinen Männern wartet bei dem Wagen. Er wird ihn hinter uns nach Helsinki zurückfahren.«
»Angenommen, ich weigere mich?«
»Das können Sie nicht. Sie sind festgenommen, und ich bringe Sie jetzt zum Verhör.«
»Wessen werde ich beschuldigt?«
»Muß ich Ihnen das erst sagen?«
»Ja.«
»Sie haben versucht, Finnland illegal zu verlassen, in der Absicht, das Gebiet der Sowjetunion zu betreten, was ebenso illegal ist.«
»Illegal?«
»Haben Sie ein Visum für Rußland?«
Mauno zupfte an seinem Backenbart, während er Newman mit seinen stechenden blauen Augen ohne jedes Anzeichen freundschaftlicher Gefühle musterte. Jetzt stand er in seiner Eigenschaft als Chef der finnischen Geheimpolizei vor Newman.
»Ich warte in Ihrem Saab«, sagte Newman.

»Sie sind verrückt, Bob, verrückt in Ihrem Zorn. Versuchen einen Finnen zu bestechen, Sie in Estland abzusetzen.«
Sie fuhren dieselbe Strecke zurück, auf der Newman nach Porvoo gelangt war. Hinter ihnen lenkte ein Mann in Zivil den gemieteten Ford. Mauno fuhr sehr schnell auf der Landstraße, dann nahm er kurz die Geschwindigkeit weg und beschleunigte dann wieder.
»Wieviel haben Sie dem Fischer angeboten?« fragte er.
»Siebentausend Finnmark.«
»Vielleicht geben Sie mir das Geld, und ich bringe Sie nach Tallinn.«
Newman wandte sich zur Seite und starrte Mauno an, der hämisch grinste. Dann blinzelte Mauno ihm zu und verriß den Wagen nach rechts, weil der Anhänger eines riesigen Lasters ausschwenkte und ihnen in die Fahrbahn geriet.
»Sie sind selbst ein wenig verrückt, so wie Sie fahren«, bemerkte Newman, während er Maunos Bemerkung zu verdauen suchte. »Und warum sind Sie ein paar Kilometer vorher kurze Zeit langsamer geworden? Da war weit und breit kein Verkehr.«
»Die Polizei hat dort oft Radarfallen aufgestellt. Stellen Sie sich das vor! Der Chef der Schutzpolizei wird wegen Schnellfahrens angehalten! Das wäre eine Story für Lailas Schmierblatt! Und sie würde darüber schreiben! Ich frage mich überhaupt, was sie macht?« Er schaute Newman an. »Haben Sie sich mit ihr getroffen?«
»Wenn es der Fall wäre, würde ich es Ihnen nicht sagen.«
Dieser kleine Wortaustausch, dachte Mauno befriedigt, wäscht Laila von jedem Verdacht rein, daß sie meine Informantin gewesen sein könnte.
»Wieso konnten Sie mich in Porvoo aufstöbern?« fragte Newman. »Oder ist das ein Staatsgeheimnis?«
»Ich habe Sie überwachen lassen! Natürlich! Weil ich wußte, in welchem Gemütszustand Sie waren.« Maunos Stimme änderte sich, ließ mitfühlende Wärme erkennen. »Wenn es sich um meine Frau handelte, würde ich wahrscheinlich so reagieren wie Sie. Aber auf diesem Weg nach Estland gelangen zu wollen war eine Verrücktheit.«
»Gibt es einen anderen Weg? War es nur Spaß, als Sie sagten, Sie würden mich nach Tallinn bringen?«
»Nicht ganz.«

Mauno konzentrierte sich plötzlich ganz auf das Steuern des Wagens. Newman sah den Finnen durchdringend an. Sein linkes Bein war steif, und er bewegte es, um die Muskulatur zu lockern. Dabei spürte er das in der Socke verborgene Jagdmesser, das er vor seiner Abfahrt nach Porvoo in Helsinki erworben hatte.
»Was wollen Sie damit sagen?«
»Das ist jetzt vertraulich. Sie werden nicht darüber schreiben. Okay? Gut. Ich bin mit dem russischen GRU-Obersten, der für die Sicherheit in Estland zuständig ist, in geheimer Verbindung. Andrei Karlow heißt er. Stationiert ist er in Tallinn. Er möchte, daß ich auf der ›Georg Ots‹ über den Meerbusen fahre und mich mit ihm treffe. Er hat außerdem vorgeschlagen, daß er bereit wäre, einen vertrauenswürdigen westlichen Journalisten zu empfangen und ihm Tallinn zu zeigen. Ich habe ihm Ihren Namen genannt.«
»Warum mich?«
»Weil ich Sie vom Moment Ihres Eintreffens habe beobachten lassen. Sie zeigen ein ungesundes Interesse für Estland – ungesund nicht nur für Sie, sondern auch für mich. Der Vorfall in Porvoo beweist es. Die Russen würden uns die Schuld geben, wenn Sie etwas Verrücktes täten – und wenn diese verrückte Tat von Finnland ihren Ausgang nähme.«
Das bedeutet, dachte Newman, daß Mauno den Hubschrauberpiloten Takala ausgequetscht hat. Der hatte ihn vom *Kalastajatorppa* zum Süd-Hafen geflogen, wo die *Georg Ots* gerade nach Tallinn auslief. Er machte Mauno deswegen keinen Vorwurf – es war sein Geschäft.
»Und Sie schlagen mir ernstlich vor, mit Ihnen nach Tallinn zu fahren?« fragte er.
»Wenn Sie wollen – und wenn Karlow zustimmt. Ich würde darauf bestehen, natürlich, daß man uns die Ausreise noch am selben Tag zusichert, eine Zusicherung, die zumindest General Lysenko unterzeichnen müßte.«
»Und wer ist dieser Lysenko?«
Mauno ließ wieder Zeit vergehen, ehe er antwortete. »Das ist äußerst vertraulich – aber wir haben Mittel und Wege, zu erfahren, was drüben vor sich geht. Lysenko ist oberster Chef des GRU und damit Sicherheitschef in Lettland, Litauen und Estland. Er hat den Posten, den sich Karlow nach seiner Rückkehr von London, wo er eine Zeitlang Dienst tat, erhofft hatte.«

»Ich begreife noch immer nicht, warum Karlow sich den Besuch eines westlichen Journalisten wünscht.«
»Weil so viele Gerüchte über Unruhen in Estland kursieren – Gerüchte, auf die sich die Presse in Europa und Amerika gestürzt hat. Karlow glaubt nun – eine bloße Annahme, aber ich weiß, daß ich da richtig liege –, daß ein unparteiischer Journalist, der einiges Gewicht hat, Tallinn besucht, findet, daß dort alles ruhig und friedlich ist, einen Artikel schreibt, der weite Verbreitung findet, diese Gerüchte zum Schweigen bringen würde.«
»Noch einmal: warum mich?«
Mauno kicherte, während er die Geschwindigkeit reduzierte, denn sie erreichten die Vororte Helsinkis. »Offensichtlich hat man Sie in Moskau durch den Computer laufen lassen, und Sie sind als Neutraler eingestuft worden.«
»Doch wohl kaum als prosowjetisch.«
»Das würde Karlow nicht wollen – es wäre nicht überzeugend. Sie sind einer, der immer die Wahrheit schreibt, so wie sie sich ihm darstellt. Also...«
»Wie bald wäre diese Fahrt – angenommen, es kommt dazu?«
»Unmöglich zu sagen. Karlow wird uns erst knapp vorher eine Nachricht zukommen lassen. Also, Bob, tun Sie mir den Gefallen – falls Sie mit mir kommen wollen – und halten Sie sich im ›Hesperia‹ zur Verfügung. Und keine Seeabenteuer im Finnischen Meerbusen mehr! Sie werden mitkommen, wenn sich die Chance ergibt?«
»Ich nehme es an.«
»Großartig! Und zur Feier dieses Übereinkommens vergessen wir, daß wir zum Ratakatu fahren wollten. Ich halte hier und sage meinem Mann, er soll Ihren Ford zum ›Hesperia‹ zurückfahren. Dann nehmen wir einen Drink im Hotel ›Marski‹. Wo sich die Spione treffen!«

Mauno, der an seinem trockenen Weißwein nippte, hielt inne und blickte quer durch den großen Raum im Untergeschoß, wo sich die Bar des *Marski* befand. Nach wenigen Sekunden wandte er sich wieder Newman zu.
»Das ist ungewöhnlich. Sie erinnern sich, daß ich vorhin den kleinen Scherz machte, im ›Marski‹ träfen sich die Spione?«
»Ja.«
»Schauen Sie nicht gleich hin. Aber sehen Sie den dunkelhaarigen

Mann im grauen Anzug, der in der Ecke dort hinten allein an der Wand sitzt? Über der Stirn glattgekämmtes fettiges Haar. Längliches Gesicht, grauer Anzug, weiße Krawatte und blaues Hemd?«
»Ich habe ihn vor ein paar Minuten bemerkt. Er beobachtete uns.«
»Es ist Oleg Poluschkin, einer von Oberst Karlows Mitarbeitern.«
»Der Mann gefällt mir nicht besonders.«
»Er ist Hauptmann des GRU. Karlow muß ihn herübergeschickt haben, damit er hier herumschnüffeln soll, bevor sie die endgültigen Vorbereitungen bezüglich meines Besuches treffen. Er hat einen schlechten Ruf. Das, was man einen Gewalttäter nennt.«
Newman ließ den Blick durch die Bar schweifen und sah sich Poluschkin dabei näher an. Die Bar im *Marski* ist eine der besten der Stadt. Weiträumig, mit diskreter Beleuchtung, bequeme Stühle, die aussehen, als wären sie aus Leder. An Freitagabenden war hier alles voll. Junge Burschen mit ihren Mädchen, ältere Herren mit ihren ebenso jungen Freundinnen. Die meisten Mädchen hatten dieses ganz besondere flachsblonde Haar, wie man es nur in Finnland finden kann. Trotz des Gläserklirrens und überall animiert plaudernder Menschen war es nicht laut. Die Gäste wurden von Kellnerinnen bedient, die ebenso hübsch waren wie die jungen Mädchen an den Tischen.
Oleg Poluschkin mußte um die Vierzig sein, schätzte Newman. Der Russe war ein Schwergewicht, sein glattrasiertes, feistes Gesicht war ungewöhnlich blaß. Die nach unten abfallenden Mundwinkel wirkten unsympathisch. Die dunklen Augen unter den buschigen Brauen bewegten sich träge. Als Newman ihren Blick einfing, fühlte er sich an die Augen einer Eidechse erinnert. Kalt, ausdruckslos. Das war nicht ein Mann, dem man in der Dunkelheit in einem engen Gäßchen begegnen mochte.
Alle seine Bewegungen erfolgten langsam und kalkuliert. Die Finger seiner schwammigen linken Hand legten sich um das Glas, hoben es bedächtig an die wulstigen Lippen. Nachdem er getrunken hatte, stellten sie das Glas sorgfältig an die Stelle zurück, von wo sie es genommen hatten.
Seine trüben Augen fingen wieder Newmans Blick ein, blieben einige Sekunden daran haften und richteten dann ihre Aufmerksamkeit auf ein attraktives Mädchen, das mit vier Männern am

Nebentisch saß. Sie fing seinen Blick auf, erwiderte ihn und wandte sich dann ab. Er mißfiel ihr.
»Wo ist Ihr Mann?« fragte Newman beiläufig und hob sein Glas.
»*Mein* Mann?« fragte Mauno in erstauntem Ton.
»Also, kommen Sie! Das ist Ihre Stadt! Sie haben einen Mann hier irgendwo, der Poluschkin beobachtet.«
»Eigentlich ist es eine Frau.«
»Sie soll sich in acht nehmen, wenn sie einem solchen Typ folgen muß.«
»Sie kann auf sich aufpassen – sie ist Judo-Expertin.«
»Trotzdem sage ich, es wäre besser, wenn sie sehr gut ist. Ich habe gelernt, einen schweren Jungen sofort zu erkennen. Ihr Freund Poluschkin ist kein Kätzchen.«
»Aber wir sind hier in Helsinki. Verglichen mit anderen Ländern, gibt es hier wenig Gewalttätigkeit. Unser Präsident spaziert ohne Bewacher durch die Straßen. Man schießt in Finnland niemanden über den Haufen. Die Russen kennen die Spielregeln. Und sie halten sich daran.«
»Außenseiter gibt es überall«, erwiderte Newman und schaute wieder zu Poluschkin hin.
»Außenseiter?«
»Den Einzelgänger, der Amok läuft.«
»Spielen Sie da auf sich selbst an?« fragte Mauno heiter.
»Ich spiele auf das Stück Dreck an, das uns soeben verläßt.«
Poluschkin hatte sich vom Tisch erhoben und schlüpfte in seinen Kamelhaarmantel. Beide Hände in die Taschen schiebend, schlängelte er sich zwischen den Tischen hindurch zum Ausgang. Ein blondes Mädchen, das allein an einem Tisch gesessen hatte, stand auf, zog eine Windbluse an und verließ ebenfalls die Bar.
»Ihr Mädchen?« wollte Newman wissen.
»Sie sind sehr aufmerksam.«
»In mehr als nur einer Hinsicht, Mauno.«
»Und wie darf ich das verstehen, mein Freund?«
»Die kleine Komödie ist nun zu Ende, nicht wahr? Sie brachten mich in diese Bar, nachdem Sie mit Poluschkin vereinbart hatten, er solle hier warten. Jetzt hat er mich genau in Augenschein genommen und kann Karlow berichten.«
»Was ihr Auslandskorrespondenten doch für eine rege Phantasie habt!«

»War das nötig?« fragte Newman mit einiger Schärfe. »Ich hätte es sehr geschätzt, wenn Sie mich vorher gewarnt hätten.«
»Hätte ich es getan, Bob, wäre es Ihnen schwergefallen, sich natürlich zu benehmen. Karlow hat noch nicht zugestimmt, daß man Ihnen erlaubt, Tallinn zu besuchen.«
»Also belauert jeder jeden.«
»Das ist Finnland. Wir können nur hoffen, daß Poluschkins Bericht an seinen Chef positiv ausfällt.«

Draußen in der Dunkelheit schlenderte Poluschkin südwärts in das stark verbaute Gebiet an der Spitze der Halbinsel. Er hätte am nahen Standplatz ein Taxi nehmen können, doch er zog es vor, zu Fuß zu gehen, um sich zu versichern, daß ihm niemand folgte.
Eine halbe Stunde später kam er bei einem großen alten Gebäude an, das von Mauern umgeben war, deren Krone zusätzlich mit einem Gitter versehen war. Tehtaankatu Nr. 1. Die Sowjetische Botschaft. Wie die Amerikaner, deren Botschaft im selben Viertel liegt, jedoch in einem viel moderneren Gebäude untergebracht ist, haben auch die Russen sehr viel Personal.
Sobald er in dem ihm zugewiesenen Büroraum war, zog Poluschkin seinen Mantel aus und forderte die Telefonvermittlung auf, ihn mit Tallinn zu verbinden. Er benützte ein abhörsicheres Telefon, um mit Karlow zu sprechen.
»Ich habe diesen Robert Newman gesehen«, berichtete er. »Ich habe ihn mir genau ansehen können – Sarin hat das arrangiert. Mir gefällt dieser Engländer nicht.«
»Allmächtiger!« explodierte Karlow. »Ich habe Sie nicht hingeschickt, damit Sie mir Ihre Meinung sagen. Sie sollten diesen Mann als Robert Newman identifizieren. Ist er es?«
»Nach den Fotos, die man mir gezeigt hat, und einigen Filmausschnitten, die ich gesehen habe, würde ich sagen, er ist Robert Newman. Ja.«
»Sind Sie sicher? Bevor Sie antworten, vergessen Sie nicht, daß Sie ihn nicht persönlich kennengelernt haben«, sagte Karlow eisig. »Wenn Sie sich allein auf Fotos und Filme stützen, sind Sie sicher, daß der Mann, den Sie gesehen haben, Robert Newman ist?«
»Ich bin sicher.« Das klang mürrisch. »Aber ich hätte gern, wenn man meinem Bericht hinzufügte, daß ich diesem Mann nicht traue.«

»*Ihrem* Bericht? Hauptmann Poluschkin, *Sie* erstatten hier *mir* Bericht. Ist das klar? Eine klare Antwort!«
»Es ist klar. Ich kann also jetzt nach Tallinn zurückkehren...«
»Nein! Das können Sie nicht! Sie bleiben, wo Sie sind – und halten die Augen offen. Ist auch das klar?«
»Ich habe verstanden, Genosse.«
»Abschließend möchte ich sagen, daß es Sie vielleicht interessiert, daß seit Ihrer Abwesenheit keine weiteren GRU-Offiziere ermordet worden sind.«
Karlow knallte den Hörer in die Gabel. In Helsinki legte ein aschfahl gewordener Poluschkin den Telefonhörer auf.

Hinter seinem Schreibtisch in dem alten Gebäude in der Pikk-Straße rieb sich Oberst Karlow die Nasenspitze und starrte seine Sekretärin an. Das dunkelhaarige, attraktive Mädchen beobachtete den Chef und wartete auf seine Befehle.
»Raisa«, begann Karlow, »dieses Gespräch haben wir auf Band?«
»Wie Sie es befohlen haben.«
»Stecken Sie die Spule in einen Umschlag, versiegeln Sie ihn und legen Sie ihn in den Safe. Der Mann macht mich krank. Seine Arroganz übersteigt jedes Maß. Nun, wartet mein geheimer Besucher?«
»Ich habe Herrn Davidow in ihr privates Empfangszimmer führen lassen.«
Raisa deutete auf die geschlossene Tür, die ins Nebenzimmer führte. Karlow dankte ihr und bedeutete ihr, nach Hause zu gehen, nachdem sie das Band an seinen Platz gebracht hätte. Nachdem Raisa den Safe geschlossen hatte, sagte sie gute Nacht und ging.
Karlow sprang auf, ging zur bewußten Tür, drehte den Schlüssel im Schloß und stieß die Tür auf. Er winkte Herrn »Davidow«, bei ihm einzutreten. Olaf Prii, Kapitän des Trawlers *Saaremaa*, kam herein und setzte sich auf den Stuhl, der vor Karlows Schreibtisch stand.
»Nun, Prii, erzählen Sie mir von Ihrem Besuch in England.«

18

Ingrid Melin saß in der Halle der sechsten Etage des *Grand Hotel* in Stockholm in einem Fauteuil und behielt die Aufzüge im Auge. Sie trug eine Hornbrille und tat so, als läse sie in einem schwedischen Modemagazin, das sie sich von einem der Tische genommen hatte.
Schon die Brille veränderte ihr Aussehen, aber sie hatte außerdem andere Kleidung angezogen. Anstelle des marineblauen Hosenanzugs, den sie auf dem Flugplatz Arlanda getragen hatte, steckte sie jetzt in einem zweiteiligen roten Ensemble mit weißer Rüschenbluse.
Neben ihr lag ihr Kamelhaarmantel gefaltet über der Armlehne. Darunter verborgen ein Kopftuch. Sie wartete, in der Hoffnung, die Stilmar werde auftauchen. Wie sie mit gekreuzten Beinen entspannt dasaß, sah sie wie eine junge Frau aus, die auf ihren Freund wartet, der sie zum Abendessen ausführen wird.
Vorhin hatte sie gesehen, wie der Zimmerkellner ein Tablett in Helenes Zimmer trug. Auf dem Tablett befanden sich ein Schinkensandwich und eine Kanne Kaffee. Das ließ darauf schließen, daß Helene Stilmar später ausgehen würde, um zu Abend zu essen.
Später hatte sie aus dem Augenwinkel beobachtet, wie die Stilmar die Zimmertür öffnete und das Tablett auf den Gang stellte. Sie war im seidenen Morgenrock – offenbar hatte sie vor, zuerst noch ein Bad zu nehmen.
Nach einer halben Stunde hörte Ingrid, wie sich eine Tür öffnete und wieder schloß. Die Amerikanerin, in einem smaragdgrünen Kleid und mit Nerzjacke, ging durch die Halle und drückte den Knopf des Lifts. Sie beachtete Ingrid kaum, war mit sich und ihrem Vorhaben beschäftigt. Als die Lifttüren sich schlossen, kam Ingrid in Bewegung.
Sie ergriff Mantel und Tuch, rannte zur Treppe, eilte hinunter, immer zwei Stufen auf einmal nehmend. Während sie hinunterlief, schlüpfte sie in den Mantel und schlang sich das Tuch um den Kopf, band es im Nacken fest, um ihr Haar zu verbergen.
In der Halle ankommend, war sie gerade noch rechtzeitig da, um Helene Stilmar die Stufen zum Ausgang hinabsteigen zu sehen. Ingrid nahm eine dunkle Brille heraus und setzte sie anstelle ihrer Lesebrille auf.

Der eindrucksvolle Türsteher, ein bärtiger Hüne, der wie Orson Welles aussah, winkte eben ein Taxi herbei. Er stand mit einem Pfeifchen im Mund draußen und ließ einen schrillen Pfiff ertönen. Ein vorbeifahrendes Taxi schlug einen Bogen und hielt vor dem Hotel.
Ingrid glitt hinter das Lenkrad ihres Miet-Volvos, froh und dankbar, daß sie ihre ursprüngliche Absicht, von Uppsala mit einem Taxi zum Flughafen Arlanda zu fahren, aufgegeben hatte. Die Zündung betätigend, beugte sie sich über das Steuer und konzentrierte ihre Aufmerksamkeit auf zwei Dinge: keinen Unfall zu bauen und dem Taxi auf den Fersen zu bleiben, das gerade vom *Grand Hotel* wegfuhr.
Es war noch Tag, 18.30 Uhr und wenig Verkehr. Zwischen den am Ufer vor dem Hotel vertäuten Passagierbooten hindurch konnte man auf der anderen Seite des Wassers Teile des Königlichen Palastes und des Parlaments sehen, zweier Gebäude, die Stockholm sein ansehnliches Gepräge geben.
Wieder begann sie zu fürchten, sie könnte Helene Stilmars Taxi aus den Augen verlieren. Doch nichts von dieser Angst zeigte sich in ihrem ruhigen Gesicht, während sie kühl und beherrscht den Wagen durch die Altstadt manövrierte. Helene schien eines der vornehmeren Viertel anzusteuern, nicht weit vom Zentrum entfernt, mit alten, teuren Wohnungen.
Daß ihre Annahme richtig war, wußte Ingrid, als das Taxi in den Karlavägen einschwenkte, wo so gut wie kein Verkehr war. Sie fuhr langsamer, um den Abstand zwischen sich und Helene Stilmar zu vergrößern, und hielt an, als das Taxi an den Bordstein fuhr.
Helene Stilmar kam offenbar gar nicht in den Sinn, daß sie verfolgt werden könnte. Sie stieg aus, entlohnte den Fahrer, ging die Stufen zum Eingang eines Mietshauses hoch und verschwand im Hausinneren. Ingrid hatte inzwischen ihren Volvo verlassen und war mit schnellen Schritten nahe genug herangekommen, um zu erkennen, daß Helene einen Schlüssel benützte und nicht über die Gegensprechanlage Einlaß forderte.
Der Schlüssel! Als sie in der Halle der sechsten Etage gesessen hatte, war bald nach dem Zimmerkellner ein Boy gekommen und hatte Helene einen Briefumschlag überbracht. Hatte dieser den Schlüssel, die Adresse und eine Nachricht enthalten? Möglich.
Karlavägen 72 C. Die Nummer des Hauses, das die Amerikanerin

betreten hatte. Ingrid kam ein Gedanke. Sie eilte über die leere Straße. Sie blickte am Gebäude hoch – gerade rechtzeitig genug, um zu sehen, wie hinter zwei Fenstern in der dritten Etage das Licht anging. Auf den schweren Netzvorhängen zeichnete sich Helene Stilmars Silhouette ab, die sich an einem der Fenster vorbeibewegte.
Ingrid war schon einmal in einer dieser Wohnungen gewesen und wußte, sie waren groß und nahmen eine Etage zur Gänze ein. Sie ging wieder über die Straße, um zu sehen, wer die Wohnung in der dritten Etage bewohnte. »B. Warren« stand auf dem Namensschild.
Der Name sagte ihr nichts. Sie schob die Hände in die Manteltaschen und ging langsam zu ihrem Volvo zurück. Zwei Probleme mußten rasch gelöst werden. Helene war umgezogen – in Abendkleidung – aus dem Hotel gegangen. Das bedeutete für Ingrid nur eines: sie erwartete den Besuch eines Mannes. Es konnte wichtig sein, zu erfahren, wer dieser Mann war.
Er konnte natürlich bereits in der Wohnung sein. Herr B. Warren. Aber Ingrid glaubte das nicht. Die schweren Vorhänge wären dann nicht zugezogen gewesen. Und wenn er auf sie wartete, warum hatte er ihr dann einen Schlüssel gegeben? Er hätte sie einlassen können, sobald sie sich über die Sprechanlage meldete. Oder er hätte ihr den Nummerncode geben können, mit dem man die Haustür öffnen konnte. Über der Gegensprechanlage war die Tastatur mit den Ziffern 0 bis 9 zu sehen gewesen.
Zweites Problem war der Volvo. In diesem Stadtteil gab es Parkbeschränkungen. Wenn ein Polizist vorbeikam, war sie in Schwierigkeiten. Sie öffnete die Kühlerhaube, als ob mit dem Motor etwas nicht in Ordnung wäre.
Sie stand neben der offenen Kühlerhaube und nahm den kleinen, sehr handlichen Fotoapparat heraus, mit dem Tweed sie einmal für einen früheren Auftrag ausgerüstet hatte. Sie schob den Verschluß zur Seite. In diesem Augenblick fuhr ein Taxi vorbei, verringerte seine Geschwindigkeit und hielt an. Genau vor Nummer 72C.
Ein Mann stieg aus und bezahlte. Seine Aufmerksamkeit war ganz auf diese Tätigkeit gerichtet. Sie hob die Kamera und machte drei Aufnahmen in rascher Aufeinanderfolge. Sie wartete, bis er ins Haus gegangen war, und eilte dann wieder über die Straße, um zu den Fenstern in der dritten Etage hinaufzuschauen.

Helene hatte sich, wie Ingrid annahm, gerade vom Fenster abgewendet, nachdem sie hinausgeschaut hatte, als das Taxi stehenblieb. Ein Mann erschien, schlang die Arme um sie, und sie standen in leidenschaftlicher Umarmung da. Dann, eben als Ingrid sich anschickte, wieder über die Straße zurückzugehen, fielen ihm die Vorhänge ein, und er zog sie zu.
Ingrid beeilte sich, zu ihrem Wagen zu kommen. Als sie die Motorhaube schloß, stoppte ein Streifenwagen neben ihr. Sie setzte sich hinters Lenkrad, während ein Polizist ausstieg.
»Parken verboten.«
»Ich parke nicht. Ich hab eine Panne.«
Sie schenkte ihm ihr bezauberndstes Lächeln, drehte den Zündschlüssel, und der Motor sprang an. Er stand da, die Hände an den Hüften, und wußte nicht recht, was er tun sollte.
»Geht ja jetzt«, sagte er.
»Gott sei Dank. Ich komme ohnehin zu spät zu meiner Verabredung.«
»Der Mann ist ein Glückspilz.«
»Vielen Dank, Inspektor...«
»Sehen Sie zu, daß ich in der Nähe bin, wenn Sie das nächste Mal eine Panne haben.«
»Versprochen. Darf ich fahren?«
»Viel Spaß. Haben Sie ja sicher immer.«
Im *Grand Hotel* sollte bald nach ihrer Rückkehr eine für sie aufregende Änderung der Situation eintreten.

Kapitän Olaf Prii machte es sich im Stuhl gegenüber Oberst Karlows Schreibtisch bequem, zog eine alte Pfeife heraus und bat um die Erlaubnis, zu rauchen.
»Natürlich«, gab Karlow seine Zustimmung und lehnte sich in seinem Stuhl zurück. »Nun, ich höre. Ich habe Ihr verschlüsseltes Signal empfangen. Alles ging gut, nehme ich an?«
Sie unterhielten sich in der Sprache, die sie beide beherrschten: Deutsch. Prii hatte sie während der deutschen Besetzung 1942 fließend sprechen gelernt. Er hatte mit den Deutschen zusammengearbeitet – er gehörte zu denen, die alle politischen Systeme überlebten. Er paffte an seiner Pfeife und beobachtete Karlows hagere, lebhafte Züge durch den Tabakrauch.
»Wir liefen Harwich an, gaben vor, Maschinenschaden zu haben.«

»Ausgezeichnet. Wer kam, um mit Ihnen zu reden?«
»Ein Mann namens Tweed.«
»Ah, Tweed! Ein kluger – und ein gefährlicher Mann. Ging er in die Falle?«
»Ich weiß es nicht. Er deutete mit keinem Wort an, daß er vorhätte, ins Baltikum zu kommen. Wie Sie vorgeschlagen hatten, erzählte ich ihm von den Morden an GRU-Offizieren. Ich sagte ihm auch, daß Sie in Tallinn die Nachforschungen leiteten.«
»Gut! Gut! Was noch?«
»Ich erzählte ihm von dem Finnen, Mauno Sarin, und seinen Besuchen bei Ihnen in Tallinn.«
»Erzählen Sie weiter.« Karlow ergriff einen Bleistift und drehte ihn langsam zwischen den Fingern. »Erwähnte er einen Engländer, einen Zeitungsreporter namens Robert Newman?«
»Nein, mit keinem Wort. Aber er erwähnte gegen Ende des Gesprächs einen Amerikaner namens Procane.« Prii buchstabierte den Namen. »Es war bloß eine beiläufige Frage.«
»Und was antworteten Sie?«
»Die Wahrheit. Ich habe nie von jemandem gehört, der so heißt.«
»Nicht wichtig. Dieser Tweed, der Sie befragte – schien er angespannt zu sein, erpicht darauf, möglichst viele Informationen aus Ihnen rauszuquetschen? Wie war sein Verhalten allgemein?«
»Sehr ruhig. So als ob dieses Verhör eine reine Routinesache wäre, etwas, das alle Tage passiert. Fast so, als handele es sich um eine Arbeit, die er sich ebensogut schenken konnte.«
»Schlau. Sehr schlau.«
»Mir kam er eher etwas dümmlich vor.« Mit seinem nikotingelben Fingerknöchel stopfte Prii Tabak in die Pfeife. »Ich habe noch etwas für Sie, Oberst, etwas, das mir jemand vom estnischen Untergrund gegeben hat. Drei Fotos, mit der Spezialkamera aufgenommen, die Sie mir gaben.«
»Wann aufgenommen?«
»Es ist nicht lange her.«
Einen billigen Umschlag aus seiner dicken Seemannsjacke nehmend, zog Prii daraus drei Fotos heraus und ließ sie auf den Tisch fallen. Karlow nahm sie auf, legte sie nebeneinander. Mit ernster, bekümmerter Miene starrte er sie lange an.
»Der Mann, der diese Aufnahmen gemacht hat – wird er den Mund halten?«

»Darauf können Sie sich verlassen – sein Leben ist ihm mehr wert.«
»Die behalte ich.« Karlow warf einen Blick zum Safe, überlegte es sich dann anders. Er nahm die Brieftasche heraus, schob die drei Fotos hinein und steckte die Brieftasche wieder ein. »Diese Fotografien existieren nicht. Sind nie aufgenommen worden. Sie verstehen, Prii?«
»Völlig. Darf ich jetzt gehen? Auf demselben Weg, auf dem ich gekommen bin?«
»Ja. Sie müssen vorsichtig sein.«
Prii löschte seine Pfeife mit dem Daumen aus, steckte sie in die Tasche, verließ das Zimmer durch die Seitentür und ging über eine Wendeltreppe nach unten. Die Treppe war alt, und die Füße der Benützer hatten über die Jahrhunderte Vertiefungen in die Mitte der Stufen getreten. Eigenartig, daß die Leute immer in der Mitte einer Treppe hinauf- oder hinuntergingen. An Bord seines Kutters war Prii daran gewöhnt, die Niedergänge auf der Seite zu benützen, besonders bei stürmischer See, weil er sich dann am Geländer festhalten konnte.
Vorsichtig trat er auf die Pikk-Straße hinaus, schaute nach beiden Seiten und stellte fest, daß sie menschenleer war. Bevor er zu seiner Unterkunft zurückkehrte, drehte er sich um und spuckte voll böser Verachtung auf die Stufen des Eingangs.

Vierhundert Kilometer entfernt, jenseits der Ostsee, saß Ingrid auf dem Bettrand und stellte einen Bericht fertig, der die letzten Vorkommnisse enthielt, genaue Zeitangaben inbegriffen. Sie schrieb das alles in Geheimschrift in ihr Notizbuch. Sie machte das Büchlein zu, gähnte und verspürte großen Hunger.
Sie mochte das Mansardenzimmer, das sie bewohnte. Es hatte zwei große Giebelfenster. Wollte man jedoch einen Blick auf die Stadt werfen, mußte man das von einem Erker aus tun. Es war gemütlich und ruhig hier.
Es klopfte jemand leise an die Tür. Sie öffnete vorsichtig, ließ die Sicherheitskette eingehakt, schaute durch den Türspalt und löste die Kette. Auf Sicherheit bedacht, sagte sie kein Wort, bis der Besucher im Vorraum stand und sie die Tür zugemacht und versperrt hatte.
»Tweed! Oh! Wie froh bin ich, Sie wiederzusehen...«
Sie schlang die Arme um seinen Nacken und drückte ihn zärtlich

an sich. Normalerweise hätte ihn das verlegen gemacht, doch jetzt umfaßte er ihre zarte Taille und zog sie ebenfalls an sich. Er hatte noch seinen Schlapphut auf und hielt seine Aktentasche umklammert.
»Sorgen?« fragte er, als sie einander losließen und sie ihn ins Schlafzimmer führte und ihm Hut und Mantel abnahm. Der Mantel wurde sorgfältig über einen Bügel gehängt, dann sagte sie ihm, er solle sich setzen.
»Wann sind Sie angekommen, Tweed? Sind Sie direkt hierhergekommen? Wieso wußten Sie, wo ich war?«
Es war typisch für Ingrid – der Strom von Fragen, die Erregtheit, die offen gezeigte Freude über sein Kommen. Der Nonstopflug von London, die lange Fahrt vom Arlanda-Flughafen hatten ihn müde gemacht, und doch fühlte er sich durch den warmen Empfang, der ihm hier bereitet wurde, bereits merklich erfrischt.
»Ich stelle lieber das Radio an«, flüsterte sie. »Ich bin sicher, daß niemand mir gefolgt ist – aber ich tu's dennoch.«
Er sah ihr zu, wie sie sich beschwingt durch den Raum bewegte, das Radio einschaltete und einen Sender fand, der Popmusik brachte. Für den unwahrscheinlichen Fall, daß man eine Wanze im Zimmer angebracht hatte, würde die Musik ihr Gespräch bis zur Unverständlichkeit verzerren. Als er sie auf einer Party in Stockholm kennengelernt hatte, war sie in dieser Art von Tätigkeit ohne jede Erfahrung gewesen, hatte sich dann aber rascher alle Tricks angeeignet als jeder Berufsagent, der ihm je untergekommen war.
»Wann haben Sie zuletzt gegessen?« fragte er sie.
»Es ist schon einige Zeit her, aber...«
»Kein Aber – wir werden den Zimmerservice kommen lassen und ein Festmahl bestellen.«
»Ist schon gut. Bleiben Sie sitzen. Ich weiß, wo die Speisekarte ist. Sie haben geräucherten Lachs. Ich liebe geräucherten Lachs.«
Sie studierten gemeinsam die Karte, dann hob sie den Hörer ab und bestellte ihr Mahl, dazu eine Flasche guten Weißweins, die Tweed ausgesucht hatte. Während sie auf den Kellner warteten, erzählte sie ihm alles, was seit ihrem Eintreffen auf dem Flughafen Arlanda geschehen war.
Tweed blieb schweigsam, beobachtete sie, die entspannt mit hochgezogenen Beinen auf einem Sessel saß, den sie nahe zu ihm herangezogen hatte. Er war ein guter Zuhörer, und sie hatte eine

erstaunliche Fähigkeit, Fakten knapp und geordnet vorzutragen. Als sie bei dem Vorfall mit dem geparkten Volvo und dem Polizisten anlangte und dabei Tweed die Kamera zeigte, mußte sie lachen.
»Ich glaube, dieser Polizist hätte mich gerne zum Abendessen eingeladen.«
»Sein Pech ist mein Glück. Also, um Ihre Fragen zu beantworten: von Arlanda nahm ich mir geradewegs hierher ein Taxi. Von Monica wußte ich, daß Sie im ›Grand Hotel‹ wohnen. Sie sagten es ihr telefonisch, und ich habe sie von Arlanda aus angerufen. Ich habe ein Zimmer im ›Diplomat‹ bestellt – aber ich habe beschlossen, sofort hierher überzuwechseln, selbst wenn ich unten in der Halle übernachten müßte.«
»Das ist ja wunderbar. Aber wohnen Sie nicht gewöhnlich anderswo als Ihre Helfer?«
»Das ›Grand Hotel‹ liegt zentraler.«
In Wahrheit beherzigte er Monicas Warnung, daß Ingrid Gefahr drohen mochte. Und das war auch nur die halbe Wahrheit, wie er vor sich zugab. Er brach eine seiner eisern gepflogenen Regeln im Außendienst, weil er in Ingrids Nähe sein wollte.
»Dieser Mann, den Sie in Karlavägen 72 C hineingehen sahen«, sagte er, wieder zum Geschäftlichen zurückkehrend. »Ich habe hier einige Fotos. Schauen Sie, ob Sie ihn – oder sonst jemanden – auf den Bildern erkennen.«
Er öffnete seine Aktentasche und brachte einen großen Umschlag ans Licht. Er entnahm ihm mehrere Hochglanzkopien und breitete sie auf dem niederen Couchtisch aus.
Ingrid las sie nacheinander auf und nahm eine charakteristische Haltung ein, an die Tweed sich noch gut erinnerte. Sie hatte ein wandlungsfähiges Gesicht. Sie legte den Kopf schief und besah sich mit ernster Miene die Bilder. Ihr zarter Körper erstarrte in der Bewegung.
»Das ist die Stilmar, der ich vom Flughafen aus folgte.«
Sie reichte ihm das Bild hin, das seine Männer von Helene gemacht hatten. Sie hielt in der Halle des *Dorchester* einen Blumenstrauß umfaßt. Eine ihrer schlanken Hände suchte nach dem Geschenkkärtchen.
»Ja, das ist sie«, sagte Tweed zustimmend. »Noch jemand?«
Bilder von Helenes Mann waren mit anderen Fotos vermischt, die Tweed willkürlich ausgewählt hatte. Ingrid ging die Sammlung

durch und hielt plötzlich inne. Sie beugte sich vor, so daß Tweed nur noch ihre dunkle Haarkrone sehen konnte, und hielt ein Bild unter die Lampe, um es deutlicher sehen zu können.
»Das ist der Mann, von dem ich drei Aufnahmen in der Kamera habe, der Mann, der sich mit ihr im Hause Karlavägen 72 C getroffen hat und sie vor dem Fenster leidenschaftlich umarmte, wie ich Ihnen erzählte.«
»Lassen Sie mich sehen.«
Tweed schaute das Bild an. Er wollte fast fragen, ob sie sicher sei. Aber es war schließlich Ingrid, mit der er redete. Er war sehr gut getroffen, der Mann auf dem Bild, der zu jenem Haus auf dem Karlavägen gekommen war. Es war Cord Dillon, Vizedirektor der CIA.

19

»Das ist jetzt das Vorfeld«, sagte Tweed.
»Und was bedeutet das?« fragte Gunnar Hornberg, Chef der SAPO, der schwedischen Geheimpolizei.
»Daß Schweden die letzte Etappe darstellt, von der aus Adam Procane ins Niemandsland Finnland hinüberwechselt. Wir müssen ihn – oder sie – aufhalten.«
»Für eines ist immer garantiert, wenn Sie kommen«, erklärte Hornberg. »Viel Aktivität – um nicht zu sagen Aktion.«
Es war nach zehn Uhr abends. Nach dem Abendessen in Ingrids Hotelzimmer und dem Bestellen eines Zimmers im *Grand Hotel* war Tweed im Taxi zum Polizeipräsidium in dem neuerbauten Gebäudekomplex an der Polhemsgatan gefahren.
Vor drei Jahren fertiggestellt, war das riesige, siebenstöckige Gebäude als Erweiterung des alten Gebäudes auf dem Kungholmsgatan errichtet worden. Der Eingang zur kriminalpolizeilichen Abteilung blickt auf einen großen Park. In diesem Haus befindet sich in diskreter Abgeschiedenheit das Büro des SAPO-Chefs in der vierten Etage.
Typisch für seinen Benutzer ist das Büro ohne jeden Zierat. Der längliche Raum wird beleuchtet durch von der Decke hängende, abgeschirmte weiße Leuchtstoffröhren. Die Einrichtung ist karg und streng, Stühle mit harter Lehne, an den Wänden stählerne Aktenschränke.

Gunnar Hornberg war achtundfünfzig, stark gebaut, mit einer Mähne dichten grauen Haars auf dem massigen Schädel. Die Brille hatte er über die hochgewölbte Stirn geschoben. Seine grauen Augen verrieten Schläue und zugleich Freundlichkeit, es waren die Augen eines Mannes, der den Menschen in allen seinen Spielarten, Gutes und Böses gesehen hatte.

»Wie gewöhnlich, Tweed«, bemerkte er, »sind Sie mir drei Sprünge voraus – und ich sitze hier und versuche Sie einzuholen. Wir geben auf sie alle acht – diese Amerikaner –, wie Sie gebeten haben.«

»Und wer fällt unter Ihre Bezeichnung ›alle‹?«

»Sind wir wieder soweit?« Hornberg lächelte. »Spiele spielen. Spielen wir also. Stilmar, Sicherheitsberater des Präsidenten. Cord Dillon vom CIA. Und General Paul Dexter. Drei Kandidaten, wie Sie sagten, für die Rolle des Adam Procane.«

»Sie haben einen vierten Kandidaten ausgelassen.«

»Schon wieder. Und ich bemerkte, daß Sie ›oder sie‹ sagten. Geheimnis über Geheimnis.«

»Kandidat Nummer vier: Helene. Frau von Stilmar. Einstige Verbindungsfrau zwischen State Department und Pentagon. Ein heikler Posten, meinen Sie nicht auch?«

»Tue ich. Aber Sie wollen auf etwas hinaus. Ich kenne Sie. Wie paßt diese Helene in die Procane-Sache?«

»Sie kam heute nachmittag, von Heathrow kommend, auf dem Flughafen Arlanda an, nahm ein Taxi zum ›Grand Hotel‹, lud ihr Gepäck – eine ganze Menge – in ihrem Zimmer ab. Später dann stattete sie dem Haus Karlavägen 72 C einen heimlichen Besuch ab. Wer wohnt dort, frage ich mich? Auf dem Namensschild der Wohnung in der dritten Etage steht ein B. Warren verzeichnet.«

»Bruce Warren«, sagte Hornberg wie aus der Pistole geschossen. »Hauptagent des CIA für Skandinavien. Hat irgendein harmloses Pöstchen an der Ami-Botschaft. Bloß als Deckmantel. Er könnte Cord Dillon seine Wohnung geborgt haben. Wir haben Dillon bei seiner Einreise über den Flughafen Arlanda registriert«, fügte er beiläufig hinzu. »Wir folgten ihm zu der von Ihnen erwähnten Adresse auf dem Karlavägen. Was uns verwirrte, denn wir erwarteten, er werde sich zu seiner Botschaft im Diplomatenviertel – nicht weit vom Hotel ›Diplomat‹, wo Sie ursprünglich absteigen wollten – begeben.«

»Es waren also Ihre Leute, die mir folgten?«
»Wie Sie sehen, Tweed, bin ich jetzt nur noch zwei Sprünge hinter Ihnen. Aber diese Helene Stilmar ist uns durch die Maschen geschlüpft. Ist sie vielleicht zufällig eine Brünette? Meine Leute haben mit einem solchen Mädchen in der Nähe von Nummer 72C gesprochen, das sagte, sie habe ihren Volvo nicht starten können.«
»Die Beschreibung stimmt nicht«, antwortete Tweed mit ausdruckslosem Gesicht. »Da haben Ihre Leute einer ganz unschuldigen Person einen Schrecken eingejagt.«
»Ich glaube nicht, daß wir jemandem einen Schrecken eingejagt haben. Meine Leute trugen Polizeiuniform. Eine sehr nützliche Verkleidung. Kommen sie in eine ruhige Gegend – wie Karlavägen bei Nacht –, machen Sie sich in keiner Weise verdächtig. Was haben Sie da für mich?«
Tweed zog seinen Briefumschlag aus der Tasche. Er suchte das Foto von Helene Stilmar heraus und gab es Hornberg. Der Schwede klappte die Brille auf seine große, kräftige Nase herunter, betrachtete das Bild eingehend und brummte, dabei durch ein Nicken seinen Gefallen bekundend.
»Ich würde sagen, das ist eine Mordsfrau.«
»Sie wurde gesehen, wie sie Cord Dillon mit ihren Armen umfangen hielt – bevor sie daran dachten, die Vorhänge zuzuziehen.«
»Aha.« Hornberg lugte über seine Brille hinweg zu Tweed. »Sie haben ein Verhältnis. Sie sind diskret – eine Frau wie sie ist das. Sie kommen nach Schweden, wo keiner es erfährt.«
»Oder aber einer benützt den anderen – um auf dem Weg nach Rußland über die finnische Grenze zu wechseln.«
»Was für abwegige Gedanken Sie doch haben, mein Lieber!«
»Die Sache, um die es geht, ist abwegig.«
»Ihr Beobachter hat dieses intime Schauspiel mitverfolgt?«
»Das habe ich nicht gesagt.«
»Bevor ich es vergesse, beschäftigen wir uns mit etwas anderem, etwas Wichtigem.« Hornberg drückte einen Schalter auf seiner Wechselsprechanlage nieder und sprach dann auf englisch. »Sie können jetzt hereinkommen, bitte. Mr. Tweed ist hier.«
Die Tür öffnete sich, und ein Mann mit rundlich-dickem Gesicht, Brille und Pfeife im Mund kam herein. Er sah aus wie einer von Dickens' Pickwickiern, und Tweed, der sich umgewendet hatte, mochte ihn vom ersten Augenblick an.

»Das ist Peter Persson, ein besonders lieber Mensch«, stellte Hornberg ihn vor. »Und das ist Mr. Tweed. Persson ist mein Lieblingsbluthund«, fuhr Hornberg fort, »der beste Schnüffler, den ich je gekannt habe. Außerdem ein großartiger Leibwächter. Er gehört Ihnen, solange Sie in Schweden sind – Anruf genügt. Ich hätte es nicht gern, wenn Ihnen was zustieße, Tweed. Und das hier« – er drückte eine seiner Fingerspitzen gegen die linke Seite seiner großen Nase – »riecht nach Gefahr. Russische Agenten überwachen alles, was in Arlanda ankommt. Sie wissen wahrscheinlich bereits, daß Sie hier sind, Tweed.«
»Danke. Ich werde daran denken. Arbeiten Sie im Team?« fragte Tweed Persson.
»Nie! Immer allein. Auf diese Weise brauche ich mich um niemanden zu sorgen außer um das Ziel, hinter dem ich her bin, und um mich selber.«
Interessant, dachte Tweed – er hatte sich selbst erst an zweiter Stelle genannt. Dieser Mann war ein Profi. Perssons Blick hatte ihn seit seinem Eintreten nicht losgelassen. Tweed erkannte, daß Persson sich seine Erscheinung einprägte.
»Das muß bisweilen schwierig sein«, bemerkte er. »Angenommen, Sie müssen jemandem in einen Laden mit mehreren Ausgängen folgen und der oder die Verfolgten gehen nicht gleich wieder?«
»Ich kaufe etwas«, antwortete Persson sofort. »Bezahle es. Sage der Verkäuferin, sie soll es in Geschenkpapier einwickeln, und ich käme später. Ich bin unverdächtig – ich bin zu einem bestimmten Zweck in das Geschäft gegangen.«
»Sehr gut. Außer daß Ihr Aussehen Sie früher oder später verraten wird, wenn Sie allein arbeiten.«
»Glauben Sie das, Mr. Tweed? Warum wohl rauche ich eine Pfeife? Die Pfeife verschwindet, ich nehme die Brille ab . . .«
Er nahm sie ab, legte die Pfeife in den Aschbecher auf Hornbergs Schreibtisch, zog einen verbeulten Hut aus der Tasche und drückte ihn sich fest auf den Kopf. Erstaunlich für Tweed war die Veränderung des Gesichtes, das aus Gummi zu sein schien. Er hatte sich einen anderen Gesichtsausdruck zugelegt und war kaum noch als der Mann wiederzuerkennen, als der er in den Raum gekommen war.
»Ich bin beeindruckt«, sagte Tweed.
»Also, Mr. Tweed, für den Fall, daß Sie mich brauchen, wo

wohnen Sie? Welche Zimmernummer haben Sie? Wann stehen Sie auf? Frühstücken Sie auf Ihrem Zimmer?«
»›Grand Hotel‹. Zimmer 632. Sieben Uhr morgens. Frühstück im Speisesaal. Noch etwas, Mr. Persson?«
»Das reicht, danke.«
Persson stopfte den Hut wieder in die Tasche, nahm seine Pfeife und verließ den Raum.
»Ich mag ihn«, sagte Tweed zu Hornberg. »Noch etwas, bevor ich gehe. Wenn Sie Schweden heimlich mit Finnland als Ziel verlassen wollten, welche Route würden Sie wählen?«
»Den Archipel. Mit einem kleinen Boot von einer der vielen Inseln des Schwedischen Archipels. Ich würde mir dafür die große Insel Ornö aussuchen – sie liegt fast am Rande des Archipels. Von da sind es nur wenige Stunden bis zum Archipel von Abo. Das einzige Problem wäre, daß wir dieses Gebiet sehr stark überwachen – wegen der sowjetischen Klein-U-Boote, die unsere Seeabwehr testen. Weiß Gott, die ganze Weltpresse ist voll davon.«
»Eine andere Route? Eine schnellere?«
»Flughafen Bromma – hier mitten in der Stadt«, schlug Hornberg vor. »Mit einer leichten Maschine, privat, könnte man außer Landes fliegen und in der Nähe von Abo – bei den Finnen heißt es Turku – landen.«
»Sie setzen also die genaue Überwachung fort?« sagte Tweed und stand auf.
»Beschattung von Dillon und Helene Stilmar. Überwachung sämtlicher Punkte, an denen eine Einreise möglich ist – wegen Stilmar selbst und General Dexter.«
Hornberg, der jetzt auch aufgestanden war, überragte mit seinen annähernd zwei Metern und seiner Haarmähne Tweed um einiges. An der Tür blieb Tweed stehen. Er sparte sich den wichtigsten Satz stets für den Moment seines Abganges auf. Was man zuletzt sagte, blieb im Gedächtnis eines Menschen besonders gut haften.
»Ist Ihnen je der Gedanke gekommen, daß diese sowjetischen Klein-U-Boote auch einem anderen Zweck dienen könnten als dem, Ihre Seeabwehr zu testen?«
»Welchem anderen Zweck?«
»Daß eines davon zur Aufnahme Procanes in Warteposition stünde. Ich würde mir gerne diese Insel Ornö ansehen, wenn Sie das für mich arrangieren könnten.«

20

»Ich glaube, es ist Zeit, unseren Vollstrecker nach Schweden zu schicken«, verkündete Lysenko. Er stand in Karlows Büro in der Pikk-Straße und schaute aus dem Fenster.
»Hauptmann Poluschkin? Warum?«
Karlow war bestürzt über diese Erklärung. Lysenko war ohne Vorwarnung von Leningrad nach Tallinn geflogen. Es war eine der liebsten Angewohnheiten des Generals, unerwartet aufzutauchen und seine Untergebenen zu kontrollieren. Da er jedem – egal ob Mann oder Frau – mißtraute, liebte er diese Ortsveränderungen. Sogar Rebet, der in Leningrad zurückgeblieben war, hatte keinerlei Hinweis erhalten. Er fuhr herum und starrte den Oberst an.
»Sie zweifeln meinen Befehl an?«
»Ja.« Karlow erhob sich hinter seinem Schreibtisch. »Eine heikle Operation ist im Gange – Procane sicher herüberzuschaffen. Gewalt könnte alles verderben.«
»Poluschkin ist für sein Geschäft entsprechend ausgebildet«, fuhr Lysenko fort. »Er wird mit der Rumänin, die von Bukarest nach Schweden geflüchtet ist, Kontakt aufnehmen. Magda Rupescu. Sie werden im Team arbeiten.«
»Sie ist noch ärger als Poluschkin«, protestierte Karlow. »Ein wahres Monster, das sogar noch Vergnügen daran hat.«
»Und sehr gut ist. Außerdem sprechen beide fließend Schwedisch. Rufen Sie Poluschkin heute vormittag in der Botschaft in Helsinki an und geben Sie ihm den Marschbefehl.«
»Warum? Ich frage Sie noch einmal? Warum?«
»Jemand hat da zu sein, wenn Procane auftaucht, um ihn nach Finnland zu lotsen. Zweiter Grund: das, was Sie mir soeben berichtet haben. Die Operation steuert auf einen Höhepunkt zu. Ich spüre es in meinen alten Knochen, Genosse.«
»Sie meinen die Nachricht, daß Tweed und Cord Dillon bei ihrer Ankunft in Arlanda gesehen worden sind? Ist das Grund genug, Killer zu schicken?«
»Tweeds Ankunft ja. Dieser Mann ist gefährlich.«
»Ihn zu beseitigen könnte noch gefährlicher sein – angenommen, daß es einer schafft. Was ich eher bezweifle.«
»Ah, ich glaube nicht, daß das nötig sein wird.« Lysenko schlug mit der Faust gegen die Handfläche der anderen Hand und legte

dann den Arm um Karlows Schulter. »Wenn alle diese neuen Entwicklungen Ihnen Sorge machen, warum schicken Sie dann nicht eine Mitteilung nach Moskau, daß Sie diese Befehle nur unter Protest ausführen? He?«
Karlow spürte eine Falle. Der Arm um seine Schultern fühlte sich wie eine Schlinge an. Er schüttelte den Kopf und setzte sich wieder, was Lysenko zwang, den Arm fallen zu lassen.
»Ich werde keine Mitteilung dieser Art abschicken«, sagte er und behielt seinen Vorgesetzten genau im Auge.
»Gut! Sehr gut! Ich vergaß, Ihnen mitzuteilen, daß diese Instruktionen von höchster Stelle kommen. Also, Sie rufen Poluschkin an. Magda Rupescu wohnt im Stockholmer Bezirk Solna und ist in einem Schreibbüro beschäftigt. Ihre Adresse ist Bredkilsbacken 805, 171 57 Solna. Ich schreibe es Ihnen auf, dazu ihre Telefonnummer. Sie geben das über Geheimtelefon an Poluschkin weiter. Er soll sofort abreisen.«
»Welche Route soll er nehmen?«
»Mit dem Flugzeug vom Flughafen Vantaa natürlich. Er spricht fließend Schwedisch und hat einen schwedischen Paß, der auf einen anderen Namen ausgestellt ist – er kommt durch die Kontrollen allein schon mit seinem Schwedisch.«
»Und wie lauten seine genauen Instruktionen?«
»Kontakt mit der Rupescu aufzunehmen. Ich habe bereits mit ihr gesprochen.«
»Von Leningrad?« Karlows Ton drückte Bestürzung aus.
»Natürlich nicht! Ich überschritt die finnische Grenze und telefonierte von der Stadt Imatra aus.« Er schlug Karlow auf die Schulter. »Sie vergessen, daß ich in dem Geschäft ein alter Hase bin.«
»Wenn diese zwei in Schweden frei herumlaufen, heißt das Gewalt. Mir gefällt es noch immer nicht.«
»Karlow, die Anweisung aus Moskau nimmt mit keinem Wort darauf Bezug, daß Sie Gefallen daran haben müssen.«
»Und was ist mit dem Plan, Mauno Sarin zusammen mit diesem englischen Auslandskorrespondenten nach Tallinn zu bringen, damit er sehen kann, daß hier alles anscheinend ruhig und friedlich ist?«
»Das habe ich noch nicht genehmigt. Wir müssen den richtigen Zeitpunkt wählen. Lassen wir sie warten. Sie werden gieriger werden, je länger wir sie das Pflaster Helsinkis treten lassen. Zuerst muß Poluschkin herausfinden, was in Schweden vorgeht.

Übrigens, wie haben Sie erfahren, daß Tweed mit der Procane-Sache zu tun hat?«
»Sie kennen die Spielregeln, General«, erwiderte Karlow. »Die Identität eines Informanten darf nur einer Person bekannt sein.«
»Korrekt.« Lysenko wußte, daß er mattgesetzt war. Seit durch Lecks im Geheimhaltungsnetz Moskaus Nachrichten nach dem Westen durchgesickert waren, war man schnell wiederum zum Zellensystem zurückgekehrt – jeweils nur einer kannte die Identität eines Agenten im Westen. Wieder war Karlow der Falle aus dem Wege gegangen. Lysenko warf seine Autorität neuerlich in die Waagschale. »Also, Sie setzen Poluschkin in Marsch. Ich möchte ihn noch heute in Stockholm haben.«

Der schwergebaute Mann mit dem blassen Gesicht, der schwedische Kleidung trug, zahlte vor dem Wohnblock in Solna dem Taxifahrer den Fuhrlohn. Oleg Poluschkin fingerte am Gürtel seines Regenmantels herum, bis das Taxi verschwunden war.
Bevor er die Sowjetbotschaft in der Tehtaankatu in Helsinki verließ, hatte man ihn aus der großen Kollektion schwedischer Kleidung im Untergeschoß ausgestattet. Seine Reisetasche aufnehmend, betrat er den modernen Wohnblock. Er prüfte, ob es einen Hinterausgang gab, dann stieg er die Treppe zur dritten Etage hoch. Vor der Wohnung Nr. 805 stellte er die Tasche ab, um die Hände frei zu haben, und drückte auf den Klingelknopf. Magda Rupescu öffnete nicht sofort, und Poluschkins Füße scharrten ungeduldig auf dem Boden.
Dann entdeckte er das Guckloch, das sich in der Türmitte in Augenhöhe befand. Er wartete, während drei verschiedene Schlösser aufgesperrt wurden. Die Tür ging auf, und er hielt den Atem an. Magda sah begehrenswerter aus, als er sie in Erinnerung hatte.
Dichtes rotes Haar hing bis zu den Schultern herab. Sie war dreißig Jahre alt, schlank, aber proportioniert, einssiebzig groß und hatte eine leichenblasse Haut. Die Blässe wurde noch betont durch das helle Rot ihres Lippenstiftes, ihr einziges Make-up übrigens. Sie musterte ihn durch ihre dunklen Brillengläser.
»Willst du den ganzen Tag auf dem Korridor stehen?« fragte sie auf schwedisch.
Langsam trat er durch den Türrahmen, streifte ihre linke Brust

und stellte seine Tasche ab. Er blickte sich um. Die Wohnung war größer, als er erwartet hatte.
Hinter ihm fiel die Tür heftig ins Schloß. Ihre langen, flinken Finger beschäftigten sich mit den Schlössern, hängten die Kette wieder ein. Sie nahm die Brille ab, drehte sich rasch um und sah ihn mit ihren kalten grünlichen Augen an. Sie legte die Hände auf die Hüften, bevor sie zu sprechen begann.
»Berühr mich noch einmal so, und ich bring dich um!«
»Du bringst mich um!«
Er sagte das in spöttischem Ton, und seine schlaffen Lippen verzogen sich zu einem widerlichen Lächeln. Ihre rechte Hand vollführte eine rasche Bewegung, zog etwas aus der Tasche ihres schwarzen Kleides, und er spürte, wie die scharfe Spitze eines Instruments seine Kehle kitzelte. Er stand bewegungslos. Sie hielt eine Art Stilett in der Hand.
»Ja«, wiederholte sie, »ich bring dich um. Das waren meine Worte. Wir haben hier ein Geschäft zu erledigen. Unsere ganze Energie und Konzentration muß darauf gerichtet sein. Verstehst du?«
»Kein Grund zur Aufregung. Wir sollen zusammenarbeiten.«
»Nicht im Bett. Verstanden? Dein Schlafraum ist hinter dieser Tür hier. Meiner ist hinter jener Tür dort. Ich versperre sie nicht, wenn ich schlafe. Wenn du reingekrochen kommst, schlitze ich dich auf. Hast du verstanden, Poluschkin?«
»Ja, hab ich. Und es wäre mir lieb, wenn du dieses Ding wegtätest. Was ist das überhaupt? Ich hab so was noch nie gesehen.«
Sie ließ die Waffe sinken, ihr Verhalten wurde mit einem Mal wieder normal, ihre Stimme klang distanziert. Sie demonstrierte ihm, wie die Sache funktionierte. Sie drückte gegen das Ende des Griffes. Die Stahlnadel trat zurück, und Poluschkin erkannte, daß sie von einer Feder bewegt wurde.
»Du wirst nicht erraten, woher das ist«, sagte sie mit leiser Stimme. »Aus England! Sie nennen es Corkette. Es ist ein Korkenzieher. Man stößt die Nadel in den Flaschenkorken und pumpt Luft in die Flasche. Der Korken wird herausgepreßt. Einer unserer Techniker hat das Ding präpariert. Wer denkt schon daran, daß es eine Waffe ist?«
»Aber du kannst das nicht auf einer belebten Straße jemandem in die Kehle rammen«, wandte der Russe ein.
»Aber du kannst es deinem Opfer von hinten in die Wirbelsäule

stoßen, die Nadel im Griff verschwinden lassen und weitergehen. Besonders geeignet auf einer belebten Straße. Ich habe es immer bei mir. Sogar wenn ich zu Bett gehe«, fügte sie hinzu. »Und unter welchem Namen reist du?« fragte sie in geschäftsmäßigem Ton.
»Bengt Thalin. Vertreter einer Scheinfirma in Helsinki.«
»Zeig mir deinen Paß.«
»Du glaubst mir nicht? Und wir sollen ein Team sein? Spar dir die großen Töne.«
»Ich bin bei dieser Operation der Chef. Das hat dir dein Vorgesetzter mitgeteilt. Er hat mich angerufen, während du noch im Flugzeug gesessen hast. Zeig mir deinen Paß.«
Widerstrebend holte er den Paß aus seiner Tasche, und sie ging damit zum Fenster, um ihn genau zu prüfen. Das machte Poluschkin so wütend, daß er ihr nachging.
»Wozu überprüfen? Unsere Leute wissen, was sie tun.«
»Ich war einmal in der Abteilung für Personaldokumente in Moskau beschäftigt. Dort werden, wie du weißt, auch alle Ausweise für Agenten, die ins Ausland gehen, hergestellt. Pässe inbegriffen. Manchmal sind sie dort nicht besonders geschickt – und machen Fehler.« Sie gab ihm den Paß zurück. »Der hier ist in Ordnung.«
»Herzlichen Dank«, antwortete Poluschkin ironisch.
»Erspare mir deinen Sarkasmus. Meine Haut ist genauso in Gefahr. Wenn Hornbergs Leute dich schnappen, könnten sie auch mich erwischen.«
Sie setzte sich, kreuzte die Beine und zündete sich eine Blend-Zigarette an. Sie schwang sie ihm entgegen.
»Schwedische Marke. Und jetzt zum Geschäft. Ich operiere unter dem Namen Elsa Sandell...« Sie buchstabierte den Namen. »Ich führe ein kleines Schreibbüro. Nach außen hin ist eine andere Frau die Chefin, eine Schwedin, aber sie kann zwei und zwei nicht zusammenzählen, also leite ich den Laden. Sie hat natürlich keine Ahnung, wer ich wirklich bin.«
»Wie heißt das Büro?«
»Das braucht dich nicht zu interessieren. Nominell – ich betone das Wort ›nominell‹ – bist du mein Freund, und wir wohnen zusammen. Unsere vorrangige Aufgabe ist, Adam Procanes Identität festzustellen und mit ihm Kontakt aufzunehmen. Man sagte mir, daß wahrscheinlich drei Leute Procane sein können. Cord Dillon vom CIA – der heimlich in Schweden eingetroffen ist.

Unsere Leute sahen ihn in Arlanda ankommen und verloren ihn dann beim Sergels Torg in Stockholm aus den Augen. Das ist der Platz im Zentrum ...«
»Ich kenne ihn ...«
»Halt bitte das Maul, während ich dich instruiere. Wir lassen die Amerikanische Botschaft beobachten. Früher oder später muß er aus der Versenkung kommen. Dann ist da Stilmar, Sicherheitsberater. Bisher keine Spur von ihm. Und schließlich General Paul Dexter. Er wurde gesehen, wie er in London ins Verteidigungsministerium ging. Auch er hat sich hier nicht gezeigt. Noch nicht. Fragen?«
Magda blies einen Rauchring in die Luft und beobachtete, wie er zur Decke schwebte. Mit jeder Geste, jedem Ton zeigte sie an, daß sie mit einem Untergebenen redete. Miststück, dachte Poluschkin; aber er hielt sich im Zaum, als er sprach.
»Auf welcher Route bringen wir Procane außer Landes, sobald wir ihn gefunden haben?«
»Das erfährst du, wenn wir ihn ausfindig gemacht haben. Alles zu seiner Zeit. Es gibt einen Mann, mit dem wir es zu tun bekommen werden, falls er uns in den Weg kommt, wenn es soweit ist. Peter Persson ...«
»Wer ist das?«
»Gunnar Hornbergs bester Schnüffler. Ich habe ein Foto von ihm, das ich dir gleich zeigen werde. Unterschätze Persson nicht. Es könnte dein letzter Fehler sein. Du mußt dir auch Fotos von Stilmar, Dillon und Dexter ansehen.«
Sie stand auf, die Zigarette zwischen den roten Lippen, und schloß einen Aktenschrank auf, der in einer Ecke des Wohnzimmers stand. Einen Ordner herausnehmend, setzte sie sich wieder aufs Sofa und schälte vorsichtig drei kleine Fotos von drei verschiedenen Blättern.
»Personalberichte von drei Sekretärinnen, die mein Büro zeitweise beschäftigt«, erklärte sie. Sie reichte ihm die Bilder der drei Mädchen, und er schaute verdutzt drein. »Die Rückseiten«, sagte sie ungeduldig. »Schau die Rückseiten an und zeig sie dann nacheinander mir.«
Auf der Hinterseite des ersten Fotos befand sich ein anderes Foto, das Bild eines Mannes. Er zeigte ihr die Aufnahme, ohne etwas zu sagen. Sollte doch das Weibsstück das Reden besorgen. Er würde sie schon noch aufs Kreuz legen.

»Stilmar«, sagte sie. »Das nächste – das ist Cord Dillon. Also muß der dritte Dexter sein.«
Fast rutschte ihm heraus, das hätte ich auch selber spitzgekriegt. Statt dessen preßte er die Kinnladen zusammen, breitete die drei Fotos vor sich aus und besah sie kurz. Unter einem Kissen zog Magda ihre Handtasche hervor, öffnete sie und nahm aus einem Geheimfach eine vierte Aufnahme heraus. Sie warf sie zu den anderen auf den Tisch.
»Und das ist Peter Persson.«
»Sieht recht harmlos aus.«
Sie beugte sich vor, starrte ihn an und legte dann los. »Ich glaube nicht, daß du auch nur ein verdammtes Wort von dem, was ich gesagt habe, gehört hast, du Kretin.«
»Du kannst mit mir nicht so reden.«
»Kann ich das nicht? Begreifst du nicht, wer mich hierhergeschickt hat? Wer mein Vorgesetzter ist? Nun, er ist im Rang etwas höher als du, Poluschkin. Er könnte dich mit einem Stiefel zu Staub zertreten. Also, du hörst jetzt zu – und zwar genau! Peter Persson täuscht fast jeden. Sein Aussehen hat dich getäuscht. Er ist sehr gefährlich. Und er ist der Mann, den Hornberg dazu ausersehen wird, Procane zu beschatten, wenn der schlaue Schwede herauskriegt, wer Procane ist.«
»Wenn das passiert, nehmen wir uns Persson vor.«
»Nein! *Ich* nehme mir Persson vor.« Magda nahm wieder den Korkenzieher in die Hand und zeigte ihn ihm. »Mit dem da. Wenn wir die Leiche loswerden müssen, bist du an der Reihe. Und ich habe das komische Gefühl, genau das wird der Fall sein.«

Früh am nächsten Morgen läutete das Telefon in der Wohnung in Solna. Magda eilte zum Apparat und hob ab, sich dabei den Morgenmantel um die schmale Taille gürtend. Die Tür zu Poluschkins Schlafraum öffnete sich, und der Russe erschien mit wirrem Haar, um zuzuhören.
»Ja, ich habe fest geschlafen – war mitten in einem Traum«, sagte sie, sich durch diesen vereinbarten Satz zu erkennen gebend. »Nein, die Post ist noch nicht gekommen. Es ist zu früh. Dieser Engländer... Schon in Stockholm, sagen Sie? Er braucht drei Sekretärinnen. Sicherlich kann ich da helfen. Ich warte, bis er sich an mich wendet. Ja, er wird vorrangig bedient werden. Danke, daß Sie mir dieses Geschäft vermitteln. Auf Wiedersehen.«

Sie legte auf und schaute Poluschkin mit grimmiger Miene an. Sie war schon auf dem Weg in ihr Zimmer, als er die Frage stellte.
»Was bedeutete das alles?«
»Große Schwierigkeiten. Warte, bis die Post da ist.«
Sie warf ihm die Tür vor der Nase zu, versperrte sie, um ihren Gefühlen freien Lauf lassen zu können, und zündete sich eine Zigarette an. Sie badete, kleidete sich rasch an und verbrachte die nächste halbe Stunde damit, rauchend im Zimmer auf und ab zu gehen.
Die beiden nahmen in völligem Schweigen das Frühstück im Eßzimmer ein, das durch einen offenen Durchgang vom Wohnzimmer zu erreichen war. Sie schaute auf die Uhr, stand wortlos auf, nahm ihre Handtasche und ließ Poluschkin sitzen, der ihr nachstarrte, sah, wie sie die Tür zuschlug, und sich fragte, wohin sie jetzt wohl gehen mochte.
Innerhalb einer Minute war sie von den Postkästen im Erdgeschoß wieder zurück. Sie warf zwei Werbepostwurfsendungen in den Papierkorb und setzte sich, um einen braunen Umschlag aus steifem Karton zu öffnen. Adressiert war er an Elsa Sandell; der Poststempel trug die Aufschrift »Helsinki – Helsingfors«, und er enthielt zwei Abzüge ein und derselben Fotografie.
Sie reichte einen Poluschkin und las die kurze Mitteilung, die sich auf der Rückseite des anderen befand.
»Das ist der Mann, der drei Sekretärinnen braucht. Ihr Freund.«
Die beiden letzten Wörter waren in einer Handschrift geschrieben, die sie kannte. In der von General Lysenko. Sie hatten die Fotos, nahm sie an, auf dem Eilwege von Tallinn auf einem sowjetischen Patrouillenboot über den Meerbusen nach Helsinki befördert.
»Wer zum Teufel ist das?« knurrte Poluschkin.
»Ein Engländer namens Tweed. Ihr bester Mann, soweit mir beschrieben wurde. Er ist soeben in Stockholm eingetroffen.«
»Und der soll eine Gefahr sein?«
»Du bist wirklich ein Idiot.« Sie seufzte. »Dieser Tweed kennt mich. Es war vor drei Jahren in Bonn. Der verdammte Computer, den die Deutschen in Düsseldorf stehen haben, hat mich eingespeichert. Während ich auf meinen Abtransport wartete, brachte der Chef des BND diesen Tweed zu mir. Er würde mich wiedererkennen.«

»Dann mußt du ihn zuerst sehen.«
»Ich muß ihn zuerst sehen«, bestätigte sie.

21

»Was macht Newman jetzt, Laila?« fragte Tweed. Er telefonierte in seinem Schlafzimmer im *Grand Hotel*.
»Hoffentlich macht es Ihnen nichts, daß ich Sie anrufe«, erwiderte Laila. »Monica hat mir Ihre Nummer gegeben. Ich bin ja so froh, daß Sie mir jetzt näher sind. Von Stockholm nach Helsinki ist es ein Flug von fünfzig Minuten. Könnten Sie sofort kommen?«
»Sagen Sie mir, was Newman macht«, wiederholte Tweed. »Es macht gar nichts, daß Sie anrufen – aber ich möchte wissen, was los ist...«
»Ich bin in meiner Wohnung. Newman versucht übers Wasser zu kommen. Verstehen Sie?«
Um Himmels willen! dachte Tweed bei sich. Er zwang sich, seine Stimme gelassen klingen zu lassen. Er mußte das Mädchen beruhigen. Da braute sich etwas zusammen, er spürte es förmlich.
»Ich verstehe«, antwortete er. »Können Sie ihn irgendwie aufhalten? Ich werde versuchen zu kommen, aber ich kann es nicht versprechen. Warum will er so etwas Verrücktes tun? Es paßt nicht zu ihm.«
»Er ist überzeugt davon, daß er weiß, wo seine Frau Alexis getötet worden ist.«
»Jenseits des Wassers?«
»Ja. Er ist eiskalt. Macht keine Scherze mehr.«
»Glauben Sie, daß er recht hat, Laila?«
Tweed hielt das Gespräch in Gang, während in seinem Kopf die Gedanken rasten. Er steckte in einer Zeitfalle. Die Entwicklung der Dinge in Schweden erforderte, daß er noch länger hier blieb. Andererseits entwickelten sich die Dinge in Finnland zu rasch. Der Zeitplan war über den Haufen geworfen.
»Ja«, sagte Laila nach einer Pause. »Er hat mich überzeugen können. Kommen Sie bitte schnell, Tweed, oder es ist zu spät.«
Welche Sache hatte nun Vorrang? Tweed fühlte, daß ihm die Kontrolle über die Situation entglitt. Es gab zwei Hauptprobleme. Procane. Er, Tweed, mußte in Schweden abwarten, bis die Ereignisse in eine bestimmte Richtung wiesen.

Der Faktor, den er nicht vorausgesehen hatte – nicht hatte voraussehen können –, war das Erscheinen des wildgewordenen Elefanten in Helsinki. Bob Newman. Normalerweise verläßlich, war er völlig unberechenbar geworden – durch den Tod seiner Frau. Tweed faßte einen schnellen Entschluß.
»Sind Sie noch da?« fragte Laila.
»Ja. Sie machen folgendes. Erstens, nicht die Nerven verlieren. Setzen Sie Ihre ganze weibliche List ein, um Newman in Helsinki zurückzuhalten. Zweitens, ich möchte so bald wie irgend möglich mit Newman telefonieren. Wenn er mich nicht anrufen will, dann versuchen Sie's mit einem Trick – rufen Sie mich an, wenn Sie ihn wieder in sein Zimmer im ›Hesperia‹ zurückgelotst haben, und geben Sie ihm dann den Hörer in die Hand.«
»Ich glaube, das kann ich bewerkstelligen«, sagte Laila. »Ich kann nicht sagen, wann . . .«
»Heute, Laila, *heute*. Ich versuche hier im ›Grand Hotel‹ zu bleiben, bis der Trick gelingt.«
»Ich werde mein Bestes tun.«
»Sie retten ihm vielleicht das Leben«, sagte Tweed hart.
»Ich werde mehr als bloß mein Bestes tun. Auf Wiedersehen.«
Tweed saß neben dem Telefon, nachdem er den Hörer aufgelegt hatte. Er brauchte zusätzliche Hilfe. Die Zeit lief ihm davon. Diese Phase kannte er von früher. Plötzlich steigerte sich das Tempo des Geschehens. Alles begann gleichzeitig. An diesem Punkt mußte man mit Entschiedenheit und Festigkeit die Zügel in der Hand haben.
Er hob den Hörer ab, rief den Park Crescent an und wurde sofort mit Monica verbunden. Sie erkannte sofort an seiner Stimme, daß etwas nicht in Ordnung war.
»Sorgen?« fragte sie.
»Vielleicht. Ich brauche Unterstützung. Schnell. Zwei Männer.«
»Harry Butler und Pete Nield?«
»Ausgezeichnet. Wie schnell können sie hier sein?«
»Heute. Sie können gerade noch die Maschine um elf Uhr fünfunddreißig erreichen, ein Nonstopflug – also kommen sie in Arlanda um fünfzehn Uhr dreißig Stockholmer Zeit an.«
»Schicken Sie sie. Ich lege auf.«
Tweed legte den Hörer auf die Gabel und seufzte vor Erleichterung. Die perfekte Kombination. Harry Butler, der Mann, der

Helene Stilmar im Hotel *Dorchester* fotografiert hatte, war phlegmatisch und übervorsichtig, ein Schotte aus Edinburgh. Nield war der quicklebendige Typ, ein Mann der raschen Entschlüsse.
Tweed hob zum dritten Mal den Hörer ab und bestellte zwei Zimmer. Er brach mit einer weiteren Maxime – lasse nie mehr als eine Person in einem Hotel wohnen. Aber intuitiv fühlte er, daß die Krise heranrückte. Da war es besser, das Team beisammen zu haben. Man konnte mit den Leuten binnen kurzem Kontakt aufnehmen. Sein Entschluß fand schon innerhalb weniger Minuten seine Rechtfertigung.

Magda Rupescu schritt selbstsicher durch die Eingangshalle des *Grand Hotel* zum Empfangspult. Sie trug einen leichten, beigefarbenen Regenmantel und um den Kopf einen Schal, der ihr flammendrotes Haar fast zur Gänze verbarg. Sie wandte sich an einen männlichen Hotelbediensteten.
»Ich führe ein Schreibbüro. Ein Mr. Tweed, der hier wohnt, hat mich gebeten, ihm zu Mittag eine Sekretärin zu schicken. Die junge Dame, die den Anruf entgegennahm, hat dummerweise die Notizen zu dem Telefonat verloren. Können Sie mir seine Zimmernummer geben, bitte?«
Sie stützte beide Arme auf dem Pult auf und schenkte ihm ihr gewinnendstes Lächeln. Ihr ganzes Verhalten deutete an, daß kein Zweifel darüber bestehen konnte, daß er ihr die gewünschte Auskunft geben werde.
»Einen Augenblick, meine Dame.« Der Mann vom Empfang schaute im Buch nach. »Mr. Tweed hat Zimmer 632.«
»Vielen Dank.«
Sie wandte sich ab, ging am Lift vorüber und setzte hochaufgerichtet ihren Weg zu den Stufen fort, die zum Ausgang hinunterführten. Hinter ihr öffneten sich die Aufzugstüren und Tweed trat heraus.
Er sah sie sofort. Es war mehr als drei Jahre her, daß er sie im Verhörzimmer in Bonn genau beobachtet hatte, ehe sie von den Bonner Behörden abgeschoben worden war. Bei dieser Begegnung hatte er die übliche Praxis angewendet und war wie ohne Absicht um sie herumgegangen. Er hatte auch genau beobachtet, wie sie den Raum verließ.
Wie sehr jemand sich auch Mühe geben mag, sein Aussehen zu verändern, es wird ihm wohl kaum gelingen, seinen Gang zu

ändern. Tweed erkannte Magda Rupescu sofort an der Art, wie sie ging. Zudem leuchtete das Rot ihres Haares unter dem Schal hervor. Er ging ihr nach.
Vor dem Hotel stieg sie in einen zweitürigen Volvo, ließ den Motor an und fuhr davon. Tweed stand auf dem Bürgersteig, prägte sich die Autonummer ein und kehrte in sein Zimmer zurück.
Er setzte sich in einen Fauteuil, nahm sein kleines Notizbuch heraus und trug die Nummer ein. Das Ganze schien ein glücklicher Zufall zu sein. Aber wenn Tweed sich mit Problemen herumschlug, tat er das nie in der Isoliertheit eines Hotelzimmers. Sein Denken lief rascher in der Öffentlichkeit eines Restaurants oder einer Hotelhalle. Er bewegte sich viel, wenn er außerhalb des Park Crescent Dienst tat.
Während er sich über die Bedeutung dieser neuen Entwicklung Gedanken machte, fuhr Magda Rupescu im Gefühl des Triumphes nach Solna zurück. Das *Grand Hotel* war das fünfzehnte Hotel gewesen, in dem sie nachgefragt hatte – jedesmal unter Anwendung desselben Tricks. Stelle nie eine Frage, wenn du etwas erfahren willst. Stelle eine positive Behauptung auf. »Ein Mr. Tweed wohnt hier...« Dann wird die Person, die du so ansprichst, bereit sein, deine Behauptung zu bestätigen, falls diese richtig ist. Es war ein Trick, den die Geheimdienste in der ganzen Welt anwendeten: er bildete den grundlegenden Ausgangspunkt einer jeden Befragung.
Sie hatte es zuerst bei den kleineren Hotels versucht – unter der Annahme, daß Agenten sich in unbekannten Absteigen zu verbergen pflegten. Selbst jetzt, auf der Rückfahrt nach Solna, wunderte sie sich darüber, daß Tweed das *Grand Hotel* gewählt hatte. Poluschkin klapperte indessen in einem anderen Teil der Innenstadt die Hotels ab. Sie hatte eine Liste erstellt und zwischen ihnen aufgeteilt. Jetzt wissen wir, wo der Feind ist, dachte sie, als sie vor dem Wohnblock in Solna anhielt. Aber er weiß nicht, daß wir es wissen...

Gunnar Hornbergs Rückruf auf Tweeds Anfrage hin erfolgte sehr rasch. Tweed kritzelte fünfzackige Sterne in sein Notizbuch, im Schlafzimmer entspannt im Armsessel sitzend, als das Telefon läutete.
»Die Fahrzeugregistrierung dieses Volvo, dessen Kennzeichen

Sie mir nannten, ist durchgegeben worden«, informierte er Tweed. »Wollen Sie mir vielleicht mitteilen, was für eine Bewandtnis es damit hat?«
»Nicht am Telefon.«
»Dann wahrscheinlich auch nicht, wenn wir uns das nächste Mal treffen. Ich weiß nicht, warum wir Sie so großzügig behandeln, Tweed.«
»Weil ich Ihnen in der Vergangenheit sehr nützlich gewesen bin.«
»Es hat also etwas mit unserem Gespräch in meinem Büro zu tun?«
»Eigentlich nicht«, log Tweed. »Mein Notizbuch ist bereit.«
»Die Adresse ist Bredkilsbacken 805, 171 55 Solna. Mieterin der Wohnung ist eine Elsa Sandell – mit zwei l. Dafür ist natürlich eine Amtsgebühr zu entrichten.«
»Buchen Sie sie von meinem Konto ab«, erwiderte Tweed den Scherz, dann dankte er Hornberg und hängte ein, bevor der Schwede sich weitere Fragen einfallen lassen konnte.
Das war alles recht zufriedenstellend. Nun mußte er nur warten, bis Butler und Nield eintrafen, um die Wohnung in Solna unter Überwachung stellen zu können. Er bezweifelte, daß die Rupescu allein arbeitete.

»Tweeds Aufenthaltsort in Stockholm ist ausgekundschaftet worden«, teilte General Lysenko Oberst Karlow mit frohlockender Stimme mit.
Er machte diese Ankündigung, während er in das Büro seines Untergebenen in Tallinn schritt, den Mantel auszog und über die Lehne des nächsten Stuhls warf. Karlow, der von Lysenkos Besuch nicht verständigt worden war, kräuselte die Lippen. Daß Tallinn nur 300 Kilometer westlich von Leningrad lag, war ein Nachteil: Lysenko konnte jederzeit eine Maschine besteigen und in die estnische Hauptstadt fliegen.
»Sind Sie sicher?« fragte Karlow.
»Natürlich bin ich sicher!« sagte Lysenko. »Er wohnt im ›Grand Hotel‹. Man hat mich heute früh davon informiert.«
»Wer?«
»Magda Rupescu. Sie wissen, daß wir sie vor drei Jahren in Schweden placiert haben. Das Mädchen ist gut – sie liefert immer. Und Sie wissen auch, daß Oleg Poluschkin ihr Helfer ist.«

»Sie wird das genießen«, kommentierte Karlow. »Die beiden sind ein hübsches Paar.«
Er blickte auf, als jemand an die Tür klopfte. Bevor er auf das Klopfen antworten konnte, fuhr Lysenko mit einem Ruck herum und schrie zur Tür hin.
»Kommen Sie herein, Rebet!«
Valentin Rebet, Hauptmann, hagergesichtig, beflissen, kam ins Büro, schloß die Tür und zog seinen Mantel aus. Er nickte Karlow zu und sagte höflich:
»Schön, Sie wiederzusehen, Oberst.«
»Sie bleiben jetzt stehen und hören zu«, sagte Lysenko zu ihm.
Er drehte sich zu Karlow um, legte beide Hände auf die Schreibtischplatte, beugte sich vor und fixierte den Obersten. Seine buschigen Augenbrauen richteten sich auf, als er mit großer Bedächtigkeit zu sprechen begann.
»Die Bedeutung von Tweeds Ankunft in Stockholm schätzen Sie wohl nicht richtig ein? Er versucht Procane aufzuhalten, bevor dieser in unserem Heimatland um Asyl bitten kann. Die Briten kriechen immer vor den Amerikanern auf dem Boden. Wie schön, wenn sie sich dafür, daß sie einen wichtigen Mann aus Washington daran hindern, zu uns überzulaufen, eine Feder an den Hut stecken könnten! Deshalb ist dieses dreckige Schwein Tweed in Stockholm. Das bedeutet, daß er wissen – oder mutmaßen – muß, daß Procane in der schwedischen Hauptstadt angekommen ist – beziehungsweise in Kürze ankommen wird...«
»Möglicherweise...«
»Nein! Das ist sicher. Sie haben Mauno Sarin von der finnischen Schutzpolizei in Kenntnis gesetzt, daß Sie mit ihm gern bald in Tallinn konferieren würden?«
»Ja, General...«
»Und dieser britische Korrespondent, Newman, kommt mit ihm?«
»Sagt er. Ich habe Newmans Visum in der Schreibtischlade liegen.«
»Schicken Sie es an die Botschaft in Helsinki. Heute! Damit treffen wir zwei Fliegen mit einem Schlag.«
»Was bedeutet das genau?« fragte Karlow ruhig.
»Wir zeigen der übrigen Welt, daß hier alles friedlich ist, daß Estland eine Modellrepublik ist. Wenn ich schließlich entscheide, daß er kommen kann, dann arrangieren Sie für diesen Newman

eine geführte Stadtrundfahrt. Ich habe seine Akte gelesen. Er ist ein unabhängiges Schwein. Gut für uns, denn er wird schreiben, was er sieht – aber er wird versuchen, von der geplanten Route abzuweichen. Lassen Sie ihn!«
Lysenko kreiste mit großen Schritten im Raum, unterstrich, was er sagte, mit weiten Bewegungen seiner kurzen, dicken Arme. Nichts tat er lieber, als seinen Untergebenen Vorträge zu halten, seinen Standpunkt zu erläutern. Er ließ seinem Redeschwall freien Lauf.
»Vorher haben Sie die Seitenstraßen von allen verdächtigen Personen gesäubert. Füllen Sie sie statt dessen mit unseren zahmen Moldauern. Er wird den Unterschied nicht erkennen. Ich erkenne ihn selbst nicht! Das ist die erste Fliege.«
»Und die zweite?« fragte Karlow ruhig.
»Ist natürlich Mauno Sarin! Sie sagen ihm, daß Procane über Finnland kommt – dessen bin ich mir ohnehin sicher. Er meldet ihnen jeden bedeutenden Amerikaner, der den Fuß auf finnischen Boden setzt. Er läßt ihn beschatten, bewachen, schützen.«
Er zog ein gefaltetes Papier aus der Tasche und warf es auf Karlows Schreibtisch. Dann starrte er auf die Pikk-Straße hinunter. Der Oberst entfaltete das Papier und überflog es. Er war ein rascher Leser, und nach weniger als einer Minute hob er den Blick.
»Das ist ein Passierschein für mich, der es mir erlaubt, nach Helsinki zu reisen.«
»Und Sie wissen, an wie wenige Leute so etwas ausgegeben wird.«
»Nur daß er nicht vollständig ist. Es fehlt der amtliche Datumsstempel. Und Sie haben ihn nicht unterschrieben.«
»Aus einem einfachen Grund, Genosse. Die Zeit ist noch nicht reif für Ihre Reise nach Helsinki. Sie fahren erst, wenn Procane eingetroffen ist und sich zu erkennen gegeben hat. Sie eskortieren ihn nach Tallinn, und dann fliegen wir ihn nach Moskau.«
Karlow lehnte sich zurück, öffnete die Schublade und ließ den Passierschein hineinfallen. Er schloß die Lade und versperrte sie. Nach einem kurzen Blick auf Rebet wandte er sich Lysenko zu.
»Da ich das Procane-Unternehmen leite, muß ich von jetzt an auch die Anweisungen an das Team Rupescu-Poluschkin in Stockholm erteilen. Außerdem haben sie mir Bericht zu erstatten.«
»Sie haben ihre Instruktionen . . .«
»Wenn meinem Ersuchen nicht stattgegeben wird, General, wer-

de ich unverzüglich in Moskau stärksten Protest einlegen – verbunden mit der Mitteilung, daß das ganze Unternehmen in Gefahr ist, wegen Teilung der Kommandogewalt zu scheitern. Ich habe einen Zeugen dieses Gesprächs, General. Hauptmann Rebet.«
»Sie drohen mir?« stieß Lysenko hervor.
»Ich gebrauchte das Wort ›Ersuchen‹ – und muß sofort eine positive Antwort haben. Jetzt. Procane kann jeden Augenblick auftauchen...«
»Genehmigt«, fauchte Lysenko. Als alter Soldat schritt er sofort zur Gegenattacke. »Darf ich Sie daran erinnern, Karlow, daß Sie aus zwei Gründen hier in Tallinn sind. Was haben Sie bezüglich der Morde an den vier GRU-Offizieren herausgefunden? Deshalb sind Sie in erster Linie hier stationiert.«
Du schmutziger alter Lügner, dachte Karlow. Ich bin hier stationiert, damit ich weit weg von Moskau und vom Politbüro bin. Er blieb ruhig und lächelte, bevor er antwortete.
»Ich stelle Fallen, wie Sie wissen. Ich nehme einen GRU-Offizier und lasse ihn durch die Straßen gehen. Er tut so, als wäre er betrunken. Er geht auf einer genau geplanten Route, auf der meine Leute postiert sind. Bis jetzt hat unser Killer nicht auf den Köder angebissen.«
»Sie machen das jede Nacht?«
»Natürlich nicht. Das wäre zu offensichtlich. Zweimal die Woche ist das äußerste, die Falle zu legen. Ich bin ein geduldiger Mensch...«
»Ich nicht!« Lysenko riß seinen Mantel vom Stuhl, immer noch wütend. »Und Moskau hat auch keine Geduld. Sie wollen rasch Ergebnisse haben. Machen Sie also Fortschritte. Rebet, ich hole Sie später hier ab. Ich schaue mich selbst ein wenig in dieser gottverlassenen, hinterwäldlerischen Stadt um...«
In aggressiver Laune verließ er das Büro. Karlow bat Rebet, Platz zu nehmen, gab ihm eine Zigarette und begann zu sprechen.
»Sind Sie glücklich darüber, daß man dieses Killer-Team nach Stockholm geschickt hat? Ich weiß, daß die Rupescu schon vorher da war, aber jetzt werden sie tätig werden.«
»Unter uns gesagt, nein«, sagte Rebet sofort. »Aber Sie müssen vorsichtig sein, Andrei. Es hat im Kreml viele Diskussionen gegeben vor diesem Beschluß, und die Befürworter des harten Kurses – allen voran Marschall Ustinow – konnten den Ersten Sekretär überreden und damit den Sieg davontragen. Zumindest haben Sie

den Passierschein in der Lade. Nicht viele bekommen so etwas. Sogar Lysenko müßte seinen Vorgesetzten um einen angehen, bevor er nach Helsinki reisen könnte.«
»Alles bloß unter der Annahme, daß Lysenko ihn je abstempelt und unterzeichnet.«
»Oh, er wird«, versicherte Rebet. »Sie sind der geeignetste Mann, Procane hierher zu eskortieren. Sie waren der Mittelsmann in London, der die Informationen Procanes an uns weiterleitete. Hatten Sie nie einen Verdacht, wer Procane sein könnte?«
Karlow seufzte und schüttelte den Kopf. »Dieser Procane ist ein vorsichtiger Hund. Die Informationen wurden uns stets an sehr belebten Orten übergeben – in einem Pub, auf einer Bahnstation, wenn gerade mehrere Züge zugleich abfuhren. Und immer war es ein anderer Engländer. Ich bin sicher, daß keiner von ihnen den Inhalt dessen kannte, was er mir gab.«
»Aber war damals, als Sie das Material erhielten, nie derselbe hochrangige Amerikaner in London?«
»Ich habe alles immer wieder durchgedacht. Die Antwort lautet, wenn es so war, dann hielt er seine Anwesenheit gut geheim. Die Amerikaner tun das – ein Faktum, das im Westen nicht bekannt ist. Sie reisen heimlich nach London, haben dort mit einer hochgestellten Persönlichkeit ein Zusammentreffen, vielleicht sogar mit der Premierministerin, und kehren tags darauf zurück. Auf diese Weise bleibt ihre kurze Abwesenheit von Washington unbemerkt.«
»Stilmar, Cord Dillon, General Dexter. Wenn Sie raten müßten, auf welchen würden Sie tippen?«
»Ich habe keine Ahnung«, gestand Karlow. »Eines kann ich voraussagen: wenn ich Procane von Angesicht zu Angesicht gegenüberstehe, wird das die größte Überraschung meines Lebens sein.«

22

Newman lag ausgestreckt auf dem Bett seines Zimmers im *Hesperia*; sein Kopf ruhte auf dem Kissen, die Hände waren hinter dem Kopf verschränkt. Er war in Hemdsärmeln, die Krawatte lag neben ihm, der Hemdkragen war offen.
Laila bewegte sich leise, darauf bedacht, den vor sich hinbrütenden

Zeitungsmann, der zur gegenüberliegenden Wand starrte, ohne diese wahrzunehmen, nicht aus seinen Gedanken zu reißen. Sie zog ihren dicken, hochgeschlossenen Pullover über ihr Haar, dann zog sie den Zip ihrer Cordhose auf und schob die Hose über ihre langen weißen Beine.
Sich neben ihm auf das Bett niederlassend, öffneten die Finger ihrer rechten Hand geschickt seinen Gürtel, bevor ihm bewußt wurde, was geschah. Er blickte zur Seite und sah, daß sie nur ein durchsichtiges Höschen anhatte, Strümpfe, einen Strumpfhalter, jedoch keinen BH.
»Himmel, was haben Sie vor?« platzte er heraus.
»Ist das nicht ziemlich klar?«
Er küßte sie langsam. Sie beobachtete ihn, schaute ihm in die Augen. Ihre Körper waren schweißglatt. Sie küßten, betasteten, liebkosten einander. Ihr Haar ergoß sich über das Kissen. Newman ließ sich aufs Bett zurückfallen.
Für ihn war es reines tierisches Verlangen gewesen. All der Druck, der seit jenem Vormittag auf dem Park Crescent auf ihm lastete, als er den schrecklichen Film sah, ließ nach. Zum ersten Mal fühlte er sich schlaff und entspannt. Untätig lag er da, während Laila vom Bett glitt.
»Was machst du jetzt?« fragte er mit geschlossenen Augen.
»Telefonieren. Ist das nicht auch ziemlich klar?«
»Nachher können wir vielleicht...«
»Willig und bereit. Heißt das nicht so?«
Ihre Finger drehten die Nummernscheibe, und er bestätigte ihr, daß das so heiße. Sie senkte die Stimme, als sie jetzt in die Sprechmuschel sprach und mit Stockholm verbunden wurde.
»Wenn er mich nicht anrufen will, dann versuchen Sie's mit einem Trick.« So hatte Tweed gesagt, wenngleich sie bezweifelte, daß er damit das meinte, was sie soeben getan hatte. Sobald er am Apparat war, sagte sie: »Ich habe jemanden für Sie«, und reichte Newman den Hörer. »Es ist für dich...«
»Hier Tweed. Ich bin in ernsten Schwierigkeiten und brauche dringend Ihre Hilfe. Ich spreche vom ›Grand Hotel‹ in Stockholm aus.« Tweed redete schnell, ohne eine Pause zu machen, weil er spürte, daß er Newman zu einer sofortigen Reaktion verleiten mußte. »Sie erinnern sich an den Briefträger, der vor Ihrer Londoner Wohnung überfallen wurde?«
»Wie geht's dem armen Kerl?« wollte Newman wissen.

»Der dreht wieder seine Runden. Glücklicherweise hat er eine feste Hirnschale – sonst wäre er im Leichenschauhaus gelandet. Bob, ich brauche wirklich Ihre Hilfe – mir fehlen Informationen. Wir wissen, daß Sie dem Briefträger begegneten, bevor er zu Ihrer Wohnung kam, und daß er Ihnen einen Brief aus Helsinki gab. Stand in diesem letzten Brief Ihrer Frau etwas drin?«
Tweed wartete und hoffte, daß er richtig geraten hatte. Am anderen Ende der Leitung blieb es still, und Tweed zwang sich zur Ruhe. Den nächsten Zug mußte Newman machen.
»Was sollte drinstehen?« fragte Newman schließlich.
»Etwas über einen Mann namens Procane. Bob, die Zeit läuft uns davon. Es geht um ein großes Ding. Ich komme nach Helsinki, sobald ich kann . . .«
»Ich rede mit Ihnen, wenn Sie da sind.«
»Das könnte zu spät sein. Hier geraten die Dinge außer Kontrolle. Ich brauche alles, was Sie wissen, jetzt. Ich hätte es schon vor Tagen gebraucht.«
Newman war alarmiert. Das war nicht der ruhig und gelassen sprechende Tweed, den er von London kannte – wenn man's recht bedachte. Das war ein Mann, der alle bekannten Tricks anwandte, um ihn zum Reden zu bringen. Aber er wollte dieser Situation selbst – und auf seine Weise – begegnen. Dennoch, etwas mußte er Tweed geben.
»Ich nehme an, es ist okay, am Telefon zu reden?« fragte er.
»Muß es sein«, antwortete Tweed schnell.
»Es war der letzte Brief. Der Inhalt ergab nicht sehr viel Sinn – sie schrieb in einer Art Telegrammstil. Ich brauchte lange, um auch nur Teile davon zu entziffern. Sie schrieb, Procane müsse aufgehalten werden. Wer ist dieser Procane?«
»Ich hoffte, Sie würden mir das sagen.«
»Die Amerikanische Botschaft behauptet, niemand dieses Namens gehöre zu ihrem Mitarbeiterstab – überhaupt sei der Name dort völlig unbekannt«, fügte Newman hinzu, dabei Lailas Mitteilung weitergebend, die diese wiederum von Alexis bekommen hatte.
»Stand noch etwas in dem Brief?« fragte Tweed beharrlich.
»Ja. Ein unvollständiger Satz, der überhaupt keinen Sinn ergibt. ›Mein heißer Tip ist der Archipel . . .‹«
»Und was soll das bedeuten? Lassen Sie sich doch nicht jedes Wort aus der Nase ziehen. Menschenleben stehen auf dem Spiel.«
»Ich weiß es nicht. Tweed, ich habe eine Verabredung.«

»Ich schätze Ihre Kooperation zutiefst.« Tweed sprach mit beißendem Unterton. Newman war stur – Tweed hatte nicht erwähnt, daß Procane Amerikaner war. »Könnte ich noch ein paar Worte mit Laila sprechen?«
»Sie gehört Ihnen.«
»Laila«, sagte Tweed mit Betonung, als sie wieder an den Apparat kam, »ich komme, aber ich kann nicht sagen, wann. Tun Sie Ihr Bestes, um Newman in Helsinki zurückzuhalten, bis ich eintreffe.«
»Ich tue mein Bestes für Sie«, sagte sie. »Aber ich bitte Sie, beeilen Sie sich.«
»So früh ich kann. Auf Wiedersehen. Und viel Glück.«
Sie legte auf, drehte sich um. Newman lag wieder auf dem Bett, die Hände hinter dem Kopf verschränkt. Er musterte sie genau, als er seine Frage stellte.
»Was wir gerade gemacht haben – war das Tweeds Idee?«
»Würde Tweed mich um so etwas bitten?«
Newman schüttelte den Kopf, als sie ein nacktes Knie auf den Bettrand setzte. Er breitete weit die Arme aus. Sie blieb, wo sie war, und stellte ihre Frage.
»Bereit und willig?«
Er warf die Arme um sie, seine Hände trafen sich auf ihrem Rücken, und er zog sie zu sich nieder. Sie rollte sich neben ihn und fragte lächelnd:
»Wenn ich auch bereit und willig bin – bist du imstande? Vielleicht willst du dich jetzt bloß ausruhen?« Sie lugte über seine Hüfte. »Nein? Hätt ich nicht gedacht...«

In seinem Zimmer im *Grand Hotel* breitete Tweed auf dem Bett eine Karte von Skandinavien aus. In einem Stuhl sitzend, studierte Ingrid seine Notizen zum Gespräch mit Newman.
»Archipel«, sagte sie. »Welcher Archipel. Der Schwedische oder der von Abo in Finnland? Und warum ist er wichtig?«
»Das wüßte ich gern. Kommen Sie, schauen wir uns die Karte an.«
Sie beugte sich über die Karte, den Kopf auf die Seite gelegt, mit ernster Miene. Sie folgte seinem Zeigefinger, der eine komplizierte Wanderung vollführte, die von Abo auf dem Festland ihren Ausgang nahm. Der Finger bahnte sich seinen Weg durch den Finnischen Archipel, zwischen Inseln hindurch, um Inseln herum,

hinaus ins offene Meer, überquerte den Bottnischen Meerbusen und landete dann nach neuerlichem Zickzackkurs bei der großen Insel Ornö.
»Sie gehen den verkehrten Weg«, wandte sie ein. »Sie sagen doch, dieser Procane wird versuchen, unbemerkt von Schweden nach Finnland zu gelangen.«
»Es hilft manchmal zu schauen, was geschieht, wenn man am Endpunkt startet und am Start ankommt. Gunnar Hornberg hat versprochen, mich zur Insel Ornö zu bringen. Ich glaube, je eher ich mir diesen Ort ansehe, desto besser.«
»Und ich komme mit? Bitte?«
»Hornberg weiß nichts von Ihrer Existenz, was für mich sehr nützlich sein kann. Lassen Sie mich darüber nachdenken.«
»Ich kenne diesen Archipel. Ein Freund nahm mich einmal in einem Boot mit und fuhr die Strecke ab, die Ihr Finger angedeutet hat.«
»Wie lange dauerte diese Fahrt – von einer Seite zur anderen?«
»Nur ein paar Stunden. Es war ein großes Motorboot. Die kleinen Inseln sind wirklich wie Felsen. Sie ragen aus dem Meer, und es wächst wenig auf ihnen. Oft gar nichts. Nach dem, was ich in den Zeitungen gelesen habe, ist das das Gebiet, in dem sich die russischen Klein-U-Boote herumtreiben.«
»Gibt es da eine ganz bestimmte Stelle?«
»Ja. Südlich Ihrer Insel Ornö. In der Nähe unserer Flottenbasis auf der Insel Muskö. Hier.«
»Die bringen sich ins Gerede, diese sowjetischen Klein-U-Boote«, bemerkte Tweed, als er sich aufrichtete, in den Armsessel setzte, die Brille abnahm und einen ihrer Bügel in den Mundwinkel steckte. Ingrid ließ sich auf der Armlehne nieder.
»Ich habe Helsinki besucht. Zehn Prozent der Leute dort sprechen Schwedisch. Sie nehmen mich also mit. Dann kann ich übersetzen, wenn Sie mit jemandem reden, der Schwedisch spricht«, schlug sie vor.
Er blickte zu ihr hoch. »Sie wissen immer einen guten Grund, bei mir zu sein, egal wo ich mich aufhalte.«
»Weil ich in Skandinavien zu Hause bin. Ist diese Laila Sarin sehr hübsch?«
»Sie ist für den Auftrag, den sie von mir bekommen hat, noch etwas jung. Ich mache mir deshalb Sorgen.«
»Tweed, danach habe ich Sie nicht gefragt.«

»Sie ist attraktiv, ja.« Er formulierte seine Worte mit Überlegung. »Sie bemüht sich sehr und ist auch gut. Aber für eine schwierige Aufgabe würde ich allemal Sie auswählen. Sie sind praktischer veranlagt.«
»Um wieviel ist sie jünger als ich?«
»Ingrid, jemandes Alter zu schätzen, darin bin ich hoffnungslos. Hauptsache dabei ist, daß Sie mehr auf meiner Wellenlänge sind.«
»Wellenlänge?«
»Wir denken auf die gleiche Art. Daher ist unsere Beziehung eine engere. Begreifen Sie jetzt den Unterschied?«
»Ja. Und ich mag ihn. Und Sie nehmen mich nach Ornö mit. Und wenn Sie dann das Flugzeug nach Finnland besteigen, was, wie ich glaube, sehr bald sein wird, nehmen Sie mich dorthin mit, damit ich das finnische Mädchen sehe. Vielleicht mag ich sie. Vielleicht...«
»Vielleicht«, sagte Tweed und beließ es dabei.

Poluschkin stand vor dem Kühler eines gemieteten Audi, den er hundert Meter von der Amerikanischen Botschaft entfernt geparkt hatte. Er hatte die Motorhaube geöffnet und tat so, als hantiere er am Motor herum, als der uniformierte Amerikaner quer über den freien Platz vor der Botschaft zu ihm herankam.
»Hier können Sie nicht parken, Buddy«, informierte der Soldat ihn.
Poluschkin mimte Ratlosigkeit. Er fuchtelte mit den Armen herum und deutete auf den Motor. Er begann schnell auf schwedisch zu reden.
»Er geht nicht. Weiß der Himmel, was los ist mit ihm. Das ist heute vormittag schon das zweite Mal. Ich muß wahrscheinlich einen Abschleppwagen holen und ihn in die Garage ziehen lassen.«
Der Soldat sah ihn verständnislos an. Wie Poluschkin erwartet hatte, hatte er kein Wort verstanden. Er deutete ihm mit einer Geste an, er solle weiterfahren.
»Sprechen Sie nicht Englisch?« fragte er.
»Kein Englisch.« Poluschkin ließ eine neue Flut schwedischer Sätze vom Stapel, wieder begleitet vom Gefuchtel seiner Arme. Der Soldat hielt ihm seine Uhr hin und zeigte ihm eine Zeitspanne von fünfzehn Minuten. Dann machte er wieder die Geste des

Wegfahrens und marschierte zu seinem Platz vor dem weißen Gebäude zurück.
Poluschkin jubelte innerlich. Fünf Minuten nach seinem Eintreffen hatte er einen Mann erkannt, der in einem Taxi ankam, den Fahrer entlohnte und mit schnellen Schritten ins Gebäude eilte. Er hoffte, das verbotene Parken so lange ausdehnen zu können, bis der Mann wieder aus der Botschaft herauskam.
Zehn Minuten später sah er ein anderes Taxi vor dem Haus halten. Niemand stieg aus. Das »FREI«-Licht brannte nicht. Also war der Wagen herbeigerufen worden, um einen Fahrgast aufzunehmen.
Poluschkin klappte die Motorhaube zu, setzte sich hinters Lenkrad und begann an der Zündung zu hantieren, ohne den Motor anzulassen. Aus dem Augenwinkel sah er, daß der Soldat, der versucht hatte, ihn zum Wegfahren zu bewegen, den Kopf abwandte. Der Mann, der vorher hineingegangen war, erschien und stieg in das wartende Taxi. Poluschkin ließ den Motor an.
Er folgte dem Taxi zurück ins Stockholmer Stadtzentrum, wo der Fahrer seinen Fahrgast vor einem Reisebüro in der Nähe des Sergels Torg aussteigen ließ. Poluschkin gelang es mit knapper Mühe, vor einem anderen einen Parkplatz zu ergattern. Er schloß seinen Wagen ab und warf einige Münzen in die Parkuhr.
Der Amerikaner lehnte am Ladenpult und sprach mit einem Mädchen. Poluschkin wählte die junge Dame daneben und erkundigte sich nach Reisearrangements für Cypern. Während sie erklärte, was im Angebot sei, hörte er dem Gespräch des Amerikaners zu.
Zu Poluschkins Ausbildung in einem Ausbildungslager westlich von Moskau hatten auch Konzentrationsübungen gehört. Dabei erlangte man die Fähigkeit, mit einer Person ein Gespräch zu führen und gleichzeitig alle Details einer Unterhaltung, die zur selben Zeit ablief, geistig aufzunehmen. Es war eine der weniger unangenehmen Techniken, die Poluschkin lernen mußte, aber, wie er fand, eine der schwierigsten.
Fünf Minuten darauf verließ der Amerikaner das Büro, Poluschkin dankte der jungen Dame und eilte mit einem Packen Prospekte hinaus, die er auf den Rücksitz warf. Sein Zielobjekt rief ein neues Taxi herbei. Poluschkin setzte sich hinters Lenkrad und folgte dem Amerikaner.
Die Fahrt dauerte etwa zehn Minuten. Poluschkin hatte trotz des

dichten Verkehrs keine Mühe, dem Taxi auf den Fersen zu bleiben, dabei immer einen anderen Wagen zwischen sich und dem Amerikaner fahren lassend, auch ein Trick, den er im Lager gelernt hatte.

Das Taxi schwenkte in eine breite Straße ein, wo weniger Verkehr war, und hielt vor einem alten Mietshaus. Während der Amerikaner sich vom Wagen wegwandte und eine kurze Treppe hinaufeilte, fuhr Poluschkin langsam an dem haltenden Taxi vorbei. Er parkte am Gehsteigrand und schlenderte zurück. Karlavägen 72 C. Poluschkin war der Meinung, er habe sein Glück genügend strapaziert. Er ging zu seinem Wagen zurück und fuhr in Richtung Solna davon.

In der Wohnung in der dritten Etage des Hauses Karlavägen 72C saß Helene Stilmar auf einer Couch im Wohnzimmer, strich mit ihrer schmalen Hand über eines ihrer gekreuzten Beine und hörte ihm zu.

»Ich habe eine entzückende Idee, Liebling«, sagte Cord Dillon. Er saß neben ihr, ergriff ihr Knie und schob die Hand unter ihren Faltenrock. Helene lehnte sich gegen ein Kissen, und sie küßten sich lange. Dann gebot sie seiner Hand, die sich unter dem Rock weiter vorwagen wollte, Halt, schob ihn sanft von sich und brachte ihr Haar in Ordnung.

»Okay, Cord, laß deine entzückende Idee hören. Du bist ja voll von Ideen. Übrigens –«, sie zündete sich eine Zigarette an, »– hast du in der Botschaft etwas Interessantes erfahren? Über Adam Procane, meine ich.«

»Wilde Gerüchte gehen um, daß Procane bereits in Stockholm eingetroffen ist.«

»*Wilde* Gerüchte?«

»Bloße Gerüchte. Kein fester Beweis dahinter. Als ich harte Fakten verlangte, wurden sie alle vage. Diese Leute sind so nervös wie eine Frau vor der Entbindung. Sie haben einzig Angst davor, daß Procane durchs Netz schlüpft und sie dafür verantwortlich gemacht werden. Also erzählen sie mir allen möglichen Mist, damit sie hinterher sagen können, sie hätten mich gewarnt.«

»Und wie begegnest du der Situation?« fragte sie und blies blauen Rauch in die Luft.

»Du rauchst zuviel.«

»Du weichst meiner Frage aus, Cord.«

»Ich bat sie um ein leerstehendes Zimmer mit abhörsicherem Telefon, rief Washington an, sagte denen was von den Gerüchten, dabei betonend, daß es Gerüchte seien, die nachzuprüfen ich noch nicht Zeit gehabt hätte.«
»Du sicherst dich immer ab, nicht wahr? Und was ist das für eine entzückende Idee, die du hast?«
Er zog die Prospektmappe des Reisebüros aus der Tasche und warf sie zwischen sie und ihn auf die Couch. Helene blickte darauf, ohne sie anzurühren. Dillon war über so wenig Reaktion enttäuscht.
»Du könntest ein wenig Begeisterung zeigen.«
»Über was?« fragte sie kühl.
Er stand auf und ging zum Hi-Fi-Turm. Aus einer Anzahl von Platten, die im Ständer standen, wählte er Count Basie aus, schaltete den Plattenspieler ein und stellte auf mittlere Lautstärke. Dann kehrte der zur Couch zurück.
»Warum machst du das?« fragte sie.
»Bruce Warren könnte in der Wohnung, bevor er sie mir überließ, Wanzen angebracht haben. Mit Musikbegleitung wird das, was ich zu sagen habe, unverständlich.«
»Großartig! Wie ihr euch gegenseitig vertraut«, kommentierte sie. »Also, überrasche mich.«
»In der Mappe stecken zwei Tickets für ein Schiff der Viking-Linie, das über Nacht nach Helsinki fährt. Dort können wir einander ein paar Tage lang wirklich genießen – in Sicherheit.«
»Nur daß keinem von uns erlaubt ist, von Schweden weiter nach Osten zu gehen. Manchmal, Cord, glaube ich, du bist leicht verrückt.«
»Trotzdem ist es eine herrliche Idee.«
»Es sei denn, du benützt mich...«
»Ich benütze dich?« Dillons Stimmung schlug um in die normale ätzende Schärfe. Helene beobachtete ihn durch halbgeschlossene Augen, was ihn stets umstimmte. Nicht dieses Mal. »Was, verdammt noch mal, meinst du?« fragte er.
»Nur daß ich eine ausgezeichnete Tarnung sein würde, wenn du Procane bist...«

Poluschkin fuhr an den Wohnblock in Solna heran, blieb mit kreischenden Bremsen stehen und starrte durch die Windschutzscheibe. Soeben war eine Frau aus der Eingangstür getreten.

Magda Rupescu. Er sprang aus dem Audi, schloß ihn ab und rannte zu ihr hinüber, als sie eben den Schlüssel ins Türschloß ihres eigenen Wagens steckte.
»Elsa«, begann er. Er achtete darauf, sie mit ihrem Decknamen anzureden; sie hatte ihm die Hölle heiß gemacht, weil er sie in der Wohnung Magda genannt hatte. »Gehen wir hinein. Sehr interessante Entwicklungen. Ich habe bei der Amerikanischen Botschaft Glück gehabt – so viel Glück, daß es dich überraschen wird.«
»Ich bezweifle das eher, Bengt, aber gut, gehen wir zurück.«
Möglicherweise wegen dieses unerwarteten Zusammentreffens bemerkte keiner von den beiden den geparkten Renault. Im Wagen erwachte jetzt ein Mann, der zusammengesunken hinter dem Lenkrad gesessen hatte, zum Leben. Er riß die Kamera, die neben ihm auf dem Sitz lag, hoch und richtete die Gummilinse durch das Seitenfenster, das er offen gelassen hatte.
Oben in der Wohnung warf Magda die Schlüssel auf einen Tisch neben der Tür.
»Berichte – und faß dich kurz.«
»Das ist es, was ich so schätze – einen warmen Empfang...«
»Willst du eins über den Schädel?«
Sie schwang herum und holte mit der Hartholzbürste aus. Poluschkin wich einige Schritte zurück. Die Schlampe war imstande, ihre Drohung wahrzumachen. Eines Tages würde er sie an den Boden nageln und es ihr ordentlich verpassen. Eines Tages.
»Cord Dillon kam vor der Botschaft an, kurz nachdem ich draußen meinen Wagen geparkt hatte.«
»Das fällt auf – Parken ist dort nicht erlaubt.«
»Himmelherrgott, ich verstehe mein Geschäft. Ich gab vor, eine Panne zu haben – der Motor sprang nicht an. Also, kann ich erzählen, was geschah, oder nicht?«
»Ich höre.«
»Dillon ging schnurstracks hinein. Der vergeudet keine Minute, der Yank. Drin war er zehn Minuten. Dann fuhr er mit einem anderen Taxi weg, und ich folgte ihm zu einem Reisebüro. Und du wirst nie erraten, was er im Reisebüro kaufte...«
»Wir sind kein Rate-Team.«
»Zwei Schiffskarten nach Helsinki.«
»Ich verstehe.« Jetzt hatte Poluschkin ihre Aufmerksamkeit gewonnen. Sie starrte ihn an. »Rückfahrkarten?«

»Nein. Nur Hinfahrt! Er sagte, er würde so bald wie möglich durchgeben, auf welchem Schiff er führe. Ich frage mich, wer die zweite Person ist?«

»Vielleicht eine Freundin, zur Tarnung – soll so aussehen wie ein Seitensprung zum Weekend«, mutmaßte Magda. »Das hast du gut gemacht, Bengt. Wer weiß, vielleicht endet das für dich mit einer Beförderung. Ich rufe jetzt Helsinki an.«

»Warum nicht Leningrad?«

»Neue Instruktionen. Es ist auf jeden Fall sicherer.«

Sie streckte die Hand nach dem Telefon aus, als es zu läuten begann. Sie hob ab, meldete sich mit Elsa Sandell, sagte etwas über das Wetter, womit sie sich zu erkennen gab, und hörte dann zu. Sie selbst gab nur kurze Äußerungen von sich. »Wann? – Identität sicher? – Er ist ein guter Kunde des Schreibbüros.« Damit endete das Telefonat.

Sie drückte auf den Unterbrecher und wählte die Nummer der Sowjetischen Botschaft. Sie verlangte Arvid Moroz zu sprechen und wurde sogleich weiterverbunden.

»Arvid, hast du meinen Brief bekommen? Ich hoffe, ich habe deinen Namen richtig geschrieben.« Wieder die Erkennungsprozedur. »Es gibt Neues über die Dillon-Lieferung. Sie wird auf dem Seeweg erfolgen. Mit der Viking-Linie. Wann sie abgeht, lasse ich dich später wissen. Der Schiffsraum für die Lieferung ist auf einem Viking-Schiff bestellt. Ich muß jetzt auflegen.«

Poluschkin stand daneben und sah ihr zu. Er mußte seine Meinung über sie revidieren. Sie war ein Miststück, aber sie verstand etwas von diesem Geschäft. In Zukunft würde er sie taktvoller behandeln. Er stellte seine Frage mit Vorsicht.

»Haben sie alles verstanden? Klug, wie du es ihnen gesagt hast.«

»Ganz normales Verfahren.« Während sie weiterredete, besah sie prüfend ihre blutrot lackierten Nägel. Poluschkin unterdrückte eine Welle des Zorns. Das Weibsstück kam immer mit dieser Masche – schaute einen nicht an, wenn sie mit einem redete, so daß man sich wie ein Sklave vorkam. »Also, wie siehst du die Lage?«

»Ich bin mit meinem verdammten Bericht noch nicht fertig. Nachdem Dillon das Reisebüro verlassen hatte, folgte ich ihm wieder – bis zu einem Wohnblock, wo er sich versteckt hält, da bin ich sicher. Karlavägen 72 C.«

»Das hättest du mir vorher sagen sollen – jetzt muß ich noch einmal Helsinki anrufen.«
»Verdammt! Du hast mich kaum zu Wort kommen lassen. Wenn du so weitermachst, beschwere ich mich bei Lysenko.«
»Keine Namen!« Sie änderte ihren Ton. »Du hast deine Sache gut gemacht.«
Und ich möchte auch dir die Sache gut besorgen, dachte er, als sie weiterredete.
»Ich wiederhole: wie siehst du die Lage?«
»Cord Dillon ist Procane.«
»Das andere Telefongespräch, das ich führte, bevor ich Helsinki anrief. Willst du wissen, um was es da ging?«
»Wenn es uns betrifft.«
»Ab jetzt haben wir zwei Aufgaben. Du wirst Dillon scharf im Auge behalten. Und ich habe jemand anderen zu beobachten.«
»Und wer ist das?«
»Der Anruf kam von einem unserer Aufpasser in Arlanda. Stilmar ist soeben eingetroffen. Sieht so aus, als wäre er auf dem Weg nach Stockholm...«

23

Im Renault, der nahe bei dem Mietshaus in Solna geparkt stand, hatte Pete Nield mit seiner Kamera schnell zwei Aufnahmen von Magda Rupescu und von Poluschkin gemacht. Er wartete, bis die beiden im Gebäude verschwunden waren, ließ dann den Motor an und fuhr weg.
Mit Harry Butler in Arlanda angekommen, hatte er Tweed noch vom Flughafen aus angerufen. Tweed gab ihm klare, präzise Instruktionen.
»Mieten Sie sich einen Wagen. Sie haben einen Fotoapparat dabei? Natürlich. Fahren Sie sofort zu dieser Adresse.« Tweed gab ihm die Adresse langsam durch, die er von Hornberg bekommen hatte, der sie wieder aufgrund der Wagennummer, die Tweed sich gemerkt hatte, als er beobachtete, wie Magda Rupescu vom *Grand Hotel* wegfuhr, beim Verkehrsamt eruiert hatte.
Tweed gab Nield auch eine genaue Beschreibung von Magda Rupescu durch. Der Auftrag Tweeds war einfach und klar. »Wenn diese Frau auftaucht, folgen Sie ihr...«

Nield, achtundzwanzig, dunkelhaarig, mit gepflegtem kleinem Schnurrbart, war nicht der Mann, der langer Erklärungen bedurfte. Als er die Rupescu das Haus verlassen sah, war er drauf und dran, ihr zu folgen. Als Poluschkin eintraf und nahe bei Magda Rupescu stand, hatte er seine Aufnahmen gemacht. Jetzt hatte er das Gefühl, es wäre für Tweed wichtig, schnell die Ergebnisse zu sehen.

Zwei Stunden darauf traf er im *Grand Hotel* ein, trug sich ein, brachte sein Gepäck auf sein Zimmer und rief Tweed an. Eine Minute später stand er in Zimmer 632, Tweed machte die Tür zu, schloß ab und schaltete das Radio ein.

»Ist etwas geschehen?« fragte Tweed.

»Ich glaube, ich habe richtig gehandelt. Wenn nicht, dürfen Sie mir in den Hintern treten.«

»Ich bezweifle, daß das nötig sein wird. Harry Butler wird jeden Augenblick hier sein – ich glaube, wir sollten alle wissen, was passiert...« Tweed unterbrach sich, weil jemand an die Tür pochte. Er ließ die Türkette eingehängt, öffnete, sah, daß es Butler war, und ließ ihn ein.

Die beiden waren sehr unterschiedliche Persönlichkeiten, aber sie hatten als Team mit Erfolg gearbeitet. Pete Nield war von rascher Auffassungsgabe, sehr behende, seinen dunklen Augen entging nichts. In der Art, wie er sich gab, steckte so etwas wie Herausforderung. Auch liebte er lebhafte Kleidung. Er trug einen dunkelblauen Anzug mit Nadelstreifenmuster, dazu ein weißes Hemd und eine blaue Krawatte mit aufgedruckten Flamingos.

Harry Butler war größer, kräftiger gebaut, einige Jahre älter, glattrasiert und äußerst umsichtig. Er nickte Nield zu und setzte sich auf den Bettrand. Er war weniger auffällig gekleidet als sein Partner, trug graue Hosen und ein kariertes Sportsakko. Er war nicht der Mann, der sich über Kleidung allzu viele Gedanken machte.

»Schießen Sie los, Pete«, sagte Tweed, als er im Armsessel Platz genommen hatte. »Ich möchte, daß Harry im Bilde ist.«

Nield, der lieber stehenblieb, umriß kurz die Episode in Solna. Sodann schwenkte er die Arme in einer Geste der Reue.

»Und jetzt kommt, weswegen man mir mein Hinterteil verbleuen könnte. Sie sagten, ich soll die Rupescu überwachen. Nun, nachdem sie mit dem Typen in den Wohnblock gegangen war, dachte ich mir, die würden einige Zeit drinbleiben. Ich mußte sie also

sowieso unbeobachtet lassen. Aber ich dachte mir, Sie würden das sehen wollen...«
Er streckte die Hand nach einem großen Umschlag aus, den er auf den Couchtisch hatte fallen lassen, und entnahm ihm zwei Hochglanzabzüge. Nachdem er sie Tweed gegeben hatte, erklärte er weiter.
»Von dem Schlächter haben Sie nichts erwähnt – eine ekelhafte Figur. Ich fuhr zur Britischen Botschaft, zeigte meine Karte und benützte die Dunkelkammer...«
»Haben Sie allein entwickelt und vergrößert?« fragte Tweed.
»Natürlich. Den Fototechniker habe ich rausgeworfen. Er war nicht sehr erfreut, aber man kann nicht allen Leuten einen Gefallen tun. War's wert, Solna unbeobachtet zu lassen?«
»Was denken Sie, Harry?« fragte Tweed und gab Butler die Bilder.
»Sie haben längere Erfahrung als Pete, längere Erinnerungen. Erinnern Sie sich an den Mann, der bei Magda Rupescu steht?«
»Oleg Poluschkin. Ein Schweinehund, wenn's je einen gegeben hat. Spricht fließend Schwedisch, Norwegisch – und Lappisch, soviel ich weiß. Obendrein ein ausgebildeter Killer. Eine sehr böse Neuigkeit.«
»Es war's also wert?« wollte Nield wissen.
»Und ob.« Tweeds Stimme klang düster. »Sie fahren ihre schweren Geschütze auf – im wahrsten Sinne des Wortes. Rupescu und Poluschkin sind Experten im Umgang mit jeder Waffe.«
»Und vielleicht ist die eine oder andere darunter, an die wir gar nicht denken«, bemerkte Butler. »Pete, ich schlage vor, du unterschätzt Magda Rupescu nicht. Sie ist ein hübsches Todesengelchen.«
»Kommen wir also zum Geschäft und treffen wir unser Dispositionen«, sagte Tweed. »Hier in Schweden stehen die folgenden Steine auf dem Brett: Cord Dillon, der *anscheinend* eine Affäre mit Helene Stilmar, der Frau von Stilmar, hat. Dann das Team Rupescu-Poluschkin. Die Rupescu ist der Boss des...«
»Ist jemand im Badezimmer?« fragte Butler. »Oder geht mich das nichts an?«
»Ingrid!« rief Tweed. »Kommen Sie und sehen Sie sich unsere Verstärkung an.«
»Hab ich ein Geräusch gemacht?« fragte Ingrid Butler, als sie aus dem Badezimmer trat, dessen Tür zu drei Vierteln geschlossen gewesen war.

»Sie waren leiser als ein Mäuschen«, beruhigte Butler sie, als sie ihn fragend anssah. »Ich hab da so meine Ahnungen in diesen Dingen. Willkommen auf dem Schlachtfeld. Das hier ist Pete Nield, unser Wunderknabe«, fügte er ironisch hinzu. »Und ich bin Harry Butler.«
Ingrid starrte Nield an, der starrte zurück, betrachtete sie mit Interesse. Sie hielt seinem Blick mit ausdruckslosem Gesicht stand und setzte sich aufs Bett.
»Ingrid weiß ebensoviel wie ihr – was noch nicht genug ist«, erklärte Tweed. »Sie ist Schwedin und spricht etwas Englisch. Zudem ist sie in diesem Teil der Welt meine rechte Hand...« Er brach ab, weil das Telefon läutete.
»Hier Jan Fergusson«, flüsterte jemand in der Leitung. »Ich bin unten in der Halle. Sie haben einen Besucher, und ich glaube, er ist schon dabei, sich mit Ihnen in Verbindung zu setzen. Ich konnte vom Flughafen nicht anrufen – ich hätte ihn sonst verloren.«
»Nehmen Sie sich hier ein Zimmer«, sagte Tweed knapp. »Wir sprechen später. Ich ruf Sie an. Lassen Sie mich Ihre Zimmernummer wissen.«
Er hatte den Hörer aufgelegt, als das Telefon neuerlich läutete. Tweed meldete sich, hörte zu, sagte »Ja« und »Nein«. Sobald das Telefongespräch beendet war, sprang er auf.
»Noch ein Stein auf dem Brett. Stilmar kommt höchstpersönlich, um mich zu sehen. Nield, Sie verschwinden von hier...« Er sprach weiter, während Nield den Raum verließ. »Harry, Sie warten an der Treppe, dann können Sie einen Blick auf ihn werfen. Lassen Sie sich von ihm nicht sehen. Ingrid, Sie gehen und setzen sich draußen auf einen Fauteuil. Sie werden Stilmar folgen.«
Butler ging. Ingrid riß einen Schal aus ihrer Handtasche, wand ihn sich um den Kopf, um ihr schwarzes Haar zu verbergen, und folgte Butler. Tweed breitete die Karte von Skandinavien auf dem Bett aus und wartete. Eine knappe Minute später klopfte es leise an der Tür. Tweed legte den Telefonhörer auf. Fergusson hatte ihm seine Zimmernummer durchgesagt.

Selbst nach dem Direktflug von London war Stilmar eine eindrucksvolle Erscheinung, frisch wie aus dem Ei gepellt. Er hatte wieder einen dunkelblauen Anzug an, diesmal feinst gepunktet, der eindeutig aus der Savile Row stammte. Hoch überragte er Tweed, als sie einander die Hände schüttelten, und musterte ihn

durch seine randlosen Brillengläser. Tweed bot ihm einen Stuhl an und setzte sich in seinen Armsessel.
Und wieder kam Stilmar sogleich zum Thema.
»Sie haben das Radio eingeschaltet, aber ist dieser Raum sauber?«
»Er wurde heute früh von einem Spezialisten unserer Botschaft geprüft.«
Stilmar schob den Bügel seiner Brille auf dem Nasenrücken höher, bevor er die nächste Frage stellte.
»Ihr Experte – tut er seine Arbeit jeden Tag um dieselbe Zeit?«
»Nein – und das ist auch alles, was ich Ihnen über die Techniken sage, die wir anwenden...«
»Man sagt, Sie wären ein schwieriger Zeitgenosse. Haben Sie Adam Procane identifiziert?«
»Nicht hundertprozentig. Noch nicht...«
»Aha!« Stilmar beugte sich vor. »Aber Sie sind sich seiner Identität ziemlich sicher.«
Das war eine Behauptung, keine Frage. Die bekannte Stilmar-Taktik, den Gegner in die Defensive zu drängen, ihn vom Beginn des Gesprächs an aus dem Gleichgewicht zu bringen.
»Ich habe vier Kandidaten für die Rolle des Verräters«, erklärte Tweed. »Drei von ihnen sind bereits in Stockholm – das bekanntlich die letzte Station vor Finnland ist. Und ist Procane einmal auf finnischem Boden, dann ist er praktisch in Rußland.«
»Hätten Sie Bedenken, die Namen dieser Kandidaten zu nennen?« fragte Stilmar, immer noch vorgebeugt dasitzend, um jede Regung in Tweeds Gesicht sehen zu können.
»Ich habe nichts vor ihnen zu verbergen«, versicherte Tweed ihm mit ausdrucksloser Miene. »Cord Dillon, General Dexter, Ihre Frau und Sie selbst.«
»Das ist verdammt offen – wenn nicht beleidigend.«
»Warum sind Sie nach Stockholm gekommen, Stilmar?«
»Die Schweden werden langsam nervös – und wer kann es ihnen verdenken? Sowjetische Klein-U-Boote schnüffeln in ihren Hoheitsgewässern herum. Der Tropfen, der das Glas zum Überlaufen brachte, war, daß die Russen ihr Gebiet überflogen. Man erinnert sich zu gut an den Passagierjet, den sie bei Japan abgeschossen haben. Sie wissen von dieser Luftraumverletzung?«
»Ja. Es wird bald allgemein bekannt sein, obwohl die schwedische Regierung es zu vertuschen sucht. Wie ich höre, hält sich ein

englischer Thrillerautor anläßlich des Erscheinens eines seiner Bücher in Schweden auf. Er wird heute abend von Radio Schweden interviewt und dabei die Sache hinausposaunen.«
Tweed hatte von dem Luftzwischenfall zuerst von dem Techniker der Britischen Botschaft erfahren, der täglich sein Zimmer nach Wanzen absuchte. Ein MIG-Jäger hatte eine schwedische Chartermaschine über die Ostsee verfolgt und erst abgedreht, als er sich fast über der schwedischen Küste befand.
»Dieser Zwischenfall hat mich hergebracht«, fuhr Stilmar fort. »Der zeitliche Ablauf ist perfekt – von unserem Standpunkt aus. Die Schweden beschlossen, nicht nur mich, sondern auch General Dexter zu empfangen...«
»Dexter ist auf dem Weg hierher?« fragte Tweed scharf.
»Er fliegt mit einer Militärmaschine von Dänemark hierher, um mit den höchsten Militärs der Schweden zu beraten. Er landet auf dem Flugplatz Jakobsberg – gleich außerhalb von Stockholm.«
»Wann?« fragte Tweed.
»Der Zeitpunkt stand nicht fest, als ich London verließ. Aber es wird bald sein. Seit der Verletzung schwedischen Luftraums durch die Sowjets hatten es sich die Schweden wieder anders überlegt. Tweed, Sie haben mich gefragt, warum ich hergekommen bin. Sie haben den Ruf, diskret zu sein. Darf ich annehmen, daß das, was ich Ihnen jetzt offenbare, streng unter uns bleibt?«
»Ja. Ich höre.«
Zum ersten Mal zeigte Stilmar weniger von seiner überlegenen Selbstsicherheit. Er rieb mit seinem Zeigefinger die Seite seiner Hakennase, nahm die Brille ab und legte sie auf den Tisch. Aus der Tasche nahm er ein seidenes Taschentuch, das in einer Ecke das Monogramm »S« trug, und schneuzte sich mehrmals. Alles ganz wie das Verhalten des Mannes, der überlegt, ob er den Kopfsprung wagen soll.
Tweed saß bewegungslos, die Hände auf die Armlehnen seines Sessels gelegt. Er sagte auch nichts, unterdrückte den Impuls, Stilmar zum Reden zu ermuntern, was, wie er wußte, den gegenteiligen Effekt haben konnte. Als Stilmar dann sprach, mußte Tweed sich zwingen, keinerlei Reaktion zu zeigen, seine Überraschung zu verbergen.
»Offiziell bin ich dienstlich hier – wie ich soeben erklärt habe. Aber es gibt einen persönlichen Grund. Ich glaube, Helene, meine Frau, hat eine Affäre mit Cord Dillon.«

»Jetzt könnte ich einen Scotch on the rocks vertragen«, war das nächste, was Stilmar sagte.
Tweed blieb auch schweigsam, während er aufstand, zum Kühlschrank ging und den Drink bereitete. Er reichte Stilmar das Glas und setzte sich wieder in seinen Armsessel.
»Sie glauben, sagten Sie. – Wissen Sie es nicht?« war Tweeds Antwort.
»Das ist ja die Hölle! Dillon ist der rohe, ungeschliffene Typ, auf den sie anspricht. Ihr erster Mann war genau von dieser Sorte. Ich habe Ihren Chef, Howard, in London dazu benützt, alle Flüge zu überprüfen, als ich entdeckte, daß sie fort war. Er fand ihren Namen auf der Passagierliste einer Maschine nach Stockholm.«
»Und Cord Dillon?«
»Ich wußte, er würde früher oder später auf dem Weg hierher sein – wegen der Procane-Sache. In Washington ist man deswegen wirklich besorgt. Aus ersichtlichen Gründen. Mit jedem Tag rückt die Präsidentenwahl näher. Glauben Sie, daß Ihre sowjetischen Gegenspieler wissen, daß Ihre vier Kandidaten hier oder auf dem Weg hierher sind?«
»Das kann ich nur vermuten«, sagte Tweed, der Zeit gewinnen wollte, um sich darüber klarzuwerden, wie er mit Stilmar verfahren sollte. »Wie sind Sie eingereist?«
»Über den Flughafen Arlanda – unter dem Namen Ginsburg auf der Passagierliste...«
»Und Sie ließen einen Wagen kommen, der auf Sie wartete?«
»Was meine Frau betrifft, bin ich vielleicht naiv, nicht aber in meinem Beruf. Ein Mann von unserem Regierungsbürokomplex am Grosvenor Square saß mit mir in der Maschine. Er stieg in Arlanda vor mir aus, und ein Dienstwagen wartete auf ihn. Ich wartete, bis der Wagen weg war, und fuhr in einem Taxi hinterher.«
Tweed erwähnte nicht, daß sein eigener Mann, Jan Fergusson, Stilmar bis zum *Grand Hotel* gefolgt war. Was hieß, daß auch die russischen Aufpasser das getan hatten.
»Und was werden Sie hinsichtlich Ihrer Frau unternehmen?« fragte er.
»Das ist die Frage. Soll ich etwas tun? Vielleicht ist es für Helene nur ein kurzes Feuer, das vorübergeht.«
»Warum nicht so tun, als hätten Sie nichts bemerkt? Zumindest im Augenblick?«
Als er es aussprach, fiel Tweed seine eigene Erfahrung in derselben

Situation ein. Hier gab er einen Rat, den er selbst nicht befolgt hatte. Nicht daß es einen Unterschied gemacht hätte – Lisa war immer eine Frau gewesen, die ihre eigenen Wege ging.
Aber Tweed behielt den Ball im Auge. Jetzt und hier war es seine Hauptaufgabe, Stilmar bezüglich seines Eheproblems im Zustand psychischer Anspannung zu halten. Stilmar setzte seine Brille wieder auf, leerte sein Glas und schaute Tweed an.
»Das ist ein guter Rat, denke ich. Also, wir sprachen doch am Park Crescent miteinander, und Sie sagten, Sie erwarteten bald vom Kontinent eine Beschreibung Procanes zu erhalten.«
»Phantombilder aus Frankfurt, Genf, Paris und Brüssel.« Tweed stand auf und ging zur Tür. »Sind soeben per Kurier eingetroffen.« Er deutete auf die Karte, die ausgebreitet auf dem Bett lag. »Während ich runtergehe und sie hole, wollen Sie sich vielleicht die Karte ansehen.«
Sobald er draußen auf dem Korridor stand, wandte er sich nach links zu Jan Fergussons Zimmer. Er hatte mit Absicht »runtergehe« gesagt; Stilmar sollte annehmen, die Person, die er aufsuchte, müsse sich unterhalb der sechsten Etage befinden. Als er zurückkam, einen Umschlag unter den Arm geklemmt, fand er Stilmar über die Karte gebeugt und diese eingehend studierend.
»Die Linie, die Sie da gezogen haben«, sagte Stilmar, »die von der Insel Ornö nach Turku verläuft – was soll sie bedeuten?«
»Procanes wahrscheinlicher Weg, wenn er überläuft.«
»Das klingt defätistisch.« Stilmar richtete sich auf. »Was haben Sie da?«
Tweed nahm vier Skizzen aus dem Umschlag und legte sie nebeneinander auf die Karte. Dann zeigte er nacheinander auf jede. »Frankfurt, Genf, Paris und Brüssel.«
»Seltsam.« Stilmar beugte sich wieder über das Bett, und Tweed war beeindruckt über die Schnelligkeit seiner Reaktion. »Diese erinnert mich an niemanden, diese an Dillon, diese Skizze einer Frau ähnelt Helene und diese –«
»Erinnert mich an Sie«, erklärte Tweed. »Übrigens, mit wem treffen Sie sich in Stockholm?«
»Das kann ich Ihnen nicht sagen.«
»Und diese Skizzen. Fällt Ihnen etwas auf?« fragte Tweed.
»Nicht die verdammteste Kleinigkeit.«
»Sind Sie sicher?«
»Ganz sicher.« Stilmar straffte sich, zog die Manschetten seines

Hemds hervor, um die goldenen Manschettenknöpfe bloßzulegen, auf denen der amerikanische Adler prangte. »Und jetzt muß ich gehen, ich habe eine Verabredung einzuhalten. Ich wohne hier, also werden wir uns ohne Zweifel wieder sehen.«
»Ohne Zweifel.« Tweed begleitete seinen Gast zur Tür, öffnete sie und spähte hinaus. Ingrid saß noch immer in der Halle in einem Fauteuil vor den Aufzügen. Beim Geräusch der sich öffnenden Tür hob sie nicht einmal den Blick. Im Weggehen drehte Stilmar sich um und senkte die Stimme.
»Ist denn Ihnen etwas aufgefallen?«
»Alle Kandidaten sind da – mit einer Ausnahme: General Paul Dexter.«

24

Zehn Minuten später kehrte Ingrid in Tweeds Zimmer zurück. Man sah ihr an, daß sie gerannt war. Sie ließ sich in ihrer Lieblingsstellung auf dem Bett nieder und fing an zu reden.
»Ich komme über die Treppe – alle Aufzüge waren besetzt. Stilmar ißt im französischen Restaurant zu Abend. Er wird dort einige Zeit bleiben. Wenn er vorhätte, bald auszugehen, wäre er sicher ins Schnellrestaurant gegangen.«
»Ißt er allein?«
»Ja. An einem Tisch, der nur für eine Person gedeckt ist. Er schreibt in sein Notizbuch. Warum hat er Sie nicht zum Abendessen eingeladen?«
»Ich habe ihm viel Stoff zum Nachdenken gegeben.«
Tweed berichtete ihr alles über sein Gespräch mit dem Amerikaner. Sie hörte mit ernstem Gesicht zu, ohne etwas zu sagen, und Tweed wußte, daß sie später alles Wort für Wort wiederzugeben imstande sein würde. Nachdem er sie bis auf den letzten Stand informiert hatte, stellte er eine Frage.
»Aus Ihrer Erfahrung mit Männern: wie wird er darauf reagieren, daß seine Frau mit Cord Dillon eine Affäre hat?«
»Ich habe ihn zweimal gesehen. Und da nur für wenige Augenblicke. Aber ich erwarte, daß er seine Frau ausfindig macht und sie fragt, was vorgeht.«
»Einverstanden. Aber ich glaube nicht, daß er es tun wird. Und das ist merkwürdig.«

»Was könnte der Grund sein?«
»Wenn er Procane wäre, ist ein Streit mit Helene das letzte, was er sich leisten kann. Das könnte zu Komplikationen führen. Er ist ein starker, entschlossener Mensch, der seinem Rang entsprechend handelt. Ich fand es auch eigenartig, daß er mir gegenüber von seinem Privatleben sprach.«
»Warum hat er das Ihrer Meinung nach getan?«
»Um meine Mutmaßungen, warum er wirklich in Schweden ist, zum Schweigen zu bringen. Man neigt dazu, zu glauben, daß ein Mann mit häuslichen Sorgen an nichts anderes denken kann – aber was seinen Verdacht gegenüber Helene betrifft, wird er nichts unternehmen.«
»Sie trauen wohl niemandem, oder?«
»Nicht, insoweit es Procane betrifft. Noch etwas: Stilmar sagt, die Schweden hätten schließlich seinem Besuch zugestimmt, weil eine russische MIG in den schwedischen Luftraum eingedrungen sei.«
»Das ergibt für mich einen Sinn.«
»Es sei denn, die Russen provozierten absichtlich diesen Luftzwischenfall, um die Schweden zu veranlassen, näher an die Vereinigten Staaten heranzurücken – so daß Procane Grund findet, hierherzukommen.«
»Da wird ein Spiel gespielt, glaube ich«, sagte Ingrid. »Ich habe das komische Gefühl, bei der Vorführung eines riesigen Zauberkunststückes dabei zu sein.«

Es war nahe an Mitternacht, als Cord Dillon langsam über die Drottninggatan spazierte. Diese Fußgängerstraße führt schnurgerade vom Sergels Torg bis zur Riksbron-Brücke, die den Fluß längs des Parlaments überquert und zur Insel Gamla Stan hinüberführt.
Einige Fußgänger waren zu dieser Stunde noch unterwegs. Zwei Dutzend Schritte hinter ihm schlenderte Poluschkin, immer wieder stehenbleibend und in ein Schaufenster blickend. Mehrere Mädchen eilten an ihm vorüber und hüteten sich, den einsamen Bummler anzusehen.
Erst spät am Nachmittag hatte Magda Rupescu Poluschkin mitgeteilt, sie müßten weiterhin dieselben Personen unter Beobachtung halten. Sie werde Stilmars Spur folgen, während Poluschkin auf jede Bewegung Dillons zu achten hätte.

»Also habe ich das Hauptobjekt?« hatte Poluschkin gesagt und sie dabei scharf angesehen. »Dillon spaziert mit Fahrkarten nach Helsinki in der Tasche herum...«
»Verlier ihn also nicht aus den Augen«, hatte sie mit ihrer üblichen Verschlagenheit geantwortet.
»Ist mir je einer durch die Lappen gegangen?«
»Es gibt immer ein erstes Mal.«
Poluschkin glaubte ihr keine Sekunde lang. Aus irgendeinem Grund, den sie nicht verriet, war diese Füchsin zu dem Schluß gekommen, daß Stilmar Procane war. Er würde wetten, daß sie da irrte und daß er den Richtigen verfolgte.
Nicht weit hinter ihm ging im Stottergang ein Mann mit dickem Rundgesicht. Von Zeit zu Zeit torkelte er in eine Ladenpassage und stierte in die Schaufenster, kam dann schwankend wieder zum Vorschein. Poluschkin hatte ihn bemerkt. Ein Betrunkener, der durch die Straßen streunte. Dem aufmerksamen Blick des Russen war nicht entgangen, daß aus einer der Taschen des Mondgesichts ein Flaschenhals ragte.
Peter Persson, hinter Poluschkin hergehend, mimte weiter den Betrunkenen. Der Schwede hatte eine Alkoholfahne – was man einfach dadurch erreichte, daß man sich Whisky auf Lippen und Kinn rieb. Er hinkte in eine Schaufensterpassage und wartete nicht ganz eine Minute. Dann trat er wieder auf die Straße.
Dillon hatte das Ende der Straße erreicht und bog nach links ein. Als Poluschkin die Straßenecke erreichte, war er überrascht, den Amerikaner schon hundert Meter entfernt gehen zu sehen. Er wollte seinen Schritt beschleunigen, als der Amerikaner sich umdrehte und sich hinter der hohlen Hand eine Zigarette anzündete. An der Ecke wartend, hörte Poluschkin das gedämpfte Rauschen von Wasser.
Durch das Geräusch neugierig geworden – und auch um sich den Anschein eines Bummlers zu geben –, ging er schräg über die Straße und blickte über die Brustwehr hinab in den Fluß. An dieser Stelle, nahe der Brücke, brauste der mächtige Wasserstrom über ein Wehr. Dieses Wehr sollte schon bald für Poluschkin eine Rolle spielen.
Er ging wieder auf die andere Straßenseite zurück. Dillon ging weiter am Fluß entlang. Dadurch entging Poluschkin, daß sich hinter dem Wehr eine Reihe von Bojen quer über die ganze Breite des Flusses hinzog.

Da, wo Poluschkin stand, verbanden mehrere Brücken die Stadt mit der Insel Gamla Stan, der eigentlichen Altstadt. Poluschkin erreichte die dritte Brücke, die Strömbron-Brücke, und Dillon war verschwunden.
Der Russe konnte es nicht fassen. In der Entfernung, weiter unten am Ufer, ragte die eindrucksvolle Fassade des *Grand Hotel*. Die orangefarbenen Sonnenblenden der Erdgeschoßfenster waren eingerollt. Die Hotelfront war beleuchtet, und hoch oben unter dem Dach duckten sich die Giebelfenster der Zimmer in der sechsten Etage. Hinter den geschlossenen Vorhängen eines dieser Fenster war Licht. Poluschkin konnte nicht wissen, daß er zu Tweeds Schlafzimmer hinaufstarrte.

Poluschkin suchte die ganze Gegend längs des Ufers ab, ging an den weißen Passagierbooten vorbei, die vor dem *Grand Hotel* vertäut lagen, und ging denselben Weg wieder zurück. Er mußte die Tatsache zur Kenntnis nehmen: Dillon war ihm durch die Lappen gegangen. Der Amerikaner hatte irgendeinen Zaubertrick angewendet.
»Es gibt immer ein erstes Mal ...« Die spöttischen Worte Magdas fielen ihm ein, und er fluchte innerlich. Dann faßte er einen Entschluß – den für ihn einzig möglichen. Er ging weg vom Flußufer und marschierte rasch zurück, bis er das Haus Karlavägen 72 C erreicht hatte.
Poluschkin richtete sich auf ein längeres Warten ein, drückte sich in den Hauseingang von 72 B. Falls die Polizei kam, würde er sagen, er warte auf seine Freundin, weil er keinen Hausschlüssel habe. Er hatte kaum über diese Möglichkeit nachgedacht, als ein Streifenwagen an den Gehsteigrand fuhr und ein Polizist, der neben dem Fahrer saß, ausstieg.
»Ich hätte gern einen Ausweis von Ihnen gesehen«, sagte der Polizist und musterte ihn scharf.
Der Russe wies seinen Führerschein vor, der auf den Namen Bengt Thalin ausgestellt war und seine Fotografie trug. Der Beamte gab ihn ihm zurück und stützte einen Arm gegen eine Säule.
»Wollen Sie mir sagen, was Sie hier machen?«
»Es ist ein bißchen ungewöhnlich, Inspektor, ich warte auf meine Freundin – sie hat den Hausschlüssel.«
»Und jetzt überlegen Sie nicht lange: wie heißt sie?«
Darauf war Poluschkin vorbereitet. Von den Namensschildern

neben den Klingelknöpfen hatte er sich bereits eine Karin Virgin ausgesucht. Doch das sollte nur der letzte Rettungsanker sein. Gib der Polizei nie zu bereitwillig Auskunft.
»Das ist mir ziemlich unangenehm«, begann er und schwieg.
»Unangenehm in welcher Hinsicht?«
»Sie ist verheiratet, und ihr Mann ist nicht da.«
»Sie vertraut Ihnen den Schlüssel nicht an?«
»Es ist erst das zweite Mal.«
»Und spätestens beim dritten Mal ändert der Gatte seinen Stundenplan – man kennt das«, warnte der Polizist, ging zurück zum Streifenwagen und fuhr davon.
Fünf Minuten später kam Dillon den Karlavägen herunter und stieg die Stufen zu 72 C hoch. Poluschkin hörte, wie er mit den Schlüsseln hantierte, eine Tür ging auf, schloß sich. Er schaute auf die Uhr. Cord Dillon war für genau fünfundzwanzig Minuten verschwunden gewesen. Poluschkin war entschlossen, das in seinem Bericht an Magda Rupescu auszulassen.
Um so mehr, als die Rupescu viel Wind von der Sache machen würde, sagte er sich, auf der Straße zurückgehend. Er war sicher, sie würde diese Panne nach Moskau melden. Was brachte es, wenn er ihr Gelegenheit gab, ihn fertigzumachen? Und alles wegen einer lächerlichen halben Stunde.
Doch Poluschkin unterlag einer gewaltigen Fehleinschätzung. Die fehlenden fünfundzwanzig Minuten waren der Schlüssel zum Fall Procane.

25

Am folgenden Morgen hielt General Lysenko in Tallinn einen Kriegsrat ab, wie er das Treffen nannte. Drei Männer fanden sich um 7 Uhr morgens in Oberst Karlows Büro ein: Lysenko, sein Gehilfe Rebet und Karlow selbst.
Der General hatte von einem Tag auf den anderen sein Hauptquartier von Leningrad nach Tallinn verlegt. Ohne jede Vorwarnung. Er brach einfach mit seinem Stab über die estnische Hauptstadt herein und richtete sich im Gebäude in der Pikk-Straße häuslich ein.
»Wir nähern uns dem Höhepunkt der Operation«, begann Lysenko. »Sie sind nicht dieser Ansicht, Oberst?«

»Sicher, in Stockholm tut sich einiges.« Karlow legte drei große Fotos auf der Schreibtischplatte aus. »Wir wissen, daß sowohl Cord Dillon als auch Stilmar in der schwedischen Hauptstadt sind. Es gibt starke – wenn auch unbestätigte – Gerüchte, wonach General Dexter vorhaben soll, Schweden einen geheimen Besuch abzustatten, um mit Militärs zu konferieren . . .«
»Und einer dieser Männer muß Procane sein«, sagte Lysenko mit großer Emphase. »Ich weiß, wohin ich meine Rubel tue!«
Karlow ignorierte diese Unterbrechung und entnahm der Schublade, die auch den unvollständigen Passagierschein für Helsinki enthielt, einen grünen Ordner. Er zog ein Foto heraus, legte es zu den anderen und lehnte sich im Stuhl zurück.
»Diese Akte wurde auf meine persönliche Anforderung von Moskau per Kurier hergeflogen.«
»Um was handelt es sich?« fragte Lysenko gebieterisch. »Ich darf doch annehmen, daß Sie nicht wieder halbe Sachen machen, ohne mich zu informieren?«
»Sie waren mit Rebet auf dem Flug hierher«, sagte Karlow mit demselben Gleichmut. Er hielt die Akte so, daß Lysenko den Namen auf dem Deckblatt lesen konnte. »Helene Stilmar.« Dann hielt er das Foto in die Höhe.
»Was, zum Teufel, hat das mit Procane zu tun?« fragte Lysenko.
»Gestern verbrachte ich viel Zeit damit, alle Akten noch einmal durchzulesen. Mir fiel etwas auf, was wir übersehen haben dürften. Bevor sie Beraterin des Präsidenten in Frauenfragen wurde, leitete sie eine hohe Verbindungsstelle zwischen State Department und Pentagon . . .«
»Und?«
»Ich habe das Rupescu-Team beauftragt, in allen Stockholmer Hotels nach dieser Helene·Stilmar zu suchen. Ihr Mann ist in Stockholm. Vielleicht ist sie auch dort.«
»Mit Stilmar kam sie nicht in Arlanda an«, warf Lysenko ein. »Unsere Leute hätten uns das gemeldet.«
»Und wenn sie allein reiste?« warf Karlow die Frage auf.
»Warum sollte sie das tun?«
»Die Antwort auf diese Frage dürfte von entscheidender Bedeutung sein.«
»Wir sollten keine Möglichkeit außer acht lassen«, mischte Rebet sich ins Gespräch.

»Es steht noch mehr in der Akte«, fuhr Karlow fort. »Sie ist Amerikanerin der ersten Generation – mit schwedischen Vorfahren. Sie hat eine in Stockholm lebende Zwillingsschwester. Und auch einen Bruder – er ist älter als sie . . .«
»Niemand hat bisher die Vermutung geäußert, Procane könnte eine Frau sein«, fuhr Lysenko ihn an. »Wir reden von einem *Adam* Procane.«
»Was ein hervorragender Deckname für eine Frau wäre.«
»Aber es war Cord Dillon, der zwei Schiffskarten für die Nachtüberfahrt nach Helsinki gekauft hat«, bellte Lysenko, der jetzt mit seiner Geduld am Ende war.
»Und die Rupescu hat die Möglichkeit angedeutet«, fuhr Karlow ungerührt fort, »daß die zweite Fahrkarte für eine Frau sein könnte. Diese Frau könnte Helene Stilmar heißen.«
»Theorien! Theorien!« explodierte Lysenko. »Sie bewegen sich im luftleeren Raum. Keine harten Fakten!«
»Genau in diesem luftleeren Raum bewegte ich mich auch, als ich meine Pläne vorlegte, wie man der amerikanischen Strategic Defence Initiative, dem sogenannten Star-Wars-Programm, begegnen kann.«
»Auf der Basis von Material, das dieser Procane geliefert hat.«
»Es gibt ein Faktum, das Sie offenbar übersehen haben. Dillon hat nur für die Hinfahrt gebucht.«
»Und? Die Rupescu hat dazu keinen Kommentar abgegeben.«
»Weil sie noch etwas Wichtiges übersehen hat, General. Wenn Dillon Procane ist, hätte er seine Spur besser verwischt. Er hätte *Rückfahrkarten* gekauft.«
»Poluschkin ist ein versierter Beschatter. Dillon dachte wahrscheinlich nicht im Traum daran, daß man ihn beobachtete.«
Schon als er es sagte, wurde Lysenko klar, daß sein Argument nicht überzeugend war. Er hoffte, Karlow würde das übersehen. Doch dieses Glück war ihm nicht gegönnt.
»Der Vizedirektor der CIA?« fragte Karlow mit ironischem Unterton.
»Also gut«, lenkte Lysenko ein. Und um seinen Rückzug zu decken, wechselte er das Thema. »Sie weisen die Rupescu an, nach Helene Stilmar zu suchen. Persönlich glaube ich, daß das nur Zeitverschwendung ist.«
Was Lysenko in Kenntnis all dessen, was Helenes Akte enthüllt hatte, nicht glaubte. Und wieder gab es einen Zeugen dieses

Gesprächs, Rebet, der wenig sagte und nichts vergaß. Karlow hatte eine Frage aufgeworfen, und man mußte sie überprüfen.
»Und die GRU-Morde?« fuhr Lysenko fort. »Sind wir einer Aufklärung nähergekommen?«
»Nein. Der Killer ist nicht in die Fallen gegangen. Und es hat keine weiteren Morde gegeben, seit Poluschkin Estland verlassen hat.«
»Das ist eine ungeheuerliche Anspielung...«
»Ich stelle bloß fest, General. Sie sagen selbst, daß Fakten vor allem anderen Bedeutung haben.«
Lysenko wechselte wieder das Thema. »Ich denke, es ist Zeit, Mauno Sarin nach Tallinn einzuladen – um mit ihm über Adam Procane zu plaudern.«
»Und der englische Korrespondent Robert Newman?«
»Er kann Sarin begleiten. Da keine neuen Morde verübt worden sind, wäre der Zeitpunkt günstig, diesem Engländer zu zeigen, daß in Estland alles im Lot ist. In den nächsten Tagen, Karlow.«
»Wir dürfen nicht vergessen, daß Newmans Frau, Alexis, getötet wurde, als sie hier war. Das macht mir immer noch Kopfzerbrechen...«
»Die Frau wurde getötet, weil sie zu viel über die Route herausbekommen hatte, die wir für Procane vorgesehen hatten. Sie hat es diesem Säufer Nasedkin entlockt – machte ihn betrunken. Wir haben ihn nach Sibirien geschickt. Was danach geschah, habe ich Ihnen mitgeteilt. Überlassen Sie es mir, mir Kopfzerbrechen zu machen – dazu bin ich General. Sie setzen sich mit der Rupescu in Verbindung, dann mit Sarin. Sagen Sie der Rupescu, daß Cord Dillon um jeden Preis beschützt werden muß.«
»Ein drastischer Befehl«, protestierte Karlow.
»Tun Sie es!« Zufrieden rieb Lysenko sich die Hände. »Wir sind auf Gefechtsstation. Ich habe das Gefühl, es wird nicht mehr lange dauern, bis Procane sicher auf sowjetischem Boden ist. Ich werde dieses Duell mit Tweed gewinnen!«

Das Polizeihauptquartier auf dem Ratakatu liegt in einem dichtbebauten Gebiet Helsinkis auf der Halbinsel. Wer Leningrad kennt, meint, dieser Stadtbezirk sei anders als die russische Stadt, dieser aber nicht unähnlich. In diesem Gebäude ist, für die Außenwelt unauffällig, auch die vierzig Mann starke Abteilung der Sicherheitspolizei untergebracht.

Newman ging allein auf der Straße, ließ sich Zeit, als er sich ihrem Ende näherte. Er ging auf der gegenüberliegenden Seite, um sich das Gebäude wieder in Erinnerung zu rufen. Es ist alt, vierstöckig, aus blaßgrauem Stein. Über dem Eingang befindet sich eine viereckige Leuchte, auf deren Milchglasscheiben auf drei Seiten die Nummer »12« steht.
Zwei Steinstufen führen hinauf zur Eingangstür aus getäfeltem braunen Holz, an der ein querüber laufender metallener Schubriegel angebracht ist. Um die Ecke, an der Straße, die in rechtem Winkel an den Ratakatu anstößt, steht die St.-Johann-Kirche, auf die man von den Fenstern des Polizeigebäudes blicken kann.
Er war von Mauno Sarin telefonisch dringend herbestellt worden. Sarin war von schroffer Kürze und schien besorgt.
»Newman, es hat eine Entwicklung gegeben.«
»Welche Entwicklung?« hatte Newman gefragt.
»Das kann man nicht am Telefon besprechen. Kommen Sie bitte sofort zu mir ins Büro.«
»Das klingt ziemlich diktatorisch. Angenommen, ich komme nicht?«
»Dann will ich nichts mehr mit Ihnen zu tun haben. Innerhalb der nächsten Stunde, wenn ich bitten darf.«
Die Verbindung wurde unterbrochen, bevor Newman eine Antwort geben konnte. Das paßte so gar nicht zu Mauno, also schlüpfte der Engländer in seinen Regenmantel und verließ sofort das *Hesperia*. Da Laila kommen sollte, hinterließ er ihr eine hastig hingekritzelte Nachricht.
Er überquerte die Straße und blieb vor der Tür stehen. Auf einem Messingschild war die übliche Wagenladung finnischer Lettern eingraviert: »Centralkriminalpolisen.« Auf die Uhr sehend, ging er zur Ecke und schaute zum Straßenschild hinauf. Zuerst in Finnisch: Ratakatu. Dann, darunter, die schwedische Version. Bangatan. Er schwang auf dem Absatz herum und sah eine menschenleere Straße vor sich. Niemand war ihm gefolgt. Er ging zurück, betrat das Gebäude und warf seinen Presseausweis auf das Empfangspult.
Mauno Sarin erhob sich hinter seinem Schreibtisch und schüttelte ihm die Hand, deutete auf einen Stuhl, setzte sich wieder und begann in geschäftsmäßigem Ton zu sprechen.
»Unser Besuch in Tallinn steht unmittelbar bevor. Es wird innerhalb der nächsten zwei, drei Tage sein.«

»Um Himmels willen, muß ich noch länger hier herumhängen?«
»Sie haben verdammtes Glück, daß sie zugestimmt haben und Sie nach Estland hineinlassen. Von jetzt an wünsche ich, daß Sie Ihr Zimmer im ›Hesperia‹ nicht mehr verlassen.«
»Die ›Georg Ots‹ läuft um halb elf aus. Also muß ich nicht jeden Tag ab dieser Zeit wie ein Gefangener im Zimmer eingesperrt bleiben. Wir fahren doch mit diesem Schiff?«
Mauno sprang auf und begann rastlos im Zimmer herumzugehen. Knisternde Spannung herrschte im Raum. Beide Männer waren in höchster Erregung.
»Ja«, fauchte Mauno, »wir gehen an Bord der ›Georg Ots‹. Aber ich will nicht, daß Sie an diesem Punkt der Entwicklung umherspazieren. Oleg Poluschkin ist verschwunden – Sie erinnern sich, das ist der Mann, den ich Ihnen an jenem Abend im ›Marski‹ gezeigt habe.«
»Mich an Gesichter erinnern zu können gehört zu meinem Beruf. Was hat das damit zu tun, daß ich im ›Hesperia‹ hinter Schloß und Riegel kommen soll?«
»Poluschkin ist meinen Leuten durch die Lappen gegangen. Ein böser Ausrutscher. Daß ich es nicht vergesse: bevor Sie mit mir zum Schiff fahren, müssen Sie sich einer Leibesvisitation durch meine Leute hier am Ratakatu unterziehen. Keine Waffen, keine Kameras.«
»Zuchthausmanieren!«
»Es ist Teil meines Abkommens mit Oberst Karlow.« Mauno wanderte immer noch wie ein wildes Tier im Käfig auf und ab. »Wenn Sie mitkommen wollen, dann akzeptieren Sie die Bedingung. Es war Ihre Idee, nicht meine. Haben Sie Laila in letzter Zeit gesehen?« Er schoß die Frage ganz plötzlich ab.
»Sie hat ihren Job.« Zum erstenmal seit Jahren war Newman nahe daran zu erröten. »Sie schreibt Artikel, die Ihnen mißfallen«, fuhr er fort. »Haben Sie sie gesehen?«
»Nein.« Mauno blieb stehen und zündete sich einen Stumpen an, ein sicheres Zeichen dafür, daß er unter Druck stand. »Was ist also mit der Leibesvisitation?« fragte er.
»Wenn es der einzige Weg ist, hinzukommen . . .«
»Das ist es. Also stimmen Sie zur Abwechslung einmal einer Sache zu.« Er blieb bei seinem Schreibtisch stehen, öffnete eine Mappe und nahm drei Fotos heraus. Zwei davon waren Hoch-

glanzabzüge, das dritte eine Reproduktion mit starkem Raster, offenbar von einem Zeitungsfoto abgenommen. Mauno legte sie vor Newman hin.
»Das sind die Russen, die Estland regieren. Oberst Andrei Karlow.«
Newman starrte auf das Brustbild eines Mannes in der Uniform eines Obersten des GRU. Hageres Gesicht, lebhaft, intelligent, die Augen blickten direkt in die des Betrachters. Newman, der ein vorzügliches Gedächtnis besaß, hatte den Mann nie zuvor gesehen. Was die Vermutung nahelegte, daß die Sowjets Wert darauf gelegt hatten, daß er nur selten fotografiert wurde. Taktvoll enthielt er sich der Frage, woher der Finne dieses Bild habe.
»Diesen Herrn kennen Sie natürlich.«
Oleg Poluschkin. Eng beisammenstehende Augen, ein schlaffer, böser Mund und derselbe ausdruckslose Blick, wie Newman ihn von der Bar im *Marski* in Erinnerung hatte.
»Das ist General Lysenko, Herr über alle baltischen Staaten.« Mauno zeigte auf das körnige Foto. »Normalerweise befindet sich sein Hauptquartier in Moskau, aber er ist nach Leningrad übergesiedelt. Ihn werden Sie kaum kennenlernen. Aber Karlow wird seinen Namen möglicherweise erwähnen. Dann wissen Sie, von wem er spricht.«
Ein Soldat der alten Schule. Ein Bolschewik vom dicken Nacken bis hinauf zum Scheitel seines slavischen Schädels. Sogar auf dem schlechten Foto wurden das rauhe Wesen und die cholerische Natur des Mannes spürbar. Er blickte von der Kamera weg, wie einer, der aufmerksam zuhört. Mit dem war nicht leicht vernünftig reden. Ein Mann, der seine eigene Meinung zum Evangelium erhob.
»Karlow sieht bei weitem am intelligentesten aus«, äußerte sich Newman. »Ein Mann, der schweigen kann. Ein Einzelgänger.«
»Sehr scharf gesehen«, bemerkte Mauno, während er die Fotos beiseitelegte. »Und jetzt machen Sie, daß Sie wegkommen – ich habe zu arbeiten. Warum ich Ihnen diesen Gefallen erweise, weiß ich selber nicht...«
»Weil«, erwiderte Newman scharf und erhob sich, »Sie befürchten, daß ich, falls Sie es nicht tun, allein nach Tallinn fahre – und das ist genau das, was ich auch tun würde.«

In der Wohnung im Stockholmer Vorort Solna saß Magda Rupescu da und schwang das gekreuzte Bein, was Poluschkin sehr dabei störte, sich auf das zu konzentrieren, was sie sagte.
»Neue Instruktionen aus Tallinn. Wir müssen alle unsere Bemühungen auf Dillon konzentrieren. Dazu die zusätzliche Aufgabe, in jedem Hotel nachzufragen und Helene Stilmars Aufenthaltsort ausfindig zu machen – was ich soeben getan habe. Treffer schon beim ersten Schuß. Sie wohnt im ›Grand Hotel‹. Ein Kurier liefert heute aus Helsinki ihr Foto. Nun, als du in der vergangenen Nacht Dillon nachgingst, schien er da ziellos umherzuwandern?«
»Den Eindruck hatte ich.«
Poluschkin antwortete kurz und hütete sich, ausschweifend darüber zu berichten. Wenn er zuviel redete, würde die Rupescu, die einen teuflischen Instinkt dafür hatte, wenn einer log, treffsicher auf die fünfundzwanzig Minuten lossteuern, in denen er Dillon aus den Augen verloren hatte.
»Dann war's ein Versuchsballon«, sagte sie und zündete sich eine Zigarette an.
»Ein Versuchsballon?«
»Sei nicht so blöd. Tallinn ist zu dem Schluß gekommen, daß Dillon Procane ist. Die Fahrkarten für die Schiffsreise nach Helsinki waren das entscheidende Argument. Also, was wird er zuerst tun? Sich versichern, daß niemand ihm folgt. Das erklärt den mitternächtlichen Spaziergang.« Ihre Stimme gewann an Schärfe. »Dieser Mann ist ein Profi. Bist du sicher, daß er nicht wußte, daß du hinter ihm her warst?«
»Du bist nicht die einzige, die weiß, wie man jemanden beschattet.«
»Das ist keine Antwort.«
»Ich bin sicher«, antwortete er. Er starrte auf das schwingende Bein und kochte innerlich vor Zorn.
»Und schlag dir das Bett aus dem Kopf«, sagte sie. »Da ist nicht die leiseste Chance. Da!« Sie riß ein Foto unter einem Kissen hervor und schob es ihm hin. »Und bist du auch sicher, daß es Peter Persson war, der dir auf der Drottninggatan nachging?«
»Absolut sicher. Ich konzentrierte mich zu dem Zeitpunkt ganz auf Dillon – um sicherzugehen, daß er mich nicht bemerkte. Aber mir fiel der kleine Mann mit dem dicken Gesicht auf, der betrunken zu sein schien und humpelte. Kam mir bekannt vor. Du weißt,

als ich vom Karlavägen zurückkam, wollte ich das Foto noch einmal ansehen.«
»Du hast jetzt darauf geschlafen. Du bist immer noch sicher, daß dieser humpelnde Betrunkene Persson war?«
»Verdammt, wie oft soll ich es dir noch sagen?« Er sprang hoch und ging hinüber zur Anrichte, wo die Flaschen mit den Getränken standen. Er schenkte sich einen großen Wodka ein und hob das Glas an die Lippen.
»Alkohol verträgt sich nicht mit unserem Geschäft«, teilte sie ihm mit.
»Du kannst mich mal. Verdammtes Weibsstück.«
Er wartete, daß sie explodierte, es war ihm egal, und wieder überraschte sie ihn. Ihr Bein hörte zu schwingen auf, sie sah ihm zu, wie er das Glas leerte und die Flasche wegstellte. Sie legte sich auf das Kissen und beobachtete ihn durch halbgeschlossene Augen.
»Behalte deine Nerven nur noch ein wenig länger«, sagte Magda, die Stimme weich. »Du hast bisher gute Arbeit geleistet – ich habe das Tallinn gemeldet. Du hast die Wohnung auf dem Karlavägen gefunden, daher wissen wir, wo wir Dillon abholen können. Hoffen wir, daß uns das heute gelingt. Er wird denselben Weg gehen – Dillon ist ein vorsichtiger Mann. Ich habe seine Akte nochmals durchgelesen. Ein echter Profi...«
»*Uns* gelingt?«
Poluschkin war durch ihre blitzartige Stimmungsänderung der Boden unter den Füßen weggezogen. Was ihr Geschick betraf, mit Männern umzugehen, schätzte er Magda immer noch falsch ein. Sie zog an ihrer Zigarette und ließ etwas Zeit vergehen, bevor sie in demselben sanften Ton fortfuhr.
»Die neue Instruktion lautet, Cord Dillon muß um jeden Preis beschützt werden. Um jeden Preis«, wiederholte sie.
»Und das heißt?« fragte er borstig.
»Jetzt setz dich hin. Entspann dich. Wir haben einiges zu tun. Und wir können es ohne deine Hilfe nicht...«
Er zuckte die Achseln und ließ sich auf den Sessel fallen. Sein starrer Gesichtsausdruck wurde weniger feindselig. Der Wodka und ihre Verwendung des Wortes »wir« statt des »ich« taten ihre Wirkung, wie Magda bemerkte. Sie fragte sich, ob ein kurzer Hüpfer ins Bett diese Veränderung vollständig machen würde, und schob den Gedanken gleich wieder von sich. Poluschkin muß-

te an der Leine gehalten werden – wohl einer längeren, aber doch an der Leine wie ein unberechenbarer Hund.
»Das heißt«, fuhr sie fort, »daß wir Peter Persson zum frühestmöglichen Zeitpunkt ausschalten müssen, wenn er Dillon weiterhin nachsteigt. Das ist jetzt fest beschlossen. Ich erledige die Sache selbst. Hoffen wir – falls Persson heute nacht wieder auftaucht –, daß Dillon denselben Weg nimmt. Was sehr wahrscheinlich ist.«
»Warum denselben Weg?«
»Weil es dann leichter ist, die Leiche loszuwerden.«

26

Newman schloß die Tür seines Schlafzimmers im *Hesperia*, ging zu einer Schublade, öffnete sie, um sein Notizbuch herauszunehmen, und erstarrte. Er ging zum Schrank, öffnete ihn und besah seine Kleider.
Er starrte immer noch ins Schrankinnere, als er ein leises Klopfen an der Eingangstür hörte. Er stellte sich neben die Tür, dann erst fragte er.
»Ja? Wer ist da?«
»Laila.«
Er ließ sie ein, machte die Tür zu und versperrte sie wieder. Sie trug eine blaßblaue Windjacke, eine dunkelblaue Hose, kniehohe Stiefel und unter der Jacke eine weiße Bluse mit Stehkragen. Sie legte die Arme um ihn und sah ihm ins Gesicht.
»Irgendwas ist los, Bob? Was ist? Ich seh es deinem Gesicht an. Bist du böse mit mir, weil...«
»Ich bin gerade selbst erst heimgekommen. Während ich fort war, ist hier alles umgedreht worden.«
»Umgedreht?«
»Durchsucht. Von Profis. Alles ist so, wie ich es verlassen habe – aber doch nicht ganz. Ich wüßte gerne, wer dafür verantwortlich ist?«
»Jemand, der wußte, daß du nicht da warst«, mutmaßte sie scharfsinnig. »Und wer wußte es?«
»Mir fällt niemand ein«, log er.
»Dein Schlüssel war nicht unten in der Rezeption, als ich früher kam. Ich dachte, du wärst hier, und kam herauf. Als ich um die

Ecke bog, sah ich einen Mann in der Livree des Hotels aus einem Zimmer kommen. Ich dachte, es wäre deines, meinte dann, ich müsse mich geirrt haben.«

»Profis«, wiederholte Newman. Mauno Sarins Leute, war sein erster Gedanke gewesen. Er dankte Gott, daß er Alexis' Brief in der Brusttasche bei sich trug.

»Du siehst sehr abgespannt aus«, sagte sie. »Ich dachte, wir könnten vielleicht morgen nach Turku fahren – damit du einen Tag aus Helsinki rauskommst. Es würde dir guttun. Wir könnten zeitig am Morgen wegfahren.«

»Nicht so früh. Nein«, antwortete er schroff, mit den Gedanken bei der Frage, wer sein Zimmer durchsucht haben mochte. »Vielleicht gegen Mittag«, fuhr er fort.

»Warum nicht zeitig?« drängte sie.

»Weil ich diesmal länger schlafen will«, erwiderte er mit einem Anflug von Gereiztheit. »Ich meine, falls du nichts dagegen hast, daß ich beim Tagesplan auch mitrede.«

»Natürlich nicht. Wir könnten jetzt ins Bett gehen, wenn du möchtest«, sagte sie mit dem gewissen Blick.

»Nein! Es war ein Fehler.« Er fühlte sich in die Ecke gedrängt. »Sieh her, Laila, wenn man entdeckt, daß das Zimmer durchsucht worden ist, ist das nicht erfreulich. Warum treffen wir uns nicht zum Mittagessen im Speisesaal? Ich muß mir Notizen machen...«

»Selbstverständlich. Und wann glaubst du, daß dein Hunger sich melden wird?« fragte sie spöttisch.

»Ist mir egal! Nun, sagen wir zu Mittag. Ich seh dich dann.«

»Mittag haben wir bereits.«

Sie ging ohne ein weiteres Wort hinaus. Um Zeit zum Nachdenken zu finden, benützte sie die Treppe. Irgend etwas stimmte nicht. Warum hatte er sie angefahren, als sie vorschlug, zeitig wegzufahren. Sie war fast im Erdgeschoß, als sie stehenblieb. Oh, mein Gott! Dieses verdammte Schiff nach Tallinn lief um halb elf aus. Und es mußte die Sicherheitspolizei gewesen sein, die das Zimmer »umgedreht« hatte, wie er sich ausdrückte. Also hatte er ihren Vater aufgesucht. Sie mußte Tweed warnen. Newman war in Gefahr. Sie rannte die restlichen Stufen hinunter und zur nächsten Telefonzelle.

»Ich spüre die Hand meines alten Widersachers Lysenko, die bei den neuesten Entwicklungen im Spiel ist«, sagte Tweed in seinem Schlafzimmer vor versammelter Mannschaft.
Er betrachtete wieder die Fotos von Magda Rupescu und Poluschkin, die Nield in Solna aufgenommen hatte. Nield selbst saß auf einem Stuhl, während Butler an der Wand lehnte. Ingrid hatte auf dem Bett Platz genommen, und ein vierter Mann stand neben ihr.
Jan Fergusson, der Schotte, der Stilmar von London nach Stockholm gefolgt war, war nur um einige Zentimeter größer als Ingrid. Ein drahtiger, leichtfüßiger, schlanker Mann mit knochigem Gesicht, dessen Ausdruck zwischen unergründlich und ausdruckslos variierte. Er trug eine Leinenjacke, Jeans und ein Hemd mit offenem Kragen. Er war dreiunddreißig, sah aber um zehn Jahre jünger aus, wirkte auf den Straßen Stockholms wie einer aus den Scharen von Studenten, die durch die Stadt flanierten, was sich in seiner beruflichen Tätigkeit schon oft als Vorteil erwiesen hatte.
»Und warum ausgerechnet Lysenko, dieser hinterhältige Bastard, Mr. Tweed?« fragte er.
»Schwer zu sagen. Aber ich möchte meine Pension wetten, daß Lysenko jetzt von Moskau in die Nähe von Helsinki umgezogen ist. Wie ich wird er spüren, daß die Suche nach Procane sich dem Höhepunkt nähert. Der ganze Ablauf der Ereignisse beschleunigt sich. Ingrid, erzählen Sie uns noch einmal, was Sie heute beobachtet haben.«
»Zuerst sah ich Helene Stilmar unten in die Halle kommen. Sie hat ihr Zimmer hier in derselben Etage – wenn man aus diesem Zimmer kommt, nach rechts den Gang entlang.«
»Was ist daran so Besonderes, daß sie hier wohnt?« fragte Fergusson.
»Die Tatsache, daß sie nach ihrer Ankunft nur kurz hier blieb und dann in eine Wohnung auf dem Karlavägen Nummer 72 C umzog. Ich habe den Eindruck, sie wollte sich aller Augen entziehen. Jetzt kehrt sie in die Öffentlichkeit zurück.«
»Muß nichts bedeuten«, war Fergussons Kommentar.
»Glauben Sie?« Ingrid sah ihn von der Seite an. »Warten Sie, bis ich alles erzählt habe. Nachdem Helene Stilmar mit dem Aufzug zu ihrem Zimmer hinaufgefahren war, setzte ich mich unten in die Halle, um zu sehen, ob sie wieder herunterkäme.

Zehn Minuten später kommt Helene ein zweites Mal in die Hotelhalle hereinspaziert! Sie hat einen hellroten Mantel an, mit langem rotem Schal, und trägt Sonnenbrille. Ich traute meinen Augen nicht ...«
»Gibt's hier einen Hinterausgang?« vergewisserte sich Fergusson.
»Ich sagte, warten Sie, bis ich fertig bin!«
»Entschuldigen Sie, ich quatsche zuviel.«
»Stimmt! Die neue Helene hatte also andere Kleidung an als die von vorher. Sie fuhr ebenfalls mit dem Aufzug nach oben und stieg in dieser Etage aus.«
Tweed begriff zuerst, was sie meinte. Er beugte sich vor. »Sie sprechen von zwei verschiedenen Frauen?«
»Ich glaube, ja. Sie haben einen etwas verschiedenen Gang.«
»In Helenes Akte steht nichts über eine Zwillingsschwester«, sagte Tweed nachdenklich.
»Die Akten!« sagte Ingrid verächtlich. »Ihr redet alle immer nur von den Akten! Wenn alles in den Akten stünde, dann hättet ihr in London bleiben können. Wir sind hier, um rauszukriegen, was nicht in den Akten steht.«
In ihrem Satz lag so tiefe Wahrheit, daß jeder im Zimmer schwieg und sie ansah. Fergusson war es, der schließlich das allgemeine Schweigen brach.
»Was für ein Spiel spielt sie dann?«
»Das ist doch ganz offensichtlich«, sagte Ingrid. »Wenn die echte Helene nach Finnland fährt, läßt sie ihre Schwester hier im Zimmer im ›Grand Hotel‹. Die Schwester tritt in der Öffentlichkeit auf, nimmt vielleicht die Mahlzeiten im Speisesaal ein. Auf diese Weise denken wir alle, sie ist hier in Stockholm. Sie ist es aber nicht. Sie ist auf dem Weg nach Helsinki oder sonstwohin.«
»Das klingt vernünftig«, stimmte Tweed ihr bei. »Der Verdacht richtet sich nun wieder auf Helene Stilmar. Ingrid, Sie bekommen eine neue Aufgabe. Sie gehen hinunter und setzen sich in die Eingangshalle und passen auf, ob Helene das Hotel verläßt. Wenn sie es tut, dann folgen Sie ihr. Ich werde Sie durch den Zimmerservice mit Proviant versorgen lassen«, versprach Tweed, als er sich erhob. »Und werde von Zeit zu Zeit hinunterkommen und Ihnen beim Aufpassen Gesellschaft leisten.«
»Ich werde in der Halle die Stellung wechseln«, erwiderte Ingrid. »Dann bemerkt man mich nicht so leicht.«

Sie verließ den Raum, und Butler ließ eine Minute vergehen, ehe er sich räusperte. Tweed nahm an, daß er etwas Delikates zur Sprache bringen wollte.

»Können wir Ingrid trauen?« fragte er. »Ihre Sicherheitsmaßnahmen sind normalerweise so streng, Tweed, daß ich es ein bißchen überraschend finde, daß Sie alles in ihrer Gegenwart besprechen.«

»Sie wurde insgeheim auf Herz und Nieren geprüft, bevor sie überhaupt irgend etwas für mich unternehmen durfte«, sagte Tweed schroff. »Sie kennt Skandinavien besser, als wir es je kennen werden. Seien wir froh, daß wir sie haben.«

»Wenn Sie froh sind...« Butler kam nicht weiter.

»Worüber ich nicht froh bin«, fuhr Tweed fort, »ist ein Auslandskorrespondent in Helsinki namens Robert Newman. Er ist die unbekannte Größe, die alles über den Haufen werfen kann – denn er weiß nicht, um was es geht. Dazu kommt, daß er im Zustand höchster emotioneller Erregung ist.«

Für Fergusson umriß Tweed kurz die Geschichte der Ermordung von Alexis Bouvet und Newmans plötzlichem Flug nach Helsinki. Er war am Ende seiner Erklärung angelangt, als das Telefon läutete. Der Anruf kam aus Helsinki, und Laila schien unter Druck zu stehen.

»Die unbekannte Größe, von der ich sprach«, sagte Tweed grimmig und legte den Hörer auf. »In Finnland läuft uns die Zeit rascher davon, als ich befürchtete. Das war das finnische Mädchen, das auf Newman aufpaßt.«

»Noch ein Mädchen?« erkundigte sich Fergusson.

»Ja, Jan, noch ein Mädchen.« Tweed blickte den Schotten starr an, bevor er weiterredete. »Und auch sie wurde durchleuchtet, bevor ich sie erstmals einsetzte. Weil sie in Finnland ist, weiß sie bei weitem nicht so viel wie Ingrid. Aber nur eine Frau konnte sich so an Newmans Rockzipfel hängen. Kommt die Tatsache hinzu, daß sie ebenfalls Journalistin ist.«

»Sie haben doch nichts gegen meine Frage?«

»Nein, falls es die letzte war.« Tweed streckte die Arme und spreizte die Finger. »Newman wird möglicherweise in den nächsten Tagen Tallinn besuchen wollen. Ich hoffe, ich bin in Helsinki, bevor er weg ist.«

»Oder er kommt nicht wieder?« mutmaßte Butler.

»Auch das ist drin. Er ist schlau, sehr erfahren – wahrscheinlich einer der besten Auslandskorrespondenten der Welt. Was mir Angst macht, das ist sein seelischer Zustand – wie ich schon vorhin erwähnte. Es kann nur einen Grund geben, warum er die Fahrt nach Tallinn riskiert...«
»Und der wäre?« fragte Butler.
»Er glaubt, daß seine Frau dort ermordet worden ist. Seine Schläue macht mir im Augenblick die meisten Sorgen.«
»Ich kann ihnen nicht folgen«, sagte Nield, sich zum erstenmal ins Gespräch mischend. Da er jünger war als Butler, war er mehr darauf bedacht, zuzuhören, als zu sprechen.
»Nehmen wir an, er findet, während er dort ist, den Mörder seiner Frau«, führte Tweed aus. »Wird er imstande sein, seine gewohnte Selbstbeherrschung zu behalten? Wenn die Ereignisse hier nur rascher abliefen! Ich könnte das nächste Flugzeug nach Helsinki nehmen und mit Newman von Angesicht zu Angesicht reden. Beten wir zu Gott, daß es so kommt. Und jetzt muß ich euch eure Beobachtungsobjekte zuteilen.«

Spät an jenem Abend machte Cord Dillon auf der Drottninggatan seinen zweiten Nachtspaziergang. Offensichtlich in Gedanken mit einem Problem beschäftigt, schlenderte er mit gesenktem Kopf und den Händen in den Taschen seines Mantels dahin.
Hinter ihm folgte Poluschkin, dessen Gummisohlen keinen Laut verursachten, im selben Tempo. Peter Persson hatte sein Hinken abgelegt und trug einen kurzen Regenmantel. Mit schwerfälligen Schritten folgte er Poluschkin, kurz vor beleuchteten Schaufenstern stehenbleibend und hineinsehend.
Magda Rupescu trug Schuhe mit flachen Absätzen. Sie blieb immer wieder stehen und suchte in ihrer Handtasche, als habe sie etwas verloren. Sie war etwa drei Dutzend Schritte hinter Persson, das dichte rote Haar unter einem Kopftuch verborgen.
Persson richtete seine ganze Aufmerksamkeit darauf, Poluschkin im Auge zu behalten, doch wußte er wohl, daß eine Frau langsam hinter ihm herging. Er schaute zurück, als er vor einem Schaufenster stehenblieb, und sah, daß Magda einem vorübergehenden Mädchen ein gefaltetes Blatt zeigte. Auch eine Touristin, die sich im Straßen- und Insellabyrinth Stockholms verirrt hatte. Wenigstens war sie so vernünftig, um diese späte Nachtstunde eine andere Frau um Rat zu fragen.

Persson ging weiter, stets Abstand von Poluschkin haltend. Langsam gewann es Bedeutung, daß Cord Dillon so genau »markiert« wurde. Hornberg würde das höchst interessant finden. Er ging etwas rascher. Dillon war bald am Ende der Straße angelangt. Von da hatte er drei Möglichkeiten, seinen Weg fortzusetzen: südwärts über die Brücke nach Gamla Stan, ostwärts zum *Grand Hotel* und nach Westen weg vom Stadtzentrum.
Poluschkin blieb plötzlich stehen. Vor ihm hatte Dillon die Straßenecke erreicht und blieb ebenfalls stehen, drehte sich um, zündete sich hinter der hohlen Hand eine Zigarette an. Poluschkin glitt in einen Ladeneingang. Persson ging weiter, Dillon verschwand um die Ecke, und Poluschkin tauchte wieder aus dem Ladeneingang auf.
Der Russe schaute sich nicht um. Er schien nur an das zu denken, was mit Dillon passierte. Er erreichte die Ecke im selben Augenblick, als Persson eine Seitenstraße überquerte, nachdem er sich mit einem schnellen Blick vergewissert hatte, daß kein Fahrzeug kam.
Wieder passierte er einen Ladeneingang, als die Frau mit dem Kopftuch zur Linken auf gleiche Höhe mit ihm aufschloß. Steife Ablehnung bemächtigte sich seiner. Sie hielt einen entfalteten Plan des Stadtzentrums in Händen.
»Entschuldigen Sie«, sagte sie auf schwedisch, »aber ich habe mich total verirrt. Ich suche eine Straße – Hamngatan. Ich fragte vorhin eine Frau, aber sie war aus Hälsingborg.«
Während sie redete, in der linken Hand die Handtasche und die entfaltete Karte haltend, ließ sie die Karte fallen, und sie landete im Ladeneingang. Persson machte einen Schritt hinein und bückte sich, um sie aufzuheben. Sein sechster Sinn warnte ihn zu spät.
Er richtete sich auf und drehte sich eben um, als Magda ihm die lange Nadel der Corkette mit einer blitzschnellen Aufwärtsbewegung knapp neben der Wirbelsäule zwischen die Rippen stieß. Bis zum Griff drang die Nadel ein. Als Magda den Fuß auf den Rücken des zu Boden gesunkenen Körpers setzte, um mit aller Kraft die Waffe herauszuziehen, war Persson tot. Poluschkin kam herbei.
»Der Müllmann dort . . .« zischte Magda. »Sein Behälter – in den Fluß . . .«
Poluschkin begriff sofort. Ein Mann von der Straßenreinigung in orangefarbener Jacke und orangefarbenen Hosen war um die Ecke

gekommen. Er schob einen Wagen vor sich her, auf dem sich der Behälter für den Müll befand.

Poluschkin ging geradewegs die Straße hinunter, und als er auf gleicher Höhe war, traf seine Handkante mit voller Wucht den Mann in den Nacken. Der Russe hatte mit einem Blick festgestellt, daß die Drottninggatan völlig verlassen war. Er schleifte den bewußtlosen Mann in einen Ladeneingang, zog ihm die Jacke aus, entledigte sich seines Regenmantels und schlüpfte in die orangefarbene Jacke.

Sie war ihm zu groß, also rollte er die Ärmel hoch, trat auf die Straße, ergriff den Behälter an den Haltegriffen und rollte ihn zu dem Ladeneingang, wo Magda neben Perssons Leiche wartete. Er hob den toten Körper in den Behälter, schlang den Regenmantel um den herausragenden Kopf und schob den Wagen die wenigen Meter bis zum Ende der Straße.

Er blickte nach rechts und links, sah, daß kein Fahrzeug auf der Straße war. Er rollte den Wagen über die Straße und blieb an der steinernen Brustwehr stehen. Poluschkin hatte Bärenkräfte. Mit einer einzigen Bewegung hob er den Körper, ihn unter den Armen ergreifend, hoch und warf ihn in den Fluß. Das Aufplatschen wurde fast übertönt vom Rauschen des Wassers am nahen Wehr.

Dann kippte er Behälter und Wagen über die Brustwehr und warf die orangefarbene Jacke hinterher. Magda, die seinen Regenmantel gehalten hatte, half ihm hinein, und dann gingen sie nebeneinander am Fluß entlang in Richtung *Grand Hotel*.

»Gehen wir über die Straße in den Schatten. Mit etwas Glück«, sagte er, als sie den Gehsteig auf der anderen Seite erreicht hatten, »schwimmt er bis zum Morgen in der Ostsee. Er hat die ganze Nacht Zeit, ins Meer hinauszuschwimmen«, fügte er brutal hinzu.

»Ich hörte, wie jemand an der Drottninggatan ein Fenster aufmachte«, sagte Magda ruhig. »Ich schaute nicht nach oben. Hast du etwas gesehen?«

»Ach was, ich hatte meinen Kopf woanders. Wenn da jemand war, was macht das? Keine Leiche, keine Scherereien.«

27

Es war drei Uhr morgens, als Tweed von Hornberg telefonisch dringend gebeten wurde, zu kommen. Er taumelte aus dem Bett, zog sich hastig an, blieb vor dem Spiegel stehen, um die Krawatte zu richten und das Haar zu kämmen. Dann stülpte er sich den Hut auf und verließ das Zimmer.
Hornberg wartete bereits vor dem Eingang in seinem Volvo. Er war allein. Tweed ließ sich auf den Nebensitz fallen, und der Schwede fuhr die kurze Strecke zur Riksbron-Brücke. Stockholm war verlassen, die monumentalen Gebäude und der Fluß mit dem sich darin spiegelnden Licht der Straßenlampen wirkten wie eine Bühnendekoration.
»Wessen Leiche ist es?« fragte Tweed während der kurzen Fahrt.
»Die Kriminalpolizei sagt, es sei Peter Persson. Ich hoffe zu Gott, daß sie sich irren. Aber er hat sich heute nacht nicht mehr gemeldet.«
»Wer hat die Leiche gefunden?«
»Ein Mann, der noch spät nachts mit seinem Hund spazierenging. Es ist immer ein Mann mit Hund. O mein Gott! Sehen Sie sich das an – die machen wirklich jedesmal eine Riesenshow daraus!«
Hornberg war – für ihn ungewöhnlich – richtig wütend, als er aus dem Wagen sprang, nachdem er am Fluß angehalten hatte. Mitten auf der Brücke stand ein großer Kranwagen, der Kranarm war über den Fluß hinausgeschwungen, der Haken am Ende der Kette baumelte wenige Fuß über der Wasseroberfläche.
An der Kette, die jetzt langsam hochging, hing etwas: ein mit Wasser vollgesogener Körper, den man in Segeltuch gehüllt hatte. Tweed konnte sehen, daß der Körper dort, von wo er hochgezogen wurde, sich in den durch ein Kabel verbundenen rosa Bojen verfangen haben mußte.
Ein Polizeiboot, durch den langsamen Lauf seines Motors auf der Stelle gehalten, schaukelte im dunklen Wasser auf und ab. Fünf Uniformierte an Bord starrten zu der Fracht empor, die höher und höher in die Nacht entschwebte. Es war ein grausiger Anblick.
Hinter dem Kranwagen wartete mit geöffneten Hintertüren, neben denen zwei Männer in weißen Mänteln standen, eine Ambulanz. Ein dritter in Zivil, ohne Hut und mit einer Tasche in der Hand, stand neben den beiden. Mehrere Männer in Zivil standen,

die Hände in den Taschen, an der Ufermauer. Ein leichter, aber schneidendkalter Wind wehte stromabwärts.
Das Segeltuchbündel erreichte das Niveau der Brücke, wurde herübergedreht und herabgelassen. Tweed folgte Hornberg, der auf die Brücke eilte. Hornbergs dichte Haarmähne wehte im Wind. Sanft ließ man das Bündel auf eine Tragbahre nieder. Tweed hörte schwedische Laute. Hornbergs Stimme klang wütend. Dann stand Tweed neben dem SAPO-Chef und dem Mann, mit dem er langsam sprach. Hornberg schwang herum und sprach englisch weiter.

»Tweed, das ist Inspektor Holst von der Kriminalpolizei. Holst, das ist mein Freund Mr. Tweed von der Sonderabteilung...«

»Böse Nacht«, bemerkte Tweed, dem anderen die Hand schüttelnd, dankbar dafür, daß Hornberg, als er ihn vorstellte, seine wahre Position im Dunkeln gelassen hatte.

»Verdammt böse Nacht«, stimmte ihm Hornberg grimmig bei, immer noch englisch sprechend. »Warum in Dreiteufelsnamen konntet ihr ihn nicht vom Boot aus aus dem Wasser ziehen? Es ist eine Beleidigung für einen Mann, ihn wie einen Sack Kartoffeln hochzuhieven.« Er schaute Tweed an. »Es ist Peter Persson.«

»Er war ein netter Mann. Es tut mir leid«, sagte Tweed gedämpft.

Das Bündel, das den toten Körper enthielt, wurde jetzt geöffnet. Perssons Augen waren offen und starrten blicklos in den Sternenhimmel, den sie nie wieder sehen würden. Holst, der dauernd von einem Fuß auf den anderen stieg, konnte nicht antworten, weil der Mann mit der Tasche sich vorstellte und Perssons Frage beantwortete.

»Doktor Schill, der neue Polizeiarzt. Es geschah auf meine Veranlassung, daß man die Leiche auf diese Weise aus dem Wasser geborgen hat.«

»Und würden Sie mir vielleicht sagen, warum zum Teufel Sie eine solche Anweisung gaben?« wollte Hornberg wissen.

Dr. Schill, asketisch, mit magerem Gesicht, ein Mann um die Vierzig, sah zu, wie die zwei Männer das Bündel lösten.

»Es könnte sich um gewaltsamen Tod handeln.«

»Könnte! Könnte! Peter Persson ist – war – einer meiner besten Leute. Ich bin Gunnar Hornberg von der SAPO. Glauben Sie vielleicht, einer von meinen Männern fällt über die Ufermauer? Natürlich handelt es sich um gewaltsamen Tod!«

»Das werde ich erst nach meiner Untersuchung bestätigen können. Hätte man ihn ins Boot gezogen, wären vielleicht wichtige medizinische Beweise zerstört worden. Auf diese Art dagegen stören wir seine Ruhe am allerwenigsten.«
»Ich glaube nicht, daß Persson es besonders kümmert, ob und wie man ihn jetzt stört. Ich verlange ein sofortiges Ergebnis...«
»Nach meiner Untersuchung im Labor...«
»Untersuchen Sie ihn jetzt!« Hornberg grub in seiner Tasche, brachte den SAPO-Ausweis zum Vorschein und hielt ihn dem Arzt unter die Nase. »Ich sagte SAPO. Ich komme in ein paar Minuten wieder. Kommen Sie, Tweed, bevor mir mit diesen Bürokraten der Geduldsfaden reißt.«
»Daß Sie in die Luft gehen, möchte ich nicht gern erleben«, sagte Tweed, im Versuch, den Schweden zu beruhigen. »Was ist eigentlich geschehen – oder ist es noch zu früh für eine solche Frage?«
»Er wurde zuerst getötet – dessen bin ich sicher – und danach in den Fluß geworfen wie Kehricht aus dem Kehrichteimer.« Hornberg wandte sich an einen der Beamten in Zivil. »Können Sie mir noch einmal Ihr Glas borgen?« Er richtete es auf einen der Brückenpfeiler auf der anderen Seite des Wehrs und reichte es dann Tweed. »Sehen Sie selbst.«
»Was soll ich sehen?«
»Einen Müllbehälter, der gegen den Pfeiler gedrückt wird. Die Leute, die das getan haben, kennen Stockholm nicht besonders gut. Bestimmt sind sie keine Stadtbewohner, die hier seit Jahren leben. Soviel wissen wir jetzt.«
»Und warum?« fragte Tweed, während er das Nachtglas auf den Brückenpfeiler richtete.
»Die Mörder hofften offensichtlich, Peters Körper werde den Strömmen hinuntergetrieben werden, hinaus in die Ostsee, wo er nie mehr gefunden würde. Wären sie Schweden, die in der Stadt wohnen und sie gut kennen, dann wüßten sie von der Bojenkette hinter dem Wehr.«
»Wo der Körper sich verfing.«
»Genau«, erwiderte Hornberg. »Ich nehme an, er wurde sehr bald nach dem Mord entdeckt.«
»Ja, ich kann den Behälter sehen«, erklärte Tweed und gab das Glas zurück. »Wer fand die Leiche? Sie sagten etwas von einem Mann, der seinen Hund spazierenführte.«
»Er sitzt dort drüben auf dem Rücksitz des Streifenwagens. Es ist

immer ein Mann mit Hund, der in der Nacht Übles entdeckt. Einen Drogensüchtigen, der in einer Toreinfahrt seinen letzten Atemzug tut. Oder einen Mann, der nach einer Rauferei erstochen in einem Gäßchen liegt. Oft ist es der herumschnüffelnde Hund, der die Entdeckung macht.«
»Persson war im Dienst, denke ich?« fragte Tweed.
Sie standen außer Hörweite der anderen, und Hornberg zupfte an seiner Nasenspitze und suchte im Gesicht des Engländers nach etwas – und Tweed, der wußte, daß Hornberg sich jetzt fragte, wieviel er sagen sollte, blieb wohlweislich still.
»Ja«, gab der Schwede schließlich zu. »Er beschattete Cord Dillon. Ich muß ein Wörtchen mit ihm reden. Ging er einfach auf und davon? Wenn das der Fall war, dann sitzt er im ersten Flugzeug, das außer Landes fliegt.« Er machte eine Pause. »Vielleicht wollen Sie dabeisein, wenn ich ihn befrage?«
»Sehr freundlich von Ihnen. Das Angebot nehme ich an.«
»Das Leben ist doch komisch«, sagte Hornberg sinnend. »Sie sagten ›freundlich‹, und ich war drauf und dran, *Sie* zu ersuchen, Schweden zu verlassen.«
»Und warum, Gunnar?«
»Meinem Minister gingen die Nerven durch.« Hornberg ahmte seinen Vorgesetzten nach. »›... schließlich sind wir neutral. Ich mag alle diese NATO-Leute wirklich nicht mehr in meinem Territorium...‹ Jetzt kann ich ihn abblocken«, fuhr er mit wilder Befriedigung fort. »Das einzig Gute, was bei diesem Mord herausgekommen ist.«
»Ich kann Ihnen nicht ganz folgen«, sagte Tweed, obwohl er sehr gut verstand.
»Um Gottes willen! Irgend so ein Schwein hat einen meiner besten Männer ermordet. Die Sowjets dringen mit ihren Klein-U-Booten in unsere Gewässer ein. Sie verletzten mit ihren MIGs unseren Luftraum. Jetzt haben sie eines ihrer Mordkommandos reingeschickt. Glauben Sie, ich nehme das hin? Der Tod von Persson steht eindeutig in Zusammenhang mit der Affäre Procane. Sie sind direkt involviert – also sind Sie uns willkommen, bis wir die Mörder gefunden haben...«
»Vorausgesetzt, Persson wurde ermordet«, sagte Tweed.
»Dann sehen wir uns einmal an, ob dieser Pedant von einem Polizeiarzt schon zu einer Meinung gekommen ist. Zeit zu einer vorläufigen Untersuchung hat er jetzt gehabt.«

Hornberg marschierte auf die Brücke zurück, wo man die Tragbahre mit ihrer bemitleidenswerten Last in den Ambulanzwagen geschoben hatte. Der Arzt war über den Körper gebeugt. Er hob den Kopf, als der SAPO-Chef bei ihm anlangte.
»Die SAPO übernimmt diesen Fall«, informierte Hornberg Inspektor Holst.
»Ich dachte mir, daß das so kommt.«
»Also«, fuhr Hornberg, sich an den Arzt wendend, fort, »Doktor Schill, ich will Ihre erste Meinung hören.«
»Ich hatte nur Zeit für eine sehr oberflächliche Untersuchung«, begann Schill.
»Sagen Sie's!« fuhr Hornberg ihn an.
»Es scheint Mord zu sein. Es gibt eine tödliche Stichwunde im Rücken. Ich finde es eigenartig und interessant – die Waffe, meine ich. Nach meinem ersten Eindruck eine Art von Stilett.«
»Dann ist es Mord, ich wußte es. Sie sehen, Tweed, ich hatte . . .«
Hornberg wandte sich um, aber Tweed war nicht mehr hinter ihm. Er war von der Brücke gegangen und wanderte jetzt langsam die Drottninggatan hinauf, aufmerksam beide Straßenseiten betrachtend. Niemand war in Sichtweite, aber er spähte in jeden Ladeneingang. Bei einem blieb er stehen und trat dann hinein.
Als Hornberg ihn einholte, hockte Tweed auf seinen Fersen und starrte auf den Fliesenboden. Er berührte den Boden mit der rechten Hand und zog sie zurück, als der Schwede bei ihm ankam. Tweed blieb in seiner hockenden Stellung.
»Was machen Sie da?« fragte Hornberg.
»Schwache Radspuren führen von hier hinüber zum Gehsteigrand, wo der Müllbehälter in den Fluß geworfen wurde. Spuren einer schwarzen Substanz, wie von Koks oder Kohle.«
»Ich vergaß es Ihnen zu sagen. Wir fanden den Müllmann bewußtlos in einem Ladeneingang. Ohne seine orangefarbene Jacke. Er liegt im Hospital, mit einer schweren Gehirnerschütterung. Und die Radspuren?«
»Ich denke, er fuhr vorher mit seinem Wagen über verschütteten Koks oder verschüttete Kohle, die wahrscheinlich von einem Lastwagen gefallen ist. Und hier auf dem Boden ist ein Fleck getrockneten Bluts, glaube ich. Doktor Schill soll sich das einmal ansehen.«
Tweed zeigte darauf mit dem Zeigefinger seiner zur Faust ge-

schlossenen Hand – in der er einen Lippenstift verbarg, den er vom Boden aufgehoben hatte. Hornberg bückte sich neben ihm nieder und nickte zustimmend. Beide Männer richteten sich auf.
»Das war sehr klug von Ihnen, Tweed. Bleiben Sie inzwischen hier, ich hole Doktor Schill.«
Während Tweed wartete, ließ Tweed den Lippenstift aus seiner Handfläche in die Tasche gleiten. Die Hülse war goldfarben, sah teuer aus. Er würde sie bei nächster Gelegenheit Ingrid zeigen. Für ihn bestanden nun nur noch wenige Zweifel, daß eine Frau an der Ermordung Peter Perssons beteiligt gewesen war.

28

Gegen Mitternacht saßen zwei Frauen vor dem Ankleidetisch in Helene Stilmars Zimmer im *Grand Hotel*. Die beiden Spiegelbilder waren verwirrend – so als lieferte der Spiegel auf befremdende Art und Weise zwei Abbilder ein und derselben Person.
»Glaubst du wirklich, daß wir damit durchkommen?« fragte Helenes Zwillingsschwester Eva.
»Wir müssen. Cord Dillon wird die Schiffskarte nach Helsinki benützen. Tweed ist hier, um Procane davon abzuhalten, aus Schweden zu entkommen. Es wäre ein großer Fehler, den sanften kleinen Engländer zu unterschätzen.«
»Er sah nicht sehr furchteinflößend aus, als ich unten einen Blick ins Restaurant warf.«
Sie unterhielten sich auf schwedisch, und im Zimmer herrschte eine angespannte Atmosphäre. Helene fühlte sich unter Druck. Sie verbarg es geschickt, doch die Schwestern kannten einander so gut, daß sie ihre Gedanken und Gefühle gegenseitig erraten konnten.
»Vermutlich haben eine Menge Leute diesen Fehler gemacht«, erwiderte Helene. »Vergiß nicht, Eva, ich aß mit ihm im ›Capital‹ in London zu Mittag. Er ist äußerst gefährlich.«
»Aber du glaubst trotzdem, daß wir ihn reinlegen können?«
»Schau in den Spiegel.«
Eva, die in Stockholm lebte und mit einem Finanzberater verheiratet war, starrte wieder in den Spiegel. Sie hatte Helenes smaragdgrünes Lieblingskleid an, hochgeschlossen, mit einem Schal, den sie über die linke Schulter gelegt hatte.

Früh am Morgen des vergangenen Tages hatten sie einen der führenden Friseure Stockholms aufgesucht. Helene hatte das, was sie von diesem wollten, als einen Scherz ausgegeben.
»Wir wollen einem Mann, der mich dauernd belästigt, einen Streich spielen. Wir möchten, daß Sie meiner Schwester genau die gleiche Frisur machen, wie ich sie trage. Wir werden ihm eine Lehre erteilen.«
Der Friseur grinste. Er glaubte zu wissen, was diese zwei Frauen vorhatten. Auch hatte er bemerkt, daß sie auf die gleiche Art sprachen. Sogar ihre Stimmen waren sehr ähnlich. Der einzige Unterschied, den er feststellen konnte, war der, daß die, die erklärt hatte, was sie wünschten, einen amerikanischen Akzent hatte.
Helene hatte an der Bewältigung dieses Problems gearbeitet, indem sie mit Eva die halbe Nacht aufgeblieben war, um ihr einen amerikanischen Akzent einzudrillen. Es ging leichter, als sie sich vorgestellt hatte. Eva, die mit ihrem Gatten in der ganzen Welt umherreiste, hatte von Natur ein Sprachtalent. Sie beherrschte nicht nur ihre Muttersprache, sondern auch Englisch, Französisch, Deutsch und Spanisch.
»Goddamn it!« fluchte Eva auf englisch. »Ich hab genug von dem Gerede. Ich möcht mich hinlegen und schlafen.«
Helene applaudierte. Sie stand auf und schenkte Kaffee nach – aus der dritten Kanne, die der Zimmerservice gebracht hatte. Wenn der Kellner erschien, versteckte sich Eva jedesmal im Badezimmer.
»Das war perfekt«, erklärte Helene, während sie dem Kaffee Sahne beifügte. »Ich glaube nicht, daß du viel reden mußt, aber wir dürfen nichts übersehen. Wenn wir meinen Zaubertrick ausführen, muß er gelingen – und Tweed kombiniert messerscharf.«
»Tweed! Tweed! Tweed!« Eva schwang sich auf den Stuhl vor dem Ankleidetisch um die eigene Achse und streckte ihre Beine. »Ich hab genug von diesem Namen! Du machst ja einen verdammten Zauberer aus ihm.«
»Er hat seinerzeit einige ziemlich schlaue Tricks gelandet. Nimm's nicht so schwer«, tröstete Helene ihre Schwester. »Trink den Kaffee, er wird dich munter machen.«
»Ich weiß nicht, warum ich mit diesem verrückten Plan einverstanden war«, fuhr Eva im gedehnten amerikanischen Tonfall fort. »Und ich hab nicht die Spur von einer Idee, was eigentlich vorgeht.«

»Aber du weißt, was du zu tun hast, wenn's soweit ist. Ich würde dich nicht darum bitten, wenn du dich damit in Gefahr begeben würdest.«
»Aber was ist mit dir, Helene? Was du zu tun vorhast, gefällt mir ganz und gar nicht. Etwas könnte schiefgehen...«
»Ich kann auf mich aufpassen. Also, ganz wichtig ist, daß wir einen geregelten Tagesablauf schaffen, der Tweed einlullt und in Sicherheit wiegt...«
»Und du glaubst wirklich, er fällt drauf rein?«
»Erfolg garantiert«, antwortete Helene.

Tweed stellte mit Erleichterung fest, daß seine alte Vitalität noch da war, die Fähigkeit, die ganze Nacht aufzubleiben und dennoch frisch und lebendig zu sein – wie jetzt, als Gunnar Hornberg in seinem Büro im Polizeihauptquartier die Befragung Cord Dillons fortsetzte.
Der Amerikaner mit dem harten Gesicht bewies ein ähnliches Stehvermögen unter psychischem Druck, aber er war ein jüngerer Mann. Der einzige Vorteil Hornbergs gegenüber Dillon war der, daß man Dillon ohne Vorwarnung um vier Uhr früh aus dem Bett geholt hatte. Hornberg selbst war mit einem Mitarbeiter zum Haus Karlavägen 72 C gefahren, hatte gewartet, während Dillon sich ankleidete, und war dann mit ihm zu seinem Büro zurückgekehrt. Eine Stunde war seit dem Beginn der »Befragung«, wie der SAPO-Chef es höflich nannte, vergangen.
»Mr. Dillon«, sagte er wieder, »einer meiner besten Leute ist mitten in Stockholm getötet worden. Das erfüllt mich mit Schrecken. Denn es bedeutet, daß nichts – und niemand – ungefährdet ist.«
»Ich habe es schon ein Dutzendmal erklärt«, erwiderte Dillon im selben gelangweilten Ton. Er machte eine Pause, um sich eine neue Zigarette anzuzünden. »Ich weiß nichts von einem Persson.«
»Aber warum gingen Sie um diese Stunde in den Straßen Stockholms spazieren, Mr. Dillon?«
»Das habe ich Ihnen gesagt. Ich gehe täglich zwei Meilen.«
»Immer in der Nacht? In Washington?«
»Nicht in Washington.«
»Nicht in der Nacht, meinen Sie?«
Dillon preßte angesichts der Beharrlichkeit des Schweden die

Lippen zusammen. Tweed, der stumm neben dem Amerikaner auf der anderen Seite des Schreibtisches des SAPO-Chefs gesessen hatte, rührte sich. Er stellte seine Frage ruhig, als ginge es nur darum, überhaupt etwas zu sagen.
»Cord, Sie gingen in zwei aufeinanderfolgenden Nächten denselben Weg. Gunnar hat mir gesagt, daß Persson Ihnen folgte.«
»Na und?« war die Gegenfrage des Amerikaners.
Hornberg, mit hoch aufgestützten Unterarmen, die großen Hände verschränkt, die Brille über die Stirn hochgeschoben, beugte sich vor. Er sprach immer erst, wenn klar war, daß Dillon nicht die Absicht hatte zu antworten.
»Tweed hat Ihnen soeben eine sehr schwerwiegende Frage gestellt.«
»Und ich muß keine dieser gottverdammten Fragen beantworten.«
»Das ist wahr«, stimmte Hornberg zu. Seine Stimme färbte sich dunkel. »Aber wenn Sie es nicht tun, wird das zu einer argen Spannung in den Beziehungen unserer beiden Länder führen. Nehmen wir einmal an, Sie wären in meiner Lage und man hätte einen ihrer Leute ermordet? Was wäre Ihre Reaktion?«
»Dieselbe wie die Ihre, nehme ich an.« Dillon schwenkte zur Seite, um Tweed anzusehen. »Sie wären genau derjenige, der jeden kleinen Unterschied in meinen Gewohnheiten merken würde.«
»Ich habe also recht?« fragte Tweed.
»Aufs Haar. Ja, ich ging absichtlich denselben Weg. In der ersten Nacht machte ich einen Spaziergang – und bemerkte, daß man mir folgte. In der zweiten Nacht probierte ich aus, ob es stimmt. Und tatsächlich, man folgte mir.«
»Und wer?« fragte Tweed im gleichen sanften Ton.
»Der Mann, dessen Foto Hornberg mir zeigte – Persson. Er ging verdammt geschickt vor, aber ich habe selber einige Erfahrungen auf diesem Gebiet. Wer, glauben Sie, hat ihn getötet?«
Hornberg ignorierte die Frage. Er blieb bewegungslos hinter seinem Schreibtisch sitzen, einer großen Buddhastatue gleich, die Augen auf den Amerikaner geheftet. Statt dessen stellte er seine eigene Frage.
»Wann waren Sie sicher, daß jemand Ihnen folgte?«
»Nach etwa drei Vierteln des Weges auf der Drottninggatan. Kurz bevor man die Brücke erreicht.«
»Und wer folgte Ihnen – oder Persson – noch?«

»Niemand.« Dillons Antwort kam im Ton äußerster Gereiztheit.
»Ich verstehe.« Hornbergs Stimme verriet seinen Zweifel. »Ein Mann wie Sie hätte die Killer sehen müssen.«
»Sie wissen also, daß es mehrere waren?«
»Ja, wir wissen das. Die Drottninggatan ist um diese Stunde menschenleer. Sind Sie sicher, daß Sie niemanden sonst gesehen haben?« fragte Hornberg eindringlich.
»Niemanden«, wiederholte Dillon.
Hornberg seufzte, zog die Brille auf den Rücken seiner kräftigen Nase herunter und stand langsam auf. Er knöpfte sein Sportsakko zu. Dillon hütete sich, seine Zigarette auszudrücken. Er wartete auf den nächsten Zug des anderen.
»Ich danke Ihnen, daß Sie zu so unmenschlicher Zeit zu mir gekommen sind, Mr. Dillon. Ich glaube nicht, daß wir noch Fortschritte machen – also sehe ich keinen Grund, Ihre Nachtruhe weiter zu stören.« Er wandte sich Tweed zu. »Wenn Sie noch einige Minuten bleiben könnten – ich möchte mit Ihnen noch einmal über Ihre Entdeckung auf der Drottninggatan reden.«
Hornberg begleitete den Amerikaner zum Lift, wartete, bis dieser sich nach unten in Bewegung gesetzt hatte, und kehrte in sein Büro zurück. Kopfschüttelnd schloß er die Tür. Er hob den Telefonhörer ab und bestellte frischen Kaffee.
»Er hat natürlich gelogen«, bemerkte er, hinter seinem Schreibtisch Platz nehmend.
»Nicht notwendigerweise«, warf Tweed ein.
»Warum sagen Sie das? Sie waren es doch, der ihm die Falle gestellt hat. Er gab zu, daß er wußte, daß man ihm folgte.«
»Die Killer könnten ihm auch gefolgt sein, indem sie den alten Trick der Vorausbeschattung anwendeten.«
»Erklären Sie mir das, bitte.«
»Sie könnten vor Persson und Dillon gewesen sein – es gibt eine Menge Seitenstraßen, die die Drottninggatan queren, wo sie gewartet haben könnten.«
»Und wie wußten sie, welche Route er nehmen würde?«
Tweed wartete, bis eine junge Dame, die mit einem Tablett hereingekommen war, auf dem eine frische Kanne mit Kaffee stand, den Raum wieder verlassen hatte. »Weil sie Dillon in der Nacht zuvor gefolgt waren. Das war die *zweite* Nacht, und Dillon ging dieselbe Straße entlang.«

»Möglich – aber unwahrscheinlich«, meinte Hornberg. »Welches Motiv könnte Dillon haben, nicht die Wahrheit zu sagen?«
»Er hat hier dienstlich zu tun und möchte nicht in den Mord an Persson verwickelt werden. Sein Instinkt rät ihm, sich ganz aus Ihren Nachforschungen herauszuhalten.«
»Sie übersehen die Möglichkeit, daß Dillon einfach sauer ist. Dann paßt es wieder. Persson wurde getötet, um Dillon zu beschützen. Wir kriegen es noch raus – ich gebe nicht auf... Und etwas später heute – sagen wir um die Mitte des Vormittags, falls Sie frei sind – fahre ich Sie auf die Insel Ornö, für die Sie sich offenbar so brennend interessieren. Ich bin neugierig, was wir dort vorfinden, das Ihre Aufmerksamkeit auf sich lenkt.«

Es war kurz vor neun Uhr morgens, als Ingrid an Tweeds Tür klopfte. Er war auf, rasiert und angezogen, obwohl er nur drei Stunden geschlafen hatte – nach Stunden des Wachseins zusammen mit Hornberg.
»Können wir zusammen frühstücken?« fragte sie, sich auf das noch ungemachte Bett niederlassend.
»Ich fürchte nein.« Die Enttäuschung war ihr anzumerken. »Ich habe einen Auftrag für Sie – und von nun an dürfen wir beide weder im Hotel noch draußen zusammen gesehen werden.«
»Was ist das für ein Auftrag?«
»Sie folgen Helene Stilmar, wohin sie auch geht. Stellen Sie fest, mit wem sie sich trifft...« Er überreichte ihr ein dickes Kuvert. »Hier ist Geld für Ihre Ausgaben. Vielleicht verreist sie per Flugzeug. Sie haben Ihren Paß?«
»Ich habe ihn immer bei mir, wenn ich für Sie arbeite.« Sie klopfte auf ihre Handtasche. »Nicht daß ich ihn innerhalb Skandinaviens brauchen würde.«
Tweed hatte vergessen, daß in Skandinavien der Zoll nur an Nicht-Skandinaviern interessiert war. Ingrid konnte nach Helsinki fliegen wollen und vor dem Einsteigen Schwedisch sprechen, und der Zollbeamte würde sie weiterwinken. Sie prüfte den Inhalt des Kuverts.
»Die Geldscheine in der Büroklammer sind Ihr Honorar«, bemerkte Tweed.
»Das ist zu viel. Sie wissen, wie gern ich für Sie arbeite – und ich habe Personal, das sich in meiner Abwesenheit ums Geschäft kümmert.«

»Gehen die Geschäfte gut?«
»Sehr gut. Die Kunden wollen gute Fotokopien haben, und zwar prompt. Sie kriegen, was sie wollen. Ich sage immer noch, das hier ist zu viel ...«
»Das Honorar bestimme ich. Also dürfen Sie nicht mit mir streiten. Können Sie mir sagen, welche Art Frau so etwas benützt?«
Er gab ihr den Lippenstift, den er kurz nach Auffindung von Perssons Leiche in dem Ladeneingang auf der Drottninggatan in der Hand hatte verschwinden lassen. Ingrid hob das Oberteil der Goldhülse ab, drehte den Stift heraus und besah ihn. Tweed richtete vor dem Spiegel seine Krawatte und machte von dort aus seine Bemerkung.
»In England nennen wir das Carmine.«
»Carmine?«
»Karminrot also. Ein kräftiges Rot.«
»Möglicherweise von einer Rothaarigen, die sehr weiße Haut hat.«
Er schwieg, starrte in den Spiegel. Wieviel sollte er ihr sagen? Harry Butlers Kommentar bezüglich der Notwendigkeit der Geheimhaltung hatte sich in seinem Gedächtnis festgesetzt – eine dieser ärgerlichen Bemerkungen, die einen veranlassen, an der eigenen Urteilsfähigkeit zu zweifeln. Er beschloß aufzuhören, sich Fragen zu stellen, und seinem Instinkt zu folgen.
»Ingrid, es ist fast sicher, daß dieser Lippenstift einer Frau gehört, die eine Mörderin ist – oder die Komplizin eines Mörders. Und beide sind Profis. Der wirkliche Name der Frau ist Magda Rupescu, und der Mann heißt Oleg Poluschkin.«
Er beschrieb ihr beide, so gut er konnte, und sie hörte mit zur Seite gelegtem Kopf zu. Dabei starrte sie den Lippenstift an, als wäre er plötzlich zu etwas Bösem geworden.
»Die Farbe ist ungewöhnlich«, sagte sie langsam. »Auch eine Frau mit kastanienbraunem Haar könnte ihn verwenden. Helene Stilmar hat solches Haar. Ich werde genau auf ihren Lippenstift achten, wenn ich sie das nächste Mal sehe.«
»Was vermutlich schon beim Frühstück der Fall sein kann.«
»Also«, sie erhob sich, »soll ich jetzt wohl zum Frühstück hinuntergehen? Hier ist der Lippenstift.«
»Das sollten Sie, glaube ich«, stimmte Tweed ihr bei. »Aber seien Sie vorsichtig. Einer von Gunnar Hornbergs besten Leuten wurde heute früh am Morgen mitten in Stockholm umgebracht. Die

Sache wird langsam gefährlich. Sie gehen kein Risiko ein! Das ist ein Befehl. Eine rothaarige Frau. Halten Sie Ausschau nach ihr.«
»Oder sogar mit kastanienbraunem Haar? Vielleicht?«

Ingrid betrat den Frühstücksraum – der am Abend das französische Restaurant ist – und verlangsamte den Schritt. Am Büffet versorgte sich Helene Stilmar mit Brot, Gebäck und allem, was dazugehört.
Die Stilmar trug einen dunkelblauen Hosenanzug und dazu eine cremefarbene Bluse mit einer Wollschleife unterm Hals. Der normale Vorgang war, sich einen Platz zu suchen und der Kellnerin zu sagen, ob man Tee oder Kaffee wollte. Danach begab man sich in dem riesigen Raum nach hinten und bediente sich am Büffet.
Ingrid machte es umgekehrt. Lässig schritt sie – ganz gegen ihre sonstige Hast – zum Büffet. Die Stilmar verließ soeben das Büffet, in jeder Hand einen Teller. Ingrid runzelte nachdenklich die Stirn.
Sie nahm zwei gebräunte Semmeln, dazu eine Scheibe Butter und einen runden, flachen Becher dunkler Johannisbeermarmelade. Langsam ging sie in den vorderen Teil des Saales, durch dessen große Fenster man auf das Ufer und die vertäuten weißen Boote hinaussah, und blieb neuerlich stehen.
Helene saß allein an einem Tisch am Fenster. Ingrid wählte einen Tisch nahe dem Büffet, von dem aus sie ihr Objekt im Auge hatte. Sie holte eine dunkelgetönte Brille aus ihrer Handtasche, setzte sie auf und nahm einen Schluck von ihrem schwarzen Tee.
Bevor sie die Brille aufsetzte, hatte sie Helenes Lippenstiftfarbe geprüft. Es war ein helles Rosa – meilenweit entfernt von der Farbe des Lippenstifts, den Tweed ihr gezeigt hatte. Wie hieß die Farbe? Carmine! Bewiesen war damit gar nichts, weder das eine noch das andere.
Sie selbst gehörte zu den Frauen, die ihren Lippenstift der Kleidung und der Tageszeit anpaßten. Ein starkes Rot für den Abend. Und Tweed hatte den Lippenstift auf der Drottninggatan am frühen Morgen gefunden.
Während Ingrid Butter und eine dünne Schicht Marmelade auf ihr Brötchen strich, runzelte sie erneut die Stirn. Etwas störte sie. Verdammt wollte sie sein, wenn sie wüßte, was es war. Sie schaute

wieder zu der Frau hin, die mit geistesabwesendem Blick aus dem Fenster schaute.
Sehr schick. Sehr amerikanisch die Kleidung. Ihr Make-up war ein Kunstwerk. Fünfzehn Minuten vor dem Ankleidetisch, bevor die Außenwelt sie sehen durfte. Ingrid erledigte das in dreißig Sekunden. Und in zwei Minuten schaffte sie eine totale Verwandlung ihres Aussehens. Die Stilmar brauchte dreißig Minuten, um zu baden und sich neu anzukleiden.
Eine Viertelstunde darauf verließ die große, elegante Frau im Hosenanzug den Frühstücksraum. Sie ging an Ingrids Tisch vorüber, ohne ihr einen Blick zuzuwerfen. Eine Welle von Parfümduft wehte in Ingrids Nasenlöcher, und sie erkannte die Duftnote. Es war dieselbe, die sie gerochen hatte, als Helene Stilmar einige Abende zuvor in der sechsten Etage an ihr vorbei zu den Aufzügen gegangen war.
Ingrid nahm ihren Zimmerschlüssel – man mußte ihn beim Betreten des Frühstücksraumes der Kellnerin vorweisen – und den leichten Regenmantel, den sie über die Lehne des Stuhls gegenüber gehängt hatte. In der Eingangshalle stieg Helene die breite Treppe hinunter und ging durch den Ausgang. Der Türsteher trat an die Bordsteinkante, um ein Taxi herbeizuwinken.
Ingrid rannte zu ihrem geparkten Volvo, schloß die Tür auf und warf sich hinters Steuer. Sie kurvte gerade rechtzeitig aus der Parklücke, um dem Taxi folgen zu können, das Helene bestiegen hatte. Übers Lenkrad gebeugt, war Ingrid ganz darauf konzentriert, ihren Wagen zu steuern und das Taxi nicht aus den Augen zu verlieren. Und immer noch beschäftigte sich ein Hintergedanke mit der Frage, was es war, das sie an Helene störte. Sie brauchte Zeit. Sie würde noch dahinterkommen. Früher oder später. Besser früher...

29

Früh an jenem Morgen, bald nach Tagesanbruch, ging eine schwedische Militärmaschine vom Typ SK 60 über Jakobsberg, zwanzig Kilometer vom Zentrum Stockholms entfernt, auf geringere Höhe und landete auf dem Militärflughafen Barkarby.
Die Maschine kam vor einem wartenden schwarzen sechssitzigen Volvo mit getönten Scheiben zum Stehen. Ein Soldat saß am

Steuer. Drei Männer, alle in schwedischer Uniform, entstiegen der Maschine.
Sie gingen, jeder eine Aktentasche tragend, das kurze Stück zum Wagen. Die Szene hatte nichts Außergewöhnliches an sich. Barkarby ist ein Luftwaffenstützpunkt, auf dem solche Maschinen ständig starten und landen.
Auch an den drei Männern war nichts Besonderes. Sie alle waren im Majorsrang. Sie stiegen in den Fond des Volvo, die Türen wurden zugeschlagen, der Wagen fuhr ab.
Bemerkenswert war die Reise, die sie hinter sich hatten. Zuerst, spät am vorangegangenen Abend, hatte man sie von Kopenhagen quer durch Dänemark bis zu dem ruhigen Städtchen Roskilde am Roskilde-Fjord gefahren.
Dort, am winzigen Hafen nahe dem Museum, in dem rekonstruierte Modelle von Wikingerschiffen ausgestellt sind, waren sie an Bord eines Motorschiffs gegangen, das ablegte, sobald sie an Bord waren. Das Schiff fuhr mit Nordkurs aus dem Fjord ins Kattegat und schwenkte dann nach Osten.
Es setzte seine drei Passagiere an einer einsamen Stelle der schwedischen Küste ab, wo ein Wagen wartete. Mitten in der Nacht fuhr man sie zu einem schwedischen Militärflugplatz, wo sie in die SK 60 umstiegen. In der Luft wechselten sie die Kleidung.
Vom Flugplatz Barkarby fuhr man sie das kurze Stück zu einem der Gebäude auf dem Gelände des Flugplatzes. Die drei verließen den Volvo und verschwanden im Gebäude. General Paul Dexter, US-Stabschef, und zwei seiner Mitarbeiter waren in Schweden eingetroffen.

»Noch nichts Neues?« fragte General Lysenko, als er Oberst Karlows Büro in der Pikk-Straße betrat. Es war typisch für ihn, daß er zu reden begann, bevor er im Zimmer war.
»Nein«, informierte ihn Karlow.
Hauptmann Rebet kam hinter seinem Vorgesetzten herein und schloß sorgfältig die Tür.
»Haben wir alles in unserer Macht Stehende getan, um für Procane Kommunikationsmöglichkeiten zu schaffen?« fragte Lysenko forsch und warf seinen Mantel über einen Stuhl.
»Da wir nicht die leiseste Ahnung haben, wer Procane ist, sind dem Grenzen gesetzt«, erklärte Karlow, ein aufsteigendes Gefühl des Ärgers unterdrückend.

Bei jeder derartigen Operation kam der Punkt, an dem die Anspannung des Wartenmüssens spürbar wurde. Das drückte sich in verschiedenster Weise aus. Zornausbrüche. Immer wieder die gleichen Fragen. Und für den Mann an der Spitze das Belästigen seiner Untergebenen durch häufigere – und unerwünschte – Kontrollbesuche. Alles andere, nur nicht allein innerhalb der kahlen Wände eines Büros sitzen!
»Gehen Sie noch einmal alles durch«, befahl Lysenko, im Reitsitz auf einem Stuhl Platz nehmend, so daß er die Arme auf die Lehne legen konnte.
»Die Botschaft in Stockholm hat genaue Instruktionen erhalten«, begann Karlow, all seine Geduld zusammennehmend. »Wir vermuten, daß die einzige Möglichkeit für Procane, uns von seiner Ankunft zu verständigen, ein Anruf in der Botschaft ist. Da er ganz offensichtlich ein Vollprofi ist – im anderen Fall hätten wir während meines Aufenthalts in London Hinweise auf seine Identität gewonnen –, erwarten wir, daß er von einer öffentlichen Telefonzelle in Stockholm anrufen wird.«
»Alles das ist mir bekannt«, warf Lysenko ein.
Warum, verdammt, fragst du mich dann, sagte sich Karlow. Aber seine Miene bleib unverändert, als er fortfuhr.
»In der Telefonzentrale der Botschaft sitzen Spezialtechniker. Sobald Procane in der Leitung ist, schalten sie ihn nach Helsinki durch – und Helsinki gibt ihn über Radiotelefon an mich weiter. Meine Aufgabe ist es dann, ihn zu instruieren und sicherzustellen, daß er nur eine minimale Zeitspanne in der Leitung bleibt.«
»Das ist ein sehr rohes Konzept«, kommentierte Lysenko.
»Natürlich ist es das! Aber haben Sie einen anderen Vorschlag?«
»Der Mann ist ein Geist«, sagte Lysenko brütend.
»Deshalb hat er auch Erfolg«, äußerte sich Rebet.
Lysenko sprang auf, schlug die Arme um seinen Körper, ging zum Fenster und blickte hinunter auf die Straße. Dann zog er wieder seinen Zivilmantel an, stieß die Hände in die Taschen und starrte auf die beiden Männer.
»Es liegt alles bei Ihnen, Karlow. Seien Sie vorsichtig!«
Nach dieser aufmunternden Mitteilung verließ er den Raum. Rebet hob die Schultern, zog seinen Mantel aus und setzte sich. Er wartete eine Minute, für den Fall, daß Lysenko zurückkäme, entspannte sich dann und begann zu sprechen.

»Er kann es nirgends länger als zwei Minuten aushalten. Jetzt hat es ihn erwischt. Haben Sie von der Ermordung des SAPO-Mannes in Stockholm gehört?«

»Ja.« Karlow blickte düster drein. »Es ist verrückt. Das wird zweifellos die Hornissen aus dem Nest scheuchen – gerade dann, wenn wir wollen, daß in Stockholm alles ruhig bleibt. Was denken Sie?«

»Verrückt«, stimmte Rebet bei. »Der Jammer ist, daß Lysenko geistig immer noch in den sechziger Jahren steckt. Damals war das eine völlig normale Prozedur. Die Zeiten haben sich geändert – aber Lysenko hat sich nicht mit ihnen geändert. Verschwinden diese alten Bolschewiken denn nie von der Bildfläche?«

»Erst wenn eine neue Generation das Politbüro in Moskau übernimmt. Ein alter Mann bringt einen anderen Alten rein. Sie bilden einen Klub. Und Tweed ist in Stockholm. Das ist der Mann, der mir wirklich Sorgen macht.«

»Lassen Sie das nicht Lysenko hören«, warnte Rebet. »Er könnte auf den Gedanken kommen, die Rupescu zu beauftragen, sich Tweed vorzunehmen. Das wäre dann erst die Katastrophe. Tweed war Gott sei Dank nie ein Mann der Gewalt.«

»Ich könnte ein Gläschen vertragen.« Karlow servierte eine Flasche Wodka. »Vielleicht können wir einen Tausch arrangieren? Lysenko übernimmt den Britischen SIS und Tweed wird Chef des GRU. Wie würde Ihnen das gefallen, Genosse?«

Sie stießen auf die Idee an und leerten die Gläser. Der Alkohol half nicht besonders. Beide Männer saßen da, starrten auf das Telefon und warteten auf den Anruf aus Stockholm, der sie über Helsinki erreichen sollte.

Hornberg holte Tweed um elf Uhr vom *Grand Hotel* ab. Sie fuhren durch die Stadtteile im Süden, die Tweed nie gesehen hatte. Mit Interesse betrachtete er die solide wirkenden Häuser.

Sie fuhren weiter südwärts und wandten sich dann nach Osten, zur Küste hinunter. Hornberg blieb knapp unter der Geschwindigkeitsgrenze und sprach wenig, während sie über offenes Land fuhren. Dann schaute er auf die Uhr.

»Die Insel Ornö ist eher merkwürdig«, bemerkte er. »Ihr größter Teil ist im Besitz eines Grafen Stenbock. Er hat eine Wohnung in der Stadt, verbringt aber mit seiner Frau die meiste Zeit auf der Insel. Ihm gehört auch die Autofähre von Dalarö nach Hässelmara. Das allein ist schon ungewöhnlich – die meisten Fähren zum Archipel sind staatlich.«

»Ich sehe, sie liegt praktisch am Rand der Ostsee«, erklärte Tweed, der die Seekarte studierte, die Hornberg ihm gegeben hatte.

»Und sie liegt auch mitten in dem Gebiet, in dem die sowjetischen U-Boote operieren«, bemerkte der Schwede. »Nicht weit von Muskö, einer anderen großen Insel, und einem unserer Flottenstützpunkte. Ich denke über das nach, was Sie über diese Unterseeboote gesagt haben. Glauben Sie wirklich, das könnte ein großangelegtes Täuschungsmanöver sein?«

»Sie könnten auf Procane warten, um ihn nach Rußland zu bringen, habe ich gesagt. Und jetzt haben wir in Stockholm drei Kandidaten für die Rolle des Procane: Stilmar, seine Frau und Cord Dillon.«

»Vier Kandidaten«, korrigierte ihn Hornberg.

»Wie meinen Sie das?«

»Seit heute früh. General Dexter ist zu geheimen Beratungen eingetroffen. Und er hat zwei Top-Spezialisten für die U-Boot-Bekämpfung mitgebracht. Ob die uns etwas Neues sagen können, steht auf einem anderen Blatt.«

»Nur eine Kurzvisite, nehme ich an? Von Dexter?« erkundigte sich Tweed.

»Nicht so ganz«, erklärte Hornberg mit einem Seitenblick. Der SAPO-Chef schien besorgt. »Es ist ein bißchen verrückt, aber komische Leute tun komische Dinge.«

»Und *was tut* Dexter?«

»Sie werden es nicht glauben – er spaziert durch die Straßen von Stockholm.«

»Nein!« Tweeds Ton drückte Erstaunen aus. »Er muß verrückt sein. Und Sie haben diesen Wahnsinn genehmigt?«

»Die Entscheidung lag nie bei mir.« Hornberg hob die breiten Schultern. »Ich möchte sagen, Dexter ist gut organisiert. Die Amerikanische Botschaft hatte seine Kleidermaße. Sie schickten schwedische Zivilkleidung – eine komplette Ausstattung, Schuhe inbegriffen – an die Luftwaffenbasis, wo er landete. Er trägt einen blauen Wollhut, gekauft im NK, und eine große, getönte Brille.«

»Aber warum? Warum geht er ein solches Risiko ein?«

»Offenbar kolportiert man in den Staaten einen von ihm oft gebrauchten Satz: ›Lage und Beschaffenheit des Zielgebietes sehe

ich mir selber an.‹ Also wandert er durch die Innenstadt und studiert ihre Topographie. Sucht nach wahrscheinlichen Landegebieten für sowjetische Kampfhubschrauber – und nach ähnlichen Dingen, würde ich sagen.«
»Und Ihr Verteidigungsminister erlaubt das?«
»Es ist wegen dieser Klein-U-Boote und der Luftraumverletzung durch einen MIG-Jäger, der ein Charterflugzeug verfolgte. Im Moment macht man sich ernste Gedanken über die Absichten der Russen. Eins muß man General Dexter lassen – sein Gefühl für den richtigen Zeitpunkt ist untrüglich...«
»Bleibt die Tatsache, daß wir jetzt, wie Sie sagten, einen vierten Kandidaten haben.«
»Sie sagen es, mein Freund. Und jetzt sind wir in Dalarö.«
Er sprach den Namen im für das Schwedische so typischen singenden Tonfall. »Die Fähre fährt zu Mittag ab. Für die Rückfahrt von Hässelmara haben wir zwei Fähren zur Auswahl – vier Uhr oder fünf Uhr dreißig. Und während wir auf Ornö umherfahren, werden Sie mir sagen, was Sie an dieser Insel so brennend interessiert.«

Wie schon in den Tagen zuvor hatten sie während der Fahrt auf der Fähre des Grafen Stenbock bedeckten Himmel, sozusagen ein zweites Meer aus grauen Wolken über sich. Die Schweden hatten bisher einen schlechten Sommer gehabt und meinten, der britische Sommer mit seiner Hitzewelle den ganzen Juli und August über sei daran schuld.
»Ihr habt uns unseren Sommer gestohlen«, hatte schon mehr als ein Schwede witzelnd zu Tweed gesagt.
Die Fähre ist lang und schmal, mit hohen Seitenwänden, so daß es unmöglich ist, zu sehen, wohin man fährt. Sie kann maximal zwanzig Wagen befördern, aber an diesem Tag war kaum ein Dutzend an Bord.
»Es ist Mittwoch«, flüsterte Hornberg. »Am Wochenende ist sie vollgepackt mit Leuten, die zu ihren Sommerhäusern fahren. Solange wir auf der Fähre sind, sprechen Sie bitte nicht englisch, wenn jemand in Hörweite ist.«
Tweed nickte und fragte sich, was der Grund für diese Bitte sein könnte. Auch er blickte in den Rückspiegel auf seiner Wagenseite. Die Fähre war an den beiden Enden offen, die Rampen waren nur leicht hochgezogen. Hornberg hatte sich mit dem Volvo an eine

Stelle mittschiffs gestellt. Tweed erkannte erst, daß sie das Festland verlassen hatten, als sich die Szenerie vor dem Bug änderte. Die See war ruhig und glatt wie der sprichtwörtliche Mühlteich, und es begann leicht zu nieseln. Hornberg faßte an den Türgriff.
»Vielleicht wollen Sie sich die Beine vertreten? Sich vom Bug aus etwas umsehen? Wir sind jetzt mitten im Archipel.«
Sie wanderten an den wenigen Wagen, die vor dem Volvo standen, vorbei und blieben hinter der hochgezogenen Rampe stehen. Tweed sog tief die baltische Luft ein und betrachtete fasziniert das Bild, das sich vor ihm ausbreitete.
Die Fähre nahm Ostkurs, drehte dann nach Süden und begann sich durch das Insellabyrinth zu schlängeln. Sie passierte die Enge zwischen zwei Inseln, so schmal, daß es schien, als müsse sie rechts oder links die Küste streifen. Es war an diesem Punkt der Fahrt, daß der Schwede die Bemerkung machte.
»Ich bezweifle, daß Sie sich der Tatsache bewußt sind, aber man muß uns die ganze Strecke bis Dalarö gefolgt sein.«
»Der grüne Saab hinter Ihrem Volvo mit der Frau am Steuer.«
»Das ist er. Ich denke, ich gehe hin und rede mit ihr. Amüsieren Sie sich inzwischen. Wir haben genug Zeit – die Überfahrt dauert fünfundzwanzig Minuten.«
Tweed sah sich nicht um, als Hornberg ihn stehenließ. Statt dessen blickte er nach vorn und nach den Seiten und studierte die unglaubliche Vielfalt der Inseln. Einige waren groß, mit Bäumen bewachsen, da und dort stand eines der aus Holz erbauten Sommerhäuser, die Hornberg erwähnt hatte. Andere waren wenig mehr als gerundete braune Steine, die aus dem ölig glänzenden Wasser ragten. Ein Paradies für lauernde Klein-U-Boote.
Die Hände in den Taschen seines Regenmantels, betrachtete er die Inseln eingehend. Ja, da gab es gelegentlich im grünen Blätterwerk hinter dem Nebelschleier freie Stellen. Groß genug als Landeplatz für einen Hubschrauber.
»Ich habe mit der Dame im Saab gesprochen«, sagte Hornberg über die Schulter hinweg.
»Blondes Haar, sehr kurz geschnitten, eng am Kopf anliegend wie ein goldener Helm«, bemerkte Tweed. »Sitzt ganz entspannt, die Hände auf dem Lenkrad.«
»Sehr gut. Sie kommt aus dem südlichen Stockholm – ist also eine echte Stockholmerin, wie wir sagen. Sie hat die Absicht, sich ein

Landhaus auf der Insel zu kaufen, ist aber noch unsicher. Auf dieser ihrer zweiten Fahrt will sie die Insel selbst besichtigen und zu einem Entschluß kommen.«
»Falscher Alarm?«
»Es erklärt, warum sie dieselbe Strecke fuhr wie wir. Und wir fahren zu einem netten Häuschen auf Ornö – es gehört einem Freund von mir, und er hat mir den Schlüssel gegeben. Seine Frau hat uns ein Lunchpaket gemacht. Sandwiches in einer Kühlbox, damit wir im Häuschen ein Picknick veranstalten können.«
»Das ist überaus nett von ihr.«
»Vielleicht essen wir im Freien – wie zwei Schuljungen.« Die Aussicht darauf schien ihn zu freuen. »Für ein paar Stunden raus aus allen Problemen, weg von schrecklichen Menschen, die andere mit Stiletten umbringen.«

In ihrem grünen Saab nahm Magda Rupescu die schweißfeuchten Hände vom Lenkrad und wischte sie unterhalb der Windschutzscheibe mit einem Taschentuch ab. Das Gespräch mit dem SAPO-Mann war entnervend gewesen.
Früher am Tag hatte sie ihren Wagen vor dem *Grand Hotel* in einer Parklücke abgestellt und war zur nächsten Telefonzelle gegangen. Sie hatte das Hotel angerufen, Mr. Tweed verlangt und die Zimmernummer angegeben, die man ihr Tage zuvor bei ihrem ersten Besuch genannt hatte.
Sobald Tweed sich meldete, unterbrach sie die Verbindung. Der Vorfall ereignete sich nur wenige Minuten, bevor Ingrid an Tweeds Tür klopfte, in der Hoffnung, sie könnten gemeinsam frühstücken. Magda Rupescu war dann zurückgegangen und hatte im Wagen gewartet.
Sie war so vorsichtig, nicht zu lange im Wagen sitzen zu bleiben. In Abständen schlenderte sie durch das Hotel. Sie setzte sich in die Eingangshalle, bestellte Kaffee und bezahlte, sobald er serviert wurde.
Ihr rotes Haar war nun blond gefärbt. Sie wußte, daß Interpol eine genaue Beschreibung von ihr im Computer gespeichert hatte. Der GRU hatte mit Hilfe von Leuten im Westen diesen Computer anzapfen lassen und kannte alle seine Geheimnisse.
Das flammendrote Haar, das sie stets in Gegenwart von Oleg Poluschkin hatte, war eine Perücke, hergestellt von einem der besten Haarkünstler der Sowjetunion. Sie beobachtete das Anle-

gemanöver in Hässelmara, als Hornberg und Tweed zu ihrem Volvo zurückkehrten. Sie wartete, bis die Motoren von drei anderen Wagen ansprangen, und drehte dann ihren Startschlüssel.

»Was sollte das – nicht englisch zu sprechen, solange wir auf der Fähre waren?« wollte Tweed wissen, als Hornberg über die Rampe an Land fuhr.
Hornberg lenkte den Wagen bergauf über eine enge, geteerte Straße, die sich an einem kleinen Hügel hochwand und zu beiden Seiten von Granitfindlingen und aus dem Boden hervortretendem Fels gesäumt war. Selbst die ersten Meter auf dem Eiland waren wild und abweisend.
»Weil man hier nervös geworden ist wegen der sowjetischen U-Boote«, antwortete der Schwede. »Wäre gut möglich gewesen, daß die Leute jeden Ausländer ausfragen, und dann hätte ich, um Sie zu schützen, meine Identität lüften müssen.«
»Ja, die Leute sind nervös«, stimmte Tweed ihm zu. »Zweimal habe ich im Hotel beim Frühstück schwedische Geschäftsleute mit Amerikanern über dieses Thema reden gehört.«
Hornberg fuhr nun auf ebenem Boden hoch über dem Meer und schlug auf einer anderen schmalen, von Wald begrenzten Straße den Weg nach Süden ein. »Jetzt«, erklärte er, »fahren wir zu einem Ort, der Bodal heißt, nahe einem anderen Ort namens Brevik – an der Küste südlich von Hässelmara.«
»Ich habe es gefunden«, meldete sich Tweed, der auf der in größerem Maßstab gedruckten Karte von Ornö, die Hornberg aus dem Handschuhfach genommen hatte, die Route mitverfolgte. In der linken oberen Ecke stand »Ornökartan«, und man konnte genau sehen, welchen Weg die Fähre durch das Gewirr von Inseln, die aussahen, als hätte die Hand eines Riesen sie nach Gutdünken ins Meer gestreut, genommen hatte.
»Ich glaube, der grüne Saab ist immer noch hinter uns«, sagte Tweed, nachdem er einen Blick in den Rückspiegel geworfen hatte.
»Wahrscheinlich hat die Frau Angst, sich zu verirren. Unter der Woche ist es hier ziemlich ausgestorben.«
Die Straße wand sich durch den einsamen Wald. Hier und da führten geisterhafte Wagenspuren zu einem unter Bäumen vergrabenen Haus. Die Schweden liebten die Zurückgezogenheit, das stand fest, dachte Tweed.

Am Rand der kurvenreichen Straße waren in Abständen dünne, gelb und weiß bemalte Stangen in die Erde gesteckt. In größeren Abständen ragten dickere Masten in die Höhe, die Telefondrähte und darunter ein Kabel für die Energieversorgung trugen.
»Diese dünnen, gestreiften Stangen...«, begann Tweed.
»Für den Winter. Hoher Schnee verdeckt die Straße. Die einzige Möglichkeit, zu wissen, wo das verdammte Ding ist, besteht darin, zwischen diesen Stangen zu fahren. – Da sind wir schon. Das Haus meines Freundes.«
Hornberg lenkte den Wagen auf den ungeteerten Rand der Straße. Unmittelbar daneben senkte sich der Hang hinab zum nur hundert oder zweihundert Meter entfernten Meer. Tweed stand am oberen Absatz einer Treppe aus weiten Stufen, die in den Hang geschlagen waren. Der grüne Saab fuhr vorüber, und die blonde Lenkerin winkte Hornberg; er winkte zurück.
Das große Haus, aus Bohlen erbaut, lag unterhalb des Straßenniveaus. Während Hornberg die Kühlbox vom Rücksitz nahm, stand Tweed und lauschte. Das Motorengeräusch des Saab verklang, und eine große Stille senkte sich über den Wald, über dem im Nebel der See eine blasse Sonnenscheibe hing – eine Stille, die man hören und greifen konnte.
Sie stiegen die Erdstufen hinunter, und während Hornberg mit dem Schlüssel an der Vordertür hantierte, wanderte Tweed außen herum. Das Gefühl überfiel ihn, Hunderte von Kilometern fern jeder Zivilisation zu sein, obwohl Hornberg ihm gesagt hatte, vom Zentrum Stockholms zur Fähre von Dalarö seien es nicht mehr als fünfzig Kilometer. Der Schwede winkte ihm, ins Haus zu kommen.
»Das Haus ist schon eine Zeitlang versperrt«, sagte er, als sie hineingingen. »Bei dem Wetter, das wir zuletzt hatten, wird es etwas kalt sein. Und das...«, er zeigte zum Fenster, »... ist die Ostsee.«
Hornberg ging herum und schaltete elektrische Wandstrahler ein. Tweed sah sich mit Interesse um. Vor dem Eingang befand sich ein kleiner Vorraum. Links war die Küche, rechts das große Wohnzimmer, in das er jetzt dem Schweden folgte.
Die Möbel waren teuer und bequem – niedere Tische und Sessel, eine Couch. Große Fenster an der Schmalseite und an der Rückseite des Hauses, von wo aus man einen herrlichen Ausblick über den Hang auf die Küste hatte.
Tweed schaute aus dem Fenster. Das Haus stand auf einer ins

Meer vorspringenden Landzunge. Hinter dem dünnen Vorhang aus hellgrünem Birkenblattwerk und dunkelgrünen Kiefern sah man eine Kette von Inseln, manche mit Föhren bedeckt. Er empfand die Stille als angenehm, bis Hornbergs Bemerkung ihn aufstörte.

»Beim Essen können wir uns vielleicht damit vergnügen, den sowjetischen U-Booten zuzusehen, wenn sie vorüberfahren.«

Tweed drehte sich um. Der SAPO-Chef wickelte unglaubliche Mengen von belegten Broten aus durchsichtiger Plastikfolie. Aus der Küche hatte er Teller geholt und darauf Essen gestapelt, mit dem sie sehr wohl eine Woche auskommen konnten.

»Verhungern können wir nicht«, bemerkte Hornberg. »Geräucherter Lachs, Schinken, Salat...«

»Mir läuft das Wasser im Mund zusammen«, erwiderte Tweed und ließ sich auf der Couch mit Blick auf Meer und Inseln nieder.

»Die Frau des Mannes, dem dieses Haus gehört, wird mich verfluchen«, fuhr der Schwede fort. »Vergiß nicht, das gute Porzellan zu benutzen – das war ihre letzte Anweisung.«

»Wir sind hier einquartiert«, erwiderte Tweed und biß in sein Brot, während Hornberg Bier in die Gläser schenkte.

»Und jetzt, mein Freund, erzählen Sie mir vielleicht, warum Sie nach Ornö fahren wollten.«

»Weil ich glaube, daß Procane auf dieser Route nach Finnland hinübergehen wird. Ich habe die Karte von Skandinavien genau studiert, und mir fiel auf, daß euer Archipel sich in den Bottnischen Meerbusen hinein und bis zum Archipel von Abo – oder Turku, wie die Finnen es nennen – erstreckt. Für ein schnelles Motorboot wäre das eine Sache von Stunden. Und dann sind da noch die U-Boote, die in der Gegend lauern.«

»Sie können recht haben. Und warum Ornö?«

»Das kann ich Ihnen nicht sagen. Ich würde damit eine Informationsquelle preisgeben.« Tweed beeilte sich weiterzureden. »Aber jetzt, da wir hier sind, bin ich erst recht davon überzeugt. Nach Dalarö haben wir von der Stadtmitte aus kaum eine Stunde gebraucht. Procane kann hier sein, bevor wir bemerkt haben, daß er vermißt wird.«

»Das klingt logisch.« Hornberg verzehrte sein zweites Brot. »Ich werde Leute herbeiordern, um die Angestellten der Fähre unter Beobachtung zu halten.«

»Zurück zu General Dexter. Geht er wirklich allein in den Straßen von Stockholm spazieren?«
»Natürlich nicht.« Hornberg lächelte. »Er wird's nicht wissen, aber drei meiner besten Leute folgen ihm. Ich lasse Sie wissen, was sie mir berichten.«
Um der Kälte zu begegnen und das Haus auszulüften, hatte Hornberg in einem aus Ziegeln gemauerten Kamin in der Ecke des Zimmers Birkenscheite entzündet. Die Feuerstelle hatte einen Kupferschirm, der den Rauch abführte. Sie aßen, tranken Bier, und Hornberg redete über seine beruflichen Erfahrungen.
Tweed hörte zu, fühlte sich wohlig zufrieden und fern von allem, genoß das Knistern der brennenden Holzscheite. Wieder dachte er an die Ruhe dieses Platzes, beneidete den Besitzer des Hauses. Stille, vollkommene Stille...

30

Magda Rupescu hatte eine Tarnjacke an, ihre Hosen steckten in kniehohen Stiefeln mit Gummisohlen. Sie näherte sich dem Haus wie ein Jäger, der sich an ein Wild heranpirscht. Von ihrem Hals baumelte ein Fernglas, im Gürtel steckte eine Luger. Der Saab stand verborgen auf einem Seitenpfad.
Das Glas an die Augen hebend, suchte sie das gesamte Gebiet ab. Sie registrierte den Volvo am Straßenrand oberhalb der zum Haus hinunterführenden Stufen. Sie sah die aus dem Schornstein senkrecht in die unbewegte Luft aufsteigende Rauchsäule. Beide Männer mußten im Haus sein.
Sie bewegte sich näher heran, abgestorbene Zweige knisterten unter ihren Absätzen. Sie stand still und wartete, daß sich etwas bewegte. Es war bloß eine Annahme, daß die Männer sich im Haus befänden.
Lebhaft erinnerte sie sich jenes Nachmittags beim deutschen Bundesnachrichtendienst.
An den Moment, in dem Tweed wortlos den Raum betrat. An die entnervende Art, in der er – ach, so langsam – um sie herumgegangen war. Wie er stehenblieb, genau hinter ihr. Ein schlauer Fuchs. In diesem Augenblick hörte sie das Quietschen der Vordertür, die geöffnet wurde...

»Ich glaube, ich werde mir die Beine vertreten, ein bißchen allein umherwandern. Wenn Sie nichts dagegen haben«, schlug Tweed vor.

»Danke für die Hilfe beim Wegräumen. Machen Sie nur einen Spaziergang; ich werde die Heizkörper und dergleichen überprüfen«, stimmte Hornberg zu. »Dann fahre ich Sie rund um die Insel. Wir müssen auf dem Rückweg noch einmal hier vorbeikommen, um sicherzugehen, daß das Feuer ausgegangen ist.«

Tweed beachtete die Stufen nicht, sondern brach sich einen Ast als Stock und arbeitete sich den steilen Hang hoch. Der Boden war von halb aus dem Erdreich herausragenden Steinen bedeckt, die mit Flechte bewachsen waren, und Tweed achtete sehr darauf, wohin er trat.

Sein Gehör war ausgezeichnet, und er war sicher, etwas gehört zu haben; Hornberg hatte es offenbar nicht wahrgenommen. Das Geräusch eines Motors, der bei der Fahrt über schwieriges Gelände ständig auf höhere Tourenzahl gebracht wurde. Auf der Fahrt von Hässelmara hatte Tweed bemerkt, daß die von der geteerten Straße abzweigenden Wege voll von Buckeln und Furchen waren. Es hatte ganz so geklungen, als führe ein Wagen nicht weit vom Haus über solche Hindernisse.

Er suchte sich seinen Weg zwischen Birken und Kiefern und über Gestein, wich Heidekrautbüscheln aus, die ihn an Fahrten über die Bergheiden von Dartmoor erinnerten. Lautlos bewegte er sich weiter, abgestorbenen Stämmen ausweichend.

Dann hörte er es. Das Knirschen von morschem Holz, dem er ausgewichen war. Das Knirschen wiederholte sich. Rasch wechselte er auf die geteerte Straße hinauf und ging rasch nach Süden, weg von Hässelmara.

Er starrte angestrengt in die Richtung, aus der die Geräusche gekommen waren, seine kurzen Beine gewannen erstaunlich rasch Boden. Hinter einer schirmenden Wand aus Bäumen in einiger Entfernung bewegte sich etwas. Er ging weiter.

Das nächste war das Aufheulen eines Motors. Genau der Laut, der ihn zuerst im Haus alarmiert hatte. Heftiges Schalten, als der Wagen sich über Erdfurchen hinwegbewegte. Fast schon im Laufschritt erreichte er die Straße.

Etwas Grünes verschwand um die nächste Kurve. Er blieb stehen. Das Motorengeräusch wurde schwächer, verklang. Er drehte sich um und wanderte zum Haus zurück. Das eigenartige Lächeln in seinem Gesicht würde Monica im Büro auf dem Park Crescent zu deuten gewußt haben. Nur das blonde Haar hatte er nicht durchschaut. Noch nicht.

Mit böser, grimmiger Miene lenkte Magda Rupescu ihren Saab mit hoher Geschwindigkeit davon. Tweed, Tweed, immer dieser verdammte Tweed! Und dieser Hund hätte sie um ein Haar eingeholt, als sie zu ihrem Wagen rannte, dabei auf morsche Äste getreten war und viel zuviel Lärm gemacht hatte. Enttäuschung und Wut mehrten sich noch durch den Umstand, daß sie keine Ahnung hatte, wie der Bastard sie bemerkt hatte. Noch dazu von drinnen!
Sie hätte viel für einen Befehl gegeben, Tweed zu töten. Die Ausführung würde ihr nahezu sexuelle Befriedigung verschafft haben. Wie eine Verrückte fuhr sie, schleuderte um Kurven, bremste im letzten Augenblick. Fahren beruhigte sie.
Das änderte alles. Sie wußte, was sie als nächstes zu tun hatte. Tallinn verständigen. So schnell wie möglich nach Stockholm zurückkehren, um die Nachricht abzuschicken. Ja, diese winzige Episode änderte alles. Und sie würde die Nachricht so abfassen müssen, daß man ihr keine Schuld an dem Desaster geben konnte.

»Haben Sie den Spaziergang genossen?« fragte Hornberg, als sie in den Volvo stiegen.
Obwohl sie sich beide sattgegessen hatten, hatte er gut ein Drittel der Brote neben dem metallenen Mülleimer am Straßenrand bei den Stufen zurücklassen müssen. Er fuhr nach Süden – dieselbe Strecke, die Tweed vorhin gegangen war.
»Es war eine gute Übung, ja«, antwortete Tweed. »Übrigens, wann verläßt die nächste Fähre Dalarö?«
»Um vier«, sagte Hornberg, nachdem er auf die Uhr geschaut hatte.
»Können wir sie erreichen?«
»Sicher. Es ist Ihr Tag heute.«
Sie befuhren einen Großteil der Insel. Die Straße wand sich meilenlang durch Wald, es war die reinste Wildnis. An einem Punkt streckte sich Tweed, als wäre er steif geworden, und schlug vor, eine Rast für eine weitere Gehübung einzuschieben. Hornberg fuhr noch ein Stück und lenkte dann den Wagen einen einsamen Pfad hinunter.

»Ich glaube, wir sind nah am Meer. Lassen Sie mich lauschen.«
Er hielt den Wagen an, schaltete den Motor ab, stieg aus und stand ganz still. Tweed folgte nach, und als er die Wagentür schloß, klang es wie ein Pistolenschuß. Zwischen den Bäumen schwebte der Seenebel; Tweeds Brillengläser beschlugen.
Wieder überfiel sie die gleiche brütende Stille. Sie befanden sich mitten in der Wildnis, aber in einiger Entfernung rauschte etwas, das Geräusch, das Wasser verursacht, wenn es gegen den Strand schlägt. Hornberg wies mit der Rechten in die Richtung.
»Hören Sie das? Das ist die Ostsee da drüben. Kommen Sie!«
Er begann zu gehen, mit weiten Schritten seiner langen Beine. Tweed machte erst gar nicht den Versuch, zu ihm aufzuschließen, als sie sich zwischen den in blassen Nebel gehüllten Stämmen hindurchwanden. Er betrachtete den Boden, als er langsam hinter dem Schweden einhertrollte.
In unregelmäßigen Abständen hielt er an und stampfte mit den Füßen gegen den Grund. Hart wie Stein. Und noch mehr Steine, in den Erdboden versenkt, mit hellgrüner Moosflechte bedeckt. Zehn Minuten später sah er Hornberg im Freien auf einer Granitplattform sitzen und ihm deuten, er möge sich beeilen.
»Die Ostsee...«
Hornberg zeigte auf die glatte Wasseroberfläche zwanzig Meter unter ihnen. Langsam hob und senkte sich der Wasserspiegel am Fuße des Felsens. Tweed stellte den Kragen seines Regenmantels hoch, die Luft war kalt und feucht. Die beiden Männer ließen den Blick im Kreis wandern. Die Inselkette zog sich bis zum Horizont hin.
»Warum haben Sie da hinten mit den Füßen gegen den Boden gestampft?« fragte Hornberg.
»Habe den Untergrund geprüft – ein Hubschrauber könnte überall mit größter Leichtigkeit landen.«
»Glauben Sie, sie holen Procane mit einem Hubschrauber ab?«
»Kommen wir zur Fähre um vier Uhr früh genug nach Hässelmara? Ich möchte gern am Ufer spazierengehen – Fischer faszinieren mich immer«, antwortete Tweed, Hornbergs Frage nicht beachtend.
»Sicher. Dann fahren wir jetzt besser...«
Schweigend fuhren sie zurück, jeder mit seinen eigenen Gedanken beschäftigt. In Hässelmara ließ Tweed Hornberg beim Wagen und blieb fünfzehn Minuten weg, bevor er allein zurückkehrte.

Die Autos bildeten bereits vor der Anlegestelle der Fähre eine Schlange, und Tweed setzte sich vorn in den Volvo neben den Fahrersitz.
»Ich habe bemerkt, daß Sie sich mit dem Mann, dem das große Motorboot gehört, unterhielten«, sagte Hornberg.
»Er war der einzige, der Englisch sprach. Er erzählte mir von den Fischern – es gibt nur noch wenige, aber sie wissen eine Menge über die Inseln hier. Er selbst vermietet im Sommer sein Boot an Touristen. Ich sehe übrigens, daß unsere Freundin mit dem Saab auch mit uns die Überfahrt macht.«
Vor ihnen, an der Spitze der Schlange, stand der grüne Saab mit seiner blonden Lenkerin. Hornberg nickte und sagte, er habe sie bereits bemerkt.
»Vielleicht steige ich aus, wenn wir auf der Fähre sind, und plaudere noch einmal mit ihr«, bemerkte er.
»Da fällt mir ein: verschwenden Sie nicht Ihre Zeit damit, Gunnar, Ihre Leute an den Anlegestellen der Fähre zu postieren«, riet Tweed.
»Und warum nicht, wenn ich fragen darf?«
»Weil sie nicht die Route über den Archipel nehmen werden, wenn sie Procane hinüberbringen. Nicht jetzt...«

Zwei Stunden später läutete das Telefon auf Karlows Schreibtisch. Er unterbrach das Gespräch mit Rebet mitten im Satz und griff nach dem Hörer. Der Techniker in der Sowjetbotschaft in Helsinki hatte einen Anruf für ihn. Magda Rupescu war am Apparat, meldete sich unter dem schwedischen Pseudonym Elsa Sandell. Sie sprach knapp und in Eile.
»Stornieren Sie für die erwartete Lieferung den Frachtweg über den Archipel. Unter keinen Umständen diese Route. Sie verstehen?«
»Darf ich fragen, warum?« wollte Karlow wissen und blickte hinüber zu Rebet, der am Nebenanschluß mithörte.
»Tweed. Ich muß schließen. *Nicht* diese Route«, wiederholte sie und unterbrach die Verbindung.

Hornberg nahm den Weg in die Innenstadt über die Brücke von Gamla Stan. Viele Pendler waren in der Gegenrichtung unterwegs. Sie fuhren durch die Altstadt. Tweed konnte am anderen Ufer das imposante Gebäude des *Grand Hotels* sehen.

»Ich glaube, ich werde die Frau in dem grünen Saab einmal unter die Lupe nehmen. Sie sagte mir, sie sei zu dem Schluß gekommen, Ornö sei nichts für sie, zu einsam. Aber sie hatte etwas an sich...«
»Hier ist ihre Autonummer.«
Tweed zog ein zerknülltes Stück Papier aus der Tasche und reichte es dem Schweden. Hornberg nahm es und stopfte es in seine Brusttasche.
»Danke. Ich hatte mir die Nummer gemerkt, aber aufgeschrieben ist aufgeschrieben. Sie stieg förmlich aufs Gas, als wir die Schnellstraße in die Stadt erreichten – überschritt die erlaubte Höchstgeschwindigkeit. Sie muß hier vor geraumer Zeit angekommen sein.«
»Rufen Sie mich an, wenn Sie sie überprüft haben?«
»Natürlich. Noch in dieser Stunde.«
Er setzte Tweed vor dem Hotel ab, und Tweed ging geradewegs in sein Zimmer hinauf. Er fand Ingrid in der Halle, als er aus dem Lift trat. Sie trug eine weiße Windbluse mit bis zum Hals hochgezogenem Reißverschluß und einen weißen Faltenrock.
Sie las in einem Magazin, blickte hoch und sah ihn durch ihre getönten Brillengläser an. Den Finger auf die Lippen legend, wies sie auf Helene Stilmars Tür und folgte ihm in seinen Schlafraum. Während er die Tür versperrte und die Kette vorlegte, eilte sie um das Doppelbett herum und stellte das Radio an.
»Was ist geschehen?« fragte Tweed.
»Nach dem Frühstück nahm die Stilmar ein Taxi. Ich folgte ihr durch ganz Stockholm. Dreimal wechselte sie den Wagen, hintereinander. Dann aß sie im Café de la Paix auf Gamla Stan zu Mittag. Danach ging sie die ganze Drottninggatan entlang zu Fuß und besah sich die Schaufenster. Auf der Hamngatan nahe dem NK-Kaufhaus verschwand sie. Ein paar Minuten später fand ich sie wieder, sie verließ gerade eine öffentliche Telefonzelle. Sie nahm sich wieder ein Taxi hierher und ging auf ihr Zimmer. Den Anruf tätigte sie, während ich nach ihr suchte. Tut mir leid, daß ich sie aus den Augen verlor.«
»Sie haben Ihre Sache sehr gut gemacht.« Tweed streckte die Hand aus und kniff sie in den Arm. »Aber sollten Sie jetzt nicht wieder hinausgehen, für den Fall, daß sie wieder weggeht?«
»Sie rief gleich nach ihrer Ankunft nach dem Zimmerservice. Ich sah den Kellner mit einem Imbiß und mit Kaffee auf dem Tablett

ankommen. Als sie die Tür aufmachte, war sie im Morgenrock. Ich bin sicher, daß sie sich einige Zeit Ruhe gönnt.«
»Dann bleiben Sie ein bißchen bei mir. Sie müssen müde sein. Wie wär's mit einigen Sandwiches und Kaffee?«
Als er die Hand nach dem Hörer ausstreckte, läutete das Telefon. Es war Hornberg; seiner Stimme war die Enttäuschung anzumerken. Er sprach knapp und gedrängt.
»Ich prüfte die Autonummer. Computer funktionieren auch manchmal. Ein Leihwagen. Von einem Büro zwischen Zentrum und Solna. Ich rief dort an, und sie konnten sich vage an eine Frau erinnern. Keine wirkliche Beschreibung – sie trug ein Kopftuch. Gab den Namen Yvonne Westerlund an. Der Name ist nicht registriert. So ist es mit den Nachforschungen. Jede Menge falscher Hinweise.«
»Vergessen Sie sie«, riet Tweed. »Und von jetzt an pfeifen Sie die Hunde zurück. Versuchen Sie nicht mehr, jeden Amerikaner aufzuhalten, der nach Finnland will.«
»Ich tue alles, was Sie wollen – bemühen Sie sich nicht, mir mitzuteilen, warum das alles. Es wird mir ein Vergnügen sein, Mauno Sarin die Sache aufzuhalsen. Und noch eine Neuigkeit: Sie wissen doch, der Amerikaner, von dem ich sagte, er spaziere durch die Straßen von Stockholm?«
»Ja.«
»Die drei Idioten, die ihn heimlich eskortierten, verloren den Herrn fünfzehn Minuten lang aus den Augen.«
»Und wo geschah das?« fragte Tweed scharf.
»Er ging in das NK-Kaufhaus. Ging eine Zeitlang im Erdgeschoß umher. Plötzlich rennt er ins Kellergeschoß hinunter. Dort gibt es einen anderen Ausgang, der ins Tunnellabyrinth nahe dem Sergels Torg führt. Sie verlieren ihn. Fünfzehn Minuten später finden sie ihn wieder – er steht auf dem Platz unter dem Straßenniveau und blickt an der Säule hoch.«
»Wie lange ist das her?«
»Über eine halbe Stunde. Einer meiner Männer hat gerade angerufen. Natürlich kann es ein Zufall sein...«
»Ich glaube nicht an Zufälle«, erwiderte Tweed.

Der zweite Anruf aus Tallinn kam, kurz nachdem Magda Rupescu ihre Warnung durchgegeben hatte. Rebet war auf die Toilette gegangen, als das Telefon wieder läutete. Karlow hob ab und

preßte den Hörer ans Ohr. In der Mitte des kurzen Gesprächs kam Rebet zurück, und der Oberst deutete auf den Nebenanschluß.
»Hier spricht Adam Procane – Procane. Sie erwarten mich?«
»Ja. Wo sind Sie jetzt?«
»Stockholm. Ich finde selber den Weg nach Helsinki . . .«
»Wann kommen Sie? Wir können helfen . . .«
»In den nächsten sechs Tagen. Ich brauche keine Hilfe.«
»Wenn Sie in Helsinki sind, dann melden Sie sich in Tehtaankatu. Verstehen Sie mich?«
»Ausgezeichnet. Auf Wiedersehen.«
Karlow hatte den Mund geöffnet, um noch etwas zu sagen, als die Verbindung unterbrochen war. Er legte den Hörer auf und schaute Rebet an, der seinerseits den Hörer auflegte.
»Das war schnell«, war Rebets Kommentar. »Profiarbeit – aber die Stimme klang so merkwürdig.«
»Amerikanischer Akzent«, erwiderte Karlow.
»Ja, aber die Stimme klang fremd«, sagte Rebet beharrlich. »Verschwommen. Und ein bißchen weiblich.«
»Habe ich mir auch gedacht.« Karlow stand auf und begann im Zimmer umherzugehen, ganz wie Lysenko. »Hauptsache, er kommt. Procane kommt!«

31

Es war einen Tag nach Tweeds Rückkehr von Ornö. Mauno Sarin klopfte an Newmans Schlafzimmertür im *Hesperia*. Er brauchte nicht lange zu warten, bis der Engländer ihm im Bademantel öffnete. Newman deutete ihm mit einer Geste einzutreten und schloß die Tür, ohne seinen Besucher zu begrüßen.
»Ich habe dringende Neuigkeiten«, sagte Mauno. »Machen wir einen Spaziergang, wenn Sie angezogen sind? Mir ist nach etwas Bewegung zumute.«
Er machte eine kreisende Geste mit seiner Hand, damit andeutend, es wäre vielleicht nicht sicher, sich hier im Zimmer zu unterhalten. Newman nickte und zündete sich eine Zigarette an, bevor er antwortete. Mauno sah, daß der Ascher voller Stummel war. Der Engländer war sichtlich in einem Zustand höchster Nervosität.
»Ich habe gerade gebadet«, erklärte Newman, sich das Haar frottierend. »Lockert einen auf.«

»Sie sollten eine Sauna versuchen.«
»Eine Roßkur. Gut für euch Finnen – ihr seid daran gewöhnt.«
Er kleidete sich rasch an, bequeme Sachen, Sporthose und Sportsakko. Mauno saß auf einem Stuhl und sah ihm zu, wie er sich eine neue Zigarette anzündete. Er sah voraus, daß es ein schwieriges Gespräch werden würde, und war froh darüber, daß es im Freien stattfand. Spannungen lösten sich am ehesten in der frischen Luft – wenn man ging und der Körper sich lockerte.
Es regnete, als sie losmarschierten, die Mannerheimintie hinunter in Richtung Innenstadt. Ein kurzer, heftiger Schauer. Die beiden waren ohne Hut, achteten nicht auf den Regen und gingen nebeneinander her, Newman schweigend und geradeaus blickend.
»Neuigkeiten aus Tallinn«, begann Mauno. »Wir können morgen hinfahren. Aber obwohl ich schriftlich die Zusage sicheren Geleits habe, kann es gefährlich werden...«
»Ich komme mit«, fiel ihm Newman ins Wort. »Auf der ›Georg Ots‹?«
»Ja. Aber es ist für Sie noch nicht zu spät, es sich anders zu überlegen.«
»Das Schiff fährt um zehn Uhr dreißig ab? Vom Silja-Pier?«
»Ja. Ich könnte ihnen immer noch mitteilen, Sie hätten sich entschlossen, den Artikel nicht zu schreiben. Machen Sie sich die Sache klar: es ist Rußland, wohin Sie fahren. Für mich ist das okay, aber für Sie...«
»Mauno, ich fahre so oder so nach Estland. Entweder mit Ihnen oder allein. Der Bestseller, den ich geschrieben habe, hat mir eine Menge Geld eingebracht. Irgendwo gibt es einen finnischen Fischer, der mich – für entsprechend viel Geld – in der Nacht an der estnischen Küste absetzt.«
»Dann kommen Sie lieber mit mir.«
Eine Tram rumpelte an ihnen vorbei. Der Regen hatte aufgehört, und plötzlich verschwanden die dunklen Wolken. Der Himmel über ihnen war blau, die Sonne schien, als die beiden Männer sich dem merkwürdigen Denkmal des Präsidenten Kekkonen näherten – zwei senkrechten Platten, die keinerlei Ähnlichkeit mit einem menschlichen Wesen hatten. Vielleicht sollten sie Stärke bedeuten, dachte Newman – nicht daß es ihm wichtig gewesen wäre. Er ging wie ein Roboter, das Gesicht völlig ohne Ausdruck. Als sie an dem Steinklotz des Museums vorbeigingen, stellte er seine Fragen.

»Wie steht's mit dem Besuchsplan? Kann ich gehen, wohin ich will, oder haben sie da Bedingungen gestellt?«
»Überall in Tallinn, lautet das Abkommen. Sie werden Oberst Andrei Karlow kennenlernen...«
»Der uns überallhin begleiten wird? Dann werden die Einheimischen jedes Wort, das sie zu mir sagen, auf die Goldwaage legen.«
»Nein. Wir werden allein gehen – so wie jetzt in Helsinki. Ich hoffe, es macht Ihnen nichts aus, wenn ich mitkomme? Das gehört mit zum Abkommen, das ich mit Tallinn getroffen habe – ich meine, daß ich für Sie verantwortlich bin.« Mauno grinste schief. »Schließlich bin ich Chef der Sicherheitspolizei.«
»Das geht schon in Ordnung«, sagte Newman kurz. »Gehen wir eine vorgeschriebene Route ab?«
»Überall in Tallinn ist ausgemacht. Durch Seitenstraßen. Wir können gehen, wohin wir wollen – wohin Sie wollen. Sie sind sehr begierig darauf, daß Sie sehen, wie die Verhältnisse dort sind, damit Ihr Artikel überzeugend wird...«
»Wie lange werden wir dort sein?«
»Die ›Georg Ots‹ fährt um zehn Uhr dreißig ab, kommt in Tallinn um fünfzehn Uhr an. Sie verläßt Tallinn um neunzehn Uhr dreißig und kommt hier um zweiundzwanzig Uhr dreißig an.«
»Das sind wenig mehr als vier Stunden an Land. Das ist nicht viel.«
»Sie sind ein erfahrener Journalist. Sie haben doch bestimmt Material für eine Story schon in kürzerer Zeit gesammelt. Seien Sie doch bitte morgen um neun Uhr dreißig in meinem Büro.«
»Sie planen großzügig«, erklärte Newman. »Ihr Büro ist nicht weit vom Silja-Pier.«
»Sie haben einer Leibesvisitation zugestimmt«, erinnerte ihn Mauno. »Keine versteckten Kameras, keine Waffen. Das ist ebenso Teil des Abkommens mit Karlow. Oder haben Sie es sich anders überlegt?«
»Nein.« Newman blieb auf dem Gehsteig stehen. »Ich kann von hier eine Tram zurück zum ›Hesperia‹ nehmen. Ich danke Ihnen, daß Sie diese Fahrt für mich arrangiert haben.«
»War mir ein Vergnügen. Und ich bin überzeugt, es wird nichts schiefgehen.«

Karlow war nicht in seinem Büro, weil er eine GRU-Einheit auf dem Lande inspizierte. Lysenko saß auf dem Stuhl seines Untergebenen, hatte die Ellbogen auf den Tisch gestützt, die Hände verschränkt und sah Rebet an.
»Morgen kommt der englische Reporter, Newman, mit Mauno Sarin herüber. Haben Sie alle Vorbereitungen getroffen, die ich angeordnet habe?«
»Ja, Genosse. Alle verfügbaren Männer werden – in Zivilkleidung, wie befohlen – in ganz Tallinn postiert...«
»Keine Kommunikationsprobleme?«
»Sie haben Sprechfunkgeräte, gut verborgen, und wir werden daher zu jeder beliebigen Zeit genau wissen, wo sich Newman und Sarin befinden.«
»Das ist sehr wichtig. Ich werde diese Operation selbst leiten. Wir dürfen Newmans tote Frau nicht vergessen. Alexis Bouvet.«
Rebet schien verwirrt, schwieg eine Weile, während Lysenko ihn beobachtete, bevor er sich entschloß, zu sprechen.
»Ich bin immer noch nicht sicher, ob es eine gute Idee ist. Der Computer sagt, Newman ist schlau. Angenommen, er findet heraus, daß seine Frau hier liquidiert worden ist? Ich sehe zwar nicht, wie ihm das gelingen sollte – aber nehmen wir es doch einmal an?«
»Warum, glauben Sie, lasse ich ihn jede Sekunde, die er hier ist, überwachen?« fragte Lysenko ruhig.
»Ich verstehe nicht...«
»Deshalb bin ich General und Sie haben den Rang, den Sie haben. Wenn Newman etwas herauskriegt, verläßt er Estland nicht lebendig.«
»Das wäre glatter Wahnsinn!« Rebets Miene zeigte tiefe Bestürzung. »Das wäre der zweite gigantische Schnitzer...«
Lysenko schaute nicht mehr zu Rebet hin. Er nahm einen Bleistift und begann, über den Tisch gebeugt, Männchen auf einen Schreibblock zu malen.
»Und welches war der erste, wenn ich fragen darf?«
»Die Ermordung von Newmans Frau«, platzte Rebet heraus. »Sogar in Moskau hat man es sich reiflich überlegt.«
»Zu der Zeit vertrat man ein energisches Vorgehen. Das ist bereits Geschichte.« Lysenko machte eine wegwerfende Geste. »Diese Verfahrensweise fand die Zustimmung Moskaus. Es ist ein kalkuliertes Risiko – ein Artikel von einem Journalisten wie Newman,

der für uns hier reinen Tisch macht, würde alle westlichen Berichte über Unruhen in Estland neutralisieren. Andererseits, wenn Newman zur Gefahr wird, verschwindet er für immer von der Erdoberfläche. In Finnland...«
»In Finnland? Wo in aller Welt wollen Sie das bewerkstelligen?« fragte Rebet.
»Durch gute Organisation.« Lysenko malte noch immer Männchen auf den Schreibblock, ohne Rebet dabei anzusehen. »Ein Mann mit Newmans Aussehen und Statur – in Newmans Kleidern – wird von Bord der ›Georg Ots‹ gehen und in den Fond eines Wagens steigen, dessen Fahrer sofort davonbraust...«
»Mauno Sarin läßt den Wagen vielleicht aufhalten und durchsuchen.«
»Einen Wagen mit Diplomatenkennzeichen? Das glaube ich kaum.«
»Wohin wird der Wagen fahren? Zur Botschaft?«
»Natürlich nicht. Bedenken Sie, es ist Nacht, wenn die ›Georg Ots‹ anlegt. Der falsche Newman wird für den echten gehalten werden. Was den Wagen betrifft, so wird er zu einem vorher festgelegten Punkt nördlich Helsinkis fahren. Die Insassen – der Chauffeur und der Mann, der als Newman auftritt – werden aussteigen und hernach den Wagen in einen entlegenen Sumpf schieben. Ein zweiter Wagen bringt sie in die Botschaft. Am folgenden Morgen kehren sie nach Tallinn zurück.«
»Sarin könnte den Wagen verfolgen lassen – selbst wenn er ein diplomatisches Kennzeichen trägt – und ihn sogar unter einem Vorwand stoppen«, wandte Rebet beharrlich ein.
»Auch mit dieser Möglichkeit habe ich gerechnet. Deshalb wird ein zweiter Wagen dem ersten folgen. Er hat die Aufgabe, jedes Fahrzeug, das Sarin benutzt, um dem ersten Wagen zu folgen, zu stoppen. Man wird einen Unfall bauen.«
»Sie scheinen an alles gedacht zu haben – eine Sache ausgenommen.«
»Und das wäre, Genosse?« Lysenko malte ein weiteres Männchen.
»Mauno Sarin. Die Abmachung sieht vor, daß er Newman die ganze Zeit über begleitet.«
»Und Sie glauben wirklich, es sei unmöglich, die beiden Männer voneinander zu trennen? Sarin davon zu überzeugen, daß Newman in echter Reportermanier aus eigenem Entschluß irgendwo-

hin gegangen ist? Das sollte unser allergeringstes Problem sein.«
»Mir gefällt die Sache noch immer nicht.«
»Ich erinnere mich nicht, daß man Sie je gefragt hat, ob Ihnen etwas gefällt oder nicht gefällt. Sollte ein Notfall eintreten, sollte Newman durch Zufall herausfinden, wie oder wo seine Frau den Tod fand, sollte er zu großes Interesse an der Festung Toompea zeigen, verschwindet er für immer. Und die Welt wird glauben, er sei in Finnland verschwunden.«

32

Zu dem Entschluß kam Tweed am nächsten Tag kurz vor dem Mittagessen, als er in seinem Schlafzimmer im *Grand Hotel* im Armsessel saß.
»Geben Sie mir bitte eine Liste der täglichen Flugverbindungen mit Helsinki. Und von jetzt an brauche ich für jede Maschine eine Platzreservierung.«
»Die Liste habe ich bereits – hier ist sie«, antwortete Ingrid und reichte ihm ein Blatt, auf dem Abflug- und Landezeiten verzeichnet waren. »Und wir brauchen Reservierungen für *zwei* Plätze«, ergänzte sie, während Tweed die Liste durchsah. »Ich komme mit. Ich kenne Finnland.«
»Davon weiß ich nichts.«
Sie sprang vom Bettrand, stand da und schaute auf ihn hinunter. Ihr Ton wurde heftig, sie sprach mit großer Eindringlichkeit.
»Habe ich Ihnen nicht geholfen, wo ich konnte? Wenn ich schon nichts sonst bin, praktisch veranlagt bin ich. Ich kenne Skandinavien. Sie nicht! Ich bin hier geboren. Ich weiß, wie die Leute hier denken – ich sehe Dinge, die Sie nie bemerken würden. Ich will mit Ihnen gehen, Tweed, und ich *werde* es auch!«
»Wenn Sie es sagen. Dann gehen Sie besser gleich und reservieren Sie beim SAS-Schalter in der Halle Plätze für die Flüge der Finnair. Butler hat im Moment für Sie die Überwachung von Helene Stilmar übernommen?«
»Ja. Sie ist in ihrem Zimmer. Butler sitzt draußen bei den Aufzügen. Nield beschattet Stilmar, und Fergusson folgt Cord Dillon.«
»Also, dann haben wir sie alle markiert.« Tweed blickte durch

seine Brillengläser zu ihr empor. Etwas in seinem Gesichtsausdruck beunruhigte sie. Er wirkte jünger, entschlossener – so als stünde er vor der gefährlichsten Hürde.
»Gibt's ein Problem?« fragte sie.
»Nennen Sie es Intuition, wenn Sie wollen – aber ich habe das Gefühl, daß die Krise bevorsteht.«
»Krise?«
»Ja. Das bedeutet, daß die ganze Procane-Geschichte nach hinten losgehen kann. Irgendeiner macht jetzt einen Zug – vielleicht noch heute. Einen Zug, um nach Finnland zu kommen. Stilmar, seine Frau, Cord Dillon, General Dexter. Einer von ihnen. Möglich, daß ich – daß wir noch heute nach Helsinki fliegen müssen. Außerdem mache ich mir Sorgen wegen Newman. Er ist zu allem imstande. Trotzdem, gehen Sie jetzt hinunter und erledigen Sie die Platzreservierungen. Für zwei, wie Sie vorgeschlagen haben.«
Als sie gegangen war, saß Tweed ganz still in seinem Sessel. Die Beziehung zu Ingrid beschäftigte ihn. Mit all seiner Erfahrung vermochte er nicht auszuloten, was im Kopf der jungen Frau vorging. Aber auch was er selbst wollte, war ihm nicht klar.

Draußen in der Halle saß gegenüber den Aufzügen zu Ingrids Überraschung Butler neben Nield. Sie beachtete die beiden nicht, drückte den Knopf und fuhr in die Halle hinunter, die beiden oben zurücklassend.
»Sie wird sich fragen, was ich hier mache«, bemerkte Nield und drehte seine Schnurrbartenden, während die Lifttüren sich schlossen. »Sie weiß nicht, daß Stilmar seine Frau besucht. Merkwürdig, daß sie zwei getrennte Zimmer in verschiedenen Etagen haben.«
»Kommt vor«, erwiderte Butler leise, dabei die Tür von Helene Stilmars Zimmer im Auge behaltend. »Vielleicht kommen Sie nicht allzu gut miteinander aus. Politiker haben ihr Privatleben, ihre privaten Probleme – ganz wie wir anderen auch.«
»Was mir echt Sorgen macht«, äußerte sich Nield, »ist, daß wir uns so lausig abschirmen. Läßt Tweed immer die Zügel so schleifen?«
»Nein.«
»Allmächtiger! Er wohnt im ersten Stockholmer Hotel – setzt sich praktisch ins Auslagenfenster. Benützt sein Zimmertelefon für

alle Arten von Anrufen. Er kann nicht vergessen haben, daß alle diese Gespräche über die Telefonzentrale laufen. Oder er hat seinen Mumm verloren, ist zu lange weit weg vom Schuß gewesen. Sag mal, Harry, verstehst du das?«
»Nein.«
»Ist es vielleicht diese Schwedin – Ingrid? Ist er in sie verknallt? Und noch was – er läßt sie alles mit anhören. Sie ist kein Profi. Ich weiß, du hast mir gesagt, er hat sie schon früher mal eingesetzt – aber sie ist keine von uns. Noch lausigere Abschirmung. Was heißt lausig? Überhaupt keine Abschirmung! Und was ist mit diesem finnischen Mädchen, dieser Laila, die er versuchen läßt, Newman zu beaufsichtigen? Wieviel weiß sie?«
»Keine Ahnung.«
»Hör zu, Harry. Du hast viel mehr Erfahrung in dem Geschäft als ich. Ich habe dir jetzt Gott weiß wie viele lose Enden unter die Nase gehalten, und du sitzt bloß da und machst nicht einmal den Versuch, mich zu beruhigen. Das muß heißen, daß du genauso besorgt bist wie ich. Stimmt's?
»Ich kenne Tweed schon recht lange«, sagte Butler. »Und ich kann dir sagen, er ist der Beste, den wir haben...«
»Hinter seinem Schreibtisch in London. Aber hier draußen? Sagst du immer noch, er ist der Beste, den wir haben? Ja, ich muß dir gestehen, daß ich langsam Angst kriege.«
»Ich warte, daß was geschieht.«
»Was soll geschehen?« fragte Nield.
»Daß Tweed wieder der alte Tweed wird...«

»Ich habe bei der Finnair Plätze reserviert«, sagte Ingrid, ließ sich aufs Bett nieder, kreuzte die Beine und verschränkte die Arme. »Flug AY 784. Startet von Arlanda um fünfzehn Uhr zehn, landet in Vantaa um siebzehn Uhr. Es ist nur ein kurzer Flug. Fünfzig Minuten. Finnland ist uns eine Stunde voraus...«
»Ich weiß.« Tweed schaute auf die Uhr. »Fünfzehn Minuten nach zwölf. Falls sich neue Entwicklungen ergeben, haben wir noch genug Zeit, die Maschine zu erreichen.«
»Sie erwarten neue Entwicklungen?«
»Möglicherweise.«
Tweed schaute zum anderen Bett hinüber, in dem er schlief. Sein Koffer war gepackt. An Ingrids Miene erkannte er, daß sie noch etwas zu sagen hatte.

»Ich verstehe es nicht«, begann sie. »Butler ist draußen – was ich begreife, denn er hat Helene zu beobachten. Was ich aber nicht begreife, ist, daß Nield bei ihm ist. Er beschattet Stilmar...«
»Was bedeutet, daß Stilmar seine Frau im Zimmer an diesem Korridor besucht«, erwiderte Tweed automatisch. »Vielleicht steht die Entwicklung, die ich erwarte, unmittelbar bevor.«
»Ich wollte über Helene sprechen. Ich folgte ihr heute vormittag, wie Sie gebeten hatten.«
»Berichten Sie, was geschah.«
»Sie nimmt sich nach dem Frühstück etliche Taxen und fährt damit durch Stockholm – wie gestern. Dann steigt sie beim NK aus, geht hinein und wandert umher.« Ingrid legte den Kopf auf die Seite und starrte auf die Wand, sah dabei alle Ereignisse im Geist vor sich, so wie sie in ihrem Gedächtnis auftauchten. »Sie kaufte nichts – und das, obwohl sie als amerikanische Touristin hier ist...«
»Sie glauben, daß sie Sie bemerkt hat?«
»Das weiß ich nicht. Sie verließ das NK und ging die Drottninggatan hinunter. Wieder wie gestern – nur diesmal von Sergels Torg aus. Sie ißt im Le Café, einem sehr modernen Restaurant, früh zu Mittag. Nach dem Kaffee führt sie vom Restaurant aus ein Telefongespräch. Sie sprach schwedisch. Es war ein kurzes Telefonat. Sie sagte: ›Mach dir keine Sorgen. Ich habe darüber nachgedacht und sehe, daß du recht hast. Ich komme mit dir.‹«
»Das hört sich an, als hätte sie mit Cord Dillon gesprochen«, warf Tweed ein. »Der Wortlaut ist bezeichnend. Bitte, weiter.«
»Sie verläßt das Le Café und nimmt ein Taxi in den Süden von Stockholm. Das Taxi fährt langsam am Pier vorbei, von dem das Schiff nach Helsinki ablegt.«
»Und zwar um achtzehn Uhr. Es überquert die Ostsee in der Nacht und kommt am folgenden Morgen um neun Uhr dreißig in Helsinki an. Ein Schiff der Viking-Linie. Wenn ich recht in Erinnerung habe, was auf dem Faltprospekt steht, den Sie für mich im Reisebüro besorgten«, ergänzte Tweed.
»Sie haben ein gutes Gedächtnis«, sagte sie. »Das Taxi fährt sie dann hierher zurück, und sie geht hinauf in ihr Zimmer.«
Tweed stand auf, ging hinüber zu seinem Koffer und fuhr mit der Hand unter die sorgfältig gefalteten Kleider. Seine Hand kam mit einem dünnen Ordner zum Vorschein, der Akte über Helene Stilmar. Er setzte sich wieder in den Armsessel und überflog die

Seiten, bis er zu einer gelangte, die er eingehend nochmals las. Er war fast am unteren Ende der Seite angelangt, als jemand in unregelmäßigem Rhythmus an die Tür trommelte. Er nickte Ingrid zu; sie glitt vom Bett und öffnete die Tür.
Harry Butler eilte herein. Er blieb ruckartig stehen, als er den offenen Ordner auf Tweeds Schoß sah. Nur mit äußerster Willensanstrengung gelang es ihm, Ingrid nicht anzusehen. Nield hatte recht. Eine Geheimhaltung existierte nicht – Tweed las in Gegenwart des Mädchens ein höchst geheimes Dokument.
»Ich muß gleich wieder hinaus«, sagte er rasch. »Ich dachte, Sie würden wissen wollen, daß Stilmar seine Frau in ihrem Zimmer besucht.«
»Danke, Harry. Behalten Sie ihn im Auge. Die Lage spitzt sich etwas zu . . .«
»Hauptsache, Sie wissen's. Ich gehe lieber wieder hinaus.«
Ingrid wartete, bis er draußen war, bevor sie eine Bemerkung machte. Sie saß wie vorhin auf dem Bett und wartete, während Tweed sich an seinem Koffer zu schaffen machte. Er nahm einige dünne Ordner heraus, hob sein Aktenköfferchen aufs Bett, das er ins Flugzeug mitzunehmen gedachte.
Mit einer Nagelfeile hob er den Boden des Köfferchens und legte das Geheimfach frei. Sehr sorgfältig legte er die Ordner in das Fach, so daß sie genau hineinpaßten, brachte den falschen Boden wieder an Ort und Stelle und stapelte dann Zeitungen, Versicherungsmagazine und einen Stoß Versicherungspapiere darauf. Er schloß das Köfferchen und kehrte zu seinem Sessel zurück.
»Butler ist nicht glücklich«, sagte sie.
»Ich weiß.«
»Warum ist er nicht glücklich?«
»Der Druck wirkt sich aus. Er ist schwer gestreßt. Niemand weiß in dieser Phase, was passieren wird. Die Ungewißheit zerrt an den Nerven der Leute. Und gegen die Ungewißheit kann man schwer etwas tun.«
»Aber Sie wirken ruhig und entspannt. Und Sie sind der Boss. Sie sollten gestreßt sein.«
»Sollte ich«, gab Tweed zu, nahm die Brille ab und rieb die Gläser mit seinem Taschentuch. »Aus der ganzen Angelegenheit ist ein schreckliches Durcheinander geworden. Aber das kann eben passieren. Und alle sind von mir abhängig. Also werde ich kalt wie Eis . . .«

Er brach ab, da jemand an die Tür klopfte, ein dringliches Klopfen, das keinerlei Ähnlichkeit mit dem unregelmäßigen Getrommel von vorhin hatte. Tweed stand auf und gab Ingrid einen Wink, sich im Badezimmer zu verstecken. Sie sprang vom Bett, strich die Decke glatt, auf der sie gesessen hatte, griff nach ihrer Tasche, sah sich im Raum um, um sicherzugehen, daß keine weiteren Spuren ihrer Gegenwart zurückblieben, und verschwand im Badezimmer, die Tür angelehnt lassend.
Tweed besah sich im Spiegel, fuhr sich mit der einen Hand durchs Haar und öffnete die Tür.
Der Mann, der vor ihm stand, war Stilmar, ein sehr aufgeregt wirkender Stilmar.

Stilmar leerte das Glas Scotch, das Tweed ihm eingeschenkt hatte, in zwei Zügen. Tweed suchte eine Flasche Mineralwasser aus dem Kühlschrank, goß sich ein Glas voll, um dem Scotch Zeit zu lassen, seine Wirkung zu entfalten. Er setzte sich in seinen Sessel und schaute den Amerikaner an, der im Sessel gegenüber Platz nahm.
»Ich hatte soeben eine wüste Auseinandersetzung mit meiner Frau«, brach es aus Stilmar hervor. »Ich beschuldigte sie, mit Cord Dillon ein Verhältnis zu haben, und sie leugnete es ab. Sie tobte und schrie mich an.«
»Normale Reaktion – unter den gegebenen Umständen«, bemerkte Tweed.
»Ich glaube, sie versteckte jemanden im Badezimmer. Ich brachte es nicht über mich, nachzusehen, wer es war...«
»Vielleicht sollten Sie auch mein Badezimmer überprüfen?«
»Ach, um Himmels willen! Können Sie sich den Skandal vorstellen, wenn das durchsickert? Wenn Sie Procane ist? Sie war bleich vor Zorn.«
»Wie ich schon erwähnte, eine normale Reaktion. Nehmen wir an, sie hätte Sie in derselben Sache beschuldigt?«
»Sie haben recht. Ich wäre in die Luft gegangen, nehme ich an. Das Problem ist, ich muß in Kürze heimlich nach Helsinki abreisen. Ein inoffizielles Treffen mit – nun, Sie können es erraten.«
»Unsere Freunde in Moskau fangen schon an, sich nach allen Seiten abzusichern – sie beginnen zu glauben, daß Reagan gewinnen muß. Auf diese Entwicklung habe ich gewartet.«
»Könnte ein Bluff sein«, protestierte Stilmar. »Bloß etwas, um uns abzulenken – um Adam Procane zu decken, wenn er dabei ist,

überzuwechseln. Haben Sie daran gedacht? Und in einem solchen Augenblick muß meine Frau mit Dillon, diesem Bastard, Mann und Frau spielen.«
»Sind Sie ganz sicher, daß Sie recht haben?« fragte Tweed sanft. »Ich meine, ich setze voraus, Sie haben einen positiven Beweis?«
»Also... nein. Einen starken Verdacht, ja. Zufällig wurden sie von einem Freund von mir gesehen, wie sie in Washington gemeinsam in dasselbe Haus gingen. Aus welchem Grund sonst sollten sie das tun?«
»Wie ist gegenwärtig Ihr Verhältnis zueinander – zwischen Ihnen und Helene?«
»Wir haben eine große Auseinandersetzung gehabt. Sie will mich einige Tage lang nicht sehen. Sie sagt, sie braucht Zeit, um darüber nachzudenken, dann können wir wieder miteinander reden. Mir ist nicht nach Warten zumute. Ich muß nach Helsinki – und ich würde gerne wissen, wo ich stehe, bevor ich diese Reise mache.«
»Lassen Sie die Sache für ein paar Tage ruhen«, riet Tweed. »Fahren Sie nach Helsinki, tun Sie Ihre Arbeit, und dann, wenn Sie zurück sind, gehen Sie zu ihr. Übrigens«, fügte er beiläufig hinzu, »weiß Sie, daß Sie nach Finnland fahren?«
»Natürlich nicht.« Stilmar schien über diese Frage überrascht zu sein. »Es handelt sich um eine höchst geheime Mission.« Er schwieg kurz. »Sie werden sich fragen, warum ich zu Ihnen komme und mit Ihnen darüber rede.«
»Weil Sie mit niemandem von Ihren Leuten reden können.«
»Das ist es.« Wieder war Stilmar überrascht. »Ich weiß, daß Sie ein Mann sind, der den Mund halten kann.« Er zupfte an seinen Rockaufschlägen und erhob sich. »Ich muß gehen. Normalerweise setze ich mich mit meinen Problemen selbst auseinander – aber manchmal gerät man ganz schön unter Druck. Bleiben Sie sitzen – ich finde selber hinaus.«
Tweed blieb ruhig sitzen, bis er gegangen war; Ingrid erschien und legte die Türkette vor.
»Armer Mensch. Er tut mir leid...«
»Es sei denn, er wäre ein vollendeter Schauspieler. Der Mann ist nicht zu unterschätzen.«
»Wie meinen Sie das?«
»Es kann echt sein. Heirat ist ein schwierigeres Unternehmen, als

den meisten Leuten klar ist. Aber es kann auch etwas ganz anderes dahinterstecken.«
»Ich verstehe noch immer nicht.«
»Der Vorfall mit seiner Frau, den er beschrieb, war für ihn die ideale Gelegenheit, mich darüber zu informieren, daß er nach Finnland fährt. Wenn er Procane ist, wäre es ein brillantes Manöver, mir offen zu sagen, daß er dorthin muß und warum. Und wir haben es mit einem brillanten Mann zu tun. Er wird vermuten, daß er unter Beobachtung steht – also beschwichtigt er unser Mißtrauen, indem er uns über alle seine Schritte in Kenntnis setzt.«
»Sie trauen keinem.«
»Ich kann es mir nicht leisten.«
Tweed stand auf und ging zu seinem Koffer. Er schloß den Deckel, drückte die Schlösser zu und versperrte sie. Er richtete sich auf und sah Ingrid an.
»Halten Sie sich auf die Sekunde bereit.«
»Gepackt habe ich schon.« Ingrid zögerte. »Sie haben Helenes Akte durchgesehen. Haben Sie etwas gefunden?«
»Helene hat eine Schwester, die in Stockholm lebt. Aber die Akte gibt nur knappe Angaben über Helenes Herkunft. Die kompletten Einzelheiten liegen in London...« Er kehrte zu seinem Sessel zurück und schaute auf die Uhr. Es war das einzige äußerlich Anzeichen dafür, daß die Spannung in ihm zunahm.
»Als nächstes«, informierte er sie, »müssen wir unsere Platzreservierung auf die letzte Maschine heute abend umbuchen. Das ist Flug SK 708 mit dem Abflug um neunzehn Uhr fünf. Und wenn Sie das tun, besorgen Sie drei weitere Tickets für Butler, Nield und Fergusson – aber auf die folgenden Namen...«
Er nahm den Schmierblock vom Couchtisch und kritzelte drei Namen darauf. P. Joseph, D. Carson, A. Underwood. Er riß das Blatt vom Block und reichte es ihr.
»Aber ich habe Ihren Platz auf Ihren Namen gebucht«, sagte sie.
»Lassen Sie es so.«
»Sie glauben, wir werden diesen Flug nehmen?«
»So wie die Dinge sich entwickeln, sieht es sehr danach aus. Meine Hoffnung ist, daß ich nach Helsinki komme, bevor Newman etwas Gefährliches unternimmt...«

Zwei Stunden später läutete das Telefon, und Tweed fragte sich, ob er telepathische Fähigkeiten habe. Der Anruf kam von Laila. Sie sprach beherrscht, aber unter der Oberfläche witterte Tweed höchste Besorgnis.
»Ist etwas?« fragte er.
»Newman ist wieder verschwunden. Ich rufe von meiner Wohnung aus an...«
»Verschwunden? Was meinen Sie damit, Laila? Erzählen Sie.«
»Ich wollte ihn im ›Hesperia‹ anrufen, und er war ausgezogen. Er bezahlte die Rechnung und hatte den Koffer bei sich. Tweed, können Sie heute noch nach Helsinki kommen? So schnell wie nur möglich? Oh, *bitte*.«
»Er hat keine Nachricht hinterlassen?«
»Nein. Aber vielleicht eine für Sie.«
»*Vielleicht?* Sie wissen es nicht?«
»Der Mann an der Rezeption fragte mich nach meinem Namen. Dann gab er mir einen an mich adressierten Umschlag. Darin fand ich einen anderen Umschlag – an Sie adressiert. Er fühlt sich an, als wäre ein kleiner Schlüssel darin...«
»Machen Sie ihn auf, ich warte.«
Er wartete, legte die Hand auf die Sprechmuschel. Ingrid sah seinen Gesichtsausdruck und trat zu ihm.
»Ist das die schlechte Nachricht?« fragte sie.
»Neues Problem. Bei Nachforschungen in Versicherungsangelegenheiten kann man keinen Einfluß auf den Zeitablauf nehmen. Es ist mir auch früher passiert – alles geschieht plötzlich zur gleichen Zeit.«
Er brach ab und nahm die Hand von der Sprechmuschel, weil Laila sich wieder meldete. Sie schien verwirrt und besorgt zugleich.
»Tweed. Es *ist* ein Schlüssel. Und eine Nachricht von Bob für Sie...«
»Lesen Sie. Schnell. Wenn ich es Ihnen sage, hören Sie sofort zu lesen auf.«
»Da steht: ›Tweed. Schließfach Hauptbahnhof. Alexis' letzter Brief.‹ Das ist alles. Soll ich zum Bahnhof gehen?«
»Nein. Versuchen Sie ihn zu finden. Fragen Sie in allen großen Hotels nach. ›Intercontinental‹, ›Marski‹ und so weiter. Das können Sie heute tun. Und dann seien Sie heute abend in Ihrer Wohnung. Die Nummer habe ich. Ich komme, sobald ich kann.«

»Bitte, beeilen Sie sich. Ich mache mir solche Sorgen.«
»Überprüfen Sie die Hotels. Sie sind Reporterin – Sie wissen, was Sie zu tun haben. Vielleicht hat er einen anderen Namen angegeben. Suchen Sie nach jemandem, der sich heute eingetragen hat.«
»Ich gehe jetzt. Bitte, kommen Sie schnell.«
»So bald es geht.«
Er legte den Hörer auf und schob sich die Brille auf der Nase höher. Ingrid hatte diese Geste beobachtet und wußte, daß er in Sorge war. Sie setzte sich aufs Bett und wartete.
»Newman wird wieder vermißt – ist verschwunden«, sagte Tweed schließlich. »Er hat sich von meiner Leine – Laila – gerissen und rennt frei herum.« Er runzelte die Stirn. »Verdammt! Ich habe vergessen, sie darauf aufmerksam zu machen. Newman ist schlau – er hat im ›Hesperia‹ gewohnt, ist vielleicht ausgezogen, dann eine Stunde später wieder zurückgekommen, hat ihnen irgendeine Geschichte aufgetischt und ist wieder eingezogen. Anderes Zimmer, anderer Name.«
»Versteh ich nicht.«
»Er hat ihnen vielleicht erzählt, daß ihm eine Frau namens Laila Sarin unglaublich auf die Nerven geht. Er gibt ihnen eine Nachricht für sie und sagt, sie dürfe nicht wissen, daß er wieder hier wohne. Mit einem schönen Trinkgeld. Ich rufe sie am besten noch einmal an.«
Er wählte die Nummer aus dem Gedächtnis. Aber alles, was er hörte, war, daß Lailas Telefon läutete. Sie hatte ihre Wohnung bereits verlassen.

Zu Mittag meldete sich Fergusson telefonisch. Tweed und Ingrid aßen gemeinsam, was ihnen der Zimmerkellner serviert hatte, so daß Tweed am Telefon bleiben konnte. Fergusson formulierte sehr vorsichtig, im Bewußtsein, daß das Gespräch über die Telefonzentrale lief.
»Cord ist noch im Haus auf dem Karlavägen. Er hält sich dort seit gestern auf.«
»Irgendwelche Besuche – für die Konferenz, meine ich?« fragte Tweed.
»Noch nicht. Er ist allein – arbeitet wahrscheinlich am Protokoll. Das Treffen ist wahrscheinlich um eine Stunde oder so verschoben worden, damit alle rechtzeitig hinkommen.«

»Halten Sie mich bitte auf dem laufenden. Ich muß von jeder wichtigen Entscheidung wissen, die sie auf der Konferenz treffen.«
Tweed legte auf und biß in sein viertes Schinkensandwich. Wenn nicht unbedingt nötig, dann warte nie mit leerem Magen auf etwas. Nichts ist aufreibender als das Warten und die Ungewißheit.
»Ich bin bis oben voll.« Ingrid strich sich über den Bauch. »Wie stehen die Dinge? Kann ich nicht helfen?«
»Fergusson beschattet Dillon. Harry Butler beschattet Helene Stilmar, die vermutlich wie ich ihre Mahlzeit auf ihrem Zimmer einnimmt. Pete Nield beschattet Stilmar – er ist der einzige, der sich noch nicht gemeldet hat. Lassen wir ihm Zeit...«
Er unterbrach sich, weil das Telefon wieder läutete, was es offenbar immer dann tat, wenn er etwas erklärte. Er hatte Nield erwartet, statt dessen war Hornberg in der Leitung. Wie Fergusson war er vorsichtig bei der Wahl seiner Worte.
»Tweed, ich dachte, es würde Sie interessieren, daß unser durch Stockholm spazierender Freund nach Dänemark zurückgeflogen ist. Ich mach es kurz, wenn Sie nichts dagegen haben – ich brauche gegenwärtig eine Menge Energie dazu, die Leute ausfindig zu machen, die Peter Persson so übel mitgespielt haben.«
»Gibt es Fortschritte?«
»Bisher keine. Ich bleibe mit Ihnen in Kontakt.«
So war das also, dachte Tweed, während er weiteraß. General Dexter befand sich wieder auf NATO-Territorium. Wahrscheinlich auf dem Weg nach Washington. Er wartete, bis Ingrid ihren Tee getrunken hatte, bevor er ihr seine Vorschläge unterbreitete.
»Butler ist jetzt schon lange draußen, um Helene zu beobachten. Wenn sie fertig sind, holen Sie aus Ihrem Zimmer Ihren Koffer. Lösen Sie ihn ab. Wenn Helene ausgeht, nehmen Sie den Koffer zum Volvo mit. Bevor Sie Butlers Stelle einnehmen, bezahlen Sie noch für diese Nacht und für morgen Ihre Rechnung. Der Koffer wird Sie anders aussehen lassen, wenn Sie draußen warten; außerdem haben Sie ihn zur Hand, wenn wir rasch zum Flughafen Arlanda hinaus müssen. Hat jeder seine Flugkarte?«
»Jeder, außer Fergusson.«
»Dem können Sie sie auf dem Flugplatz geben.«
»Das wird mein Aussehen auch verändern.«

Sie stand vor dem Spiegel des Ankleidetisches und schlang sich ein Wolltuch in Blaßgrau und Hellgrün um den Kopf, das ihr Haar verdeckte. Auf Tweeds Vorschlag hatte sie sich umgezogen und trug jetzt einen kobaltblauen Hosenanzug. Sie machte eine kleine winkende Geste, als sie das Zimmer verließ.
Tweed wanderte in den Alkoven und blickte aus dem Giebelfenster dicht unter dem Dach. Zur Abwechslung gab es herrlichen Sonnenschein. Unten waren etliche der weißen Passagierboote heckseits am Ufer vertäut.
Früh am Morgen hatte er um viertel vor acht beobachtet, wie eines der Boote ankam und seine Passagiere an Land entließ, die dann zur Arbeit eilten. Es gehört zu den fremd und zugleich faszinierend anmutenden Eigenheiten Stockholms, daß die Leute zwischen den Inseln des Archipels, wo sie leben, und der Stadt täglich hin und her pendeln.
Das klare Licht der nördlichen Sonne beschien die imposanten Bauten der Stadt, die Stockholm zu einer der schönsten Städte der Welt machen. Der ockergelbe Stein, der das Sonnenlicht zurückwarf, war wie in goldene Glut getaucht. Es war ein hinreißender Anblick, Tweed konnte sich keinen vorstellen, der friedvoller gewesen wäre.

»Wie ist die Lage jetzt?« fragte Lysenko, um Karlows Schreibtisch Kreise ziehend. Er nahm Gegenstände in die Hand, starrte sie an, als hätte er sie nie zuvor gesehen, legte sie an ihren Platz zurück, schaute aus dem Fenster, hinunter auf die Pikk-Straße. Seine Rastlosigkeit steckte Karlow, der hinter seinem Schreibtisch saß, und den ihm gegenübersitzenden Rebet an.
»Die Rupescu hat ihre Vorbereitungen gut getroffen«, berichtete Karlow. »Poluschkin sitzt im Wagen bei der Anlegebrücke, wo die Schiffe nach Helsinki abfahren. Sie hat drei Männer vom Flughafen hereingebracht. Einer beobachtet die Wohnung auf dem Karlavägen, wo Cord Dillon sich den ganzen Tag aufgehalten hat. Sie erinnern sich, Poluschkin beobachtete ihn, wie er zwei Schiffskarten für die Überfahrt nach Helsinki kaufte...«
»Ich vergesse nichts, was man mir sagt«, sagte Lysenko. »Machen Sie weiter.«
»Die beiden anderen sind vor dem ›Grand Hotel‹ postiert. Sowohl Tweed als auch Stilmar sind immer noch im Hotel.«
»Und was ist mit dem Flugplatz? Ist da jetzt etwa niemand?«

»Natürlich nicht. Drei Männer sind immer noch draußen. Damit sind alle sechs, die wir nach Schweden geschickt haben, im Einsatz.«
»Und Bromma? Der kleine Flugplatz im Zentrum?«
»Wir können nicht alles abdecken.«
»Wir können – und wir werden. Rufen Sie die Rupescu sofort an. Sie soll noch einen Mann von Arlanda abziehen und nach Bromma schicken. Immer muß ich mich um alles kümmern – immer findet sich ein Schlupfloch, das übersehen worden ist.«
»Ich rufe die Rupescu an.«
»Wo ist sie jetzt?«
»In der Wohnung in Solna. Das ist die Zentrale, wohin alle Bericht erstatten – und von wo aus sie mich auf dem laufenden hält. Worauf ich jetzt wirklich warte, ist eine ganz bestimmte Änderung des gegenwärtigen Zustandes...«
»Welche?« schnarrte Lysenko.
»Daß Tweed von Stockholm nach Helsinki geht. Dann weiß ich, daß Procane in Finnland angekommen ist...«

33

Ingrid saß in der sechsten Etage in der Halle in einem Fauteuil, den Aufzügen zugewendet. Ihr Koffer stand, besonders gut sichtbar, neben ihrem Sitz. Es war, als hätte sie schon immer so dagesessen.
Sie hörte eine Tür unten auf dem Korridor auf- und zugehen und beugte den Kopf über ihr Magazin. Helene Stilmar ging an ihr vorüber und drückte den Knopf des Aufzuges. Ihr kastanienbraunes Haar glänzte. Sie hob die Hand und rückte eine Locke zurecht.
Die Aufzugtüren öffneten sich, Helene trat in die Kabine, die Türen gingen zu. Ingrid packte ihren Koffer und rannte los. Sie stieß die Tür auf, eilte die Treppe hinunter, sich mit einer Hand am Geländer haltend, um nicht auf den Stufen die Balance zu verlieren.
Sie erreichte die Eingangshalle, als Helene auf den Ausgang zuschritt.
Ingrid ging langsamer, richtete ihre ganze Aufmerksamkeit auf Helenes Füße, auf die Art, wie sie sie auf den Boden aufsetzte, die

Bewegungen der Beine. Tweeds Akte fiel ihr ein. »... Helene hat eine Schwester, die in Stockholm lebt... Aber die Akte gibt nur knappe Angaben über Helenes Herkunft, die kompletten Einzelheiten liegen in London...«
Am oberen Absatz der Treppe zum Ausgang blieb sie stehen, beobachtete die Stilmar, wie sie am Ausgang mit dem Türsteher redete. Sie würde ein Taxi herbeirufen lassen.
Das war nicht dieselbe Frau, nicht die echte Helene. Für Ingrid gab es keinen Zweifel. Das war die Schwester. Sie drehte sich um, ging zurück und fuhr mit dem Aufzug zurück in die sechste Etage. Das war gegen Tweeds klare Anweisungen, aber sie wußte, daß richtig war, was sie tat. Sie setzte sich wieder in den Fauteuil und wartete, den Koffer auf den Fußboden stellend.

Poluschkin saß hinterm Steuer seines gemieteten Audi, nahe dem Pier, von dem die Schiffe nach Helsinki abfuhren. Es war fünf Uhr nachmittags – etwa zur selben Zeit, zu der Ingrid beschloß, wieder in die sechste Etage hinaufzufahren.
Von hier aus hatte er das Schiff der Viking-Linie gut im Auge, das um sechs Uhr nach Finnland auslaufen würde. Der Rumpf war hellrot, fast schon karminrot, und darüber erhoben sich weiße Aufbauten. Zwillingsschornsteine, ebenfalls rot, entließen feine Rauchbänder in den Nachmittagshimmel.
Poluschkins Augen waren auf die Gangway geheftet, auf der die Passagiere an Bord gingen. Durch das offene Wagenfenster des Audis konnte er das vertraute Gemisch von Gerüchen aufnehmen, die jedem Hafen eigen waren, Harz, Teer, Öl.
Auf Magda Rupescus Anweisung war er ganz anders gekleidet als sonst. Er trug lederne Kniehosen und auf dem Kopf einen Filzhut mit Feder. Er sah nun eher aus wie ein Tourist aus Süddeutschland.
Er schaute erneut auf die Uhr. Fünf nach fünf. Bald würden die ersten Passagiere eintreffen. Seine Verkleidung war für einen ganz bestimmten Zweck gewählt worden.
»Heute abend«, hatte Magda gesagt, »fliegst du bestimmt nach Finnland.«

Tweed stand im Alkoven und blickte über das Wasser in die Richtung, wo hinter einer Biegung des Flusses das Schiff der Viking-Linie am Pier lag. Das Schiff, das jeweils um neun am

Vormittag aus Helsinki eintraf, würde bald die Rückfahrt antreten.
Heute abend, dessen war er sicher, würde ein ganz bestimmter Passagier an Bord gehen. Und dieser Tatbestand würde eine ganze Reihe von Ereignissen auslösen. Der Fall Procane trieb rasch dem Höhepunkt zu. Er fühlte es förmlich an seinen Nervenenden. Bewegungslos stand er mit auf dem Rücken verschränkten Händen und gesenktem Kopf da.
Sein Gesichtsausdruck war merkwürdig – Monica in London hätte ihn zu deuten gewußt: der »alte Tweed«, auf den Butler mit wachsender Besorgnis wartete, war wiederauferstanden.

Draußen, nur wenige Schritte von Tweeds Zimmer entfernt, saß Ingrid im Fauteuil und las in ihrem Magazin. Immer wieder stellte sie sich dieselbe Frage: Habe ich richtig entschieden?
Wie oft – und in den verschiedensten Situationen – hatten sich Menschen wohl schon diese Frage gestellt? Sie wagte nicht, zu Tweed zu gehen und ihm zu sagen, was sie getan hatte. Sie mußte ihrem Urteilsvermögen trauen. Das war es ja, was Tweed von seinen Leuten erwartete – daß sie selbständig denken konnten.
Unten im Korridor ging eine Tür auf. Sie saß ganz still. Die Tür schloß sich. Schritte kamen näher. Die Schritte einer Frau. Helene Stilmar ging an ihr vorüber, in der rechten Hand einen Koffer, und drückte den Knopf des Aufzugs.
Als die Türen sich schlossen, wiederholte sich alles. Ingrid packte ihren Koffer, rannte zu den Schwingtüren des Stiegenhauses und die Treppe hinunter. Sie kam in der Halle an, als Helene eben die Stufen, die zum Ausgang hinunterführten, erreichte.
Langsam ging Ingrid an der Amerikanerin vorbei, die wartete, während der Türsteher einem Taxi winkte. Ihren Volvo aufschließend, glitt sie hinters Steuer und schob ihren Koffer auf den Sitz neben sich.
Sie startete den Motor, als Helene ins Taxi kletterte. Der Türsteher schlug die Wagentür zu, das Taxi fuhr bis zur Rot zeigenden Ampel und blieb stehen. Ingrid fuhr rückwärts aus der Parklücke und kroch dann vorwärts, sich so einordnend, daß zwischen ihr und dem Taxi ein anderer Wagen stand.
Das Taxi fuhr los, vorbei an der Handelsbank zur Rechten, immer geradeaus und bog dann links ein und fuhr über die Brücke nach Gamla Stan. Ingrid durfte triumphieren. Sie hatte recht gehabt!

Weiter ging es, am Ostufer der Insel entlang, vorbei am Hotel *Reisen*, danach über die Brücke in den Süden Stockholms. Einen Augenblick lang meldeten sich bei Ingrid Zweifel. Fuhr sie wirklich nach Süden? Nein! Der Wagen bog links ein und fuhr auf den Pier der Viking-Linie zu.
Ingrid fuhr langsam und warf nur einen kurzen Blick auf den Audi, der nahe am Pier geparkt stand. Einen Augenblick lang sah sie den Mann mit einer Art Tirolerhut im Wagen sitzen. Ein deutscher Tourist, der sich das Ablegemanöver des Schiffes ansehen wollte.
Sie fuhr am Taxi vorbei, das vor der Gangway hielt, über die die Passagiere bereits an Bord gingen. Eine Prozession von Wagen und Taxis kam angefahren, man hielt, fuhr ab. Ingrid parkte den Wagen am Bug des gewaltigen Schiffes, drehte sich im Sitz um und beobachtete die Szene durch das Rückfenster.
Helene Stilmar, in der Hand den Koffer, ging die Gangway hinauf. Sie wartete, bis die Amerikanerin im Schiffsinneren verschwunden war, schaute durch die Windschutzscheibe und wäre um ein Haar von ihrem Sitz hochgesprungen.
Hinter dem Steuer seines gemieteten Ford saß Fergusson und beobachtete sie. Ihre Augen trafen sich, und Ingrid wandte den Blick ab. Himmel! Was machte der Schotte hier? Sie wendete und fuhr zum *Grand Hotel* zurück, dabei Seitenwege benützend, um dem starken Verkehr auszuweichen. Als sie das Schiff hinter sich zurückließ, war der Mann mit Tirolerhut nicht mehr da.

»Gut gemacht«, sagte Tweed, als Ingrid mit ihrem Bericht am Ende war. Er wandte sich Harry Butler zu und lächelte schief. »Sind Sie nicht auch der Meinung?«
»Profiarbeit«, stimmte Butler zu.
»Helene hat eine Schwester – eine Zwillingsschwester, vermute ich«, fuhr Tweed fort. »Ich werde das nachprüfen, wenn ich wieder in London bin. Die Schwester sollte uns weglocken – falls man ihr folgte –, so daß Helene die Chance erhielt, unbemerkt an Bord des Schiffes zu gehen. Ich nehme an, die beiden Schwestern haben tagelang das Schlafzimmer geteilt . . .«
Er hielt inne, weil wieder einmal das Läuten des Telefons seine Ausführungen unterbrach. Es war Fergusson, der von einer öffentlichen Telefonzentrale aus anrief. Der Bericht des Schotten war knapp und präzise.

»Cord fuhr mit einem Taxi vom Karlavägen ab, vor einer Stunde, mit Koffer. Die Konferenz war ein Erfolg. Er ist jetzt an Bord des Schiffes, das in wenigen Minuten nach Helsinki abfährt.«
»Ich erwarte, daß er mir die Einzelheiten über die Konferenz per Luftpost zuschickt. Sie fahren sofort nach Arlanda. Sie wissen, wann die Maschine geht. Lassen Sie den Wagen am Flugplatz stehen. Beeilen Sie sich.«
Er legte auf, ging, die Hände auf dem Rücken verschränkt, im Zimmer umher. Butler beobachtete ihn mit dem Gefühl unendlicher Erleichterung, ihm war der Wechsel in Tweeds Art zu sprechen nicht entgangen. Fest, entschieden. Jedes Zeichen von Sichgehen-Lassen und Unentschlossenheit war geschwunden.
»Das war Fergusson.« Tweed sah Ingrid an. »Sie machen sich jetzt am besten nach Arlanda auf den Weg. Lassen Sie den Volvo dort stehen und suchen Sie Fergusson. Geben Sie ihm sein Ticket, aber reisen Sie allein. Wir können uns wieder auf dem Flughafen Vantaa treffen, wenn wir in Finnland sind.«
Er wartete, bis er mit Butler allein war, und begann weiterzusprechen.
»Fergusson sah Cord Dillon an Bord desselben Schiffes gehen, mit dem Helene Stilmar fährt...«
»Was Verwirrung in die Sache bringt. Es verwirrt mich.«
»Sie meinen, wer jetzt Procane ist?«
»Es könnte eine einfachere Erklärung geben«, regte Butler an. »Wenn sie ein Verhältnis miteinander haben, wäre es heikel, sich in Washington zu treffen. Weit weg in Helsinki können sie machen, was ihnen gefällt.«
»Sowas kommt vor«, stimmte Tweed ihm bei. »Es gibt eine andere Erklärung. Der eine gibt vor, mit dem anderen ein Verhältnis zu haben. Welche bessere Tarnung gäbe es für eine Reise nach Finnland? Vielleicht legt einer den anderen rein.«
»Aber wer wen?«
»Das ist immer noch ein Geheimnis. Die Lösung liegt in Helsinki. Und uns bleibt nicht mehr viel Zeit, wenn wir die letzte Maschine nach Helsinki erreichen wollen. Ihr Koffer ist gepackt, wie ich angeordnet habe?«
»Bereit für die Abreise innerhalb von achtzig Sekunden.«
»Ich muß noch einen Anruf machen. Ich sehe Sie unten in der Halle. Und dann ab nach Arlanda.«
Tweed wartete, bis er allein war. Sich in den Armsessel setzend,

wählte er Hornbergs Nummer. Nach Nennung seines Namens wurde er direkt mit dem SAPO-Chef verbunden.
»Sie wissen, wer spricht, Gunnar. Ich kann Ihnen jetzt sagen, daß ich stark vermute, Sie finden den Mörder von Peter Persson in dem Wohnblock draußen in Solna – es ist derselbe, den Sie aufgrund der Autonummer eines ganz bestimmten Wagens unter Beobachtung stellten.«
»Bredkilsbacken«, sagte Hornberg prompt.
»Der Mörder ist wahrscheinlich eine Frau, ein Profi. Ihre Leute sollen mit äußerster Vorsicht vorgehen...«
»Ich danke Ihnen. Wir werden uns das sofort ansehen...«
»Außerdem, Gunnar, wird es Sie erleichtern, zu hören, daß ich jetzt nach Helsinki abreise. Ihre Leute in Arlanda werden mich sehen – aber ich zog es vor, es Ihnen persönlich zu sagen. Vielen Dank für Ihre Hilfe.«
»Es war mir ein Vergnügen.« Hornberg legte ein kleine Pause ein. »Darf auch ich Ihnen nahelegen, mit äußerster Vorsicht vorzugehen?«

In Karlows Büro knisterte Hochspannung. Das Auswirkungen auf die drei Personen im Raum waren verschieden. Karlow saß hinter seinem Schreibtisch, die Gesichtsknochen traten scharf hervor, sonst schien er entspannt, er saß zurückgelehnt, die Hände im Schoß verschränkt.
Lysenko saß im Reitsitz auf einem Stuhl, den massigen Körper gekrümmt, die Arme auf der Lehne ruhend. Sein Blick ließ Karlow nicht los. Rebet saß auf einem anderen Stuhl, die Beine gekreuzt, mit den Fingern ohne Unterlaß einen Bleistift drehend. Lysenko fand das störend.
»Hören Sie auf, mit dem verdammten Bleistift herumzuspielen.«
Das Telefon läutete. Das Läuten fiel überlaut in die Stille des Raumes. Karlow nahm den Hörer, hörte zu und bat dann den Anrufer, am Apparat zu bleiben. Er legte die andere Hand auf die Sprechmuschel und schaute Lysenko an.
»Poluschkin. Er ist am Pier, von dem das Schiff nach Helsinki ablegt. In einer öffentlichen Fernsprechzelle. Cord Dillon ist vor wenigen Minuten an Bord gegangen – kurz nachdem Helene Stilmar ebenfalls an Bord gegangen ist. Das Schiff fährt um sechs Uhr schwedischer Zeit ab. In fünfzehn Minuten.«

»Das ist es!« entschied Lysenko. »Sagen Sie ihnen, sie sollen ausreisen – nach Finnland. Schnell. Auf der beschlossenen Route. Sagen Sie es Poluschkin, und rufen Sie dann Magda Rupescu an.«
»Aber es gibt noch keine Nachricht, daß Tweed Stockholm verläßt«, protestierte Karlow. »Das ist das Signal, auf das ich warte...«
»Sagen Sie es Poluschkin! Jetzt! Sie haben sich in der Tehtaankatu zu melden«, sagte er. »Sie bleiben in Helsinki und warten dort weitere Entwicklungen ab. Machen Sie schon. Und Tweed – er hat das Boot versäumt. In wahrsten Sinne des Wortes. Schlechter Witz, ja?«
Karlow instruierte Poluschkin, unterbrach dann die Verbindung und rief Magda Rupescu an. Er legte auf, ohne gesprochen zu haben.
»Die Nummer ist besetzt. Wahrscheinlich spricht sie mit einem unserer Leute in Arlanda. Ich rufe sie nochmals an...«

Gunnar Hornberg saß neben dem Fahrer des Wagens. Es ging in rascher Fahrt durch Solna. Zwei weitere Streifenwagen folgten. Hornberg hatte Tweeds Warnung sehr ernst genommen. Alle seine Männer waren schwer bewaffnet, einige mit Maschinenpistolen.
Keine Sirenen heulten. Die Anfahrt erfolgte in aller Stille.
Vor dem Wohnblock auf dem Bredkilsbacken hielten die Wagen. Türen wurden aufgestoßen, Männer sprangen heraus, in Uniform und in Zivil.
Hornberg ging allen voran den Hügel zum Eingang hinauf. In der Rechten hielt er seinen SAPO-Dienstausweis. Er war nahe vor dem Eingang, einen Uniformierten an seiner Seite, als das Tor sich öffnete und Magda Rupescu, einen Koffer in der Linken, heraustrat.
Sie hatte den Anruf aus Tallinn bekommen und wollte zum Flugplatz Bromma. Eben wandte sie sich in die Richtung ihres geparkten Autos, als sie Hornberg und die uniformierten Polizisten sah. Sie ließ den Koffer fallen.
»SAPO, Polizei«, rief Hornberg. »Kann ich mit Ihnen ein paar Worte...«
Magda Rupescu trug ein weißes Kleid und einen vorne offenen weißen Mantel. Sie griff in ihre Handtasche. Die Hand kam mit

einer automatischen Walther-Pistole zum Vorschein. Sie richtete die Waffe direkt auf Hornberg.
»Nicht schießen!« schrie Hornberg.
Sie schoß. Die Kugel streifte ihn an der Schulter, als er sich duckte und flach zu Boden fiel. Die Maschinenpistole des Mannes hinter dem SAPO-Chef begann zu rattern. Magda Rupescu wurde zurückgeworfen, wie von einer Riesenhand gestoßen. Sie fiel und blieb in unnatürlicher Haltung regungslos liegen. Die Brustpartie ihres weißen Kleides färbte sich rot, ein Fleck, der rasch größer wurde. Als Hornberg zu ihr kam, war sie tot. Er nahm ihre Handtasche und leerte den Inhalt auf den Boden. Darunter befand sich ein dunkler, zylinderförmiger Gegenstand. Er drückte an einem Ende auf einen Knopf, und eine Stahlnadel sprang hervor.
Jetzt wußte er, daß er die Mörderin von Peter Persson vor sich hatte.
Vielen Dank, Tweed, dachte er bei sich.

DRITTER TEIL

Helsinki:
Niemandsland

34

Bob Newman hatte den Tag dort verbracht, wo Tweed ihn von allen Orten der Welt am allerwenigsten vermutet hätte: in Stockholm.
Er hatte die Frühmaschine nach Stockholm genommen, war mit einem Taxi in die Innenstadt gefahren, hatte seinen Koffer am Hauptbahnhof in ein Schließfach gestellt und war dann zu Fuß zum Sergels Torg gegangen.
In vielen Städten gibt es allgemein bekannte Plätze, wo man eine Waffe kaufen kann oder Rauschgift. In London ist es der Leicester Square. Die örtlichen Polizeibehörden wissen nur zu gut, was vorgeht. Anstatt möglichst viele ihrer Leute auf das Gebiet anzusetzen und damit die Händler zu vertreiben, halten sie es für klüger, möglichst unauffällig zu arbeiten.
Der Grund liegt auf der Hand. Sie ziehen es vor, zu wissen, wo die Transaktionen stattfinden. Jeder Versuch, damit aufzuräumen, würde die Waffenhändler und Rauschgiftdealer in den Untergrund treiben, wo sie schwerer überwacht werden konnten.
In Stockholm ist der Sergels Torg Zentrum all dieser Aktivitäten, jener eigenartige Platz, dessen größerer Teil unter dem Straßenniveau, jedoch unter freiem Himmel liegt. Dieser tiefer gelegene Teil ist über Treppen zu erreichen, die von den an ihm endenden Straßen rundum zu ihm hinabführen. Unten angekommen, kann man sich in das Tunnellabyrinth begeben, das zu etlichen Ausgängen führt, von denen einer zugleich Eingang ins Kellergeschoß des NK-Kaufhauses ist.
Als Zeitungskorrespondent wußte Newman genau, was hier los war. Und er wußte auch, wie schwierig es gewesen wäre, in Finnland eine Waffe zu erstehen. Er hatte ein Stunde gebraucht, um den nötigen Kontakt zu knüpfen. Ohne zu handeln, zahlte er viertausend Kronen für einen Revolver in vorzüglichem Zustand samt Munition.
Er kehrte mit der 38er Smith & Wesson, die er in seinem Gürtel unter dem Regenmantel verborgen trug, zum Hauptbahnhof zurück, er holte den Koffer aus dem Schließfach und schloß sich in der letzten Kabine der öffentlichen Toilette ein. Er zerlegte die Waffe, wickelte die einzelnen Teile in Schaumgummi, das er sich in Helsinki besorgt hatte, und verteilte sie zwischen den Kleidern im Koffer.

Er aß im Bahnhofsrestaurant zu Mittag, stets auf die Zeit achtend, nahm ein Taxi zum Arlanda-Flughafen, wo er für den fünfzig Minuten dauernden Flug zurück nach Helsinki die Maschine SK 706 erreichte – zufällig eine Maschine vor jener, die Tweed mit demselben Ziel benutzen würde.
Newman flog um 17.05 Uhr von Arlanda ab und war um 19.00 Uhr finnischer Zeit wieder auf dem Flughafen Vantaa. Er wartete beim Gepäckskarussell auf seinen Koffer, nahm ihn vom Förderband und ging ohne Hast durch den »Nichts zu verzollen«-Ausgang. Am folgenden Tag würde er zusammen mit Mauno Sarin an Bord der *Georg Ots* nach Tallinn fahren.

Auf dem Flugplatz Bromma saß Poluschkin, mit falschen Papieren auf den Namen Reinhard Noack ausgestattet, in einem gecharterten Jet und wartete auf Magda Rupescus Kommen.
Er wartete bis zur vereinbarten Zeit, sieben Uhr. Er schaute häufig auf die Uhr. Magda hatte genug Zeit, um von der Wohnung in Solna hierher nach Bromma zu fahren. Die Entfernung war nicht der Rede wert. Magda Rupescus Anweisung war klar und eindeutig gewesen.
»Wenn ich bis sieben nicht da bin, fliegst du allein.«
Er wartete bis fünf nach sieben. Nicht deshalb, weil er die Frau mochte. Sie hatten täglich ihre Uhren verglichen, aber wenn sie jetzt ankam, während der Jet abhob, dann wußte er, wer abgeschossen werden würde. Um fünf nach sieben sagte er dem Piloten, er solle starten.
Der Pilot verständigte sich mit dem Kontrollturm. Fünf Minuten später waren sie in der Luft, kletterten steil über dem Netzwerk aus Wasser- und Asphaltstraßen, das sich unter ihnen ausbreitete, nach oben. Dann nahm der Pilot Kurs auf Helsinki.

Tweed bekam, als er allein die Maschine SK 708 betrat – der Rest des Teams, Ingrid inbegriffen, war bereits an Bord –, einen kleinen Schrecken.
Langsam ging er durch den Mittelgang zum vorderen Teil des Flugzeugs. Seine Miene blieb ausdruckslos, als er den Hinterkopf eines auf einem Fensterplatz sitzenden Passagiers entdeckte. Er ging näher heran; es war Stilmar.
Tweed blieb stehen, dann kehrte er zu einem freien Sitz weiter hinten zurück. Als er an Fergusson vorbeikam, der einen Platz am

Mittelgang hatte, nahm er die Brille ab und ließ sie fallen. Fergusson bückte sich und hob sie auf.
»Vielen Dank. Nein, sie ist nicht gebrochen.« Er senkte die Stimme. »Folgen Sie Stilmar. Vor ihnen an Backbord – trägt Hornbrille...«
Er ließ sich auf den freien Sitz am Mittelgang nieder, griff sich aus dem Netz in der Lehne des Vordersitzes eine Zeitschrift. An die Möglichkeit, daß Stilmar an Bord derselben Maschine sein konnte, hatte er nicht gedacht.
Der Amerikaner hatte durch einfache Vorkehrungen sein Aussehen wirkungsvoll verändert. Die Hornbrille anstelle der üblichen randlosen Brille machte ihn zu einer völlig anderen Person. Das konnte er sehr wohl unternommen haben, weil er in Helsinki heimlich die Russen treffen wollte. Es gab jedoch auch eine ernstere Erklärung dafür.
Das Flugzeug kam in Bewegung, rollte zur Startbahn, die Motoren heulten auf, sie rasten auf der Startpiste dahin. Tweed spürte, wie sich das Raumgefühl änderte, die Räder hatten keinen Kontakt mehr mit dem Beton, sie waren in der Luft.
Auf halber Strecke fragte die Frau, die neben Tweed saß, ob es ihm etwas ausmache, mit ihr den Platz zu tauschen – sie säße nicht gern am Fenster. Tweed tat ihr den Gefallen, und als sie tiefer gingen, blickte er mit Interesse aus dem Fenster. Es war einige Zeit her, seit er Finnland zum letzten Mal besucht hatte.
Es war dunkel, aber der Himmel war klar, und der Mond schien. Als sie zur Landung ansetzten, kamen kurz Inseln dunklen, dichten Waldes ins Gesichtsfeld. Andere Inseln, diesmal kleine Seen, glitzerten im geisterhaften Licht. Hier und da die Lichter eines Hauses, umschlossen von Wald. Seen überall. Und das alles sah er durch den hauchdünnen Schleier der aufgerissenen Nebeldecke. Der Anblick glich einer Traumphantasie. Zauberland...
Ein Stoß riß ihn aus dem Trancezustand. Sie waren gelandet. Tweed blieb ruhig sitzen, als das Flugzeug zum Stehen kam und die Passagiere in Bewegung gerieten. Fergusson glitt an ihm vorüber, weil Stilmar dem Ausgang zustrebte.
Tweed schaute zurück und sah Butler und Nield, die ihr Handgepäck aus den über den Sitzreihen befindlichen Fächern nahmen. Ingrid ging bereits den Mittelgang hinunter, starr geradeaus blickend. Tweed stand auf, holte sein Aktenköfferchen und seinen Mantel aus dem Gepäckfach und folgte den anderen.

»Procane ist definitiv auf dem Weg nach Finnland.« Karlow legte den Hörer auf, während er Lysenko die Ankündigung machte. »Dieser Anruf kam von Galkin aus Arlanda. Tweed ging an Bord des Fluges SK 708 nach Helsinki, mit Abflug um neunzehn Uhr fünf. Das bedeutet für mich nur eines – wie ich schon immer sagte. Sobald Tweed sich nach Finnland begibt, ist Procane bereits dort oder auf dem Weg dorthin.«
»Wann kommt diese Maschine in Helsinki an?« fragte Lysenko.
»Einundzwanzig Uhr.«
»Und wann landen Poluschkin und Magda Rupescu, von Bromma kommend?«
»Etwa um dieselbe Zeit, rechne ich«, sagte Karlow. »Er könnte etwas früher eintreffen als Tweed – wenn Sie jetzt an Poluschkin denken...«
»Das tue ich. Borisow ist unser bester Mann in der finnischen Hauptstadt. Weisen Sie ihn an, Poluschkin mit einem Mietwagen zu erwarten. Es muß ein Mietwagen sein. Nein, warten Sie – treiben Sie noch jemanden auf, der Borisow in einem zweiten Mietwagen begleitet. Wenn Poluschkin rechtzeitig eintrifft, soll Borisow ihm sagen, er solle Tweed folgen – und dabei muß Poluschkin wieder von Borisow mit dem zweiten Mietwagen begleitet werden. Sie haben Tweed zum Hotel – egal, welchem – zu folgen...«
»Er könnte auch zur Britischen Botschaft fahren«, warf Rebet ein, der bisher nur Zuhörer gewesen war.
»Nein!« Lysenko sagte es mit Nachdruck. »Tweed wird sich von seiner Botschaft fernhalten. Die werden nicht einmal wissen, daß er kommt. Ich will über alles, was er tut, informiert sein. Wenn sie zu Tweeds Hotel kommen, kann Poluschkin in Borisows Wagen umsteigen – auf diese Weise wird Tweed nicht merken, daß man ihm folgt. Jeder Schritt, den Tweed in Helsinki tut, wird von nun an überwacht.«

Sie verließen die Maschine über eine herangerollte Gangway, und in ungeordneter Schlange trotteten die Passagiere das kurze Stück zum Hauptgebäude. Ein Schild zeigte die Aufschrift HELSINKI – VANTAA. Die Nachtluft war kühl und belebend. Es war still ringsum, und Tweed wurde nahezu körperlich des den Flughafen eng umschließenden Waldes gewahr.
Er nahm sich ein Taxi für die Zwanzig-Minuten-Fahrt nach Hel-

sinki. Während das Fahrzeug auf der von Kiefernwäldchen und zutage tretendem Fels gesäumten vierbahnigen Schnellstraße dahinfuhr, dachte er an Newman. Und diese Gedanken nahmen in so in Anspruch, daß sie vor dem Hotel *Hesperia* ankamen, ohne daß er sich bewußt geworden wäre, daß sie sich in der Innenstadt befanden. Er entlohnte den Fahrer und trug sich an der Rezeption mit seinem eigenen Namen ein.

Tweed hatte es so eingerichtet, daß jeder vom Team im *Hesperia* wohnte, sich aber getrennt von den anderen einzutragen hatte, so daß nicht offensichtlich war, daß man einander kannte. In diesem Stadium war die Konzentrierung der Kräfte unbedingt notwendig.

Ingrid hatte in der großen Halle auf ihn gewartet und inzwischen die in einem Geschäft ausgestellten Waren betrachtet. Als er das Empfangspult verließ, ging sie zu den Aufzügen und trat hinter ihm in die Kabine, bevor sich die Türen schlossen.

»Ich habe Zimmer 1401. Die anderen wohnen alle hier – außer Fergusson. Hier die Zimmernummern.«

Sie gab ihm einen Zettel. Er steckte ihn in seine Brieftasche, sagte, er werde sich melden, und trat aus der Kabine. »Sagen Sie ihnen, sie sollen zu Abend essen«, bemerkte er noch. »Und Sie auch.«

»Kann ich helfen?«

»Ja. Später. Ich rufe Sie an. Nach dem Abendessen.«

Kaum war er in seinem Zimmer, als er den Koffer niederstellte und Lailas Nummer wählte. Sie hob sofort ab – so rasch, daß er den Eindruck gewann, sie habe neben dem Telefon gesessen.

»Hier Tweed. Ich bin im ›Hesperia‹.«

»Gott sei Dank!«

»Jetzt beruhigen Sie sich einmal. Ich habe Zimmer 1410. Können Sie jetzt herkommen?«

»Ich bin in zehn Minuten da.«

»Beeilen Sie sich nicht zu sehr. Und bringen Sie bitte den Umschlag mit, den Newman für mich hinterlassen hat. Ich wiederhole: lassen Sie sich Zeit. Ich bin gerade beim Abendessen«, log er.

Tweed hatte seit Mittag nichts gegessen, aber er zeigte keinerlei Ermüdung. Sein nächster Anruf galt Mauno Sarin auf dem Ratakatu. Die Dame in der Vermittlung sagte ihm, er solle eine Minute warten. Er wartete. Fünfzehn Sekunden. Er hatte auf die Uhr gesehen.

»Es tut mir leid«, informierte ihn die Dame, »aber Mr. Sarin ist nicht im Haus. Kann ich ihm eine Nachricht übermitteln?«
»Nein«, sagte Tweed und legte auf.
Die Zeit war zu kurz gewesen. Er erinnerte sich gut an Ratakatu, an Maunos Gewohnheit, zu jeder Zeit zu arbeiten und häufig durch die Büroräume zu gehen, um sich über den Stand der Dinge zu informieren.
Für den Fall, daß er unrecht hatte, versuchte er es mit Maunos Privatnummer – aus dem Gedächtnis. Tweed hatte ein phänomenales Zahlengedächtnis. Sarins Frau meldete sich. Sie war sofort sehr herzlich und freundlich. Sie mochte Tweed, und Tweed mochte sie. Sie war eine besonders heitere Person.
»Leider ist er nicht da«, sagte sie. »Ich erwarte ihn nicht vor Ablauf mehrerer Stunden. Warum rufen Sie ihn nicht im Büro an?«
»Danke, werde ich tun. Ich dachte, ich sollte es zuerst bei Ihnen zu Hause versuchen.«
»Sie müssen zu uns zum Abendessen kommen, solange Sie hier sind. Ich koche ihr Lieblingsgericht. Sie werden zunehmen.«
»Das verhüte Gott. Ich danke für die Einladung. Wenn ich Zeit finde, werden Sie mich nicht auf Distanz halten können.«
»Verabreden Sie es mit Mauno.«
»Mach ich. Gute Nacht.«
Tweed dachte über die Telefonate nach. Mauno wich ihm aus. Warum? Der Gedanke störte ihn. Es paßte überhaupt nicht zu ihm. Er hörte leises Klopfen an der Tür. Es war Laila Sarin. Ihr Gesicht war gerötet. Sie mußte den ganzen Weg von ihrer Wohnung bis hierher im Laufschritt zurückgelegt haben. In der linken Hand hielt sie einen Briefumschlag, den sie soeben ihrer Handtasche entnommen hatte.

Lieber Bob, in höchster Eile, um das Schiff zu erreichen – fährt um 10.30 Uhr ab. Adam Procane muß aufgehalten werden. Mein heißer Tip ist der Archipel. Fahre jetzt los. Werde den Brief auf dem Weg zum Hafen aufgeben. Alexis.

Tweed hielt den Brief in der Hand. Der Kreis schloß sich. Ein Briefträger in London wegen Newmans Post überfallen. Aber Newman hatte seine Post schon vor dem Überfall in Empfang genommen.

Tweed zweifelte nicht daran; dies war Alexis' letzter Brief an ihren Mann. Er stand auf dem Hauptbahnhof von Helsinki, Laila neben sich, vor dem Schließfach, für das Newman einen Schlüssel in der Rezeption des *Hesperia* hinterlassen hatte.
Um diese Stunde war der große Bahnhof fast verlassen. Nichts ist deprimierender als ein leerer Bahnhof am Abend. Nur wenige Leute hielten sich in der höhlenartigen Halle auf. Er las den Brief nochmals, obwohl er seinen Inhalt mit verbundenen Augen hätte zitieren können.
»Dieser Hinweis auf ein Schiff, das um zehn Uhr dreißig abfährt«, bemerkte er. »Von welchem Hafen?«
»Vom Süd-Hafen«, sagte sie sofort.
»Und Sie wissen, welches Boot um zehn Uhr dreißig den Süd-Hafen verläßt?«
»Die ›Georg Ots‹.«
»Und wohin fährt sie, Laila?«
»Nach Tallinn.«
»Himmel! Wir müssen ihn aufhalten – es sei denn, er wäre heute morgen gefahren.«
»Kann er nicht – ich sah ihn in einem Taxi an mir vorbeifahren, da war es elf Uhr dreißig, eine Stunde nach Abfahrt der ›Georg Ots‹...«
»Von welchem Pier?«
»Silja-Pier. Ich weiß, wo das ist.«
»Dann«, sagte Tweed, wieder ganz ruhig geworden, »müssen wir ihn morgen aufhalten. Wir müssen sehr früh beim Silja-Pier sein.«
Sie gingen zum Ausgang. Tweed warf einen raschen Blick auf die Leute, die noch auf dem Bahnhof waren, um zu prüfen, ob jemand Interesse an ihnen zeigte. Laila erriet offenbar seine Gedanken.
»Der grüne Saab, den Sie bemerkten und der uns von Vantaa bis hierher folgte, ist nirgends zu sehen. Ich ging hinaus, wie Sie gebeten hatten, während Sie das Schließfach öffneten. Der einzige Wagen, der draußen geparkt steht, ist ein schwarzer Saab – in anderer Ausführung. Es gibt hier eine Fabrik, die den finnischen Saab erzeugt, wie wir das nennen – aber es ist natürlich ein schwedisches Fabrikat. Sie importieren die Einzelteile und setzen sie hier zusammen.«
»Im Brief wird das Wort Archipel erwähnt. Interessierte Newman sich dafür?«

»Ja. Ich erzählte ihm über die beiden Archipel, den großen von Turku und den kleineren schwedischen.«
»Erwähnte er den Namen Adam Procane?«
»Mit keinem Wort.«
»Und Sie fanden keine Spur von ihm, nachdem Sie entdeckt hatten, daß er aus dem ›Hesperia‹ ausgezogen war?«
»Nein. Ich versuchte es in allen Hotels. Kein Engländer, dessen Name ähnlich klang wie Newman, hatte irgendwo ein Zimmer genommen. Wo, verdammt, kann er hingegangen sein?«
»Er versteckt sich irgendwo. Ich glaube, er will von der Bildfläche verschwinden, bis er morgen dieses Schiff bestiegen hat. Er kann überall sein.«
Durch den Haupteingang traten sie hinaus in die Nacht. Der Himmel war klar, im Mondlicht glitzerten unzählige Sterne, heller und größer, wie es Tweed schien, als er sie je in England gesehen hatte.
Er schaute nach links und sah den schwarzen Saab, von dem Laila erzählt hatte. Die Scheinwerfer leuchteten, der Motor lief.
Als sie vom Gehsteig auf die Fahrbahn traten, fuhr Poluschkin an. Laut Anweisung hatte er Tweed zu überwachen; aber der Russe war ehrgeizig und eigensinnig. Er plante, Tweed in ähnlicher Weise durch Unfall sterben zu lassen, wie er es damals bei Alexis Bouvet durchgeführt hatte. Das würde ihm in Moskau Lob und auch Beförderung eintragen. Es geschah hier zwar auf finnischem Boden, aber wenn der Engländer ganz offensichtlich bei einem Unfall ums Leben kam – welche Schwierigkeiten konnte es da mit den finnischen Behörden geben? Wieder einmal ein Verkehrsrowdy ...
Die Lichter des auf sie zurasenden Wagens waren riesengroß. Tweeds erster Gedanke galt Laila. Sein rechter Arm schwang aus und fegte sie zurück auf den Gehsteig. Er selbst machte einen Schritt zurück, doch der Wagen streifte ihn an der Stirn. Das Bahnhofsgebäude stürzte über ihm zusammen.

Helles Tageslicht flutete durch ein Fenster, als Tweed die Augen öffnete. Er blinzelte. Jemand reichte ihm seine Brille. Er setzte sie auf, blinzelte wieder. Ein Mann in weißem Mantel sah ihn prüfend an.
Er lag in einem Bett. Sein Kopf war auf ein Kissen gebettet. Neben dem Mann im weißen Mantel stand Laila, ihre Miene ganz Be-

sorgnis und Angst. Er rührte sich, stützte sich hoch und verspürte Kopfschmerz.
Er zwang sich in sitzende Position. Laila stapelte Kissen in seinem Rücken. Der Mann im weißen Mantel machte einen Schritt vorwärts. Ein Stethoskop baumelte an seinem Hals. Er war braunhaarig, noch jung. Kaum über dreißig.
»Wo zum Teufel bin ich?« fragte Tweed.
»In einer Klinik«, sagte Laila.
»Und warum, zum Teufel?«
»Sie sind von einem Wagen niedergestoßen worden«, antwortete der Mann im weißen Mantel. »Sie haben eine leichte Gehirnerschütterung. Zum Glück machten Sie einen Schritt zurück, nehme ich an. Der Wagen fuhr schnell. Einige Zentimeter weiter, und Sie wären in einem weit schlimmeren Zustand...«
»Was für einen Tag haben wir?« Tweeds Stimme klang aufgeregt.
»Es passierte vergangene Nacht«, sagte Laila, die sofort den Grund seiner Frage erriet. »Sie haben seither geschlafen.«
»Wie spät...«
Tweed griff nach seiner Armbanduhr auf dem Nachttisch. Himmel! Zehn Uhr! Die *Georg Ots* legte in einer halben Stunde ab. Er warf die Decke zurück, sah, daß er Hose und Hemd anhatte. Er saß am Bettrand, stand auf und zwang sich, trotz des Schwindelgefühls aufrecht zu stehen.
»Ich bin Doktor Vartio«, sagte der Mann im weißen Mantel. »Sie müssen mindestens vierundzwanzig Stunden ruhig im Bett liegenbleiben.«
»Wie bei so vielen Finnen ist Ihr Englisch sehr gut«, bemerkte Tweed, um ihn abzulenken. Er ging zum Schrank, öffnete ihn und fand darin den Rest seiner Kleider.
»Ich war einige Jahre lang am Guy's Hospital in London tätig. Ich muß Sie bitten, zur Beobachtung hierzubleiben...«
»Laila!« Tweed gab ihr seine Brieftasche. »Bezahlen Sie den Mann für seine Dienste, bitte. Wir müssen uns beeilen. Wir brauchen außerdem dringend ein Taxi. Sie wissen ja, wohin wir müssen.«
»Das ist verrückt«, protestierte der Arzt, während Tweed vor dem Spiegel seine Krawatte band. Rasieren mußte warten. Und plötzlich wurde ihm bewußt, daß er einen Bärenhunger hatte. Auch das würde warten müssen.

Newman kleidete sich in Mauno Sarins Büro ebenfalls an. Die Leibesvisitation war soeben beendet. Man hatte nichts gefunden. Mauno sah ihm zu und schien voll Reue.
»Es war nötig, Bob. Wie ich Ihnen sagte, ist es Teil unseres Abkommens mit Tallinn. Und wenn wir zurückkommen, vertraue ich auf ihren gesunden Menschenverstand. Finnland ist ein friedliebendes Land. Im Gegensatz zu vielen anderen Teilen der Welt gibt es hier nur wenig Verbrechen. Keine organisierten Banden, keine Erpressersyndikate. Natürlich haben wir gelegentlich Morde – aber nur im häuslichen Bereich. Mann und Frau, oder Freundin. Hier schießt man keine Leute über den Haufen...«
»Ich weiß«, erwiderte Newman. »Wann gehen wir an Bord?«
»Kurz vor der Abfahrt. Hier ist Ihr Visum. Und in meiner Tasche habe ich eine Kopie der schriftlichen Zusicherung freien Geleits. Das Original liegt in meinem Safe.« Er befühlte seinen Bart. »Sind Sie sicher, daß Sie mitkommen wollen?«
»Ich dachte, wir hätten das alles schon durchgesprochen...«

Die *Georg Ots* ist ein weißer Vierdecker mit einem einzigen, gedrungenen, flachen Schornstein. An Backbord und Steuerbord hängen je fünf Rettungsboote in den Davits. Der Name des Schiffes steht in blauen cyrillischen Lettern nah beim Heck auf dem Schiffsrumpf. Vom Silja-Pier aus betritt man das Schiff über eine mit Glaswänden versehene Gangway, die am Pier auf einer Plattform ruht.
Das Taxi mit Tweed und Laila im Fond hielt vor dem Eingang zum Pier. Es hatte kurz geregnet, aber die Wolken hatten sich inzwischen aufgelöst. Letzte Reste des auf Straßen und Gehsteigen rasch trocknenden Regens wirkten wie Schmutzflecken. Der Himmel war von hellem Blau, die Luft erfrischend, die Sonne schien prächtig.
Tweed bezahlte das Taxi, und der Wagen fuhr weg. Er stand neben Laila, die in die Ferne blickte. Sie schluckte einige Male, ehe sie sprechen konnte.
»O Gott. Wir kommen zu spät...«
Die *Georg Ots* hatte abgelegt, und Tweed schaute dem Heck des Schiffes nach, das langsam zwischen der Halbinsel und einer kleinen Insel hindurchsteuerte. Es passierte die enge Durchfahrt, fuhr weiter, jetzt mit Reisegeschwindigkeit, und nahm Kurs nach Süden in den Finnischen Meerbusen und nach Tallinn.

»Wir wissen nicht mit Bestimmtheit, ob er an Bord ist«, sagte Laila, und die Verzweiflung war ihrer Stimme anzumerken.
»Der ist sehr wohl an Bord.«
»Und wieso wissen Sie das?«
»Er hat mir Alexis' letzten Brief hinterlassen. Das Original – keine Fotokopie. Wenn ein Mann so etwas tut, dann heißt das für mich, daß er denkt, es könnte seine letzte Reise sein...«
Laila warf einen schnellen Seitenblick auf Tweed, doch seine Miene zeigte keinerlei Regung. Er hatte den Satz gesagt, als handle es sich um eine seiner persönlichen Erfahrungen, die er sich laut ins Gedächtnis zurückrief.

35

»Helene Stilmar und Cord Dillon wohnen im ›Kalastajatorppa‹«, berichtete Butler. Er und Tweed wanderten über die verzweigten Pfade, die sich hügelauf und hügelab durch den Quellen-Park an der Spitze der Halbinsel schlängeln.
Sie waren vor einigen Stunden mit einem Taxi hierhergefahren, nachdem Tweed die *Georg Ots* abfahren gesehen hatte. Es war der ruhigste Platz in der Innenstadt, ein Ort, wo man nicht Gefahr läuft, unerwünschte Zuhörer zu haben. Kiefern standen verstreut mitten in den Grasflächen, und immer wieder wurde der Hafen sichtbar, auf dessen im Sonnenlicht glitzerndem Wasser kleine Motorboote kreuzten.
Tweed hatte das Sicherheitsnetz so engmaschig wie nur möglich gezogen. Mit Butler hatte er Verbindung aufgenommen, indem er Laila mit der Nachricht zu ihm ins Zimmer schickte, er möge sich mit ihm vor dem Museumsgebäude nächst dem Denkmal des Präsidenten Kekkonen treffen. Als Butler kam, hatten sie ein Taxi genommen, das sie vor dem Eingang des Quellen-Parks absetzte.
»Ich dachte mir, sie würden dort absteigen«, erklärte Tweed.
»Und wieso kamen Sie gerade auf dieses Hotel?«
»Es liegt außerhalb, und es ist ruhig. Außerdem ist es das Hotel, in dem Alexis und später Newman gewohnt haben. Sie haben sich den Helikopter-Startplatz angesehen?«
»Ja. Er ist am Ufer – die Bucht sieht dort mehr wie ein See aus, aber es ist sehr schön da.«

»Typisch finnische Landschaft.«
»Komisch ist«, fuhr Butler fort, »daß Helene und Dillon getrennte Zimmer haben. Das kann natürlich der Tarnung ihrer Beziehung dienen...«
»Wenn es eine Beziehung gibt. Vielleicht benützt einer den anderen dazu, den wahren Zweck seiner Reise nach Helsinki zu verschleiern. Stand ein Hubschrauber auf dem Startplatz?«
»Nein. Ich nehme an, er wird um diese Jahreszeit nicht oft benützt. Eine hier ansässige Firma hat im Hotel ein Büro. Sie nehmen Leute zu Kurzflügen mit. Hauptsache ist, der Platz scheint geeignet zu sein.«
»Geeignet, Procane aus Finnland auszufliegen?«
»Ideal, würde ich sagen«, erwiderte Butler.
»Und Stilmar selbst? Gibt's Neues von Fergusson? Er ist Stilmar von dem Moment an gefolgt, in dem er aus dem Flugzeug stieg.«
»Ja. Er nahm ein Taxi geradewegs zur Amerikanischen Botschaft. Seither ist er dort. Nield hält Dillon und Helene im ›Kalastajatorppa‹ unter Beobachtung. Alles unter Kontrolle.«
»Hab ich je daran gezweifelt? Hat Fergusson irgend etwas über Stilmar gesagt?«
»Er meint, seine Erklärung, er sei hier, um sich heimlich mit den Russen zu treffen, passe ins Bild.« Butler zögerte, bevor er weiterredete. »Ich hab das Gefühl, Sie warten jetzt darauf, daß etwas Besonderes passiert.«
»Stimmt genau.«

In seinem Büro in der Pikk-Straße saß Oberst Karlow allein am Schreibtisch. Sein mageres Gesicht verriet die Konzentration, mit der er damit beschäftigt war, ein Blatt seines großen Schreibblocks mit Zahlenreihen zu bedecken.
Er arbeitete an einer Reihe mathematischer Formeln und Gleichungen, und das Blatt war voll von in seiner zierlichen Handschrift hingesetzten Ziffern. In seine Tätigkeit vertieft, merkte er nicht einmal, daß General Lysenko eintrat, leise die Tür schloß und ihm zusah. Schließlich schrieb Karlow eine abschließende Gleichung nieder und warf die Feder auf den Tisch.
»Das ist es«, sagte er laut.
»Was ist es?« fragte Lysenko und schaute ihm über die Schulter.

»Ich arbeite noch immer daran, wenn ich auch nicht mehr in Moskau bin...«
»Sie arbeiten woran?«
»Ach, Sie würden nichts davon verstehen. Das hier ist meine neueste Theorie, wie man dem sogenannten Star-Wars-Programm der Amerikaner begegnen kann. Dem SDI, sprich Strategic Defence Initiative. Nur die Analytiker in Moskau würden es verstehen.«
»Kann ich das Blatt haben?«
»Ich wollte es zerreißen.«
Lysenko streckte die Hand aus. Karlow riß das Blatt vom Block und gab es ihm. Lysenko faltete es sorgfältig zusammen und steckte es in seine gelbbraune Brieftasche aus Kalbsleder.
»Die neueste Lage?« fragte er.
»Alles geschieht zur gleichen Zeit. Zu vieles auf einmal und zu rasch. Das ist bei solchen Operationen immer so. Newman und Mauno Sarin nähern sich an Bord der ›Georg Ots‹ Tallinn. Alle unsere Leute sind in der Stadt verteilt und warten auf sie. Tweed ist, wie Sie wissen, endlich in Helsinki. Er wohnt im Hotel ›Hesperia‹. Und heute früh um neun Uhr dreißig sind Cord Dillon und Helene Stilmar von Bord des Schiffes aus Stockholm gegangen. Sie nahmen ein Taxi zum Hotel ›Marski‹. Warteten eine halbe Stunde. Nahmen wieder ein Taxi und fuhren zum ›Kalastajatorppa‹. Das gefällt mir gar nicht...«
»Warum?«
»Dillon ist ein Profi. Die Methode, sein wirkliches Ziel zu verbergen, ist für ihn zu primitiv.«
»Vielleicht ist er verliebt«, meinte Lysenko ironisch. »Vielleicht bringt er seine Geliebte mit.«
»Vielleicht.«
»Sobald Newmans Besuch zufriedenstellend abgelaufen ist – auf diese oder jene Weise –, werde ich Ihren Marschbefehl stempeln und unterschreiben. Ich will, daß Sie in Helsinki sind, um Procane herüberzuhelfen. Er sagte, er würde sich mit unserer Botschaft in Verbindung setzen. Ich denke mir, er wartet jetzt, bis Tweed ihm den Rücken gekehrt hat.«
»Tweed kehrt nie jemandem vorzeitig den Rücken.«
»Um so mehr ein Grund für Sie, in Helsinki zu sein und dort die Aufsicht zu übernehmen.«

Während der Überfahrt auf der *Georg Ots*, die bei ruhiger See vor sich ging, blieb Newman im Restaurant und trank Kaffee. Was Mauno Sarin überraschte. Er leistete dem Engländer Gesellschaft, doch die beiden Männer sprachen kaum miteinander.
Newman, mit abwesender Miene, saß lange Zeit stumm da. Mauno rauchte seine Stumpen, trank starken schwarzen Kaffee und respektierte Newmans Wortkargheit. Als die Passagiere in Bewegung kamen, aufs Oberdeck gingen, um die Aussicht zu genießen, brach Mauno das Schweigen.
»Haben Sie die Absicht, sich in Estland schriftliche Notizen zu machen?«
»Das tun Reporter zuweilen. Warum? Werden Sie alles sehen wollen, was ich mir notiere?«
»Die Frage wurde nie aufgeworfen – aber sie sind ziemlich empfindlich.«
»Aber es war nicht Teil der Vereinbarung?« Newman lehnte sich über den Tisch. »Oder doch?«
»Sie kommen mir vor wie eine Bombe mit Zeitzünder – das ist es, was mir an Ihnen Sorgen macht.«
»Was wohl auch der Grund für Ihre Frage war – meine Reaktion zu testen. Hören Sie zu, Mauno, ich habe mich eurer verdammten Leibesvisitation unterzogen – etwas, was ich nie zuvor getan habe. Sie haben uns gesagt, daß ich in Tallinn gehen kann, wohin ich will. Wenn Sie jetzt mitten im Strom die Spielregeln ändern, spiele ich nicht weiter. Ist das klar?«
»Ich will Sie einfach darum bitten, diplomatisch zu sein...«
»Was ebenfalls nicht Teil des Abkommens ist. Ich werde den Leuten, verdammt noch einmal, die Fragen stellen, die mir passen – was mir gerade einfällt. Ist auch das klar?«
»Völlig klar. Aber ich möchte Sie doch daran erinnern, daß ich bei dieser Reise ins Ungewisse Mitbeteiligter bin.«
»Ich werde es im Gedächtnis behalten«, erwiderte Newman und trank seinen Kaffee aus, weil die Maschinen auf halbe Kraft gingen und die *Georg Ots* sich anschickte, an sowjetischem Territorium anzulegen.

»Ich habe eine Idee«, verkündete Lysenko. »Lassen Sie Tweed beschatten, wohin er auch geht – selbst wenn er Helsinki verläßt. Wer weiß, was mit der Rupescu geschehen ist – wir können uns in diesem Stadium nicht um sie kümmern. Poluschkin kann diese

Aufgabe übernehmen. Mit Unterstützung natürlich. Er wird vielleicht der erste sein, der uns Procane zeigt, ihn für uns identifiziert. Geben Sie das sofort durch.«
»Da muß ich mich beeilen. Der Wagen mit Newman und Sarin kann jeden Augenblick hier sein«, warnte Karlow.
Er unterdrückte einen Seufzer. Typisch für Lysenko, einem anderen die Idee zu stehlen und sie als seine eigene zu präsentieren. Von allem Anfang an hatte er Lysenko erklärt, die Ankunft Tweeds sei das Zeichen dafür, daß Procane in Finnland sei. Er hob den Hörer ab, um die Nachricht durchzugeben.

Newman und Mauno wurden vom Augenblick an, in dem sie an Land gingen, wie VIPs behandelt. Man führte sie zu einer schwarzglänzenden ZIL-Limousine, wie sie in Moskau ausschließlich Politbüromitgliedern vorbehalten ist. Karlows Sekretärin Raisa, eine attraktive Brünette, dreißig, mollig, mit schlanken Beinen, wurde Ihnen als ihre Führerin vorgestellt.
»Willkommen in Estland, Mr. Newman«, begrüßte sie ihn in perfektem Englisch. »Ich bin hier, um Ihnen Ihren Aufenthalt so angenehm wie möglich zu machen.«
Im Fond des langen Fahrzeuges setzte sie sich ihm gegenüber auf einen Klappsitz und blickte ihm offen ins Gesicht. Er grinste, während er sich entspannt zurücklehnte, und blinzelte ihr zu. Der honigsüße Köder, dachte er. Das fängt ja früh an. Ihre nächsten Worte bestätigten seinen Verdacht.
»Wenn Sie über Nacht bleiben und einen zusätzlichen Tag hier verbringen wollen, geht das schon in Ordnung«, versicherte sie ihm. »Und ich stehe zur Verfügung...« Sie schob eine sekundenlange Pause ein. »Für das Abendessen«, schloß sie.
Er grinste liebenswürdig, genau das fröhliche Grinsen, das Frauen so vielversprechend fanden. Ihre wohlgeformten Knie berührten die seinen. Er tat nichts, um den körperlichen Kontakt zu unterbrechen.
»Sehen wir, wie's wird«, sagte er.
Mauno war über diesen plötzlichen Stimmungsumschwung leicht entsetzt. Er versuchte Newman einen Blick zuzuwerfen, um ihn zu warnen, aber der Engländer hatte nur Augen für Raisa. Das Mädchen glaubte fest, sie habe ihn bereits eingefangen. Aber hübsch war sie, das mußte selbst Mauno zugeben.
Der Wagen fuhr mit mäßiger Geschwindigkeit, und Newman

schaute aus dem Fenster. Auf einem Hügel, zwischen fünfzig und siebzig Meter hoch, schätzte er, stand eine alte Festung. Mit Interesse betrachtete er das eigenartige alte Bauwerk, hoch über Tallinn, die eigentümlichen, charakteristischen Türme an den Eckpunkten der Festungsmauer.
»Das ist Toompea«, erklärte Raisa. »Wir nennen es die Kleine Festung. Die Dänen begannen im dreizehnten Jahrhundert mit dem Bau, später fanden Um- und Zubauten statt.«
»Ich würde sie gerne besichtigen«, sagte Newman fröhlich.
Raisa zögerte, und Mauno, der Komplikationen voraussah, erstarrte innerlich. »Ich bin sicher, daß wir das arrangieren können, Mr. Newman«, sagte das Mädchen.
»Es ist ein Teil von Tallinn«, betonte Newman. »Wir befinden uns bereits im Stadtgebiet. Und mir wurde gesagt, ich könne überall hingehen.«
»Es wird uns ein Vergnügen sein, wenn Sie sich Toompea ansehen möchten«, versicherte ihm Raisa noch einmal.
Man fuhr die beiden Männer durch die am besten erhaltenen Teile der Altstadt, durch die Laboratoorium-Straße, zwischen Vaksali-Straße und Lai-Straße. Die Häuser zu beiden Seiten sind zwei- und dreistöckig und haben steile Giebeldächer. Die Märchenwelt des Hans Christian Andersen scheint in diesem Teil der Stadt wiederauferstanden. Newman schaute aus dem Wagenfenster, bis der Wagen eine scharfe Kurve um einen riesigen alten Steinturm zu ihrer Linken fuhr. Etwas Düsteres und Bedrohliches ging von dem Bauwerk aus.
»Dieser Turm heißt Dicke Margarete«, sagte Raisa, seinem Blick folgend. »Und soeben sind wir unter dem Großen Seetor durchgefahren. Jetzt sind wir in der Pikk-Straße, wo Oberst Karlow uns erwartet.«
Der ZIL hielt. Raisa öffnete die Wagentür und sprang hinaus, die Tür haltend, während Newman und Mauno ausstiegen. Der Engländer hatte eine Art von Platzangst, das Gefühl, als würden die Häuser rings um ihn enger zusammenrücken und ihn einschließen. In der Straße war es unnatürlich still. Kaum Menschen zu sehen, kein einziger Wagen – außer der ZIL-Limousine.
Mauno ging zum Eingang voran, wo ein großer, hagerer Mensch in Zivilkleidung sie erwartete.
»Das ist Hauptmann Rebet«, stellte Mauno vor. »Er spricht nicht Englisch.«

Raisa blickte über die Schulter, sah die beiden Besucher im Gebäude verschwinden. Sie öffnete die rechte Vordertür und setzte sich neben den Fahrersitz. Eine Klappe öffnend, nahm sie ein Mikrophon und sprach einige schnelle russische Sätze.
»Sie gehen hinauf. Newman zeigte bemerkenswertes Interesse an der Festung Toompea. Er möchte dorthin zurück und sie besichtigen...«
»Verstanden.«
In dem kleinen Zimmer, in das man von Karlows Büro aus gelangte und in dem Olaf Prii, Kapitän des Kutters *Saaremaa*, Karlow über sein Gespräch mit Tweed in Harwich berichtet hatte, schaltete Lysenko das Empfangsgerät aus. Toompea...
»Oberst Karlow«, begann Mauno im Zimmer daneben, »das ist Mr. Robert Newman. Bob, das ist Oberst Andrei Karlow, der ausgezeichnet Englisch spricht. Er war einige Zeit in London.«
»Willkommen in Tallinn, Mr. Newman. Sie sind unser Gast. Bitte, nehmen Sie Platz.«
»Wenn es Ihnen nichts ausmacht, Oberst, möchte ich gleich weiter, um mir Tallinn anzusehen. Wir haben nur zwei Stunden, bis die ›Georg Ots‹ wieder nach Helsinki abfährt. Andererseits hat Raisa die Möglichkeit angedeutet, über Nacht zu bleiben, damit ich Tallinn gründlich besichtigen kann. Vielleicht könnte ich morgen zurückfahren?«
»Wir haben einen sehr engen Zeitplan«, mischte sich Mauno ein, der durch den Vorschlag des Engländers in helle Aufregung versetzt wurde. »Ich weiß nicht, ob...«
»Sie sind herzlichst dazu eingeladen.« Karlow stand immer noch, nachdem er die Hände seiner Gäste geschüttelt hatte. Er war in voller Uniform. »Zwei Stunden – das ist nicht viel, um alles anzusehen, da bin ich Ihrer Meinung«, fuhr er fort. »Also werden Sie diese Nacht hier schlafen. Ich treffe sofort alle Vorbereitungen. Wollen Sie inzwischen mit der Stadtrundfahrt beginnen? Bitte, fahren Sie, wohin Sie wollen – Mr. Sarin kennt sich hier gut aus.«
Als sie gegangen waren, öffnete Lysenko die Verbindungstür zwischen den beiden Räumen und kam herein. Er machte ein ernstes Gesicht, aber Karlow sprach zuerst.
»Sie bleiben etwas länger. Es war Newmans Vorschlag. Sie bleiben über Nacht und fahren morgen ab.«
»Ich verstehe.« Lysenko sagte es in grimmigem Ton. »Wissen Sie,

daß Newman bereits ein ungewöhnliches Interesse an Toompea zum Ausdruck gebracht hat?«
»Was verstehen Sie unter ungewöhnlichem Interesse?«
»Raisa hat mich über Autofunk informiert. Er hat ganz ausdrücklich gefragt, ob er die Festung besichtigen könne, als sie daran vorbeifuhren.«
»Wohl kaum überraschend – sie ist die große Sehenswürdigkeit von Tallinn.«
»Zwei Dinge – sie geschahen innerhalb weniger Minuten nach seiner Ankunft – sind es, die mir nicht gefallen: Toompea und sein Wunsch, über Nacht zu bleiben.«
»Nun, warum warten wir nicht einfach ab, was geschieht?«
Karlow behielt den Gedanken für sich – aber es war ihm klar, daß Lysenko das Gewissen wegen des Mordes an Newmans Frau plagte. Der General war in äußerst mißtrauischer Verfassung und suchte nach jedem kleinsten Anzeichen dafür, daß Newman zu viel herausfinden könnte.
»Wie kommen Sie bei den Nachforschungen in der Sache der GRU-Morde weiter?« fragte Lysenko abrupt.
»Wie Sie wissen, schreibe ich, wenn ich ein Problem zu lösen habe, die Tatsachen auf ein Blatt Papier. Zwei Tatsachen haben meine Aufmerksamkeit erregt. Alle ermordeten Offiziere standen, was ihre Beförderung anbetraf, in der Reihe vor Poluschkin. Tatsache Nummer zwei: die Morde ereigneten sich nur, solange Poluschkin sich in Tallinn aufhielt. Seit Sie ihn nach Stockholm geschickt haben, hat es keine Morde mehr gegeben.«
»Poluschkin? Das ist absurd«, zischte Lysenko.
»Es ist außerdem gefährlich, wenn ein so labiler Mensch frei in Finnland herumläuft«, sagte Karlow beharrlich. »Gott weiß, was für Entscheidungen er auf eigene Faust trifft...«
»Ich lehne es ab, über solchen Unsinn weiter zu diskutieren!«
Mit hochrotem Gesicht stürmte Lysenko zurück ins Nebenzimmer, um sich ans Funkgerät zu setzen. Karlow hörte, nachdem sich die Tür geschlossen hatte, wie sich der Schlüssel im Schloß drehte. Der Oberst setzte sich hinter seinen Schreibtisch. Seine Besorgnis war groß. Lysenko war in explosiver Stimmung. Wenn Newman einen falschen Schritt tat, würde der General mit Gewalt reagieren.

36

Als Newman und Mauno aus dem Haus traten, wartete Raisa bereits. Lächelnd ging sie auf Newman zu. Sie trug ein dunkelblaues, sehr eng anliegendes Kostüm, dazu eine weiße Bluse mit Spitzenbesatz an Ärmeln und Kragen.

»Vielleicht wollen Sie allein durch die Altstadt gehen«, begann sie. »Andererseits, wenn ich Ihnen helfen kann...« Sie hielt inne, schaute dem Engländer in die Augen. »... stehe ich natürlich zur Verfügung.«

»Warum treffen wir uns nicht bei der Festung?« schlug Newman vor. »Wir wandern zuerst durch die Altstadt.«

»Dann fahre ich hin und warte dort auf Sie.«

Mauno wartete, bis das Mädchen in die Limousine gestiegen und mit dem Fahrer weggefahren war. Der Finne blickte sich vorsichtig um, um sicherzugehen, daß sie allein waren, während sie auf dem Weg, den sie gekommen waren, in Richtung der Dicken Margarete zurückgingen.

»Was haben Sie um Gottes willen vor?« zischte er.

»Ich weiß nicht, wovon Sie reden«, antwortete Newman in derselben lässigen Weise, die er seit ihrer Ankunft angenommen hatte.

»Zuerst ändern Sie den Zeitplan – wir sollten heute abend mit dem Schiff nach Helsinki zurückfahren. Und dann scheinen Sie vergessen zu haben, daß es morgen kein Schiff gibt. Wir müssen also bis übermorgen warten.«

»Ich bin sicher, daß Oberst Karlow etwas für uns arrangiert, um uns morgen heimzubefördern«, sagte Newman sorglos und blickte in eine Seitenstraße. Sie war nicht mehr als ein Gäßchen und wirkte uralt.

»Dann«, fuhr Mauno beharrlich fort, »sollten wir Tallinn allein besichtigen. Ohne Führer. Sie bestanden darauf. Und jetzt bitten Sie Raisa, sich mit uns bei der Festung zu treffen. Sie denken doch nicht daran, mit ihr ins Bett zu gehen, will ich hoffen? Sie wissen, was ihre wirkliche Rolle in diesem...«

»Hören Sie auf zu meckern, Mauno. Ich werde Sie als Dolmetscher brauchen, wenn ich mit jemandem reden will. Ist das in Ordnung?«

»In jedem Reiseführer kann man lesen, daß die Finnen und Esten dieselbe Sprache sprechen. Das ist ein Märchen. Einfach nicht

wahr. Die Sprachen ähneln einander – aber es ist für einen Esten leichter, das Finnische zu verstehen, als umgekehrt. Sie haben ein ganz anderes Vokabular. Ich werde mein Bestes tun«, schloß er knapp.
Er verstand Newmans Gemütsumschwung einfach nicht. Und er machte sich Sorgen wegen einer möglichen Beziehung des Engländers zu Raisa. Es gefiel ihm nicht, daß Newman den Zeitplan über den Haufen warf. Er war gereizt und schlecht gelaunt, weil er nichts verstand.
Sie schlenderten durch die Pikk-Straße. Newman blieb kurz stehen, um die Dicke Margarete zu betrachten. Dick, das war sie allerdings, ihr Mauerumfang immens. Sie wirkte wie direkt aus dem Boden gewachsen.
»Muß gut dreißig Meter hoch sein«, bemerkte Newman.
»Fünfundzwanzig«, korrigierte Mauno. »Und ob Sie's glauben oder nicht: die Mauern sind über fünf Meter dick. Der Turm wurde Anfang des sechzehnten Jahrhunderts als Wehrturm erbaut.«
»Eine äußerst strapazierfähige alte Dame. Mauno, sehen Sie den Mann dort drüben, der in ein Auslagenfenster blickt? Fragen Sie ihn etwas über die Dicke Margarete, das erste, was Ihnen einfällt.«
»Wie Sie meinen.«
Der Mann war klein, stämmig, in den Dreißigern, hatte braune Haare und eine bleiche Haut. Die Hände in den Taschen seines dunklen Mantels, stand er vor einer Bäckerei und starrte hinein. Newman ging näher an ihn heran, und Mauno begann zu sprechen.
Er hörte Mauno mit dem Mann russisch sprechen. Mauno wandte sich um und rief Newman herbei. Der Mann drehte sich wieder um und setzte die Betrachtung der Ware im Geschäft fort.
»Die Dicke Margarete wurde zwischen 1510 und 1529 erbaut.«
»Fragen Sie ihn, was er von Beruf ist. Sagen Sie ihm, es sei mein Hobby, vom Aussehen der Leute auf ihren Beruf zu schließen.«
Neuerliche russische Konversation. Dieses Mal warf der Mann einen Blick auf Newman, bevor er antwortete. Mauno wandte sich um und sah, daß Newman dicht neben ihm stand.
»Er ist Lehrer an einer hiesigen Schule.«
»Danke...«

Newman spazierte weiter. Sie passierten den Bogen des Großen Seetors, der sich über ihnen spannte. Bald waren sie wieder in der Laboratoorium-Straße mit den alten Häusern zu beiden Seiten, über deren patinierten Ziegelmauern die Giebel in den Himmel ragten. Rechts ging es steil bergan. Mauno zeigte hinauf.
»Das ist der Rannavarava-Hügel.«
»Könnten Sie diese junge Frau fragen, wie sie das Leben hier findet?«
Die Frau war aus einem der Häuser gekommen und trug einen Einkaufskorb, der unter anderen Dingen einen kleinen Wollpullover enthielt. Neugierig sah sie Newman an, als Mauno sie auf Finnisch anredete. Während sie sich unterhielten, schaute Newman nach oben. Ein Mann in Hemdsärmeln schaute aus einem Fenster im ersten Stock eines schiefwinkligen Hauses auf die Straße hinunter.
»Sie sagt, das Leben sei hart, aber sie ist zufrieden«, sagte Mauno.
»Fragen Sie sie, ob sie Kinder hat. Wenn ja, wie viele, und wo sie sind.«
Newman wurde das beengende Gefühl nicht los – ihm war, als schlösse die Stadt ihn ein, was merkwürdig war, denn es waren kaum Menschen unterwegs – zu dieser Tageszeit ebenfalls ein merkwürdiger Umstand.
»Sie sagt, sie hat drei Kinder.« Mauno machte eine Pause und schaute befremdet drein. »Sie sagt, sie sind alle in der Schule. Sie geht das jüngste abholen.«
»Da sehen Sie's«, bemerkte Newman heiter, als sie auf der Straße in Richtung Toompea weitergingen.
»Was?«
»Jetzt hören Sie doch auf! Der Mann bei der Bäckerei. Sie mußten Russisch mit ihm reden. Ich wette, Sie haben es zuerst mit Finnisch versucht! Na also – ganz wie ich dachte. Und die Frage nach seinem Beruf kam für ihn unerwartet. Ein Lehrer? Wenn jetzt Schule ist? Er war ein GRU-Mann in Zivil. Jeder unserer Schritte wird überwacht.«
»Sie werden das in Ihrem Artikel schreiben?«
»Natürlich nicht. Hier will doch nur jemand sicherstellen, daß uns nichts passiert, solange wir hier sind. Sind das dort vorn nicht die Türme der Festung?«

»Imatra! Wir fahren nach Imatra!« rief Ingrid, die eine über ihren Schoß gebreitete Karte von Finnland studierte, während der Zug den Hauptbahnhof von Helsinki verließ. »Und Imatra liegt an der russischen Grenze...«
»Ich weiß«, sagte Tweed und starrte aus dem Fenster.
Sie hatten den Zug um dreizehn Uhr zehn erreicht, und Tweed hatte die Fahrkarten gekauft, ohne das Fahrtziel zu verraten. Ihre Reisetaschen waren in den Gepäcknetzen über ihnen verstaut.
»Warum nach Imatra?« fragte Ingrid.
»Weil es, wie Sie soeben darauf hingewiesen haben, an der russischen Grenze liegt. Wir werden bis zum Abend müde sein. Es liegt zweihundertfünfzig Kilometer östlich von Helsinki. Wir kommen um sechzehn Uhr achtundvierzig an. Ich lasse Sie im Hotel ›Valtion‹ zurück, wenn wir dort sind...«
»Warum lassen Sie mich allein? Ich kann doch mit Ihnen mitkommen.«
»Nicht ins Grenzgebiet, das geht nicht.«
»Wie kommen Sie vom Hotel dorthin?«
»Ich nehme mir ein Taxi. Vom Hotel bis zum Grenzübergang sind es nur etwa zehn Kilometer.«
»Erwarten Sie, dort jemanden zu treffen?«
»Sie stellen zu viele Fragen. Schauen Sie aus dem Fenster. Finnland ist ein schönes Land. Und hier zeigt es sich von seiner schönsten Seite. Der Herbst ist eine wunderbare Jahreszeit.«
»Entschuldigen Sie«, sagte sie und schaute hinaus.
Am anderen Ende des Waggons tat auch Poluschkin so, als schaue er aus dem Fenster. Der Russe war nicht mehr als deutscher oder österreichischer Tourist verkleidet. Er trug einen Anzug, wie ihn die Finnen trugen, und auf seiner Nase saß eine Brille mit getönten Gläsern.

Während der zweieinhalbstündigen Fahrt passierten sie die unendliche Vielfalt der finnischen Landschaft. In Anbaugebieten Stoppelfelder. Bis zum Horizont erstreckte sich das Land, hier und da der Farbtupfen eines einsamen Hauses. Überhaupt viele Farben, Blaßgrün, Rot, helles Rostrot, Ockergelb.
Die Häuser waren aus Brettern errichtet und hatten häufig Spitzgiebel. Andere waren Bauernhäuser, einzelnstehende, große Gebäude mit Rampen, die zum Obergeschoß führten, Heim jener Menschen, die das riesige Land im Sommer bewirtschafteten und

während der langen und dunklen Winter ihre Zeit in den Häusern verbringen mußten.
Später folgte Wald, dunkelgrüne Mauern zu beiden Seiten des Bahnkörpers. Birken und Kiefern, gemischt mit immergrünen Fichten.
Die Birken standen in vollem Herbstgold, wie über dem Erdboden schwebende Goldmünzen. Gelegentlich raste der Zug an einem flammendroten Strauch vorbei, der wie eine brennende Fackel in der Landschaft stand. Sechs Haltestellen gibt es bis Imatra, und während der ganzen Fahrt sagte Tweed kaum ein Wort.
»Wir sind da«, sagte er, als der Zug sein Tempo verlangsamte, und erhob sich, um nach seiner Reisetasche zu greifen.
»So nah an Rußland«, flüsterte Ingrid.
»So nah, wie man ihm kommen kann – ohne die Grenze zu überschreiten«, stimmte Tweed zu.
Der Bahnsteig von Imatra liegt hoch über der Stadt und dem umgebenden Land. Als sie ausstiegen, zeigte Tweed keinerlei Eile, zum Ausgang zu kommen. Er ging langsam den Bahnsteig entlang, während der Zug in Richtung Osten davonrollte. Bald würde er nach Norden schwenken und parallel zur Grenze auf Joensuu zufahren, die Endstation.
»Welch schöner Tag«, sagte Tweed, auf dem Bahnsteig dahinschlendernd. »Sehen Sie die Wasserfläche dort? Der Saimaa-See. Der größte See Finnlands – heißt es zumindest. Es gibt so viele.«
Poluschkin war in der Bahnhofshalle verschwunden und erkundigte sich am Kartenschalter nach den Abfahrtszeiten diverser Züge. Aus einem wolkenlosen Himmel schickte die Sonne ihre Strahlen herab. Tweed atmete tief die frische, belebende, wie Champagner prickelnde Luft ein.
Noch ein Fahrgast ließ sich auf dem langen Bahnsteig Zeit, machte mit seiner Kamera Fotos vom Saimaa-See. Er war lang und hager, ein Mann Anfang Dreißig. Jetzt kam er, eine Zigarette im Mund, auf Tweed zu.
»Haben Sie vielleicht Feuer?« fragte er den Engländer.
In der Handfläche seiner Rechten, nah an seinem Körper, ließ er Tweed ein Faltkärtchen sehen. Kari Eskola. Sicherheitspolizei. Tweed griff in seiner Tasche nach dem Feudor-Feuerzeug, das er stets für andere bei sich trug. Mehrmals versuchte er, das Feuerzeug zum Brennen zu bringen.

»Imatra hat keine Trambahn«, flüsterte Eskola.
»Diese junge Dame wohnt mit mir im Hotel ›Valtion‹«, sagte Tweed rasch. »Wenn mir etwas passiert, dann bitten Sie Mauno, sie per Flugzeug sicher nach Stockholm zu bringen.«
»Ich bin sicher, er wird das gerne tun.«
Eskola entfernte sich. Er machte noch ein Foto, paffte an seiner Zigarette. Dann verschwand er durch den Ausgang des gepflegten eingeschossigen Stationsgebäudes.
»Was hat er damit gemeint?« fragte Ingrid. »Daß es in Imatra keine Trambahn gibt...«
»Das war eine Warnung. So nah an der Grenze...«

37

Das Hotel *Valtion* in Imatra ist eines der merkwürdigsten Hotels der Welt. Ursprünglich ein Schloß, ist es im Lauf der Jahrhunderte dreimal völlig umgebaut worden.
Es hat fünf beziehungsweise sechs Stockwerke – je nach dem Standpunkt des Betrachters, und aus ihm sprießen Türme wie die Äste eines Baumes. Es gibt kleine Türme und große Türme, manche mit Helmen, die wie Magierhüte nach oben spitz zulaufen. Und das Portal ist so wuchtig und massiv, daß es an indianische Architektur erinnert.
Tweed hatte von Helsinki aus eine Suite bestellt, das einzige, was noch frei gewesen war. Nachdem er sich unter seinem eigenen Namen eingetragen hatte, fuhr der Hotelbedienstete der Rezeption sie in einem altertümlichen Lift, mit Gittertüren zu beiden Seiten, nach oben.
Die Suite bestand aus einem sehr geräumigen Salon und einem großen Schlafzimmer mit Bad. Beide Räume hatten Türen zur Halle. Ingrid war entzückt, als sie entdeckte, daß der Salon sich in einem der großen Türme befand und Rundwände und hohe, schmale Fenster hatte.
»Eine Suite?« fragte sie Tweed, als sie allein waren. Sie warf ihm einen Seitenblick zu. »Schlafen wir hier?«
»Nein. Wir fahren, wenn ich von meinem Besuch an der Grenze zurückkomme, mit dem Spätzug zurück nach Helsinki.«
»Ich komme mit.«
»Das kann ich nicht erlauben. Unter keinen Umständen. Solange

ich weg bin, warten Sie hier. Und Sie lassen die Tür verschlossen und öffnen niemandem. Einzige Ausnahme ist, wenn Kari Eskola von der Rezeption unten anruft. Kari Eskola«, wiederholte er. »Ist das der Fall, dann fahren Sie mit ihm nach Helsinki zurück. Ich komme dann später nach...«
»Das bedeutet, daß Sie nie mehr wiederkommen.«
»Seien Sie nicht kindisch. Ich habe einen schwedischen Thriller für Sie zum Lesen mitgenommen. Merken Sie sich: sie lassen niemanden ein außer Eskola. Lassen Sie ihn sich zu erkennen geben, indem Sie ihn fragen, was er auf dem Bahnhof getan hat, bevor er uns angesprochen hat.«
»Ich habe Angst.«
»Seien Sie nicht kindisch«, wiederholte er. »Und machen Sie mir keinen Ärger. Ich hatte genug Streit mit Butler, bevor wir von Helsinki abfuhren.«
»Also hat er auch Angst um Sie gehabt.«
»Ich muß jetzt gehen. Lesen Sie Ihr Buch...«

Tweed lehnte sich auf dem Rücksitz des Taxis nach hinten. Der Wagen verließ das Hotelgelände, einen kleinen Park, schwenkte in die Hauptstraße ein, bog gleich darauf abermals ab und fuhr über eine Brücke, die eine tiefe Schlucht überspannte.
Die Schlucht, tief und felsig, war im Winter berüchtigt. Das Wasser des in einiger Entfernung gelegenen Saimaa-Sees schäumte dann brüllend durch den Engpaß, zahlreiche Strudel erzeugend. Keiner, der da hineinfiel, hatte Hoffnung, lebend herauszukommen.
Das Taxi rollte auf einer einsamen Straße dahin, die anfangs für jede Fahrtrichtung eine Fahrbahn hatte. Ein Grasstreifen trennte die Fahrbahnen. Später, wenn die Grenze näherrückte, verschwand der Mittelstreifen, und die Straße wurde schmäler.
Es gab in keiner Richtung Verkehr. Es gab auch keinerlei Anzeichen menschlichen Lebens, während der Wagen ostwärts in die Wildnis fuhr. Der Fahrer hatte seinen Passagier mehrmals im Rückspiegel betrachtet. Er war feist im Gesicht, schwergewichtig und trug, offenbar als Blickfang, einen roten Schnurrbart.
»Ich heiße Arponen«, sagte er schließlich. »Sie wollen bis zur Grenze fahren, dort ein paar Minuten warten und dann zurück zum Hotel?«
Sein Englisch war ausgezeichnet, viel zu ausgezeichnet für einen

Einwohner von Imatra. Tweed hatte auf das Taxi, das er von der Rezeption hatte rufen lassen, einige Zeit warten müssen. Er vermutete, daß der Fahrer ein Kollege von Kari Eskola war. Bei Unternehmungen wie dieser arbeitete die Sicherheitspolizei stets in Zweierteams.
»Nein«, antwortete Tweed, »so habe ich das dem Hotelportier nicht gesagt. Wir fahren zur Grenze, ja. Aber wir warten, bis ich Ihnen sage, daß wir zurückfahren wollen. Das kann einige Zeit dauern.«
»Kein guter Platz für langes Warten«, erwiderte Arponen, und seine Augen blickten im Rückspiegel forschend auf Tweed.
»Das werde ich beurteilen«, sagte Tweed scharf. »Ich zahle für die Fahrt.«
Der Grenzübergang bei Imatra ist kein Checkpoint Charlie. Der Ort hat nichts Dramatisches an sich; er ist einsam und trostlos. Das Taxi hielt.
Tweed stieg aus, streckte die Beine und sah sich um. Eine rot und orange gestreifte Schranke sperrte die Straße, über allem lastete eine geradezu fühlbar brütende Stille. Am Rand der Straße stand ein ebenerdiges weißes Haus, und an zwei Metallpfählen hing ein großes orangefarbenes Schild mit Anweisungen.
In der linken oberen Ecke des Schildes befahl eine ausgestreckte schwarze Hand: Stopp! In der rechten oberen Ecke war das primitive Bild einer Fotokamera mit einer diagonalen roten Linie durchgestrichen. Kameras verboten! Darunter stand in fünf Sprachen, Finnisch, Schwedisch, Deutsch, Englisch und Französisch: »Grenzgebiet. Betreten nur mit besonderer Genehmigung.«
Tweed blickte zu dem Schild hoch, als ein Grenzsoldat in olivgrüner Uniform und nach oben spitz zulaufender Uniformkappe, eine Maschinenpistole an der rechten Hüfte, auftauchte und zu dem Taxifahrer ging.
Sie unterhielten sich einige Minuten lang, dann machte der Soldat kehrt und ging ins Haus. Tweed sah durchs Fenster, daß er telefonierte. Er ging zum Fahrer zurück.
»Was war los?«
»Er wollte wissen, wer Sie sind – und auf wen Sie hier warten. Ich glaube nicht, daß ihn meine Antworten befriedigt haben. Er ruft jetzt jemanden an. Ich glaube, wir sollten fahren...«
»Ich befinde mich hier auf finnischem Boden. Ich sehe keinen Grund zur Besorgnis.«

»Ich rate Ihnen, sofort einzusteigen.«
»Ich danke Ihnen – für den Rat. Aber ich bleibe noch einige Zeit. Das habe ich im Hotel an der Rezeption gesagt, von wo man Sie angerufen hat.«
Tweed kehrte dem Fahrer den Rücken zu, um das Gespräch zu beenden, und ging weg. Er wußte, daß es riskant war, zu warten. Es war höchst unwahrscheinlich, daß ein Lastwagen voller Russen plötzlich über den Hügel käme, über den die Straße jenseits der Grenzschranke führte; es war unwahrscheinlich, daß man ihn ergriff, in den Wagen warf und über die Grenze verschleppte. All das war höchst unwahrscheinlich. Aber unmöglich war es nicht.
Der blaue Himmel war verschwunden. Ein Meer düsterer Wolken braute sich oben zusammen. Er blickte nach Südosten, wo der Wald dichter war, als er es je gesehen hatte. Nichts bewegte sich in der trostlosen Landschaft. Der dunkle Wald erstreckte sich ins Endlose. Er schaute hinüber in die Sowjetunion.
Er ging zum Taxi zurück, kletterte in den Fond, schloß die Tür und machte es sich wieder bequem. Er dachte an Bob Newman, fragte sich, ob er ihn je wiedersehen würde. An Ingrid, die mit wachsender Besorgnis im Hotel wartete.
Er hatte ihr erlaubt, mitzukommen, weil er sie so besser im Auge behalten konnte. Er hatte damit gerechnet, daß Mauno Sarin ihn überallhin verfolgen lassen würde – und recht behalten. Wenn es zum Schlimmsten kam, würde Eskola sie nach Helsinki zurückbringen.
»Können wir jetzt fahren?« fragte Arponen in fast flehendem Ton.
»Nein. Wir müssen noch warten...«

38

Karlow hörte, wie sich der Schlüssel im Schloß der Tür zum Nebenzimmer hastig drehte. Das Geräusch bereitete ihn auf einen von Lysenkos Ausbrüchen vor; dann kam der General auch schon ins Zimmer gestürmt.
»Ein Anruf via Helsinki ist eben von Poluschkin hereingekommen. Er ist Tweed nach Imatra gefolgt. Imatra! Kommen Sie und sehen Sie sich das auf der Karte an...«
»Ich weiß, wo Imatra liegt.«

Aber Lysenko war ins Nebenzimmer zurückgegangen. Karlow folgte ihm, dabei seinen Uniformrock geradeziehend. Es war eine seiner Gewohnheiten in Augenblicken der Krise.
An der Wand des Zimmers hatte Lysenko eine Karte von Finnland befestigt. Als Karlow hineinkam, setzte der General einen behaarten Finger auf Imatra. Er war in großer Erregung. Ein Gedanke wischte durch Karlows Gehirn: er war der falsche Mann auf diesem Posten. Als Befehlshaber einer Division in der Schlacht mochte Lysenko erstklassig sein – nicht aber für diese kühle, klinische Tätigkeit. Da war Rebet weit besser geeignet.
»Imatra«, sagte Lysenko noch einmal. »Was zum Teufel macht Tweed da?«
»Ich habe keine Ahnung. Hat Poluschkin es Ihnen nicht gesagt?«
»Ja. Tweed ist mit der Bahn hingefahren. Er hat seine Reisetasche im Hotel gelassen und ist mit dem Taxi direkt zur Grenze gefahren. Dort ist er noch und wartet. Worauf wartet er?«
»Eine merkwürdige Entwicklung der Dinge«, stimmte Karlow ihm bei.
»Merkwürdig? Es ist, verdammt, höchst alarmierend! Haben wir alles falsch gemacht? Wir erwarteten, daß Procane sich mit der Sowjetbotschaft in Helsinki in Verbindung setzt. Nehmen wir an, er hat die Botschaft gemieden? Er muß nervös sein. Will Procane nach Imatra – um dort über die Grenze zu gehen?«
»Möglich«, stimmte Karlow neuerlich bei.
»Das ändert alles.« Lysenko begann im Raum herumzumarschieren. »Sie fahren am besten morgen mit Newman und Sarin nach Helsinki. Für die Überfahrt nehmen wir eines unserer großen Patrouillenboote. Ich werde Ihren Marschbefehl sofort unterzeichnen. Sie übernehmen voll und ganz die Suche nach Procane.«
»Wie Sie befehlen. Und wie erkläre ich das Newman?«
»Das ist leicht. Sagen Sie ihm, Sie erwidern Mauno Sarins lieben Besuch. Newman wird es als normal ansehen, daß wir mit den Finnen guten Kontakt pflegen. Wenn wir alles falsch gemacht haben, kann das ein Desaster werden.«
Die Panik breitet sich aus, dachte Karlow. Der Augenblick der Krise ist endlich gekommen.

»Das ist also Toompea«, sagte Newman zu Raisa, die auf dem Lossi-Platz, genau unterhalb der Kleinen Festung, auf sie gewartet hatte.
Sie hatte sie den Hügel hinaufgeleitet, und jetzt standen sie vor dem Mauerkoloß des riesigen Turmes, der sich an einer der Ecken der viereckigen Festung erhebt. An der Nordwestecke.
»Das ist der Pilsticker-Turm«, erklärte Raisa.
Mauno Sarin stand schweigend neben Raisa, ganz im Bann seiner besorgten Gedanken. Er begriff noch immer nicht, was Newmans Stimmung seit ihrer Ankunft in Estland in so außerordentlicher Weise hatte umschlagen lassen. Newman blickte über die Mauer und hinunter auf eine Parkanlage. Eine Straße führte daran vorbei; sie kam ihm bekannt vor.
»Was ist das für ein Park?« fragte er.
»Das ist der Toom-Park.«
»Und die Straße neben dem Toom-Park?«
»Das ist die Vaksali-Straße.«
»Darf ich ein bißchen allein umhergehen?«
»Natürlich. Gehen Sie bitte, wohin Sie wollen. Wenn Sie den Weg dort gehen – in Richtung zur Südwestecke –, dann sehen Sie den Langen Hermann. Der Turm ist fünfzig Meter hoch, zehn Meter im Durchmesser, und die Wände sind drei Meter dick...«
O Gott, sie redet wie eine Intourist-Reiseführerin, dachte Newman. Langsam schritt er über das Kopfsteinpflaster, jetzt mit düsterer Miene. Hier war es also! Die Stelle, an der Alexis gestorben war.
Deutlich und klar sah er den schrecklichen Film vor sich, den Howard ihm am Crescent Park in London vorgeführt hatte. Alexis, die die Hände hochwarf, als die Scheinwerfer des Wagens sie trafen und näherkamen. Das eigenartige Bauwerk mit den fremdartigen Türmen im Hintergrund. Er wanderte darin herum. Die Kleine Festung.
Er war ziemlich sicher, den Ort entdeckt zu haben, an dem man sie ermordet hatte. Die Vaksali-Straße. An der Längsseite des Toom-Parks. Die Örtlichkeiten stimmten. Er blieb stehen und schaute zum Langen Hermann empor. Auch eines dieser Ungetüme. Er hörte weibliche Schritte, die sich von hinten näherten, und zwang sich zur Gelassenheit. Mit einem Lächeln drehte er sich um.
»Können wir nach dem Abendessen noch einen Spaziergang machen?« schlug er vor.

»Natürlich«, antwortete Raisa. »Es würde mir ein Vergnügen sein.«

»Alte Festungen interessieren mich. Der Platz hier ist wunderbar. Ich möchte ihn gern aus einiger Entfernung sehen. Hat man nicht von der Vaksali-Straße einen guten Blick?«

»Ausgezeichnet.« Ihre Augen blickten genau in die seinen. »Und heute nacht haben wir klaren Himmel. Ich habe den Wetterbericht gehört. Nur etwas kühl. Aber der Mond wird scheinen. Das wäre schön...«

»Das würde ich auch gern sehen«, sagte Mauno über ihre Schulter hinweg. »Ich mache immer einen Spaziergang...«

Raisa, mit dem Rücken zu Mauno stehend, zog einen Schmollmund. Was für ein dummer Mensch, sagten ihre Augen, aber sie brachte ein Lächeln zustande, als sie sich umdrehte.

»Sie sind herzlichst eingeladen, Mr. Sarin.«

»In die Pikk-Straße finden wir wohl allein zurück«, schlug der Finne vor.

»Natürlich. Der Wagen wartet noch. Ich fahre mit dem Chauffeur zurück, und wir treffen uns dort. Und dann essen wir im Olympia-Hotel zu Abend. Es wird Ihnen gefallen.«

»Verdammt, was spielen Sie für ein Spiel?« wollte Mauno wissen, als sie allein waren. »Dieses Mädchen lockt Sie in eine Falle.«

»Ich bezweifle das«, sagte Newman freundlich. »Sie will wahrscheinlich nur, daß ich Tallinn in bester Erinnerung behalte.«

»Ich glaube, Sie sind verrückt. Solange wir auf estnischem Boden sind, weiche ich keinen Schritt von Ihnen – ob es Ihnen paßt oder nicht. Ich bin für Ihre Sicherheit verantwortlich und habe nicht die Absicht, mir von Ihnen in die Suppe spucken zu lassen – so sagt man doch?«

»Ja, so sagt man«, sagte Newman zustimmend, während sie den Weg zum Lossi-Platz hinuntergingen. Als sie an der Alexander-Newski-Kirche vorbeigingen, bemerkte keiner der beiden Männer die Gestalt, die sie durch die fast geschlossenen Eingangstore beobachtete. Kapitän Olaf Prii vom Kutter *Saaremaa* sah ihnen nach, bis sie außer Sicht waren.

»Karlow«, sagte Lysenko mit unheilvoll ruhiger Stimme, die den Obersten rasch von seinem Schreibtisch hochblicken ließ. »Raisa hat soeben gefunkt, daß Newman nach dem Abendessen einen Spaziergang durch die Vaksali-Straße machen möchte.«

»Kann Zufall sein«, antwortete Karlow rasch.
»Ich glaube nicht an Zufälle. Warum von allen Straßen Tallinns ausgerechnet diese? Sie wissen, was dort passiert ist?«
»Ich erfuhr es im nachhinein. Ich habe Ihnen schon gesagt, daß die Ermordung von Alexis Bouvet mehr als ein Verbrechen war – es war Stümperei.«
»Was geschehen ist, ist geschehen. Jetzt habe ich zu überlegen, ob es nicht zu gefährlich ist, Newman wieder aus Estland herauszulassen. Außerdem habe ich mich mit dem Problem zu beschäftigen, ob Adam Procane versuchen wird, bei Imatra über die Grenze zu gehen. Haben Sie die Anrufe nach Helsinki erledigt? Wie ist jetzt die Lage jenseits des Wassers?«
»Ein Team ist von Leningrad nach Imatra geflogen worden. Vor fünfzehn Minuten hörte ich von der Botschaft in Helsinki, daß Cord Dillon mit Helene Stilmar noch immer im Hotel ›Kalastajatorppa‹ ist. Stilmar selbst hat die Amerikanische Botschaft nicht verlassen. Keiner hat bis jetzt einen Schritt unternommen...«
»Außer Tweed«, erinnerte Lysenko. »Und bei all diesem Trubel habe ich meine Frau nicht angerufen. Haben Sie Ihre angerufen?«
»Nicht in allerletzter Zeit. Ich war sehr beschäftigt.«
»Wie steht ihr beide zueinander?«
»Sehr gut. Glücklicherweise hat sie, wie Sie ja wissen, eine wichtige Stellung als Biochemikerin, die sie voll beansprucht. Noch besser wäre es, wenn ich nach Moskau zurückversetzt werden könnte.«
»Ihre Pflicht hält Sie im Moment hier fest.« Lysenko wechselte das Thema. »Unmittelbaren Vorrang hat für mich Newman. Wir werden sehen, was er heute abend tut. Dann entscheide ich mich...«

Mauno Sarin kam mit Newman wieder in der Pikk-Straße an. Auf den Schock, der ihn dort erwartete, war er völlig unvorbereitet. Raisa geleitete sie über die Wendeltreppe hinauf in Karlows Büro, wo der Oberst gerade den Kaktus auf seinem Schreibtisch goß. Er trug den Topf zum Fenster und stellte ihn auf das schmale Fensterbrett.
»Ich glaube, er braucht mehr Licht. Willkommen daheim. Ich darf doch hoffen, daß Sie den Spaziergang genossen haben? Oh, Mauno, Ihr Büro hat angerufen. Sie baten um Ihren Rückruf. Drin-

gend. Ich lasse Sie allein, damit Sie anrufen können. Bitte, benützen Sie meinen Stuhl.«
Newman wanderte hinüber, um sich den Kaktus anzusehen, Karlow verließ das Zimmer, Sarin setzte sich und wählte eine Nummer. Der Finne wußte, das Gespräch würde von Karlows Technikern abgehört und auf Band aufgenommen werden. Ein ganz normaler Vorgang. Bei ihm lief das nicht anders, sooft ein Anruf von jenseits der Grenze kam. Er wurde mit seinem Stellvertreter Karma verbunden.
»Hier Sarin. Ich höre, Sie haben angerufen.«
»Ja. Sie haben mich doch gebeten, Sie über diesen Betrüger, der verschwunden ist, laufend zu informieren«, begann Karma seinen Bericht. »Wir haben ihn bis jetzt nicht ausgeforscht – aber wir glauben, daß er sich in Turku, Imatra oder Vaasa aufhält.«
»Wenn er in Vaasa ist, dann will er nach Schweden. Alarmieren Sie die Küstenwache...«
»Habe ich bereits getan. Es besteht kein Zweifel, daß er die Dokumente fotokopiert hat. Wir haben den Apparat untersucht.«
»Ich komme morgen statt heute. Lassen Sie es mich wissen, wenn eine neue Entwicklung eintritt, solange ich hier bin.«
Mauno legte den Hörer auf, sein Gesicht war starr. Er war entsetzt. Er saß hier über Nacht in Tallinn fest – und jetzt eine solche Nachricht. Der »Betrüger« war Tweed, die Deckbezeichnung hatte der Finne mit seinem Sinn für trockenen Humor gewählt. Und Tweed befand sich an dem Ort, den Karma als zweiten genannt hatte. Imatra! An der verdammten Sowjetgrenze! War Tweed denn komplett verrückt geworden?
Jetzt hatte er zwei Riesenprobleme, die ihn wachhielten. Tweed in Imatra und Newman, der ein merkwürdiges Spiel spielte, hier in Tallinn. Was zum Teufel ging hier vor? Newman trat vom Fenster zurück.
»Schlechte Nachrichten?« flüsterte er.
»Nur ein Rückschlag in einem komplizierten Fall, den ich bearbeite. Aber es wird sich alles klären – das ist bei solchen Dingen immer so. Sehen Sie zu, ob Sie Karlow finden, und sagen Sie ihm, wir wären zum Abendessen bereit, wenn es ihm recht ist.«
Mauno sank auf dem Stuhl in sich zusammen und starrte ins Leere. Er konnte Katastrophen riechen. Und jetzt war er überzeugt, daß er sich inmitten eines Katastrophengebiets befand. In Finnland, in Estland...

39

Tweed kam ins Hotel *Valtion* zurück, ließ den quietschenden Aufzug unbeachtet und eilte die Treppe hinauf. Er klopfte an die Tür der Suite, und Ingrid gab fast sofort Antwort. Sie war drinnen im Vorraum auf- und abgegangen.
»Wer ist da?«
»Tweed. Machen Sie auf...« Sobald sie die Tür hinter ihm geschlossen hatte, sprach er weiter. »Sie haben nichts ausgepackt? Gut. Wir fahren sofort ab. Das Taxi wartet.«
»Gott sei Dank! Ich war in dieser Dachkammer fast verrückt vor Angst.«
»Wir fliegen zurück nach Helsinki. Wir erreichen gerade noch das letzte Flugzeug von Lappeenranta – das ist die letzte Bahnstation vor Imatra. Die Rechnung habe ich beglichen. Wir müssen jetzt los.«
Arponen, derselbe Fahrer, der ihn zur Grenze gefahren hatte, überschritt auf den erstklassig instandgehaltenen, schnurgeraden Straßen mehrmals die zulässige Geschwindigkeit. Zu beiden Seiten das vorbeirasende Dunkelgrün des Waldes.
Tweed schaute mehrmals durch das Heckfenster zurück. Das einzige Fahrzeug auf der sonst verlassenen Schnellstraße war ein dunkelgrüner Saab, der ihnen in gleichbleibendem Abstand folgte. Er zweifelte nicht daran, daß der Mann hinterm Steuer Eskola war. »Imatra hat keine Trambahn...«
Tweed zog seine Brieftasche heraus und übergab Ingrid ein gefaltetes Bündel Banknoten. Sie solle, wenn sie ankämen, zwei Flugkarten nach Helsinki kaufen. Wieder schaute er durchs Heckfenster und runzelte die Stirn. Sein Blick wanderte weit zurück.
Hinter dem Wagen, von dem er sicher war, daß es sich um den von Eskola handelte, war ein anderer Wagen aufgetaucht. Auch dieser fuhr mit hoher Geschwindigkeit. Er zuckte die Achseln und blickte wieder nach vorn. Ingrid zupfte ihn am Ellbogen.
»Ist etwas?«
»Ja. Wir werden das Flugzeug mit knapper Mühe erreichen...«
Auf dem Flughafen Lappeenranta wartete Tweed beim Eingang, während Ingrid die Tickets besorgte. Der blaue Saab fuhr ein paar Meter von ihm entfernt an den Gehsteig. Tweed ging auf ihn zu und redete mit dem Fahrer, als dieser ausstieg.

»Eskola, wir nehmen die Maschine zurück nach Helsinki. Am besten, Sie laufen, wenn Sie noch Tickets kriegen wollen. Oder gleich zwei, wenn Arponen mitkommt –«
Er ging rasch in die Halle zurück, bevor der Finne antworten konnte. Fünf Minuten später rollte die Maschine des Fluges AY 445 auf der Piste zur Startbahn. Einige Reihen hinter Tweed und Ingrid saßen Eskola und Arponen getrennt voneinander. Der letzte Passagier, der an Bord gegangen war, bevor die Tür geschlossen wurde, war Poluschkin, der sich im Heck einen Platz suchte.
Während des dreißig Minuten dauernden Fluges ließ Tweed im Geiste alle Probleme Revue passieren, denen er sich gegenwärtig gegenübersah; dazu die Personen auf dem Spielbrett. Newman und Sarin, davon war er überzeugt, waren in Tallinn – es sei denn, sie wären mit dem Abendschiff zurückgefahren. Und sobald er wieder im *Hesperia* war, würde er mit Butler durchgehen müssen, wo sich Cord Dillon und Helene und ihr Mann befanden.
Vor allem hoffte er, daß Monica in London veranlaßt hatte, das Signal zu geben. Er hatte sie vor seiner Abfahrt darum gebeten. Dieses Signal war äußerst wichtig.

Monica hatte Welwyn, den Chiffrierbeamten in der Admiralität, sofort nach Tweeds Anruf telefonisch verständigt. Tweed hatte ihr vor dem Abflug nach Stockholm das Signal – eine bestimmte Nummernkombination – hinterlassen. Monica hatte den Eindruck, es liege Jahre zurück.
Welwyn reagierte prompt. Die Nummernkombination, ihr voran der Kennruf, wurde in die Atmosphäre ausgestrahlt. An Bord des Trawlers *Saaremaa*, der im Hafen von Tallinn lag, saß der Funker, Olaf Priis Bruder, über seinen Empfänger gebeugt und schrieb die Nummern auf einen Block.
Als das Signal zu Ende war, wickelte er das Notizblatt in Öltuch und verstaute es in einem Schrank unter einem Stapel Leinwand. Daß eine russische Abhörstation das Signal auffangen könnte, ängstigte ihn nicht. Wenn das der Fall war, dann gab es in der ganzen Sowjetunion keinen Dechiffrierexperten, der den Schlüssel dieses Codes knacken konnte. Nicht nur die Russen verwendeten Einmal-Codes.

Nachdem sie Welwyn angerufen hatte, tätigte Monica einen weiteren Anruf, diesmal ein Ferngespräch. Tweed hatte ihr erklärt, die beiden stünden im Zusammenhang, in welchem, davon hatte sie nicht die leiseste Ahnung.
Sie rief das SAS-Hotel in Kopenhagen an, das direkt an der Hauptstraße liegt, die von der Innenstadt zum Flughafen Kastrup führt. Der Hubschrauberpilot Casey lag auf dem Bett und las »Das Geheimnis des Edwin Drood«, als der Anruf kam. Er liebte Dikkens, und er hatte sich mit seinem Copiloten Wilson darin abgewechselt, neben dem Telefon zu wachen.
»Hier Casey.«
»Hier Monica – was nichts mit Dickens zu tun hat.«
»Warum nicht? Dickens ist ein verdammt guter Schreiber.«
»Die Fahrt ist abgesagt«, fuhr sie fort. Damit hatten sie sich durch vorher vereinbarten Wortlaut zu erkennen gegeben. »Sie können Urlaub nehmen. Nicht zu viele Frauengeschichten diesmal.«
»Warum nicht? Ich liebe Dickens und ich liebe die Frauen.«
Innerhalb einer Stunde war die große Alouette startklar. Casey, ein Spaßvogel von etwa dreißig Jahren, saß an den Hebeln, neben ihm Wilson, ein eher schweigsamer Typ. Er ließ die Maschine abheben und steuerte sie ostwärts, über den Öresund, die schmale Wasserstraße zwischen Dänemark und Schweden. Einen Kaugummi zwischen den Zähnen, brachte er die Alouette auf größere Höhe. Es würde ein langer Flug werden.
Seine Route würde ihn quer über den großen Zeh Südschwedens und dann Richtung Nordost nach Arlanda führen, wo er auftanken mußte. Von Arlanda ging es dann unterhalb der Radarpeilung nach Süden zur Insel Ornö im Schwedischen Archipel.
Er hatte vor, an einer abgelegenen Stelle zu landen und auf die letzten Anweisungen zu warten. Die Alouette war mit einem starken Funkgerät neuester Konstruktion ausgerüstet. Zudem war Wilson ein erfahrener Funker. Auf Ornö würden sie das Signal empfangen, das sie an ihren Bestimmungsort weiterleitete: den Hubschrauberlandeplatz am Ufer nächst dem Hotel *Kalastajatorppa*.

Während Newman und Sarin mit ihren Gastgebern im Hotel *Olympia* zu Abend aßen, machte Kapitän Olaf Prii seinen Abendspaziergang durch Tallinn. Schließlich erreichte er die menschenleere Pikk-Straße.

Er schlenderte weiter, blickte zum Himmel empor, der von Sternen übersät war, die im samtenen Schwarz dieser Nacht besonders hell leuchteten. Bei der Dicken Margarete blieb er stehen und ließ den Blick an dem riesigen Bauwerk emporwandern, wie Newman es einige Zeit vorher getan hatte.
Er wandte sich nach links und holte sein Fahrrad, das hinter dem Großen See-Tor stand. Flink kurbelten Priis lange, kräftige Beine zum Hafen. An Bord der *Saaremaa* ging er geradewegs zum Funkraum. Sein Bruder hob den Kopf, als er eintrat und die Tür schloß.
»Es ist gekommen«, sagte er.
Er holte das Notizblatt aus dem Versteck, reichte es Olaf und versperrte die Tür. Der Kapitän zog ein winziges Notizbüchlein aus einer Geheimtasche eines seiner Seestiefel und ließ sich nieder, um den Code zu entschlüsseln. Er arbeitete langsam und sorgfältig und brauchte eine halbe Stunde, bis er zu einem befriedigenden Ergebnis kam.
Die Nachricht war in Deutsch abgefaßt, der Sprache, in der er sich mit Tweed in Harwich unterhalten hatte. Er las sie zweimal; dann zog er eine Streichholzschachtel aus der Tasche und verbrannte das Papier in einer Untertasse. Dann ließ er auch das Blatt aufflammen, auf dem der Schlüssel des Codes stand. Die verkohlten Reste spülte er im Waschbecken in der Ecke hinunter. Dann erst schaute er seinen Bruder an.
»Wir fahren sofort«, verkündete er.
»Welches Ziel?«
»Ist das Schlauchboot in Ordnung?«
»Ich hab es erst heute nachmittag überprüft«, antwortete sein Bruder. »Ist in bestem Zustand. Unser Ziel?«
»Zuerst Turku...«
»Und danach?«
»Die Insel Ornö im Schwedischen Archipel.«

40

Das Hotel *Olympia* trägt nicht gerade zur Verschönerung der Altstadt Tallinns bei. Es ist ein moderner Betonblock, der viele Stockwerke hoch in den Himmel ragt. Alle Fenster sehen gleich aus. Ein häßlicher Bienenkorb für Menschen.

Newman, der sich irgendeine alte Absteige erhofft hatte, mochte das Hotel vom ersten Augenblick an nicht. Karlow als Gastgeber ging ihnen in den Speisesaal voran. Seine Gäste waren Newman, Sarin und Raisa, die den Platz neben dem Engländer bekam.
»Morgen begleite ich Sie nach Helsinki zurück«, sagte der Oberst während des Hauptgerichts, einer Riesenportion Hering mit Gemüse. Von irgendwo hatte man einen guten Chablis aufgetrieben, und Newman nippte an seinem Glas. Karlow sprach weiter. »Damit erwidere ich die zahlreichen Besuche, die Mauno mir bereits abgestattet hat. Außerdem liebe ich Helsinki.«
»Sagen Sie mir, Oberst«, fragte Newman, »wer ist für die Sicherheit in Tallinn zuständig?«
»Ich. Und für die von ganz Estland. Was veranlaßt Sie zu dieser Frage?«
»Die Tatsache, daß die Leute hier sich so anständig benehmen. Keine Betrunkenen auf den Straßen. Eine angenehme Abwechslung.«
»Ich weiß nicht recht.« Karlow nahm einen Schluck von seinem Chablis. »Als ich in London war, hatte ich denselben Eindruck.«
»Offenbar waren Sie nicht in der Nähe, wenn man sie aus den Kneipen rauswarf.«
»Das geschieht zu sehr vorgerückter Stunde, nicht wahr?« bemerkte Raisa. »Wenn wir spazierengehen, werden Sie sehen können, wie es hier in der Nacht zugeht.«
Nach dem Abendessen entschuldigte sich Karlow. Er habe eine Menge Schreibtischarbeit zu erledigen. Ihre Zimmer im *Olympia* gefielen ihnen, hoffe er doch? Nach einer förmlichen Verbeugung verließ er sie.
Nach dem Kaffee fuhr man sie vom *Olympia* ins Zentrum der Altstadt; die Limousine hielt am Beginn der Vaksali-Straße. Der Mond schien hell, als Newman und Raisa ausstiegen und Mauno ihnen langsam folgte. Raisa nahm Newmans Arm, als wäre es die natürlichste Sache der Welt, und einen Augenblick lang fühlte er ihre feste Brust an seinem Arm. Langsam gingen sie an der Längsseite des Toom-Parks entlang. Dann blieb Newman stehen. Er wandte sich um und blickte zurück.
Die Kleine Festung warf lange Schatten, ein einsamer Koloß, der da oben weithin sichtbar auf dem Hügel thronte. Genau hier, dachte Newman. Genau hier, wo ich jetzt stehe, haben sie sie getötet.

Lebhaft entstand vor seinem geistigen Auge wieder der Hintergrund der Mordszene. Und das, was er vor sich sah, war das genaue Abbild jenes Hintergrunds. Das fremdartige Schloß mit den merkwürdigen Türmen. Ein eigenartiges Gefühl beschlich ihn jetzt, da er wußte, daß er die Stelle gefunden hatte.
– *Wer ist für die Sicherheit in Tallinn zuständig? – Ich. –*
Dann war Karlow der Mann, der Alexis getötet hatte. Und Karlow fuhr morgen mit ihnen nach Finnland. Ein kaum glaublicher Zufall. Newman starrte noch immer zur Festung hin. In seinem Gesicht stand ein träumerischer Ausdruck. Doch was er vor sich sah, war die Szene eines Alptraums.

In seinem Zimmer im *Olympia* war Newman bereit, zu Bett zu gehen. Man hatte ihnen alles besorgt, was man für eine Übernachtung brauchte. Pyjama, Bademantel, Rasierapparat. Er wollte sich eben ins Bett legen, als er das leise Klopfen an der Tür hörte.
Er stand wieder auf, schlüpfte in den Morgenrock und drehte den Schlüssel im geräuschvoll knirschenden Türschloß. Raisa stand draußen. Sie trug einen Morgenmantel, der vorne weit offen stand. Darunter hatte sie ein durchsichtiges, kurzes Nachthemd an und ein hautenges Höschen. Alles an ihr war gut einsehbar, und auf ihren Lippen lag ein halbes Lächeln.
Die Tür hinter ihr ging auf, und Mauno stand im Türrahmen. Ihre Augen sprühten Flammen, und sie schloß den Morgenmantel. Sie wandte sich um und begann rasch zu sprechen.
»Zu Ihnen wäre ich auch noch gekommen. Ich habe soeben erfahren, daß das Patrouillenboot, das Sie nach Helsinki zurückbringt, um acht Uhr dreißig abfährt. Oder ist das zu früh? Sie werden von hier um acht Uhr abgeholt.«
»Trifft sich gut«, antwortete Mauno.
»Und für Sie?« Sie drehte sich zu Newman um, und er vermeinte Enttäuschung in ihren Augen zu sehen. »Ist das in Ordnung?«
»Alles fein. Frühstück um sieben? Dann müssen wir nicht hasten.«
»So früh Sie wünschen. Schlafen Sie gut.«
Newman blinzelte Mauno zu, bevor er die Tür schloß. Dieses »Rendezvous« hatten sie erwartet und deshalb vereinbart, daß Newman beim Öffnen der Tür das Schloß quietschen ließ, um Mauno zu alarmieren.
Newman zündete sich eine Zigarette an. Er entwarf einen Plan.

Der Revolver, den er auf dem Sergels Torg gekauft hatte, lag im Schließfach im Hauptbahnhof von Helsinki. Der Schlüssel dazu befand sich in seiner Brieftasche, und diese wiederum hatte er jetzt unter seinem Kissen versteckt.

Lysenko hielt in Karlows Büro eine mitternächtliche Konferenz ab. Rebet war ebenfalls anwesend und hörte schweigend zu, als der General die Lage umriß.
»Hauptpunkt unserer Tagesordnung: lassen wir Newman morgen abreisen? Raisa berichtet, Newman habe großes Interesse an der Festung gezeigt – aber ein touristisches, wie sie glaubt. Was mir nicht gefällt, ist, daß er die Vaksali-Straße hinunterwanderte. Er stand fast genau an der Stelle, an der seine Frau von Poluschkin hingerichtet wurde.«
»Von dort hat man einen guten Blick auf die Kleine Festung«, erklärte Rebet. »Hat er, seit er da ist, mit einem Wort den Tod seiner Frau erwähnt? Nicht, soviel ich weiß.«
»Das ist wahr«, gab Lysenko zu. Er blickte im Kreis herum. »Wir sind drei. Stimmen wir ab. Wer dafür ist, daß Newman nach Helsinki zurückkehren darf, der hebe bitte die Faust.«
Rebet unterdrückte einen Seufzer. Die geschlossene Faust. Längst nicht mehr aktuell. Typisch für den alten Bolschewiken. Wann würde er einsehen, daß sich die Zeiten geändert hatten?
Karlow und Rebet hoben ihre Fäuste. Lysenko starrte sie einen nach dem anderen an. Er nickte, ohne eine Faust zu heben. Jetzt hatte er die Verantwortung dafür, daß man Newman gehen ließ, auf andere Schultern abgewälzt – für den Fall, daß Moskau später Rechenschaft forderte.
»Es gibt noch einen Punkt, über den wir diskutieren müssen, Genosse General«, sagte Karlow förmlich. »Sie erwähnten Poluschkin. Ich bin mit der Leitung der Nachforschungen im Fall der Morde an GRU-Offizieren hier in Tallinn betraut. Ich sagte Ihnen schon, daß Poluschkin sich stets in Tallinn aufhielt, wenn ein Mord stattfand, und daß alle Ermordeten im Rang über ihm standen, so daß ihr Tod seiner Beförderung den Weg ebnete. Seit er Tallinn verlassen hat und nach Stockholm gereist ist, sind keine Morde mehr vorgekommen. Ich beschloß, seine Unterkunft durchsuchen zu lassen.«
»Und Sie haben etwas gefunden?« fragte Lysenko.
»Das hier.« Karlow schloß eine Lade auf, zog einen Handschuh

über die rechte Hand und hob etwas hoch und legte es auf den Tisch. Es war eine an zwei hölzernen Handgriffen befestigte Drahtschlinge. Der Draht trug an manchen Stellen matte Flecken; kleine schwarze Körnchen rieselten auf die Tischplatte.
»Ich fand es im Schornstein«, erklärte Karlow. »Der schwarze Dreck ist Ruß. Und es sieht mir ganz danach aus, als wären die Flecken auf dem Draht getrocknetes Blut. Genossen, ich glaube, wir haben die Mordwaffe vor uns. Die Garotte...«
»Ich habe bereits beschlossen, daß Poluschkin – angesichts des vorliegenden Beweismaterials –, wenn er aus Finnland zurückkehrt, vor ein Militärgericht gestellt wird«, kündigte Lysenko an. »Damit ist die Sache geregelt. Im Moment aber, glaube ich, lassen wir ihn in Helsinki seine Aufgabe erfüllen. Das Hauptproblem ist nach wie vor Adam Procane.«
»Wie ich es sehe, ist Procane ein sehr vorsichtiger Mann«, erklärte Karlow. »Während der ganzen Zeit meines Aufenthaltes in London ergab sich für mich nie ein Anhaltspunkt für seine Identität. Ich glaube, er wird bis zum Schluß vorsichtig bleiben.«
»Bis er sicher in Moskau angelangt ist«, schloß Lysenko.

VIERTER TEIL

Helsinki:
Grenzübergang

Nach der Landung auf dem Flughafen Vantaa brachte Tweed zuallererst Ingrid mit einem Taxi ins Hotel *Intercontinental*, gleich neben dem *Hesperia*, und nahm ihr dort ein Zimmer.
»Ihre Kleider lasse ich Ihnen später herüberbringen«, sagte er zu ihr, als sie im Schlafzimmer standen. »Oder wenn Ihnen das lieber ist, können Sie hinüberkommen und es selbst tun. Aber kommen Sie nicht in meine Nähe. Ich rufe Sie an oder komme herüber, wenn ich Sie sehen will.«
»Aber warum, Tweed? Ich möchte lieber bei Ihnen sein...«
»Aus Sicherheitsgründen. Wir sind nahe daran, Procane ausfindig zu machen. Ich brauche jemanden, an den ich mich notfalls wenden kann, der nach außen hin in keiner Verbindung zu mir zu stehen scheint. Das könnte sich als sehr wichtig erweisen.«
Die Erklärung schien sie zufriedenzustellen. Mit einem Gefühl der Erleichterung verließ Tweed sie. Er wollte nicht, daß Ingrid Laila kennenlernte. In dieser kritischen Phase konnte er emotionelle Probleme nicht gebrauchen. Er ging mit der Reisetasche in der Hand zum *Hesperia* hinüber und direkt in Butlers Zimmer.
»Wie stehen die Dinge?« fragte er, als sie bei einem Drink saßen. »Hat es Veränderungen gegeben, während ich weg war?«
»Nicht eigentlich.« Butler klang enttäuscht. »Fergusson beobachtet weiterhin die Amerikanische Botschaft. Stilmar hat das Gebäude nicht verlassen, seit er angekommen ist. Ich finde das eigenartig...«
»Und Cord Dillon?«
»Dieselbe Situation. Hat das Hotelgelände des ›Kalastajatorppa‹ nicht verlassen. Er geht mit Helene am Strand in dem kleinen Park spazieren, wo sie den Hubschrauberlandeplatz haben. Nield behält die Stelle im Auge. Er könnte innerhalb von Minuten in der Luft sein.« Butler nahm einen weiteren Schluck von seinem Scotch. »Es ist, als ob Procane – wer immer es sein mag – darauf wartet, daß jemand kommt und ihn nach Rußland eskortiert...«
»Eine interessante Betrachtungsweise«, erwiderte Tweed. »Halten Sie die Bewachung aufrecht. Sie lösen jeden Mann von Zeit zu Zeit ab? Gut. Wir werden es bald wissen. Nur noch ein klein wenig Geduld...«

In sein Zimmer zurückgekehrt, rief Tweed Monica an. Sie meldete sich sofort, was bedeutete, daß sie am Telefon Wache hielt.
»Ich habe die Leute verständigt, daß die Shangri-La-Lieferung vollen Versicherungsschutz hat«, meldete sie. »Die Ware ist bereits abgegangen.«
»Gut. Und die andere Lieferung?«
»Auch Ruby Stone ist voll versichert. Die Lieferung ist ebenfalls auf dem Weg. Jedermann scheint glücklich über die Art und Weise, wie wir die Dinge abwickeln.«
»Gut. Ich nehme doch an, daß Sie die Zusicherung bezüglich Shangri-La per Luftpost expreß abgeschickt haben?«
»Habe ich persönlich erledigt. Wie geht es Ihnen?«
»Habe mich nie besser gefühlt.«
Tweed legte auf und hoffte, er habe nicht so müde geklungen, wie er sich fühlte. Shangri-La war der Hubschrauber vom Typ Alouette, der inzwischen auf der Insel Ornö im Schwedischen Archipel gelandet sein mußte. »Luftpost expreß« sollte bedeuten, daß das zweite Signal an Casey, den Piloten der Alouette, von der Admiralität aus gesendet werden müsse: »Fliegen Sie zur vereinbarten Zeit zum Landeplatz beim Hotel ›Kalastajatorppa‹.«
»Ruby Stone« war die *Saaremaa* unter Kapitän Prii. Monicas Hinweis, diese Lieferung »sei auf dem Weg«, bedeutete, daß das Schiff bereits abgelegt hatte und wahrscheinlich schon vor dem Hafen Turku lag. Im ungünstigsten Fall würde sie diesen Punkt in der folgenden Nacht erreichen.
»Jedermann scheint glücklich« war überhaupt der bedeutsamste Teil ihres Gesprächs gewesen. Dieser Satz hieß, daß die *Saaremaa* nach ihrem Auslaufen aus dem Hafen von Tallinn ein Signal gesendet hatte und daß es empfangen worden sei.
Alles das verarbeitete er in seinem Gehirn, als er sich auf den Weg zum Restaurant im ersten Stock machte. Er war total ausgehungert. Das Buffet, das im *Hesperia* auf einem großen Tisch aufgebaut war, hatte exzellente Genüsse zu bieten. Tweed lud sich beherzt den Teller voll und ging damit zu einem Tisch, der in sicherer Entfernung von den anderen Essern stand. Wenn seine Rechnung stimmte, dann würde seine Mission morgen als geglückt oder als total gescheitert angesehen werden können. Während er aß, versuchte er all seine wachsenden Zweifel von sich zu schieben.

Am folgenden Morgen durchschnitt das russische Patrouillenboot mit hoher Geschwindigkeit das Wasser auf dem etwas mehr als sechzig Kilometer weiten Weg über den Golf, der Tallinn von Helsinki trennt. Das große Boot hinterließ auf dem ruhigen, im hellen Licht der Sonne glitzernden Meer eine breite weiße Kielspur. Die See war so glatt und blau wie der Himmel über ihr.
In der Kabine unter Deck starrte Mauno Sarin durch das Bullauge. Er war von großer Sorge erfüllt. Keine weiteren Berichte waren von Karma hereingekommen, und Mauno fragte sich, was wohl alles während seiner Abwesenheit von der Zentrale geschehen sein mochte.
Newman stand auf. »Ich glaube, ich gehe hinauf auf die Brücke und plaudere mit Karlow«, sagte er.
»Man wird es Ihnen vielleicht nicht erlauben«, warnte Mauno.
»Wir sind an Bord eines ihrer neuesten Boote – sehen Sie doch, welch hohe Geschwindigkeit es hält.«
»Ich werde es nur wissen, wenn ich es versuche«, erwiderte Newman.
Es gab keine Probleme, als er die Stufen zur Brücke hochkletterte, sich am Geländer festhaltend, weil das Schiff auf anderen Kurs ging und nach Steuerbord krängte. Karlow selbst machte ihm die Tür auf und lud ihn mit einer Geste ein, sich zu ihm und dem Kommandanten zu gesellen.
»Ein schöner Tag für meinen Besuch in Helsinki«, bemerkte Karlow. Sie hatten ungefähr die halbe Strecke zurückgelegt.
»Erwarten Sie, daß Ihr Aufenthalt mehrere Tage dauert?«
»Gott weiß, wie lange...«
»Oberst...« Newman senkte die Stimme, weil er nicht sicher war, ob der Kommandeur oder der Rudergänger Englisch verstanden. »Ich bin im Besitz gewisser Informationen, die ich gerne mit Ihnen besprechen würde. Außerdem gibt es für mich einen letzten Termin, bis zu dem ich meine Story an die Agentur Reuter schicken muß. Können wir uns heute abend irgendwann treffen? Irgendwo, wo man uns nicht sieht?«
»Warum nicht. Haben Sie einen bestimmten Treffpunkt im Auge?«
»Der Quellen-Park – an der Spitze der Halbinsel, auf der Helsinki erbaut ist. Kennen Sie die Gegend? Gut. Nicht weit hinter dem Silja-Pier gibt es einen Rastplatz – wo Autos parken...«
»Ich kenne ihn.«

»Können wir uns dort treffen?«
»Um welche Zeit?«
»Zehn Uhr abends. Da wird uns niemand zusammen sehen. Sie kommen allein?«
»Ich brauche niemanden, der mich an der Hand führt. Also um zehn Uhr. Der Rastplatz beim Quellen-Park.«

Das russische Patrouillenboot stoppte in Rufweite des Bootes der finnischen Küstenwache. Beide Schiffe befanden sich in der Mitte des Meerbusens, kein anderes Wasserfahrzeug war in Sicht. Das Fahrzeug der Küstenwache ließ ein kleines Motorboot zu Wasser, das auf das russische Schiff zuschoß. Die drei Passagiere, Newman, Karlow und Sarin, wurden ins Motorboot umgeladen, das daraufhin zu seinem Mutterschiff zurückkehrte.
Das Patrouillenboot aus Tallinn war bereits wieder auf dem Rückweg, als die drei Männer an Bord des finnischen Schiffes kletterten. Auf diese Weise würde ihre Ankunft in Helsinki keinerlei Aufsehen erregen. Das Küstenwachboot nahm Kurs auf Helsinki.
»Wenn wir ankommen«, erklärte Mauno unter Deck, »werden zwei Wagen warten. Ich nehme den einen, Karlow den anderen. Wir wissen, daß Sie im ›Marski‹ wohnen – Karma, mein Stellvertreter, hat mit Ihrem Foto alle Hotels abgeklappert. Macht es Ihnen etwas aus, dorthin mit dem Taxi zurückzufahren?«
»Ist mir recht.«
»Ich rufe Sie später an, sobald ich Zeit gefunden habe, mich um die letzten Entwicklungen zu kümmern. Sollte...«
»Tun Sie das.«

»Hat der Ärztekongreß im ›Kalastajatorppa‹ schon angefangen?« fragte Tweed Butler während des späten Frühstücks, das sie in seinem Schlafzimmer einnahmen.
»Ja. Ich hätte es Ihnen gleich sagen sollen, als sie zurückkamen. Scharen von Ärzten aus ganz Europa. Das erschwert Nields Job, die beiden Leutchen zu überwachen, wenn alles so voller Menschen ist.«
»Keine Angst. Er wird schon damit fertig. Haben Sie eine Ahnung, wo Laila Sarin ist?«
»Sie kam an die Rezeption, als ich zufällig dort war. Ich hörte sie nach Newman fragen, also sagte ich, ich könnte vielleicht helfen,

und sie ging mit mir Kaffee trinken. Ich gab mich als Freund Newmans aus und sagte ihr, ich sei ebenfalls auf der Suche nach ihm. Sie sagte, sie frage in allen Hotels nach ihm und werde, wenn sie ihn nicht finde, zum Hafen hinuntergehen.«
»Sie kann von Glück reden, wenn sie ihn je wiedersieht. In der Sache können wir nichts tun. Haben Sie diese Wagen gemietet, wie ich gebeten habe? Sie müssen schnell sein ...«
»Habe mich darum gekümmert. Zwei Citroëns – beide gleiche Type und gleiche Farbe, wie Sie verlangten. Sie sind hier geparkt und fahrbereit. Aber wohin soll's denn gehen?«
Tweed schien die Frage nicht gehört zu haben. Er nippte an seinem Kaffee und strich Butter und Marmelade auf eine Semmel. Nachdem er die Semmel verzehrt hatte, stellte er die nächste Frage.
»Nield ist unser bester Fahrer, würden Sie das sagen?«
»Fährt wie der Teufel – wenn man ihn läßt. Fährt schnell, aber gut und sicher.«
»Und was unsere amerikanischen Freunde betrifft, hat sich nichts geändert?«
»Überhaupt nichts. Fergusson und Nield haben telefonisch Bericht erstattet, kurz bevor Sie mich gebeten haben, mit Ihnen zu frühstücken.« Butler gähnte und hielt die Hand vor den Mund. »Entschuldigen Sie, ich war die ganze Nacht auf und habe die beiden jeweils für ein paar Stunden abgelöst.«
»Weiter beobachten. Und gehen Sie schlafen, wenn es geht. Sie werden auch in der kommenden Nacht nicht viel Schlaf kriegen.«
»Es geht also los?«
»Seid bereit – wie die Pfadfinder sagen.«
Butler starrte Tweed an, der ihn durch seine Brillengläser ruhig betrachtete. Er kannte Tweed, kannte ihn sehr gut. Tweed witzelte selten – nur in Zeiten nervlicher Anspannung. Ohne ein weiteres Wort zu sagen, stand Butler vom Tisch auf und verließ das Zimmer. Etwa eine Stunde später rief Mauno Sarin Tweed an.

Laila entdeckte Newman ganz zufällig, als er eben an Land ging. Sie war schon seit einiger Zeit im Süd-Hafen umhergefahren. Sie sah ihn mit seiner Reisetasche in ein Taxi steigen, und folgte ihm.
Das Taxi fuhr durch die von Bäumen gesäumte Esplanade am Buchladen Akateeminen vorbei, wo sie die Bücher über Estland gekauft hatten. Sie erwartete nun, daß der Wagen rechts abbiegen

und durch die Mannerheimintie zum *Hesperia* fahren würde. Er fuhr auch so, hielt aber dann zu ihrer Überraschung vor dem Hotel *Marski*.
Sie fand einen freien Parkplatz und glitt hinein, als eben ein anderes Auto darauf zusteuerte. Sie warf Münzen in die Parkuhr, rannte ins *Marski* und sah Newman in die Aufzugkabine treten. Sie rannte in die Kabine, ehe sich die Türen schlossen, stellte sich dabei die Frage, warum er sich nicht eingetragen habe.
»Hallo«, sagte Newman. »Wie geht's?«
»Fast verrückt vor Angst um dich«, wütete sie. »Ich weiß nicht, warum ich mich so aufrege. Ich weiß es wirklich nicht...«
Sie folgte ihm in das Zimmer, das er aufschloß, ging zum Fenster, verschränkte die Arme und wandte sich ihm zu, während er die Tür versperrte. Ihr Gesicht, normalerweise zart getönt, war rot vor Zorn. Newman erinnerte sich an ihre Bemerkung über die finnischen Frauen – wenn einer einmal das Temperament durchgeht, dann...
»Ich habe in diesem Hotel nach dir gefragt«, wütete sie weiter. »Ich habe in jedem Hotel in Helsinki nach dir gefragt. Wo bist du gewesen? Warum hast du dich nicht eingetragen, als du jetzt ankamst?«
»Weil ich mich schon vorgestern abend hier eingetragen habe. Also gut, ich schulde dir wahrscheinlich eine Erklärung. Ich bin aus dem ›Hesperia‹ ausgezogen. Übrigens, hast du Tweed diesen Umschlag gegeben?«
»Ja.«
»Hat er etwas damit gemacht?«
»Frag *ihn!* Er wohnt im ›Hesperia‹...«
»Wie ich schon sagte«, fuhr Newman geduldig fort, »zog ich vom ›Hesperia‹ hierher. Ich meldete mich unter dem Namen René Charbot an. Ich spreche fließend Französisch, so ist es niemandem komisch vorgekommen.«
»Ich finde es auch nicht komisch. Wo bist du gewesen?«
»Es ist besser, du weißt das nicht.«
»Aber du weißt jetzt, wer deine Frau umgebracht hat?«
Erstaunt starrte er sie an. Sie erwiderte den Blick, die Arme noch immer verschränkt, die Wangen noch immer gerötet. Er ging zum Kleiderschrank und holte eine Flasche Wein heraus, die ihm der Zimmerkellner heraufgebracht hatte, bevor er nach Tallinn abgefahren war.

»Hättest du was gegen ein Gläschen Wein?« fragte er.
»Ich brauche eins! Ich habe mich so um dich gesorgt.«
»Warum hast du diese Bemerkung über meine Frau gemacht?«
»Dein Gesicht. Deine Art. Alle Spannung ist weg. Du bist in einer sehr merkwürdigen Stimmung – wie einer, der sich auf eine lange Reise ins Nichts begibt.«
Er reichte ihr das Glas. Sie tranken, ohne anzustoßen. Newman ließ sich in einen Sessel sinken, Laila setzte sich in einen anderen. Sie trank ihr Glas aus, und er füllte es wieder.
»Laila, wir werden uns nicht wieder treffen. Und, um deinetwillen, wir dürfen in der Öffentlichkeit nicht mehr zusammen gesehen werden. Nicht einmal bei einem Abendessen...«
»Dann benützen wir eben den Zimmerservice. Ich lasse mich im Bad nieder, wenn sie es heraufbringen...«
»Keine sehr gute Idee.«
»Dann laufe ich dir nach. Wohin du auch gehst. Was wird es also? Gemeinsames Abendessen? Hier im Zimmer? Oder ich laufe dir nach?«
»Ich rufe den Zimmerservice an. Früh am Abend.«

Mitten zwischen den Bäumen von Ornö stand die Alouette auf einer abgelegenen Lichtung. Nach dem Flug von Arlanda hierher hatte sie sanft auf dem felsigen Grund aufgesetzt. Casey hatte etliche mögliche Landeplätze überflogen, bevor er diesen ausgewählt hatte. Er erfüllte alle gewünschten Bedingungen.
Er war weit genug weg von den über die ganze Insel verstreuten Sommerhäusern, abseits nicht nur von einer Straße, sondern auch von den Fußpfaden, die die Insel kreuz und quer durchzogen. Und er lag nahe an der Küste.
»Wir fliegen morgen«, hatte ihm Wilson Stunden nach ihrer Landung mitgeteilt, nachdem er das Funksignal der Admiralität empfangen hatte.
Sie verzehrten die mitgebrachten Rationen und tranken dazu Mineralwasser. Die kalte Nacht verbrachten sie in Schlafsäcken unter der Maschine. Die unglaubliche Stille zerrte an ihren Nerven. Sie spielten am Morgen Karten und waren froh, als es Zeit zum Start wurde. Auf einer Karte zeichnete Casey ihre Position ein, bevor sie abflogen, faltete die Karte zusammen und steckte sie in die Tasche.
Im Falle ihrer Entdeckung hätte Casey eine Geschichte parat

gehabt: Maschinenschaden. Er hatte sogar am Motor herumgebastelt, um die Story glaubwürdig erscheinen zu lassen. Jetzt aber war der Motor voll betriebsfähig. Er schaute noch einmal auf die Uhr und startete dann die Rotoren.
»Gott sei Dank, wir fliegen«, sagte Wilson. »Es ist das Warten, das einen auf die Nerven geht.«
»Sagt Tweed auch immer.«
Die Maschine stieg über die Baumwipfel empor, schwebte einen Augenblick lang bewegungslos in der Luft und flog dann ostwärts – zum Finnischen Meerbusen, nach Helsinki, zum Landeplatz beim Hotel *Kalastajatorppa*.

Der Trawler *Saaremaa* lag vor der Küste bei Turku, die Netze waren ausgeworfen. In seiner Kajüte schaute Kapitän Olaf Prii noch einmal auf die Uhr. Er warf einen Blick durchs Fenster. Bald würde es dunkel sein, und er würde ununterbrochen auf seine Uhr schauen.
Prii war nicht im geringsten nervös. Zu viele Jahre waren es schon, in denen er ein Doppelleben geführt hatte. Manchmal dachte er, er sei hart und unerbittlich geworden. Aber die einzige Form des Überlebens war die Arbeit in einer Untergrundbewegung. Er zündete seine Pfeife an und ging hinaus an Deck.
Die See war ruhig, der Himmel klar. Perfekte Bedingungen für das, was er zu tun hatte. Weiß Gott, Wetterberichte gehörten zu seinem Alltag. Sein Bruder hatte den Funkraum nicht mehr verlassen, seit sie von Tallinn abgefahren waren. Auch er war ein harter Mann geworden. Jeder, ob Mann oder Frau, zahlte seinen Preis für das Leben, das er – oder sie – lebte. Und wie Casey konnte auch Olaf Prii es nicht erwarten, endlich in Bewegung zu sein.

42

»Wie viele Leute haben wir zur Verfügung, Karma?« fragte Mauno.
»Normalerweise vierzig...«
»Wie viele heute nacht, meine ich.«
»Sechsunddreißig. Vier fallen wegen Krankheit aus.«
»Ich habe folgendes vor.« Mauno marschierte in seinem Büro auf dem Ratakatu rund um den Tisch. »Schicken Sie zwölf zum

›Kalastajatorppa‹. Unter all den Ärzten dort wird man sie nicht bemerken. Sechs weitere sollen in der Nähe der Sowjetbotschaft sein. Weitere sechs rund um die Amerikanische Botschaft. Bleiben zwölf. Schicken Sie sechs zum Flughafen Vantaa. Die restlichen sechs bleiben hier als Reserve.«
»Ich erteile sofort die Instruktionen. Wenn ich wüßte, um was es geht...«
»Das wüßte ich gerne selbst, Karma. Sie kennen doch die Gerüchte um einen Amerikaner namens Procane, der auf dem Weg nach Rußland sein soll? Wir wollen keinen internationalen Zwischenfall an unserer Haustür. Ach, ja – von der Reserve schicken Sie noch einen Mann zum ›Hesperia‹. Zeigen Sie ihm ein Bild von Tweed.«
»Und was dann?«
»Dann können wir nur warten. Es wird eine lange Nacht werden. Rufen Sie vorsorglich meine Frau an. Aber erst, nachdem Sie alle meine Weisungen ausgeführt haben.«

Die Alouette flog in den finnischen Luftraum in derselben geringen Flughöhe ein, die sie auf dem ganzen bisherigen Flug eingehalten hatte. Die Sonne stand knapp über dem Horizont, als sie auf dem Landeplatz nahe der Anlegestelle aufsetzte.
Das Hotelgebäude, das dem Strand am nächsten stand, war hell erleuchtet. Das Runde Restaurant wimmelte von Kellnern, die Vorbereitungen für das Bankett der Teilnehmer des Ärztekongresses trafen. Auf dem Anlegesteg stand die kleine Gestalt eines Mannes, der das Herannahen des Hubschraubers über der glatten See beobachtet hatte.
Casey sprang aus der Maschine und reichte dem kleinen Mann die gefaltete Karte aus seiner Tasche. Niemand im Hotel sah den kleinen Mann zwischen den Bäumen davoneilen, im Hoteleingang verschwinden, die Treppe zum Tunnel hinuntersteigen, der zum Gebäude auf der anderen Straßenseite führte.
Tweed ging mit mäßig schnellen Schritten durch den Ausgang der Halle. Draußen beschleunigte er sein Tempo, wandte sich nach rechts und kletterte in den geparkten Citroën, in dem Butler wartend am Steuer saß.
»Fahren Sie«, sagte Tweed. »Zurück zum ›Hesperia‹ – aber bleiben Sie unter der Geschwindigkeitsbegrenzung.«
Drei von Maunos Männern waren, durch das Geräusch des lan-

denden Hubschraubers alarmiert, bereits beim Landeplatz eingetroffen. Ein vierter rannte ins Hotel, um Mauno anzurufen. Der Chef der Sicherheitspolizei, der in seinem Büro hinterm Schreibtisch saß, hob sofort ab.
»Was ist, Karma?«
»Ein Hubschrauber ist soeben beim ›Kalastajatorppa‹ gelandet. Eine große Alouette.«
»Halten Sie sie auf, bis ich da bin.«
Mauno kam innerhalb von zehn Minuten. Casey stand beim Helikopter und verhandelte mit einem seiner Männer. Der Pilot hielt ein Blatt Papier in der Hand. Er zeigte dem Mann seinen Ausweis.
»Sarin, Sicherheitspolizei. Was geht hier vor?«
»Ich heiße Casey und bin Pilot dieser Maschine. Vier Ärzte britischer Nationalität werden dringend in Stockholm gebraucht. Ein Notfall. Die vier sollen konsultiert werden.«
»Wirklich?« Mauno sagte es mit beißendem Spott. »Und wie heißt dieser Patient in Stockholm?«
»Eine bedeutende Persönlichkeit. Ich bin nicht befugt, seine Identität preiszugeben. Die vier dringend zu konsultierenden Ärzte sollen an diesem Kongreß teilnehmen...«
»Wirklich?« wiederholte Mauno. »Und ihre Namen sind ebenso geheim?«
»Natürlich nicht.« Casey reichte ihm das Blatt. »Ihre Namen stehen hier. Ihre Hilfe bei ihrer Auffindung wüßte ich sehr zu schätzen.«
Mauno reichte das Blatt mit den vier Namen an Karma weiter und sagte ihm, er solle die Namen auf der Ärzteliste suchen. Dann rief er seine Männer, die den Hubschrauber umstanden, zu sich.
»Durchsucht die Maschine von oben bis unten. Laßt keinen Zentimeter aus.«
»Wonach suchen Sie?« fragte einer.
»Weiß ich nicht so genau. Bringen Sie mir jeden, den Sie an Bord finden.«
»Das ist ein britischer Hubschrauber«, protestierte Casey.
»Und Sie befinden sich hier auf finnischem Boden, wo ich im Besitz aller gesetzlichen Befugnisse bin. – Nun fangt schon an«, rief er seinen Männern zu.
Eine halbe Stunde später war Mauno im Zustand totaler Frustration. Die Liste der am Kongreß teilnehmenden Ärzte war durch-

gegangen worden, doch sie enthielt keinen der vier Namen auf Caseys Blatt.

Die gründliche Durchsuchung des Helikopters hatte nichts zutage gefördert. Eine Pattsituation. Einige Ärzte waren in den kleinen Park herausgekommen, um zu sehen, was vorging. Ein von Karma über vier Pfähle gespanntes Seil hielt sie in einigem Abstand. Die Nacht war, charakteristisch für Finnland, wie ein dunkler Vorhang über das Land gefallen. Die im Dunkeln mit Taschenlampen umhergehenden Männer wirkten wie menschliche Glühwürmchen.

»Das verstehe ich nicht«, sagte Mauno zu Casey. »Warum sind die Ärzte, die Sie abholen sollen, nicht hier?«

»Ich verstehe das auch nicht. Wenn Sie mich entschuldigen wollen, Mr. Sarin, ich muß das per Funk nach Stockholm durchgeben. Und dann fliege ich am besten wieder nach Arlanda zurück.«

»Jetzt in der Nacht?«

»Diese Maschine ist mit den besten Navigationshilfen ausgestattet. Das Fliegen bei Nacht ist leichter als das Fliegen bei Tag – um diese Jahreszeit gibt es kaum anderen Flugverkehr.«

»Haben Sie genug Treibstoff bis Arlanda?«

»Natürlich nicht. Ich muß in Turku auftanken. Habe ich Starterlaubnis?«

»Gehen Sie zum Teufel.«

Mauno wartete, bis er in seinem Wagen vorne neben Karma, der am Steuer saß, Platz genommen hatte. Einige Minuten lang dachte er nach, lauschte dem vibrierenden Motorgeräusch, mit dem die Alouette abhob, um sich dann mit westlichem Kurs über dem Meerbusen zu entfernen.

»Es ist Tweed«, sagte Mauno schließlich. »Ich spüre seine Hand. Aber verdammt will ich sein, wenn ich weiß, was er vorhat. Zurück zum Ratakatu. Und ich möchte noch gestern dort ankommen.«

Newman lenkte den gemieteten Saab, für den er im Voraus bezahlt hatte, durch das Straßenlabyrinth an der Spitze der Halbinsel. Er parkte den Wagen an einer Straßenecke, die er schon vorher ausgewählt hatte und von wo aus man die Sowjetbotschaft gut im Auge hatte.

Er hatte die 38er Smith & Wesson, jetzt voll geladen, aus dem Gepäckschließfach geholt. Die Waffe steckte in seinem Gürtel. Er

steckte eine Zigarette in den Mund, unterließ es aber, sie anzuzünden. Er schaute auf die Uhr. Es war neun. Er lehnte sich zurück und wartete.
Das große alte Gebäude der Botschaft stand halb verborgen hinter der mit einem Gitter versehenen Mauer. Alle Vorhänge waren zugezogen, das Haus wirkte unbewohnt. Um halb zehn kam eine vertraute Gestalt in Zivilkleidung aus dem Haupteingang, setzte sich ans Steuer eines Volvo und fuhr heraus.
Newman startete den Motor und folgte dem Obersten Andrei Karlow. Aber der fuhr in die falsche Richtung, weg von der Halbinsel in Richtung Mannerheimintie. Newman stieg aufs Gaspedal und kam in einer einsamen Straße mit dem Volvo auf gleiche Höhe.
Weiter beschleunigend, schnitt er Karlows Spur, hörte das Kreischen der Bremsen seines Wagens, stieß die Wagentür auf und rannte zurück. Die rechte Vordertür des Volvo aufreißend, glitt er auf den Sitz und richtete den Revolver auf den Fahrer.
»Wir sind verabredet, Karlow – oder hatten Sie das vergessen? Drehen Sie um und fahren Sie zum Rastplatz beim Quellen-Park. Eine falsche Bewegung, und ich blase Ihnen das Lebenslicht aus.«
»Ich war auf dem Weg zu Ihnen.«
Karlow, der Newmans Gesichtsausdruck sah, wendete den Volvo, während er sprach, und fuhr los. Newman hielt den Revolver in seinem Schoß und preßte den Lauf gegen Karlows Körper.
»Natürlich waren Sie das«, erwiderte Newman. »Auf einem Umweg. Einem sehr großen Umweg.«
»Ich schwöre Ihnen...«
»Fahren Sie lieber.«
Ein silbergrauer Citroën fuhr an ihnen vorbei in die Gegenrichtung. Er war voll besetzt, und Newman kam es vor, als hätte er einen der beiden Männer auf den hinteren Sitzen erkannt. Er drehte sich um und schaute kurz durch die Heckscheibe.
»Hängen Sie den Wagen ab«, befahl er.
»Er fährt von uns weg...«
»Er könnte umdrehen. Fahren Sie links hinein, jetzt wieder links. So ist es gut. Und jetzt zum Quellen-Park.«
»Darf ich fragen, was das soll?««
»Sie werden dahinterkommen. Bald genug.«
Newman hörte seine Stimme, und sie klang fremd. Rauh und tief.

Seine Kehle war trocken, und er hätte jetzt viel für etwas zum Trinken gegeben. Mineralwasser.
Um diese Nachtzeit war es am Ufer beim Süd-Hafen ruhig. Da und dort lagen Schiffe am Kai, ohne daß sich ein Zeichen menschlichen Lebens auf ihnen zeigte. Die Straßenleuchten warfen ein schimmerndes Glitzern über das Wasser. Karlow fuhr auf den abgelegenen Rastplatz und stellte den Motor ab. Newman stieg aus, glitt in den Fond und setzte sich auf den Sitz hinter dem Russen. Er setzte ihm den Lauf in den Nacken.
»Oberst, Sie sagten mir, Sie wären für die Sicherheit in Estland verantwortlich?«
»Das ist richtig. Ich verstehe noch immer nicht...«
»Werden Sie gleich. Sie haben meine Frau ermordet, Alexis Bouvet. Sie töteten sie auf der Vaksali-Straße.«
»Das ist eine verdammte Lüge. Ich erfuhr von dem Mord erst, nachdem er begangen worden war.«
»Sie geben zu, daß es Mord war. Zu Ihrer Information: ich liebte meine Frau nicht mehr. Wir standen kurz vor der Trennung. Nach nur sechs Monaten Ehe. Aber wenn die Frau eines Mannes ermordet wird, dann erwartet man von ihrem Gatten, daß er etwas unternimmt. Ich wette, Sie können nicht beweisen, was Sie behaupten.«
»Doch, das kann ich.« Karlow zögerte. Der Lauf drückte sich fester in seinen Nacken. »Sie wurde von einem Psychopathen getötet – einem meiner Leute. Wenn er nach Tallinn zurückkommt, erwartet ihn dort ein Militärgericht.«
»Wer ist es? Und wo ist er jetzt?«
»Er heißt Poluschkin. Er ist hier in Helsinki. Ich verließ ihn in der Botschaft, keine drei Kilometer von hier.«
»Sie sagten, Sie könnten diesen Mist auch beweisen.«
»Ja. Wenn Sie mich einige Fotografien aus meiner Brieftasche nehmen lassen.«
»Seien Sie vorsichtig, Oberst.«
Er befahl Karlow, kurz das Innenlicht einzuschalten, und betrachtete die drei Fotos, die der Russe von Olaf Prii bekommen hatte. Die Aufnahmen waren offenbar mit einer der neuesten Infrarot-Kameras aufgenommen worden und von erschreckender Schärfe. Newman starrte auf das Gesicht des Mannes hinter dem Steuer des Wagens, der Alexis überrollte. Die Bilder zeigten den Moment des ersten Aufpralls. Ihm wurde übel.

»Warum sollte ich Ihnen glauben, daß Sie das nicht befohlen haben?« fragte Newman.
Ohne die Waffe zu beachten, drehte Karlow sich um und schaute dem Engländer gerade ins Gesicht. Seine dunklen Augen blickten fest und mit einem Ausdruck der Resignation.
»Wenn Sie mir nicht glauben, dann drücken Sie doch ab. Bringen Sie es hinter sich. Erschießen Sie den falschen Mann.«
»Spricht dieser Poluschkin Englisch?« fragte Newman.
»Ja. Er ist taubstumm.«
»Taubstumm?«
»Unser Ausdruck für einen Mann, der vorgibt, nur Russisch zu sprechen, aber auch andere Sprachen fließend beherrscht. Auf diese Weise reden andere Leute manchmal offen in seiner Gegenwart.«
»Dort diese Fernsprechzelle. Können Sie ihn anrufen? Überreden Sie ihn, sofort herzukommen. Auf englisch? Sagen Sie ihm, es erfolge aus Gründen der Geheimhaltung.«
»Das könnte ich machen. Wie ich schon sagte, der Mann ist ein Psychopath. Ich mache mir wirklich nichts aus ihm.«

Newman ging hinter Poluschkin, der sich mit schweren, mühsamen Schritten bergauf bewegte. Der Russe schaute zweimal nach hinten, während sie den Windungen des Weges folgten, und jedesmal hielt Newman die Waffe auf ihn gerichtet.
Das Mondlicht warf in Abständen die Schatten der Kiefern über den Weg, und in der Ferne glitzerten die Hafenlichter wie die Sterne über ihnen. Es war still. Kein anderes Geräusch war zu hören als das ihrer Schritte. Höher und höher stiegen sie, hin zum höchsten Punkt, auf demselben Weg, den Newman schon zweimal gegangen war. Das zweite Mal des Nachts, als er auf die Abfahrt nach Tallinn am folgenden Tag wartete.
Zehn Minuten später kehrte Newman auf dem bergab führenden Pfad allein zurück. Er spürte kaum die Kälte der Nacht. Er folgte dem Pfad hinunter zu der Stelle, wo er Karlow hatte gehen lassen. Als er die Uferstraße erreichte, schaute er vorsichtig nach beiden Richtungen, ehe er die Fahrbahn überquerte.
Er warf den Revolver in weitem Bogen ins Hafenbecken, und er verschwand. Er war immer noch voll geladen. Kein Schuß war abgefeuert worden. »In Finnland schießt man nicht die Leute über den Haufen...«

Newman ging den ganzen Weg zurück bis zu der Stelle, wo er seinen Wagen verlassen hatte und in Karlows Fahrzeug umgestiegen war. Er ließ sich hinters Lenkrad fallen, drehte den Zündschlüssel und fuhr zum *Marski* zurück. Er war total erschöpft.
Am nächsten Morgen wollte er die Maschine nach Paris über Brüssel nehmen. Er schuldete es Marina, Alexis' Schwester, sie über das Geschehene zu informieren. Ungewißheit konnte jeden, ob Mann oder Frau, verrückt machen. Und er hatte Marina immer gemocht. Vielleicht hatte er die falsche Frau geheiratet.
Nach Paris würde er auf Wanderschaft gehen – alle Plätze dieser Welt aufsuchen, die er immer hatte sehen wollen. Zumindest das Geld für ein solches Unternehmen hatte er – sein Buch »*Kruger: Der Computer, der irrte*« hatte ihm ein Vermögen eingebracht. O Gott, wie müde war er doch.
Die Szene im Quellen-Park würde ihn immer verfolgen. Er hatte Poluschkin bis zum höchsten Punkt des Hügels vor sich hergehen lassen, einem kleinen Felsplateau, zwanzig Meter über einem darunter vorbeiführenden Pfad. Vom Plateau fiel der Fels steil wie eine Wand ab.
Sie standen da, Poluschkin mit dem Rücken zum Abgrund, Newman mit der Waffe in der Hand vor ihm. Wieder protestierte der Russe, aufgebracht und mürrisch, mit einer Spur von Angst.
»Was, verdammt, soll das alles? Ich habe Ihnen nichts getan...«
»Nur meine Frau ermordet – Alexis Bouvet.«
»Wovon reden Sie?«
Newman zog eine der Fotografien heraus, die Karlow ihm gegeben hatte. Es war mondhell auf der Klippe. Immer noch die Waffe auf ihn richtend, machte Newman zwei Schritte auf Poluschkin zu, so daß dieser das Bild deutlich sehen konnte. Der Russe schnappte nach Luft, tat einen Schritt rückwärts – über den Felsrand hinaus. Er warf beide Arme hoch und fiel ins Bodenlose. Er schrie. Es war ein schrecklicher Laut. Er schlug zwanzig Meter tiefer auf, und der Schrei endete abrupt. Newman hätte schwören können, den Aufprall des Körpers auf dem Pfad gehört zu haben.
Er blickte in den Abgrund hinunter. Poluschkin war als undeutlicher, formloser Schatten zu sehen. Newman wandte sich ab und begann den langen Abstieg.

43

»Stilmar ist nach wie vor in der Amerikanischen Botschaft«, berichtete Karma dem hinter seinem Schreibtisch sitzenden Mauno. »Aber da hat sich möglicherweise etwas getan. Vor einer halben Stunde hat eine Limousine jemanden in der Botschaft abgeliefert. Eine Limousine, wie die Russen sie fahren.«
»So. Dann gibt es ein Geheimtreffen zwischen Russen und Amerikanern. Was ist mit Cord Dillon?«
»Auch eine neue Entwicklung – ich wollte eben darauf zu sprechen kommen. Er und Helene Stilmar sind heute spätabends ins ›Marski‹ umgezogen. Sie müssen das Hotel gewechselt haben, während Sie den Piloten der Alouette befragten.«
»Ins ›Marski‹?« Mauno richtete sich auf. »Das heißt wesentlich näher beim Tehtaankatu.«
»Zumindest glauben wir, es war Cord Dillon«, fügte Karma hinzu. »Unser Mann hat Helene Stilmar eindeutig erkannt. Was die Identität des Mannes in ihrer Begleitung angeht, war er sich nicht ganz sicher. Er hatte sich mit tief ins Gesicht gedrücktem Hut und aufgestelltem Mantelkragen vermummt.«
»Noch etwas?«
»Ja.« Karma ging bei seinem Bericht systematisch vor, las alles von getippten Blättern ab, die vor ihm auf dem Tisch lagen. »Tweed ist aus dem ›Hesperia‹ verschwunden.«
»Was!« Mauno sprang auf, ging zu Karma, so daß er dicht neben ihm stand. »Wann ist das passiert?«
»Soviel wir sagen können, auch etwa um die Zeit, als Sie den Hubschrauberpiloten überprüften.«
»Diese Alouette...« Mauno begann mit gesenktem Kopf im Raum herumzugehen. »Wissen Sie, das konnte ein geschicktes Ablenkungsmanöver sein. Eine Taktik von Tweed. Der Pilot sagte, er müsse in Turku auftanken. Dazu kommt die Tatsache, daß wir nicht sicher wissen, wo Cord Dillon sich aufhält. Haben wir einen Wagen greifbar? Gut. Ich muß schnellstens zum Flughafen von Turku. Ich werde selber fahren. Und Sie kommen mit. Vielleicht kommen wir rechtzeitig hin...«

Der silbergraue Citroën raste nahe Turku auf der Schnellstraße dahin. Tweed saß vorn neben Butler, der den Wagen lenkte. Ingrid saß hinten neben dem vierten Fahrgast. Auf seinen Knien

hatte Tweed den Plan von Turku ausgebreitet, den Kapitän Prii ihm in der Zollstation von Harwich überlassen hatte.
»Jetzt müssen Sie bald links abbiegen, glaube ich«, warnte er Butler. »Fahren Sie etwas langsamer, damit ich die Straßenschilder lesen kann.«
»Glauben Sie, daß Fergusson und Nield Erfolg mit ihrem Täuschungsmanöver haben?« fragte Butler.
»Sie fahren den gleichen Wagen wie wir – dasselbe Modell, dieselbe Ausführung. Hoffen wir es. Es wäre ein großer Fehler, unseren Freund Mauno zu unterschätzen. Er hat so seine wachen Momente.«

»Wir wissen jetzt, welchen Wagen Tweed fährt«, sagte Mauno zu Karma, hängte das Mikrofon des Sprechfunkgerätes an seinen Platz und faßte, sehr zu Karmas Erleichterung, das Lenkrad wieder mit beiden Händen. »Ein silbergrauer Citroën. Von einem Hotelbediensteten im ›Hesperia‹ wurde Tweed gesehen, wie er in den Wagen einstieg. Schade, daß der Mann nachher Kaffeepause machte...«
»Wenn wir weiter so dahinrasen«, erklärte Karma, »müssen wir zurechtkommen.«
»Fahren Sie nicht ohnedies gern in der Nacht?« fragte Mauno mit trockenem Lächeln.
»Es macht mir nichts aus – solange wir auf der Fahrbahn bleiben.«
»Wie Sie sehen«, erklärte Mauno, »erweist sich jetzt meine Position als nützlich. Tweed wird es nicht wagen, die Geschwindigkeitsbegrenzung zu überschreiten.«
Damit stieg er aufs Gaspedal, und Karma neben ihm suchte mit Händen und Füßen nach mehr Halt.

»Wir haben ihn!« sagte Mauno. »Schauen Sie nach vorn – der Wagen, der gerade um die Kurve fährt. Haben Sie das rote Schlußlicht gesehen?«
»Ja. Vielleicht könnten wir jetzt etwas langsamer fahren?« flehte Karma.
»Es ist der silbergraue Citroën! Jetzt werden wir erfahren, was Mr. Tweed die ganze Zeit vorhatte.«
Er raste um die Kurve, und Karma preßte seine Schulter gegen den Türrahmen. Er wollte nicht bei solcher Geschwindigkeit aus dem

Wagen geschleudert werden. Mauno schaltete die Polizeisirene ein, als sie hinter dem Citroën waren, überholte diesen und verringerte seine Geschwindigkeit, so daß der Citroën langsamer fahren mußte und schließlich stehenblieb.
Mauno sprang aus dem Wagen und ging mit schnellen Schritten zu dem stehenden Fahrzeug zurück. In der Hand hielt er seinen Dienstausweis. Er hörte, wie Karma, der sich ans Lenkrad gesetzt hatte, hinter ihm den Wagen zurücksetzte, um dem Citroën den Weg zu blockieren.
»Sicherheitspolizei...«
Mauno stockte mitten im Satz und starrte Nield an, der das Seitenfenster herunterkurbelte und, seinen Schnurrbart zwirbelnd, zu ihm hochsah. Fergusson neben ihm schaltete das Autoradio ab. Nield betrachtete ihn gelassen und sagte nichts, während Mauno auf die leeren Sitze im Wagenfond schielte.
»Sie kennen einen Mr. Tweed?« fragte Mauno.
»Habe ihn zuletzt im ›Hesperia‹ in Helsinki gesehen.«
»Verstehe. Und wohin fahren Sie?«
»Turku. Ein Kurzurlaub...«
»Sie sind auf der Straße zum Flughafen.«
»Da haben wir die falsche Abzweigung genommen. Können wir jetzt fahren? Oder haben wir gegen eine Verkehrsvorschrift verstoßen?«
»Nicht daß ich wüßte.«
Mauno sagte zu Karma, er wolle wieder das Steuer übernehmen. Als er auf den Sitz glitt, sah er im Rückspiegel den Citroën, der gerade wendete. Mauno wartete, bis das Fahrzeug um die Kurve verschwunden war.
»Ich hatte recht«, sagte er. »Es ist der Flugplatz. Diese verdammte Alouette. Sie wird dort warten.«
Ein bis zwei Kilometer von ihnen entfernt, in die Gegenrichtung fahrend, tat Nield einen Stoßseufzer. Er bog in die Straße nach Turku ein und trat dann das Gaspedal durch.
»Jetzt treffen wir uns mit Tweed«, sagte er. »Wo ist die Kopie der Kartenskizze, die er für uns angefertigt hat?«

Das große, von einem starken Außenbordmotor angetriebene Schlauchboot, das ein Mann von Olaf Priis Mannschaft steuerte, legte in der Nähe von Turku vom Ufer ab und hielt auf die *Saaremaa* zu. Auf dem Wasser war es kühl, und Ingrid, die

neben Tweed saß – die anderen hatten hinter den beiden Platz genommen –, schlug den Mantelkragen hoch.
Tweed saß bewegungslos da wie eine Statue. Die See war ruhig, aber das Boot hüpfte über die Wellen. Er wurde leicht seekrank und fühlte sich koddrig. Er schob ein Dramamin in den Mund, schluckte es hinunter und sah mit grimmiger Miene der nächsten halben Stunde entgegen, in der die Pille Wirkung zeigen sollte.
Wie vereinbart, blieb Kapitän Prii in seiner Kajüte, während die Passagiere an Bord kamen und ihre Quartiere aufsuchten. Nachdem das Schlauchboot eingeholt war, befahl er Fahrt voraus. Tweed suchte ihn in seiner Kajüte auf.
»Ich wüßte gerne, wann wir die finnischen Gewässer eindeutig hinter uns haben.«
»Jeden Augenblick«, antwortete Prii in derselben Sprache, der Tweed sich bediente, auf Deutsch. »Und morgen früh sollten wir Land sichten.«
»Dann gehe ich zu Bett. Ich brauche etwas Schlaf. Wecken Sie mich nur im äußersten Notfall.«

»Ihre Alouette tankte auf und ist vor zwei Stunden wieder gestartet«, teilte der Beamte des Kontrollturms auf dem Flughafen von Turku Mauno mit.
»Verstehe. Aber es ist nicht *meine* Alouette. Flugziel?«
»Arlanda.«
»Danke.« Mauno sagte nichts, bis sie zum Wagen zurückgekehrt waren und er wieder neben Karma saß. »Gott sei gedankt.«
»Ich dachte, wir wollten sie schnappen«, warf Karma ein.
»Hauptsache, sie sind außer Landes. Sollte es eine diplomatische Anfrage geben, können wir sagen, wir hätten es zumindest versucht. Ich wiederhole«, Mauno ließ den Motor an, »sie sind außer Landes. Vielleicht sehen wir jetzt friedlicheren Zeiten entgegen. Wir fahren jetzt am besten zurück – sonst glaubt meine Frau noch, ich hätte sie verlassen...«

Sie saßen wieder im Schlauchboot, nahe vor der Küste von Ornö. Der Matrose von der *Saaremaa* schien bezüglich der Orientierung unsicher zu sein, und Ingrid hatte sich die Seekarte von ihm geborgt – dieselbe, die Casey vor dem *Kalastajatorppa* Tweed übergeben hatte.
»Verstehen Sie was von Seekarten?« fragte Nield.

»Vielleicht mehr als Sie. Ich hatte einen Freund, der ein Segelfanatiker war. Er nahm mich oft in den Archipel mit. Ich erkenne den Felsen dort wieder...«
Sie wies auf einen runden, glatten Fels, der aus dem Wasser ragte und dessen Oberfläche mit Heidegestrüpp bewachsen war. Nield starrte zu ihm hin, und sein Gesicht drückte totalen Zweifel aus.
»Die sehen einer wie der andere aus.«
»Nein, stimmt nicht. Dieser dort hat eine muschelförmige Vertiefung obenauf, die mit Wasser gefüllt war.« Sie ergriff den Matrosen am Arm und deutete auf eine schmale Bucht, auf die er Kurs nehmen solle.
»Ich kann's nicht glauben«, sagte Nield, ließ den Blick rundum übers Meer schweifen, aus dem zwanzig oder mehr Inselchen oder Felsen verschiedenster Größe herausragten. »Ich kann's einfach nicht glauben.« Er schaute zu Tweed hin, der unnatürlich steif dasaß. »Geht's Ihnen gut?«
»Ich schlage vor, wir landen da, ob es nun die richtige oder die falsche Stelle ist.«
Casey, ein Fernglas um den Hals gehängt, stieg zwischen den Bäumen zum Ufer hinab. Er half mit, das Schlauchboot an Land zu ziehen, nachdem die Insassen ausgestiegen waren.
»Ich beobachte euch eine halbe Stunde. Wie ihr diesen gottverlassenen Ort gefunden habt, wird mir immer ein Rätsel sein.«
»Ingrid hat ihn gefunden«, sagte Tweed und schaute Butler an, der, was Ingrid betraf, stets so mißtrauisch gewesen war. »Und jetzt bringen Sie uns gefälligst nach Arlanda. Ich möchte meine Maschine nicht verpassen.«

Mittels einer von Tweed ausgearbeiteten simplen Strategie vermieden sie in Arlanda, zuviel Aufmerksamkeit auf sich zu lenken. Fergusson und Nield stiegen aus dem Hubschrauber und gingen mit ihren Koffern zum Taxistand und ließen sich zum *Grand Hotel* fahren.
»Nield und Fergusson nehmen morgen eine Maschine zurück«, sagte Tweed zu Butler. »Ihr beide geht auf die Herrentoilette und verändert euer Aussehen. Und da ist der Paß. Ich möchte mich noch ungestört mit Ingrid unterhalten.«
Er nahm die Schwedin ins Büffet mit, wo sie sich Kaffee bestellten und an einem abgeschiedenen Tisch Platz nahmen. Er überreichte ihr ein längliches, dickes Kuvert.

»Das ist Ihr Honorar. Ich bin sehr dankbar, Sie waren mir eine große Hilfe.«
»Tweed, warum kann ich nicht mit Ihnen nach London kommen und bei Ihnen arbeiten?«
»Weil Sie nicht der Typ sind, der den ganzen Tag am Schreibtisch sitzen und öden Versicherungskram bearbeiten mag. Und ich habe nur wenig Personal. Es gibt keine freie Stelle.«
»Also werden wir uns nie wiedersehen?« brachte sie mühsam heraus.
»Wir sehen uns, wenn ich das nächste Mal in Skandinavien bin.«
»Und wann wird das sein?«
»Ich habe keine Ahnung«, gab er zu. »Aber wir können in Kontakt bleiben.«
»Kann sein.«
»Da gibt es kein ›kann sein‹.« Er schaute auf die Uhr. »Ich verpasse meine Maschine, wenn ich jetzt nicht gehe. Nochmals vielen Dank.«
Sie sah ihm nach, aber er schaute nicht zurück. Nichts an seinem Gesichtsausdruck verriet den Widerstreit seiner Gefühle.
Als die Maschine SK 525 nach London mit röhrenden Triebwerken in den Himmel stieg, schaute Ingrid ihr nach, bis sie ihrem Blick entschwand. Dann ging sie langsam zum Taxistandplatz. Es war zwanzig nach neun vormittags.

Etwas mehr als eine Stunde vorher war Newman mit der Maschine AY 873 nach Paris gestartet. Mauno hatte ihn vom *Marski* abgeholt und zum Flughafen Vantaa gefahren.
»Ein toter Russe namens Poluschkin wurde am Fuße eines Felsens im Quellen-Park gefunden«, sagte er zu Newman, als sie sich dem Flughafen näherten. »Sie kennen den Quellen-Park?«
»Ich bin dort spazierengegangen, ja.«
»Interessant ist, daß Tallinn sich über den Unfall nicht allzusehr aufregt. Dieser Poluschkin hatte offenbar nach seiner Rückkehr nach Estland einen Militärgerichtsprozeß zu erwarten. Irgend etwas in Zusammenhang mit Korruption, nehme ich an. Vielleicht wußte er das und tat vergangene Nacht vom höchsten Punkt des Quellen-Parks den Schritt in den Abgrund.«
»Also haben Sie keinerlei Problem?« fragte Newman, als der Finne vor dem Eingang zum Flughafen hielt.

»Oh, Probleme habe ich immer. Aber so ist das Leben. Ich glaube, Sie tun weise daran, für eine Weile Finnland fernzubleiben. Sie werden den Artikel veröffentlichen?«
»Er ist bereits unterwegs. Und ich wünschte, ich könnte etwas länger hierbleiben.«
Bevor er an Bord der Maschine ging, fiel sein Blick auf das Symbol der Finnair, ein schräggestelltes F mit einer von seiner Basis eilends wegstrebenden Linie. Das Symbol war kennzeichnend für das, was Newman hier erlebt hatte. Sein Aufenthalt in Finnland hatte einige Zeit gedauert, doch die Zeit schien wie im Fluge vergangen.
Als das Flugzeug abhob, schaute er aus dem Fenster. Unten dehnte sich im Sonnenlicht der Blick auf Wald, Seen und Fels. Eines Tages würde er wiederkommen.

44

»Ich möchte Sie mit Adam Procane bekannt machen«, sagte Tweed zu Cord Dillon.
Der Amerikaner war am folgenden Tag von Helsinki direkt nach London geflogen. Helene Stilmar hatte dieselbe Maschine genommen, aber sie saßen nicht nebeneinander. In Heathrow wartete ein Wagen, und man hatte Dillon in die alte Stadt Wisbech in East Anglia gefahren.
Seit langem schon ist die Zeit spurlos an Wisbech vorbeigegangen. Die alten, mehrstöckigen Lagerhäuser am Fluß, aus deren oberstem Stockwerk ein Haken zum Aufziehen der Güter herausragt, modern dahin und sind dringend renovierungsbedürftig.
Tweed machte die Bemerkung zu Dillon, als er ihn durch den Hintereingang eines dieser offensichtlich verlassenen Bauwerke geleitete. Im höhlenartigen Erdgeschoß roch es muffig nach Alter und Verfall. Der Fußboden war mit niedergetretenem Stroh bedeckt, über das viele Füße gegangen waren. Tweed stieg über eine knarrende Holztreppe nach oben.
Am Ende der Treppe ging er einen langen, aus Brettern gezimmerten Korridor hinunter. Ihre Fußtritte waren das einzige Geräusch. Tweed pochte in unregelmäßigem Rhythmus gegen eine Tür, und die Tür wurde von innen von Butler geöffnet, der dastand und eine automatische Pistole auf Tweed gerichtet hielt.

»Kommen Sie, Cord.«
»Was ist das hier?«
»Kommen Sie mit, dann werden Sie's sehen.«
Dillon trat ein, und Butler schloß die Tür und schob zwei gutgeölte Riegel vor. Der Raum war nicht möbliert und sah aus, als hätte seit Jahrhunderten niemand mehr hier gewohnt. Auch hier lag Stroh auf dem Boden. Butler führte sie zu einer Seitentür, schloß sie auf und trat beiseite, um sie eintreten zu lassen.
»Cord, darf ich Sie mit Adam Procane bekannt machen.«
Dieser Raum war anders; Dillon sah, daß er an der Voderfront des Lagerhauses lag und daß man von ihm aus auf den schmutzigen Fluß blicken konnte. Ein Wilton-Teppich in Blaßgrau bedeckte den Boden von Wand zu Wand. In der Mitte des Zimmers stand ein Tisch mit schwarzer Tischplatte und Chromröhren als Tischbeinen. Sechs Stühle von der gleichen Bauart umstanden ihn. Auf dem Tisch stand ein Tonbandgerät. Die Fensterscheiben waren so verschmutzt, daß sie undurchsichtig waren. Das Licht war düster und unheimlich.
Hinter dem Tisch saß ein Mann und blickte ihnen entgegen. Er erhob sich, als die drei hereinkamen. In einem Sportsakko und marineblauer Hose wirkte er ein wenig deplaziert. Tweed wandte sich um und deutete auf Dillon.
»Cord, das ist Adam Procane«, sagte er.
»Es freut mich, Sie kennenzulernen, Mr. Dillon«, sagte Oberst Andrei Karlow.

»Es war das komplizierteste und nervenaufreibendste Unternehmen meiner bisherigen Laufbahn«, sagte Tweed. Er stand mit auf dem Rücken verschränkten Händen in seinem Büro am Park Crescent.
»Ich kenne mich noch immer nicht aus«, erwiderte Monica.
»Karlow hatte mir auf Umwegen Nachricht zukommen lassen, daß er für immer in den Westen gehen wolle. Er ist ein besonderer Fang – Rußlands brillantester Mann auf dem Gebiet der vom Kreml geplanten Gegenmaßnahmen zum amerikanischen Starwars-Projekt. Man stationierte ihn in Estland. Ohne einen von einem GRU-General unterzeichneten Marschbefehl kann niemand von dort weg. Ich mußte mir einen triftigen Grund für Lysenko ausdenken, damit er Karlow nach Finnland schickte...«

»... und Sie ihn von dort nach dem Westen bringen konnten.«
»Genau. Mir fiel der fiktive Adam Procane ein – den es als Namen bereits gab.«
»Als Namen? Das müssen Sie mir erklären, bitte.«
»Als Karlow bei der Sowjetbotschaft in London war, wurde ihm klar, daß der Westen ihm gefiel. Und auf privater Ebene, daß seine Frau ihm zuwider war. Durch Mittelsmänner ließ er mich darüber informieren. Um ihn zu schützen, lieferte *ich* ihm Material, das angeblich von einem Amerikaner stammte, einem geheimnisvollen Adam Procane. Es waren Informationen, von denen wir wußten, daß die Russen über sie ohnedies bald ebenso verfügen würden. Dann änderte Karlow seine Absicht, als Moskau ihn mit Aussicht auf Beförderung zurückrief.«
»Er scheint ein unbeständiger Mensch zu sein.«
»Er ist Russe. Sie haben stets Heimweh – bis sie heimkommen und entdecken, daß es ihnen zu Hause nicht gefällt. Meine erste Aufgabe bestand darin, Gerüchte in die Welt zu setzen, daß ein Adam Procane die Absicht habe, nach dem Osten überzulaufen. Dementsprechende Besuche bei Lisa Brandt in Frankfurt, André Moutet in Paris, Alain Charvet in Genf und Julius Ravenstein in Brüssel folgten. Sie alle streuten das Gerücht aus, daß Adam Procane nach Moskau wolle.«
»Wußten sie, um was es Ihnen eigentlich ging?«
»Natürlich nicht! Ich sagte ihnen, ich hätte gehört, Procane sei schon unterwegs, und ich müßte herausbekommen, wer er sei. Die Gerüchte erreichten London, Washington und – was vor allem wichtig war – Moskau.«
»Damit war alles in Szene gesetzt, die Russen zu veranlassen, nach ihm Ausschau zu halten?«
»Genau. Der Zeitpunkt war glücklich gewählt. Angesichts der bevorstehenden Präsidentenwahl im November sah der Kreml eine letzte Chance, Reagans Wiederwahl zu verhindern. Wenn ein hochrangiger Mann aus Washington nach Moskau überlief, würde der Skandal für Reagan tödlich sein. Das war der Köder, auf den sie, wie ich dachte, anbeißen würden.«
»Die Amerikaner wußten, was Sie vorhatten?«
»Nein! Nur drei Personen auf der Welt kannten die Wahrheit – die Premierministerin, der Präsident der Vereinigten Staaten und ich. Ich konnte mir ein Informationsleck nicht leisten. Was mich am meisten grämte, war die Tatsache, daß ich so viele alte Freunde

hintergehen mußte – doch es war die einzige Möglichkeit, Karlow nach Finnland zu kriegen. Wie ich gehofft hatte, betraute Lysenko ihn mit der Procane-Sache – für den Fall, daß diese nach hinten losginge...«
»Dann wäre Karlow der Sündenbock gewesen?«
»Das war immer Lysenkos Methode.«
»Es ging also alles nach Plan?«
»Nein, es ging nicht. Das tut es nie«, sagte Tweed leicht erregt. »Newman hätte um ein Haar im letzten Augenblick alles zunichte gemacht, als er sich Karlow schnappte. In der Tat war es so, daß ich mit dem Wagen an ihnen vorbeifuhr, als ich auf dem Wege war, Karlow vor der Botschaft aufzufischen. Glücklicherweise ließ Newman aus Gründen, über die ich nicht reden möchte, Karlow gehen.«
»Karlow muß sehr schlau vorgegangen sein«, meinte Monica.
»Ja. Er überließ Lysenko sogar einige fingierte Berechnungen darüber, wie man dem amerikanischen ASD-Programm begegnen könnte. Bei etwas Glück werden damit die sowjetischen Analytiker eine Zeitlang in die Irre geführt werden.«
»Warum aber sind Sie zur russischen Grenze bei Imatra gefahren?«
»Um Lysenkos Aufmerksamkeit von Helsinki abzulenken. Komisch, wenn man daran denkt – alles hing von einem Kaktus ab, den Karlow in seinem Büro auf das Fensterbrett stellte. Das war für den Mann, der uns nach dem Westen brachte, das Zeichen, einen bestimmten Treffpunkt anzulaufen – zusammen mit dem Signal, das Sie gegeben haben. Aber dieser Mann haßte Karlow, also mußte ich auch ihn täuschen. Er hat den geheimen Passagier, den er hinausbrachte, nie zu Gesicht bekommen.«
»Wie ich den Falls sehe, hing also alles davon ab, daß Karlow die Erlaubnis erteilt bekam, nach Finnland auszureisen?«
»Genau«, stimmte Tweed ihr bei. »Um Moskau davon zu überzeugen, daß Procane unterwegs sei, mußten mehrere Amerikaner nach Skandinavien in Marsch gesetzt werden. Der Präsident befahl Cord Dillon und Stilmar, Procane in Europa aufzuspüren – ohne ihnen zu sagen, daß es diesen Procane überhaupt nicht gab.«
»Cord Dillons Affäre mit Helene Stilmar muß alle Berechnungen über den Haufen geworfen haben.«
»Im Gegenteil«, warf Tweed ein. »Es gab gar keine Affäre. Da trug

der Präsident aus Eigenem zur Verwirrung bei. Unnötig besorgt um Dillon, befahl er einer Frau, zu der er volles Vertrauen hatte, nicht von Dillons Seite zu weichen. Das war Helene. Und die einzige Möglichkeit für sie, das auszuführen, war, so zu tun, als habe sie ein Verhältnis mit ihm.«

»Ich verstehe immer noch nicht, warum Sie sicher sein konnten, daß Dillon mit dem Schiff nach Helsinki fahren würde. Außerdem hat Butler mir erzählt – um Gottes willen, machen Sie keinen Gebrauch davon –, daß eure Abschirmung in Stockholm lausig war. Jeder wohnte im Luxushotel, Telefongespräche gingen über die Zentrale, alles wurde in Gegenwart von Ingrid besprochen.«

Tweed wurde ärgerlich. »Sehen Sie das nicht ein? Das war Absicht. Die Russen sollten wissen, wo ich war. Wenn sie hörten, was ich am Telefon sagte, war das für sie nur eine Bestätigung dafür, daß Procane nach Rußland unterwegs war.«

»Und Dillon, der dann doch per Schiff nach Finnland fuhr?«

»Der Präsident hatte Dillon, bevor er Washington verließ, instruiert, weitere Befehle von mir entgegenzunehmen. Cord suchte mich, wie vereinbart, eines Nachts spät im ›Grand Hotel‹ auf. Er wußte nicht, warum, und ich sagte ihm, er müsse das Schiff nach Finnland nehmen. Und bevor er abfuhr, rief er Karlow an, tat so, als wäre er Procane, sagte, er komme – und verstellte dabei die Stimme so, daß man sie für die eines Mannes oder einer Frau halten konnte. Daß Helene mit ihm fuhr, war für mich eine Komplikation, die ich nicht begriff.«

»Sobald also Dillon und Stilmar in Helsinki waren und Sie dort auftauchten, mußte Lysenko denken, Procane sei eingetroffen.«

»Und er schickte Karlow nach Finnland, um dort die Leitung der Sache zu übernehmen, wie ich es gehofft hatte. Und Karlow hat sich äußerst klug verhalten – er schickte andauernd Berichte nach Moskau, in denen er seine Zweifel zum Ausdruck brachte, so daß man dort zuallerletzt auf die Idee gekommen wäre, Karlow selbst könnte Procane sein. Und ich brachte einen Paß auf den Namen Partridge mit, in den Karlows Foto eingeklebt war. Er hatte ihn mir in London gegeben, für den Fall, daß er sich zur Rückkehr entschließen sollte. Durch den Zoll in Arlanda ging er als Engländer.«

»Es muß, wie Sie schon gesagt haben, nervenaufreibend gewesen sein.«

»Das war es. Auf einen Nenner gebracht, hing alles davon ab, daß Lysenko glaubte, Procane sei in Finnland, und daß Karlow den Auftrag erhielt, ihn nach Moskau zu eskortieren. Das Procane-Täuschungsmanöver hatte den einzigen Zweck, Karlow auf neutrales Gebiet zu bringen, von wo ich ihn wegzaubern konnte.«
»Und jetzt haben wir unsere Glaubwürdigkeit in Washington in schreckenerregende Höhen getrieben.«
»Die Premierministerin weiß, was sie tut«, antwortete Tweed geheimnisvoll.

»Sie brauchen einen neuen Anzug«, sagte Monica, Tweeds Jackett abbürstend, der recht befangen vor ihr stand. »Zur Audienz bei der Premierministerin müssen sie anständig aussehen. Und noch etwas fällt mir ein, was ich Sie fragen wollte. Was geschah mit Bob Newman?«
»Gott weiß, was. Armer Teufel. Als Fergusson heute von Stockholm zurückkam, sagte er mir, Laila habe im ›Grand Hotel‹ angerufen und mich zu erreichen versucht. Sie sah, wie er sich auf dem Flughafen Vantaa von Mauno verabschiedete. Die beiden schienen in gutem Einvernehmen zu stehen. Und Laila hörte ein eigenartiges Gerücht über einen toten Russen, den man am Fuße eines Felsabsturzes im Quellen-Park gefunden haben soll. Ich habe keine Ahnung, was das zu bedeuten hat.«
»Glauben Sie, daß wir ihn jemals wiedersehen – Newman?«
»Ich hoffe es – aber das liegt ganz bei ihm.«
»Muß schwirig für Sie gewesen sein.« Sie trat zurück, um ihn besser in Augenschein nehmen zu können. »Jetzt sehen Sie einigermaßen aus.«
»Ja, es war schwierig – die Teile des Puzzlespiels richtig aneinanderzupassen.«
»Puzzlespiel ist der richtige Ausdruck dafür.«
»Das Problem war, daß einige Teile sich eigenmächtig zu bewegen begannen. – Ich glaube, ich gehe jetzt besser«, sagte er ohne viel Begeisterung.
»Sie wird Ihnen den Posten des obersten Chefs anbieten. Howard ist schon mit einem Fuß draußen.«
»Wenn ich akzeptiere...«
»O mein Gott! Sie denken doch nicht etwa daran, abzulehnen?«
»Sehen Sie es einmal von der Seite: einen Gegner zu hintergehen das ist eine Sache. Ich aber mußte alle meine Freunde hintergehen

– Hornberg, Sarin, Charvet, Moutet, Lisa Brandt und Ravenstein. Ganz zu schweigen von meinen eigenen Leuten – Butler, Nield und Fergusson. Und Ihnen.«
»Sie werden es nie erfahren. Sie sagten mir doch, der Präsident werde alles geheimhalten. Cord Dillon mußte es erfahren, denn er nimmt an den Gesprächen mit Karlow nach dessen Flucht teil. Und letzten Endes geht Karlow nachher nicht einmal in die Staaten. Sie geben ihm eine neue Identität. Niemand wird es je erfahren«, wiederholte sie.
»Ich weiß«, sagte er und ging.

INHALT

ERSTER TEIL
London: Adam Procane? ... 7

ZWEITER TEIL
Stockholm: Das Vorfeld ... 169

DRITTER TEIL
Helsinki: Niemandsland ... 313

VIERTER TEIL
Helsinki: Grenzübergang ... 355

COLIN FORBES

»Colin Forbes läßt dem Leser keine Atempause.«
Daily Telegraph

Target 5
01/5314

Tafak
01/5360

Nullzeit
01/5519

Lawinenexpreß
01/5631

Focus
01/6443

Endspurt
01/6644

Das Double
01/6719

Gehetzt
01/6889

Die Höhen von Zervos
01/6773

Fangjagd
01/7614

Hinterhalt
01/7788

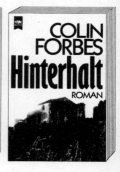

Wilhelm Heyne Verlag München